吴江

吴氏诗词集

苏州博物馆　整理

国家图书馆出版社

图书在版编目（CIP）数据

吴江吴氏诗词集 / 苏州博物馆整理 . — 北京 : 国家图书馆出版社，2025.2

ISBN 978-7-5013-7097-9

Ⅰ. ①吴… Ⅱ. ①苏… Ⅲ. ①古典诗歌—诗集—中国—明清时代 Ⅳ. ① I222.74

中国版本图书馆 CIP 数据核字（2020）第 212735 号

书　　名 吴江吴氏诗词集
著　　者 苏州博物馆　整理
责任编辑 潘云侠
特约编辑 孙　昉
封面设计 徐新状

出版发行 国家图书馆出版社（北京市西城区文津街 7 号　100034）
（原书目文献出版社　北京图书馆出版社）
010-66114536　63802249　nlcpress@nlc.cn（邮购）
网　　址 http://www.nlcpress.com
印　　装 北京科信印刷有限公司
版次印次 2025 年 2 月第 1 版　2025 年 2 月第 1 次印刷

开　　本 710 × 1000　1/16
印　　张 30.5
字　　数 454 千字
书　　号 ISBN 978-7-5013-7097-9
定　　价 198.00 元

《吴江吴氏诗词集》编辑委员会

顾　问

吴锡祺　叶于敏

主　编

陈瑞近

副主编

谢晓婷　茅　艳　李　喆　孙明利　程　义

执行主编

吕　健

参编人员（依姓氏笔画排序）

李　军　邱少英　张　炜

陆树玉　周　骁　宦小娴

顾　霞　惠贤良　褚　燕

凡　例

《吴江吴氏诗词集》整理出版，旨在深入挖掘和传承吴江吴氏家族丰富的历史文化底蕴及其诗词艺术成就，为学术研究、文学创作及文化爱好者提供珍贵的文献资料。此次点校整理，主要依据以下几个原则：

一、本集以作者生活时代先后为序进行编排，自明代吴洪始，至清代吴燕厦止，确保历史脉络的清晰呈现。

二、每位作者名下，先列其生平简介（包括字号、籍贯、生平事迹、著述情况等），后附其诗词作品。本集收录作品所据底本信息均附于书末参考文献。

三、本集收录的所有作品均采用简体字呈现，以适应当代阅读习惯。同时，对原作品中的异体字进行规范化处理。

四、本集收录的所有作品均标点整理，确保符合现代汉语标点规范，提高阅读体验。

五、本集最后附录吴江吴氏重要家族成员碑传集，收录与其相关的碑文、传记等资料，以助读者了解作者背景，深化对诗词作品的理解与欣赏。

苏州博物馆

2024年11月

前　言

2019年6月28日下午，吴氏固圉斋后人吴锡祺、叶于敏夫妇向苏州博物馆捐赠了43种珍贵古籍。这批捐赠的古籍文献具有很高的价值。其中最为珍贵的是明正德十五年（1520）刻本《皮子文薮》（共四册，第三册抄配），上面有“乾隆御览之宝”“天禄琳琅”等印鉴。经专家鉴定，此书是存世罕见的清代乾隆皇帝“天禄琳琅”善本藏书，也是江苏省唯一一部完整的“天禄琳琅”藏书，堪称精品。此外，捐赠古籍中还有吴锡祺祖父吴燕绍留下的约579册1000万字的《清代蒙藏回部典汇》手稿，辑录了从明万历到清宣统年间，有关边疆地区的圣训、起居注、上谕、奏章、密档、图书等原始资料，其中不乏稀见史料和中枢密档，研究价值极高。这部手稿也是顾颉刚先生生前始终惦念的一部书稿，曾在不同场合多次谈及。1979年4月3日，顾颉刚先生甚至在日记中这样写道：“予之心事有三部书当表彰：一、吴燕绍《清代蒙藏回部典汇》；二、孟森《明元清系通纪》；三、钱海岳《南明史稿》。”此种手稿是我国边疆史料研究的重要资料，具有很高的史料价值和文献价值。

此次古籍捐赠，是苏州博物馆建馆六十周年之际的一次重要活动，为了向吴锡祺、叶于敏夫妇表示故乡博物馆的敬意和感谢，特拟定在“十四五”期间陆续整理出版固圉斋捐赠的未刊稿本，并组织人员编辑《吴江吴氏诗词集》，以期实现吴氏后人将珍贵古籍化私为公，将先人著述整理问世、公诸学林的夙愿。在国家图书馆出版社的大力支持下，已先后于2020年和2023年影印出版近人袁崇霖《雪庵日记》和《吴燕绍未刊手稿汇编》。

一

吴江，江南水乡的璀璨明珠，自古以来便以其悠久的历史和深厚的文化底蕴闻名于世。从远古时期的先民渔猎，到春秋战国时期的吴越战场，吴江的历史长河中流淌着无数动人的故事和传奇。汉高祖刘邦时期，松陵被立为军镇，这不仅标志着吴江在军事上的重要地位，也为其后来的发展奠定了坚实的基础。隋炀帝杨广开凿大运河，更是将吴江与南北各地紧密相连，促进了经济文化的交流与繁荣。后梁开平三年（909），吴越王钱镠在此建县，吴江正式成为了一个独立的行政区划。宋室南渡后，吴江的地位更加显赫，从一个蕞尔小邑逐渐变成了京畿之辅。中原士民纷纷南迁至此，他们带来了先进的文化和生产技术，与当地的吴越文化相融合，共同创造了吴江独特的江南文化。明清时期，吴江凭借其得天独厚的自然条件——河网密布、土壤肥沃，成为江南地区著名的鱼米之乡。富甲江南、丝绸之府的美誉，更是让吴江名扬四海。

这片钟灵毓秀的土地，孕育了无数杰出的人物和名门望族。他们或以文治武功著称于世，或以道德文章流芳百世，为吴江乃至中国的历史进程留下了不可磨灭的印记。吴江松陵吴氏，便是这样一个承载着辉煌历史与崇高家风的家族。他们自汴京而来，随宋室南渡，最终在江南松陵这片土地上落地生根，繁衍出一代又一代的杰出人物，共同书写了吴氏家族的辉煌篇章。

二

吴氏先人为河南开封人，后因历史变迁，随宋室南渡，迁居至江南地区，最终定居于松陵中河六子桥北堍。始迁祖为“千一公”，传六世至吴伯昂（1382—1418）。这一迁徙过程，不仅是家族地理位置的改变，更是家族历史与文化的传承与延续。伯昂之子吴璋，其至孝的故事尤为感人。他年幼丧父，母亲陆氏被召入王府为佣。成年后，吴璋不辞辛劳，千里寻母，终将母亲遗骸带回故里松陵安葬。这一壮举，不仅彰显了吴璋的孝道精神，更为其赢得了“全孝翁”的美誉。

孝义传家，成为吴氏家族世代传承的家风之一。吴璋第三子名洪，自洪起，吴氏家族在科举之路上屡创佳绩，文运昌盛，功名骈联。明成化十一年（1475），吴洪中进士，官至南京刑部尚书，赠太子少保，为家族赢得了极高的荣誉。其子吴山，正德三年（1508）与弟弟吴岩同榜进士，嘉靖十九年（1540），累官至刑部尚书。史称，明代父子尚书17家，唯有吴氏两世刑部尚书，都以明允著称。此后，吴氏家族进士、举人辈出，明清两代共有进士15名、举人18名。吴山第三子吴邦桢，明嘉靖三十二年（1553）进士，嘉靖四十一年（1562）任湖广按察副使，荆襄大水，他调集船只进行抢救，开仓赈粮，救活灾民无数，兴工修筑从监利至夷陵700里长江大堤。清初，吴洪四世孙，明崇祯十六年（1643）进士吴昜与同乡孙兆奎、沈自炳、沈自駉等举义旗反清，在福州的明唐王朱聿键授其兵部右侍郎兼右佥都御史总督江南诸军。后在长白荡畔梅墩打败清军，进兵部尚书，封长兴伯。吴洪六世孙吴兆骞文名盛誉江南，9岁就作《胆赋》长达五千余言，10岁写就《京都赋》。清初，与松江彭师度、宜兴陈维崧，并称江左“三凤凰”。顺治十五年（1658），因受“南闱科场案”牵连，充军宁古塔苦寒之地二十三年。其间赋文吟诗，将自己所见所闻、所思所感以及对故乡的思念融入诗歌创作中，后整理成《秋笳集》，是清初著名边塞爱国诗人。光绪二十年（1894），吴洪十三世孙吴燕绍中进士，任内阁中书期间，搜集大量边疆史料。宣统时，调任理藩院主事，得见涉及边疆多地的旧档，前后花费数十年时间完成《清代蒙藏回部典汇》手稿。吴洪十四世孙吴丰培，师承父亲吴燕绍，早年在家修学。1930年被北京大学研究所国学门破格招收为研究生，先后师从朱希祖、孟森研习明史，1935年以《明驭倭录校补》16卷获毕业证书。其后致力于古籍的研究整理，对西藏等地区的历史、政治、文化进行系统梳理和分析，倾注了大量心血，他的研究成果对我国边疆史地研究产生了深远的影响。

吴氏家族不仅注重个人的功名与成就，更重视家族文化的传承与弘扬。他们世代传承着“忠孝共懿”的家风，教育子弟“重孝悌、重修身、务本业、尚读书”，无论是吴璋的千里寻母，还是吴山等人的清正廉明，抑或是吴兆骞在边塞的爱国诗篇，都是这一家风的具体体现。这种严谨的家风不仅塑造了吴氏族人的品格，也为家族文化的传承奠定了坚实的基础。

三

吴江吴氏家族不仅在历史上留下了浓墨重彩的一笔，更在诗词艺术创作上取得了卓越的成就。家族中的诗人们以才情横溢、笔耕不辍著称于世，他们的作品风格多样、情感真挚、意境深远，为后世留下了宝贵的文化遗产。

从明代名臣吴洪、吴山，到清初边塞诗人吴兆骞，吴氏家族在诗词创作上展现出了非凡的才华和深厚的底蕴。吴洪、吴山父子，作为明代重臣，不仅政绩卓著，而且诗文传世、存世作品虽不多，但思想深邃、情感真挚、语言优美，赢得了后人的广泛赞誉。吴兆骞则以边塞诗闻名遐迩，其诗作气势磅礴、情感真挚，展现了边疆将士的英勇与豪情，为中国古代边塞诗的发展做出了重要贡献。

吴氏家族的诗词作品题材广泛，内容丰富多样。从自然风光到人生哲理，从家国情怀到个人情感，无不涉猎。他们善于从生活中汲取灵感，将所见所闻、所感所思融入诗词之中，使得作品充满了浓郁的生活气息和真挚的情感色彩。他们以诗传情、以词达意，将个人的喜怒哀乐、家国情怀巧妙自然地融入作品中。这些作品既有对自然风光的赞美之情，也有对人生哲理的深刻思考；既有对家国天下的忧虑与担当，也有对亲情友情的珍视与怀念。这些情感真挚、质朴无华的诗词作品，让读者在品味中感受到吴氏族人内心深处的情感世界。例如，吴洪的诗词既有对江南水乡柔美风光的描绘，也有对官场生涯的深刻反思；吴兆骞的边塞诗则以其独特的视角和深刻的笔触展现了边疆将士的英勇与豪情。这些作品不仅展示了吴氏家族成员的个人才华和创作风格，也反映了当时社会的风貌和时代精神。

吴氏家族诗词创作的艺术特点首先体现在其深厚的文化底蕴上。家族成员自幼接受良好的教育，饱读诗书、博古通今，这使得他们的诗词作品充满了浓郁的文化气息和深厚的历史底蕴。他们善于从传统文化中汲取养分，将古典诗词的精髓融入自己的创作中，使作品既有古典之美，又不失时代之感。其次，他们善于运用丰富的想象力和独特的艺术构思来塑造诗词形象、营造诗词意境。他们或借景抒情，或托物言志，或直抒胸臆，或含蓄委婉，使作品在形式上多样化，在内容上丰富多彩。同时，他们还注重诗词的音韵美和节奏美，使作品读起来朗朗上口、韵味悠长。这种独特的艺术特点不仅使得吴氏家族的诗词作品具有很高的艺术价值，也使诗词作品本身具有很强的感染力和吸引力，能够引起读者的共鸣和思考。

四

《吴江吴氏诗词集》以作者时代先后为序，自明吴洪始，至清吴燕厦终，共辑录吴江吴氏家族40余人的诗词作品1600余首。此次整理出版，不仅是对吴江吴氏家族历史文化的一次全面梳理和展示，更是对家族诗词艺术成就的一次深刻挖掘和传承。

《吴江吴氏诗词集》所收录的每一首诗词，都是特定历史时期的产物，它们不仅记录了吴氏家族成员的个人情感与心路历程，更深刻地反映了当时社会的风貌与变迁。从婉约清新到豪放洒脱，这些诗词作品如同一部部生动的历史画卷，展现了吴氏家族在不同历史时期的文化追求与精神风貌。

在诗词集中，我们可以看到吴氏族人对于家国天下的深切关怀。他们或抒发忧国忧民之情，或表达壮志未酬之憾，字里行间透露出一种强烈的责任感和使命感。这种家国情怀不仅是吴氏家族的独特气质，也是中华民族传统文化中不可或缺的精神内核。同时，诗词集中也充满了对自然美景的热爱与赞美。吴氏族人善于从自然界中汲取灵感，将山川草木、风雨雷电等自然元素融入诗词之中，营造出一种清新脱俗、意境深远的艺术效果。这些诗词作品不仅展现了吴氏族人对自然的敬畏之心，也反映了他们追求心灵自由与超脱的人生态度。

此外，诗词集中还蕴含了丰富的人文情怀。吴氏族人通过诗词表达了对亲情、友情的珍视与怀念，展现了人性中最真挚、最温暖的一面。这些诗词作品以其独特的艺术魅力和深刻的情感内涵，打动了我们当代人的心灵，成为跨越时空的情感共鸣。

《吴江吴氏诗词集》的整理与出版，得到了各方的帮助与支持。首先要特别感谢吴氏固圉斋后人吴锡祺、叶于敏夫妇，是他们的慷慨捐赠与无私分享，让我们有机会接触到这些珍贵的诗词手稿与家族史料。没有他们的信任与支持，这部诗词集的诞生将无从谈起。同时，我们还要感谢国家图书馆出版社、本书责编潘云侠老师和文旅部清史纂修与研究中心孙昉老师的帮助与支持，他们的专业精神和严谨校勘，确保了本书的学术价值。在此一并致以谢忱！

苏州博物馆

2024年10月

目　录

吴与湛

吴兆宽

吴兆宫

吴兆骞

吴文柔

吴树臣

吴　锵

庞蕙纕

吴 挺

吴 琨

吴 惠

吴觐文

吴其琰

吴 然

吴至慎

吴鸣镛

吴兆煌

吴 涣

吴淑巽

吴淑升

许　珠

吴治谟

吴仁杰

吴恢杰

吴燕绍

吴 洪

吴洪，字禹畴，号立斋。成化乙未（1475）进士。官至南京刑部尚书，卒赠少保。

孝翁送入乡贤祠崇祀喜感交集谨赋小诗以志之

全孝真诚感上天，礼宜崇祀入乡贤。平生不作亏心事，到处惟求种福田。教子延师无吝色，拾遗还主尚青年。儿孙更把家规守，瓜瓞绵绵百世传。

次同会陈玉汝以诗邀饮韵

剑佩联班向玉闺，东吴人物应文奎。侍朝序立螭头下，退食还归凤阙西。诸老英豪知可羡，菲才疏拙愧难齐。太平遭际须歌颂，上国风花共品题。

和陈玉汝兄湖上寻梅之作

西湖一碧峰谁数，湖上梅花百千树。停桡欲问浣纱人，烟雾空濛愁日暮。元龙有约问琼枝，经春强半雨丝丝。人愿天随忽开霁，珠玑历历湖边垂。作赋谁能敌广平，仰头双照月轮清。轻风吹来动香雪，并坐冰壶霏玉屑。舣舟把酒孤山巅，一片晴云照波澈。亿从待诏戴朝冠，随班日日侍金銮。故乡迢递隔烟水，十年梦断罗浮寒。今朝知己联清句，瘦骨崚嶒表幽素。香山高会爱寻梅，莫遣香姿泣零露。

挽承事郎感梅顾公

善行多君素有声，同川林麓寄高情。睹梅永感慈亲德，助麦遥传义士名。三径黄花秋雨冷，半江红树暮云横。老夫迟脱尚书履，徒忆香山社里盟。

题全孝翁寻亲图

弃家跋涉泪潺湲，为别慈颜二十年。千里瘴烟谁敢恨，百般风雪命如悬。陈情表就书难上，刲股糜成病自痊。矢志愈坚天已格，至今瞻拜且潸然。

——《吴氏族谱》卷八

客中和史明古

一尊谁共盍朋簪，又见空阶覆绿阴。草色不消游子恨，月光偏照故人心。霜前白雁音书在，雨后青山别路深。安得携琴溪上去，社中重觅旧知音。

——《松陵诗征前编》卷三

朝中措·题五同会图

苍颜绿鬓并吴侬，五老一尊同。要识岁寒心事，疏梅瘦竹长松。

鹓行鹭序肩随好，谈笑漫从容。但愿人生长久，年年得似图中。

前调·寿王济之

五湖烟水百花洲，风月漾扁舟。共羡山中宰相，清时啸傲林丘。

名园绿水春无价，怡老足觥筹。眉寿年年今日，冰壶玉鉴横秋。

早梅芳

柳将眠，桃欲笑，又是清明到。玉河冰泮，无数金鱼弄池藻。联车油碧软，并马丝鞭袅。喜风城丽景，游览趁春晓。

望瀛洲，纷翠葆，花满琼华岛。玉蝀西去，金碧觚棱耸云表。散衙常过午，下直须归早。更相期，提壶同藉草。

定风波·寄史明古

抖擞初衣未化缁，此心只有故人知。却悔溪堂分袂易，误我，软红尘里去多时。

八测塘前沽酒店，三高祠下钓鱼矶。便与先生寻旧社，北郭，西村有约莫迟疑。

临江仙 · 虎丘同济之作

爱此云岩林壑美，棕鞋藤杖追游。生公台下鹤泉浮。与君成二老，谈笑亦风流。

台阁功名归去好，便应醉枕糟丘。不须含笑看吴钩。苔花还绣壁，波冷蛰龙湫。

减字木兰花

雪花飘了，待得梅花来索笑。雪白梅香，看尽千林兴倍长。

扶筇散步，拾得灞桥清绝句。岁岁年年，梅雪催人到酒边。

沁园春

莎径吟蛩，葭汀叫雁，秋气悲哉。正江天凄黯，斜阳一抹；亭皋摇落，乱叶千堆。露湿吟鞭，风欹醉帽，试与登临览胜来。凭高望，见江流九曲，似我肠回。

几年南北尘埃，漫赢得吴霜两鬓催。忆晚香篱畔，依然陶菊；暗香林下，好在逋梅。跌宕琴尊，评量风月，已办浮蛆潋滟杯。吾归也，唤沙头小艇，直下长淮。

风入松

秋江处处是丹枫，掩映芙蓉。年年梦绕鲈乡路，今朝才见秋容。钓雪滩头拨棹，垂虹亭角拖筇。

生绡一幅剪吴淞，烟景空濛。绿簑青笠横江去，数声长笛临风。好语眠沙鸥鹭，可容添个渔翁。

——《笠泽词征》卷三

吴 山

吴山，字静之，号讱庵。吴洪子。正德戊辰（1508）进士。历官刑部尚书，隆庆初赠少保。

清平乐 · 滕王阁

秋光如许，雁字排空去。十二栏干凝眺处，帘卷西山莫雨。白沙翠竹柴门，落霞孤鹜江村。况是亭皋叶下，萧萧最怆吟魂。

停歌罢舞，俯仰成今古。感慨不须题短句，谁似三王词赋。秋屏翠扫朝暾，仙人铁柱长存。休问滕王遗事，蝶罗销尽香痕。

一剪梅 · 出巡驻赣州

玉帐牙旗控上游，粤峤烟收，闽峤烟收。毬门铙吹转山陬，昨日汀州，今日虔州。

郁孤台上试凝眸，章水分流，贡水分流。沧江如练雁横秋，欲办归舟，难办归舟。

——《笠泽词征》卷四

吴 岩

吴岩，字瞻之。吴洪次子。正德戊辰（1508）进士。历官四川参政。

题夏仲昭墨竹

枝枝叶叶向秋空，劲节虚心未许同。江上夜来残梦歇，似闻风雨到堂中。

——《松陵诗征前编》卷四

吴邦桢

吴邦桢，字子宁，号仰峰。吴山子。嘉靖癸丑（1553）进士。官太仆寺卿。

虞美人

西溪十里渔村路，犹记看梅处。暗香疏影最关情，更怜雪外一枝横，雨初晴。而今别去梅花久，梅好应如旧。风霜愧我渐苍颜，长教老鹤怨空山，几时还？

——《笠泽词征》卷四

吴承焘

吴承焘，字仁甫。吴洪曾孙。嘉靖癸丑（1553）进士。官广西右布政使。

逃名

逃名且避俗，小筑向沧洲。编竹扶藤蔓，敲针作钓钩。渔樵通问答，草木记春秋。到此机心寂，闲盟海上鸥。

——《松陵诗征前编》卷四

吴晋锡

吴晋锡，字孳受，号燕勒。吴洪五世孙。崇祯庚辰（1640）进士。官武昌推官，永历称制时官湖南巡抚。有《增补玉棹银河集》。

采莲曲

打桨向西洲，回船入南浦。共怜莲叶香，谁识莲心苦？

——《松陵诗征前编》卷八

吴 溢

吴溢，字千顷。吴洪六世孙。崇祯壬午（1642）举人。官太和教谕。

送苕水沈雪樵游虞山即柬陈确庵同年

契阔经年思笑语，清宵灯火话桑麻。声华东涧遗文在，风雅南皮旧事赊。八月莼丝苕上水，三秋枫叶尚湖花。陈蕃下榻如相问，为道劳劳两鬓华。

——《松陵诗征前编》卷八

吴 易

吴易，字日生，号惕斋。吴洪元孙，太仆卿邦桢孙。崇祯癸未（1643）进士。唐藩称制时任兵部尚书，封长兴伯，乾隆四十年（1775）赐谥“节愍”。有《东湖倡和集》。

从军行绝句

已分沙场报国恩，身经百战满创痕。但教死去图麟阁，不愿生还入玉门。

——《松陵诗征前编》卷九

观莳

四月鹈鹕鸣，五月插新秧。南风吹平畴，萧疏间成行。甘雨久未施，东作意仓忙。此乡最濒湖，泻海惟三江。湖身犹仰盂，江口若括囊。东娄没故道，吞噎浩汤汤。夏公凿黄刘，吴淞走中央。安澜见禹迹，蓄泄匪及详。疏排后忠介，塍岸前文襄。于时穑事盛，熯涝多周防。举锸烟云兴，欢笑馌酒浆。吴讴互激远，风俗登陶唐。转输甲数郡，精粲供上方。呜呼百年来，今古一慨伤。涂泥往所载，水柔土不刚。治水等治兵，操纵贵在纲。蓄之欲谨驯，驱之欲奔骧。上圯下则淀，陂荡归豪强。淞流日缓细，渠沼飞尘黄。昔也忧在潦，今乃并患旸。外梗与内壅，相循终两妨。空霞抱赤日，天汉何青苍。桔槔无时休，夜月声哀凉。焦焚竟大半，莳殖安所将。妇子对唏嘘，其意即戈斨。吾闻围田制，纵浦间横塘。斗门时启闭，撩浅众力勷。浦浚三丈降，堤厚八尺昂。斯工豫农隙，督帅免乱尝。奈何三公后，水利终茫茫。催科号曰能，本计让弗遑。东南国命系，荒哉问商羊。嗷嗷幸霖澍，伫兹粳稻香。秋成急漕挽，未计陵汝仓。圣人勤精禋，蛟龙奔盛祥。岂必恃地力，天心宜降康。努力事胼胝，微衷答穹苍。

辛巳秋七月观漕船临发纪异

往年漕船制，过洪必三月。今年七月秋，漕船始见发。抚时兴万虑，国命心所切。荒哉久纡滞，触眼重惊惕。东南四百万，仰给须旦夕。吁嗟支兑废，运道直如发。清淮隔会通，黄流此中截。洪波挟浊沙，岁岁苦冲没。吕梁平徐城，厥势更险绝。譬之驯虎豹，时复被吞啮。避黄全用汶，群议得长策。穿泇达夏镇，新河乃加辟。骆马后复通，两朝见底绩。所未开石漴，事便功易掇。安流洵无虞，失防在枯竭。汶势谁最高，南旺为之脊。北分白卫入，南引沂泗接。泉湖相辅佐，湖六泉三百。封遏使其赢，所以时蓄泄。曩时正全盛，神人两安悦。桃花泛春澜，衔尾万艘捷。暑尽事云竣，中秋动归楫。当兹风潦清，回帆想超越。胡为沮江干，牵挽方据拮。吾闻秋冬交，水工急挑刷。湖陂久淤淀，泉源争盗窃。启视不盈掬，经川尽焦坼。河臣初经纶，尽瘁毁心骨。人功匪不臧，适此天行厄。岱宗意如何？牲璧忍衰歇。回空既守冻，冰泮始搰搰。及乎抵水次，春徂夏已迫。强半壅不来，官差捉船只。此乡同亢旱，草树代鱼麦。斛米数千钱，苍生苦贵籴。军旗志岂餍，咤叱恣狼藉。仰惟军国忧，孰敢爱膏血。伏愿道路平，飞送到京阙。群盗满中原，青齐暗长戟。孤悬止一道，何以御仓猝？临发意无凭，鼓声杂锋镝。军船既彷徨，民船尤惨戚。伤心述祖制，四仓何络绎。岂独备非常，兼规数年积。漕事凡五变，经始平江伯。是法祖刘晏，富强垂石画。临徐宿重兵，况可杜萌隙。简练得其人，护漕皆劲卒。挽输疾无时，夫何患淹格。近议复海运，所惧非漂溺。出淮凿胶莱，取道良径帖。襟喉委榛莽，此计无乃拙。自今霜月凉，冉冉青枫赤。逡巡忽后时，千里增冰雪。安得倾天河，欢笑歌利涉。川竭古所诫，庙堂有调燮。

从军行五首

用兵如驱羊，选军如贯鱼。大将严束伍，号令重其初。裨卒互相保，五畀而曹诛。卒退斩其长，亡长全伍屠。百万成一身，分数势不

渝。况此良家子，农朴异猾徒。虽云应召募，曾不土著殊。一朝立大信，威畅恩亦孚。王师包节制，何言孙与吴。其一

五兵要五当，卫短亦救长。筅盾蔽其前，后列镋与枪。十人一阵具，四哨两翼张。进退互更叠，设伏兼中傍。鼓旗既有教，步伐自有方。独先且独后，军令严秋霜。衷师敌必歼，暮枪气尤强。横行百胜余，全部无杀伤。其二

虏马骤如电，制以有足城。两厢迭分合，分陈合则营。钩环间鹿角，渠答布纵横。其上出弩炮，其下出战兵。战兵熊猱捷，弩炮风雷惊。先正后以奇，精骑突陉訇。衡贯其中坚，马溃虏奔倾。门开内骑士，追蹑戒所轻。平沙浩万里，恃此战守并，安驱蹂虎穴，指顾刜长鲸。其三

冒刃及陷阵，厥名曰武螽，荆秦富奇侠，越蜀多材雄。将军精简练，各挽百石弓。手教梨花枪，蜿蜒腾生龙。岂直壮爪距，腹心寄亲戎。鹑尾插夏服，蛟鞢被鸟骢。大呼出敌背，血裹旸夷红。首虏不计数，上簿皆奇功。讵夸卫景柏，裨校盛侯封。其四

水战视陆易，水军视陆难。东南有长技，生长轻波澜。斗缭峻其约，椗舵力必抟。斜开若雁行，首尾叠尖攒。艨冲压敌面，舴艋绕敌端。风驱上流驶，迅扫无遮拦。惊帆名北骑，驰马号吴船。去长乃入短，扼险策所全。其五

阅九边图

皇居天下壮，守险列要害。雄心属全盛，峥嵘见图画。黄河从西来，地络莽莽会。太行抵碣石，盘折相拱拜。南山扆其后，鸭绿古回带。表里奠神都，东北胡门届。胡亡圣人出，王气蔚紫霭。延袤万余里，是处得控搤。魏公初经营，划然分内外。内边起古北，逶迤山海界。外边首大宁，辽东接宣大。首尾常山蛇，此实形胜最。圣武况烜赫，老将皆丰沛。铁骑扫红罗，阴山枭龙旆。屯牧兴如云，穹庐日窜

败。呜呼二祖烈，所以恢边隘。缅惟燕鼎新，权宜大宁畀。意使幕北虚，开拓须更置。出师必此道，神机总深秘。厥后席升平，远驭功未遂。嗣兹画镇九，在图详所载。或百里而山，或千里而蓟。宣为固者六，固为山者倍。大同宣之半，辽也蓟所配。宁夏独倍辽，未及百者二。甘延蓟之三，两镇屹分带。短长互出入，墩台灿棋置。分阃壮军威，崭巀成藩蔽。烟砂浩苍茫，毫末存大势。独蓟失外边，单虚在肩背。宣辽隔声援，何以伸指臂。自北而西东，虏患此层递。乜先大作逆，独石几危弃。余孽蹂米脂，榆林复从退。近者全辽丧，八城名仅在。自此两臂断，堤防益赑屃。抚事求祸源，群公积时弊。谁其志恢复，一二负勇智。议论苦盈廷，贞邪尤凿枘。忠谋杀其身，壮士皆短气。感慨念前朝，河山屡兴替。得失尝在人，古今同一致。坐使疆舆削，流览一挥涕。多难开中兴，奴儿尚狂恣。将展挞伐勋，周防渐增制。喜峰昔阑入，三叶重经纬。山永蓟密云，次第立抚治。两协向无抚，又惩墙子溃。戊寅视己巳，其锋实加炽。况当亥戌交，再入忻与代。真保虽连郡，冲射等徼塞。立督专守御，用循内边例。所辖连通津，河北跨海岱。昌平并蓟督，声势取联缀。陵京及运道，拱护洵已毖。煌煌庙谟新，斯图未之备。积弱非一朝，更张良不易。议守不练战，无乃失上计。戚公守东边，壮猷曾所试。是时俺答封，中边告无事。当兹奴势张，杂部皆臣使。先驱作乡道，不独朵颜裔。攻夷贵以夷，羁縻用我饵。三方扼一酋，安得不殢碌。辽卒走延安，流氛从此始。剿练动加征，中原极憔悴。兵荒踵相促，反侧今犹蝟。内治在耕屯，畿辅擅水利。滹沱绕京东，川原围汪濊。卓哉尚宝公，富强建高议。放之实诸边，足以省运馈。西边势较缓，所在立冏寺。俶傥昔成群，文襄垂志记。矧当哈贡通，天马千里至。放牧宜泾溱，泉香草丰蔚。绥兵夙称雄，调发使之敝。百能简土著，通边悉劲厉。士马饱且腾，鸟剑思敌忾。扫除事非常，自古难置帅。得人居中权，何者非精锐。颇牧效军锋，卫霍充裨尉。奇兵设三覆，正卒优六出。誓空肃慎矢，远置白云燧。长驱向河西，按图收故地。前麾名王县，后阵单于系。小臣遥拜手，陛下千万岁。立马燕然巅，磨崖勒碑碣。

感秋三首

秋气肃心骨，烦块忽排荡。天孤白日瘦，俯仰一以旷。豪圣喜争时，尺寸不相让。愿借羲和鞭，续彼夸父杖。又闻三山下，累累仙人葬。清霜下庭兰，苶然泣相向。松柏未为薪，青青自神王。云何大小年，听此真宰诳。托身元化表，浊醪得疏放。其一

识道幸吾病，兼兹凉风清。夜坐百想尽，发愤脱死生。燃灯读内典，自觉体骨轻。仙释虽异门，所要惟金精。西昊行节气，心景适已并。安得灭魄剑，斩此勋与名。大事一在手，蚁视济世英。吾师隔烟霄，矫首涕泗横。何当寻夙期，浩然五岳行。其二

白露百草零，相将委原隰。幽花抱贞香，冰霜亦已急。天行有肃杀，在物无特立。谁其挥戈者，逡巡驻西日。卤莽孺子名，回斡非人力。壮夫困成败，千载俟真识。读史未终篇，废书一于邑。风高鹰隼劲，水静龙蛇蛰。神物故有为，岂能测张翕。其三

秋胡行

匡庐者吾师，授吾以长生。匡庐者吾师，授吾以长生。追惟退堕，雨面纵横。灵骨一浊，安得再轻。拜受神剑，断此百情。歌以言志，匡庐者吾师。一解

天地何废兴，精诚无不为。天地何废兴，精诚无不为。渴而追日，夸父自疲。愚公荷担，太行可移。莫嗤精卫。扬尘有时。歌以言志，天地何废兴。二解

文繁大道散，豪圣在所肩。文繁大道散，豪圣在所肩。群儒琐细，传注拘牵。我思断弃，独观先天。中根懦惑，以日以年。歌以言志，文繁大道散。三解

壮士心有凭，文采不足名。壮士心有凭，文采不足名。麟凤虽威，

不能战耕。饥餐灵芝，不若稻粳。霸王之国，贵实贱声。歌以言志，壮士心有凭。四解

伯乐一何多，骐骥而按图。伯乐一何多，骐骥而按图。驽骨千金，至者载涂。隆颡跌目，孰辨蝉蜍。青海之足，吞声鼓车。歌以言志，伯乐一何多。五解

六公咏

靖远侯王忠毅公骥

抱膝当时危，怀古存匡济。英雄与世徂，风烈忍衰替。我思靖远公，振翮全盛世。踊跃弓马间，谈笑布军势。甘凉始出镇，整肃戎伍气。张筵斩懦将，股栗众相视。一举平阿台，河西晏亭燧。麓川肆作逆，公又决大计。锁甲金兜牟，照耀宫中赐。长驱展方略，夺险扼吭背。指麾风霆奔，战象失精锐。万古金沙江，不闻汉兵至。江枯石碣烂，罗拜帐下誓。凯歌万里入，劳使千里出。不有爪牙臣，何以正神器。龙蛇壮士节，蛙黾腐儒议。鸣呼三征南，丹书在苗裔。

威宁伯王襄敏公越

威宁熊罴姿，高视气敌万。脱略绳墨外，勇智走飞电。大廷吐奇言，排阊怒风旋。威声动异域，瑰特震所见。目属膺帝心，短袂故上殿。帝曰快御史，为朕将而弁。所部皆鹰腾，公也身搏战。捣虚握胜策，入穴虎乃困。一炬红盐池，胡天千帐焰。恸哭阏氏空，啮指穹庐远。烽销玉关烟，雪卷阴山片。辕门正高会，琵琶奏哀艳。战士挟秦姝，顿使死力贱。豁达笼豪英，出没神鬼眩。丈夫重勋名，志岂在铁券。绝塞县孤臣，中援何足玷。惨淡黄金印，零落白羽扇。胡尘暗不开，北顾抚长剑。

新建侯王文成公守仁

文成王佐才，星岳气突兀。资神道无余，童稚挺英越。访客绝塞游，杂虏角驰射。睥睨山川势，志盖燕然碛。纵横五十家，既长稍折

节。辞赋何李行，久之意不屑。遂深伯阳契，再悟临济喝。空濛九华云，浩荡南屏月。以兹洞儒宗，奥义大阐斥。精微续圣系，余绪赞帝业。运筹群盗间，飙焱百巢灭。神龙无安翔，金翅纵高击。逆旗蔽西江，妖星射金阙。公时拥上流，安危视县发。只手提天纲，雷轰走飞檄。指顾缚元凶，九庙初安帖。煌煌再造勋，不得身献捷。帝阍纷狼狐，入荒炽牙蘖。非公烨威名，乾坤免颓叠。控制仗兵符，中枢洵雄哲。吁嗟营青蝇，功大赏故厄。论道罗豪贤，恬淡谢矜伐。崩迫戎马际，讲席每不辍。中兴剧南顾，元老再秉钺。六字蛟螭埋，千年铜柱坼。汉仪耀百蛮，洒泪思田碣。威宁赫遗剑，伏波忾庙谒。乃知非常人，洞达神爽接。我生世未远，恐惧壮猷歇。戡靖竟何人，中原日流血。

定襄侯郭忠武公登

郭公武定孙，神驹渥洼好。十龄走健笔，歘吸振奇藻。动彻春秋义，兵法腹笥了。安危异人出，所以奠皇造。英宗北狩初，决几一何早。黄尘拥翠盖，痛愤居庸道。紫微为荡摇，柱极西欲倒。我公奋孤撑，乃心协少保。国也今有君，挥血视清昊。巀嵲云中城，虎豹郁相抱。崩腾万虏阵，击众每用少。猿臂捷有神，铁骑尽穿缟。扬石雄军声，锁钥资电扫。撇烈天网翻，槎丫地龙绕。岂多三军力，遂争造化巧。诗看横槊赋，檄倚马上草。排宕非常姿，灏气秋空皛。高咏战场篇，寂寞风流绍。

少保戚公继光

大将东南谁？戚公真鹰扬。雄情恣捭阖，秘笈挥阴阳。夙奉綦履训，更见经术详。结友倾贤豪，文采殊颉颃。晓达三门流，以律师所臧。龙鸟追武侯，衡轴通轩皇。变化开精心，什伍为鸳鸯。岛夷蹂南土，兵气惨不张。闭营百日练，搏力虎士强。疾扫溟波平，受钺总蓟方。计伸犁庭威，十万环偏厢。远猷振华夏，定策为周防。亭障杂星罗，旌旄蔽日光。呼韩遂稽首，郅支亦来王。款关四十年，胡马不敢扬。伐暴贵上兵，功岂必战场。竟无通侯赏，坐使壮士伤。时平武略绌，世乱智勇长。问彼登坛者，曷以恢我疆。

都督俞公大猷

文武道不殊，自古惜灌绛。俞公万夫勇，倜傥亦儒将。读书当阳亚，雅歌征虏上，开豁延揽真，沉静韬钤畅。公师赵布衣，手画风云状。贯穿十八势，方圆识所创。琐琐部使者，叱咤故庸妄。寇凭舟山剧，策恃横海壮。洪涛排烈炬，杀气喷高浪。艨冲百丈城，大壑千军帐。蛟宫覆绝岛，鲸波赤溟涨。幕府害谠言，不得功罪当。奇绩屡见攘，蹇默秉谦让。及乎云溪役，搜剔穷箐嶂。遂凭死间力，老谋一摧荡。封侯数则奇，燕颔空殊相。讵多驱除才，大受足忠伉。国耻今未雪，元戎况飞扬。岂无幽沉士，屹然安危仗。苍茫鼓鼙思，驾御必英匠。

忧旱

黄沙蔽天日，大风日夜吹。石泉郁不流，天雨缩不施。道旁有田父，叹息驱春犁。自言兵旱久，困苦迭相离。胡马早饱扬，官差夕呼追。边需诚有急，岂奈竭髓脂。悍农聚为盗，壮农走天涯。罢农守生计，草根及树皮。昨闻颁县谕，父母一何慈。上云辟荒芜，下云招流移。糠麋竟安出，牛种复焉资。所望雨泽多，留此未尽黎。岂能詈官长，但怨云雨师。田父莫叹息，力事努耰耜。圣主方忧勤，皇天岂无知。丰年将下笞，赐醑会有时。中兴美周宣，不见云汉诗。

渔父词

江头老叟出捕鱼，江头风浪何惊呼。渔竿细弱渔网疏，日出拏舟尝至旰，秋夜漫漫未能旦。独卧潜蛟千尺潭，闲数辰星当空烂。

登金山大江作歌

昆仑东下岷江走，北纪条条南纪剖。葱茏王气划两都，翥凤蟠龙扼海口。中流孤屿此登临，狂飙怒涛浩呼吼。蛟驰鼍斗白日昏，中有万古英雄魂。六朝南宋不足数，割据并吞迹尚存。表里江淮淮作屏，夔门荆门直建瓴。真人一自濠滁出，从此金陵得混一。澄江右拒左池阳，一虎出穴一虎藏。星辰合围湖水赤，先斫者陈次者张。上流在握中原势，淮甸长驱伸两臂。胜烈呜呼三百年，长江一望堪垂涕。阴风惨淡西北来，襄阳战哭王孙哀。又闻青徐拥铁马，漕艘隔断飞炎灰。茫茫极目轰奔雷，沉江之锁安在哉。水舰犀军应宿练，江东长技横天堑。历阳自昔分兴亡，濡须合肥争尺寸。霸业苍凉古战场，南北襟喉况如线。咄咄前朝奋忠武，曾傍兹山扫万虏。烟波北极是长安，创业艰难思圣祖。

胡无人

明天子，坐明堂。蛮夷君长以百数，稽首北面皆来王。窥边者何此残虏，天子按剑赫斯怒。六龙飞度居庸关，深入驱除疾风雨。甲光耀雪日射旗，钲鼓动天大阅师。登台自待单于战，萧条只骑无蹤见。黄羊野马相惊奔，又见元家旧宫阙。双柏青青是殿门，玄冥海水如山立。赛罕峰尖雷电集，万里不闻胡笳声。大漠荒凉帝心恻，帝曰好生谁曰否。瘞尔胡骨浇尔酒，回銮转阵歌五章。俯瞯天南垂北斗，古人百载事开边。威武神灵得曾有，阴山之脊高崔嵬。山也为堑壑为池，虽有千群铁骑何能为。伟哉圣谟在，汉虏相盛衰。呜呼！王师安得今再出，一扫幕北无胡儿。万叠冈峦苍藓剥，为君洗读十丈磨崖碑。

少年行二首

河北少年胆骨粗，乳虎食牛赤汗驹。两手能挥白猿剑，囊中惟有黄石书。眼阔思精知所以，杀人纵博心所鄙。上忧王室下苍生，束发驰驱托知己。剖陈大计焕若神，险厄山川在掌指。一朝奋策除妖腥，身骑天驷追流星。三十未有二十过，金印悬腰斗如大。英姿图画云台高，顿使群公色摧剉。可叹纷纷游侠徒，朝寻酒人暮狗屠。其一

江东少年气无敌，双瞳紫焰射太白。兵筹霸略知谁授，地轴天衡静挥斥。为君一扫百万师，笑谭直似童儿嬉。纶巾指挥尝愿曲，羽檄纷纭但奕棋。扰扰群雄避精锐，千载江山写清丽。此等风流盖世豪，攀龙逐鹿会所遭。未见须髯劲如戟，早看勋业利如刀。人生少壮同飞景，身不丁时讵相等。叹息渭滨老匹夫，白头始勒昆吾鼎。其二

掷简歌

阖闾城高天如盖，武功步天仰天慨。金晶元气牵牛东，将星一星如斗大。身当纬象心不疑，手定祸乱非我谁。跨马廉颇力仍壮，射虎李广数未奇。床头烂烂五尺铁，掣出魑魅魍魉啼。走势晴空开霹雳，腾光平地蟠虹霓。右挥白虎昆仑坼，左击苍鲸海水血。南指蛮烟铜柱摧，北回朔雪天山裂。何来英物不可当，紫眉插鬓青瞳方。裼裘缓带神扬扬，城东孺子韩家郎。雄姿逸态真无比，麟阁云台竟何似。狮儿虽小王百兽，老骥翻后驹千里。仓皇意尽颜色死，瞠目大叫掷地起。简乎简乎，苔生绣涩我任尔，斗大将星乃孺子。

紫骝马

柳外听鸣鞭，楼头贺凯旋。玉珂溅赤汗，金印耀花钱。昂首嘶无恨，昆蹄气在边。封侯心未已，指日出祁连。

关山月

烽火关山靖，秋高日独清。令严无雁度，边晏少笳声。草白降胡帐，霜明候骑营。谁怜一片影，万里照寒砧。

东湖杂诗二十首

晴空望不极，独立五湖东。水气浮浸日，岚光静入风。短歌思猛虎，长啸对高鸿。欲堕回车泪，明时路未穷。其一

野阔孤烟白，林荒杂草腓。鸥鸢啼树编，鸡犬隔村稀。不寐翻兵帙，侵晨立钓矶。行藏天下事，岂信壮心违。其二

大泽千年在，英雄一战场。鱼罾出古戟，磷火聚颓塘。沙走三江白，风驱百渎黄。怒涛东到海，流恨总兴亡。其三

百代伤心地，风烟莽不收。江山一吊望，吴越几春秋。鸿雁青枫渚，芙蓉白露洲。霸才今寂寞，何处问扁舟。其四

戎马中原急，幽栖意未平。渔歌围夜永，野烧夺星明。知己亲雄剑，伤时畏论兵。一丝朝镜里，衰飒倍心惊。其五

乾坤独草庐，吾道半耕渔。竹以龙分种，瓜从雨后锄。穴墙通曲水，洒洒跃潜鱼。金石商声在，无劳驷马车。其六

岁月蓬门外，烟霞泽畔行。长吟留落日，醉眼送浮萍。魑魅吹风黑，鼋鼍欲浪青。幽愁异湘水，遮莫把骚经。其七

禹迹今何在？荒茫水国开。山趋天目下，日跃海门来。笠泽桥如带，淞江水似杯。东南输挽尽，鸿雁有余哀。其八

灰心知地僻，极目见天高。不夜湖如月，无风松自涛。冲人老獭立，入户野禽号。箕踞真成懒，孙登愧未遭。其九

清时敢避地，坚卧竟如何。两岫窗中入，千帆枕上过。饥鹰秋健翮，老鹤日高柯。招隐谁当赋，苍凉起棹歌。其十

湖峰七十二，双屿洞庭高。诘曲龙威字，萧疏甪里蒿。帝师真不世，霸气自前朝。惆怅精灵歇，西风卷白涛。其十一

闻道藏军洞，功成闭战旗。深宫醉舞夜，敌国卧薪时。鸡父空图阵，猿公是剑师。荒山千载月，愁照越来湄。其十二

著述非吾愿，成书在救时。耕屯开地轴，训练入天机。身欲依牛角，心堪冷钓丝。安攘多俊杰，草野尔何知。其十三

时危并理乱，道泰有分张。易变犹东海，难平独太行。杨朱路总泣，阮籍醒真狂。愿得萧韶奏，和鸣下凤皇。其十四

浩荡晴波远，森疏古岸秋。沙明矜独鹤，风澹悦群鸥。此日五湖长，浮云万户侯。临渊寻片石，真欲老披裘。其十五

停午片阴合，移时急雨鸣。檐虚天地失，壁破渤溟倾。龙饮前溪罢，虹依北岸生。新晴豁远目，喜见众峰清。其十六

柴门闲独啸，史赵日经过。四海烟尘半，三人涕泪多。富强书共论，出处事如何。为叹庞公隐，仙云掩薜萝。其十七

寂寂顾荣扇，萧萧张翰莼。斯人不可见，秋色几回新。水落鱼龙卧，风高鸿雁宾。江湖摇落里，怀古一伤神。其十八

把酒天难问，论愁夜易徂。凄清当赵瑟，悲壮倚吴歈。有剑贻红线，无楼贮绿珠。封侯意飘忽，欲醉转踟躇。其十九

江北传烽日，江东独望时。纵横怜蚁阵，经纬叹蛛丝。乍掩鲛人泣，还惊乌鹊枝。谭兵推毂尽，十载厌征旗。其二十

伤流人

兵荒高白骨，侥幸作流人。草露齐生死，风萍任越秦。饥儿罗去马，病妇拥前尘。夙昔苍生泪，惊看更满襟。

即事

偶过三辅地，悲喜沓相并。旷野时栽麦，残扉半有丁。柳芽攀作饭，榆荚摘成羹。暂此烽烟断，人人说太平。

留都谒功臣庙

地拥兴王势，天开佐命英。金符登赤鼎，铁券定苍生。日月还华夏，乾坤拱大明。雄姿临虎踞，巍庙枕鸡鸣。礼洽牲醪旧，功崇汗马勋。飞腾真主契，豁达吊民情。渎镇千年合，侯王一气成。熊罴无逸网，龙鸟并分营。跨海剸封豕，横江斩大鲸。长驱收岱雒，席卷奠雍

并。禹甸胡尘靖，轩图杀运平。百灵金鼓助，万国筐篚迎。懋赏存微渐，劳谦尚笃诚。丹书苗裔永，云阁画图荣。毛发余酣战，关河俨力擎。空霄闻咤叱，风雨见旆旌。拜座瞻神表，凭楹感旧京。东南仍缔造，寰宇半纵横。未信中兴远，徒高创业名。苍茫盘岳色，浩荡郁星精。俯仰深流恨，遐心委筑耕。

兵部尚书庐公哀诗

中兴多国难，上将落星芒。丑虏公能灭，孤臣事可伤。忠存恢社稷，志屈殉封疆。推毂干城选，只麾膂力刚。韬非矜虎豹，阵岂借鸳鸯。儒雅千夫勇，骁腾十骥良。突围尝百骑，陷锐只单枪。河陇黄巾遁，关门赤羽忙。泣庐趋殿对，捧剑入戎行。当国权金绘，观军狎犬羊。讵能专进止，但有谤飞扬。仙镇疑收岳，睢阳孰救张。疲兵宁奋发，贼势转猖狂。苦斗频攒箭，长呼再裹创。黑云屯不散，白日惨无光。马革心原素，龙堆骨自香。残骸付死友，遗恨负明王。只矢谁邀敌，群雏竞饱扬。汉廷思李牧，江左哭周郎。愿取匈奴血，荒坟酹一觞。

松梅合干诗拟应制四首

中兴王气挺葳蕤，质异同心结干奇。月岭半滋千岁草，天门并发九英枝。烹金绮里挥玄鹤，炼液文宾驾赤螭。仙种即今归圣瑞，长生自古应昌期。其一

曾纪周王历松磴，更闻夏后颂梅梁。岂知异节还同本，始信骈根胜独芳。青入罗浮笼汉月，香浮泰岱傲秦霜。终军有对凭谁献，解辫来归俟万方。其二

天成奇干帝家桢，素萼苍条迥合并。作栋并支寒玉骨，和羹兼伏老龙精。风霜节竟果方硕，冰雪心同柯岂更。为祝阳晖勤爱惜，玄冬回斡仗坚贞。其三

亭然各抱岁寒情，一体呈身拱盛明。气贯冬春宁改色，香投金玉

见贞盟。腾霄会使风云合，调鼎能消水火争。圣世协和今有象，从看桢干日峥嵘。其四

伤春八首

雨雪蓟成胡马动，烟花帝里甲兵中。烽高碣石千门月，角乱滹沱万里风。岂有卫青驱绝幕，幸无魏绛议和戎。至尊便殿纾筹策，麟阁功名伫数公。其一

春来禁苑入边愁，城上旌干接御楼。紫气十陵扃虎豹，黄云三辅拥貔貅。关山左臂无重险，战守中朝有壮猷。文帝神灵今在眼，自驱骄虏奠皇州。其二

闻道潼关缠寇盗，即看襄郢羽书同。鹌鹑桥冷风烟黑，鹦鹉洲空战血红。地入华嵩千嶂断，星分吴楚一江通。上游此日犀军急，控扼宁夸天堑雄。其三

分符列阃几纷更，益饷增兵只擅名。荒草八城生战骨，哀笳三协乱春声。防边翻待楼船将，逐虏还征下濑兵。北望只今消息断，东南羽檄但纵横。其四

清淮一道接邗沟，迤北风烟暗不收。豺虎书霾沧海气，鼋鼍春压大河流。田横岛拥千家哭，黄石山悬万国愁。安得材官千百辈，削平东国到燕幽。其五

时危苦忆长安信，世变惊闻歧路迷。殿上纷争新洛蜀，域中兵火旧荆齐。愚公荷担山为徙，壮士挥戈日未西。愿告同舟忧国计，急销金甲事春犁。其六

北伐南征计不难，忧时狂客泪漫漫。乾坤事业双蓬鬓，今古行藏一钓竿。掌上山川闲自笑，胸中后甲老谁看。愁闻内外频推毂，敢向

江湖问筑坛。其七

湖上寻春强自宽，冥冥烟雾万花阑。冲星短剑青霄回，望气轻舟白日寒。北海清尊还虎步，南阳高啸只龙蟠。安危肯信英雄事，潦倒休歌《行路难》。其八

七夕白下有怀

此夜秦淮正旅愁，更堪银浦渡清秋。烟含纤月添新黛，风送轻霞展故裯。天上有情能驾鹊，人间无信愧牵牛。双星应识离思苦，曾遣羁魂到画楼。

秋夜雨霁同友人读虬髯传志感

东海待月不肯上，水悬宝镜明秋庭。飞声入雷髯亦紫，吹影作剑灯忽青。片语欲下古人泪，长言还勒座右铭。读书痛饮尽十斗，驰梦绝岛惊沧溟。

次涿州见勇卫营禁兵入楚

飞腾万骑出神京，江汉滔滔助远征。日丽鸳鸯新战队，风驱龙虎旧军营。中原鼓角今须静，南国输将渐可轻。恃有圣朝忧庙算，无烦韩范尽知兵。其一

虎旅行开涿鹿营，天威遥震岳阳城。十年荡寇还增寇，此日边兵复禁兵。只为盘根难利器，翻劳神策用长缨。更闻塞北秋防急，旦夕军书望斩鲸。其二

别同门五子

燕市苍茫别思寒，狂歌日落酒初阑。台空骏骨悲何在，匣动龙泉醉里看。君父冰霜同载贽，友朋风雨独征鞍。南山此去躬耕乐，前席诸君有治安。

良涿道中

日远长安首重回，忧时涕泪暗相催。荒堤杨柳疏还绿，废屋梨花惨自开。鞍马空将髀骨去，风尘渐遣鬓丝来。十年未醒封侯梦，颓澹风云酒数杯。

闻燕齐间一妇人歼二虏事

凭将巾帼剪天骄，将帅何劳一矢邀。自有奇谋剸二虎，非关神技落双雕。夫人城上重开幕，娘子军前再建标。麟阁年来真寂寞，愿图窈窕在云霄。

湘江曲

郎踪定何处，妾梦渡潇湘。塞鸿空嘹呖，惊回寒夜长。

从军行

一自从军去，经年不复回。间阶花雾下，空与月徘徊。

前题五首

誓斩楼兰虏大宛，身经百战满创痕。但死教去图麟阁，不愿生还入玉门。其一

千里河南一战收，朔方再出长平侯。横鞭已断天骄臂，大纛看悬日逐头。其二

万里黄沙冷日围，十年青海逐蓬飞。未悬玉塞封侯印，羞见金闺少妇衣。其三

沙惊日黑扫穹庐，风静平明幕北虚。胡虏空传鸣镝骑，将军新制武刚车。其四

大扫王庭立汉碑，喧喧铙吹卷朱旗。阴山并作昆明石，瀚海收为

太液池。其五

白下有怀

孤楼客夜动千忧，战伐中原急未收。自笑虎头空有相，深闺真悔觅封侯。说剑衔杯每夜分，离愁此夕共纷纷。横行何日英雄事，幕府高开娘子军。

穆陵关

严关萧瑟古今悲，乱石高低匹马迟。传是开平酣战处，摩娑苍藓有残碑。

临淄道中

清流曲岸古临淄，白枣方稀碧柿垂。驻马荒丘怀仲父，霸才江左有谁知。

宫怨五首

取次承恩入汉宫，红颜惨淡画图中。双蛾宁让三千队，未肯黄金嘱画工。

风吹团扇委银床，拜月空庭玉露凉。但愿君心长似月，尽教歌舞落平阳。

曾从银浦拾支机，织就龙鸾五色霏。漫有回肠成锦字，汉宫珍重是蛾眉。

射生红粉蹴花骢，内苑风生绮绣丛。赢得君王频一顾，争知若个会当熊。

辇绝长门无奈秋，君恩不信水东流。欲将幽恨题红叶，空逐寒泉出御沟。

别范子

平沙浩浩水漫漫，行客羁人总不堪。偏有长堤千树柳，送行青眼似江南。

过督亢

我来特为访屠沽，论剑无人独醉歌。浩野悲风如击筑，苍凉督亢古舆图。

易水

歌翻变徵筑声残，匕首秦庭去不还。千载萧萧呜咽水，至今遗恨负燕丹。

邺宫

千骑宫娃簇仗新，白樱桃拂紫纶巾。年年遗殿花争发，可忆当时马上人。

亚父蒙

河决川原几变更，高邱何事独峥嵘。五陵王气销烟草，玉斗千年恨未平。

斩蛇沟

龙蛇此地辨雌雄，赤帝威神想像中。三尺已随风雨去，寒沟夜夜气成虹。

雁门子山中杂咏

登山

懒上层峰对夕晖，松杉应笑故人非。披襟不解前朝带，珍重犹笼左衽衣。

棹舟

水底危峰过几重，故园回首白云封。秋涛处处翻波浪，总是桃源不问踪。

对月

对影成三月带愁，烽烟满目月含羞。蟾光惭照人间路，历历衣冠尽楚囚。

看月

奇峰叠叠出岩湾，新旧云头争过山。因是野烟迷四境，层峦不比往时间。

删竹

斩除藤蔓卫新篁，窗外应添日月光。莫谓枝柔清节嫩，岁寒亦自不雕霜。

听雁

嘹呖重归旧版图，江南非复坦夷途。北风已渡衡阳界，莫恋平沙不住呼。

探梅

昨夜春风已暗还，梅花消息又依然。去年几度花前醉，今日人情比去年。

一剪梅·秋湖尤凌乱

红染青枫白露霏。江上鸿栖，城上乌栖。扁舟野客倒金卮，霜下花稀，月下星稀。

旧事兴亡总奕棋。颦也西施，笑也西施。英雄心事总成痴，俊杀鸱夷，恼杀鸱夷。

渔家傲 · 渔父

鹦鹉洲头天映水，凤凰池上山横翠。短艇轻纶随处舣，秋似洗，玉醅金蕊银丝鲙。

泽畔三闾醒与醉，芦漪伍子歌和泪。苦恨英豪成底事，烟月里，笛声吹彻鳌鱼睡。

满江红 · 和王昭仪

回首昭阳，千里外，愁云凝色。那堪忆，蛾眉初入，承恩瑶阙。画凤殷勤团扇底，当熊宛转金舆侧。叹帝城，烟景入悲笳，容华歇。

骊山恨，终难灭。青冢怨，何须说。对新斋清磬，暗沾襟血。苦竹春迷瑶瑟雨，衰兰秋老铜仙月。愿化为，彩石补还他，乾坤缺。

满庭芳 · 七月八日夜作

灵鹊初回，飞梁乍拆，商飙还涌层波。人间天上，会少总离多。多少天台花谢，楚宫冷，云雨模糊。断肠甚，篁枯弦绝，清泪满苍梧。

新愁从此夜，一欢成梦，后约蹉跎。恨天公懵懂，情种偏磨。更恨机中素手，空憔悴，云锦鱼梭。待借取，女娲木石，衔血去填河。

渡江云 · 秋中无月

唤吴刚何在，凭将玉斧，为我扫丰隆。道天公老去，愁见今秋，不比往时同。兴亡满眼，齐州恨、九点烟空。那堪照、秦关汉苑，楚殿与吴宫。

朦胧，银河影没，珠斗光收，深锁霓裳梦。最断魂、绕枝惊鹊，失侣哀鸿。何年赴琼楼旧约，横铁笛、翳凤骖龙。挽东海，为伊洗出瞳昽。

摸鱼儿 · 浙江潮

问天吴，鞭江驱澥，为谁簸弄如许。一丝练影摇天末，瞬息鱼龙啸舞。流传误。道白马、素车果否英雄怒。訇訇雷鼓。看银阙鲸翻，雪山鳌碎，瑶岛飞仙堕。

伤心事，断送赵郎残祚。鸱夷巨手何处。霸图牛斗曾雄踞，气压回澜万弩。今又古。只恐怕、蓬莱清浅迷归路。归时记取。有精卫心痴，麻姑眼老，桑澥几朝暮。

贺新郎·九月九日作

身世今如此。甚重阳，正逢阳九，劫灰飞堕。憨雨骄云天欲暝，孤馆海涯愁寄。纵满目，千崖秋霁。红萼黄英堪斗艳，尽登临，只迸新亭泪。千斛酒，怎堪醉。

龙山嘲咏成何事。尽豪雄，彭城歌舞，金钗铁骑。挥霍燕秦如电扫，万里鹰扬虎视。问江左，霸才何处。简尽纷纷南北史，算神州，离合浑难据。江水咽，向东注。

春从天上来

有个惺惺。记云亸春鬟，波剪秋睛。哀弹丽曲，嘹呖流莺。笔走锦字蛇惊。忆挑灯丙夜，翻青史，评判豪英。两心期，待功成拂袖，梅墅莼汀。

蓦然江湖风景，怅柳拂章台，憔悴青青。是耶非耶，楼空人去，梦语呜咽悲凝。纵成灰心事，多情债，浩劫魂萦。恁飘零，韦郎两世，杜牧三生。

念奴娇

蓬壶旧约，叹沧溟，尘起赤霄无际。一堕人间迷归路，空洒神州血泪。铁马嘶星，雕戈枕露，惨淡中流逝。年华过眼，笑人何限邓禹。

苦恨兴废匆匆，黄金白发，短尽男儿气。半饷青瓷终古梦，漫道可人强意。江汉沉碑，祁连起冢，衰草斜阳里。千年老鹤，唳断点烟杯水。

满江红·姑苏怀古

斗大江山，经几度，兴亡事业。瞥眼处，称王说霸，战争不息。香水锦帆歌舞罢，虎邱鹤市精灵歇。漫简残，吴越旧春秋，伤心切。

伍胥耻，荆城雪。申胥恨，秦庭咽。更比肩种蠡，一时英杰。花月烟横西子黛，鱼龙水喷鸱夷血。到而今，薪胆向谁论，冲冠发。

满江红 · 除夕丹阳道中

地坼天摧，孤臣恨，渡江孤楫。堪此夜，吞声相对，椒花柏叶。十七年间宵与旰，三千里外陵和阙。想明朝，新历旧江山，回肠裂。

赤眉剪，南阳业。黄巾荡，中山杰。看金陵王气，汉家隆准。倚剑昆仑封豕骨，洗兵星海长黥血。取大仇，函首告先皇，云台烈。

水调歌头 · 北固亭

千载孤亭在，万里大江流。风飘雨打何处去？瑜亮孙刘，共道寄奴盖世。可惜燕秦拱手，粉碎掷神州。问虎吞龙斗，六代有人否？

酒可饮，兵可用，志难酬。横戈跃马，甚时了国耻君仇。画里金山铁瓮，梦里云台麟阁。身世两沉浮，青青看不倦，争奈湿双眸。

念奴娇 · 渡江雪霁

江天一派，初日霁，万树千山争白。银甲霜戈浑认作，缟素三军横列。薪胆君臣，釜舟将士，洒尽伤时血。中原何在？问中流古今楫。

回首北固金焦，晴光如画，拱带金陵业。虎踞龙蟠都不信，此日乾坤分裂。席卷崤秦，长驱幽蓟，试取中兴烈。妙高台上，他年浩歌一阕。

水龙吟 · 广陵夜泊

繁华自古扬州，江流东去风流换。芜城草满，琼台花谢，迷楼人散。鼓角声边，旌旗影外，暮云零乱。叹兴亡，多少英雄束手。伤心处，从头看。

二十四桥堤畔。傍垂杨，孤舟短缆。胸中湖海，更超百尺，元龙谁唤。酣眼横斜，天南地北，归鸿嗔断。漫狂歌一阵，斜风急雨，漏沉灯暗。

木兰花慢 · 淮阴怀古

清淮天共水，数往事，几雌雄。想国士登坛，王孙进食，枉杀重瞳。男儿，为知己死，又何妨鸟尽便藏弓。热闹神鸦社鼓，苍凉汉殿齐宫。

霸才，王佐逐飞蓬，成败总朦胧。叹碌碌田横，匆匆士雅，草草元龙。荒台，是刘伶土，好浇他杯酒对春风。啸断孤城夜月，梦回古寺晨钟。

满江红 · 彭城怀古

霸业销沉，还留下、连山巨浪。想当日、金戈铁骑，风驱雷荡。戏马台平神骏去，斩蛇沟冷蛟龙葬。算古今、形胜说彭城，空悲壮。

荒原草，虞歌唱。新春燕，高楼傍。更萧疏野老，闲庭鹤放。黄石遗祠临古岸，东坡断碣悬青嶂。叹成名、竖子共英雄，乾坤怆。

金缕曲 · 戏马台

九曲黄河泻，似重瞳、风流豪宕，美人骏马。蓦涧注坡三十万，盖世暗呜叱咤。目断处、高邱浩野，成败难平广武叹，尽纷纷、竖子王和霸。君莫笑，拔山者。

卯金龙种堪无价，下梢头、使君匕箸，寄奴田舍。玉帐茱萸歌吹满，旧楚楼船台榭。对寂寞、山川图画，斗虎英雄争鹿地，付乌骓、赤兔渔樵话。藉草坐，泪盈把。

沁园春 · 病忆家园

匹马驱驰，满眼烽烟，扑面尘埃。叹日边夸父，邓林余恨，海中精卫，木石空哀。潘鬓添丝，沉腰宽带，岂为伤春病酒哉。凭谁诉，只孤琴对月，雄剑鸣雷。

东湖潇洒茅斋，正水曲山横傍浅涯。忆短衣角射，晴云落雁，长笺斗句，午夜衔杯。修竹千竿，新松数尺，小径还应长绿苔。怅望我，有多情猿鹤，野老须来。

贺新郎·寄怀史弱翁、孙君、吴扶九、包惊几

事业那堪说。似当时，隆中过从，邺中歌答。高论兴亡先后著，从古两三豪杰。转盼里，山河横裂。独向司州深夜舞，要长驱，直捣心如铁。劝杜宇，莫啼血。

树犹如此人悲切。竟何年，披榛扫洒，汉家陵阙。抛却中原浑不问，微管其如被发。叹江左，诸君英绝。惨淡鱼龙风雷怒，算神州，到底难合。谁只手，补天缺。

浪淘沙·临刑绝命

落魄少年场，说霸论王。金鞭玉辔拂垂杨。剑客屠沽连骑去，唤取红妆。

歌笑酒垆旁，筑击高阳。弯弓醉里射天狼。瞥眼神州何处在，半枕黄粱。

又

成败判英雄，史笔朦胧。兴吴霸越事匆匆。画墨凌烟能几个，人虎人龙。

双鬓酒杯中，身世萍蓬。半窗斜月透西风。梦里邯郸还说梦，蓦地晨钟。

——《吴长兴伯集》

吴与湛

吴与湛，字子渊，一字樵云，号一庵。有《荆园诗钞》。

和落木庵诗

高士岩栖处，柴门满碧萝。境幽千涧合，世乱一身多。洗耳松风细，携琴鹿影过。山中清兴剧，不复问干戈。

——《国朝松陵诗征》卷二

庚子首春同耘野松之山子庶具安节耕道明农闻玮叔集学山郊居分韵

卜居相傍五湖滨，岁序开筵唤酒频。数里寒梅皆绕屋，一尊绮席重留宾。诗成白雪才难继，韵付红牙调更新。尽日草庐人共醉，柳丝吹散小庭春。

——《吴江叶氏诗录外编》

吴兆宽

吴兆宽，字宏人。明永州司理晋锡长子。县学生。以子树臣贵，赠刑部郎中。有《爱吾庐诗稿》。

悲歌

朔风来龙山，惨淡[①]云物变。转蓬离本根，飘摇随风旋。随风尚无依，况乃尘网罥。非无连枝情，憔悴不相见。兰摧谁复怜，艾荣众反羡。感此怀百忧，中宵泪如线。

述怀赠张九临

廿年之前清晏时，尔我声誉同驱驰。廿年以来风尘半，尔我轗轲多聚散。人生会遇时有穷，两家胶漆无不同。风期管鲍难再得，古道今看张长公。忆昔结游称二妙，君年[②]差长余差少。入同几席出同舆，我兄事君弟畜余。君当年华二十五，文章如龙人如虎。吹嘘片语重三都，俯仰高谈倾四[③]部。是时宫中奏云门，海内论交意气存。仕宦不羡金吾贵，太学偏知月旦尊。忽逢马阮当时轴，批根告密相追逐。名士难藏复壁[④]中，清流尽被飞章录。君时名存祸转奇，吾道方知师友笃。自兹翻覆异枯荣，余亦含辛门户倾。生憎头白乌难得，最怪弹棋局不平。倾肝吐胆素心在，竹帛功名一羽轻。岁华转眼疾如驶，五十

① 《爱吾庐诗稿》作“憺”。
② 《爱吾庐诗稿》作“才”。
③ 《爱吾庐诗稿》作“二”。
④ 《爱吾庐诗稿》作“壁”。

之年忽然至。老骥常怀千里忧，红颜那得不憔悴。叹老嗟卑勿复陈，郁塞岂乏英雄人。君不见，公孙四十尚牧豕，翁子五十行负薪。伯起授经终特达，桓荣稽古岂长贫。只今尔我寂寞蓬蒿下，羊求酬唱聊多暇。束发论交老更真，衔杯起舞愁难罢。榴花初放柳还柔，逢君置酒登君楼。击钟鼎食且勿求，不如开颜痛饮凌沧洲。

寄怀小修弟

万里江涛接郢城，上游节钺坐论兵。风清鼓角秋开幕，月照旌旗夜勒营。海内功名多难日，天涯兄弟别离情。只今汉上烽烟满，慷慨中流忆祖生。

淮阴钓台

鹑首霸图歇，景运肇炎精。风云有龙战，佐命产人英。蠖伏淮水上，鹊起汉王城。升坛九天秘，授钺一军惊。豁达推心膂，深沉抗羽旌。片言相国契，遇合欻峥嵘。方其时未达，荷钓沧江清。弱饵日垂垂，寒流徙濯缨。一饭王孙饱，千秋漂母名。潜渊戢游龙，尺波敛沧鲸。袴下匪窘步，乃以砥大成。参差市朝变，寂寞暮云横。登台见衰草，临渚空涛声。慷慨怀雄杰，贫贱难为情。

苦热

触暑意不释，散疴展晨眺。幽窗初旭开，亭午光照曜。杲杲天宇净，微云迹似□。广除方郁烦，况乃栖鹪鹩。金石渐销铄，筋骨谁□疗。倚徙望修林，躧步舒长啸。坐映玉壶冰，静观怯内烧。惟有君子心，庶免因人诮。冷然幽赏惬，渐以释纷躁。

运□虽鳞次，盛衰各贞时。三伏犹未至，骄阳早见威。□兰吐芬芳，芙蕖映清池。遨游陶嘉候，□□在炎晖。纷埃一何盛，燂烁光四陲。晨睇火云横，夕迟颓日微。怀古帙倦开，抚弦手罢挥。局蹐逼城闉，偃息将安归。素景尚迢迢，永夏谁栖迟？

述怀寄徐健庵编修

旧秋洪水患，横流倒太湖。吾邑数万户，将尽化为鱼。皇天怒少息，民命延须臾。起视田禾苑，莫辨蒿与菰。胼胝非不劳，水败堤防虚。此地财赋薮，吁嗟书大无。正供遂匮缺，民间安仰哺。邑无贤守令，能无叹瞻乌。我欲依故人，中夜起踌躅。公等青云彦，翱翔登石渠。金□正迢迢，何以历□途。客为指梁溪，贤哉邑大夫。德泽周四野，名重东南隅。置民衽席上，愁困得再苏。且重礼贤子，一气可嘘枯。接迹东京后，俊及与顾厨。□日□□□，□□□必殊。怀中刺甫通，果喜迎门枢。相对数契阔，历叙□欷歔。暂留憩别馆，朋旧日夕俱。刘子金石交，洒扫启庭除。上床设寝处，庖湢安童奴。酒浆及醯脯，周给不待须。令公退食暇，官阁复招呼。慷慨毕生志，抚恤情萦纡。怜余已无家，为谋道里需。逝将去故里，资遣适皇都。重感知己意，沉忧得暂舒。回首旧乡井，莽莽半榛芜。每读前代纪，救荒计非疏。长孺自发粟，汉文常赐租。圣朝德浩荡，宁不念三吴。闾阎困赋役，催科未敢纾。儒冠多坎壈，空抱诗与书。煌煌京洛中，冠盖交天衢。五侯置高会，堂上罗笙竽。金盘荐嘉羞，玉粒炊雕胡。富贵适意耳，秉烛追欢娱。岂知大江南，一饭尚无余。守令果得人，海内晏无虞。尽如梁溪贤，风示满寰区。和气回灾沴，礼义消戈殳。君负经国才，共推贾董儒。兄弟列禁近，高议动公孤。深念国根本，将何效讦谟。裁书附双鲤，或比流民图。意气敦夙昔，定有慰吾徒。

中秋唐魏子招同瞿如雨辰夜集赏月

雨洗秋山深，宿阴气蓄泄。薄暮云乍归，霁天开令节。离离越海峤，清辉已高揭。移席依前除，浩荡睹漻泬。转怜积雨收，景色佳自别。树梢静含风，竹影疏相缀。槛外众峰高，郁若屏障列。澄然一碧天，烟云起复灭。林峦多窈窕，旷望何清绝。官阁遥相对，幽赏穷曲折。主人玉壶冰，怀抱相映发。二三同志侣，玄言吐玉屑。百年作客心，逐景怀新切。静者悟有余，俯仰生怡悦。领会各自知，浅深非言说。共此忆乡念，徘徊释纠结。

赠别刘大震修兼示沛元

朋旧百年内，契阔如参商。怜余历多难，良会讵能常。方春花未吐，竭来登君堂。淹留及今兹，鶗鴂鸣高冈。此会未易遘，感君意弥长。清斋供啸咏，四座泛华觞。执手数晨夕，为欢殊未央。抚今追夙昔，慷慨披中肠。忆自敦槃会，人物盛吴阊。谁为开筚路，君才比启疆。俯仰流英眄，结交无相忘。兄弟重诸刘，声名孰抗行。众中独挺出，交口推二方。与余申久要，得失相扶匡。高朋张广宴，翰墨生辉光。共□奋羽翮，皇□以翱翔。倏焉逾星纪，相对鬓俱苍。当时同袍子，后先赋长杨。接轨金马门，佩玉声琅琅。君尚困蓬蒿，身屈气自张。抵掌公卿间，雄谈惊望洋。怀抱荆山玉，五彩炫文章。世无知我者，宝在道宁丧。余更抱迍邅，十载经风霜。不能事雕饰，依人历温凉。高歌击唾壶，环堵垂空囊。只今羁旅愁，借尔慰彷徨。聚首虽有期，去住尚茫茫。仰视春星烂，挥袂上河梁。各保金石心，肯为谋稻粱。

送许竹隐司李思州

宦游何独远，驾言越沅湘。缅邈溯春潮，别促怨道长。排翮奋天涯，戢翼栖故乡。飞沉各异概，聚散何时常。在昔怀周旋，急难谊弥章。岁寒许何人，寸心期相将。亲者忽以隔，畴能察中肠。旨酒满金罍，与子尽一觞。俯首汤汤流，仰视高云翔。

赠仪部王阮亭

自昔钦东海，泱泱表大风。苍茫千载内，继响谁为雄。近代边与李，盛名归雅宗。沿流久渐失，不复睹嘉隆。先生挺奇姿，俯视古人中。岩岩泰岱尊，云日开鸿濛。磊落□□人，山川气复钟。志存振大雅，廓然辟蚕丛。□□□□秘，下笔神灵通。□□鄙章句，探道契深衷。□□□文藻，组缋符天工。前希昔贤轨，后绝来者踪。揽□□踆□，□朱照江东。含香建礼闼，赋诗甘泉宫。才华资黼黻，剑佩还春容。齐驱有汪子，宛若翔双龙。篇章迭应和，风流邺下同。遗音见正始，艺苑闻钟镛。譬犹扶桑出，爝火一时空。余与汪子友，侧闻切磨砻。爰披渔洋集，担簦拟攀从。每思先民言，师资道靡穷。何当奉清尘，高言为豁蒙。

寄别葛瑞五宋既庭诸子

戒装远行迈，俟子城东隅。宁无生平交，缱绻更自知。关吏趣前踪，未得握手辞。解缆行复留，迢遥重回迟。匪我舟行迟，客心有所思。思子不得见，何异琼瑰枝。殷勤展尺素，怀子别离诗。袖中字或灭，所思终不移。

别吴江同学诸子

清晨肃行迈，泊舟城西阛。悲风飘白日，道路多沙尘。抚剑心茫然，四顾无行人。仓皇祖者谁，枉驾赖嘉宾。殷勤路隅侧，含意两独真。要以后归期，申以儿女姻。惭恨逢迍邅，重荷平生亲。长跪致感激，凄恻伤心神。敦交道有终，何论参与辰。慷慨怀范张，风义殊等伦。

柬比部汪苕文

岧岧青云姿，翱翔恣遐瞩。直秉古人心，奉义一何笃。忆昔结交初，明信资忠告。触目披琳琅，雄谈炳华烛。戢羽同幽栖，骞飞绝高鹄。曰余本支离，违方遭冤酷。脊令谴青蝇，家门共趋录。征途骇风波，微躯缠桎梏。凄凄冰霰零，杳杳车徒躅。伤哉白发亲，百身谁能赎。提抱弱与稚，手足痛瘅瘃。缇萦哭汉庭，邹阳出梁狱。曩日缓刑时，小大得所欲。肃肃司寇尊，平反将谁属。片词折黄金，朗鉴剖荆玉。白雪推仙郎，参听情无曲。矧荷九重恩，照临时温肃。眷眷望故人，披拂如冬旭。

舟发吴江

泛舟清江沚，遥望燕山岑。羁人重去乡，愁思谁能任。明发万里途，斯须恋旧林。欲诀复远入，将同儿女心。倚剑揽衣袂，悲歌随风吟。酌酒不成醉，挥手泪浸淫。飘蓬还根株，列宿伤辰参。壮游犹恻恻，况罹吏网侵。抚躬念永别，惟留徽与音。

京口

江介气早寒，孟冬洒微雪。远征乏衣装，岁晚与家别。凄凄背乡心，泠泠夕潮咽。北固倚空峙，海门奔流泄。迅波迎风开，云沙触涛绝。家园日以离，飞棹何时歇。涂随前旌远，愁逐后尘结。缅昔渡江者，中流徒击楫。

泊淮上

去乡徒千里，萧条云物凉。乘舟溯潮汐，淮水何汤汤。浩荡峙严城，迴堞含冰霜。高墉宿雾屯，平野枯蓬飏。躧步一以眺，黄河邈可望。云舻浮广岸，迎风旌旆扬。哀角嘈嘈鸣，北雁俄南翔。嗟我羁愁客，抚剑心彷徨。

渡河

扬舲渺无际，浩浩涉黄河。逆水溯行舟，百丈牵颓坡。须臾迅飙发，汗漫方经过。朔气排云开，万里扬洪波。河源起积石，砥柱屹嵯峨。下流赴齐鲁，洄薄势无涯。夕风转横厉，坼岸屡崩斜。时闻鼓雷霆，恍惚惊鼋鼍。二仪色黯惨，平野吹寒沙。击棹不能前，莽坱荡中涡。我行复值兹，回睇空咨嗟。舟壑不可攀，飘泊将如何?

呈伯成从祖

旷代挺人杰，四方颂为纲。高云垂九天，荫被诚无疆。百川日东注，朝宗自相将。每追群彦后，获侍函丈旁。质疑闻高论，渊涵未易量。忆昔梅花发，细雨湿寒塘。春宵漏沉沉，赋诗行羽觞。叹息慰游子，念别转彷徨。大江暗长戟，欲渡川无梁。龙门日在望，契阔思弥长。阳回正添线，介寿华筵张。归来逢燕喜，重登夫子堂。质朴老孙子，四座随末行。门风有杜陵，赏识讵能忘。高义自夙昔，敦勉在文章。重以经年阔，颜色各苍苍。相对感知己，恩深结中肠。愿垂君子惠，长依日月光。

祝寓籽漱六阁新成题赠

迢迢玉山岑，环回势蜿蜒。缅思游绝顶，乘云揽九天。兹楼何奇特，曲折面层巅。豁达四窗虚，影接斗牛边。登兹一遐瞩，森列楹槛前。况逢新秋日，清晖正苍然。天风飒爽至，洗涤烦暑煎。景物未变衰，山光转澄鲜。美人为政暇，俯仰恣高眠。乍可窥化工，放笔收云烟。风雅出尘姿，山水多良缘。高斋追谢朓，楼月步惠连。信知贤达士，不受物外牵。我来每爱此，坐待薄虞渊。落景念幽峭，耽赏不知旋。好客如仙吏，复选胜地偏。诗酒聊酬唱，一慰羁愁悬。尚期高秋夕，凭临抚丝弦。逸兴良不浅，共看冰轮圆。

题嵇匡侯小影

中散餐霞客，千载播徽音。风流讵绵邈，仿佛披素襟。吾子嵇山胄，磊落抱遐心。英姿迈流俗，高映玉山岑。胸藏富文藻，抽毫发清森。户外屦常满，结交利断金。本非逸者流，何事耽碧涛。已绿春江水，垂柳散新阴。景物丽平楚，延眺思不禁。素鳞跃澄波，投竿信浮沉。岂学任公钓，时闻沧浪吟。纷感意多役，冥观物鲜侵。由来旷世士，心并迹俱深。古人复可睹，把臂游竹林。

暑夕喜雨

永日逼炎氛，暮云高嵯峨。移步向旷除，仰睇众星罗。暑晏尚埃郁，谁为涤烦疴。少女风徐来，殷殷轻雷过。迅商吹飞雨，四注倾银河。凉气动虚幌，清芬扬泽荷。俯仰未移时，恍过九秋多。珍簟清夏室，芳樽对绿萝。优游放情志，兴言自成歌。良宵已足娱，徂暑复如何？

送陆丽京北上

玄冬肃川涨，寒飙野外翔。徒旅倦行役，洪河阻无梁。越客冒风涛，戒途何仓皇。嗟子婴文网，动止安有常。抚躬常不恤，宁能别温凉。鹡鸰相追随，慽慽披衷肠。揽衣起送行，晨兴履严霜。如何展周旋，结念徒自伤。感激平生意，伫立且彷徨。

彷徨亦何聊，怅望远征客。行人色凄怆，君怀浩难测。慷慨古人节，朱丝本自直。岂意逢迍邅，单民就羁勒。同行范彦龙，虚舟任所历。握手平时欢，高谈谢纠缠。譬彼岩上松，霜雕不改色。萧艾未移时，飘风委沙砾。叹息君子心，庶以慰离析。

离析云何慰，道路艰且修。番番九苞禽，垂翼远行游。栖集无处所，枳棘克道周。愿托双黄鹄，翻飞以绸缪。迢递趋京华，冠盖如云流。炯介时已钦，明哲道所求。矧披邹阳书，先几早见投。天门虽嵯峨，剖心终无尤。春风惠泽至，延伫驾归辀。

丽京事解志感

懿彼珪璋姿，出处品流萃。八区擅清名，壮岁鄙荣利。幽人美贞吉，遁世高不事。混迹江湖间，块然遂遐寄。何意冲飙发，燎原日隆炽。昆峰远见延，宁为复壁避。昔日河梁别，含凄送幽冀。迢递辕西陵，批根俾杂治。纠牵市虎疑，三复司寇议。榜掠未曾休，妻孥尽为累。赭衣楚囚寒，白日请室邃。传闻只道傍，音书何由遗。恻恻故人心，呼天辄心悸。一旦诏书开，恩威天上至。对对红韎韐，骎骎青丝骑。缚囚听区分，嚄唶声恣睢。何异槛中猿，生杀惟所置。上堂锒铛俱，出门身首异。子独荷金鸡，脱身辞狱吏。乃知渤海直，千古并无愧。顾视市曹西，白骨中道弃。血腥溅人衣，锋刃交人臂。赫赫昊天威，宁殊京观积。不知生者乐，但洒沟中泪。之子纵得还，多恐颜憔悴。何时道悲欢，相对不能寐。

先慈讳日

凄怆此何辰，永牵儿女心。年往节不易，绵邈怀徽音。伏暑正蒸郁，玉叶方七蓂。慈帏昔此逝，遂撤裳与衾。缅往诀别时，孺弱痛难任。先慈见背日小子方十龄耳。倏忽运化徂，惟睹拱木森。子年历衰壮，追远岁沉沉。生阙菽水欢，飧乏五鼎歆。徒洒罪鱼泣，恍依泉下灵。哀哀无可展，弥念罔极深。徘徊对空祠，泪下沾衣襟。

登梁溪九龙山绝顶望太湖

九峰俯郭门，扪萝蹑高眺。绝巘何巑岏，群山若奔峭。振袖拂天风，攀跻逼景曜。时时听龙吟，杳杳闻鸾啸。具区从西来，旷然涵清妙。荡胸凌层波，不受冯夷诮。缅彼灵威书，寄此五湖钓。山水有高人，千载无异调。

许观察修复兰亭诗以纪胜和姜定庵原韵

俯仰千载内，山川气复新。旷然感会遇，触景理自陈。抗情尘物表，匡济务宁人。暇豫企往哲，燕赏几逡巡。嘉宾迭酬唱，高言惬蕴真。重遘永和年，觞咏陶芳春。

送何昆岚北上

论交风尘际，浮沉逝无端。伯牙操逸响，抱琴常不弹。举世无钟期，知音良独难。投分遘吾子，悠然开心颜。乍遇殊落穆，积久情弥欢。繁华不终朝，结根在岁寒。申以金石固，浮名非所安。芳园怀桢粲，永夕思尹班。古人岂不再，官阁重盘桓。疑义同剖析，高文互往还。平生获所托，笃顾相追攀。

翩翻棣萼辉，谁识意所寓。旷怀高世心，岩壑有深慕。矧兹名胜区，禹穴神灵聚。奇峰何蜿蜒，山川互回错。携余恣冥搜，担簦蹑危步。探历巉崖间，石立向我怒。凿翠遍题诗，安禅如有悟。当其物我忘，何异濠上趣。千载庄惠情，兹焉欣复遇。顿欲遗世荣，宁哂烟霞痼。嘉游讵可常，将谁托情愫？

淮海出灵蛇，驰光照帝城。素心厌雕饰，令德扬休名。驱车向京洛，良辰撰将行。亮怀璠玙美，席珍有余荣。眷彼玉禾良，雍雍鸾凤鸣。嘉招诚有待，振绥抗前旌。指顾排金闺，绻缱在友生。执手前告辞，唱和念同声。殷勤申赠言，骊歌伤我情。夏云行冉冉，徘徊班马征。愧无握中璧，何以报瑶琼。

九日龙山为何郡伯抽簪宴别叙怀

卧龙亘山城，蜿蜒互驰骤。木杪遗亭基，阅历人代旧。荒凉榛莽间，四野走鼯鼬。我公凭眺余，感慨营缔构。经始不日成，令节商秋候。素飙起苹末，山川色如绣。飞云宿栋梁，轻烟染衣袖。游遨际良辰，嘉会不易觏。何当解组归，迹往情弥厚。眷眷彼都人，冠盖逮黔首。置酒临山椒，叙别永清昼。丝竹间讴歌，群情杂献酬。攀卧那忍离，回顾犹悁脰。戏马与龙山，风流冒岩岫。何如此山亭，遗爱传贤守。穹碑矗岧峣，苍然薄悬宿。骊驹不可留，美名千载后。

赠别淮上王宪邻、戴龙质

大雅久寥廓，结纳徒虚声。安得天下士，握手定平生。我怀淮海杰，人文冠两京。戴凭夺重席，经术擅通明。平子探道奥，亹亹挥尘清。出门好求友，意气老纵横。相距各千里，驰思日夜并。何当定交期，越在范蠡城。片言相契合，各许寸心倾。严冬飞冰雪，岁暮色峥嵘。之子涉江来，高谈四座惊。同放湘湖棹，何减剡溪行。有时登览眺，春树晓闻莺。宣城斋阁内，清燕一飞觥。自冬涉初夏，追陪共轩楹。诗篇迭酬赠，有唱必和赓。不独状景物，借通彼我情。文章疑共析，然诺义不轻。脱略忘尔汝，敦交若弟兄。愧余搔短鬓，耽默寡所营。看君才气壮，老骥万里鸣。忽忽分手去，孤篷向北征。行藏分有定，期各保令名。

劝农诗

越滨江海隅，康阜号易治。陇亩如绣错，有秋歌滞穗。萑苻起山陬，烽火逼郊遂。庐舍成丘墟，田园还□弃。我公乘传来，寇贼相惊避。辛苦集哀鸿，及时在农事。嘉种方离离，一望参差被。尝恐民力劳，耕耘失迁次。三农一失时，本拨忧方至。五马巡陌阡，不用策高驷。步屧春风间，疾苦亲省视。劝课惰与勤，勉以稼穑利。荷锄田间来，酒浆遍为食。鲐背若无衣，钱帛充赍赐。肘袖索果尝，抚摩饱童稚。慰问诚谆谆，开谕勖大义。循分勿作非，闾党息诟谇。愚朴共恻然，长揖告长吏。我侪属小人，驱迫惟所置。播种方自兹，赋税已孔亟。追呼日烦苛，谁为勤抚字。重荷使君恩，劝劳兼晓譬。旷典久未修，畜眼兹为始。各自诉衷肠，哽咽为洒泪。渤海与颍川，高名存梦寐。何如重春农，金甲销内地。汉家良刺史，我公庶无愧。如咏豳风篇，为卜苍生瑞。

太叔祖大参匪躬翁七十

星纪垂苍穹，江海势蓄泄。间气钟神区，于越挺奇杰。祖德述平原，高风景宗哲。千载伟人生，今古同一辙。发祥浙水东，家世有贻厥。司马握中枢，勋名著九伐。丹书世禄长，延庆绵瓜瓞。我翁公辅才，辽左膺特达。遘会风云际，致身气勇决。结绶攀龙鳞，驰驱敢不竭。国士草昧初，济世乱方拨。劲节行胸怀，高谈盈庭豁。诏书拜谏官，万言莫扪舌。利害当陛争，直气森喷发。辛毗裾可牵，朱云槛为折。天语常褒嘉，风棱谁磨涅。特简命巡方，霜威仗旌钺。官常与国宪，肃若纲领挈。埋轮都亭前，冤滞少留谳。三楚正艰虞，才望参藩臬。湘汉拥上游，江流控大别。兵食借转输，持筹无匮缺。功名正盛时，勇退鼓归枻。卜筑尺五天，别墅傍城阙。倚仗上林云，立马西山雪。泉石恣偃仰，琴书良可悦。宾从时往还，清言吐玉屑。优游养大年，真气日融结。荀陈多后贤，麟骥森成列。经纶有巨手，梁溪称卓绝。家传超宗奇，官并胡威节。声施天壤驰，后先堪比絜。显名报所生，斑斓事黄发。官厨甘旨供，诗赓白华洁。翁也受其成，从容臻耄耋。当兹杖国期，方瞳神明澈。宽忝同本支，典型寤寐切。每从梁溪游，清燕侍座末。闻翁风义高，真继前贤烈。请咏南山篇，升恒如日月。

访徐健庵太史不值有赠

论交六合间，贤愚互参错。人文有君宗，群伦遂所托。从来广与峻，道在日星灼。要以至性孚，真气森喷薄。霜霰不受凋，金石宁为铄。所以天下士，声名播寥廓。堂堂挺南州，当代继李郭。兄弟并鸾翔，怀抱天人学。携手步玉除，当阶吟红药。元方振裘领，顾盼更英烁。峨峨千丈松，柯枝荫广博。焯焯烛龙辉，照耀开玄漠。在贵能忘势，敦交重然诺。与君三十载，意气犹如昨。飞盖上林日，寸心眷寂寞。芳讯四五至，远缄自京洛。敦勉古人义，不啻縻好爵。休浣辞金闺，惭憩有余绰。清游陟玉峰，芳洲揽杜若。怀友拟陈王，缱绻在葵藿。风流尚未坠，斯道复推扩。余归频造访，往往蹑芒屩。思君不得遇，沉吟至日落。何当披青旻，高谈慰离索。谢安岂高卧，勋名资壮略。原宪自穷愁，鄙尚存丘壑。垂老常依人，欲进顾还却。半生结客心，自愧终薄弱。飞沉虽异趣，岂不系忧乐。愿各保坚贞，无负生平约。

酬赠超士叔兼怀徐子昭法

大雅遗音响，旷代几传人。浮名竞末俗，往往乖天真。巴曲杂然奏，斯道江河沦。大阮禀神秀，风姿矫出尘。述作志复古，力欲辟荆榛。淡泊守静素，不与浮薄邻。沉冥类埋照，龙性讵易驯。读书春雨庄，天水碧粼粼。新涨可濯足，烟舟或垂纶。客至烹巨鱼，饥来采湖莼。俯仰瞩窈眇，旷旷莹清神。心契已领要，目击时怀新。穷年著词赋，直迈班马伦。见枉瑶华篇，如获开秋旻。精思入奥窔，高气薄松筠。古人惜已往，此理谁复论？继起资英绝，渊源岂无因。南州挺高士，龙卧三十春。清名动天壤，藏山富等身。师资端有在，传自渭阳亲。别久意疏阔，仰止如峨岷。何当竹林游，松关同问津。

送张弘蘧北行

节序有代谢，芳菲贵及时。膏雨当春敷，百物生光辉。华林如始旦，灼灼桃李姿。何况天下士，荣名自早驰。吾国有颜子，至宝世所稀。弱龄秉奇尚，缥帙无不窥。胸中吞彩凤，摇笔蟠蛟螭。文章落片语，辄足惊宿师。战必冠一军，破壁树旌麾。俗儒何足道，仰企古人齐。清新追开府，文藻富陈思。冠盖飞曲水，名士集南皮。叔宝翩然至，握尘吐英辞。援毫赋鹦鹉，四座皆叹咨。才华过八斗，循墙多委蛇。罄折弗居先，粥粥不胜衣。余愧非子云，玄亭每问奇。疑义相折衷，镞砺当取资。高义比侯芭，几席日追随。一旦荷嘉招，促装别有期。京华帝王州，宫阙高参差。公卿多贤达，延揽皆无私。矧子英妙年，明月握中持。朝廷盛文儒，天阁燃青藜。上林与甘泉，词赋郁离离。扬马班张间，千秋当在兹。子才继往哲，英绝首见推。凌云特达赏，前席复待谁？愿子勖明德，腾速报所知。正若春阳日，乘时挺葳蕤。勿令鶗鴂鸣，迟暮难攀追。只今春色早，新柳方如丝。送子城南陌，远别忽如斯。因风凭朔雁，慰我长调饥。

桂芝篇

苍穹宰元化，滋育日含菁。有德孚感召，佳气肇休祯。郁郁稽山麓，岧峣构飞甍。游眺华堂间，旧播石芝名。太岳远有耀，青琐振嘉声。宅道炳斗极，亭榭环地成。虬松峙霄干，古桂复挺桢。盘柯诘曲奇，天香庭际荣。根株产瑞草，玲珑吐华英。离离秀采舒，一干双素茎。恍疑仙掌迴，忽瞰彩云平。芝房奇瑞见，歌颂振西京。家国理同符，灵异讵虚生。高堂奉黄发，陔华笃子情。昔闻仁孝感，醴泉绕阶盈。茁彼神仙种，翕赩更交萦。秋花垂金粟，将毋介霞觥。坐对玉芝长，不老通神明。

旅馆苦雨柬祝子雍来

积雨春夏交，抚景惜芳丛。如何晨夕内，沾洒无时穷。群溪集水势，万象垂云同。吟眺不自展，俯仰局樊笼。独步启窗牖，葵榴湿余红。景物若离披，远近仍濛濛。所钦对衡屋，寸武不得通。无以散纡郁，日坐漏天中。怜子唱愁霖，直继古人风。何不惠德音，冲融豁余衷。伫望开霁后，相对抚丝桐。

哭女

当门摧兰芳，浊泥陨珠辉。贞促无常理，美丑同所归。惋彼幽闲女，斯世良未希。清闺诞惠质，韶年耀景晖。何当逢迍邅，嘉运每相违。

弱枝挺芳径，微芳未足宣。荷蒙君子惠，移植华堂前。蔓葛附樛木，托根沃且坚。虽当在襁褓，媒氏有成言。玉帛以时谐，二姓克交欢。

庭兰正芳菲，良姻早已缔。齠龀弄幽姿，娟娟擅明惠。父母惜掌珍，提抱五丝绘。讵意丧慈帏，翔哺何倚赖。哀啼日夜深，花落辞根蒂。

天只既靡依，匪父谁与款？左氏女尚娇，况乃失圣善。茕茕迴自悲，束身辞嬉晏。深房理刀尺，翰墨时游衍。连枝入同携，膝下颜方展。

仰事独严亲，迢遥复远征。家门遘倾覆，关塞乍离情。兄姊差已长，弱息最伶仃。牵衣不忍割，哽咽怀缇萦。宁悲参与辰，长辞毕死生。

出门离顾复，入门拜姑嫜。姑嫜笃恩斯，情义厚难量。合欢待冰泮，且独守闺房。晨兴佐修瀡，上堂奉衾裳。勿嫌新妇少，翔步双鸣珰。

迢递别河阳，儿女谁相保。栖集一朝安，光仪日美好。譬彼清沼鱼，游泳唼嘉藻。独有忆亲心，隆思中夜搅。乍遘玉门还，悲喜前持抱。

百两应佳期，红楼春风起。华灯拥新妆，翠扇娇罗绮。昔羡双鸳鸯，和鸣今日始。君子同一心，相与期殁齿。自少多苦辛，合欢初见美。

嬿婉未终朝，昧旦戒无逸。堂前姑抱疴，惊心摧纤质。彷徨侍帷幌，艰辛遑自恤。当其沉痼时，矢身代姑疾。憔悴神已疲，晨昏未敢失。

促柱生绝音，惊弦伤离禽。姑疾方有瘳，妇疾讵能任。恩深烦忧积，神瘁玉肌侵。云生不还巘，花发乍辞林。一朝形气尽，缠绵万恨深。

人生有悲欢，悲欢互旋折。伉俪方及时，恩情忽中绝。众草向芳春，如何鸣鷤鴂。平生骨肉亲，环视心百结。仰首呼苍天，哀怨谁为说。

已矣复何道，天心渺难知。髫年仁孝秉，中历多艰危。深悲但自弭，含情当告谁？执手永离别，空洒泪如丝。黾勉述终始，令德庶可追。

杨花篇

阳春三月莺花暮，凭栏愁对销魂树。已讶千条踠地垂，俄惊万点随风度。万点千条参复差，漠漠濛濛回舞时。散漫如烟穿绮阁，飘飏似霰绕芳池。芳池绮阁春烂漫，迟日轻飙相历乱。马去章台色乍迷，枝残灞岸愁难绾。此日晴游上苑开，道逢飞絮正徘徊。长信宫庭惊舞燕，灵和阶砌覆新苔。曾萦公子香罗带，故拂佳人晓镜台。佳人公子情无极，芳辰转眼难再得。黄金渐老汉南枝，白雪疑分梁苑色。半湾罗袜踏还多，五铢香袖承无力。又有红楼春思赊，征夫望远未还家。银钩半卷朱帘箔，纤指微搴锦幔纱。忽见玉街风乍起，惊看绣户絮交加。撩乱曲廊翻寂寂，迟回画槛故斜斜。萦廊集槛不待扫，只愁雨过沾荒草。轻薄遥同荡子心，飘零已遍关山道。关山荡子信音稀，玉笛凄凉夜漏微。东风吹断深闺梦，愁逐杨花高下飞。

采莲曲

绿波荡漾秋风起，芙蕖的皪娇一水。谁家女儿卸新妆，素腕轻桡涉江沚。搴衣拨刺绕花边，吴歈越吹思缠绵。清露晓披珠滴滴，凉飔晚拂叶田田。芳丛乍入迷纨扇，别浦频穿低翠钿。芬芳婀娜谁堪偶，笑折含情对纤手。水面怜分并蒂花，风前却断连丝藕。回棹停桡伫所思，所思远道未堪遗。沙棠桂楫徒容与，采得芙蓉将为谁?

冰雪行

忆昨庚戌天凝寒，烈风飕飕催岁阑。寒威兹岁过元朔，掩冰积霰万里看。洞庭冻合波矗上，祝融戴雪峰巑岏。黯惨衣履归东郭，萧条里巷卧袁安。是时飞雪片片大如席，行人不行鸟绝迹。问谁夜半泊楼船，黄头斧水层冰䃺。子猷访戴非其时，王尊叱驭同兹役。中丞忧恤民瘼深，已饥已溺无时释。特奉简书下察荒，旌麾疾驰手擘画。轻裘冒雪渡江城，令严刁斗寂无声。水驿储供却勿进，百司手版罢将迎。行厨土铿烟光冷，官烛风檠蜡泪倾。君不见，曲房暖阁人所羡，优游清燕随舒卷。锦裘蒙茸拥独居，兽炭嵬峨对高宴。乃知中丞忧国虑不同，公尔忘私真匪躬。调元赞化独在手，冬日之日阳和通。雪消水净俄顷见，湖岳尽入春风中。

卧疾柬赵山子

脉脉元日雨，霏霏人日雪。芳辰雨雪亦自宜，春色将回转眼别。景物依然似昔时，年华愁对鬓如丝。漫道文园曾善病，难言枚乘遂知医。隔邻元叔常招饮，开樽赏雪消寒凛。怜余抱疾一绳床，独凭药炉传孤吟。天边戎马正纵横，老骥偏思万里鸣。空负从军年少志，冻云寒霰不胜情。

寄尤展成

尤生别我二载余，侧身北望伤离居。云树茫茫几千里，故人消息今何如。闻君佐郡最三辅，吏治如今称召父。露冕常分御史霜，停居欲下弘农雨。缓带边城历几巡，风流暇日笔如云。秋动狼河歌出塞，温生黍谷和阳春。阳春郡阁时临眺，景丹高卧汝南啸。玉勒应夸塞北游，朱弦还忆江南调。江南春尽杨花飞，塞北音书三月稀。莫吹笛里关山曲，目断春云雁独归。

汉槎弟自塞外贻书徐健庵以所著《秋笳集》奉寄，今健庵急谋剞劂，不负故交万里之托，余为怆然感泣，赋此志谢

嗟尔，磊落倜傥之奇才，矫首南国云烟开。青春翻飞摧羽翰，玉树葳蕤委草莱。可怜九死身名在，风流文采使人哀。自昔一去辽城北，生入玉门无消息。华萼离居廿载余，云海茫茫隔颜色。我欲从之渡桑干，冰雪嵯峨关塞黑。忆尔魂梦频往来，容华憔悴恐不识。长风秋尽雁鸿飞，帛书系足向南归。吹堕庭前开尺素，含情缄怨泪沾衣。一札殷勤贻旧雨，感恩道故此中寓。郑重新诗数十篇，展卷如向沙边语。历遍山川名状难，开凿鸿濛渐如故。雪窖冰天未足奇，山经水注那曾数。车书万里度遐陲，独恨流人滞一枝。山鬼窈窕阴崖窟，鱼龙啸舞青海湄。屈原泽畔行吟苦，阮籍途穷只自悲。黄沙白草供词赋，并入君亲朋友思。地非苍梧麓，斑竹啼痕泪可掬。身非蜀道行，月峡哀猿若为听。壮岁沉沦头渐白，空将诗卷传荒碛。不遇知音识者稀，虚名千载谁相惜。世路悠悠几岁寒，交态浮云感今昔。东海先生金石心，风池结念无衣客。追忆平生涕泗流，抚恤患难心手画。对此往复思缠绵，浩歌把酒欲问天。青莲放逸夜郎日，学士文章海外年。奇文异响公天下，勿教仓颉泣无传。吁嗟！才士遇与不遇安足论，立言要使垂久远。莫叹虞翻骨相屯，得一知己可不恨。

酬谢孝廉陶仲调及嗣君五徽

鹿门耆旧几人在，元亮清名标一代。灵光岿然照潇湘，古道靄靄

出流辈。吴山楚水夙通门，倾盖论交感慨存。劫灰过尽浮云去，历历艰辛共可论。忆昔旌旄张楚国，先君指麾戎马辑。问谁行间共死生，先生羽扇同戮力。移山填海勿复言，藏名复壁谁相恤。黑山青犊祸未平，昆原燎火横相及。一时名士尽诛锄，苍颉上诉真宰泣。患难惨淡存典型，阳回硕果终不食。文章如线气复开，伏生申公老其才。深山采芝归白首，天壤传经辟草莱。遭逢慨然复古治，诏修郡国舆图志。三楚遗风自昔雄，山川人物犹未坠。如椽大笔属数公，先生父子折其衷。删落芜秽存典制，发例森严参化工。此中勋烈多佚事，简编采缀尽昭融。垂忆先君戡乱绩，大书特书表厥功。潜德幽光从此著，助彰名教豁群蒙。小子得侍闻高论，感激深入涕泗从。君不见，马迁班固高今古，著述不朽配廊庑。文章百代谁堪伍，千秋大业望先生。马班以后有传人，此身坎壈虽不遇，孰敢并衡与君家父子争清名。

醉歌行酬别唐公崛

先生邈然风义高，论交当世真人豪。孔融祢衡忘年契，意气胶漆复相遭。此道今人不可见，襟期磊落归吾曹。抱道羲皇堪想像，髦而好学穷今曩。苍颜皓首逾古稀，灵光此日人宗仰。爱余清狂略形迹，相逢谈笑真倜傥。贾谊宅前吊绿芜，屈原江上悲苍莽。入同几席出同行，高吟白雪狂欣赏。曹刘沈任足唱酬，先生诗出轶群上。明河高阁夜沉沉，寒雁横空玉漏深。醉歌天地忘为客，坐对冰霜只寸心。君不见，五交三衅谁所作，孟门太行未为恶。当面输心背面笑，杜陵野老空惊愕。半生结客漫飘零，垂老浪游甘濩落。与君聚散何匆忙，平生肝胆向谁托？极目南云空有思，茫茫自此无依着。

为海昌陈天培题画扇王母图

昔闻纨扇圆如月，机中织素光凌越。画作秦王女乘鸾，飘飘烟雾向空阔。往事惝恍难具论，画图忽睹蓬瀛真。咫尺波涛断鳌极，须臾云气薄秋旻。翩然灵驾随舒卷，王母翱翔下清晏。雷霆隐见夹龙车，河汉昭回开羽扇。瑶池倏忽往复回，金银宫阙空崔巍。咄嗟黄帝乘龙去，惜哉汉武非仙才。羡门安期安在哉，陈生仙骨珊珊善。俯仰尺幅恣游衍，君不见，扬尘东海自年年，蓬莱几度看清浅。

赠藁城赵亨六

滹沱澎湃相惊赴，恒岳嶙峋杂烟雾。此中自有异才生，因人碌碌宁足数。如君年少何堂堂，论兵说剑过老苍。相逢结交燕赵客，短衣射虎西山冈。

为姚邃庵题青牛老子图

蓬岛海外三神山，仙人缥缈虚无间。道德五千契真宰，百家恍惚俱可删。俯仰柱下超尘表，风高万古谁能攀。何为素壁上云雾，长回环，氤氲来，紫气仿佛出秦关。尽道置身瑶池侧，磅礴潇洒开心颜。古来丹青擅奇绝，巧夺化工秋毫末。僧繇点睛破壁飞，凯之添颊神明豁。汉帝图画自天竺，狮象蹴踏森成列。若非好手写犹龙，何由明灭睹神物。青冥崒嵂削奇峦，山高月小层云端。夜深熊兕应出没，山鬼窈窕未可殚。独听飞泉天半下，潺湲响入松风寒。鬖鬖白发露背项，偃蹇卧起空盘桓。何不写照开生面，神明阿堵无从看。藏形敛精道所尚，井窥蠡测人皆难。山童倚徒如鹄立，青牛旋转若骖鸾。万籁悄然木叶下，侧闻长啸天地宽。我闻汉唐重黄老，垂拱化成称有道。不见河上公注经，帝可考，不见玄都庙，植根仙李早。长生之药不可求，何如清静常相保。风流刺史神仙姿，太上无为心所师。古人已往托毫素，日夕对此遥相思。

题葛瑞五家藏王文成《矫亭记》墨迹

古来不朽称三立，谁能独擅千载中。先生间气钟人杰，德业文章一代雄。有时游艺多敏妙，挥毫往往追神工。余昔家藏右军碣，笔大如椽凌苍穹。碑文剥蚀愁漫灭，临摹犹得见雄风。讵若矫亭真迹存，墨气恍与神灵通。颜筋柳骨差仿佛，寸鳞片羽拱璧同。经天行地要乎顺，斯言折衷开群蒙。心摹手追渊源在，良知绝学岂终穷。

金陵寓中柬赵月潭太史

先生到日春尚早，渐看落花春已老。白下悲歌觉倦游，世人莫识中心愁。三春楼馆空俯仰，六代江山空想像。青门看种故侯瓜，侍臣梦断金人掌。春风泠泠吹客衣，霸亭浪迹事多违。客中风景那堪久，明日行装归不归。

岳岳高风天下闻，江干羁旅客如云。掉头不顾悠悠者，穷巷羊何自有群。南陔王生商山老，王玄倬，龙眠方子称有道。方尔止。握手新亭共怆凄，衔杯草阁相倾倒。余亦崎岖自远来，麻衣更抱蓼莪哀。抚存交谊今犹昔，抒写诗篇往复回。清名海内几人在，相看硕果徒憎慨。古道应留天地间，先生愿为苍生爱。

云起楼为伯成从祖赋

山腰官阁何崔嵬，绮疏画栋中天开。问谁结构夸雄胜，烟云缥缈空尘埃。梁溪背郭耸奇嶂，山水之秀恣俯仰。弘长风流有俊人，冥搜遐览非一状。名山突兀具区东，芙蓉削立瞰空濛。九龙合沓嵯峨起，长虹蜿蜒回天风。扶舆元气产神异，苍然一碧泻澄溶。蒸云吸日看不足，罅石天然鬼工斸。泠泠乳窦滴寒泉，黮黮丹砂漱哀玉。千年驳藓湿阑干，百丈铜瓶牵轣辘。昔年游览盛繁华，云树参差映彩霞。兰亭修竹丛枝绿，金谷芳园满树花。锦鞯公子三春日，绣阁佳人七宝车。过江佳胜无事无，可怜兵火暗云沙。往事凋零那可数，荒台旧院迷烟雾。今古山川有废兴，一代才华此中驻。使君风调过吴均，吏治只今歌五袴。春风暇日一遨游，着屐看山到上头。远延苍翠常倚石，爱汲甘泉亦枕流。徘徊此地惬心赏，卜筑山椒集森爽。虹霓回带下棼楣，玉女缤纷启帘幌。凭栏四望云濛濛，群峰隐见平如掌。隐囊纱帽俨神仙，拄颊风前对碧天。爱客唱酬班管笔，开窗检点白云篇。南朝盛事今复睹，游览亦籍使君贤。君不见，庾亮南楼有皎月，老子兴因清啸发。又不见，谢朓高斋对玉岑，怀人意与瑶琴深。山木郁苍云物美，名流逸兴差足比。流传胜迹自千秋，使君之贤宁止此。

桂生玉芝歌为姜定安先生赋

尚书门第传奕奕，青琐声名代更辟。稽山环抱华堂开，蓬莱佳气看咫尺。百年老桂屈曲奇，翠色欲滴苍龙枝。秋洗银河光潋滟，香飘金粟影参差。真宰元化滋培养，枝旁瑞草森森长。生来镂刻似云根，擎出玲珑当露掌。瑶岛仙芝五色文，君家灵种独殊群。皎如白雪凌尘表，莹然素玉播清芬。盘柯古干蔽青昊，结成三秀颜色好。垂实何如金母桃，如瓜应胜安期枣。由来符瑞必相因，盛德感召自有神。闻道高堂奉白发，锦衣戏彩膝前新。君不见，南陔之养兰可撷，白华之孝心比洁。草木灵奇理足征，玉芝香色堪相絜。秋风吹桂花满庭，年年介酒在园亭。侍母好携灵寿杖，坐看芝草长千龄。

燕京杂咏

帝乡新节候，极望客心惊。朔雪残龙塞，春云散凤城。沙飞远骑出，笳吹暮边声。惆怅棠梨馆，烟花旧日情。

又

二月燕支冷，连山草色荒。梅花空有曲，春尽不闻香。地迥岚烟白，沙寒塞日黄。思归公子在，吹角断人肠。

又

皇州佳丽节，游侠少年情。酒暖新丰市，花明细柳营。金鞭驰道直，玉靶臂鞲轻。日暮南山下，相逢说富平。

又

闻道西山路，林花辇道开。乘春夸物候，讲武出楼台。白雪双雕落，红尘八骏来。上林应谏猎，知有马卿才。

柬葛瑞五

我正愁原鹡，君更废蓼莪。廿年交谊并，两地泪痕多。素幔摇春昼，空亭长薜萝。艰虞一身在，吾道叹如何。

日暮

日暝轻雷发，春风动暮寒。高楼垂袖薄，小苑落花残。雨乱游鱼渚，沙鸣宿鸟滩。明朝游乐地，何处驻金鞍？

方正学先生木末亭祠

骨肉忧方大，君臣悔自深。麻衣新殿哭，碧血万年心。遗庙丹青肃，空亭风雨阴。翠华终不返，流恨满山岑。

旧院

峡云寻不得，乌巷信谁通。曲槛春波上，高楼烟柳中。歌残思玉树，香散梦兰丛。金勒嘶荒草，心伤庭院空。

又

小院春游路，微微弄晚晖。花香新过雨，山翠远生衣。舞榭人谁倚，空梁燕独归。青门多少泪，并洒旧鸳机。

新正哭侯研德六首

正逢新转律，痛尔竟重泉。珠玉辉藏日，龙蛇道丧年。离魂招海上，撤瑟隔春前。独恨为兄弟，心伤两地悬。

又

善病深愁汝，寻医忆共游。离颜方隔岁，死别竟千秋。未就床头诀，谁堪身后谋。抚棺须一恸，交谊愧难酬。

又

处士卒何日，编年应特书。传闻道路异，悲痛信音疏。柏酒尊前罢，春花泪眼余。遥思飘穗帐，寂寂子云居。

又

举家同殉难，万死弟兄存。岂复摧梁木，终教丧愍孙。人生常抱恨，天道又宁论。尚有元方在，相携哭寝门。

又

夙昔交游内，与君定分深。宁忘白首约，其奈故人心。墓树应留剑，丝桐为绝音。幽魂那可慰，车马日骎骎。

又

入春常脉脉，念尔病侵神。正望平安到，翻惊凶问真。文章留使者，节义继前人。独念孤儿痛，飘零谁与亲？

对雪

薄暮同云暗，皑皑覆广堤。人烟江上断，鸟道苑边迷。冻合川无气，光寒夜有倪。龙沙天外路，飞度玉山齐。

送黄岳生吏部还楚

初从辽左归，客游吴门。

廿载交非浅，风尘隔此身。樽前重握手，天外一归人。世路名俱淡，朋情老更真。通门望尔切，宁久滞江津。

又

紫塞方传信，沧江远见寻。艰难万里道，惊喜故人心。弹铗淹吴地，当杯独楚吟。山公清兴在，花月且披襟。

又

岂识相逢处，离歌动客鞍。夕留杯酒暂，明发楚途漫。烟树飞帆出，行藏倚剑看。故乡虽可恋，应自念长安。

又

汉庭官主爵，楚国赋登楼。清操冰霜立，雄才感慨秋。浮云怜物态，薄宦拙身谋。独有君恩重，飘零莫更愁。

过玉峰喜徐健庵归自江楚，招同朱去非、陈天侯、马殿闻小集话旧

吾党怜寥阔，思君相见稀。雁回尺素隔，岁易远装归。欢宴临春月，风尘尚客衣。樽前话江楚，此夕慰调饥。

又

夙昔论交地，重过故旧情。逢君归远道，高会叙平生。倦侣清谈惬，华灯绮席明。共知兄弟好，宁独为浮名。

秋日垂虹亭送徐立斋太史同周孝威、戴飞遵南游闽越

羡尔金闺彦，桴桡傍驿楼。心期托海峤，风义动交游。背郭长虹起，开帘片月流。高吟一眺望，客思满沧洲。

又

挥手临南浦，风轻桂楫行。故人为远别，瑶瑟自含情。秋老江潮落，兵消瘴气清。倚闾劳望眼，早晚计归程。

莱芜道中

一径斜阳敛，疏林暮雨浓。漫漫迷仆御，黯黯断行踪。野旷人烟寂，沙深马迹重。遥看指泰岱，明灭乱云封。

又

嶙峋山邑小，淳朴俗仍谙。苍莽峰头雨，潺湲涧底潭。健儿驱短犊，瘤女簇春蚕。廉吏史云后，谁人名不惭？

又

遗风邹鲁地，僻静一山川。碑碣前贤胜，麻桑海国偏。村家都绝壑，夏木半参天。怀古从来意，徘徊得旷然。

献伯成从祖

百里山城秀，行春景物和。云开郭外岫，雨湿讼庭莎。野馆题诗遍，官厨饷客多。风流传胜迹，仿佛习池过。

又

风物还淳古，苍然见峙渟。诗书存讲院，梁溪有东林书院，高、顾

诸先生讲学之所。桑柘满郊垧。阿阁巢须凤，辎轩使有星。时公已陟大行。吴公真第一，名已著王庭。

中秋客梁溪，顾修远年伯招同姜西溟、董文友、秦留仙诸子即席限韵同赋

今夜中秋月，徘徊照客窗。拨云光渐迥，收雨暑全降。皓彩摇银烛，华筵倒玉缸。游踪值高会，余兴动沧江。

又

令节分秋半，团圞景倍佳。关山都一望，时序几曾乖。旧侣樽前共，离人梦里怀。愿随明月照，此夕到天涯。

又

霁色浮青巘，苍凉落桂梢。南飞惊绕鹊，夜织泣潜□。远霭湖山见，轻烟沆瀣交。那堪圆几度，绝塞鹣令抛。

元夕陆予敬招同宋御之、袁重其、陆予载小斋宴集分得元字

扁舟来郡郭，乘兴到名园。座得高阳侣，春仍柏叶樽。漏深银烛烂，寒重雪花翻。遥夜闻箫鼓，依然是上元。

又得关字

游赏南城夕，徘徊风月间。香尘九陌静，灯火万家闲。密宴褰书幌，高吟动客颜。岁华容卜夜，春思满江关。

酬徐健庵卧疾见示次韵

芳樽才卜昼，忽讶听愁吟。疾假窗间卧，方因肘后寻。散怀书幌静，到枕火云侵。珍重疏狂侣，相携问竹林。

杂咏

欲问衡阳信，空愁羽檄传。金笳三楚外，铜柱百蛮天。寒雨迷湘

竹，春声带杜鹃。洞庭波浪阔，铙吹下楼船。

又

见说征南客，从戎白锦袍。春沙开组练，晓涨照旌旄。横海孤军壮，临江百战劳。戍台时极目，万里瘴烟高。

晓行口号

鸡犬无声处，关山匹马时。风沙随地发，星斗半天垂。前路谁相顾，还家未可期。征途方扰扰，苍莽欲何之。

九日舟泊天津同毗陵刘采于、巢亶生、毛人倚分赋拈重阳登高四韵

重字高字限首句，阳字登字限末句

地爽秋光迴，风高帆影重。关河留胜节，游眺隔仙踪。故国花难见，天边雁数逢。龙山千里外，极望一相从。

又

莫愁风雨近，海国正苍苍。日映丹霞丽，霜侵碧树凉。天涯几共笑，客路易回肠。欲问茱萸处，维舟已夕阳。

又

昔岁携双屐，寻山石磴棱。客秋九日适游洞庭东山。兹游鼓两桨，挂席海云蒸。节序秋还共，疏狂态自仍。异乡堪寄兴，胜迹几人登。

又

胜侣长途得，风期嵇吕高。中流吹玉笛，倚醉把霜螯。落日潮平岸，寒江叶满皋。百年怜景物，歌啸任吾曹。

同徐松之及家弟宪令夜泊闻溪

早春驿路暝，共尔宿孤舟。夜久寒仍重，谈深客易愁。帆樯平岸出，灯火远村浮。指点凋残处，惊涛撼旧秋。

同徐松之谒倪伯屏太老师

共启重门入，仍亲绛帐旁。逃名依贝叶，遗老识灵光。契阔论心细，萧疏揽鬓苍。谢公高卧稳，天意正茫茫。

秦吉生年伯招同友人集白水池上

空阔抱城湾，濠梁兴未删。庭阴虚受月，水气远吞山。胜地烟霞外，幽人杖履间。萧然遗世意，真足起廉顽。

从丹阳至江宁道中

日暮丹阳道，春江客子船。严城余战气，广岸宿荒烟。遵陆晨装外，冲流夜雨悬。征途方扰扰，愁绝不成眠。

又

背坞风初豁，侵墙花乱飞。池宽春水涨，雨润麦苗肥。社鼓村农急，犁锄稚子归。旧秋漂没处，叹息井烟稀。

又

闻道茅君宅，珠宫高出云。紫泥封石髓，绛节护龙文。奕世仙曹贵，名山尘外分。烟峦应可到，百里隔斜曛。

又

忆昔周夫子，仲驭先生。人文天下宗。朱云廷折槛，元礼客登龙。直道终多忤，高名讵肯容。西州恸哭路，生死竟何从。先生旧居句曲。

又

太息怀先友，袁家凋丧时。周子季序：讳鏕，系仲驭先生胞弟，殉难南中，一门忠节，故比袁家。触奸师抗节，后死尔宁辞。人地乌衣美，身名白刃危。何时披宿草，血泪洒遗碑。季序：同居句曲，死即葬此。

又

野戍花边出，春阴客路间。烟沙低失树，江气远沉山。片雨侵装湿，轻尘逐马还。凄凄白门柳，青色又堪攀。

又

王气人[①]初歇，龙蟠势昔成。兴亡宁在险，眺望自关情。叠嶂浮天堑，连冈锁石城。参差旧宫苑，寂寂暮云平。

又

肃肃御徒旅，凄凄到旧京。江山仍虎踞，景物更莺声。六代风流往，三春客思生。秦淮昔游地，歌舞不胜情。

春日游南华馆次壁上龚宗伯韵

环山成小筑，奇石傍楼支。春老平分树，花飞细点池。龙蛇四壁静，啸傲百年知。学士风流往，空余逸兴披。

云间篛士上人过松陵有赠

白社寻高胜，汤休岂复过。名家琼树秀，佳句碧云多。残雨收银汉，凉飙散芰荷。新秋游兴在，杖锡意如何？

又

慧业生来异，文章不碍禅。才高归学道，心妙独谈玄。钵水龙驯性，松关佛定年。维摩有丈室，深结一峰巅。

江楚纪行杂诗

去住谋俱拙，因人复远游。蹉跎长作客，摇落更逢秋。叠嶂啼猿切，高滩激箭流。飘飘江楚阔，浩荡托轻鸥。

---

① 《国朝松陵诗征》作“今”。

又

溪曲随山转，迢迢逼翠微。遥岑绵百里，秋日映清晖。疑是神仙窟，还闻笙鹤归。会当凌绝顶，坐拂玉烟飞。

又

人老征途内，惊心更急湍。疾声吹地轴，万转注江澜。水斗行装湿，风长落叶干。垂堂岂不戒，饱向道中看。

又

节义前朝重，千秋文谢传。我来古信郡，独拜谢祠前。埋迹荒山道，挥戈孤垒年。兴亡同一慨，俯仰正潸然。叠山先生昔守信郡，城破隐于建宁山中，宋亡恸哭，不食而卒。今信州有先生祠。

又

相国旧园亭，荒芜隐画屏。苍苔欹石卧，高阁暗尘扃。主眷谗销骨，天威怒走霆。至今传赐第，御墨逼云青。夏文愍公赐第尚存。

又

不信人间世，山开龙虎门。仙曹奕代贵，福地百王尊。丹灶荧荧静，朱幢袅袅翻。如何劳汉武，蓬岛问真源。

又

朱陆千秋往，鹅湖独擅名。磨崖残碣立，绝顶广池平。论难存先哲，诗书启后生。异同微有迹，留与竖儒争。

又

突兀苍崖古，秋光远抱湖。数行江树老，一碧楚山孤。鹳狎当人立，鹰饥隔水呼。风樯高下集，利涉问天吴。

又

秋水波仍阔，风高万壑鸣。帆归天际落，月涌浪前轻。不涉江湖险，能忘燕雀情。缅怀击楫者，慷慨见平生。

又

章门望不极，浩浩北风号。星汉摇空影，蛟龙走怒涛。江流终古壮，帆势接天高。欲问藏舟壑，长年慎尔操。

又

溯洄愁极目，浩劫此山河。翼轸烽烟后，城闉丧乱过。怒流仍击汰，野戍渐投戈。控扼西南重，疮痍近若何。

又

杰阁南州胜，岿然俯碧浔。江山留栋宇，今古此登临。西岭暮云尽，龙沙秋色深。回思词赋客，独立一长吟。

又

西江名节地，遗祸相分宜。才力天为蔽，威权日倒持。白麻终论定，碧血早衔悲。尚跨长虹胜，沙堤废几时。

又

幽岩藏曲折，洞穴入萝寻。削壁窥天小，悬崖俯阁阴。云烟依峭石，钟磬动遥岑。回忆卫公处，遗踪感古今。袁州城外化成岩洞甚古，上有李赞皇读书处。

又

红拂墓前石，凄凄对夕阳。流霞分宝靥，寒翠映残妆。每讶英雄盼，还怜玉骨香。闺房奇遇合，翻不羡文皇。

又

王佐才空负，文章重可嗟。言深忧汉室，道屈傅长沙。鹏鸟窥人近，湘江去国赊。徘徊留废宅，落木暮云斜。

又

万古伤心地，汨罗波浪长。灵均何处吊，香草尽难忘。魑魅骄君侧，蛟龙狎窟旁。招魂感宋玉，飘忽竟何方。

又

旷代熊湘烈，孤忠先后间。冰霜持汉节，鼎镬殉江关。遗庙丹青肃，荒原碧血殷。英风寄缥缈，瞻拜一追攀。蔡江门先生讳道宪，司李长沙，张献忠欲官之，不屈，剐死，甚烈。与宋亡李公芾死熊湘阁事同。

又

遗泽潇湘远，先人建节雄。那堪白羽急，独定黑山功。斧钺销沉后，关河涕泪中。旧游仍历历，追述思何穷。

又

经岁天涯客，何殊远近难。只愁添道路，无计附平安。烟水湘沅阔，衣装岁月寒。遥怜儿女辈，尚作玉山看。

为唐白乡题画扇

曲折山川势，并刀尺幅裁。乔林回岸尽，半壁倚天开。寂寞樵苏日，空明涧壑雷。严滩风景在，为待子陵来。

舟过钓台

突兀空台上，高名物外留。桐江余片石，汉业竟千秋。渺渺孤帆迴，微微夕照流。推篷延眺罢，蘋藻几时修。

江行

远望严陵郭，迎湍泛客槎。苍茫风转厉，浩荡路仍赊。石逼江流怒，峰回星影斜。宵眠浑未稳，愁听暮哀笳。

又

残程余落日，促榜犯风澜。离绪随鸿断，愁心托岁阑。壁欹危一线，滩转落千盘。倦客年年过，谁怜行路难。

春日雨雪，朱长孺、张九临、顾茂伦、计甫草、赵山子、家小修集饮小斋

聚散怜吾党，人归喜共寻。琴樽留话旧，雨霰积□深。怀古同堂合，如丝老鬓侵。闻歌白雪唱，珍重岁寒心。

又

好春耽共赏，冻雪忽漫漫。逸兴人看惬，清谭座不寒。客同访戴棹，诗比涉江兰。莫问乾坤意，风烟满地难。

春日雨中同殳山夫、赵山子、家小修闻夏宪合登快风阁

野艇遵河渚，春寒积雨中。平临孤阁迥，极望一云同。隐见鱼龙起，苍茫浦溆空。阖闾城直北，不断有雄风。

吴峰登阁

江阁逢初霁，登临嘉会同。山开云雾外，舟隐浪涛中。揽胜方传饮，凭高欲御风。客星占太史，应照海门东。

夏日同刘震修、何昆岚、家西爽弟游吼山舟行即事

缘沿寻曲径，一棹入溪幽。雾豁村村见，江平岸岸流。林峦含积雨，花鸟散新愁。欲问兰亭胜，高名历几秋。

又

一龛藏众壑，攀陟俨游仙。白石凝寒气，青天卷瀑泉。梵声修竹外，佛火宿云边。好鸟喧烟屿，身心转寂然。

过放鹤亭何含白羽士道院

旷代风徽在，孤亭俯旧岑。碧霄清唳杳，石磴数枝阴。雨洗山峦翠，烟笼道院深。好携方外侣，怀古一追寻。

和何梅庄春日舟行

五马喜新晴，江皋一棹轻。遥山雨洗翠，夹岸树交明。井里看还静，烽烟望息争。桃花春涨满，淼淼暮潮平。

又

巡行凭揽眺，画艇坐朝晖。新绶迎花笑，晴云傍鹢飞。采风歌有库，与客赋无衣。家国愁何限，遥看合浦归。

春日访曾西山学博

初霁乘官马，寻幽问讲堂。丛篁含雨碧，新燕簇泥香。立澹孤情往，沉深万卷藏。传经真有道，话每到微茫。

又

官舍城隅僻，春深草树连。庭虚常寂尔，客至共悠然。羡有谈经阁，怜无乞酒钱。荷池新雨涨，终日听潺湲。

赠宋蓼天侍读学士三十韵

夙昔论交旧，群推气度高。汪洋涵巨泽，洞达俯平皋。文苑成麟角，弓旌识凤毛。柏梁陪燕乐，金马擅风骚。露濯双茎掌，江翻八月涛。惊才间气得，信笔史臣操。浩大先皇业，艰难创国劳。大官晨给札，太乙夜焚膏。典则同班固，通明过伏滔。方穷编纂力，旋领辟雍曹。首善瞻师范，端躬率誉髦。千秋乘典册，百代统钧陶。胄子亲弦诵，期门释羽櫜。行云移彩杖，拂曙动仙旄。天子临雍日，儒臣旷世遭。锵锵壁间磬，济济辟门豪。讲易高言彻，崇儒睿语褒。宫衣分锦绣，内宴赐葡萄。稽古荣堪羡，澄怀静不嚣。莲花归院烛，凤纸写铦毫。学士恩初命，金瓯卜岂挠。伫看扶太极，还藉柱灵鳌。久客人趋义，长途首重搔。燕台空自到，谷口未能逃。道德尊韩愈，文章愧李翱。华堂新假榻，密席细斟醪。谁荐如雄赋，相逢赠吕刀。惓惓惜老骥，款款恋绨袍。萍会情方惬，骊歌意自忉。望公登紫阁，岂独慰蓬蒿。

代赠徐健庵二十五韵

海内谁宗主，南州地望尊。天边悬斗极，吾道识龙门。登岱诚无匹，探河直溯源。班联辉棣萼，胪唱听篪埙。人已齐三杰，名宁逊八元。仙茎春潋滟，凤沼晓潺湲。携手金莲入，高吟红药翻。文章雄秘府，意气走中原。铸士无空顾，成蹊不待言。斫材森杞梓，珍席美玙璠。碣石开新馆，燕台荷宠轩。每邀许劭鉴，时满孔融樽。道广交仍慎，名成气愈惇。家公朋旧好，昔日敦槃存。一自趋高会，谁能越短垣。赋诗追上巳，飞盖拟西园。道德心为范，欢愉谊属昆。迟回怜泛梗，阔绝羡飞骞。离绪秋看雁，愁心暮听猿。自惭非骥子，何敢托兰孙。向往平生志，仪型当代论。登舟攀郭泰，解榻忆陈蕃。分以通门契，情因锡类敦。诗书传自重，丝竹语还温。倘侍扶风座，彭宣敢忘恩。

柬王昊庐侍读学使

江汉波澜阔，词林地望清。雄才间气挺，早岁大名成。献赋云霄上，听莺禁苑行。丝纶归世掌，学术继家声。华盖星通座，金门露濯茎。入官方视草，将毋动归旌。莱舞承颜遂，鹓班望阙诚。便便趋讲幄，岳岳折儒生。侍陛皇情眷，谈经睿听平。公才储密勿，清誉切承明。正倚纶扉重，俄兼简命荣。人文宗北斗，选造领西京。市骏金台峙，谈天碣石惊。冥搜渊岳异，博采杞楠并。冀北空群出，庐陵藻鉴精。洪炉先铸士，黄鼎待调羹。门峻推元礼，穷途念步兵。敦交世谊在，高义夙心倾。怀旧山阳笛，追游缑岭笙。星霜廿载换，道气寸心盟。未拜清尘久，遥瞻瑞霭盈。绛帷谒稚子，薄植愧芳蘅。倘忆扶风旧，恩光伫覆帡。

送张赤庵给谏南还

暂辞簪佩凤凰城，万里孤舟驻客程。沙畔朔风吹晓角，天边春水动寒旌。南瞻云树思亲泪，北望星辰恋主情。闽峤迢遥行色里，愁听二月有啼莺。

柬给谏严灏亭年伯

中秘才华受简时，掖垣直道自堪持。春深侍辇长杨□，月晓趋班白玉墀。前席独言天下计，牵裾每荷主恩知。承明自昔推严助，此日风裁慰所思。

送程翼苍之任国博

紫禁当年侍从俦，词臣泮壁映风流。凤池作赋金茎晓，马帐传经玉笛秋。博物天边窥剑气，高名日下望仙舟。桥门多少推都讲，未厌彭宣托后游。

九日

九日谁登江上台，翻盆注雨迥堪哀。高天水势吞潮急，昏昼雷声倒石来。异代山川余胜赏，一时人物想雄才。不堪佳节逢衰飒，矫首长吟独举杯。

赠姜真源备兵南昌由御史出时江楚多警

直节由来结主知，暂分旌钺驻江陲。但教谈笑销金甲，不枉封章上玉墀。蠡渚风高春涨满，犀军夜静角声迟。知君幕下多参画，谁并陈琳草檄辞。

和侍御李琳枝年伯登金山寺原韵

岧峣积翠俯江华，漫驻楼船照绮霞。直历孤岩探地肺，迥临高阁问天花。海门雪压寒涛壮，沙渚风回落木斜。缥缈凭虚如可到，应思博望独乘槎。

送彭云客之任粤东

枚马承明岂复惭，除书僻远意仍堪。一官万里纡铜绶，十月孤帆度岭南。仙令庭闱扶就养，蛮方风俗到应谙。独怜执别殷勤意，谁似汪伦千尺潭。

同王惟夏出都

携手斜阳出帝京，低回话旧不胜情。门衰已幸离文网，身贱犹惭识姓名。多难每逢歌与泣，同途相对喜还惊。交游意气如君少，马首春风好问程。

道中柬宋蓼天太史

玉笛含凄道路难，关山重绕雪初残。荒原极目黄沙暗，匹马长嘶白日寒。喜奉庭闱还故国，懒将词赋客长安。伤心旅梦成追忆，几度风霜铩羽翰。

过蒙阴

行游齐鲁半荒凉，驻马残城倍可伤。废井风烟时极目，寒原梨枣不成行。山川且喜销金甲，水旱仍忧失稻粱。内地由来循吏重，转教父老忆龚黄。

当哭

逢秋苦结思亲泪，节序惊看又一霜。碧汉星辰仍历落，高堂梁木竟凋丧。小祥香糈陈灵座，中夜徽音俨曲房。追忆昔年瓜果会，针楼高咏尚相将。

感述

穷阴漠漠动葭灰，景色苍凉望未开。吴苑含烟笼野树，江天衰鸟上荒台。白华岁月皋鱼泣，青史功名岘首哀。先人曾官楚地，著有军功。漫道书云节渐近，阳和一线几时回。

又

袅袅悲风穗帐开，庐居擗踊恨难裁。百年台榭苍苔没，四海衣冠白马来。勋业只留铜柱远，门人欲废蓼莪哀。最怜金鼓楼船日，洒泪湘江万骑回。先人与流贼战，数有功，以不得行其志而罢。

又

青门江左旧龙蟠，转眼飘蓬韦杜寒。十口每愁悬磬似，万间谁假覆盂安。长贫丘壑工词赋，多难风霜铩羽翰。管鲍知交千古重，云霄同学几弹冠。

又

沉吟倚遍故园亭，万感无端愧独醒。遗逸风尘惟岸帻，交游湖海半晨星。林间绿酒人稀过，曲里朱弦静自听。屠钓鼓歌身手健，寂寥云阁笑谈经。

忆弟

闻说新恩塞上还，许将粟帛效输边。怜余奔走空存骨，累尔飘零不计年。人去天山疑路断，鸿归碣石望书传。春光到处阳和遍，肯信穷荒雨露偏。

横山堂怀旧

平桥曲港绕山庄，高栋疏棂旧草堂。笙鹤俗传缑氏岭，园亭人识郑公乡。天家羔帛恩偏重，词客琴樽兴自长。往事风流空怅望，断烟残月树苍苍。

武康令吴定远年伯见招赋谢

银烛清宵照玉盘，河阳高燕罄交欢。觞飞雨后人初静，客到堂前夜不寒。碧嶂江楼帘外见，丹砂仙令座中餐。话深重感当年事，曲里关山那忍弹。

武康客舍

拥褐凭栏极望平，亭皋木脱渚烟轻。山深雨过群溪合，天阔霜高一雁横。游兴客儿双屐在，吟成平子四愁生。嵯峨万壑思长往，衰草寒云正满城。

前溪

雪川胜地枕沧流，青嶂红泉面面收。屏壁晴开山月迥，涧溪曲泻石梁幽。临窗万壑寒生袖，倚郭千家翠入楼。回忆朱门歌舞散，寂寥丝竹使人愁。

证道寺题壁遗迹

逊国潜踪访远公，当年酬和笔生风。还留夭矫灵毫迹，长护荒凉梵院中。鱼服人间苍鬓改，龙吟物外翠华空。江湖辙迹堪凭吊，蔓草长陵寂寞同。

乌回山

烟霞曲磴独寻攀，松径凄凄度石间。作客每教怜景物，拄笻偏爱看云山。霜林翠篠含风细，梵阁清钟尽日闲。古寺高僧人已往，长留碑碣卧禅关。

偶成

秦淮浪迹旧春前，今日重过对逝川。人事关心频去住，江山纵目且留连。阴晴客路纡芳甸，远近花光逼禁烟。六代风华犹似昔，那堪羁旅自年年。

白门遇徐二彦和

春深羁旅接禅居，频过从容殿阁虚。把袂共怜为客日，论心不愧定交初。风尘愁思当杯尽，慷慨高吟听漏余。二十年来多缟带，相逢意气几人如。

赠方尔止

耆旧风流自昔闻，春深草阁挹清芬。高名共许文章伯，肥遁何妨麋鹿群。筑傍青溪闲种圃，门临钟阜卧看云。灵光人物岿然在，莫问江干车马纷。

又

江左君宗隐薜萝，龙眠家世自嵯峨。壁间彩笔瑶华满，座上高谈白夹多。愧我通门应北面，感君古道一长歌。最怀小阮吾犹父，凤羽栖迟近若何。谓密之先生。

雨夜伯成从祖招同张月坡、刘震修、陈椒峰、秦留仙、顾天石、家琇弁署斋燕集看梅即席分赋

主人爱客独情深，官阁寒宵喜见寻。绕砌花香笼夜雨，满堂灯火散春阴。烽烟蛮徼惊难定，丝竹乡园思暗侵。雅量共看公瑾在，何辞高饮一开襟。

又

今夕何夕高筵张，一堂宾客并飞觞。孔融座爱清樽满，何逊诗成东阁香。共喜春宵挥玉麈，不知寒雨湿银塘。独怜远唱骊驹去，未得时随步屧长。时余即有远行。

酬秦留仙太史

太史风流对玉岑，延宾嘉树昼萧森。闲居好著潘安赋，高卧宁知谢傅心。花下图书分秘府，山中丝竹得清音。新秋游屐藤萝外，只有羊何许共寻。

柬江宁姚邃庵郡丞

除书隔岁出承明，夹道莺花几度迎。怅望瘴云征旆色，每牵南国故人情。姚由粤东迁官江宁。六朝文物归才子，五马风流数盛名。驿路王程应计日，车前待尔叙平生。

怀葛大瑞五邓尉山居

灵岫迢迢胜可寻，携家学道爱山深。孟光更得烧丹术，向子还同采蕨心。双崦湖流当槛出，万株梅雪覆檐阴。幽人便欲超尘壒，无那离群思不禁。

乙巳元日

三朔春光报晓晴，条风隔岁早春生。年年宝历催人老，夜夜星文迥自惊。时有星异。白玉辛盘添细菜，寒梅花槛待新莺。韶华愿逐升平乐，未识苍茫天地情。

夏日屏居讯问芜废有怀既庭敬生甫草

朱夏悠然屏俗氛，幽居景物静中分。修林欲蔽辉辉日，敞阁还披冉冉云。卧病已知甘遁迹，系怀偏自惜离群。风尘热客嘲应免，独有清芬每忆君。

送友还楚

十载离愁吴楚天，关山遥望泪潺湲。故园台榭人谁主，遗庙松楸气黯然。铜马荒烟悲废垒，布衣羁旅度华年。淮南鸡犬无消息，执手相看倍可怜。

又

名都屏翰战尘空，多难飘零逐转蓬。湘渚乱烟愁白羽，楚江明月冷清枫。山中饷食惟仁祖，庑下佣舂有伯通。吾友赖夏子正叔周恤甚厚。却忆相逢弃繻日，金羁玉勒尽夸雄。

九日同陈长发、顾茂伦、周安节登城楼

喜逢佳节报新晴，携客登临古堞平。脱木无边秋气爽，归鸿不断海天明。篱间有菊人同泛，台上生风帽欲倾。矫首龙山多逸兴，故园极望不胜情。

送梵林上人游越

青松直上鹤孤骞，尘表萧疏独往还。不恋传衣栖洞壑，何妨游屐破云烟。高吟每入名流社，清辨时闻象外诠。忽指旧山归思满，新秋好泛剡溪船。

叶讱庵太史暨九来招同叶道子斋看菊

秋暮招寻胜事偏，银灯小阁对花前。雕阑曲护怜霜染，素壁横斜带月妍。接席风清人似菊，餐英香满酒如泉。华堂未减东篱兴，王谢依然见昔贤。

立冬日陆翼王、葛瑞五孺初、丘近夫、叶讱庵九来，同集徐氏贲园

山径斜穿薜荔幽，园亭萧飒对林丘。卷帘寒翠娟娟静，绕槛清渠淰淰流。四座壶觞成胜集，十年风雨感同游。醉余欲尽登临兴，摇落俄惊已送秋。

春日同刘震修过访秦对岩太史

胜日招寻正掩扉，隐囊棐几映青辉。爱看客过情偏远，兴到吟成境入微。槛外青螺层嶂合，帘前红雨一春飞。碧山学士风流擅，未许焚鱼伴钓矶。

赠藁城孙丹扶明府

孙，姚江人，系忠烈公裔，夙研理学，以斯道自任。

姚江绝学许谁传，忠烈门风有大贤。排斥百家资岳岳，折衷正论识便便。平时共服文章重，为政惟教礼乐先。百里分猷才小试，名儒到处克身肩。

又

闻道天灾重客秋，滹沱涨溢百城浮。晋阳不浸几三版，蜀道奔流失五牛。免使为鱼全砥柱，竟同渡虎岂人谋。神君休养田庐复，犹自

愀然已溺忧。淫雨一月不止，滹沱暴涨滔天。城邑顷刻垂陷，君诚吁于天，水势忽退，若有使之者。

又

畿南贤令日边存，为尔驱驰河朔原。恒岳晴开晓色动，滹沱马渡夏云屯。仆夫况瘁催征客，驿路苍茫问远村。不是故交风义在，谁教迢递使君门。

又

冰操高风孰可亲，关情友道意偏真。金鱼每换来供客，白雪行吟寡和人。喜对故交如梦寐，却忘廉吏亦清贫。论心与尔同肝膈，敢向谁言知己伸。

又

契阔年华弹指间，于今相对各苍颜。君名成就才真健，我志蹉跎泪欲斑。幽冀功名盘错见，友朋官阁燕谭闲。从头回忆同游处，似阅桑田不可攀。

副宪彭旷庵年伯招饮即席赋赠

彭，藁邑人。

云开恒岳远亭亭，并峙苍然有岁星。万里勋名留宪府，三株才藻足家庭。人扶鸠杖心如素，客到龙门眼自青。敞阁深宵容末座，燕谭此际识先型。

又

世讲天涯意气真，当筵相对倍含辛。爱才历历怜多难，怀旧明明见故人。为垂念先君也。风动湘帘凉入席，漏移银烛静无尘。那堪竟夕情偏重，愧杀西华客子身。

立秋日同李公调、赵亨六集孙丹扶署中话别

河朔淹留到早秋，离筵何幸接同游。眼看知己无多得，友足平生

不待求。对酒共怜明月照，驱车宁惜晓风遒，骊歌欲唱难分手，别后相思霄汉俦。

赠藁城剧亮明

天涯意气向谁伸，河朔逢君见古人。倾盖已知国士重，论才宁久席门贫。紫髯痛饮真无敌，白眼狂歌别有神。此日中原思剧孟，肯教抑郁老风尘。

送梁溪邹九揖之潞安

广陌莺花春日迟，征车迢递俶装时。非关草檄依莲幕，却羡穷经拥绛帷。潞守乃邹君授业高弟上党地形孤障迴，太行山色乱云垂。一樽不尽临岐感，猿鹤遥怜恋别离。

又

朋旧相逢十日留，恰看远别向并州。廿年霄汉迟吾党，千里羊肠未倦游。太守风流官舫并，故人惆怅暮烟浮。客中送客难回首，柳色青青不绾愁。

寿吕瞻望年伯

一从云卧在烟峦，恣有奇文泻笔澜。翡翠笼山霞彩映，珊瑚出水夜光寒。频将书史耽藜火，暇共宾朋对药栏。天遣岁华供著述，驻颜长浥紫金丹。

酬赠李研斋太史

谁向风尘识故侯，星霜羁旅遍沧洲。草荒白帝孤城远，梦断金茎两鬓秋。无路辙回闻痛哭，有书天遣著穷愁。壮心莫讶虚钟鼎，已占人伦第一流。

又

少微夜夜斗牛旁，忽枉轩车到上方。彩笔盛名归太史，碧山遗老识灵光。阴森梅雨苍苔湿，缥缈花宫幽磬长。清昼问奇高论启，洪炉不靳许升堂。

赠吏部刘公勇年伯

高秋兰舫五湖边，共识风流画省贤。吏部清名裴楷重，刘家文藻孝标先。芙蓉裛露长洲苑，橘柚迎寒九月天。休浣暂时辞禁闼，好携彩笔问山川。

冬日客玉山有感

怀玉嶙峋抱信州，东逾越岭俯林丘。星分牛女开南甸，地入江湖接上游。百战残城人未复，千年寒濑水空流。自烦贤令重生聚，井里辚辚日渐稠。

又

孤城寒色望苍苍，埤堄凭陵旧战场。永夜星霜光潋滟，空山猿鹤响凄凉。土花血渍收遗镞，野火磷阴起坏墙。江楚莫言绥辑易，几经灾沴待时康。

又

旧腊穷阴冰雪中，今年冬暖转晴空。岁功不独归颛顼，月令翻疑借祝融。黍地半荒耕似石，山云高卷晓成虹。牢牵百丈过滩濑，翘首阳回雨泽通。

又

羡尔分符盘错年，经营次第绩堪传。流亡渐集寒烟里，车马仍驱弱柳边。古道诗书存讲院，清音山水入鸣弦。玉溪风物将如旧，客为登临一慨然。

腊月唐魏子招同蒋同野游武安山次同野韵

藤萝曲径绕层巅，古院招寻破晓烟。寒逼山容催腊尽，晴生树色待春先。欲将逸兴留筇杖，漫把清樽憩梵天。千里客游成胜集，莫教轻放剡溪船。蒋子将返山阴。

晓霞楼为魏子赋

楼居缥缈万山平，如带江光气象生。曈日初临沧海迥，丹霞先射赤城明。衡峰笙鹤时来往，湘浦云烟半结成。总向槛棂开景色，恐教宋玉赋还惊。

又

高俯湘湖涵远空，独看晓气画难穷。仙城拂曙光分碧，太上元始居碧霞城。绮馆流辉色映红。穆王觞西姥于流霞馆。丽藻初逢帝女瑟，郁蒸不让大王风。餐霞勾合应兼擅，日驭丹梯在此中。

同姜子大登武安山禅院

俯郭峦开贝梵天，扪萝直上拂云烟。万峰苍翠空中合，匹练寒光槛外悬。僧入定时闻落木，鹤归巢处泻鸣泉。倏然顿欲空诸相，何日岩栖傍老禅？

万柳洲

柳洲名胜邑西偏，种得千条万缕悬。花外行春丝袅袅，笛中送客思绵绵。絮分梁苑浑飘雪，枝借江潭半带烟。总为棠阴无剪伐，风流应并使君传。

立夏日同费瞿如、祝雍来、陈天培再游武安山

载酒残冬到翠微，重来今日送春归。山川依旧供游屐，节物惊看换客衣。树色阴阴遥岫合，晴云冉冉傍人飞。登临莫倦频探赏，胜侣招携愿不违。

五日雨中和唐魏子

黄梅沾洒暗山城，偏惜佳辰不放晴。海燕拂帘垂翅湿，榴花带雨压枝明。且凭楚客飞觞兴，难忘宫衣恩数荣。谓魏子。两度故园虚午节，自怜搔首鬓华生。

秋日广文曾西山集饮荷池

先生官阁胜幽居，凉雨招携对碧虚。异地漫容秋鬓健，余方病起。阑风莫遣芰荷疏。登临永日陪清赏，吐纳人间说秘书。曾善导引，故云。共道郑虔真好客，樽空不惜解银鱼。

又

山城急雨暑全收，水榭苍然俯乱流。阴霭烟笼庭树老，离披香动野塘秋。新凉盘礴樽前敞，遥翠空濛槛外浮。恰似江南风景胜，采莲还拟荡轻舟。

信州周光仲，其尊人客死饶州，不知浅土所在，光仲奔走求访，积莽中竟得负骸骨归葬，郡丞侯公录徐文长赠王山人诗美之，依韵奉赠

生平游侠九州同，莫惜身埋莽泽中。永夜风楸终待子，万山霜骨竟归翁。鹑衣血泪寒成碧，鬼语阴房火不红。感慨艰辛关孝格，追思祖德转怜侬。余始祖太仆全孝公万里寻亲，负骸归葬，当日朝廷有朱寿昌之褒，事载《郡邑孝行名臣传》，故末句追述焉。

南昌同仁祠

祠祀六先生，首发宁藩之逆上书告变者唐公龙、胡公世宁也。同日骂贼殉难者孙公燧、许公达也。起兵平濠乱者王公守仁、伍公文定也。

忧国早知吴濞逆，飞章纵入庙谟空。不闻汉将从天降，独有常山抗贼中。碧血乾坤归气节，义声江楚靖沙虫。遗祠长枕章门水，历历丰碑先后功。

题常山王宛虹山亭

苍然曲槛俯遥岑，削壁高藤夏木阴。花外不知幽鸟度，尘中谁识美人心。白华兼得琴书润，彩笔应分山水深。只恐闲居未可赋，莫教猿鹤漫相寻。

送黄无双归湘潭

缟纻频年湘澧多，相逢朗朗璧人过。青春不厌投金错，衰鬓翻怜对玉柯。洗马神标能假榻，尚书水镜正鸣珂。九歌异日思公子，欲采江篱奈远何。

客舟

秋风吹送蠡湖旁，信宿关河正渺茫。衰鬓短衣琴剑敝，空洲落日水天长。传经心事惭藜阁，歌风行踪逼楚狂。莫道浪游夸汗漫，吴江枫冷尚他乡。

潭州

汉将旌旗拥上游，潇湘地势领荆州。伏波勋业驱铜柱，陶侃威名压石头。共许安危争一瞬，只怜形胜尽空流。挥戈衔石成多劫，衰柳寒烟芦荻秋。

赠湘潭黄节生

鹿门耆旧正凄凄，江夏清名自昔齐。屈宋风流高未坠，沅湘芳草近堪携。经传玳架珠容吐，树识琼枝凤待栖。闻道杖藜常采药，寻山不惜到幽溪。

赠湘潭郭幼隗孝廉

风流屈贾近如何，芳草离离满薜萝。方驾前贤才独立，悲歌江畔鬓双皤。战余天地清名重，老去文章感慨多。海内几人关出处，从来龙卧卜岩阿。

又

神交迢递楚湘居，岂谓论心此日初。世讲孔融真自愧，高名郭泰几人如。九州地志推班史，三管才华定楚书。投分莫嫌方把臂，通门道义廿年余。幼隗方修楚志。

哭黄岳生世兄

忆别吴门离思牵，每凭尺素几周旋。辽东华表魂空返，湘水灵修怨岂传。入室只余王粲井，抚琴真绝伯乐弦。寝门未尽平生义，零落山丘倍怆然。

又

霜飞木落正凄其，感旧那堪事事悲。已听深闺歌别鹄，忍看葛帔泣孤儿。山公久谢林间日，向秀长怀笛里时。赖有伯兄骨肉重，难余遗绪尚如丝。

中秋宋御之虎丘舟次燕集和吴梅村先生上巳诗原韵

山塘忆昔论交年，为有兰台兄弟贤。江左风流真独擅，中原槊敦更谁先。画船重系亭皋缆，白雪还追学士篇。谓梅村诗。俯仰登临廿载后，依然人月倍澄鲜。

又

曾投缟带历经秋，为问林间嵇阮俦。座上几看耆旧在，樽前半属少年游。穷沙劳我池塘梦，谓汉槎。宿草怜君棣萼愁。谓畴三。最是京华宵旰日，侍臣独系庙堂忧。谓蓼天学士。

又

绛纱列处奏诗笙，此首怀梅村先生。都讲谭经席上横。自向小山依桂树，每调法曲听莺声。兰亭当日传词赋，鸡泽何人复会盟。此夕酒阑重感旧，便因悟石话前生。

又

□夜厌厌逸兴长，恰逢初度共登堂。却分珠履三千□，并载金尊四五航。华月映帘秋似水，琼枝照席袖余香。正夸玄鬓相看好，可要南山颂几章。

澄江道中

平皋木叶正飞翻，小艇迎潮击汰喧。一径枫林悬落日，千村禾黍散晴原。萧萧霸迹空江尽，渺渺高风断碣存。廿载萍踪虚问渡，旧游历历尚堪论。

至日同刘震修、许青屿作和青屿韵

东风此日转重阴，飞雨愁听拂曙沉。岂有邹生吹暖律，还从杜老和高吟。氤氲满眼思当日，霜雪寒宵感自今。共祝故乡云物好，莫教烽火暗相侵。

怀张九临

离愁重叠黯然时，惊若飘蓬乱若丝。梦里经心添别泪，客中过日把君诗。高风自远应趋义，奇字何从共析疑。迟暮独怜耽著述，穷年莫惜世人嗤。

柬寄朱长孺

论交古道足仪型，公叔高名见岁星。客到绳床寒共语，书连蓬屋昼长扃。独耽泉石忘头白，不向风尘乞眼青。契阔重怀杨子阁，终年曾否就玄经。

柬顾茂伦

我忆高人顾元叹，凉秋逸兴近如何。江湖日落吟应遍，薜荔风清客几过。龙卧自推名独老，鸿冥莫惜鬓双皤。于今处士灵光在，珍重岩栖岁月多。

赠张牖如

乾坤高义几人行，款款交游历晦明。正羡抟风雄健翮，却怜把臂寸心倾。两京夙擅东西赋，一诺争驰梁楚名。自是廿年知己重，何须意气问君卿。

又

江楚归来叹转蓬，相逢故国旅愁空。江湖客倦怜王粲，车马门多识孔融。天下烽烟何自定，词人书剑向谁雄？高秋历落论交道，慷慨还看国士风。

同何楚荪登越郡卧龙山

越州风景拟蓬莱，元稹守越州，夸示乐天，有“得住蓬莱”句。官阁嶙峋积翠开。缥缈峦光排槛出，苍茫海气抱城回。客游正爱莺花绕，春思频惊鼓角吹。凭眺霸图仍历历，金戈满地几人才。

又

春阴万壑雨过时，揽胜招游兴暂移。求点弟兄名独盛，鉴稽山水迹争奇。披云选石寻芳草，着屐扪苔洗旧碑。才藻君家太守擅，何时清晏共题诗。

又

忆昔论交二十年，牢骚客鬓共萧然。五经腹笥匡刘著，一诺声名吴楚传。碣石鸿归频问讯，每念汉槎不置。关西鳣在几随肩。昔年楚荪馆于杨维斗先生家。谈深官烛情何限，柝冷城头夜雨悬。

送别谭曙云

共依油幕越中游，忽漫离筵送客舟。宾从正推袁虎重，山川每起仲宣愁。残春花外烽烟满，新涨天边江海流。此日乡关宁久恋，才高谁不借前筹。

送潘鹤山还淮上

西园宾客盛如云，骑省才名复见君。意气乍怜风雨合，交游谁讶古今分。莺花暇日频探胜，灯火中宵细论文。不是追随官阁久，旅怀容易慰离群。越郡有西园。

又

携屐同来未倦游，乍惊春浪送行舟。乡心早逐鸰原往，鹤山因弟抱恙北还。归梦难为镜水留。韩信台前波正阔，右军宅畔草方稠。离情南北人千里，明月应知独倚楼。

赠赵韫退年伯

东海泱泱表大风，文章勋业更谁雄。乾坤感慨高吟外，关塞凭临清啸中。揽胜远从探禹穴，谈玄犹自忆江东。若非世讲逢河尹，怀刺何人问孔融。

寄畅园月下听泉

名园夜色净于霜，恰有清音绕梦长。鲛织珠从蟾影落，广寒秋映水声凉。举头已爱天如镜，漱石偏疑瀑有香。学士风流知独擅，良宵逸兴足徜徉。

冬日谒禹陵和张鞠存、鲍让侯原韵

缥缈层峦玉座通，灵旗辇道锁王宫。云霄碧瓦寒光外，岩壑苍碑烟霭中。孤嶂藏弓余荐享，万方执瑞此论功。少康苗裔存先业，江海犹开霸国风。

又

夏后神灵百代宗，岿然寝殿枕寒松。越山郁郁留丹雘，禹甸芒芒颂浚封。原庙夜游遥警跸，空林秋祭杳鸣钟。岣嵝诘曲碑无字，风雨雕梁起蛰龙。

龙山望雪

漫漫飞絮越王城，一夕江山积寸盈。高下瑶台光自照，参差琼树静无声。银涛忽讶三秋涌，玉帛还疑万国迎。用夏禹故事。不是侵肌威凛冽，蓬莱何羡广寒行。

赠姜定庵京兆

当代君宗孰可攀，风标岳岳照清班。尚书旧德星辰上，京兆高名霄汉间。经国文章归秘府，闲情丝竹暂东山。只今密勿求谟画，早晚征书尚父还。

赠别刘震修

孝绰才华第一俦，青油揽胜越城游。名山洗石题应遍，彩管临池墨已流。花下骊歌催客思，江边梅雨点归舟。悬知别后秋风健，赋就凌云到帝州。

送祝子礼进士北上

有客金闺早擅名，几年清梦忆仙茎。才华宣室虚前席，词赋甘泉待长卿。鹢放桃花春涨水，人听上苑晓啼莺。只今庙算资才急，羡有凌云结主情。

张继美招游南城

春色晴开远嶂天，客心旷邈寄留连。游丝袅袅临芳苑，风日晖晖逼暮烟。千载兰亭陈迹在，当年祓禊几人传。樽前啸傲追觞咏，俯仰依然对昔贤。

又

城南散步绕平堤，水转桥回一径迷。山色逼云排巘翠，花香笼日向人低。莺啼历乱春无赖，客思清狂酒共携。叹息亭台灰劫后，断垣芳草正凄凄。

谒武穆王墓读碑刻苏公茂相诗率次原韵

云屯北伐骑千乘，故国河山感废兴。独抱丹心功未立，空埋碧血恨难胜。怒涛东注存孤冢，凄雨南枝向六陵。祠庙忠魂终古壮，灵旗铁马泪沾膺。

赠刘苠臣系念台先生小阮

岳立儒宗海内尊，欣逢继起问渊源。文章论定要千古，意气平生托片言。公干才华方郁郁，元龙豪迈更轩轩。追寻莫失前人意，历尽冰霜道自存。

喜晤张祖望有赠

廿年交旧逐飘蓬，两地参商离恨同。白首相逢多难后，青山作客壮怀空。殷勤且尽清樽兴，苍莽遥怜绝塞风。谓汉槎。尚有故人高义在，萧然天地一冥鸿。

又

忆昔宾朋会一堂，风流文彩照飞觞。共知意气交游重，敢道声华伯仲行。前哲音徽埋宿草，谓姜真源。遗民杖履识灵光。论心不尽存亡感，放浪何妨镜水傍。

又

契阔平生老更违，追思青鬓事全非。怜余扰扰长为客，羡尔悠悠欲息机。幽壑松筠长自放，丹溪灶火静相依。景纯结契风尘外，共许招携问钓矶。

赠张德操

永昼开筵清簟留，茂先爱客足风流。家临委宛神仙洞，人在昭明文选楼。冉冉夏云天际敞，修修翠竹座中幽。冰浆碧碗葡萄酒，疑向蓬莱嘉会游。

赠萧山何伯兴

云门风景接山城，骠骑何如第五名。感慨自坚高士志，交游重见故人情。采莼湘渚春波近，放鹤萧然。山名。夜月清。何计可能龙卧稳，只今江海未休兵。

又

吾党风期交有神，越江数子梦魂频。到门曾叩杨雄宅，此夕欣逢郭泰巾。冉冉练云过缥缈，阴阴灌木俯嶙峋。浣花溪畔成嘉会，一席同披意气真。是日徐徽之、毛大可闻余在，皆会于伯兴斋中。

酬赠孙赤崖次韵

壮怀未遂逐浮萍，羁旅关山欲请缨。廿载飘零流别泪，一宵惊喜话离情。尚看蓬鬓存交旧，忍对荆枝忆弟兄。早晚凌云应特达，莫将心事晦明更。

苏属国

奉使羁留万死间，节旄落尽得生还。独怜报命论功日，武帝龙髯不可攀。

张博望

漫传宛马若云屯，万里迂回到玉门。辙迹岂知天上转，昆仑直为溯河源。

李都尉

箭尽兰山鼓不鸣，战声犹压敌军营。报恩何惜捐躯烈，空负当时国士名。

班定远

都护威名慑若神，西逾葱岭尽降臣。汉皇北伐军声在，万里功成三十人。

芦沟桥

桑干桥锁帝城隈，碧汉青虹天外回。怪底波涛翻万顷，冰河一半未曾开。

白沟河

看碑指点傍河流，辽宋分疆在白沟。形胜那堪追往事，燕云十六尽神州。

又

极目荒原衰草平，大河东注海云横。文皇百战回戈地，风雨犹闻铁马声。

西山

驻坰晴看积翠开，郁葱云气锁高台。紫荆已破黄巾人，不见昭陵石马来。

鄚州

鄚州城外水堤长，十里荷池夹岸凉。却羡人游花尽发，金鞭驰道映垂杨。

赠苇航上人

文采休公是后身，论诗精舍几经春。到来夜半传衣日，不羡当年慧业人。

又

把臂浑忘客子身，焚香挥麈正逢春。雨花灵谷多奇迹，不枉名山复有人。

紫云

挑灯爱读徐郎曲，仿佛高歌绕华屋。初展生绡识玉人，迢迢千里春波绿。

舟中怀人口占

宣武门东游眺同，相邀频醉酒炉中。河梁一别怜如雨，客路西风任转蓬。

又

苍茫水驿下津门，正是亭皋落叶翻。无限羁愁谁共遣，怀人历历动离魂。

又

匹马凉秋过蓟城，西华葛帔客装轻。知交落落晨星内，击筑悲歌别有情。

又

帝里征鞍初下时，广平学士喜相持。十年契阔无穷思，共尽筵前酒一卮。余入都时，宋蓼天读学假榻相留。

又

当代谁真解爱才，君宗延揽遍蒿莱。尚书履在星辰上，朝罢人人望阁开。龚大宗伯。

又

汉阳先生垂大名，千秋高义照人明。相逢怀旧兼存恤，生死交情见巨卿。熊钟陵读学。

又

嘉隆七子旧登坛，风格谁人障紫澜。秀出瑯琊扶正始，峨峨泰岱域中看。王阮亭仪部。

又

名流当代孰君宗，玉磬山房人似龙。闭户著书尘事绝，江干车马日相从。宋子既庭。

又

震川以后独推君，著述高名天下闻。我向蓟门君白下，何时披帙共论文？汪苕文计部。

又

彭子才华早轶群，倦游意气未全贫。黄门前辈俱零落，未坠风流赖后人。云间彭子古晋。

又

太史冰壶藻鉴清，新秋衔命向秦城。云开二华天边出，身在莲峰掌上行。徐立斋太史。

又

铜柱功名绝徼传，蛮方共识使君贤。瘴云黯黯猿啼切，无那乡心万里悬。思南太守许竹隐。

又

河阳骥足尚淹留，日下才名枚马俦。词赋柏梁虚左待，二泉何事爱清幽。伯成从祖为令梁溪，瓜期已及，清华一席，长安人望久矣。

又

忆昨中秋月似银，辟疆园客胜游频。长安此夕人千里，不隔星河交有神。戊申中秋，适客梁溪，顾修远年伯暨天石招同董文友、贺天士、黄庭表、秦对岩、严荪友、刘沛然、陈乐天、邹黎眉、陈集生即席分韵，共成数十章。

又

金台矫首暮云深，千古空悬市骏心。无那倦游京洛日，相逢半作客愁吟。宋子御之、文森旦华、王子成博、蒋子庶来、张子天一牖如、邹子黎眉、陆子予载，暨家弟苍符、有良俱以秋闱被放思归。

又

公瑾诗名孰比肩，当年季子并翩然。旧交苦忆辽阳信，戍客飘零独可怜。云间周子鹰垂与季弟汉槎交好，讯问甚切。

又

镇日相携过草堂，那堪分手雁南翔。玉河桥下东流水，争似陈琳别思长。宜兴陈子纬云。

又

一官归去检书签，寂寂看云卷画帘。特赏相如恩宠在，至今遗恨泣龙髯。尤子展成向荷，世庙有才子之叹。看云，草堂名也。

又

长沙才子旧交亲，契合文章自有神。羡尔鸣弦千里外，游踪何日到江滨。湘潭唐魏子为令玉山。

又

总角才华举最先，兰成射策受知年。一官蹭蹬怜衰鬓，越隽闲曹未肯迁。李子韦夏。

又

山公藻鉴肃清班，风采棱棱不可攀。输粟未堪供大匠，讼冤谁为叫天关。吏部黄岳生挂误谴谪，大工未竣。

又

怜尔雄才郁未伸，穷愁羁旅向风尘。虞卿相印曾捐却，千古名高自绝伦。计子甫草挂误失志，穷愁愤叹，故以末句广之。

又

高卧仙人黄鹤楼，中朝延伫几经秋。才华王俭真难及，计日珊珊凤沼头。王昊庐侍读。

又

著述微言讵易知，争鸣众说异同时。力持大雅归吾党，矻矻穷经老不辞。朱长孺、张九临、顾茂伦、王咸平、周安节并有著论。

又

飘零天地不堪论，无那牵情骨肉恩。张俭几人藏复壁，谓佩远大阮。崔骃何计返关门。谓余弟汉槎。

读严荪友《秋水集》

岸帻苍然万壑前，高情终日托云烟。长吟兀坐空今古，只玩南华内外篇。

又

古甃泉寒戛哀玉，虬松秋老舞长风。赋心高洁差相仿，肯逐凡流粉黛同。

又

上薄风骚掩建安，才华角立总登坛。寥寥大雅偏难和，此调今人久罢弹。

又

潇洒风流绝世无，诗中有画画中殊。凭将十丈鹅溪绢，写入西江秋水图。

戏柬曾西山学博

三月花枝照眼新，频愁风雨送残春。先生静掩禅关赏，浓艳因何属酒人。

又

闻道名花异样新，药栏深处不胜春，天公若为花增妒，风雨时时恼主人。

咏罂粟花

春去丛花复放春，也知罂粟种偏新。翻阶红叶行看尽，簇锦疑回步障人。

徐松之刻《云山酬唱集》将游兰陵口占赠行

雅尚南州迥不群，每随游屐播清芬。瑶华到处分携得，江上云山只待君。

北归后寄怀徐电发

与尔论交日，相逢意气倾。南州推孺子，门下得康成。离合经风雨，艰危杖友生。怪来音问绝，落月倍含情。

秋杪同朱长孺、顾茂伦、张九临、袁重其、潘次耕集张唯一斋分韵得虹字

摇落江天暮，交亲此夕同。壮心销渌酒，衰貌愧丹枫。旧物寒芜尽，惊才激浪雄。匣中离合剑，隐跃起双虹。次耕、弘蘧皆邑中英妙。时次耕方应宏博之荐。

唐魏子明府席上赠荆门费瞿如孝廉

论交白首几人同，意气相期一顾中。银蜡照残寒寂寂，鱼肠看罢晓熊熊。独留人物青门老，共识文章梦泽雄。不是宴谭官阁久，平生怀抱许谁通。

闻吾邑六月朔日有文宴之举柬寄小修家弟

槃敦从容昔比肩，文章窃幸托高贤。党人名字存当日，好会琴樽隔几年。领袖群伦推俊及，重修盛事到林泉。遥知少长兰亭集，执耳风流属惠连。

奉酬蔗庵和尚和韵

锡杖何分天一方，洒然丈室静焚香。针锋隐处群猜尽，粟颗藏来妙悟长。软语金盆时共照，清心甘露觉先尝。乍逢顿欲空诸相，何待二车演法王。

——《爱吾庐诗稿》

吴兆宫

吴兆宫，字闻夏。吴晋锡次子，兆宽弟。崇祯壬午（1642）副贡生。有《椒亭诗集》。

席上与楚中李韦夏话别

与君一为别，乃在沔水阳。悠悠三千里，道路阻且长。今夕欢合坐，明日悲异乡。会面安可期，劝君进盈觞。一尊虽云易，思之诚难忘。行矣慎风波，努力爱景光。

阻风桃源

冲飙惊四起，吹雨暗城头。波浪遥翻楚，风烟半入秋。羁心劳远梦，归计决渔舟。欲济空留滞，无因解客愁。

通州早发

月落燕山小，冲寒事远征。沙深留马迹，人语杂风声。魂断江南梦，心惊蓟北城。不须儿女叹，慷慨死生轻。

山行

盘纡磴道陟荒原，风物凄凉野草繁。一雁背人冲朔雪，片云带雨压山村。寒凝远岫烟中合，影挂飞泉树杪翻。落魄归来独长啸，不知何处是家园。

——《松陵诗征前编》卷九

道经蒙阴慨然有作

荒城斜倚乱山丛，邑里萧条感慨中。屋角孤烟依废井，门前独树伴衰翁。青春地僻寒原白，古戍人稀野烧红。回首不堪寻往事，夕阳寥落马嘶风。

——《江苏诗征》卷十一

吴兆骞

吴兆骞，字汉槎。吴晋锡第四子，顺治丁酉（1657）举人。有《秋笳集》。

白头宫女行

长安女冠头似雪，曳地黄絁悬百结。手执金经泪暗垂，云是前朝旧宫妾。一朝充选入披香，倭堕新梳内殿妆。低鬟自惜青虫小，系臂愁看绛缕长。当年御极方清晏，宫中屡启催花宴。云母屏开见舞人，水晶帘卷低歌扇。歌舞年年乐事殊，森沉宝幄挂流苏。北宫漫阅鱼龙戏，东绢频临蛱蝶图。图史纷披间珠翠，深宫镇日长无事。鹊顾书从女史传，鸾雏钗向昭仪赐。昭仪明艳独承欢，促坐金床倚笑看。灯簇九微长侍辇，妆成七宝自凭栏。栏前罗绮纷成列，阿监才人几分别。玉墀草细打毬高，珠箔花深吹管彻。景福宫前细柳垂，琼轩不闭共追随。绣灯缠鬃娇试马，绿绨隐几倦弹棋。春花秋月年华换，掖庭寂寞肠堪断。素手翻书教小王，红颜对食怜同伴。自注：汉宫中自相配偶谓为"对食"。自从羽檄扰秦川，遂使官家少晏眠。五夜刺闺频报警，三春合殿罢开颜。几载天颜惨不乐，中宵独坐占芒角。炮火新开内教场，诏书屡下文渊阁。阁门封事日纷纷，督府潼关复覆军。几部黄巾残豫楚，千群青犊下宣云。宣云处处名城堕，倒戈自启居庸锁。阙下交驰告急书，殿前望断平安火。军锋倏忽逼神京，一夜都人已数惊。内苑左貂群揖盗，团营飞骑半翻城。城上弓刀争内向，苍黄无复蓬莱仗。独御金鞭视九门，空颁铁券封诸将。白马青袍卷地来，君王长叹下平台。口诏内人从避寇，手持爱子共衔哀。可怜十叶汉天子，海竭山崩竟如此。复壁宁教伏后藏，佩刀自刺清河死。珠伤玉碎满曾成，宫车无那赤龙迎。犹有黄门曾殉主，岂知紫闼竟屯兵。自怜白首深宫住，欲问家山渺归路。潜脱霓裳出九重，却寻月径依双树。一托香台已十秋，每谈遗事自生愁。室中漫礼金仙席，梦里还随玉辇游。惆怅生平遘阳九，戒珠持遍甘衰朽。仙家龙种尚飘零，贱妾蛾眉亦何有。我来故国几沾翰，摩娑铜狄北风酸。昭阳旧侍悲通德，长乐姬人识佩兰。从古存亡堪太息，凄凉无处寻遗迹。麦秀偏伤过客情，柘枝还下宫人泣。

秋雁篇

长安八月金风起，旅雁飞飞度龙水。共道连翩傍九霄，宁知迢递经千里。千里随阳道路赊，扬声接翼向天涯。衔芦欲避金河雪，唼藻还依玉溆沙。沙头日暮秋萧索，夜火如星乱栖泊。江路由来足稻粱，云间却自多矰缴。矰缴连天何处飞，冰霜满目未能归。月冷关城哀响过，风回汀渚断行稀。可怜岁晚争飞急，羽翮摧颓去安极。拂雾宵传紫塞书，惊寒晓杂朱楼笛。谁家少妇倚朱楼，忽见孤鸿泪暗流。玳瑁床空红粉怨，茱萸带缓翠蛾愁。愁心几度音尘绝，捣尽寒衣向秋月。讵怜明镜歇容华，却恨狂夫限城阙。城阙遥遥落雁低，青苹碧石五湖西。何如长住吴江渚，不使年年有别离。

闰三月朔日将赴辽左留别吴中诸故人

蓟门三月柳堪折，玉关迁客肝肠绝。结束征车去旧乡，矫首天南恨离别。忆昨胥台事侠游，才名卓荦凌王侯。黄童雅擅无双誉，温峤羞居第二流。相将日向春江曲，阖闾墓前草初绿。彩鹢春风客似云，珠帘夜月人如玉。少年行乐恣游盘，夹道飞花覆锦湍。按歌每挟茱萸女，驻马频看芍药栏。筵前进酒题鹦鹉，一日声名动东府。拟从执戟奏甘泉，耻学吾邱能格五。去年谬应公车征，骏马高台几度登。自许文章飞白凤，岂知谣诼信苍蝇。苍蝇点白由来事，薏苡偏嗟罹谤议。赋就凌云只自怜，投人明月还相弃。身婴木索入圜门，白日阴沉欲断魂。北燕漫说邹生哭，东海谁明孝妇冤。衔冤犴狴悲何极，慷慨陈词对岩棘。幽怨空教托楚辞，严威竟已罹秦格。忽承恩遣度龙沙，边海茫茫去路赊。名列丹书难指罪，身投青海已无家。销魂桥畔谁相送，一曲芦笳自悲痛。皂帽惭非避世人，青山何处思乡梦。乡心日夜绕江干，江柳江花不复攀。万重关塞行应遍，十载交游见欲难，从此家山等飞藿，满眼黄云横大漠。自伤停伯远投荒，却悔平原轻赴洛。一向冰天逐雁臣，东风挥手泪沾巾。只应一片江南月，流照飘零塞北人。

同陈子长夜饮即席作歌

豪气君未除，长啸轻远游。虽为辽海客，不识边城愁。青丝玉壶银凿落，中宵坐我碧油幕。海风吹天星动摇，边色横烟月澄廓。倚笛频惊出塞声，衔杯尚拟年华乐。黄龙东望沙茫茫，黑林树色参天长。此行应痛永乖别，他时相忆徒慷慨。爱君且复饮君酒，庭树摇摇挂珠斗。梦去难攀鹤市花，醉来聊折龙城柳。眼中万事尽飘蓬，尔我安能日携手。故园何处五湖滨，难后逢君意转亲。谁怜元菟城头月，泣尽黄公垆畔人。

同陈子长坐毡帐中话吴门旧游怆然作歌

辽城四月春风来，黄鹂啼树梨花开。陈生邀我郭南去，笑骑鞍马双徘徊。沙场黯黯日将暮，半醉归来解鞍卧。毡墙谁拨鹍鸡弦，弹作商声泪交堕。忆昨故乡百不忧，命俦啸侣吴趋游。裁诗每题白团扇，纵酒惟赌青羔裘。沙棠之桨云母舟，美人玉袖搊箜篌。金窗银烛月未午，清歌窈窕无时休。就中少年三五辈，徐郎顾子称风流。独孤侧帽倾士女，正平摇笔凌王侯。百年行乐竟谁在，凄凉边地伤离愁。只今相对休悒怏，人生苦乐犹回掌。陇西将军困醉尉，邯郸才人辱厮养。古来憔悴多名流，吾辈何悲弃榛莽。君才弱冠我盛年，可怜沦落俱冰天。旧游一别已如雨，阴关万里徒寒烟。寄哀欲托庾信赋，赏音空忆钟期弦。金尊有酒且沉醉，何须惆怅风尘前。

赠吴穉恭散骑自注：故恭顺侯勋卫

白头吴叟何龙钟，先朝曾直华清宫。十年丧乱无人识，万里羁孤泣路穷。忆昨西京全盛日，子侯年少承殊泽，门下金鞍惯射生，楼中银管频留客。油碧香轮陌上骄，佩刀日护紫宸朝。从猎别分都尉马，奉车特赐侍中貂。山河举目须臾异，荆棘凄凉旧东第。仙人已叹海生尘，侯家宁保山如砺。几度天涯怨负薪，萧条绝塞讵逢春。梦里宫云雕辇路，愁中边草玉关人。玉关回首伤怀抱，短衣浊酒长潦倒。雀满门前翟氏悲，羊归陇上苏卿老。日莫哀笳四野闻，黄榆秋雪正纷纷。凭高欲纵乡关目，肠断南归雁几群。

赠孔叟

孔叟侠者今白头，横戈曾事当阳侯。自注：崇正中叟以副帅事杨相国嗣昌。十年困顿蓊蘙塞，五月不脱羔羊裘。征南幕府久零落，犹复雄名动寥廓。绝域魂销白雁书，沙场力尽斑丝槊。击衣不得心自哀，置铅无成目空矐。自注：甲申冬欲刺李自成不克。可怜丧乱识凫毛，敢道精诚生马角。万里苍茫故国悲，侧身天地何时归。乡梦已迷三楚道，蛮烟休望九疑开。此日相逢把君手，倚仗班荆抚西缶。感旧应怜鬓上霜，悲歌且酌尊中酒。入关萧永正漂零，思赵廉公已衰朽。半酣起舞何慨慷，俯眉敛迹空摧藏。丈夫失意会如此，君今那必哀穷荒。

北风

马上北风哀，黄云惨不开。寒摧龙碛断，声卷雁沙来。驿骑衣空寄，嫖姚战不回。何人吹筚篥，泪尽落雕台。

次沙河砦

客程殊未已，复此驻行装。世事怜今日，人情怯异乡。月临边草白，天入海云黄。莫恨关山远，来朝是乐浪。

寄怀陈子长

毡帐风连曙，长河雪过春。一年频卧疾，万里独怀人。世事文章贱，交情患难真。茫茫穷塞外，愁寄别离辰。

卞生过饮吴门人

相见添新鬓，相悲话故乡。那堪逢晏岁，俱是客殊方。搁酒荒台月，征夫大漠霜。风波满眼泪，对尔益增伤。

与旧史

衡门萧寂掩蒿莱，念尔行藏未易才。更始旧臣冯衍在，朔方迁客蔡邕来。望中乡国空三户，乱后文章有七哀。摇落清秋边色里，援笳愁上北风台。

感怀诗呈家大人

棘寺阴沉树色长，故园何处泪沾裳。独怜积毁能销骨，无那衔冤易断肠。授简圜扉思夏胜，上书梁狱泣邹阳。金门咫尺招贤地，不得雄文达建章。

寂坐匡床饮浊醪，临风愁听角声高。谤书何事腾三箧，壮士由来泣二桃。目断乡关空涕泗，心伤乌鸟自悲号。可怜一片江南月，永夜苍苍客梦劳。

出关

边楼回首削嶙峋，筚篥喧喧驿骑尘。敢望余生还故国，独怜多难累衰亲。云阴不散黄龙雪，柳色初开紫塞春。姜女石前频驻马，傍关犹是汉家人。自注：关前有姜女望夫石。

晚自鸡头崖至天龙屯

迢递回冈抱塞长，暮云归路剧羊肠。马嘶古碛寒沙白，鸦乱荒城夕照黄。病后关河空涕泪，战余身世各苍茫。客游不异松花水，日夜滔滔下北荒。

九月八日病起有怀宋既庭、计甫草因忆亡友侯研德、宋畴、三丁绣夫

岁晚霜清木叶愁，病余蓬径愧淹留。紫台一别悲苏李，青草频年哭应刘。归梦关河长伏枕，客心天地各惊秋。明朝谁是登高侣，零落黄垆忍再游。

帐夜

穹帐连山落月斜，梦回孤客尚天涯。雁飞白草年年雪，人老黄榆

夜夜笳。驿路几通南国使，风云不断北庭沙。春衣少妇空相寄，五月边城未着花。

五日阻水牛马河

五日驱车度极边，中宵移帐阻长川。波间不断千峰雨，林上争喧七涧泉。铁骑风沙行戍日，锦帆丝管旧游年。汨罗犹是江南地，始觉灵均未可怜。

小乌稽

连峰如黛逐人来，一到频惊暝色催。坏道沙喧天外雨，崩崖石走地中雷。千年冰雪晴还湿，万木云霾午未开。明发前林更才绝，侧身修坂倍生哀。

沈阳旅舍赋示陈子长

西风城畔夜乌哀，积雨空庭黯不开。匝地关山千里去，极天辽海一身来。文如刘峻终无命，愤到嵇康始悔才。旧业雕残归未得，望乡何处更登台。

蒙古屯同雁群晚眺

碛烟山雪远苍茫，落日层台雁几行。残垒迴连寒烧紫，穹庐遥压暮沙黄。边书乱后应难达，客鬓秋来各已苍。漫道山川堪极目，登临无那是殊方。

感示子长

夜静危谯刻漏频，客中对尔倍情亲。非关刀笔严持法，自是声名解误人。献吊湘潭悲宋玉，窜身辽海泣崔骃。南天望处堪肠断，榆柳江皋已暮春。

瓜儿伽屯值雨晚过村叟家宿即事书寄孙赤崖、陈子长五十韵

我行龙水外，雨过雁山阳。旷野无人渡，曾阴极目长。横天风瑟瑟，匝地雾苍苍。声卷蒸沙黑，烟沉远树黄。溪流侵磴泻，岚色锁村

荒。渺漫弥寒望，凄其断客肠。熟梅思故国，泛梗怨他乡。塞柳沾全重，山花湿罢芳。寒雕迷灌木，牧马失遥冈。胶渍难调箭，毡濡欲压房。危坡愁徒帐，仄径怯携囊。虎迹平林畔，牛声草舍旁。渡河儿跋马，绕隰妇驱羊。残霭收空壑，斜晖下短墙。逢人惟戍客，问土是岩疆。瓦缶参为饵，芦罂酪作浆。留宾登土锉，延叟坐绳床。齑切青丝菜，盘行赤颖粱。未秋闻割蜜，入夜见然糠。杯里弓悬影，灯前剑吐芒。山川应异汉，兵甲尚传唐。恻恻江南客，萧萧塞北装。身方随拜柳，心漫结垂杨。牢落知谁恤，羁孤敢自伤。莫吟青玉案，且任紫丝韁。谪远虞翻枉，途穷阮籍狂。恨为鸡塞别，悔未鹿门藏。世欲锄兰畹，人徒佩蕙纕。断红悲少妇，垂白想高堂。梦绕三年月，愁新两鬓霜。田园尽芜没，门第半倾亡。臣罪何当惜，天心讵可量。微生混牛骥，残息傍豺狼。坎壈原吾党，飘零亦士常。旅怀忧怛怛，离绪涕浪浪。消息遥江介，关山隔带方。生涯应已矣，故旧耿难忘。共郁青霞意，难希白日光。军中滞孙楚，陇外窜陈汤。述愤歌慷慨，贻诗兴激昂。风流君未坠，险阻我偏尝。空阔千年碛，苍茫百战场。有哀传玉笛，无处诉金觞。已自鋑鹓鹭，休矜蜡凤凰。曲成惟出塞，赋就异浮湘。宿昔曾投漆，招寻会裹粮。冷山风惨切，瀚海月凄凉。望望人何在，悠悠路未央。侧身看朔漠，回首怨河梁。欲问离居意，天涯泣数行。

——《国朝松陵诗征》卷三

春日篇

亭皋三月东风吹，匝道烟花艳绿围。十里红潮连翠岸，千重碧树起珠帷。侯家别墅春如织，芳林繁囿连云日。兰沼轻波泛紫鸳，蕙楼高影巢玄鳦。楼阴架沚碧嵯峨，窗户玲珑盛绮罗。日映翡帷银蒜静，风微珠缀玉铃和。铃声隐隐花间起，榆钱雪落覆明水。数蝶低飞香草中，流莺细啭垂杨里。毵毵垂杨满碧郊，游丝百尺乱烟条。陌上繁阴临玉道，堤边香雾锁虹桥。虹桥一望明于素，失轩绀幰纷相度。锦障新开灞水园，羊车近出长安路。长安此日正妍华，几处楼台映晚霞。翠鞲香细初调马，绣袷风轻试问花。绿畴去去芳埃逐，油幕生光照平陆。带织茱萸耀紫珊，鞍装杏叶围红玉。玉鞭时向狭斜行，弱絮缤纷缀道傍。斗鸡坊里花初满，走马台边柳正黄。柳黄花满相凌乱，由来此地称华艳。日暮征歌赵李家，夜来贳酒胡姬馆。十五胡姬不解羞，低鬟轻倚钿箜篌。私结红罗邀上客，自矜脂腕整搔头。年年岁岁争游冶，挟弹探丸空藻野。南陌方看千骑来，东皇又掷三春谢。三春风日自阴浓，落尽梨花锁院中。闻道西园芳草路，罗衣迎暑送春风。

金陵篇

高皇昔日起西吴，手挟灵旗问独夫。既向龙沙开绝漠，遂来虎踞建神都。燕子二潮通海浪，鸿郎万雉俯江波。江波去去无穷已，城中宫格参天起。鳷鹊连延抗碧台，凤凰窈窕围玫杷。隐隐长桥水卧虹，沉沉华阕霞含紫。圆井春寒露索高，上林花隐风弦细。兰锜钩陈七宝鞭，深深紫袖写便姗。昼静烟花金殿杳，宵严钟鼓玉珂寒。七校队齐仙杖外，群公佩响翠华前。日丽朱城百万户，气迴皇图三十年。文皇为念边城苦，欲卧燕山留北锁。竟从鹿辂策关中，难仍牛首称天府。一自宸旒去紫台，遂令南内琐青色槐。玉女窗寒风断续，景阳钟歇月徘徊。铜沟不腻红妆粉，金屋空余乌韭苔。辘轳声断啼鸦晓，宫莎含日春秋早。兽环深闭寂难知，钩盾萧凉无复扫。时见朱樱荐寝园，独看碧草芜驰道。列圣相传海内平，侯家甲第起红尘。十二重楼连凤翼，三千复帐结鸿纷。香车半罨油幢暖，画阁全传水调清。舞爱弓腰碧繶转，歌残子夜玉钩明。绣户宵笼云母扇，晶盘晓进月儿羹。既倾燕尾临芳沼，还问桃根向石城。石城年少如鹰撇，腰下吴钩凝绀雪。挟妓酣歌玳瑁楼，挥鞭骄试金钱埒。檀槽拨软贴龙香，纻弦丝断施鸾血。独来陌上恣矜趫，放犬呼鹰乐未消。醉拭芙蓉轻一诺，笑掷珊瑚赌百骁。绛衫香袭浮云鞚，紫艾光承明月刀。明月高高照芳甸，秦淮宛转澄如练。汀上银沙写露华，堤边珍树吹花霰。锦缆风回榜唱微，兰桡波细萧声转。萧笳清吹满皇州，夹道芳尘掩书楼。睡鸭香浓初按茜，鸣蝉梳罢学藏钩。街喧兰叶迎珠勒，队簇桃花映绿韝。绿韝珠勒纷驰逐，谁知祸乱来相促。九逸惊从代邸来，三星更向东山簇。江表虽飞晋氏龙，中原已失嬴家鹿。竞传宝雉集丹阳，南纪欣开司隶章。酒置新亭风已异，銮回旧内日重光。琅琊方拟戎衣定，仙人又进昭阳谶。马控青丝自寿春，鸥衔黄纸沉江乘。闻道哥舒已弃关，犹矜监牧能行阵。宫门不见几传烽，君王还狩豆田中。泪盈秋燕开黄帕，舰列晨凫渡阿童。郑畋迎銮思敌忾，伤心岂料成青盖。较战无闻朱雀航，负恩竟卖卢龙塞。拂庐罽幕遍京华，园庙萧条拥塞沙。轒辒乱度台城柳，觱篥寒摧上苑花。可怜坏道哀湍急，隧门夜静荒磷碧。雪暗焚宫泣玉床，风酸辞汉悲铜狄。黄头洗箭唱兜离，故老吞声泪绠縻。仁寿镜悬精卫怨，茂陵书去子规啼。金钗歌断临春阁，秋飔槐叶纷萧索。已叹三千落剑花，漫期十八开莲芍。回首南朝事惘然，月明麋鹿故宫前。独有石头春水碧，烟波夜夜送潺湲。

长安道

驰道春风晚，长楸落日斜。按鹰来戚里，挟瑟向侯家。纨扇平阳月，珊鞭宣曲花。君王方好武，新拜李轻车。

洛阳道

戒晓开平乐，华缨满洛阳。风花低锦障，歌吹竞红妆。金埒新调马，银钩学采桑，斗鸡殊未返，知是就陈王。

塞上曲

羽檄夜征兵，嫖姚下柳城。边烽连战气，陇树聚秋声。月落金笳冷，风高铁马鸣。归来报天子，猎火万山明。

塞下曲

万里觅封侯，金鞍被锦裘。弓悬龙塞月，角度雁门秋。白草迷孤障，黄云断戍楼。应知汉都护，持节到凉州。

紫骝马

蹀躞兰池马，鸣镳出灞川。气骄垂柳侧，嘶断落花前。鞭影悬丝鞚，衣香拂锦鞯。方随骠骑去，羞向画楼边。

刘生

年少扶风客，骄行绣陌傍。期门新挟弹，长信旧为郎。轻薄征红袖，矜趫脱紫韁。独来春草猎，名姓满咸阳。

关山月

明月照边州，交河迥不流。五原征雁断，六道战云愁。铁甲寒生白，铜焦夜带秋。谁怜楼上女，肠断大刀头。

雨雪曲

关山千里雪，客子事长征。银碛双雕没，冰河一骑行。云横青海戍，烽掩白登城。辛苦金微外，嫖姚未解兵。

班婕妤

君王怜燕啄，弃妾似飞蓬。辇路苔文暗，帘钩露彩浓。秋风伤捣素，夜月怯窥红。岂怨成孤寝，私心托守宫。

铜雀伎

井干倚清漳，朱颜送艳阳。穗帏春漠漠，陵树月苍苍。红断闲裙蝶，莺归罢笛床。遥思魏宫夜，歌舞奏名倡。

晚眺寄计甫草

夜色萧条万里开，愁人临眺独徘徊。浮空远席天边尽，不断荒烟树杪来。孤障风高悲鼓角，春涛日落映楼台。只今戎马迷南北，且向袁丝问侠才。

寄楚黄王涓来

相思空唱梅花曲，夷甫行藏近若何？目极江湘千里暮，书传关塞一鸿过。浔阳潮落笳声壮，笠泽天高战气多。好去买山寻凤侣，莫教风雨泣卷阿。

送人之越东即席分得萧字

平原春草莽萧萧，游子乘春访石桥。舟渡云中观海日，人从天际听江潮。赤城东去霞标尽，闽峤南开龙气遥。倘过严陵逢钓叟，可能回首忆吹箫。

杂诗同杨俊三作

黄鹄凌风飞，翩翩横九垓。秋风何萧瑟，长鸣有余哀。我生亦何为，栖栖隐蒿莱。圆景依中天，繁星蚀其辉。朱华耀芳林，严霜瘁其荄。昭王久已死，谁起黄金台？壮夫固有时，无为长抢傕。周周顾羽毛，安知横绝才。

其二

少年好远游，驾车适沅湘。广川激清波，惠风荡红芳。走马阳云台，流苏何飘扬。天晴春草细，平原浩茫茫。飞身接双兔，倒捉青丝韁。南楚多侠客，相逢大道傍。解鞍藉草坐，飞骑征名倡。是时暮春初，新莺满高杨。丝管杂莺声，欢乐方未央。自拟今日游，百岁可终常。岂意迅商来，吹我还旧乡。弃彼繁与华，摧藏守空堂。青鲛竞饮食，玄豹择文章。扶摇倘我借，矫翼凌扶桑。

其三

上山采芳杜，岩阿多薄阴。东风媚春华，枝叶自相寻。之子渺不归，岁月日以侵。忆君新婚时，相于同锦衾。今君远行役，悠悠隔江浔。门有车马客，云来自桂林。牵衣问夫婿，言阻湘水深。庭中有好鸟，命俦扬清音。而我竟何如，红颜坐相零。寄君幸努力，无使妾伤心。

其四

家世为汉将，生长辽城东。秋高塞草枯，从军出云中。具装悬吴钩，双鞬捷秦弓，烽烟四面动，旌帜纷相从。列营砂碛间，白日昏蒿蓬。边声薄暮起，肃肃生严风。黄云合凉野，千里无征鸿。倚剑登高原，惨淡秋天空。幕南苟未夷，意气难为功。转战兰千山，连摧燕支戎。天子坐建章，驰诏嘉尔雄。功成入西京，甲第何崇隆。嗤嗤草玄者，铅椠守固穷。

其五

植兰华池边，微芳随风宣。托身君子室，令德随人妍。高楼有佚女，独宿方盛年。年颇十五余，蛾眉澹新臙。含情理修带，垂手春风前。不怨盛年移，但期灵条还。岂学倡家女，河间夜数钱？

白纻辞二首和弘人大兄

曲琼半上朱筵张，蛾眉促生调银簧。月华烛烛光满堂，为君起舞乐夜长。七盘迅赴婧服扬，香尘欲动江南珰。安歌进酒君莫忘，无为向隅空自伤。高堂歌舞殊未央，乌啼喔喔摧扶桑。

其二

临高台，披重幄。博山烬委芳气馥，还携美子扬清曲。玉柱高张调何促，袖长管急消华烛。春风澹澹吹微波，艳阳欲去可奈何。忘情且任金叵罗，不见高楼春尽伤春蛾。

长安有狭斜行

三辅盛游侠，逐逐长安中。长安何翕艳，冠盖相纷溶。道逢两骄人，叩叩问何从。答言少年时，结交槐里翁。二十属期门，侍猎长杨宫。池阳宣曲间，日夕陪射熊。家本侠者徒，卖浆非鸣钟。一旦拜恩泽，磬折来群公。大息大长秋，小息右扶风。朱轩交华屋，宾御殊珑葱。善宦自有因，矩步非所容。佳丽及春妍，岁暮难为工。

汉武宫词

戏罢鱼龙幸柏台，期门十队翠华开。甘泉宫里传银烛，闻道君王夜猎回。

开元宫词

春来水殿锁潺潺，阿监传呼召玉环。十部龟兹齐度曲，夜深歌舞到花间。

行路难三首和吴海序、计甫草

翩翩炎洲翠，温理何娟好。罗家工射利，云罕张林杪。凌霜触雪辞故枝，羽毛瑟瑟如蓬葆。海鹄嗷嗷鸣云中，顾此憔悴心烦忡。念君虽微同凤族，胡为戢翼羁雕笼。为君捎网得归去，相将飞入三珠树。

其二

汉武好神仙，五利为通侯。为言仙人好楼居，嚣尘杂沓难淹留。不如云卧向山去，文狸赤豹同遨游。又闻山鬼方窈窕，幽篁含睇来相求。吾闻君言何太矫，人生立身苦不早。平原据地歌金门，安能寂寂长烟草。盛年易戢时易沉，秋风不驻红颜好，不见济南终子云，上书十八乘朱轮。

其三

文仲昔战死，乃歌平陵东。平陵多松柏，一一生悲风。忆昔全盛时，侯家一何雄。父为汉相子侍中，香貂翠羽交君宫。门前双旌相照耀，领麾东郡驱游龙。一朝弯弓雪汉耻，相从独有陈家子。新都欲来赤凤死，嗟尔慷慨徒尔为，连头且入陈都市。汝南小儿何龊龊，不歌义公歌两鹄。

子夜歌两首和顾茂伦

侬傍大堤头，问欢在何许？那得木兰桡，载侬到欢处。

其二

弃妾高楼上，羞看春草肥。蛾眉何用扫，夫婿已翻飞。

五日观竞渡因忆楚荆一百韵

佳丽苏台畔，烽烟郢树边。怀人空怅望，抚景自凄然。草木辞春晚，鱼龙隐浪偏。天涯还战伐，江左竞欢阗。射粉羌笳后，寻芳塞马前。楚山云黯淡，吴练水潺湲。为忆三闾赋。翻悲五日传。千门待女浴，万户命丝缠。榴暖红珠火，花明紫玉烟。水嬉仍旧俗，竞渡又今年。凤舸沙棠舰，凫车文杏舷。古谓舟为车，如水马之类。波轻飞画檝，风急荡沦涟。杂沓奔潮壮，苍茫乱影漩。锦帆纷沼沚，丝筰倒盈川。击汰淫箫鼓，横流駴鲔鳣。棹歌声的的，桡吹思咽咽。白马晴洲合，黄头丽服鲜。灵胥小海唱，九淖荡崖諓。绣帜凌风直，牙标映日圆，轻鬠吹雪扰，跳沫激珠连。翼翼蛟初驾，沧沧鹭乍旋。飘摇首尾捷，宛转舳舻便。直欲横朱汜，何心绕镜悬。两甍开黼帐，一径驻华軿。蛮带随丝远，香脐向客嫣。纵横青雀舫，历乱碧罗鞯。荡子金羁簇，佳人玉袖联。征歌看决斗，倚扇醉婵娟。尽矢观涛乐，徒夸掩翠嬛。伤心谁独苦，招屈自摧煎。倏忽箫钲歇，如同雾雨迁。曲终江寂寂，戏罢濑溅溅。对此原增憾，于今益惘焉。山阳思旧笛，水畔断肠弦。荒莽湘皋月，萧条汉渚荃。峰青空七二，雪白渺三千。彼美游无处，苹花益可怜。昔予知子上，意气远同坚。万里曾贻佩，孤怀愿执鞭。澧兰香澹澹，沅芷影芊芊。神往都无隔，书来各勉旃。但期张悌驾，未共李膺船。是岁逢围棘，家翁实秉权。阿房求杜牧，麈尾识张玄。辛苦梧桐咏，沉吟芍药篇。帝娥方鼓瑟，今史早书毡。策奏兰成射，人看玉笋妍。门生袁氏贵，宾客卫家贤。梦斗还相次，登龙独秀先。师资诚契合，风雅故便翾。西锦朱华灿，沧碑紫字镌。向衰嗤伏氏，年少逼僧虔。粉署荀香合，华堂谢舞翩。才名矜藻丽，出入艳神仙。黄鹤晨停马，青翰夜点笺。觐藩云母隔，觅妓雪儿眠。绮席轻于蕊，罗衫薄似蝉。笔裁鹦鹉赋，身侍雁池筵。论议皆希逸，交游悉仲宣。曲高雄楚国，文似献甘泉。计吏车方饬，和门檄又遄。霓稍新市满，月羽下江梃。畦固窥襄郢，尤来出涧瀍。轸围苍七里，雉射阵双甄。杀气横谯角，妖星孛翼躔。六麋俱丽箭，九虎竞鸣弦。绝障军声断，严关戍火延。登陴非棘令，逐寇失杨璇。无复金汤恃，空余铁骑骈。赤亭强弩散，玉壁战楼颠。突豕弥逵道，封狐骋陌阡。城崩寒日惨，野哭晚风膻。骨垒涔阳侧，磷迷明月巅。峡名，在夷陵。王孙沦戮辱，荆有惠藩。甲姓困拘挛。愚叟山难凿，冤禽海易填。中原当板荡，吾道此屯邅。恻恻游燕客，靡靡正促騆。望云因思切，闻难遂言还。晓色台城角，凉飔梦泽天。计偕至金陵闻荆州陷，以母夫人在，遂归。秋深恒惨黩，道阻屡回沿。泪岂无家别，愁缘忆母绵。赵苞悲血洒，温峤泣裾牵。入里人皆异，穷途恨讵蠲。修陵防藕植，木末惧蓉搴。高蹈怀龙首，遐征致鹘拳。弋鸿罗矗矗，钩贝网戋戋。壮节羞全瓦，凶徒誓碎瑄。美阳胸自穴，酒士志宁悛。烈烈锄兰户，仓仓擗蕙櫋。江寒烟雾涩，波阔蜃蛟猥。徐衍终沉海，彭咸竟赴渊。魂辞蓼莪苦，身向汨罗全。霜色宵侵漠，虹光画蚀燕。华亭存唳鹤，蜀道响啼鹃。视死君能定，浮生世尚端。旧交龙战尽，新事凤歌捐。阮籍徒埋照，灵均漫索篿。枫林哀易合，萱草怨难痊。寂寞泉台夜，飘零故国鸢。繁华今满目，谁念大招篇？

美人篇和闻夏二兄

妾家近住石城东，掩抑高楼花作笼。参红自远邕家宅，约素偷施红守宫。宫粉亭亭竞初日，慵来却掩珠窗立。屈戌屏开夜影空，葳蕤帐卷春风急。春风画阁倚新妆，麝月轻安待约黄。垂縠鸳纹裁绣被，飞襶龙子照罗囊。罗裳玉袖朱颜好，樱云乱拥梳风早。谁持翠羽惜盈盈，羞期油壁同小小。乌啼白门杨柳春，缄怨相将去踏青。上头不见东方骑，小立还听西曲莺。西曲长干游侠路，三三五五窥红步。掩映珠袍花际明，迢遥金络林间度。就中年少最闲舒，卖眼挥鞭指妾居。三条未剪连枝锦，双烟先上合欢襦。看君看妾多轻薄，相于两两微波托。贻我罗缨白玉缠，赠君铜镜黄金错。妾心对此倍缠绵，愿约他时并碧弦。凤皇曲奏羞中夜，鹦鹉环留俟七年，年华倏忽芳菲歇，鸠媒谣诼佳期绝。骋望苹花杳未归，相思豆蔻长离别。离别休歌杨叛儿，罗帷原未侍恩私。飞飞自泣东南雀，叩叩空乖西北期。庭前落尽五桃树，思君渺渺行何处。谩劳桃雪助春蛾，空拭红巾垂玉筋。玉筋双垂暗自伤，秦篝楚雨掩空床。同声自矢鸳鸯约，羞学侯家弄狄香。

金陵

汉家居重两京开，度邑龙盘实壮哉！黄屋切云双阙迥，朱门不夜五侯来。荡舟桃叶迎鸳袖，邀笛梅花近凤台。莫道江东非战地，徐常曾负折冲才。

夜次京口

高城楼堞倚天开，瓜步钟声隔岸回。夜月回临江树远，春星遥动海潮来。南徐士马推雄略，北府风流忆赋才。回首桓公高宴处，短箫横笛倍堪哀。

扬州

江南佳丽地，风月更扬州。花隐王孙殿，春还太子楼。舞衣低步障，歌榭出箜篌。日晚隋堤柳，烟条控紫骝。

登汉阳晴川楼时逆献已陷蕲黄

雕窗绣柱俯高楼，槛外莺啼杜若洲。丽日晓开孤岛树，晴云春入大江流。鄂君青翰焚香卧，神女芳皋解佩游。牢落不堪频纵目，临江烽火正淹留。

岳州

城头山色倚嵯峨，不尽群峰积翠过。地拥楼台三楚丽，湖开南北五溪多。黄陵夜静湘君瑟，青草春生梦泽波。欲向芳洲搴宿莽，美人无处奈愁何。

湘阴

二月逢寒食，三年寄短亭。山空春雨白，江回暮潮青。芳树连巫峡，归鸿落洞庭。严城有刁斗，萧瑟未堪听。兄弘人曰：金陵至湘阴六首，皆家弟纪游旧作也。时年甫十三而境地便已尔尔，才非康乐而家有惠连，讽咏未周，为之三叹。

君马黄赠张九临

君马黄，臣马苍，君马兰筋，臣马瞳方。络我白蜃珂，着我铁裲裆。金堤十里春草长，鸣鞭蹀躞交辉光。君马虽不言，中心自摧伤。自念龙媒姿，呈瑞来咸阳。玉山有嘉禾，剉之为糇粮。天子见我三叹息，传呼协律为歌章。雄姿矫矫雪毛赭，肉骏律律桃花香。问君剪拂为谁子，安阳秺侯来相当。须臾人事如转毂，骏雄弃置遗空谷。伤心忽遇狭斜儿，玉鞭金络相驰逐。君不见，武帝宫中苜蓿稀，茂陵萧瑟秋风辞。安阳既去秺侯死，衔冤伏枥空悲伤。

东飞伯劳歌同计甫草、赵山子作

纤腰丽女长裾后，流莺乳燕春相守。谁家遥艳琐窗前，调弦拂柱情留连。流苏翠帐鸳鸯茵，明眸微睇羞自陈。可怜十五新娇面，妆成婀娜遮团扇。东风绮陌冶游多，狂夫犹自戍交河。

冠霞阁同愿茂伦赵若千晚眺

香阁郁崔嵬，登临野色开。黄云高古戍，落照隐荒台。笛思迎寒切，砧声入暮哀。萧条天际雁，几日故园来。

秋感八首甲申九月在湘中作

其一

枫林摇落迥苍苍，岁暮天涯黯自伤，永夜星河翻梦泽，高秋风雨暗潇湘。三年作客清砧断，万里怀人丛桂长，凭眺欲寻西澨佩，数声渔唱起沧浪。

其二

楚望还登王粲楼，参差吹彻木兰舟。风清桂岭猿初啸，雨歇苍梧瘴未收。帝子怨深瑶瑟夜，美人心折白苹秋。却怜故国多芳草，几度登临赋远游。

其三

西山陵阙锁幽宫，群帝神灵想象中，银海雁含虚殿月，玉衣香散夜台风。天高朔气妖星动，地入边笳御宿空，禋祀万年开北极，只今秋祭更江东。

其四

楚宫八月下欃枪，宗子谁传带砺盟。云梦旌旗还去国，章华台榭更开营。珠囊夜泣三湘雨，玉马秋迷六诏兵。楚中诸王避黔粤者，半为夷獠所掠。闻道至尊思叔父，蛮烟渺渺动皇情。

其五

齐豫诸军尽北来，淮淝山色战云开。九江潮稳飞龙舰，万骑风高戏马台。殊锡竞推王导贵，折冲空忆谢玄才。先皇恩泽知无数，誓众应多缟素哀。

其六

遥传陶侃驻江干，三户兵戈血未干。甲帐紫貂多纵寇，牙门青犊半登坛。左侯麾下半系降将，时有赐蟒玉者。严城落日征烽急，绝塞迎寒画角残。共道楚军工战斗，却教鄢郢路常难。

其七

千里平沙接大荒，襄中风物自苍苍。汉江暮掩孤城白，戍鼓寒沉落照黄。逐寇健儿骄玉马，观军中贵拥银铛。可怜高纛重围里，却使君王策庙堂。

其八

长沙寒倚洞庭波，翠嶂丹枫雁几过。虞帝祠荒闻野哭，番君台迥散夷歌。关河向晚鱼龙寂，亭障凌秋羽檄多。牢落楚天征战后，中原极目奈愁何。计甫草曰：此汉槎十三岁时作也。悲凉雄丽，便欲追步盛唐。用修青楼之句，元美宝刀之歌，安得独秀千古？

秋日感怀八首

丽谯落日旆悠悠，一望中原动九愁。羌笛关山千里暮，江云鸿雁万家秋。咸阳羁旅伤王子，涨海功名忆少游。桂水只今新浴马，怀人何处命扁舟？

其二

独夜商歌倚剑看，陆沉空忆旧长安。王孙江乘金鞭去，公主清河玉袖残。白露园陵游月冷，黄云城阙射雕寒。最怜京洛蒙尘后，战血年年只未干。

其三

关河历历想雄图，飞将旌旗更有无。紫塞风烟征雁断，朱鸢驿路瘴云孤。凭城早已亡羊侃，鸣镝何曾畏郅都。却忆故宫游幸处，月明永夜照金铺。

其四

旧国楼台极望中，蒋山松柏野烟通。乌啼玉树陈宫静，云散金屏晋殿空。代马长嘶愁晓月，边笳遥夜动秋风。江流万里投鞭断，谁向西州泣谢公?

其五

西来烽色照神京，十载干戈在北平。刘氏黑貂空丧落，秦川白骑竞纵横。种瓜谁识通侯贵，奉玺还夸仆射名。极目长陵秋色远，金凫玉雁不胜情。

其六

易京西去古云中，白骨黄沙感慨同。皇甫度辽兵甲盛，慕容归晋羽书通。兵残马邑头空断，箭尽兰山恨未穷。最是将军台畔月，夜来犹自照涔宫。

其七

花外陈家结绮楼，翠支甲帐侍宸游。珠帘夜静千门月，金井寒生六苑秋。建业山川收王气，华林歌吹度边愁。翩翩不少归朝客，犹向江南说黑头。

其八

万木萧森带远烟，吴峰吴水气苍然。孤城捣素秋风里，远戍吹笳落照前。东郡未忘丞相泽，凉州犹共永嘉年。故人岭海知无恙，长剑单衫倍可怜

赠友

朱华媚朝日，空景相澄鲜。浮云覆长薄，回风澹圆渊。驾言采三露，游思泛五烟。靡芜扬曾芬，清涧流潺湲。玄猿坐长啸，貚子争接肩。舍此叹息去，孰辨葹与荃。岂无惠兰姿，孤芳竟谁宣。运会有代谢，人事多推迁。苟非遭逢早。愚贱同弃捐。勖哉玉台藻，明时幸相全。毋使秋节至，零落悲红颜。

夜宴吴阊

凉飙起高树，飘飘吹我衣。繁星耀中天，光景照四垂。华灯乐遥夜，歌舞欢相随。清商发皓齿，妍迹扬玄眉。吴客歌采菱，曲度何靡靡。绮丽尽今夕，沉湎忘所归。忧人独愁思，散步临阶墀。金波澹欲落，河汉清且微。愿随晨风翔，一举凌朱羲。安能坐长叹，时往不可追。

送康小范之广陵

吹笛离堂意自劳，朱轩绣轴映兰膏。论文客路凭樽酒，惜别天涯脱佩刀，旧苑池台江雁下，秋城笳鼓海风高。伤心莫问当年事，司马坟边半野蒿。

寄侯记原

吴城疁水路逶迤，岁暮汀洲雁影迟。秋到梧宫人已去，书来桂岭事堪悲。江潭憔悴空长恨，故国萧条有梦思。何日重颁元朔诏，羽林跃马备孤儿。

寄侯研德

相逢吴市赋弹筝，此日犹传旧姓名。佣保已能藏李燮，酒徒何处问荆卿。悲歌草土黄金尽，落魄江湖白发生。无那南来消息断，珠厓烟雨倍伤情。

哭友

当时痛哭向秦庭，岂意风尘老岁星。报国陈丰还寂寞，破家张俭独飘零。十年亡命乌头白，千里思君杜若青。满目山川征战后，遥怜何地更伤灵。

秋色篇和弘人、闻夏两兄

八月清商下素柯，曲房闲馆夜凉多。玉阶窃窕流明月，画阁玲珑度绛河。绛河耿耿秋风里，千门万户秋如水，雾敛银床蟋蟀催，凉生绮沼芙蓉死。芙蓉小苑照三星，玉绳泛艳夜冥冥。博山不暖黄金屋，宝瑟森寒云母屏。屏风几曲流空影，深宫此夜罗裳冷。秦女床中漫卷衣，甄妃塘上思遗枕。枕独床空百恨生，遥遥鱼钥警层城。针楼罗绮霜华满，甲观帘栊露彩明。露彩盈盈闭深殿，沉沉宫漏催虬箭。共俟羊车殊未回，遥闻凤管愁相见。别有离人妆镜台，哀丝促柱夜徘徊。罗帐轻低闻叶坠，珠帘斜掩待萤来。萤来叶坠年华换，金钗弃置空长叹。启箧羞看旧舞衣，开缄只益新边怨。怨别谁家泪未干，可怜夫婿滞皋兰。关山莫寄鸳鸯被，妆阁长悲翡翠环。翠环去去无消息，门前碧草迟行迹。旅雁寒飞只断肠，牵牛遥指空沾臆。断肠沾臆迴生愁，北斗阑干对桂钩。征人紫塞三千里，贱妾红闺十二楼。楼上铜龙声渐咽，交河一戍同胡越。香缓兰衾梦未成，寒侵蕙幌愁难歇。蕙幌兰衾妾自伤，黄姑欲没月低梁。思君空负刀头约，谁念深闺秋夜长？

三妇艳三首

大妇理蝉鬓，中妇敛蛾眉。小妇独无事，临砌折花枝。风吹合欢带，山开见红晖。

其二

大妇调弦罢，中妇采桑归。小妇好容饰，调镜试罗衣。相将向南陌，日夕迟青丝。

其三

大妇掩罗帱，中妇弄鸳杼。可怜最小妇，盈盈私自语。斗横花影低，抱衾向郎处。

谢吏部朓省直

鸳鸯壮九重，鳷鹊拒双阙。金茎丽绮霄，珠缀延华月。扶宫凤吹扬，周庐虬水彻。高柳承栏低，珍卉映阶发。伊予荷薄弱，谬登建礼闼。鸣玉惭俊民，抽簪谢往哲。归欤嗟滞淫，怀哉叹遥越。何时返初服，山海恣游陡?

王宁朔融游邸

得性身自余，服理物斯辩。初地既容与，朱邸聊游衍。芳草被兰唐，鲜飙流桂殿。素波泛文禽，绮疏来早燕。云阴散松凉，露华承蕙转。空墀绿葆深，幽石苍苔遍。遐哉尘外镳，天伐从兹遣。

江记室淹楚望

驱马出楚宫，逍遥望嶙峋。轨路绕江皋，岩峦俯城闉。雁下长沙渚，山入苍梧云。余霞带远岫，曾晖媚遥津。气清汉坻合，烟尽荆流分。佳期怨迟暮，羁孤伤美人。绮罗空徙倚，箫鼓奏悲辛。韩娥渺难作，徒令忧思殷。

梁简文帝纲闺思

紫台君远戍，青波妾独居。共知离梦杳，讵信合欢疏。弦中悲别鹤，帘外听悬鱼。琼钩临户永，金汉度窗虚。约素腰逾细，窥红眉未舒。思萦归燕后，愁剧捣衣余。愿托交龙锦，千里寄长榆。

梁元帝绎述怀

鄂渚楼船拥，荆门幕府开。麾军占霸气，拓地想雄才。风清朱鹭发，尘飞紫燕来。芙蓉依剑合，兰叶映旗回。别骑通明月，前驱下大雷。浮蛟三翼动，射雉两甄催。扇忆顾荣略，笳分越石哀。几时平日域，一为写云台。

沈特进约三日

新阳开上巳，淑景发皇州。修杨荫驰道，芳树夹高楼。槐里盛游侠，兰池来子侯。宛转银平脱，纵横金络头。宜春杂花发，小苑莺声流。珠袍映日转，绮幰逐风游。斗鸡归下杜，走马出长楸。欢娱尽永日，薄暮还相求。翠钗时献笑，蛾眉讵含羞。结风张女弹，防露楚妃讴。但营九春乐，安知百年忧。

范仆射云贻友

暮春事耕作，荷锄适南冈。日夕巾车归，桑榆暖颓阳。稚子前致辞，有客登中堂。旌车耀里闾，徒御盈道傍。华缨何飘摇，金羁自生光。物情忽明义，荣悴为低昂。自非同门友，畴能顾穷乡。鲜柯无槁叶，寒谷有严霜。临风布远情，怀思徒慨慷。

丘中郎迟宴别

华钟启未央，銮与戒平旦。微风举翠华，澄霞照琼弁。林长羽骑疏，地迥鸣笳遍。天采散繁阴，绵羽流余转。圣朝重明牧，介弟临淮甸。虎竹分壮图，樽酒延皇盼。微臣愧作颂，明义讵能展。

柳吴兴恽捣衣

闲房泛虚景，夕户引离歌。珠帘浮素月，罗幌见明河。思繁幽怨集，枕独夜情多。谁怜怀日逐，聊复理云和。云和凄以清，悲君尚远行。风城宵露结，龙沙秋草生。遥榭闻花漏，虚堂掩画屏。寒衣何处寄，刀尺自伤情。蘼芜增永慕，芙蓉空掩嫮。君犹塞北衣，妾捣城南素。碧树下凉飔，金苕凋白露。连娟敛秀眉，窈窕回纤步。步帐肃秋阴，长廊叩夜砧。短衣催急节，繁杵散哀音。凉生红袖薄，霜润翠环沉。不念关山远，安知贱妾心。妾心空宛转，临箧倍殷勤。连烟裁凤子，细绮织鸳纹。坐愁金井叶，永睇玉关云。九秋徒有恨，千里一思君。

庾度支肩吾侍宴

期门宵警跸，辇路晓回銮。属车开月羽，容卫载风鸾。曙色新丰远，春阴太液寒。文莺留绮树，华桐媚远山。珠旗花际出，琼钑柳中看。缇帷丽平野，彩吹震长峦。宛转鱼龙戏，纷陈爵马盘。分禊群工醉，赐醑万方欢。徒知荐绿水，空愧颂猗兰。

何水曹逊示寮

重岩岚翠渺，荒薄烟光聚。晨月媚空波，落星带江树。的的洲回帆，苍苍山写雾。风紧晓猿悲，霜空孤雁度。漂摇行旅情，栖迟游子虑。怀人思故山，抚旧伤往路。幽期既已乖，赏心庶能遇。眷此平生怀，悼兹年岁暮。方谢金闺彦，去采瑶岑露。

萧东阳子云望春

蘅皋生薄阴，槐路耀鲜旭。遵野协幽情，临高送远目。烟柳暗春堤，风花盈雾谷。游客飘罗缨，都人驰绣轴。绮榭日华新，金沟波影绿。拾蕙自容与，采兰信幽独。一卧茂陵园，空想蓝田曲。

虞常侍义北伐

汉家事远略，飞将出辽西。辽西亭障远，惊沙千里飞。边秋横杀气，戎马咸精肥。交河陇雁少，凉州塞草衰。黄云断烽火，严飙劲鼓鼙。鸣镝响空碛，高旗动落晖。绝漠楼烦骑，陷陈羽林儿。胡霜金柝冷，边月芦笳悲。军前献当户，鼓下坐阏支。扬旌高阙塞，振旅蹛林祠。功成班勇爵，塞静脱戎衣。勋名讵终极，人事无长期。罗绮方娱乐，金石已潜移。萧条瀚海外，万古起雄思。

吴朝请均春怨

朝日下房栊，微风荡帘幕。百草媚芳春，孤妾长漂泊。兰径蝶双飞，玫砌花空落。含情罗带赊，缄怨亲梳薄。游丝不系愁，折柳讵行乐。凄断玉关书，长悲金枕约。空梁有燕归，虚檐见蛛托。燎绝博山炉，尘染葳蕤钥。罗衣欲寄谁，鹦樽徒自酌。春雁有归音，鉴此平生诺。

徐内史悱酬友

疏龙起汉阙，践华表秦城。山川开险介，楼观壮神坰。丽谯侵汉远，崇雉入云平。乘墉时绝目，西北见咸京。桂宫通复道，柘馆抗飞甍。光风金爵举，斐云露掌明。三条跃飞燕，九市扬华缨。少年负豪侠，结客飞英声。五陵争博进，三河习射生。思逐骠姚战，羞邀剧孟名。何当逢汉主，负羽出幽并。

刘秘书孝绰归沐

逍遥出琐闼，还顾望曾宫。郁郁迎风观，繁树远青葱。沧池含宿雾，徼道隐长虹。棨戟分平右，冠簪入镜中。梅落文梁迥，莲披藻井空。咨予羁薄宦，弦望已三终。尘缨愧方结，初衣嗟莫同。幸迟司隶举，宁思武骑通。美人盛文藻，作赋俪雕虫。时厌承明内，言访灞陵东。据地怜方朔，好事慰扬雄。还期命芳酒，折芰奏弦桐。

刘庶子孝威咏月

城乌啼未歇，顾兔已飘飏。只自临遥夜，宁知隔两乡。风轻榆未落，露湿桂无香。寒入哀笳断，光侵雁柱凉。征人鸾朔苦，思妇凤城伤。敛恨低珠箔，含颦掩玉觞。破镜空相忆，刀环莫暂忘。倘遇交河使，知妾日霑妆。

庾开府信咏怀

公主思乡馆，将军出塞台。共此关山别，谁怜旧国哀。归路胡云断，羁心羌笛催。南音终日操，北雁几时回。玉碗无消息，珠帘有劫灰。唯余灞陵岸，王粲独徘徊。

陈后主叔宝禊饮

春芳开禁苑，佳丽启增城。柳弱铜沟暗，花舒绮殿明。广场陈曼衍，远树出千旌。景移金埒马，风度石城莺。兰云随舞聚，桃扇倚歌轻。列侍纷纨绮，杂坐盛簪缨。吹云凤管合，激水翠樽盈。欢洽追南馆，乐阕指西清。

徐仆射陵春情

春归严气解，草长艳阳还。银箭传迟日，香篝减薄寒。蝉扇迎风浅，罗衣入晚单。纤柳分黄约，倡桃学锦檀。年芳窗际度，花胜镜中看。殷勤怀蕙草，留取寄阑干。

沈侍中炯自伤

中郎来北海，班生返玉关。旧京方改步，行子已凋颜。花疑狼望雪，树隔陇头烟。犹惊鸣镝骑，空拊大刀环。泽葵栖废井，衰杨望故山。甲帐空零落，金舆遂不还。悠悠建邺水，徒自送潺湲。

阴常侍鉴送别

理舳临南浦，停镳送北征。可怜游宴地，还作别离亭。草歇吴洲晚，潮归杨子平。萧条随去雁，怅望抗行旌。新知空复乐，游子正含情。明月金樽掩，春风兰桨轻。思君怜楚调，寄远托秦筝。悠悠千里别，应悲李少卿。

张散骑正见泛舟

出郎初赐沐，上客事行游。试出千金堰，还登云母舟。兰桡回枉渚，锦绛向芳洲。雨歇花疑暮，风归雁带秋。碧涧文虹饮，丹岑夕景收。未曾绣披拥，先听采菱讴。

江仆射总羁思

丽谯秋引雾，睥睨晚栖乌。瘴烟生桂水，蛮雨暗苍梧。帘疏山霭合，帆断海云孤。平野归游骑，长天落远凫。望乡深别恨，作客泣穷途。庄舄徒思越，盛宪尚留吴。还悲洛阳殿，无复女珊瑚。

魏特进收喜雨

清阴生石础，繁云上女峰。湘东争起燕，胶西未刻桐。苔滋全泛碧，花润半舒红。风细虬檐静，凉轻翠幕空。滴沼文漪散，霑树远烟重。自解吴王戏，宁劳汉掾功。

卢武阳思道赠别

车令持金马，王褒祀碧鸡。何如乘汉驿，千里抚关西。赤车矜使远，绿酒送将离。晓月函关路，春云华岳祠。青门临玉道，素浐合金堤。槐疏余旧里，兰衰荫废池。灞岸行回首，林光起吊思。塞迥看旌度，山长听马嘶。聊持陆贾剑，还开隗氏泥。劳旋奏明主，应见赐青骊。

李内史德林消夏

永台聊暇豫，露观暂径过。轻飙流绮树，繁阴下素波。高窗清薤簟，幽槛动纤罗。才人络雨织，宛女采莲歌。晶屏交扇薄，玉袖倚箫和。畏此沉阳丽，晞发晚山阿。

隋炀帝广塞宴

旌驱玄菟塞，辇下白狼川。鱼云开毳帐，雁碛断胡烟。骨都空候月，金人罢祭天。献寿琉璃酒，承恩玛瑙鞭。还嗤汉武帝，十载事祁连。

杨楚公素山斋

卜筑谢嚣尘，栖山乐所秉。涧石结春阴，磴道澄烟景。云归松径清，日夕兰泉净。宵露流素晖，新桐发疏引。清猿鸣树幽，风篁临砌永。绿绮有哀音，美子无还轸。偃仰空山中，樽酒谁为饮?

薛司隶道衡酬忆

念子三秦役，愁予千里分。吹箫还独息，对酒已离群。离群日以远，王孙殊未返。碧草尽芳菲，绿波春畹晚。春晚历芳洲，相望空悠悠。日丽莲花影，天清竹箭流。流年不相待，忘忧无复采。长怀白首期，还睹素衣改。

虎丘题壁二十绝句有序

妾，刘素素，豫章人也，少随阿母育于外氏。长姊倩娘，雅工属文，刺绣之暇，每教妾吟咏。自是闺阁之中，屡多酬和。丁亥之岁，姊年十八，嫁于某氏。妾时十六，发始总额。阿母以妾许聘于同郡熊生。生，一时贵公子也。是年豫章大乱，妾随母氏避乱山中。既而北兵肆掠，遂陷穹庐。痛母姊之各分，念家山之入破，肝肠寸断，血泪双垂。薄命如斯，真不减土梗浮萍。今岁某从役浙中，彼人以戎事滞迹白门，因停舟吴阊门外，以俟其来。兀坐蓬窗，百愁总集，因觅纸笔，作绝句二十首，以写其哀怨之思。夜半诗成，窃与侍婢泛舟虎丘，吊贞娘之墓，因粘诗寺壁，欲与吴下才人，共明妾意。嗟乎！峡里猿声，镜中鸾影，千古哀情，在此诗矣。

天明吹角数声残，将士传呼上玉鞍。却忆当时闺阁里，晓妆犹怯露桃寒。

其二

一别慈帏已十年，倚门消息有谁传。莫嫌儿去增悲涕，阿姊犹堪在眼前。

其三

愁对吴阊江水春，愿凭蝶梦去寻亲。遥知今夜南昌月，独照高堂白发人。

其四

一身漂泊到江湄，泪落连珠那可挥。薄命不如春燕子，年年犹傍旧巢飞。

其五

欲说相似已断肠，多情却逐野鸳鸯。他生愿入天台路，流水桃花候阮郎。

其六

毡裘貂帽卷风沙，红粉飘零自可嗟。已逐乌孙成远嫁，乡心几度怨琵琶。

其七

自入穹庐已数春，香闺行乐付埃尘。党家太尉真伧父，强炙羊羔劝美人。

其八

回首家山似断蓬，蛾眉欲画怨春风。自怜憔悴无人问，惟有慈亲入梦中。

其九

远随边马到榆关，纱罩双眸任往还。梦断故园云树里，可怜谁是豫章山。

其十

昨岁从军下武昌，征帆夜半过浔阳。起来遥望漳门树，不得随风到故乡。

其十一

滕王阁下动飞旌，铁柱宫前画角声。惆怅从军星散尽，却教红袖落边城。

其十二

暗把香绵拭泪流，相逢已分此生休。陇头流水声呜咽，未抵萧娘一半愁。

其十三

夜夜思君梦里回，朱门旧事总成灰。妾身已逐杨花去，辜负温家玉镜台。

其十四

深深芳草葬红颜，满地飞花染泪斑。莫道贞娘多薄命，犹胜青冢在阴山。

其十五

满目东风散柳丝，虎丘山寺独题诗。吴下才人知不少，也应肠断蔡文姬。

其十六

忆昔雕窗锁玉人，盘龙明镜画眉新。如今流落关山道，红粉空娇塞上春。

其十七

镇日思家自倚栏，朱愁粉瘦更谁看。相怜惟有湘江竹，抱笋抽篁泪不干。

其十八

长将幽恨诉空王，一盏禅灯泪数行。死去纵教偕凤侣，人间那得返魂香？

其十九

江行曾见豫章人，欲寄家书泪满巾。我欲南行君北去，相逢空说故乡春。

其二十

对酒难禁红泪垂，天涯何日是归期？愁心却是春江水，日日东流无尽时。

奉酬徐健庵见赠之作次原韵

金灯帘幕款清关，把臂翻疑梦寐间。一去塞垣空别泪，重来京洛是衰颜。脱骖深愧胥靡赎，裂帛谁怜属国还。酒半却嗟行戍日，鸦青江畔度潺湲。

集成侍中容若斋赋得柳毅传书图次俞大文韵

其一

落日金羁上客过，画帘灯火九微多。当筵谁共抽毫素，一幅吴绡梦楚波。

其二

鲛馆龙堂素练光，停杯与尔话钱塘。玉颜自昔多憔悴，莫向泾阳怨小郎。

其三

年年沙朔掩蒿莱，橘社包山梦屡回。吴中洞庭山，亦有柳毅井。今日雨工图上见，却怜依亦牧羊来。

其四

洞庭云气晓凭凭，写入银屏照锦灯。惆怅红妆千万队，酒兰何处问巴陵。

春夜闻弦索限琴字

星转天街玉漏沉，何人中夜拨胡琴。不须更奏伊州曲，说着边关已湿襟。

咏史

岂是骚人怨，难忘旧国恩。萧条湘水上，谁吊楚臣魂?

月夜

月华深夜下金波，绮榭沉沉露彩多。极目天边双桂树，清辉万里共婆娑。

抚顺寺前晚眺

乱山残照戍城东，立马萧萧古寺空。接塞烟岚天半雨，背人雕鹗晚来风。辽金宫阙寒芜里，刘杜旌旗野哭中。俯仰不堪今昔恨，欲将空法问支公。

经灰法故城

雪峰天畔见荒城，犹是南庭属国名。空碛风云当日尽，战场杨柳至今生。祭天祠在悲高会，候月营空想度兵。异域君臣兴废里，登临几度客心惊。

奉赠函公五十韵

师广州人，故大宗伯韩公之子也。

苍茫龙塞谪，萧寂虎溪游。白拂真诠远，青山道腊优。风锸谭滚滚，霜映发髟髟。问讯师当日，东南与儁流。尚书苍玉佩，公子白鼲裘。士誉乌皮几，家声龙额侯。门方参许史，才欲驾应刘。众目争看骏，孤怀早狎鸥。宁知缨冕贵，只觉鼓钟愁。茂齿遗家室，良时遁海陬。崇祯中，师弃诸生，入罗浮山为僧。买山心自迥，作佛志偏遒。猿狖遥峰晚，松杉野寺幽。座看多宝出，园许布金稠。入定岩花变，栖禅涧雪留。随缘辞越峤，传法过吴州。夜磬牛头寺，春帆鹊尾洲。折芦波泛泛，持钵路悠悠。途值军锋满，时当王气收。边尘蒙凤辇，战火入龙楼。掺赎逢迁鼎，间关济法舟。缁衣空掩泣，青盖竟贻羞。野瘗王琳骨，桁枭袁粲头。问谁歌玉树，遂尔缺金瓯。怨矣殷顽事，伤哉曹社谋。已移刘氏腊，空怆薛谈讴。石阙悲三日，金凫哭一抔。裁诗祠毅鬼，续些吊灵修。泪尽平陵柏，哀缠原庙楸。自难忘旧德，何敢赋幽忧。徒下遗民泣，还来弋者求。志原甘鼎镬，身遂落罝罘。割体非歌利，囊头及比丘。篮舆何激烈，岩棘屡呼囚。岂是然身誓，应嗤绕指柔。恩仍赦栾布，罪竟放驩兜。空法原无住，穷荒任所投。狼河云漠漠，马窟雨瀌瀌。扫雪开禅径，披沙问帻沟。一乘驯铁骑，半偈化韦鞲。白雀飞仍集，青绳吊可休。半生辽海月，几度朔边秋。已道禅心净，宁增客思不。大师勤嘱累，贱子却夷犹。玉悔荆人献，金疑直氏偷。掇蜂方见惑，饲虎遂蒙尤。异域山千叠，孤生海一沤。逝将归法喜，愧未息纷纠。玉塞哀淹泊，珠林乞庇庥。津梁疲燕雀，身世感蜉蝣。愿托传衣侣，从公问白牛。

送人从军

刁斗聚严城，高旗出五营。雪开金帐色，沙乱铁衣声。碛断山回合，军孤战死生。开边天子意，何敢怨长征？

赠秦州李生

从征老羌，有功不叙。

挽强天水客，结发属幽并。独负双鞬勇，长随五校营。功遗画麟阁，力尽战龙城。惆怅甘延寿，平戎赏不行。

陪诸公饮巴大将军宅

佳兴南楼月正新，森沉西第夜留宾。围炉卷幔初飞雪，击剑行杯不起尘。四座衣冠谁揖客，一时参佐尽文人。褐衣久已惭珠履，不敢狂歌吐锦茵。

送人之羌突里兼柬陈子

朔风边骑逝骎骎，落日沙场送客心。负羽久从关外戍，吹笳空怨陇头吟。铜龙塞迥云阴断，有铜龙长数尺许，形模怪伟，偃卧江上，土人祀以为神。石马山寒雪片深。幕下只今谁健笔，飘零不复问陈琳。

读张坦公先生所撰《徵音集》却赠

一编遗事泪潺湲，变徵声中惨客颜。转战幽并军缟素，侧身梁楚路间关。丘墟敢咎王夷甫，词赋空哀庾子山。惆怅白头荒徼客，龙胡当日杳难攀。

张坦公先生谈甲申岁河北讨贼之事感赋

风尘铜马帝城昏，痛哭孤臣出蓟门。侠客濮阳藏季布，义旗河朔奉刘琨。乌号异代徒余恨，龙战当时岂报恩。赤社既移终不复，空怜心计尽中原。贼捕公急，赖张、蔡二侠士以免。

酬陈子长七夕见怀

毳幕寒生听雁过，一尊遥夜恨如何。空怜令节催愁切，无那穷荒惜别多。笛里风霜哀朔塞，桥边机杼望明河。凄凄白露松花水，千里相思只浩歌。

浚稽曲

浚稽山色青崔嵬，翠盖香轮夹道开。天畔银河公主第，边头金账单于台。乌孙千马亲呈聘，鸾雏九女争来媵。旧匹由来缔贺兰，和亲讵是因娄敬。筑馆王庭奉义成，葳蕤绿绶耀丹缨。自有威仪尊凤女，特分汤沐在龙城。蛩蛩毡幕开行殿，紫驼白豹穷欢宴。金笳激调劣吹箫，珠帽流光罢遮扇。从官新给羽林郎，挟弹鸣鞭绣縠傍。旌飘兰叶银平脱，马簇桃花锦裲裆。射生女骑何轻利，翠羽红妆映天地。窄袖鸦青缀北珠，轻靴鸭绿装西罽。羌管秦筝昼夜喧，貂袍三袭不知温。自矜帝子金乡贵，不羡名王玉塞尊。名王旧是呼韩裔，尚王中朝称爱婿。好猎频征鸣镝儿，酣歌偏惜琵琶伎。琵琶小伎珊瑚唇，歌舞朝朝粉态新。祭马每陪青海月，射雕常从雪山云。可敦娇妒还猜忍，同昌无复犀蠲忿。帐下才惊一骑来，杯中已见双蛾殒。短辕彳亍恨驱牛，肠断狂夫泪莫收。自甘剺面哀红袖，不念同心叹白头。荆棘满怀相决绝，双垂玉筋沾襟血。龙种宁同葱薤捐，燕飞欲作东西别。妾意君情各自流，鸳莺文彩掩衾裯。却分蕃部西楼去，别是秋风北渚愁。黄沙深碛连天色，可怜相望谁相忆。千里金河怨别离，经年银汉无消息。八月穹庐白雪高，玉花寒枕梦魂劳。贩珠何处求朱仲，绿帻宁闻侍馆陶。海西沙门术何秘，白马迎来布金地。畏吾字译贝多经，龟兹乐奏莲花偈。灼烁禅灯着曙明，仙梵风飘夜夜声。黄鹄歌中思故国，青鸳塔畔忏他生。妆殿何心理残黛，空王皈礼应憔悴。已分猜嫌任狡童，谁怜调护劳诸妹。弱妹盈盈隔瀚源，黄云千骑拥朱轩。判翼每嗟鸾凤侣，回肠偏系鹡鸰原。锦车银碛何迢递，姊娣相逢自衔涕。为叹姮娥奔月来，却教须女骖星至。相劝殷勤向玉真，莫将浊水怨清尘。苦辛应忆回心院，嬿婉须谐结发人。故人欢爱从今始，五色罗襦织连理。重画修蛾待粉侯，休吹别凤悲箫史。愿作流苏结不开，屠苏双劝合欢杯。五部大人齐入贺，万年公主竟归来。从此欢娱莫相弃，上如青天下如地。入贡还修子婿恩，降嫔莫负先朝意。伊昔先朝草昧年，旌旗北望阻柔然。欲将玉女倾城色，远靖金戈绝塞天。绝塞西来平若水，三朝屡订施襟礼。异锦葡萄出帝家，名驹苜蓿通边市。今上弥敦兄弟欢，迎归旌节遍长安。龙首贵宫申绮宴，螭头中禁并雕鞍。千秋天属恩宁歇，赐予年年下双阙。沁水园中歌吹尘，祁连山下氍毹月。氍毹宝幄映重重，贵主繁华乐未穷。莫道芳菲边塞少，春风弄玉在楼中。

上巳奉陪都统安公游饮西山十韵

假日雕鞍出，乘春绮馔开。相要藉草去，不见秉兰来。五法元戎旆，三重上巳杯。倚弓凭绝嶂，吹笛俯高台。野入苍茫迥，江连睥睨回。关山消白雪，城阙郁黄埃。怆悦余寒在，踟躇落景催。殊方还令节，久客且娱哀。共识分符贵，徒惭入幕才。公如宽礼数，长愿忝游陪。

赠陈生昭令

软裘修带日翩翩，管记风流擅朔边。趋府直登兰锜内，赋诗时向射堂前。陈琳笔健元名士，丁掾才多自少年。译罢石经还跃马，秋雕原上试平原。昭令善国书。

又

弱年怜汝滞阴关，回首南云涕泗间。每向诗书闻汉语，作汉语者，惟吾侪数人耳。漫从图画识闽山。昭令，闽人。黄衫旧侣空漂泊，皂帽高人自往还。犹有荔支乡思在，时时归向梦中攀。

同林生夜宿净公房，时林来自咸镜

八月霜清塞草枯，上方十里接平芜。客来海右谭玄菟，僧本江东记赤乌。幽咽芦笳秋碛远，萧条兰若雪峰孤。夜深月出闻清梵，不信天涯有战图。

送人还蒙古

松花江水寒如练，七月吹霜满郊甸。行子三秋初忆归，边头万里今无战。君家部曲海西涯，此去王庭路正赊。鸵首山长通碎叶，龙鳞川尽出流沙。流沙天北征途绝，阴碛荒荒欲飞雪。马色秋开毡帐云，雁声晓落金笳月。黄貉之裘青兕韛，具装结束去翩翩。射生知尔夸身手，好佩骍弓事右贤。

冬夜伍谋公斋同钱德维作十韵

人间尘事屏，溪晚筚门幽。笑共披裘侣，言寻秉烛游。倚栏霜乍湿，卷幔月初流。磷火遥穿径，川冰迥映楼。玉绳寒历历，银箭夜悠悠。佳设逢羊曼，清诗得隐侯。未能依白社，空自梦沧洲。澹淡河如泻，峥嵘岁欲遒。啸歌行寄傲，情话坐忘忧。寂寂乌皮儿，横琴共尔留。

同陈昭令过西山兰若十韵

禅房新雨后，步屧暮山中。落日精蓝好，遥烟积翠濛。枳篱崖半绕，罗磴径微通。汀树收残暑，山钟落晚风。楼开凫渚北，人到虎溪东。虚牖飞珠瀑，回阑避石丛。藤阴帘卷入，岚气坐来空。作佛惭灵运，安禅问朗公。幽期那可负，佳趣偶然同。月出缘溪去，山山闻候虫。

与友人夜饮却赠

玉靶雕弓铁裲裆，从军曾拜汉中郎。未封燕颔家先破，才识龙颜国已亡。终古恨深银海月，余生梦老玉关霜。南朝旧事休回首，浊酒明灯泣数行。

送金译使之朝鲜

真番天外与华同，走马看君使事雄。获菟凿关通极北，句骊负海出安东。鱼盐肯给边人费，冠服偏存汉代风。莫道好文矜此地，尚烦重译卫王宫。平壤有卫满故宫。

赠陈蓉匄

白石苍苔小径春，飘飘野服净无尘。知君名在遗民社，爱着陶家漉酒巾。

又

无诸台畔霸图分，幕府曾传转饷勋。莫话永嘉南渡事，边头谁识旧参军。

又

石上丹经小篆文，求仙早事紫阳君。萤芝采罢心无事，独倚青崖看白云。

再赠孔公

賨人昔下牂牁东，双鞬骑象君最雄。收兵屡出铜柱外，分麾欲建珠崖功。白骨吁嗟遍原野，百战谁能留汉社。一夜军声散铁桥，三年王气收金马。间道崎岖西洱滨，横刀犹护属车尘。王孙无复余三户，从者谁怜只五人。海水浸天不能渡，辞君泪尽乌蛮路。天边何处托王琳，市上空传哭栾布。汉祖由来赦吠尧，投荒恩重颂兴朝。梦绕朱鸢乡国远，路迷玄菟塞云遥。南冠憔悴何人识，卖畚时时向城陌。壮节宁看羝乳时，缔期敢忆乌头白。尽日蓬蒿坐掩门，缟衣犹记旧时恩。何当更化苏耽鹤，万里常依蜀帝魂。

长白山

长白雄东北，嵯峨俯塞州。迴临沧海曙，独峙火荒秋。白雪横千嶂，青天泻二流。登封如可作，应待翠华游。

上京

城临马耳河，在宁古塔镇城西南七十里。三殿基址皆在。殿前有大石台国学碑，犹存数十字，有天会年号。禁城外有莲花石塔，微向东攲。石佛高二丈许，在塔之北。

完颜昔日开基处，零落荒城对碧流。赭马久迷征战地，黄龙曾作帝王州。荒碑台殿边阴暮，残碣河山海气秋。寂寞霸图谁更问，哀笳处处起人愁。金太祖破辽，乘赭白马先行，径渡混同江，水止及马腹。既济，使人测之，其深无底焉。

拟唐人谢真人仙驾过旧山

真人冲举后，遗迹在青山。云軿何年别，飙轮此日还。鸾歌去天上，鹤语问人间。残灶丹犹伏，虚坛草自斑。徒悲蓬海变，独对翠峰闲。寄谢区中客，骖螭讵可攀。

送人之平远朝鲜属道

沃沮南绕浿江遥，雪栈霜林下使轺。属国敢愁征调急，行人应喜战烟清。麒麟石在山侵塞，鱼鳖梁开海接辽。谁道扶桑天外地，兵威犹自话唐朝。朝鲜人相传，天降麒麟马以迎朱蒙王，王蹑石而上，遂乘之以升天。今平壤府东门外有麒麟石。

王昭君

昭君巫峡女，奉帚玉阶下。徒自恃倾城，翻令悲远嫁。前殿辞君去不还，龙堆空望汉关山。愁霑朔雪摧珠袖，泪入边云损玉颜。玉颜明镜看销歇，梦到深宫转凄咽。下陈曾未识君王，绝国何堪捐贱妾。夜夜毡穹青海隅，月明非复旧金铺。不知甲帐承恩者，曾有蛾眉胜妾无？

夜宿

独宿徂清夜，凄其戍角长。营开千帐月，城压万山霜。我梦还鱼鸟，天心合虎狼。莫将畴昔意，岁晚怨龙荒。

沙林同友人登完颜故台

废磴盘纡岭色回，与君登眺暂颜开。单车绝塞双蓬鬓，落日清秋万古台。蕃剑击残歌自苦，吴箫吹遍调偏哀。最怜酒半凭阑处，萧瑟江山只雁来。

会宁道中有古墟墓赋此吊之

落日孤鞍古戍边，残碑下马拂寒烟。独来玉剑埋魂地，愁听金笳薄暮天。摇落关山龙战后，萧条城郭鹤归年。祁连起冢凋残尽，荒外何人尚夜泉？

送巴参领之拏洛

吹角鸣笳彻野闻，碧油麾盖俨星分。诏书特徙真珠部，使节先驰浴铁群。路绕黑江三丈雪，天围白道万山云。奚车霤骑三千帐，檄到争看属护军。

三月廿二日河上口号

三月归鸿满塞天，流澌日暮尚凄然。自从身逐乌龙戍，不识春风二十年。

奉赠封山使侍中对公

翩翩贝带御香衣，几载承恩在紫微。衔诏暂从双凤出，奉车还傍六龙飞。彤墀日月开仙仗，白岳云霞护帝畿。应是臣心长恋阙，梦魂频向禁垣归。

赠滇令巴郡叶明德

回首岷峨限百蛮，羁离十载出兵间。谯玄头鬓伤心白，杜宇乡园战血殷。数口幸逃铜马贼，一官空到碧鸡山。益州耆旧今余几，帘肆凄凉老未还。

又

锦城山色接昆明，猿鸟声中战鼓鸣。自着白衣来间道，却垂黄绶逐行营。崎岖虎口心犹折，恸哭龙髯气未平。今夕一樽重话旧，瘴云蛮树不胜情。

又

阅尽干戈复塞门，完颜台畔戍烟昏。家沉浩劫疑兵解，君族姓千口皆死于贼，免者惟同产二人及妻子而已。身历穷荒识主恩。乞活漫伤迁客贱，寄书犹喜故人存。穹庐风雪天涯梦，肠断巴猿挹泪痕。

又

沧波一曲绕溪新，移柳栽松托隐沦。王烈自成辽处士，严遵元是蜀遗民。鹖冠送客风帘晚，浊酒看山雪磴春。共道余生疲战伐，杖藜聊复憩边尘。

咏鹰征鹰使者贡君座上作

玉爪凝残雪，金眸映落晖。可怜沙塞翮，欲傍翠华飞。

奉赠大将军巴公

珠旗锦伞照吴钩，玉蜿花骢金络头。玄塞旧传朱鹭曲，彤庭新赐紫貂裘。碛开万幕边声合，境拓双城战气收。欲画南宫谁第一？功高独有冠军侯。

奉赠副帅萨公时专镇宁古

彤墀诏下拜轻车，千里雄藩独建牙。共道伏波能许国，应知骠骑不为家。星门昼静无烽火，雪海风清有戍笳。独臂秋鹰飞鞚出，指㧑万马猎平沙。

茧虎追和梅村夫子

熏风妆阁问针神，五日符悬辟厌新。不见赤刀传粤咒，还从彩胜识雄寅。黄衣缀就金仍蹙，白额描来绣未真。莫讶使君能化虎，茧丝元是负嵎身。

螽鹤

玲珑玉骨倚风疏，莫向纶竿怨豫且。散雪岂能侔皎鹤，凌云何意起枯鱼。身余刀俎腥犹在，宠待轩墀翅自舒。谁道波臣非羽驾，琴高赤鲤亦腾虚。

蝉猴

自许孤高饮露盘，求床谁作野宾看。只怜风外吟枝稳，那识云边啸侣寒。无口讵需巴客泪，有緌疑着楚人冠。君身可是孙供奉，一赐金貂认欲难。

赠陈昭令

叶叶紫貂衣，秋风锦鞚飞。长围不肯入，独臂海青归。

又

欲逐狐踪去，回鞭万仞冈。笑携双白羽，射杀两青狼。

观猎赠陈昭令

飒飒旌竿雪未休，弓声霹雳遍林丘。马嘶秋草摇珠勒，雕掠寒云下锦鞲。挟弹自矜文士健，挥鞭不逐汉儿游。少年乐事南山猎，谁羡家声曲逆侯。

猎后再赠昭令

金笳马上北风哀，猎罢争传鹦鹉杯。爱射黄羊重插羽，欲呼苍隼却登台。边云压地霜旌卷，营火连山雪帐开。明日沙林还逐兔，酒酣更起刷龙媒。

都统郎公奉使塞外赋此奉赠

清秋驿路净氛埃，落日鸣笳使者来。早拜千牛陪凤辇，新驱驷马出龙堆。旌飞杨柳城阴晚，帐拥芙蓉剑色开。多少冰天迁客泪，待君归奏建章台。

又

柘弓斜月绿弦鸣，珠服如星照玉缨。穿禁久分中贵宠，趋朝争识小侯名。每调生马期门出，独鞚轻雕傍辇行。知尔羽林夸健手，肯教驰射数边城。

送人之鸦青江

芦管凄凉鸿雁天，北风空碛暮苍然。鸦青江畔重移帐，回首沙场又十年。

送陈昭令之兀喇十韵

野馆骊歌咽，晴郊骑置行。凄心看往路，屈指问严程。晓帐毡墙重，春衣锦带轻。云峰马上出，雪涧鸟边明。林暗貂余迹，江空雁度声。年光寒食近，边色旅愁盈。杨叶遥分塞，松花曲抱城。宁同陇头别，早擅幕中名。露布推书记，风流想步兵。不知惊坐客，何似弃繻生？

春暮江上冻解同诸君放舟至白崖口赋示十韵

皛皛流澌尽，悠悠放艇孤。惊心惟节序，游目且江湖。凫雁光初泛，鱼龙气欲苏。青春生水际，丹景豁天隅。濑浅听偏响，波平望或无。不知风帆驶，帆一作去声。杜诗：浦帆晨初发。只讶雪峰趋。旅眺还增叹，江讴亦自娱。人应寻弋钓，家本在菰芦。浩荡沧洲思，艰危绝塞躯。莫令悲负羽，从此问乘桴。

奉寄安大将军二十韵同钱德惟作，公以宁古副帅擢镇奉天

今日须颇牧，维公翊禹汤。九重颁虎节，万里拜龙骧。自北雄天府，居东本帝乡。官因留守重，才是折冲长。铜兽申军法，金貂袭御香。权兼赵京兆，威著杜当阳。开幕珠旗月，行边铁骑霜。令严师自肃，政简物皆康。坐运中黄策，行消太白芒。士心依大树，海气净扶桑。旧内虚鵁鹊，新城扼凤凰。凤凰城在鸭绿江上，辽之南境也。直令三辅谧，那用五兵张。营有蔓菁种，车无薏苡装。每嗤卿食雁，不入马如羊。浇俗潜应改，仁风邈已翔。丹青应早画，赤白遂空囊。籍甚功书竹，怀哉泪染裳。寇君宁复借，贾父耿难忘。途远重关外，心凄昔座傍。揖容长孺倨，哭恕嗣宗狂。一别频玄燕，千山限白狼。尚思乘月啸，久罢卷波觞。衣敝鹑双挽，书腾雁几行。报恩腮未曝，述德臆偏伤。穷鸟哀元叔，无鱼忆孟尝。何时射柳骑，重过浣花堂？公望方调鼎，予生且卖浆。沛宫云正紫，辽隧草初黄。努力登三事，从容靖四方。谁知击壤代，有客恸龙荒。

寄顾梁汾舍人三十韵

昔岁家吴会，诸公问越盟。逢君发未燥，入座目俱成。倒屣才名早，披襟意气倾。高文何粲粲，雅论各觥觥。携手惭连璧，同心喜报琼。时邀山馆醉，每爱水楼晴。夜月褰珠箔，春风敞绣楹。花回青翰小，柳系绿騣轻。丽曲能调管，新诗即谱筝。漏随铜史促，杯为玉人擎。但认嵇生诞，那知许邵评。誉方推二妙，语不数三明。往事星霜改，新愁关塞萦。予悲玄朔橘，汝谢赤墀樱。老去余华鬓，书来自素诚。恨恨询谪戍，款款话平生。跪读烹鱼字，悲吟别鹄声。风流如在

眼，雨泣飒缘缨。末契嗟何托，良俦叹莫并。栖迟成北叟，浩荡寄东瀛。暮齿家何在，穷荒岁屡更。将同温序梦，幸似宋人盲。军府以予短视，特免田租。世事随殊俗，生涯共老伧。轡龙徒奋采，鶗鴂恐先鸣。漫说逢杨意，前岁，侍中对公以予长白山诗赋进呈。偏难召少卿。旧游怜转烛，今贱怆闻笙。舞鹤鄘边水，和龙塞外城。三秋空漠漠，万里独怦怦。道远怀琼树，宵长望玉衡。如蒙子公力，终到汉西京。

杂感

瓯脱萧条塞路微，阿疏城畔柳依依。边开驼鹿山初凿，江到牛鱼岭渐稀。战士中宵看堠火，米船六月寄征衣。冰霜今岁寒应早，屈指诸军解甲归。每岁出师戍黑斤诸部，至七月中，河冰将合，乃归。

又

娥娥红粉映边霜，细马丰貂满路光。朱幕漫传翁主号，黄眉争识内家妆。空怜拂镜凝花态，莫为无裈笑粉郎。千载奉春遗策在，玉颜那更怨龙荒。时以妇女赐海东诸首领，边人谬以称之。其俗男女皆不着裈。

又

秋风吹碛起鸣雕，碛路西回限二辽。鸦鹘废关仍抱塞，鸳鸯残泺不通潮。千年城阙人谁识，百战河山世已遥。穷徼可怜无故老，难将遗碣认前朝。

读古人诗有感

山川满目恨沧桑，抚旧悲歌泪几行。翟义岂能存汉祚，贯高原不负张王。朱鸢别后非吾土，白马归时是国殇。寂寞天涯今夜月，大招何处问潇湘。

混同江

混同江水白山来，千里奔流昼夜雷。襟带北庭穿碛下，动摇东极蹴天回。部余右砮雄风在，地是金源霸业开。欲问鱼头高宴处，萧条遗堞暮潮哀。

拟唐人御沟新柳

春光开上路，柳色吐韶年。掩映金沟远，参差玉道连。倚风条尚细，覆水影初圆。轻翠销宫雪，微黄袅禁烟。画眉空自好，学舞欲呈妍。倘得承攀折，依依翠辇前。

赠陈蓉甸十韵

昔尔采玄箓，寻真向赤城。已窥三景秘，欲掩八公名。家本陈安世，师逢窦子明。颜依金灶驻，身度玉壶轻。翠水餐霞住，鸿天驭月行。问年枝不汗，却老树惊精。方术谁同传，仙才自属卿。好将山石煮，莫叹海尘生。去去凭鰕杖，寥寥度凤笙。洪厓如可拍，直欲上瑶京。

郎公将还京师赋此奉送

西风吹雁满关山，愁见萧萧四牡还。横笛清秋萦客恨，衰杨明日为君攀。紫台霜露催征骑，丹阙星河启曙班。极目长安天际远，离心空望五云间。

——《吴汉槎诗集》

吴文柔

吴文柔，字昭质。吴兆骞女弟，吴县杨焯室。著有《听桐词》。

题二分明月集元人句

别馆新成足宴游（丁鹤年），朱栏六曲倚高秋（萨都剌）。文章海内无双士（李之仪），花月淮南第一楼（赵孟頫）。揽镜开帘常得燕（杨亿），据床吹笛不惊鸥（刘韶）。鬓深钗暖云侵脸（晁仲文），自是神仙未解愁（刘基）。

——《松陵女子诗征》卷二

长相思

关山秋，故山秋。叶落庭槐起暮愁，新凉作意收。
蓼花洲，荻花洲。分付蛩吟且暂休，断肠人倚楼。

减字木兰花杨花

随风着雨，是处沾粘飞不起。漫把情牵，一点飘蓬软似绵。
轻柔无对，独有梧桐同作泪。他日浮萍，莫许随流付此身。

谒金门寄汉槎兄塞外

情恻恻，谁遣雁行南北。惨淡云迷关塞黑，那知春草色？
细雨花飞绣陌，又是去年寒食。啼断子规无气力，欲归归未得。

——《众香词》

吴树臣

吴树臣，字大冯，号鹤亭。吴兆宽子。康熙壬子（1672）拔贡生乌程籍，官至刑部郎中。有《涉江草》《一砚斋集》。

登黄州赤壁

名山萦缅想，振策寻佳趣。大江荡层波，樊口隐云树。寒溪绕积翠，岝峈若奔赴。快哉揽奇胜，江山在指顾。雪夜掉扁舟，白鹤横波渡。斗酒邀月华，晶轮浩吞吐。苏子逸兴酣，风雅傅二赋。赋笔妙千古，何辨赤嶼误。

阅江楼

牂牁万里泻洪流，水势山光满庾楼。狮象峰围城堞壮，蛟鲸波涌日华浮。对岸有狮峰、象峰诸胜。晴云天阔孤帆小，烟雨风高蜑艇收。闻道六龙曾驻此，苍茫夕照使人愁。

——《国朝松陵诗征》卷五

吴　锵

吴锵，字闻玮，一字玉川。吴洪五世孙。县学生。有《复复堂集》。

西湖送萧端木

聚首无多日，应怜离别难。那堪千里隔，况复一裘寒。冀北烽烟满，江南花柳残。金陵回首望，又作故乡看。

霞举堂宴集

无端作客又三秋，日日湖山汗漫游。不厌招寻君折简，何妨卜夜我淹留。新交浊世谁青眼，往事梨园竟白头。明月当空杯在手，乌衣群从剧风流。

姑苏杨柳枝词和汪钝翁

丞相园亭忆昔年，万株垂柳古城边。只今萧瑟余芳草，绿遍要离墓畔田。

西湖七夕寄内小畹

偶到西陵汗漫游，春风花草又经秋。神倦亦有经年别，独坐湖楼看女牛。

——《国朝松陵诗征》卷七

湖浦观梅同学山诸子

春风日日到西郊，有约寻梅几见招。花径为怜芳草湿，山光应识冻云消。笑看公子调金勒，醉倚佳人奏玉箫。携手故交经岁别，一枝曾寄陇头遥。

送叶学山之秣陵寄询杨校书妍

妍，字步仙，旧院歌姬也。能诗善书，工画丛兰、竹木。兵火后，寓武定桥南大功坊废圃内。

把酒今朝一送君，秣陵忆别廿年人。秋风长板桥头月，旧是秦淮渡口春。孤客江干八月潮，绮窗曾记话无聊。轻纨画箑丛兰小，遮遍春风武定桥。萧萧两鬓已如霜，俯仰情深解断肠。碧水红栏今在否，当年花月大功坊。

——《吴江叶氏诗录外编》

庞蕙纕

庞蕙纕，字纫芳，一字小畹。诸生吴锵室。有《唾香阁集》。

紫藤花下分赋一首

年来愁病强支离，也向花前醉酒卮。绣阁开尊同北海，金钗雅集胜南皮。锦云夜月千层浪，紫玉春风万缕丝。何事今宵称绝胜，筵前道蕴总能诗。

春词

春深诗句满经函，小字红笺手自缄。睡起有情疑好梦，愁来无力换罗衫。繁花满树空教谢，芳草盈庭未忍芟。荡子天涯归未得，双栖嗔杀燕呢喃。

题鹃红二分明月集

诗筒才到一缄开，明月鹃红寄得来。闺阁文人应下拜，吴兴太守总怜才。朝来窗阁晓妆迟，小婢研朱滴露时。鼓罢竹西明月满，清辉多半在君诗。

姑苏杨柳枝词和汪钝翁

青青一望入高楼，不用凝妆惹远愁。献赋长杨营细柳，男儿事业是封侯。

琐窗断句

即席分题仕女才，金钗雅集绮筵开。尊前也学投琼令，一个鲜红酒一杯。赣州茉莉建州兰，雪槛云廊六月寒。除却翻书无个事，仙桃自摘浸冰盘。冷落郊原拜扫迟，东风细雨禁烟时。深闺也解传风土，不戴花枝戴柳枝。九十春光半已过，气清天朗惠风多。来朝恰遇湔裙节，摹幅兰亭记永和。夫婿长贫老岁华，生憎名字满天涯。席门却有闲车马，自拔金钗付酒家。嫩凉梧竹傍檐低，花径香沾雨后泥。斜印簟痕惊午梦，碧窗深绿乳鸦啼。春雨春寒过落梅，连宵不禁晚风催。闲园收拾残花片，供得儿曹醴面来。

——《松陵女子诗征》卷二

吴兆宜

吴兆宜，字显令。吴晋锡幼子。

舟行晚归

短棹秋风里，苍茫对暮山。寒烟生远树，落日照愁颜。隔浦孤帆断，荒林夕鸟还。幽怀方未惬，明月弄潺湲。

拟登碣石馆望黄金台

飞馆遥临碣石开，登高远眺重徘徊。黄河流水千年在，紫塞回风万里来。邹衍功名空蓟北，郭隗心事寄荒台。只今骏骨黄金尽，谁念昭王解爱才。

——《国朝松陵诗征》卷七

吴 榷

吴榷，字超士，一字习隐。吴洪六世孙。贡生浙江籍。有《观成堂诗稿》。

张司空华离情

朝日照高楼，和风被芳陌。杨柳最宜春，攀枝忆行客。客从远方来，遗我一端帛。间关几千里，广袤三十尺。素质无绘采，雅志尚贞白。相违已经年，空闺守终夕。燕飞复引雏，明月几盈魄。风寒露井桃，苔侵捣衣石。四海方一家，何事苦行役。君子慕高义，贱妾更何惜。

拟陶寄周梅坡安

秋气发微凉，落叶辞故枝。岂不眷春阳，盛衰各有时。万族皆迁化，我生独不移。无为伤局促，庶免达者嗤。遥遥岭上云，悠悠寄所思。临窗迟去声嘉友，日晏来无期。引觞聊自进，兴至吟新诗。新诗托物外，养此邱园姿。

青阳夜泊

澄江风雨夜，孤客逐渔樵。水气冲高岸，潮声落断桥。征衫寒客梦，薄酒度清宵。何处悲笳动，相将伴寂寥？

晚眺

不浅登临兴，行吟且杖藜。孤城寒日落，老树暮云栖。野戍多烽火，秋原尚鼓鼙。帝乡空怅望，千载忆征西。

——《国朝松陵诗征》卷八

吴时森

吴时森，字青霞。吴洪裔孙。

顾黄门祠

自注：陈黄门侍郎顾野王著《玉篇》处，后人因祠于此。

烟锁荒祠碧草痕，岁时犹自祀黄门。六朝冠冕皆如梦，千古文章迥独尊。鸦噪夕阳深殿晚，马嘶残树野塘昏。何人更唱迎仙曲，萧飒英风满故村。

胜墩

自注：旧名盛墩，三国时吴总管盛斌葬此故名，明嘉靖中邑令杨芷与孝廉周大章破倭于此，改名胜墩。

古墩红树锁斜曛，此地曾传净海氛。赤壁独收公瑾略，黄金空赏鲁连勋。自注：大章御寇有功，朝廷锡金币，欲官之，不受，乃授其子崇仁为苏州卫正千户世袭。萧条野戍新移柳，零落残碑旧勒文。多少行人谈往事，鸿名不数盛将军。

——《国朝松陵诗征》卷九

吴景果

吴景果，字旭初，号半淞。吴邦桢五世孙。官怀柔知县。有《赐书堂集》。

莺湖竹枝词

泽国烟波似画图，汀洲处处长菰蒲。就中最是难忘处，细雨斜风莺脰湖。

钓罢收纶晚渡喧，疏钟隐隐报黄昏。佛灯未上渔灯乱，百尺寒涛打寺门。

——《国朝松陵诗征》卷九

林屋洞

洞名，左神幽虚之天，相传通峨眉、洞庭、罗浮等处。中有仙床、仙灶、神钲、钟鼓，皆石乳所成。

左神幽虚栖百灵，洞口隘若甑与瓶。解衣初入风泠泠，伛行泥淖双足泞。松明几炬分流星，白蝠扑面如蜻蜓。忽然高处敞开堂厅，快若困鸟梳其翎。微闻洞腹声玎玎，玉乳滴沥金膏零。杂陈物象光晶荧，大者钟鼓小甂瓴。砂床药臼谁所停，以手扪摸平如硎。神钲一击声吼霆，肃然令我心志宁。群仙小别三千龄，欲往从之云冥冥。洞门石扇葳蕤扃，巡以哑虎守六丁。安得荡荡开轩棂，遍翻秘笈窥真经。绿毛仙人方瞳青，导游为我乘云軿。西登峨眉涉洞庭，南寻罗浮凌沧溟。兴来更草新宫铭，擘窠大字书翠屏。长依丹灶供使令，或采芝木劚茯苓。上清真诰得细聆，洗我毛髓炼我形。一尘不动长惺惺，可怜弱质终伶俜。众真高拱不汝听。仙凡判隔若渭泾，恍如一梦瑶台醒。

灵佑观

杖策来寻右洞天，灵宫惊见草芊芊。百廊三殿今何在，一角残碑认昔年。旧有廊百间绕之大殿，谓之百廊三殿。断碑上有天禧年月。

毛公坛旁有二井

松泉鸣断续，天半落清音。玄鹤去已久，丹台留至今。云间无犬吠，井底有龙吟。倘遇绿毛叟，山行不厌深。

包山寺

仙坛荒草合，古寺独巍峨。竿影出云表，禅房邻鸟窠。飞松多偃盖，山上松多，非种植。风吹，松子自成，谓之飞松。见《范石湖集》。稚竹密缘坡。胜地饶灵迹，搜寻约再过。

可盘湾

峰回谷转路苍寒，秀石幽花取次看。我本清游无一事，可盘桓处便盘桓。

李氏万涵楼

崎岖越岭复经丘，踏破芒鞋为探幽。输与山人高处看，倚楼胜概已全收。

小阁凭虚面面风，碧天蘸水水涵空。平吞三万六千顷，身在冰壶玉镜中。

石公山

西山山势如钩连，石公突出东南偏。矫如蟠龙掉一臂，撑住波浪拿云烟。遥瞻已爱奇且秀，到来弥觉清而妍。数家墟落在山半，后临药圃前花田。寒飘梅香雪满路，送我直到山陂前。云屏百叠耸天半，虽有猱玃无能缘。金墉一罅剑关拆，人从瓮底穿云巅。悬崖劈削压湖水，惊见三面光浮天。刹竿矗立松桧杪，结茅住此宁非仙。别寻仄径绕山脚，噌吰鞺鞳声喧阗。怒涛万古漱且啮，剥肤及骨肌理穿。玲珑百窍总轩豁，嵌空缀若蜂房悬。槎丫爪距森欲搏，抖擞羽翮翩将骞。谁遣神工弄狡狯，岂有鬼斧为雕镌。争妍竞巧目为眩，快步常怵他人先。石公怜我负奇癖，尽启贝阙开骊渊。探珠好趁毒龙睡，吹箫勿搅潜蛟眠。心知此境神所閟，容我寓目岂偶然。奇观幻态有如此，挂帆那忍即告旋。长怪留题遍岩壁，买山辄欲支茅椽。巢云隐雾尽虚语，胜地终让山僧专。何如闲来便策杖，青鞋布袜往复便。低头拜与石公约，重探灵异期来年。

龙渚

轻帆漾微风，容与任所适。白云翕然兴，知是神龙宅。怪石何离离，目赏不暇给。一一具龙形，宁复辨为石。或如仰而翔，或如俯而掷。或如戏相扰，或如怒相敌。蟠如抱珠眠，伏如怀卵蛰。瑟缩或一卷，夭矫或百尺。孤骞头昂昂，竞起角戢戢。萧森毛鬏竖，菌蠢甲鳞逆。张吻渴欲吞，握爪奋将擘。矫如掉修尾，突如耸穹脊。挂云鬐乍扬，行雨鬣尚湿。谽谺曝其腮，礧砢蜕其骨。昔我观止矣，记一恐漏十。我昨游石公，奇巧矜创获。岂知龙渚山，灵怪又一格。造物无尽藏，百变不相袭。归舟纪所见，鱼龙笔端集。

石蛇山

石蛇未成龙，龙体颇已具。连卷复夭矫，势若欲飞去。惜落龙渚后，荒远名未著。游人辍棹还，弃去不复顾。我来决一游，山脚为小住。窈窕穿洞穴，玲珑更回互。盘盘如旋螺，所至得奇趣。还观洞门外，水石相抵牾。忽闻大声作，似触率然怒。首尾若击撞，弥空吐云雾。悄乎不敢留，扬帆去如骛。

消夏湾

高峰三面环龙从，岭脚欲辏湖波通。只言山外水围绕，宁知大水藏山中。藕秧初出蒲芽长，白鹭飞飞下还上。宫娃无复采香舟，时有渔蛮荡双桨。

缥缈峰

重冈复岭环周遭，缥缈一角搀天高。不知此峰拔地几千丈，但见众山帖帖胁下如儿曹。扪罗上绝磴，拄杖凌岩嶅。蹒跚腰脚走且憩，始得峰顶放眼看惊涛。奇哉弥弥白银界，中有七十二朵青莲苞。吾闻洞庭彭蠡亦巨浸，其中岩岫殊寥寥。一卷之石那足数，漫夸江面浮金焦。岂知此间三万六千顷，峰峦罗列一水包。三州掌可指，百里辨纤毫。五湖了了见全势，喜逢雨霁浮岚消。飚轮恍欲御，笙鹤疑可招。便拟排云叫阊阖，飞身欲逐罡风飘。不然移家拔宅此峰上，结巢高踞青松梢。坐看湖光山色一日百千变，犹胜下土汩汩趋尘嚣。

三山和汉荀韵

破浪冲烟转瞬间，轻舟不觉到三山。风收湖面平于镜，日阁峰腰半若环。地僻惊看游屐至，隐深长羡钓翁闲。白云红树仙源里，乘兴沿□未拟还。

赠周山人觐侯和稼翁韵

双桥中结隐君庐，瀌瀌泉鸣宿雨余。一径飞花随步屧，满楼寒翠润图书。居邻仙灶金丹秘，山人善医。人似园公鹤发疏。解榻开樽烦地主，遍探名胜乐何如。

游西山归赋谢稼翁先生并请纪游之作

湖山七十二，灵奇首林屋。先生前度来，彩笔照岩谷。长恨尘事牵，无缘伴幽躅。今春理旧游，青鞋许追逐。扁舟无前期，径挂蒲十幅。平波镜面青，列岫蛾眉绿。长啸越洪流，忽致西山麓。是时梅正开，万树弄晴旭。行穿香雪林，巾袖觉芬馥。逸兴各飞翻，狂歌无拘束。荒坛逐鼪鼯，古洞惊蝙蝠。不辞雨湿衣，却怕泥沼足。冒险板修篠，凌高拄弱竹。襟带指三州，脉络辨百渎。浩淼云荡胸，怪诡石骇目。山灵乳泉甘，土沃乐苗缛。园翁剪韭邀，禅客烹葵菽。遇雨辄小留，阻风或再宿。晨行磴千层，夜枕流一曲。幻态已全收，奇景得遍瞩。平生几雨屐，胜绝此游独。欲别首重回，濒行足仍踧。来悔十年迟，归恨一帆速。微吟记所历，出语愧尘俗。鸿篇俟先坐，游绝请再续。

——《半淞诗存》卷上

癸巳十一月出都赴怀柔任

萧萧朔吹寒，羸马出长安。路近之官易，民劳作吏难。何当勤抚字，即与起凋残。见说成梁急，清尘望玉銮。时修整桥道，候圣驾行幸冬围。

至县作

百里入边城，冲寒襆被轻。只余裘未典，并少鹤同行。县小三门静，河清七渡平。哀鸿满中野，乍见一心惊。

红螺山

红螺腾焰碧峰巅，螺去潭空不记年。孤塔尚传埋玉蜕，一泓犹见涌珠泉。琅玕百个摇风细，璎珞双株带雪妍。忆自宸游纡翠辇，霞光长烛紫霓天。

红螺寺竹下作

北地严寒不宜竹，三竿两竿爱如玉。红螺闻有千琅玕，岁久圆匀森似束。不知此竹始何时，手植传是云山师。结根灵谷喜幽邃，藏风聚气长蕃滋。至尊昔日銮舆度，顾此檀栾为少驻。六百五十有三竿，特敕中官记其数。即今巨竹尽凋残，弱筱娟娟尚可怜。想见此君繁盛日，绿云苍雪连诸天。为语山僧勤看管，平安日报休辞嫩。护取龙孙补旧林，我欲频来参玉版。

珍珠泉歌

珍珠泉水清泠泠，中有巨螺含精灵。夜吐丹彩辉石扃，自从螺化红光冥。至今泉水余幽馨，大珠小珠涌不停。蟹眼浮浮鱼眼零，如吐涎沫吹轻萍。我疑此中尚有螺潜形，不然是珠滚滚谁使令。

钓鱼台

极目高台烟水秋，临溪巨石好垂钩。奔淙远自千山落，朝鲤平添七渡流。吏隐不妨侪钓叟，官闲长得伴沙鸥。无端触拨江湖梦，万顷沧波一叶舟。

溪边得石子数枚携归漫赋

清浅溪流下，斑斓石子生。排沙捡个个，入袖喜盈盈。晶润非磨洗，圆匀似琢成。携来置几案，白水共为盟。又得一石于沙土中洗剔之。峰峦备具，宛然小山也。

爱此一卷石，峰峦宛转生。皴肤皆玉色，掷地必金声。皱瘦余棱角，摩挲费品评。他时诧廉迹，归袖片云轻。

黍谷山

天道有阴阳，寒暑莫能违。地气有南北，温凉莫能移。至哉声音理，感召真神奇。天地为默转，妙术从何窥。燕郊称黍谷，盛夏阴风悲。自古春不到，何由五谷滋。忽来谈天衍，试为暖律吹。一奏寒气解，再奏阳和随。冰芽忽发种，玉粒分参差。此事闻传记，兹来步山陲。犹有遗迹存，怀古披荒祠。吾思造化运，安得无偏亏。挽回赖人事，寒门烛龙施。人心叹飘风，世路思隆曦。谁能操玉琯，大地同熙熙？

徐家峪洑流泉

山头桑叶黄，山下寒泉白。寒泉带叶流，入地去无迹。潜行出武村，相距廿里隔。涓涓汇澄潭，流叶纷如积。吾闻王屋流，清济通地脉。所以趵突名，涌现夸载籍。今此亦灵奇，洑流传自昔。惜翳荒远区，无人为搜摭。题诗补图经，用告骚雅客。

两大人至署喜赋二首

最喜将车到县门，十年今得进朋尊。依然子舍晨昏聚，长奉亲颜色笑温。膝下彩衣原御赐，堂前菽水亦君恩。愿将洁白为颐养，手指悬鱼义训存。曩在内廷，蒙彩衣之赐。

庭围久隔思依依，官阁团圞意不违。椎髻今朝欣举案，蓬头连日笑牵衣。未能免俗□□仕，岂不怀归愿息机。回首沧江宜勇退，相期同采故园薇。

破荒歌赠杜子复一

温阳自昔称荒鄙，金元以前无论已。明初析县□黉宫，科第彬彬粲堪纪。兴朝百年乃阙如，从无一士登贤书。胶序煌煌笑虚设，我来□□生嗟吁。慨然愿与兴雅化，三物六行教闲暇。杜生奋志应宾兴，我歌鹿鸣为劝驾。果然一举破天荒，老夫守土与有光。彼都人士争激昂，应悔向日空摧藏。唾手拾芥本易易，从此弦诵益济济。重看桂杏连云起，筚路蓝缕自吾子。县街有桂杏连云坊，书明时科第姓名于其上。

新堂落成署观察陈公沧洲为题额曰黍春堂因赋呈

县宇久不葺，破漏如荒邮。前人爱惜费，重为来者忧。堂廉关政体，露坐殊堪羞。经营势难缓，岂曰侈华浮。庀材饬葳事，工力苦不周。丝毫不累民，捐囊典衣裘。不日喜告成，轩朗开心眸。朴□□坚固，堂构可久留。从今披案牍，庶免风雨愁。陈公按部来，嘉我废坠修。濡毫为题额，笔力森银钩。煌煌黍春字，奖励存噢咻。兹邦古寒谷，积冱封荒丘。自从邹律吹，万古贻来牟。即今困凋敝，举目多疮疣。阴阳有愆伏，调护须谋猷。司土操化机，理□□琯侔。煦妪沛温泽，黍苗欣油油。四境登丰熙，春台民共游。再拜貺题箴，布政歌优优。

笼中草虫

是物虽微眇，羁栖尚有声。嘤嘤音自远，跃跃意难平。芳草何缘别，雕笼空复情。不如风露下，振羽任飞鸣。

秋日

衙散庭如水，居然雀可罗。扇间知暑退，帘爽觉秋多。害马何时去，哀鸿几处过。不须夸吏隐，投劾悔蹉跎。

南轩

南轩坐雨书阴阴，北牖风来响树林。一片日光云破漏，起看山翠忽高吟。

悯忠山双井歌

县东南六十里悯忠山，相传唐正观中东征高丽，师行过此。夏月乏水，既得双泉于山上。时军士暍死者已多，聚而埋之，名其山曰“悯忠”云。今双井尚存，因为之歌。

悯忠双井石壁下，满甃渟渟浮欲泻。深山四望无居人，问此双井何为者？相传凿自贞观年，军因乏水困不前。焦原暍死足悯恻，故题忠迹标双泉。此山拔地几十丈，此井又在山之上。当年济渴著灵奇，马跑疏勒何多让。至今滟滟碧山阿，山僧日饮能几何。浇花灌菜用不尽，一任涌溢流滂沱。君不见，西村一井深千尺，辘轳百丈喧朝夕。瓶罂盆盎各纷然，一勺分沾胜琼液。西邵渠仅有一井，居民百万争聚汲也。

凤林山访成介愍公故居

公祖籍山右，父始来温阳。公生而倜傥，慕彼椒山杨。读书古寺中，刻苦超寻常。及乎通籍后，出绾百里章。维时蚁贼起，海宇弛王纲。焚烧及陵寝，石马灰飞扬。公独具急疏，危论惊庙廊。实忤乌程相，谪之万里行。臣言不幸验，燎原势弥长。因思曲突言，粉署重为郎。俄看九鼎沦，一木难支将。捐躯誓报国，臣节凛秋霜。贻书约同列，再拜辞高堂。痛哭攀遗髯，毕命梓宫傍。阖门皆从死，正气流芬芳。兴朝表忠烈，锡谥典煌煌。赐域在故里，丰碑临道旁。所嗟忠嗣绝，一子仍夭亡。守冢非嫡裔，麦饭增凄伤。寥寥三百年，兹邦人物荒。天意笃生公，以为僻壤光。潮河水浩浩，凤林山苍苍。作诗志景仰，踯躅依寒岗。

弘善寺

凤林郁嵯峨，龙祥开胜地。帝女昔布金，弘善拘雄丽。时移久颓倒，有僧誓重缔。刀耕剪榛莽，石田亲树艺。苦行事力作，铢寸积年岁。独身为经营，不假檀越施。初疑工力诎，举赢恐非易。金轮俄焕然，象设欻完备。有志事竟成，见者各惊异。我来遍观瞻，尠此工不细。吁嗟末法微，缁羽竞牟利。奔走取世资，干求藉权势。阳托修造名，阴为衣钵计。此僧独不然，志行越侪类。题诗纪其成，且以示风厉。

髩髻山三首

秀出群峰上，双螺望俨然。骈枝排玉笋，并蒂涌青莲。劈削疑无路，清虚别有天。欣逢銮辂驻，林岫倍增妍。

兹山称福地，灵应著畿封。报赛来千里，经营出九重。绣幡宫锦丽，宝鼎御香浓。共祝无疆寿，三呼上碧峰。

未甘称俗吏，境内有名山。为爱双峰好，来消半日闲。凭高风自爽，坐久暑全删。长啸下山去，依然尘土颜。

栲栳山云岩寺四首

百叠云岩凿磴通，嵌空佛宇巧藏风。游人只爱髩峰好，谁识幽奇在此中。

访道还儒又入禅，一身三教总精研。红光涌现遗灵蜕，塔记犹存栲栳砖。

交南中贵珥丰貂，征镇勋庸历四朝。瘴雨蛮烟归窆日，一抔战骨草萧萧。

花石斑烂画不如，先朝敕赐焕庭除。翠珉绿字相辉映，半是三元宰相书。

昌平谒明陵作

林黑众蝉噪，苍鼠纷群游。入门气憀慄，础堿森龙虬。虚廊长杳杳，广殿空幽幽。规制岂不壮，衣冠成古丘。拾级上苔磴，岹峣耸重楼。神灵俨呵护，咫尺疑冕旒。因思弓剑地，邃穆陈图球。当初守熊罴，一望不可求。况乃恣攀陟，亵越叹何□。返步出城闉，堂序览四周。缭垣半残缺，古瓦光□□。□花翳碧□，深隧通铜沟。一陵风雨过，陵陵水号流。水木本一气，喷欲光景浮。有翁年八十，似是隐者俦。手指西南山，田妃环佩留。先时赐玉鱼，岂期赍龙游。攒宫事仓猝，礼俭制不侔。俯仰将百年，宰木枝已樛。去去勿复道，日落千山秋。

又绝句八首

驰道迢迢碧草连，夕阳峦翠故依然。杖藜不为寻幽胜，独向空山拜杜鹃。

碧瓦红楼白石桥，擎天双柱自高标。行行石兽空排伏，只有寒鸦早晚朝。

陵户陵军不必论，司香宫监亦无存。寝园叶落凭谁扫，剩有村农为锁门。

祾恩祠殿好规模，龙凤阶墀白玉铺。天乐不鸣钟簴失，松风犹是奏笙竽。

层层碧磴宝城环，郁郁松楸尚满山。自是圣朝典礼厚，不教金碗出人间。

居庸晴翠半空中，天寿山高闭地宫。三百年来龙脉尽，萧萧石马夜嘶风。

思陵宰树暮云深，殉国无惭列祖心。回首钟山亦萧瑟，两京王气总销沉。

一望□门百感兴，那堪踏遍十三陵。□□山水何须记，千载亭林别有征。

王宫监承恩墓

人生孰无死，轻若鸿毛然。舍生取义者，死乃重泰山。吁嗟乎王公，碧血何班班。生骖飞龙驭，死誓龙髯攀。麾云蹑电从执鞭，上随九天下九泉。一抔土傍思陵边，英风浩气留两间。君不见，西山碧云掘墓田，鞭尸剉骨扬紫烟，行人唾骂千万年。

哭谦光侄四首

侄于去秋北上，至淮阳间，行囊被窃，踉跄而返。今年仍欲束装。家兄恐其前失，戒勿复出。侄乃不告而行。□□独步担簦，备尝艰苦。至署不数日而病，病不数日而卒。呜呼！可伤也已。诗以哭之。

一误何堪再，栖栖志可哀。以余薄宦在，之子远行来。乍见征尘拂，相看旅抱开。云胡席未暖，遽尔入泉台。

远游宜禀命，人子岂忘之。只恐行□阻，因而出不辞。关河成独往，屺岵苦相思。至竟沦□草，庭闱知未知。

溽暑当中伏，空囊乏一钱。泥涂双足茧，饥渴存心煎。到此能无病，谁知竟不痊。伤哉今旅榇，归路隔三千。

小子原狂简，成人渐雅驯。严君悔大杖，家督任劳薪。失学非娇懒，长贫实苦辛。吁嗟竟夭折，天道固难论。

秋声

秋声才入耳，独坐对残釭。唧唧蛩吟壁，萧萧叶打窗。凋伤愁满目，况瘁苦盈腔。滴露闻清警，遥天鹤唳双。

汤山

兹山疑地肺，有泉出岩腹。潜源发九渊，洑流灌百谷。□□沓千丈，涌地忽万斛。元气□□涵，天然自炎燠。溢溢成沃焦，泛护布温淑。不雨常浮浮，非烟恒熇熇。导为濯龙池，引竹流觞曲。瀺灂吐鲸鳌，琤琮韵琴筑。镕如万冶银，暖似一泓玉。浴殿盎太和，温室养邃穆。澡德圣功新，蠲烦神效速。诸王赐休浣，列侯乞汤沐。湔禊遍寮寀，沾丐逮僮仆。顾我多病躯，来此几度浴。一濯肝胆清，再沐心志肃。洗伐过三五，坐卧勤二六。盘涡习鸥眠，悬溜学鹭伏。滓秽喜刮磨，筋骸散拘束。虽未扫积疴，聊得涤尘俗。振衣上前冈，倏然试春服。

中秋月下酌酒

月色四时好，人心此夜偏。开尊谁□□，对景那能眠。皎皎光如昼，飘飘我欲仙。忽闻吹短笛，搔首望遥天。

城隍庙古松

入庙童童见古松，寒涛满院翠阴浓。若教直上应千尺，即作盘旋几百重。缥缈定□□白鹤，婆娑时看舞苍龙。神灵特为培奇质，呵护□雷秀气钟。

次韵四首酬宝崖兄

君又迎銮至，挥鞭渡白河。长途秋潦满，小县乱山多。回首经年别，论心十载过。承恩同薄宦，相对叹蹉跎。

鹗荐求明试，还京翻得闲。政声腾鲁甸，诗笔噪燕山。名已登三殿，情难达九关。无须叹沉滞，蓬阆伫跻攀。兄任茌平令，抚臣荐其才堪馆职，还京候用。

升斗沾微禄，邀荣逮老亲。早知作吏苦，不若在家贫。牛马奔驰倦，风波震撼频。白华惭小草，孤负故园春。

饮冰聊自励，人作腐儒看。地本居寒谷，吾宁慕热官。只应安负耒，无复羡弹冠。愿学陶彭泽，秋英供夕餐。

次韵酬张紫轩二首

九年守土在冲途，细诉艰辛击唾壶。供帐不烦民转□，催科非拙赋仍逋。奔驰倏若千军骑，枯坐萧然丈室蒲。多谢故人相慰劳，只因归老是良图。

素心相对旧儒冠，居士何当现宰官。莫漫朝朝参宝梵，且同九九话消寒。荒城破寂千声爆，冷署耽闲一柱檀。耐得此中清苦趣，从今吏隐不为难。

叠前韵二首再酬紫轩

宦游南北怅分途，十载重逢共一壶。俸薄尚堪酬酒券，官闲仍未了诗逋。著书欲葺三层阁，归梦长悬十幅蒲。何似唐昌仙令好，总持园榭粲成图。紫轩喜阅梵典，前为昌化令时，拟建宝梵□，构总持园，而皆未就。令画手绘总持园图以寄意。

萧骚华发渐盈冠，鸡肋区区笑一官。拙宦心情甘冷淡，边城风景剩荒寒。杯倾绿蚁聊浮柏，庭有悬貆愧伐檀。一事新年差快意，多闻妙义自阿难。

再叠前韵酬潘朗君表弟

浊水清尘自两途，君才早合上蓬壶。一蜚共羡毛丰满，三匝谁怜尾毕逋。人惜雄文空撤棘，君礼闱卷，荐而不售。家传良史待编蒲。昌平山水重搜辑，好共披寻督亢图。顾亭林《昌平山水记》备载怀柔山水风土。此书乃尊甫稼堂太史所刻，今余与朗君商略修志，故及之。

偶然捉鼻话弹冠，淡荡人宜儒雅官。时君欲就教职不果。诗拟东坡饶变幻，画宗北苑爱高寒。吟成翠柏还苍鬣，写就红螺又白檀。何幸荒陬邀品藻，渔榔樵笛和皆难。君有和黍谷樵钩台渔诸诗。

次韵酬郭于宫二首

小县荒凉何所有，只余郊外数峰青。好将郭璞游仙句，遍扫苍苔勒翠屏。

属车遄发晓山稠，指点红螺翠欲流。他日还辕能见访，□泉烧笋待君游。

新辑邑志刻成有作

国事载之史，邑事载之志。志史相□舆，关系实非细。温阳托遗乘，创始隆万际。所载多漏略，辍简在明季。兴朝将百年，事迹未曾记。在昔本偏隅，于今称重地。法驾岁时临，时巡著为例。行□□周庐，驰道飞羽骑。金轮耀璇题，翠珉焕宸制。□壤增光华，逐一宜备识。况自屯卫更，圈投又□□。户版非昔时，田赋亦迥异。岂宜沿旧编，而不□□制。如何司土者，懵然久勿议。昔余添载笔，学于旧史氏。寰宇滥编摩，梗概知一二。爰自下车来，首欲修废坠。故牍检蠹余，残碑扪藓翳。委巷采旧闻，穷檐□轶事。经时渐肴列，随笔为补缀。嗟此蕞尔区，文献久沦替。商榷更无人，只手自诠次。岂敢诧成书，视昔稍详备。区区一得愚，实欲裨政治。捐囊付开雕，征信垂来祀。渎笔望后贤，苦心庶余嗣。

黍春堂四柏歌

县庭荒寂疑空山，惟有四柏殊壮观。两株在左两在右，昂藏对列东西班。童童翠盖出檐表，森森羽葆排云端。坚多心不受剥蚀，轮囷质未经凋残。高柯亭亭碧虬舞，灵根蜿蜿苍龙蟠。久含雨露枝叶茂，饱历霜雪形神完。不知拱把植谁手，到此合抱宁非难。殷勤戒护勿剪伐，公余吟啸时盘桓。朝来倚树忽感触，不觉抚柏生悲酸。此堂建置三百年，小县蕞尔如弹丸。沧桑以来益凋敝，疮痍满目民多艰。嗟此厅事传舍耳，前后作吏凡如干。廉明庸墨柏所见，汝有老眼岂能瞒。即今蚊负切惊惕，盘根错节心为殚。挽回寒谷无暖律，我实对柏惭素餐。翻然笑柏汝亦误，何不托生岩谷间。上摩秀壁绝埃壒，下临邃壑环潨潺。云中翩跹降白鹤，月下缥缈来紫鸾。不材或与樗栎老，无用亦共桑榆闲。胡为结根堕枳棘，汩没尘土摧心颜。吁嗟乎柏兮胡为，汩没尘土摧心颜。

屋漏行和朗君韵

我初羁宦来此间，数椽土屋埋榛菅。前堂后廨思补构，胸中位置原班班。鸠工无力安简陋，时时仰面看屋山。上穿下湿四边漏，坐对婆娑老树，日夕聊怡颜。常年夏月雷雨怒，空庭积水众流注。侵阶入户满坳堂，是物淋漓委泥污。区区屋漏何足云，破柱排墙吁可怖。我久惯习如等闲，君初见此当莫诉。劝君遗床避漏且勿忧，我却爱此贴水矮屋如渔舟。窗前鱼可钓，槛外凫群游。兴来踞床便濯足，泓然坐下皆清流。呼童斢水令远去，安得架觅百丈通长沟。官居似此真奇绝，有巢不补如鸠拙。我宁恋此安乐窝，几欲奋飞复牵掣。即今旱涝苦频仍，内省愆尤政多缺。惊心民食尚艰难，救荒无计开眉结。扫除一室非吾谋，只恐有耳生禾头。君不见，杜陵欲得广厦万间庇寒士，我今念此蔀屋能无愁。

——《半淞诗存》卷下

剔银灯·与杜云川同宿莲湾作

烛吐兰心半灺好，共醉海棠花下。闲擘乌丝，笑拈红豆，翻遍笔谈词话。待招群雅，重与订，吟莲小社。

引避久甘三舍，美睡肯孤今夜。我梦方酣，君吟正苦，阵阵风鸣窗罅。药栏红亚，怕又见，一番飘谢。

——《笠泽词征》卷九

吴 挺

吴挺，字题仙。吴洪八世孙。吴县学生。有《娱予旅游》《临风山中》诸草。

山窗听雨

白日不肯暮，黄昏复雨声。旅魂容易断，孤烛自难明。洒叶寒逾响，敲窗夜更清。家家同听此，何独惨予情?

秋感

畏人非性癖，高卧岂时闲。孤愤终嫌激，离骚亦可删。林荒留直木，径捷耻深山。应有驰驱者，嗤余早闭关。

恨岂江淹始，悲因宋玉留。独怜千树叶，若为一人秋。寄食非长策，浮家故倦游。难将湖海气，萧索赋登楼。

山斋有感

初寒天气爽，帘幙夜沉沉。苔径无人迹，松风吹我襟。鸟啼深树月，犬吠远村砧。不觉荒烟里，萧然客思侵。

雪窗怀卞松岩明府，时以事降调将出蜀过秦

置酒梁园莫，思君鬓欲皤。王程新雨露，客梦旧风波。仕宦犹如此，疏狂竟若何。一般鸿爪影，相见合长歌。

得卞明府下峡之信

百丈牵舟处，篷窗景又亲。清猿三峡莫，杜宇乱山春。倦眼看明

月，残灯忆故人。何时花下酒，重醉两吟身？

哭严贞侯夫子

大梦谁能免，惊看独苦辛。虚窗啼弱女，遗笔付何人。半世无家客，三秋老病身。生前形影伴，今日返其真。

——《国朝松陵诗征》卷十

吴　琨

吴琨，字景程，号非庵。

初春杂兴

拟趋捷径改辕难，姑就生平拙处安。老去惟凭天与健，兴来岂必酒为欢。早梅屈铁擎香雪，修竹笼烟锁翠寒。领取眼前新物态，午余忘却未朝餐。

——《国朝松陵诗征》卷十一

吴　惠

吴惠，字悦鲜，号月轩。吴山裔孙。国学生。

登快风阁同德传丹书素存

眼底茫茫万事空，兴来揽胜喜还同。衰年鼓方登高阁，酷暑清心得快风。一抹青山帆影外，半空雪浪夕阳中。芙蕖朝旭尤堪爱，后会相期日出东。

——《国朝松陵诗征》卷十一

吴觐文

吴觐文，字觐伯，号竹轩。县学生。有《竹轩诗集》。

见山亭雪后小饮寒甚

山亭积雪曙，极望缟素俱。风林正骚屑，冻鸟惨不呼。孰云羊裘暖，被体轻若无。开尊为驱寒，呵气冰在须。因念昔齐景，狐白温一躯。岂知仆夫苦，瑟缩僵载涂。广厦庇寒士，此愿良非诬。大裘絮以仁，展覆亦何殊。徒此对清景，胜赏讵吾徒。时违且为乐，满堂忌向隅。君看袁安舍，高卧尚可图。

南塘

松陵古巨镇，环境波汪洋。上衔震泽尾，下扼娄东吭。湍险不可御，往往倾舟航。岂惟妨利涉，亦患淹稻粱。有唐得贤守，来自君子乡。为堤松江路，蜿蟺百里长。既绝阻滞害，牵挽遥相望。兼通入海道，凿窦流汤汤。昌黎美斯政，碑文尚彰彰。何为后来者，水利置莫详。但知塞其流，不虑川溃伤。与湖争此土，沃衍贪宜桑。塘存窦已淤，前功日云亡。尾闾不得泄，蓄势方怒张。梅雨桃花涨，横出决井疆。苟非时浚筑，其鱼恐难量。

震泽别业

昔闻天随子，栖迟厌城郭。别业震泽间，放诞谢羁缚。编篱插杞菊，耕垡荷蓑箬。穷年著丛书，载籍夸极博。既却高士名，弥肆江湖乐。兴来携钓具，孤篷任飘泊。长啸弄明月，踏浪赤两脚。世或讥散人，欣然不知怍。观其所自歌，愤时盖有托。生遭唐季乱，深用忧民瘼。藩将骄弄兵，禁军复凶恶。补败与均荒，官家谁议度？进退局筌权，初非傲人爵。所以狷急性，遇事时发作。至今白莲寺，烟水生漠漠。遐踪不可追，长空矫孤鹤。

垂虹桥

湖水所东注，有泽潴渟泓。狂澜鼓怒来，势欲吞孤城。长桥截其冲，连锁千寻横。李令昔经始，驾木通人行。鼋鼍下窟穴，出没愁易倾。后来易以石，弥岁功才成。宛若天投霓，垂头吸东瀛。每洞恣吐纳，汹涌势渐平。上有亭屹立，如柱中流擎。遥山翠螺拥，绝岸丹枫明。溶溶暮潮上，嘹唳哀鸿惊。渔歌出烟渚，风月含凄清。览景庆底定，归功在经营。何年变桑田，烟火环万楹？惟余蹄涔水，菰葑萋萋生。胜境已非昔，此桥空此名。

送坚儿读书冶溪

汝往冶溪学，当鉴冶金事。为学与冶同，受范乃成器。锻炼首贵精，销融去查滓。当其在镕时，曲折赴人意。毋为类不祥，踊跃先自试。安公与天通，乃致朱雀异。赤龙一以迎，巧匠名犹记。人在天地炉，阴阳如炭炽。造化千变殊，鼓铸惟一气。质顽苟未纯，犹赖人工劚。孔子且铸回，况汝忍自弃。庶用刚克功，从革可驯致。煜爚流宝光，破山期一事。

刺花鸭

谁家畜花鸭，作媒陷良禽。口含便佞舌，身类妇女衿。移来置荒陂，静立窥清深。巧呼云中侣，回翔下相寻。引之唼芹藻，戏浴同浮沉。岂知网隐翳，一举俄成擒。夸功鸣得意，喜若不自禁。睹兹贼同类，使我忧钦钦。尝闻鲁僖颂，仁风及泮林。桑椹食可醉，飞鸮变好音。奈何咸若化，忽已殊古今。徒使妒群物，得食包祸心。同声慎莫应，试听花鸭吟。

祷雨

跂跂脉脉是蜥蜴，古法相传能致雨。今朝试此等儿戏，缘壁尽为官捕取。封置大瓮中，外噪童男女。蜥蜴无言人代言，我欲兴云天未许。古法犹自多六事，自责谁当举鲁禧。因说旱相仍请官，更试公羊语。

宿迁早行

鸡鸣催短梦，驴背数残星。暗垒高低历，荒堤断续经。河声争闸壮，雾气触衣腥。翻羡为农逸，柴门尚晓扃。

不寐

废吟缘有疾，止酒倍无眠。残月窥檐隙，哀蛩乱枕边。万端牵午夜，百错悔丁年。破戒明当饮，敲诗一耸肩。

秋夜迟扬廷征久不至

向晚萦愁望，离离过雁群。芦花明渚月，枫叶冷江云。旅宿易为感，秋声况独闻。池塘今夜梦，应得共论文。

东吴棹歌

依住姑苏不识愁，棹歌学得荡轻舟。凌波罗袜春风髻，一串真珠在转喉。

——《国朝松陵诗征》卷十三

吴其琰

吴其琰，字恒叔，号学圃。吴树臣子。雍正己酉（1729）拔贡生，官清涧知县。有《酌古轩诗集》。

闻笛

谁家飞玉笛，凄切到深更。莫以关河怨，来伤羁旅情。山云凝不动，潭树静无声。高枕何曾寐，青荧灯半明。

北固山怀古

俯瞰长江一望收，金焦对峙截中流。风帆来去□于马，孤屿苍茫蹲若鸥。重镇漫劳夸北府，清谈又见失神州。六朝遗憾随波逝，谁起安元代一筹。

鹧鸪

钩辀格磔佛楼西，晓气朦胧眼尚迷。我正江南欲归客，山禽何苦尽情啼。

——《国朝松陵诗征》卷十四

吴 然

吴然，字益明，号蘧庄。国学生。有《诵芬书屋诗钞》。

采莲曲

吴姬采莲去，荡桨过前村。采莲莫采叶，采叶伤莲根。

和学圃酌古轩招同人宴集之作

飘然解组赋归来，乐意田园三径开。白首交游谈往事，暮年兄弟共衔杯。莼鲈梦想心初遂，花木周遭看几回。尘虑消除知已尽，只余诗兴未全灰。

——《国朝松陵诗征》卷十五

吴至慎

吴至慎，字永修，号林塘。乾隆丙辰（1736）恩科举人，官灵山知县。有《林塘诗稿》。

左太冲招隐

逶迤一径微，杳杳不知处。杖策入深林，中有幽人住。幽人不可见，蘧庐隐岩树。清流和鸣琴，白云容独寤。松柏见真性，泉石非疾痼。良木防见伐，芳兰忌当路。沉渊珠自珍，在山璞乃固。我还葆我真，役役嗤多慕。

唐花

燕市冰霜满，唐花佐客欢。烘炉开烂漫，缄纸护摧残。未免因人热，终非耐岁寒。江梅犹寂寞，毕竟待时看。

月夜渡淮

淮流夜渡仿乘槎，烟水苍茫入望赊。树撼风声鸣铁骑，波摇月影走金蛇。时清偏我长为客，秋尽何人不忆家。极目南来无数雁，嗷嗷哀响宿芦花。

病中言怀

惆怅飘蓬千里身，不成眠食复经旬。关山短鬓秋风早，岁月羁魂夜雨频。贫觉友朋能爱我，病看僮仆也相亲。寄书且说身粗健，恐累高堂白发人。

岁暮杂感

身世悠悠那可知，唾壶击缺不胜悲。逢人未敢伤迟暮，作客难禁感岁时。井臼廿年怜病妇，诗书千里误娇儿。远离骨肉亲僮仆，独对寒灯自咏诗。

洞石

奚囊金璧几曾储，却爱云根玉未如。应是客星浮汉取，还疑皇古补天余。不辞砥砺原殊俗，能近文章合让渠。癖似米颠从客笑，碔砆久已混璠玙。

素兰

淡淡秋光接沅湘，楚魂芳洁寄都梁。天生妙相能空色，自脱凡胎异众香。乍讶清标飞白写，好将幽韵素琴张。平生得少同心侣，与结同心水一方。

荔枝

一官为口走南天，六月枫亭始荐鲜。艳上翠钗娘十八，香逾霞岭路三千。侍郎彩笔空图记，供奉新声自管弦。饱啖差堪偿宦味，江摇柱也是虚传。

望家书不到

俯首独沉吟，青灯夜漏深。雁鸿影欲断，江树梦难寻。冷淡三更月，凄凉千里心。平安两字信，直抵万黄金。

因诗得过复以诗解之

西昆才子玉溪生，爱咏新诗累盛名。自谓看花如杜牧，偏疑吟草即元稹。投梭未解疏狂态，留枕虚传幻梦情。洗脱诗家旧窠臼，莫教寄托不分明。

寄内

未善谋生术，长贫累尔嗟。荆钗甘守分，椎髻称当家。久客乖鸿案，终归共鹿车。遥怜儿女小，还望义方加。

同心兰

觅遍同心处处难，相投臭味独推兰。却缘我是无心客，分个冰心作我看。竟体幽香臭已难，骈头今又见抽兰。分明再到湘江上，有女双双解佩看。不同花瓣却同心，幻出玲珑胜上林。寄语惜花须谨护，怕他豪贵购千金。一本原当共一心，众芳忍异各成林。盆中若尽开如此，定许黄泥变赤金。

家书促归漫成

作客非吾好，依人不自由。青春悲易掷，国士愧难酬。陟岵劳亲念，登楼累妇愁。风尘已厌苦，准拟理归舟。

七夕寄内

迢递何曾怨恨生，无端此夕觉凄清。碧云秋早看初净，银汉宵深望更明。天上离愁纵解释，人间别绪最关情。遥怜砧杵千山暮，泪洒空庭星斗横。

荔支

血色红罗白玉肤，丰神端合此名姝。鹧鸪声外枫亭驿，露叶风枝第几株。陈红江绿谱君谟，风味南天除却无。我亦学他刘节度，逢人示与荔支图。

己酉七夕

银汉迢迢月一钩，高楼吹笛看牵牛。今宵那算成离别，不到来年即并头。

闰七夕

朦胧新月上帘钩，又看银河渡女牛。比似前宵天渐冷，忍教重到鹊桥头。

横塘晚泊

征帆掠尽短长亭，芦叶萍花杜若汀。落日染开云脚紫，乱山堆出佛头青。

春日示慧女

暖风庭院扬晴丝，小婢将茶卷绣迟。好鸟隔窗鸣宝树，谢娘闲咏木棉诗。

照镜

君叔由来蒲柳姿，望秋先落固相宜。今朝窥镜矜凋后，历尽冰霜见白髭。

咏菊

爱他弱植到秋坚，翠袖天寒色转鲜。绝艳竟能称晚节，孤芳原自号延年。敷华已发偏难谢，受气唯深不在先。一夕群真会瑶圃，只争标格未争妍。

洒洒初裁野葛巾，不须馈饷白衣人。金英照耀交偏淡，霜鬓飘萧插又新。一月掩关秋富贵，三更烧烛夜精神。读书床上扶疏影，气味无如我最亲。

老去欢情尽改移，天教食色在东篱。徘徊欲采未盈掬，迟暮始开还自持。澹荡襟怀秋水照，馨香骨节早霜知。看他静志和颜立，惆怅春兰不并时。

丛丛为□绕阑干，服食成仙本不难。钟乳三千唯白露，金钗十二尽黄冠。离披只寄陶家傲，摇落还供楚客餐。此节自甘非苦意，一泓秋水照人寒。

湘中汝亦称香草，叶叶多应丽质夸。静女何曾辞粉黛，幽人本自足英华。故标颜色矜霜力，特发金精与露葩。看遍群芳开落尽，高寒独殿一年花。

迢递

迢递柔乡不可寻，碧纱兰麝影沉沉。窥墙弱女舒青眼，抱柱微生怯素心。蓬岛梦回灵雨断，桃溪渡后彩云深。相思几度添惆怅，撰得新词伏枕吟。

盆中蟋蟀

月白露初下，凄然啼候虫。未能甘寂寞，毕竟受牢笼。吟际枯根冷，战酣残垒空。不平鸣半夜，秋士哭西风。

剥莲戏作

手擘莲花蕊，先抽碧玉竿。已无青眼在，欲去苦心难。不嫁偏多子，生来是合欢。借些烟水意，晚食劝加餐。

——《林塘诗稿》

吴大勋

吴大勋，字蓼洲。吴兆骞孙。乾隆庚午（1750）举人。有《遗安书屋诗草》。

题韬光寺

幽篁三四里，曲折露重楹。云影连山色，松涛杂涧声。六桥新雨净，一线暮潮平。极目江天外，森罗万象明。

——《国朝松陵诗征》卷十六

吴芝光

吴芝光，字蕙畛。吴景果从子。乾隆丙子（1756）举人。有《课余漫录》。

雨中客至

京雒漫淹留，空庭雨未休。终朝怜寂寞，永夜听飕飗。客思经年积，乡心几树秋。故人欣远到，握手慰离愁。

七夕忆事

漫卜他生忆此生，终宵无语怨秋清。千家瓜果看星度，独客关山对月明。别绪经年频怅望，佳期一夕倍牵情。人间剩有相思苦，肠断针楼涕泪横。

——《国朝松陵诗征》卷十七

吴 照

吴照，字景纯，号宛琴。明司寇山裔孙。有《宛琴诗草》。

咏怀

热不荫恶木，渴不饮盗泉。斯语何为者，介节士宜然。嗟彼慕势徒，营营蚁附膻。朝登金马门，暮张玳瑁筵。所谋一不当，俄倾荣华迁。不如行吾素，夙好永无愆。尘鞅日以息，孤情抱贞坚。

读陶诗偶成

典午尚元风，廊庙无经纶。旷达称高节，面目非本真。往往图显仕，名教任委沦。先生太尉裔，终身为晋臣。忠孝由天资，浩气凌苍旻。诗以言所志，风骚共温淳。当其引壶觞，下笔如有神。述酒复止酒，含意俱未伸。嗟哉康乐侯，晚节悔帝秦。尘网不能脱，慕义徒悲辛。乃知归去来，明哲足保身。纷纷禅代间，屈指无此人。

——《国朝松陵诗征》卷十七

吴 蕙

吴蕙，字兰质。诸生费定烈室，吴兆骞女孙。有《庚楼吟》。

归来草堂有感

寂寞空庭冷，凄凉旧迹存。乾坤埋傲骨，风雨吊游魂。翠色滋阶草，苔痕封树根。秋风肃户牖，独立向谁论？

送春

残红吹落满溪边，新绿成阴树树鲜。细听子规啼彻处，春风有约又明年。

柳花

和烟几树陌头斜，飞絮悠扬遍水涯。绣阁不知春已暮，纷纷还认落梅花。

凤仙

绕砌名葩影彻帘，一时朱紫总纤纤。侍儿不管花憔悴，收拾猩红上指尖。

秋日寄怀蓼洲弟

一夜砧声枫树凋，离亭风雨欲魂消。便鸿南向应无数，好寄新诗慰寂寥。

——《国朝松陵诗征》卷二十

吴钟慧

吴钟慧，字素轩。吴至慎女，乌程戴文默室。

次妯娌见赠原韵

言告言归泛绿波，舟行不忍听离歌。七言佳句君先赠，百里长堤我独过。倚闾萱亲垂望久，牵裾弱子系情多。幼儿初试场中学，时儿厚旃因府试留湖。晨夕全凭教切磨。

题林苍岩太夫人硃竹图

研硃滴露写琅玕，劲节凌霜耐岁寒。不逐凡葩三月艳，只宜留作晚枫看。

冬日海棠

帘卷时时飘异香，忽从枯树见春光。凭阑笑杀天公巧，一夜北风开海棠。

送翁之星沙

殷勤尺幅劝加餐，迢路风帆顺且安。从此宦游波浪息，恩纶频锡合家欢。

——《松陵女子诗征》卷五

敬和家大人

远随薄宦到南天，却喜山城景物妍。风雨几番春欲半，木棉花满绣帘前。

——《松陵诗征续编》卷十四

吴士坚

吴士坚，字中确，号少谷。照过继子，生父吴文燈。乾隆己亥（1779）恩科举人，江阴训导截取知县，有《学耨轩集》。

暨阳诸生，以前明县尉迁英德主簿阎忠烈公、县尉陈烈愍公、司训冯节愍公，蒙高宗纯皇帝恩旨赐谥，改题匾主，崇饰庙貌，以昭旷典。嘉庆五年八月二十一日，士坚率诸生请诣祠下将事，敬赋四章录一

簿尉皆奇杰，师儒更合并。辞穷齐说客，刘良佐临城招降，阎公以大义责之，逡巡引退。义唱鲁诸生。冯公正衣冠死于明伦堂城破后，诸生多殉难者。神宇追双庙，皇言黜二臣。是非经论定，野史即公评。

有客

有客忽叩门，布衣曳麻鞋。踯躅及庭除，扶掖升堂阶。握手问无恙，言笑两欢谐。亟呼童瀹茗，并饬厨治鲑。闻言疑且怪，此客岂朋侪。蓝缕恶衣服，土木槁形骸。延接礼有加，无乃主翁乖。主翁默不语，由由与之偕。老仆微解意，眠食徐安排。来朝客告去，大略说根荄。仆亦动惨戚，令我增伤怀。吁嗟古道亡，反覆炎凉皆。庖有臭酒肉，室有遗钿钗。济困拔一毛，固闭如剑鞘。长者亦不免，化枳橘踰淮。况尔人奴辈，见小井底蛙。勿骇鬼揶揄，姑听犬嗥喹。昂藏七尺躯，宁甘死便埋。穷饿寻常事，亦知生有涯。凭几长太息，烛跋掩空斋。徘徊舒胸臆，秋菊色正佳。

——《松陵诗征续编》卷三

吴士坤

吴士坤，字静闲，号柔嘉。照女，刘守忠室。

秋日即景

鲤鱼风起雨濛濛，燕子将归诉别衷。闲倚曲阑看新霁，秋光应属雁来红。

——《松陵诗征续编》卷十四

吴碗桃

吴碗桃，字倚云。王之孚室。有《绿窗吟草》。

春晚

芳树愔愔芳草深，春归我已不关心。凭谁画取萧闲意，如水罗裳坐绿阴。

珠溪寄夫子

红丝小砚碧�筒，多病年来厌绮丛。纸阁芦帘侬亦得，不知君可爱梁鸿。

花魂

东风斜峭晓寒天，粉褪香消绝可怜。倩影依微纱幔底，孤悰漂泊画桥边。将飞忽断初笼月，似梦如痴远着烟。只恐碧城围不住，大招词待托冰弦。

——《松陵诗征续编》卷十四

春日写怀

一番雨过长苔纹，镜槛书床拂拭勤。松籁隔帘疑作雨，茶烟出坞欲生云。临池爱仿簪花格，理笈重翻织锦文。最是春寒禁不得，悄然拥髻坐宵分。

题夫子画梅

吸尽墨三升，酝酿此仙骨。时闻环佩声，顾影弄瑶月。

梅花同大嫂许蕊仙作

一枝春色压群芳，冷碧疏红试淡妆。花自有情来索笑，笑侬无梦去寻香。怜他瘦骨清寒甚，残腊娟娟始见开。一缕香魂消不得，缟衣扶月下阶来。峭寒篱落暮愁天，冰雪聪明分外妍。绝代佳人谁是侣，只应淡月与轻烟。

春晚即事

帘纹如水泼阑干，老去春光眼倦看。无数落花堆曲径，不容新笋长成竿。扶病登楼极望赊，一江春水映红霞。怕看去鸟斜阳外，风送征帆叶叶斜。夜色愔愔碧草深，春归我已不关心。凭谁画取萧闲意，如水罗裳坐绿阴。压架荼蘼小院东，春星几点月当空。庭前竹影浑无赖，细写纱窗绿字工。

题夫子画白牡丹

铅华洗尽绝纤尘，仿佛华清见太真。一自芳魂归碧落，看来不似绮罗身。

珠溪寄夫子

愔愔庭院绿阴间，长日如年不耐闲。想见吟窗无藉甚，强调螺黛画春山。红丝小砚碧筠筒，多病年来厌绮丛。纸阁芦帘侬亦得，愿君高行似梁鸿。

七夕

今年懒乞天孙巧，也上针楼到夜阑。斜汉一绳星数点，满襟秋思写高寒。

寄妹

碧纱窗启嫩晴天，遥望湖光醮绿烟。忆得前番分手日，乱红如雨画桥边。濛濛小雨湿芳堤，一桁疏帘暝色微。屈指香车佳约近，昨宵同梦踏青归。

——《松陵女子诗征》卷七

吴鸣鋗

吴鸣鋗，字韵伯，号诗庭。士坚子。附贡生，候选按察司照磨。

暨阳三忠祠

祠祀明县尉迁英德主簿阎忠烈公、县尉陈烈愍公、司训冯节愍公

遗烬难收半壁残，矢心报国扼弹丸。小朝廷自甘衔璧，烈丈夫宁妄揭竿。并世铮铮两县尉，百年落落一儒官。人生到此须真气，松柏从来耐岁寒。

——《松陵诗征续编》卷五

吴鸣钧

吴鸣钧，字振丰，号云璈。吴江诸生。有《盍簪书屋遗诗》。

和改吟丈七夕诗

金风萧瑟井梧秋，碧天如水银云流。谁家瓜果广筵张，女伴相携拜斗牛。金炉缕缕香频炷，各把闲情暗中诉。底事频年望眼穿，夫婿飘零渺何处。今年怅望又明年，路远莫寄回文篇。惟有秋来窗外月，夜深依旧照孤眠。今宵欲借填桥雀，飞上青天莫吹落。遥看关塞正茫茫，不见良人见寥廓。说与天孙如不知，自家夫妇长相思。五更别泪洒成雨，一样人间儿女私。分千诗社第一集，《盍簪书屋遗诗》同。

——《吴江叶氏诗录外编》

垂虹舟次

轻寒恻恻早秋天，访旧垂虹偶舣船。细雨连朝听点屐，微风入夜欲装绵。偶缘小病聊辞酒，为读新诗又废眠。时得莪原堂新刊。隔浦一星渔火闪，孤怀无着正凄然。

营屋三楹于先君子墓侧落成志哀

怅望郊原又夕阳，白杨萧瑟晚风凉。墓田丙舍营初就，负畚携锄力正忙。三版封还依马鬣，十年表尚待泷冈。思量便欲移家住，更买前村两犊黄。

秋声

匝地西风撼薄帏，萧萧不隔一柴扉。忽惊半夜潮头落，谁撤千军塞上归。败壁孤灯虫乱语，满山寒叶雨狂飞。故应草就庐陵赋，犹向儿童问是非。

秋梦

扫榻闲窗一枕凉，黄粱才煮又登场。重衾顿觉今宵好，别绪其如此夜长。千里魂飞犹栩栩，十年事隔转茫茫。凭谁唤醒五更里，雨折疏枝影拂床。

不寐

攲枕无聊梦不成，疏帏垂处漏声声。万端事忽心头集，一夜愁从此际生。寒月照窗光不大，孤钟入耳韵逾清。几回起向窗前望，隔牖梅花影乍横。

大风渡分湖

猎猎苇芦劲，扁舟破浪过。打窗纷细沫，回棹拥盘涡。性命男儿贱，风波世路多。孤篷清绝处，倾酒漫成歌。

波浪兼天涌，中流过客稀。风吹寒水立，云挟布帆飞。烟树前津暗，斜阳隔浦微。何如垂钓者，安稳此鱼矶。

魏塘夜归即事怀寿生

拥褐深更放短桡，愁怀脉脉夜迢迢。天因酿雪连云冻，船为宵征带梦摇。研冷著冰诗未就，风寒入幕酒初消。遥知此际潘邠老，一点书灯正寂寥。

酿雪未成奇寒入骨即事遣怀

萧瑟空庭岁渐阑，同云如幄北风寒。乍吹暝色来深巷，便觉严寒逼画栏。一树昏鸦闲刷羽，半帆贾舶趁飞湍。此时极想沽清酌，手拥熏炉对古欢。

对雪

梦回纸帐忽生寒，急起披衣倚槛看。乍见松梢才数点，忽惊墙角已成团。消寒酒觉深杯好，禁体诗愁下笔难。莫怪吟成太清绝，年来冰霰绕胸端。

胥江舟次有怀改吟丈

饧箫隔巷数声传，为赋嬉春又放船。细雨微风寒食候，轻阴浅暖杏花天。墙头莺语犹留涩，夹岸垂杨渐拆绵。相对不禁增感触，参横月落未能眠。

东园即事

午窗风暖日迟迟，闲倚阑干睡起时。忽觉邻家春色好，桃花红出去年枝。

题美人弹琵琶图

春江如练浮轻漪，绿杨夹岸垂丝丝。风鬟雾鬓悄无语，独抱琵琶写怨思。一声初奏繁音续，清商欲激春波绿。离怀别恨满中肠，朱弦急绝难终曲。忆昔江上送征骓，两情脉脉还依依。秋月春风几度过，空房独宿徒嗟唏。即今停舟柳边坐，前年稚柳如人大。游子关山去不归，独惜红颜如花谢。唯将一曲寄离情，争奈弹之声不成。停声怅然独掩泣，水流激激春波生。

题蒋芝生卖画买山图

闽海归来两鬓丝，解衣想见虎头痴。千岩万壑图应遍，筑个草堂定几时。

相宅频年当意难，不如仍向画中看。天然位置君休忘，万顷西湖一钓竿。

踏遍软红且闭关，神庐结想有无间。指频迦先生。世间那有此奇事，未买良田先买山。

轻舟出峡图为陈小曼夫人宜芳题

宜芳夫人姓许氏，少曾从宦蜀中，钱七丈叔美为作此图，记其来归之景。丙子六月，薄游濑上，留宿桑连理馆。小曼出以见示，为题绝句三章，以博双笑。

客路遥经滟滪堆，五湖船小绣帘开。风姨便觉今朝好，相送飞琼玉镜台。

乱山如画绕荆门，雾髻云鬟隐约存。不是巫山经十二，画来谁似此眉痕。

陈琳才调最风华，况复闺中有大家。自笑才如船上水，不能浣出锦江花。

香蘅吟馆图

绿云如幄映疏栏，一室能生六月寒。绝忆故乡茅屋下，垂杨几树竹千竿。

薛淀湖舟次寄何君书田即用其过灵芬馆原韵

落落天涯得此人，兰苕翡翠句鲜新。时闻谭论生风极，不信容华傅粉真。水国鱼听高咏夜，山房虎卖杏花春。可怜天遣飘零者，仗尔江湖载酒频。谓频迦先生。

话雨西窗感去秋，风光一瞥过难留。无多同调饥驱出，不尽相思海上头。君时客申江。病起独深吾子望，诗成不自客心由。寄声近日耽樗隐，可忆扬州跨鹤游。谓令师王惕甫先生。

庐山观瀑次韵

霏霏漠漠又濛濛，瞥见层峦挂白虹。一道泉流飞鸟外，四山雨落夕阳中。几回错讶珠玑碎，到此真令眼界空。欲赋庐山真面出，只愁词笔未能雄。

和丹叔先生同天寥上人过访原韵

手折梅花只自簪，夜寒谁共此孤灯。如君真是归家鹤，笑我翻同退院僧。话别各惊颜貌改，倾杯不觉月华升。只愁蛇尾流光速，柔橹旋冲隔浦冰。

寄天寥上人叠前韵

静拈筠管小于簪，擘纸重挑午夜灯。意外忽来湖海客，座中初识水云僧。与天寥神交已久，今才识面。论心只许琴三叠，持戒犹能酒半升。欲寄新诗吟未就，霜风吹冻砚池冰。

即事

春老空庭绿正肥，闲来坐久欲忘机。林花静处鸟栖稳，苔径深时客到稀。嗜好何妨成我独，粗疏未免与人违。日长闭户知闻断，作计年来未应非。

寄怀柳初

同调如君孰与侪，迢迢遥隔水之涯。诗如酒味醇方好，交似梅花疏更佳。知有遗文碑待勒，时君方刻恭肃公遗墨，似闻退笔冢曾埋。猫头笋白丝莼滑，迟尔能来一放怀。

寄怀子珊

一别常愆见面期，萍踪才合又轻离。新词定是花为骨，意气还如马脱羁。与世多疏原计拙，伤春刻意亦情痴。著书正要穷愁好，莫负青青此鬓时。

送春有感

一番花事太茫茫，不信东君便束装。万绿如围莺渐老，落红成阵燕初忙。光阴似此应知惜，世味而今亦浅尝。别有司勋幽恨在，为持杯酒立斜阳。

同人集爱古堂即事赋赠同志诸君

陶振陆友仁开吟社，分湖胜事留。斯人已千古，谁与继风流。相约同岑侣，来盟水上沤。后期须更续，茰菊作深秋。订重九日再集此。

犹忆髫龄日，曾参末座来。鉴翁丈屡开文燕，极一时之盛。华年真一瞥，雅集又重开。薄病先辞酒，多生应悔才。分题诗未就，铜钵漫相催。

徐双螺晋镕招同人泛舟莫愁湖，小集胜棋楼，即席次周柳初梦台双螺元韵

揭来秋思未全消，出郭闲行迥泬寥。山气成云宜作雨，湖光如月不生潮。余怀渺渺随双桨，旧恨茫茫溯六朝。笑指翠微亭好在，斜阳一抹望中遥。

山学修眉波弄柔，石城西畔摘船游。千秋金粉留图画，一局围棋剩酒楼。乐府空凉谁拍板，英姿飒爽俨垂旒。归途隐隐轻雷起，知是天公作晚秋。

竹堂招同古槎、梦琴集瘦竹疏花馆，即事偶成次古槎九日元韵

连番薄病负重阳，难得相逢共此觞。秋气渐催双鬓白，霜华已染一篱黄。孤怀怅惘差宜醉，诗律荒疏要待商。莫笑当筵憔悴态，豪情减尽不能狂。

叠前韵赠竹堂

高斋小坐又斜阳，剪烛同倾话旧觞。壁挂诗篇纷古艳，盘堆卢橘绽新黄。闲摹分隶追秦汉，杂列鼎彝问夏商。偶尔一樽犹护惜，诸君莫道次公狂。

律管春回转一阳，朋簪小集夜飞觞。窗明虚室疑生白，喜上修眉或露黄。酒到深杯忘漏永，乐翻新调剧清商。向平心事君先遂，五岳能游未是狂。时君有遣嫁事。

挑灯孤坐，弥念瀚侄不已，再书此以哭之

凄风拂拂扬空帏，死者那知生者悲。重肉铜盘成往事，春风竹马怅前期。聪明想见双眉秀，豁达犹怜意气奇。况我衰迟兼善病，阿谁门户替支持。

感怀

骄阳方肃杀，弱质竟何堪。幸赖东风力，能令小草安。诗书偏酿祸，骨肉竟摧残。客路凭高望，临风泪作澜。

不寐

永夜难成寐，银灯独自挑。天高孤月迥，风急众星摇。虫语依苔砌，秋心静众嚣。严更吹不断，起坐转无聊。

秋夜感怀

又见檐端月色盈，银河耿耿向前横。天经亢旱庭花老，人为残羸病骨轻。玉露飘残秋意淡，西风战罢漏初生。毒龙只是潜渊住，愁听农车彻夜声。

古镜

拂拭囊中镜，螭龙四角蟠。盈盈秋水碧，炫炫月光团。照见须眉古，怜余骨相寒。只愁衰病日，尔便改颜看。

题杨青溪涉趣园入景之五次主人韵以下补遗

涉趣梅芬

日涉自成趣，冷香吹不已。蹇驴风雪情，收拾一亭里。

含风松啸

松老龙鳞古，风高鹤梦寒。悠然诗思远，一字要吟安。

石屋棋声

丁丁落子声，石屋坐销夏。松际度微风，飞花一齐下。

钓矶鱼跃

庄叟濠梁乐，悠然具化机。几时息尘网，安稳坐苔矶。

林巘招凉

林巘涤尘襟，何须挈伴寻。浑忘风露下，但觉嫩凉侵。

题梦琴图

蠹鱼食字不得仙，故纸堆中縻岁年。鞠通通灵爱食墨，一生长住丝桐边。从来结习本天性，嗜好未免成一偏。即此操弦虽小技，绝艺必以精心传。陈君年少好音律，琴心琴理深究研。焦尾时从爨下觅，寒碧弗使终沦涟。明窗净几一抚弄，宵来魂梦相周旋。老人手启碧云囊，一一安排灯檠前。生来挥手鼓古曲，仿佛海上逢成连。空山无人鸾鹤舞，苍松特立孤云还。忽然杂沓风雨至，如听万壑鸣寒泉。时夜将半万籁寂，空堂陡觉松风寒。醒来重忆梦中境，仙音憀亮非人间。嗟余亦复耽琴趣，往往壁上悬无弦。高山流水知音少，广陵一曲心茫然。披君此图正寒夜，北风入户愁不眠。满林落叶急于雨，照窗寒月辉清妍。明晨乘兴来相访，为我调弦一再弹。

——《盍簪书屋遗诗》

吴鸣镛

吴鸣镛，吴治谟之父。官六安训导，莅任十年。

和陶山夫子重之松陵原韵

一路仁风扇太湖，班春重进左鱼符。怀思乔舄三年别，惊喜蘧车六月驱。楚地非无新令尹，建安自有旧廉夫。相逢耆艾都相识，争捧云章认鼠须。

前度功成瓠子河，万家烟火杂烟波。使君活汝归铭颂，多士迎公扫薜萝。去后刘郎谁舍得，重来潘令共观摩。垂虹也入渊怀久，伫听行歌念蜜多。垂虹桥在吴江东城外，夫子尝捐俸募修，后代去治河事，遂寝。

数曲斐园半顷陂，甘棠小憩绿阴时。平原地窄何伤也，彭泽花多再见之。训俗久应垂县谱，夫子尝有《训俗示》一书。核才讵止叙官宜。年来想更思艰切，添著苏髯八九丝。

文章教治两相谙，抱有冰心坐玉龛。请业门生环面北，通家子弟侍隅南。闲开讲席谈衣钵，每念民依询麦蚕。剧爱耘松亭子畔，五风十雨望烟岚。

送松湘浦制军移任两广

优渥鸿慈沛风纶，粤东西赖股肱臣。恩晖所照三江遍，闿泽行沾八桂新。福曜周天无暇日，仁风满路载芳春。嘉谟早协金瓯卜，伫待宣麻奉紫宸。

欲扬盛德莫能名，试听欢声与颂声。爱士周公劳吐握，勤民神禹致平成。廉泉有沥人皆饮，讼舍栽棠众不争。来暮兴歌才一载，去思奚慰望霓情。

波恬溟峤贺朝宗，圣代方收不战功。靖海千秋开景运，长城万里惬宸衷。宁边久著勋名赫，节度频看德业崇。到处望尘罗下拜，恩威已沁大瀛东。

鲰生曾许叩阶前，光霁亲承幸有缘。温语移时春似海，擘书拜受笔如椽。鸣镛就幕瞻园客夏，得亲钧范蒙赐静一颜额。自惭文战经三走，又逐尘蹄着一鞭。陶铸尚求提命切，勉教学步到琼筵。

送史柘溪方伯量移西粤

逖闻纶语九重宣，劳勚毋教事独贤。百粤更资柔远策，三江早喜受恩先。史鱼气概如悬矢，刘宠清标不选钱。声望卌年隆简在，台垣晌息报三迁。

旬宣所历政咸和，试听茅檐鼓腹歌。青泽几经安雁羽，黄流直可靖鲸波。频年挟纩温如许，有众持靴帐若何。遥望衡湘皆旧治，甘棠阴里颂声多。

鲰生两载寄莲帷，山斗倾依得我师。学贯天人仍自牧，治通今古与民宜。能教俗吏成廉吏，只在无为寓有为。庭柳今朝添别绪，商量去住重依迟。

题陶山夫子补梫馆小影即步元韵

久闻仙友住蓬山，下界繁英半蒯菅。更羡珂庭多宝树，即今玉笋又联班。一枝高植月中去，满院香从云外还。累叶清芬慈荫广，汗青长映紫华斑。

补树辛劳同补衮，一腔心事托灵根。偶移碎锦成双璧，顿遣交柯类合昏。宝露天开金粟藏，庆云人仰紫薇垣。花间今夕谈风月，笑指吴刚斧斫痕。

步陶山夫子楙连理前轩落成原韵

谢公买宅半山墩，小憩重开通德门。晓仗芸台绵远泽，春风棠舍长新痕。平津惯启招贤阁，司马非夸独乐园。曾见三槐亲手植，亭亭林立正当轩。

好护干霄紫玉筠，交柯连理各怀新。安排泉石权为主，删却蓬蒿礼不宾。燕寝静忘森尽戟，鹤书驰赴起雕轮。节楼早卜虚前席，且与仓山结比邻。

经营粗就只遗安，水上风行已足观。都督龙门盈尺近，少陵广厦万间完。清樽北海春长满，高咏南皮月未阑。左右讵堪邀俗客，又添青士与苍官。

初晴快雪引祥晖，四座光明白璧扉。东观图书消夜永，南荣风日迓春归。闲挥五色云千幅，坐对三山玉万围。新赋斯干争快睹，危言何以答清霏。

叠前韵和陶山夫子

乍来风景认裴墩，拓地重开载酒门。前度雪仍留爪迹，连宵月自逗眉痕。暂虚杜老千间厦，较比兰成十亩园。只恐苍生多系望，未容萝石易华轩。

恰逢晴雪点疏筠，菊采芝华照眼新。三径春声辞燕客，一簾秋影聚鸿宾。阶前判牒挥斑管，舍外鸣珂集画轮。我待移家学根矩，此生常结郑公邻。

但求容膝即居安，少事烞黄便足观。所得已胜任昉素，其间聊学子荆完。养鱼略引沦涟水，憩鹤新添曲折阑。他日草堂传画本，卢鸿原不借高官。

清荫童童满霁晖，政余时复掩朱扉。早摅骏望千秋在，偶息鹏图六月归。柳拂蓝袍先协兆，花开金带定成围。转怜桃李公门外，得侍谈经玉屑霏。

和陶山先生六十六初度游流水禅居原韵

当代摩挲铜狄人，公余云鹤迓清尘。百年官领湖山好，万首诗偕竹帛新。公自编诗稿一官一集。晚节欣看花正茂，胜游宁与迹俱陈。前身明月今流水，早为先生替写真。

匆匆津吏促兰桡，鹤盖成阴共听潮。白传新吟留水榭，苏公清梦寄山寮。绘图洛社长如昨，煮茗萧斋又复聊。雅兴未阑云影散，绛华仰止在三霄。

和唐陶山原韵

功为贪天气太豪，故令淹滞雨如膏。万夫川阻心如结，九仞泉深计自牢。拥户未能冲淖出，酾渠安得建瓴高。浮家咫尺见孙隔，民事虽辞栉沐劳。

披衣寒忆覆篝熏，忽报桐枝堕晓云。砚室方思诒继武，玉楼何苦召修文。避人老泪常盈睫，悔我修涂未息筋。萧寺淋浪惊旅梦，童乌啼处夜深闻。

步陶山夫子原韵

探梅前口斗诗豪，花气濛濛带雨膏。天又同云吹玉麈，风还舞雪吼蒲牢。照来棨戟光明澈，唱出阳春格调高。百咏足消寒九九，巡功行部岂言劳。

成渠正借好风熏，破晓欣看拨冻云。水利旧沾苏玉局，河堤今见范希文。公余说士甘于肉，力疾□□辛养筋。新霁一旬功不日，绿章乍奏九天闻。

和禹门重浚吴淞江告成元韵

水利东南问泽农，桑田几已遍吴淞。重教万派涛归海，好趁三旬日爱冬。涨暖桃花新跃鲤，潮平竹箭捷犹龙。帆樯稳放沟涂便，长使春膏及物浓。

半筹转运半明农，真是并州快剪淞。胼手辛劳忘栉沐，关心丁力计春冬。荩谟此日海忠介，勇略当年赵子龙。公在陕中募勇捍患，功成不居。盛世名勋宸鉴朗，恩华欣浥露华浓。

凤冠花二首

鸡冠有一本数十枝者，中高旁密，红艳绝伦，俗名百鸟朝王，盖尊之为凤也。陶山夫子寓馆，偶得此种。花下索诗，因拟更其名为凤冠花，赋呈二律。

谁教秋圃绚光华，种发朝阳分外嘉。一作毓瑞葩。一顶红云微出岫，万重紫绮散余霞。菁英海涌珊瑚树，组织天成锦绣花。顿使公门旧桃李，羞看赤箭与丹砂。

肯逐鸡群绕砌旁，异来与鹤共轩昂。不夸绛帻超凡汇，只抱丹心拱太阳。千顷恩波涵雨露，九苞颜色吐文章。峨峨解廌冠相对，似听飞鸣日上翔。

寿潘芝轩大司农五十代唐观察

昼锦堂开北海尊，尊前舞彩倍娱亲。作霖作楫仍为子，生甫生申在此辰。九老会中良酝熟，百花头上早梅新。鲤庭介祉椿庭健，一阕笙陔四座春。

盖世勋名不尚奇，中台炳曜应昌期。无亏衮职仲山甫，若论史裁韩退之。昆玉桂林天下宝，冰壶藻鉴圣人知。由来江左风流相，元老宣猷壮盛时。

偶将公衮换莱衣，梦绕金门漏未稀。主眷何时忘湛露，臣心此日恋春晖。堂前绿野留云住，吴下青峰送翠微。转恐东山频唤起，板舆辘辘奉京圻。

大罗天上忆同游，高咏霓裳第一流。漫许唐冲联玉笋，早输潘岳贮金瓯。新声雏凤翔千仞，好梦骑鹏驾十洲。省识刘樊本仙侣，不须海屋颂添筹。

祝潘蓉皋寿

卿云环映大罗天，玉局仙班驻大年。及第花看瑶砌满，鸣珂响彻锦堂偏。文章衣钵无前古，家世丝纶有夙缘。一自悬车三十载，养生早不费言诠。

耆颐未觉玉颜衰，日事丹黄柳篋随。鸳掖声名常衮重，鲈乡风味季鹰思。等身久富名山业，触手新成曲水诗。门下门生凡几辈，分笺胪祝百年期。

海内灵光鲁殿尊，高风洛社好重论。金鳌顶上同年少，玉笋班中新□繁。园居卜筑青山近，花事平章绿野繁。高调竞将夸赓白雪，暗香犹觉动黄昏。他年再赴琼林宴，隔座争看太尉孙。

惭余辘辘转蛭丸，巡植归来春未残。快捧霞觞宜薄醉，细探风信尚余寒。庭槐高接三松荫，玉笋齐排万竹竿。寿宇即今逢庆典，五花宠诰拥门阑。

赠通州信敬亭刺史

屈指经年系去思，天南快睹福星移。车随膏雨重来矣，海不扬波再见之。八郡弦歌争颂德，五琅草木遍含滋。只愁枳棘难栖凤，珍重甘棠茇舍时。

慈云又被海山楼，扬历勋名达帝州。三度剡章荣鹗荐，廿年治谱焕鸿猷。家声夙树伊周业，公望宁侪管乐俦。计日鸣驺瞻凤阙，九迁欣沐圣恩稠。

题刘隐南学博画菜

红绫饼是君家物，画本先摹苜蓿盘。似此心苗真坦白，何妨骨相近清寒。公仪志节葵宜拔，屈子骚情菊可餐。付与丹青传妙谛，一盘生意耐人看。

题吴绂堂明府海鹤添筹图

宦情窥破厌风尘，间作莲花幕里人。矍铄容颜寿者相，神明浑厚宰官身。珂庭宝树呈三秀，琴阁循声动九宸。只恐鹤书自天锡，云山无计谢蒲轮。

题马医士采菊图

城西十里水之涯，三径萧疏处士家。肘后禁方函玉版，眼前秋意贮金葩。漫疑人似寒花瘦，为爱香同晚节嘉。摘满筠笼频入市，延龄妙药胜丹砂。

又代作

满城风雨散金黄，欲语东篱辨已忘。珍重寒葩兼五美，矧逢高会又重阳。秋花直比春花落，素节欣如晚节芳。采罢不须头满插，归途遥送一肩香。

送周绮村赴白门秋试

奇文三策姓名糊，此日风云迈壮图。健笔早应登柱史，闲吟岂合伴樵夫。大江秋去诗千首，重九花开酒百壶。来岁簪毫中秘省，高怀可复忆菰芦。

和乩上韵赠太仓王白石六十初度

松篁劲质晚弥坚，冰雪聪明见性天。炼骨不须丹鼎沸，寄情只许白云缠。梅同鹤瘦原超俗，人与鸥盟别有缘。愧我抗容尘万斛，醉来无计学逃禅。

和韵勖姜生德纯

俯瞰莲房粉堕红，举头明月挂如弓。楼高欲听霓裳咏，墨妙新裁云锦工。实力务教鹏翮健，回眸定许马群空。濂溪光霁今犹在，谓周绮村。良玉无虚哲匠砻。

题许樵芸秋江晚晴图

酒酣无计且高歌，磊落奇才奈尔何。倚马万言驱不律，化鹏双翮滞清波。薄游莲府声名壮，兀坐枫江寄托多。二月长安花似锦，看君绮席上銮坡。

题先贤况太守政绩集后

简贤十郡重循良，天遣神君坐芾棠。卓行千秋铭玉检，颂声万口沸金阊。只今琴鹤音徽杳，自昔庭乌事业光。廉石岿然祠宇焕，不夸朱邑在桐乡。

韦白风流相后先，肯将治谱让前贤。攀留终老二千石，受赐于今五百年。江左流贻多实政，靖安采辑有遗编。羊公堕泪碑犹在，重倩梓人万本传。

奏功岂独在东吴，从此官箴范仕途。试看部民怀旧德，更逢贤裔阐前谟。三春邓尉花犹落，百丈苏台迹已芜。唯有勋名垂不朽，永昭金镜辅鸿图。

犹忆平江谒茂词，风前展拜得吾师。留鞭更轶姚梁国，酌水真同吴隐之。财赋东南裁过半，豪强鼠雀殄无遗。樗材自问兼劳拙，愿奉仪型慎所司。

题祥云拱月图为夏写江学博

抱得先人丙舍图，官闲长似傍灵区。佳城面面云山拱，春草年年雨露濡。月满一轮新气象，地容万户大规模。祥征舞鹤何须数，世泽今看起凤雏。

题夏侍御赠公墓图

世德于今尚作求，早闻鼎族冠秦邮。贻谋自足光千古，美荫何曾藉一丘。九陛丝纶荣绰稧，万山云裔抱松楸。披图我欲抠衣拜，仰止先型感逝流。

题徐生锡淳小课卷

英华乍见竟生疑，屡试频惊绝妙辞。前二日面试。待到赏心枫落句，生赋“小春有枫落，江洲总是花”之句。早开倦眼夜阑时。君堪步武为公干，我欲逢场说项斯。无限云程凭努力，文章声价有人知。

题浣云明府同心兰画册即和原韵

感君枨触落花汀，一样花开并蒂馨。国色国香怜国士，秋风秋露悔秋亭。苔岑旧雨重联袂，莲钵新枝又寓形。缘缔三生情不隔，幽芳长护紫金屏。

敲出吟声戛玉玲，才钟幕府地钟灵。河阳花自经春茂，单父琴因伫月停。过客马蹄欣御李，词坛牛耳赛城邢。素心画本兼诗本，坐对清风飏和庭。

题徐约之刺史春艭问字图

淮南一带绕廉泉，佛子声名万口传。清品高于春水坐，宦囊只有米家船。闲来鲤训多奇字，望去龙门掖后贤。公干贻经闻辟咡，心田培养又书田。

题蓉斋弟补过图

一笑相逢启帙时，堂堂容貌不须疑。心期雅慕仲山甫，名望应齐杜拾遗。恨少古书经我读，每因小过喜人规。格言况集名流句，余复何言赠所知。

题朱文岩小影兼送汴南之行

趺坐何人共献酬，尘中世外两勾留。蒲团果已从吾好，斗酒何当与妇谋。是色是空皆幻想，不僧不俗最风流。掀髯一笑洛城去，有女同车快壮游。

题夏未斋小影

半生豪气未全收，花草吴宫绘胜游。仗有酒樽浇块垒，断无名士不风流。苍江古渡寻桃叶，香水晴波吊莫愁。此地此情应记取，披图长对秣陵秋。

祝杨七十

夫容此日转春风，介寿筵开瑞气融。会涉惊涛彰玉性，早依子含佐公忠。名心肯与梅花澹，哲嗣行探杏苑红。更喜恒言不称老，鲤庭犹侍百年翁。

和许环渚七十述怀元韵

十亩闲闲处士家，荣名何事羡京华。齐眉鸿案春秋健，满腹龙文子弟嘉。检点诗囊邀客和，寻常酒债任君赊。五琅山下多人寿，百岁欣看降福遐。

和金倬甫四十述怀原韵

百年三万六千日，自古匆匆驹隙过。半榻寒毡同冷淡，一生大事不蹉跎。联吟矮屋都陈迹，历数名场且放歌。我迈曰强君四十，抒怀新咏听云和。

少年采笔早干云，何日相逢九烈君。桂玉本由南国产，泥金须报北堂闻。人生乐事长为子，侍养余闲又论文。回望珂庭萱茂处，裔华五色正缤纷。

儒家也合作儒官，去住游行总不难。万首诗囊就烟雨，六桥花事笑寒酸。湖波恰为三春绿，仙骨何须九转丹。有客介眉谁是主，庭前修竹影檀栾。

怡然黄发与垂髫，更喜超宗有凤毛。通德门楣佳日永，阳春曲调景云高。昔年研北曾追李，十载村南复近陶。拟介一觞迟未果，满腔离绪付吟毫。

和顾小瑛学博原韵

有客高歌飞白雪，何人好梦续黄粱。宦情疏懒吟情健，别后箴规肘后方。遥识梅花引归棹，早从苦海渡慈航。感君臭味苔岑笃，只影怜余沘水旁。

怀顾小瑛

儒官岂合老风尘，十倍贤劳答圣神。火色鸢肩殊俗吏，简书骓牡有诗人，浮名冷淡三杯酒。壮志昂藏七尺身，罗隐爱才唐勒似，平生知己仗前因。

怀石帆同年

半年芳讯滞邮筒，云外迷离江上枫。饯饮桃源诗有债，分移兰棹思何穷。尊经弟子都仪凤，博士先生合梦熊。最羡陔南华黍洁，小阳春暖舞衣风。

酬子文见怀元韵

三年闽海雁音疏，驿使遥传尺素书。阮瑀表章初应辟，召公屏翰正新除。推袁欣得一知己，谓丹华先生。说项何关双鲤鱼。来诗有“远道能来荐士书”之句。多谢故人劳问讯，九霄怜我谪仙居。

祝朱云楼秋江六十代仲子玙

彩耀双星瑞霭稠，紫霞觞捧到瀛洲。齐年花甲神仙侣，案户芳辰月露秋。宝鉴光悬仁寿镜，清风广被铁山陬。万家生佛同声祝，棠舍频添海屋筹。

朱翻风度式簪绅，江左循良达九宸。绩着桃花三尺浪，恩周茅蔀百千春。鸣琴月下弦歌叶，驯雉桑间德化淳。闻说穿渠通灌溉，如云秋稼抃农甿。

美锦堂开玳瑁筵，是翁真属地行仙。郎君继起中牟政，家况偕臻绛县年。梁案齐眉琴瑟静，莱衣绕膝凤麟骈。蟠桃此日陈华席，璀璨新诗五色笺。

名公丰貌鹤同姿，莲府相依忆昔时。初仕惭哦斯立树，旧游曾和乐天诗。一江共抱停云感，千里遥倾介寿卮。蒲柳幸随松柏茂，还觇台鼎祝期颐。

代顾渔庄祝孙八十

勋阀声华羡仲谋，清风早被白云留。半园洛下群英社，一枕沧江万里流。笔阵纵横追长史，诗情淡远继苏州。年来闻更逃名甚，未许称觞祝杖鸠。

年年览揆是芳辰，杖国于今又浃旬。柏叶香浮千日酒，梅花吟遍一家春。瞳方面玉应无改，丹井芝田旧有因。自别兴公经五稔，阳秋八百庆灵椿。

纪元凤诏播春台，贵德尊年寿宇开。海鹤欣看阶下舞，蒲轮应自日边来。貂蝉累叶从头数，兰桂分行信手栽。绕砌即今排玉笋，干云会听一声雷。

枌榆遥指少微星，犹记华堂引巨觥。新特旧姻兼父执，弧南斗北重耆英。八旬黄发筹添甲，四代斑衣彩映庚。薄宦何时遂初服，重攀杖履话彭鉴。

祝侣翁六十双庆

山中杰士赵凡夫，早有鸿名达上都。报国雄心三尺剑，传家秘钥五经郛。春生杖履仁宜寿，泽遍枌榆德不孤。谢却蒲轮绿底事，江乡风味美莼鲈。

六旬且喜侍萱堂，南极星联宝婺光。四代斑衣荣昼锦，五花丹诰捧天阊。荪兰竞茁金枝秀，簪笏分排玉笋芳。艳说齐眉鸿案举，循陔先进紫霞觞。

凤毛继起两超群，鏖战词坛辄冠军。小就鹓班餐是蓿，同开马帐赋其芹。称觥两地元亭酒，灿锦千篇博士文。记得庭槐亲手植，郊祁声价重青云。

珂里光生玳瑁筵，屠苏乍熟雪花天。盘盛阆苑冰桃实，籍隶蓬山玉字编。遥望长庚钦裔采，忝随令子共官联。匏瓜未得登瑶席，唱出巴词祝大年。

送刘眉山廉访移任山左代朱恕斋

天禄文章旧有声，风纶捧出使星明。一枝宪府生春笔，七叶公家内相名。风骨尚含霜简肃，冰心只抱玉堂清。公历任词垣侍御。经年江左慈云被，十载难纾借寇情。

朱旗忽又转飞辎，渤海琅琊指旧游。公先由东省移皖。帝曰往哉陈汝臬，民之望也壮其猷。当头卿月俄千里，有脚阳春可再留。见说淮南诸父老，去思一日甚三秋。

平反听罢唱骊驹，屈指爪期缓戒涂。中丞奏请留办秋谳受代启行。霖雨济时谢安石，天人治策董江都。荡函久重皇华节，钧轴还需大雅扶。早卜金瓯藏姓氏，三台上应六阶符。

谫材愧不合时宜，懒向风尘剖素缁。海内赏音杨得意，云中推毂郑当时。敢攀鳌岛群仙谱，公每推谱谊略分言情。莫报龙门国士知。止有南丰香一瓣，文坛政府仰吾师。

题芷江诗话后

不厌长吟复短吟，一编消得夜沉沉。文人会合神来室，翰墨因缘后视今。片羽吉光惊异宝，高山流水属知音。骚坛谁敢争牛耳，百万雄师赤手擒。

今情古藻费寻思，博采遗珠又补之。冷宦闲身慵听鼓，美髯生像自题诗。囊倾骐骥千金骨，网尽珊瑚七尺枝。觖望未窥丁卯集，还当惠我颂无私。

题陶乐园小影

名缰利锁两蹉跎，百岁驹光一掷梭。壮岂不如今老矣，贫原非病奈愁何。多情本是生来误，饮恨难禁醉后歌。天下名山谁占尽，早当祝发号优婆。

寓形我亦绘头陀，自笑尘容酒肉多。咄咄与君参色相，空空一样挂袈裟。原来世外神仙侣，偶向山头杖锡过。行脚相逢共骚首，谁教留此鬓皤皤。

祝朱郁甫封君八十

一代宗风仰大儒，如公福慧世间无。集编淮海家居近，系接韦斋阀望殊。人是河汾勤著作，学从元礼得规模。生平早契班生传，独抱元珠味道腴。

江左词章接大风，骚坛牛耳旧称雄。秋抡蕊榜科名启，春入圜桥杖履中。韦曲经传凡几世，杨家堂起兆三公。蝉联自此征余庆，次第搴英入桂宫。

冰衔初锡纪恩先，更晋黄麻尺五天。一品双编乔梓合，十科五捷凤麟联。雉驯流誉徽琴畅，鹭序扶轮昼锦鲜。载入词林添盛事，熙朝人瑞地行仙。

年家有子托龙门，贡树分香愧哲昆。仲雪多情欣共楫，伯霜略分话吹埙。重看玉尺裁量慎，更博椿庭笑语温。儒术娱亲兼报国，古今荣幸几同论。

步桐城杨六阶茂才元韵

鸾凰不遇也投林，五色文章待赏音。阮籍几经青眼顾，郑虔已作白头吟。莼鲈别后乡关梦，风雨秋来过客心。人到芦中多少恨，劝君交浅莫言深。

雄心直指翠微巅，咫尺青霄及壮年。学到退之业勤矣，诗成白也思飘然。羊肠历遍亨衢阔，鬼魄方残皓月圆。为报梅花寒彻骨，袁安休怪雪中眠。

读罢新诗慨遇穷，解推有愧古人风。畸才放眼高江左，老屋伤心付水东。客路怕逢云尽处，归途应指月明中。砚田可种家园好，一片晴霞仰碧穹。

祝方退轩六十

元老家风绍壮犹，弧星天上耀春秋。林壬共庆年方大，花甲欣看岁始周。古柏寒时尤挺秀，新梅绽处好添筹。即今绕膝斑衣舞，真是神仙寿域游。

文章当代重相如，不为科名始读书。湖海自来豪气盛，园亭常得雅人俱。杖乡望已耆英旧，名世才还著作初。介寿年年春信早，跻堂椒酒萃金鱼。

衙斋苜蓿耐清寒，胜地逢君爱冷官。十七铭言恭则寿，八千岁卜静而安。鱼龙新戏娱筵葛，雁雉投交集孟韩。古六正开真率会，娜环中觉岁时宽。

南岳山峦景色佳，九如致颂乐常偕。秀才科目佳儿隽，司马头衔大雅侪。伫见恩纶频宠锡，故知寿恺属诗怀。应教史笔编年月，介祉词惭锦句排。

挽沈容斋

太丘雅望重枌榆，矍铄精神八帙余。璞玉浑金为气度，光风霁月在兴居。谢庭累叶三芝秀，魏阙新纶五色书。屈指箕畴觇用向，如公福备有谁如。

称觞犹忆楝花天，艳说雍彭不计年。共祝椿龄宜八百，谁知桃熟未三千。传家忠厚铭彝训，报国勋名属后贤。一曲蒿歌难卒听，宾僚应废蓼莪篇。

送明总戎北上

菲才敢许附兰舟，青眼频经顾盼留。一别龙骧隔滇海，重迎虎节过山州。三年恩遇荣逾昔，万里威名德并流。此去彤弓歌载锡，福星快指楚江秋。万弹峰司马推公星度，今秋提镇楚中。

又

昔年袁浦送仙舟，璧上纱笼醉墨留。庾亮楼曾偕佐吏，陈蕃榻又下南州。雪泥重订三生约，云树遥分一水流。旧雨乍逢新咏续，奚堪一日已如秋。

学署大门移东向落成

读书未读青乌子，指画频劳万石君。旧日弥缝惜徒费，者番通变自成文。开轩刚进屠苏酒，望阙新书太史云。愿乞地灵钟杰士，东来紫气拥朝曛。

家本江南黄叶村，回头松菊径犹存。苟完斯室卫公子，必葺其墙鲁叔孙。赢得茆芹添雅什，敢夸桃李在黉门。文章知己情何厌，樽酒重来细与论。

桐城杨茂才六街投书过访见赠佳章次韵奉答

未经握手识通材，雨后相逢霁色开。广厦万间违夙愿，阳春一阕爱新裁。璠瑶何止千篇富，桃李何当一样栽。古六儒风殊近古，知音定有抱琴来。

丙戌孟陬五十初度漫成四律

臞鹤何心羡大彭，行云流水看华庚。诗文麹糵耽如命，仙佛蒙庄学未成。半老林逋梅作伴，前身王粲笔为畊。到今还不求闻达，虚拥皋比畏后生。

少博微名壮不如，清芬辜负一床书。梦游惯引三山去，鏖战终惭八阵疏。赢得春风来讲幄，尚叨旧雨劝公车。自辛酉至丁丑，计偕八次，嗣不复梦春明矣。郑虔顾影颓唐甚，空忆长林试马初。向有《春林试马图小影》。

木天无分占清华，此地权当谢永嘉。冷署薙烟频构屋，闲庭锄月遍栽花。爱凭梨枣联文社，月课佳卷，随时付梓，名曰“欣赏”。勤采辅轩学史家。前岁一手增修《六安州志》，近复每年续辑。蝴蝶上阶春又到，齐山试问雨前茶。

岁月堂堂笑逝波，回头知己感恩多。儒生只有文章报，薄宦须防气节磨。座上清樽安北海，山间明月老东坡。若论四十九年事，少是多非可奈何。

题抱琴图

青山隐隐水长流，一曲能教太古留。身世知音钟子遇，广陵遗响侍中谋。蟹行未拨茶烹后，雁影频过目送秋。为问奚奴应耳熟，曾惊屏外蔡朗不？

祝王月波六十

子渊墨妙重西京，应共邹枚住玉清。壮志未酬云渐懒，前身已许月同庚。九峰三泖诗千首，绿字丹书面百城。抱有名山堪亘古，绪余沾溉鲁诸生。

冰雪神清鹤貌臞，逍遥别具养生符。不交红友经先醉，独坐元亭道最腴。桑以寄生欣式壳，帨教迟设待悬弧。千年碧藕阴岐枣，绘出刘纲家庆图。

祝邱太恭人七十

凡邢世胄仰名姝，鹿挽邱迟达上都。梦警鸣鸡赓美德，衣飘华雉赞嘉谟。云闺画荻鸾停绣，天禄燃藜凤有雏。继起珥貂看舞彩，筹添堂北拜恩殊。

送周韵柯刺史之任保安

握手淮南恨见迟，披云一载慰心期。科名宦辙皆前辈，道德文章是我师。两省政声舆论合，廿年廉吏圣人知。召公处处甘棠茂，莫怪旗亭杨柳枝。

高风洛社会仙班，花甲新周鬓未斑。雅度共推陈仲举，前身应是白香山。诗如老将严声律，官尚书生本面颜。此后铭勋三辅近，壮猷欣荷特恩颁。

之官先觐圣明君，太史占书五色云。自古通儒能读律，几人官海尚论文。心田一亩传鸿宝，玉树千枝有鹤群。听得迁莺交口羡，三槐盛事话纷纷。

曲唱骊歌手共搔，称觥万姓劝香醪。县花昔种三川满，岭树今看八达高。笑问桑麻敦雅俗，惯随警跸纪贤劳。使君若忆江南好，仍盼霓旌沛雨膏。

谟儿回里从外舅学兼毕姻事诗以示之

只恐童心尚未除，何时读破五车书。丸熊怜汝慈颜杳，砥犊惭余督课疏。驹隙行看年弱冠，鸡窗应悔腹空虚。譬如平地从今始，努力为山一篑初。

妇翁思谊重如山，衣钵新传乐卫间。帷下东床占坦坦，鸣琴南国赋关关。是真弟子非娇客，所信先生必抗颜。此去蒹葭欣有倚，可能玉笋许联班。

司铎六年俸满循例赴省候验有作

久拚偃蹇坐毡寒，苜蓿年年照见盘。岂有嘉谋堪入告，别无远志更求官。飞符叠叠惊鸥梦，行李匆匆压马鞍。闻说故人今节度，迂疏报政转愁难。

看山有约肯迟徊，道入舒庸异境开。两界仙鬟生肘腋，千重云影接楼台。泉鸣浅涧桥横卧，路惹香烟佛自来。山寺以自来佛得名。明日大观亭上望，江南应寄一枝梅。时盼家信。

朝朝听鼓效时趋，下吏何当礼遇殊。一卷课文凭考绩，六年本分在安愚。谫才愿比遒人铎，凡骨难飞叶令凫。勤职居然称上考，先生归也慰诸徒。

题徐文端甫探杏图

徐孝廉，长宁之尊人。

耆宿今推井大春，贻经有子玉堂人。大罗天上传消息，遥指花光十里新。

刀圭余技一时钦，重见庐山董氏林。好借风前花并发，报君芳信代泥金。

下第遣怀兼送出都诸君子

奋袂来看上苑春，担囊役役走风尘。那知火色鸢肩者，不是芙蓉镜里人。

到来詄荡好风吹，正是君王茂对时。小草自因根太浅，非关造化欠培之。

病余偃蹇策驽骀，就缚名缰志肯灰。仗得昌阳强过夏，待看黍谷报春回。

一条红勒出重闱，别泪还从客路挥。寄语江南归去燕，来年好向日边飞。

大挑口占

清癯怎合坐琴堂，苜蓿还须福分偿。为道寒儒休怕俗，勉加餐饭饫膏粱。

题扫花图

顾子雪村倩友绘扫花图，为歌者莲儿作也。夫伯舆枭雄且曰“当为情死”，文通婵雅犹云“仆本恨人”。顾子慷慨从军，湘南久客，逍遥肆志。冀北来游，论功偃伯之台，荣叨章服；选胜梨园之谱，赏遍群芳。有谁知己，如汝可人。冰丝浸月弹湘女，罗袜凌波绣洛神，洵吾辈之钟情，才人之逸致也。戏题数章，聊博一笑。

群仙此日舞霓裳，天上人间辨渺茫。幡盖玲珑环拥处，衣边犹带芰荷香。

学士风流顾恺之，行云比我意俱迟。飘飘仙格凭谁认，解语花开坐对时。

六郎面与莲花似，毕竟莲花似六郎。珍重无双真国色，落花人扫莫相忘。

记得前身赠玉环，素衣红脸态斑斓。题花日下诗应遍，雪藕佳人讵等闲。

不是天仙是地仙，一身凡骨换何年。回风舞罢归来晚，步步生花剧可怜。

惜花早起性成憨，无奈离情太不堪。绣得芳容空即色，送将挥尘到江南。时雪村将旋里。

题王阆峰画菊即和原韵

文坛自昔仰鸿裁，五色花从笔底开。耐到秋风香晚节，凌霜丰格手拈来。

几度长风跨海来，惯寻秋圃一篱开。披图示我论文诀，俗艳应同伪体裁。

花烛词为孙茂才廷琛作

隔年早听采芹歌，谱入琼箫韵最和。钗卜更从今以始，者番还是小登科。

讲院今朝角艺初，锦心同向好风舒。言归渐近三商候，咏就桃夭乐有余。

路入天台一笑迎，兴公赋手孰如卿。兰闺敦促添新稿，为听挥毫掷地声。

移居新傍碧云岚，深柳堂中绿意酣。阶下瑞枝欣正茂，花荣及第草宜男。

贺李安桥光嵘岁贡

半生读破五车书，博得荣名上玉除。莫道成均资格易，萤窗攻苦卅年余。

作人寿考际昌期，为赋标梅贡士诗。瞬息榜花行庆典，联飞看到凤凰池。

题黄佩芸山斋习静图

廿年碌碌悔因人，辜负家山面目真。夜半钟声何处静，梦魂彷彿忆船唇。

雉水名流黄叔度，汪汪雅量古人如。笑余久作琅山客，鄙吝频年总莫除。

古树深深锁暮霞，繁阴随意发新葩。园扉不掩云留住，此是山中静者家。

侧闻静者心多妙，妙谛难教俗士知。寻到孔颜真乐处，濂溪学问晦翁诗。

邑乘当年费搜罗，先生手订最功多。等身著述名山富，静里参来总不磨。

问奇载酒客盈门，西蜀风流今尚存。他日校书天禄阁，藜光应射旧林园。

题保杏桥书画一船图

园亭深秀水沦涟，占尽风光是隐仙。左右图书已充栋，有余复载米家船。

丁丑南至后五日留别紫琅书院诸同人

还作寻常祖道看，布帆无恙掛江干。何当十日平原饮，尽道今年欲别难。

甘苦名场岁月深，听琴何敢谓知音。虚公最羡菱花洁，六载论文一日心。

五山灵气萃人文，经术才华迥出群。更嘱文心须善入，休夸绮藻近渊云。

丁宁童试在行机，一缕清思妙入微。理法清灵机局紧，他年充实自光辉。

文人宜狷不宜狂，积学持躬慎弗忘。临别喃喃词更赘，虚衷平气少雌黄。

海底珊湖七尺红，频年采入碧纱笼。者番谁笑行囊涩，无数琪花满箧中。时选课艺二集。

行行须趁好风和，墨妙池边缓缓过。爱此澄清一潭水，数年割爱未观荷。

浪游已自惯风尘，肯以寒毡累故人。为语孟公莫投辖，萍踪离合各前因。

贺沈翠岭纳篷之喜

风流才调继东阳，卜宅兼葭水一方。谱就关雎麟趾曲，新词又赋小星章。

气动清和上柳梢，犹留春色一分饶。鸠工添筑林园景，金屋装成贮阿娇。

不惜明珠聘绿珠，绿珠手爪本来殊。才名应比田田胜，好佐湘苹内子书。

题竹柄蕉扇

挥洒殊惭怀素书，一林偏近绿天居。种蕉兼种苍筤竹，蕉比心清竹比虚。

团团一叶剪轻云，把握风前仗此君。引得薰风知愠解，休教沈约作弹文。

萧萧帘外好风俱，蕉雪原当并入图。今日炎歊相逼甚，可能披拂似尧厨。

何妨纯节号蕉迷，更倩湘东八字题。为有仁风杨郡伯，愿分和惠到群黎。

题王阆风登狼山图

五山起伏势清幽，洛社耆英此壮游。胸有烟波千万顷，爱看隔岭大江流。

弧南顿现老人星，山海呈祥草木灵。上巳年年修禊事，者番高会胜兰亭。

行行止止各从宜，分韵敲枰兴所之。浩荡天机寿者相，香山图画辋川诗。

题抱琴图

幽篁独坐一林深，清比桐枝德比琴。我试一弹君再鼓，高山流水有知音。

只恐炎光郁未开，奚童解事购琴材。人间一曲广陵散，惯有松风拂面来。

题孙仪堂秋阴课子图

江左兴公早擅名，宁馨夙慧又生成。一编家学天台赋，口授琅琅金石声。

桐阴披拂早凉时，桂子香中兆已知。三万六千明月户，看君手折最高枝。

又

安排小墅为藏修，绕屋扶疏树影稠。云外飘连香正满，一枝高占桂林秋。

宁馨两髻尚垂垂，秀彻风神喜见之。指点津梁应及早，阶前培护紫兰枝。

戴子瞻北招饮牡丹花下既返吴门却寄

言访经师戴侍中，片帆远涉大瀛东。何当花径先期扫，延赏名园夕照红。

层层锦幄护花王，拥出人间第一香。鹿韭鼠姑鸾凤尾，征名浑欲补群芳。

马融年少最能文，戴礼渗渗大小分。张藻丹青张旭酒，座中今夕胜如云。

花下樽前话夙因，赏心珍重此良辰。盛筵未必真难再，却负来朝婪尾春。

题小维摩诗稿后

经案飘零药具收，遗芳珍重一编留。簪花咏絮寻常事，德范才名两不侔。

琴瑟先因翰墨缘，原来衣钵一家传。秦嘉底事增惆怅，妆阁推敲忆昔年。

女弟子行皆逸才，纱橱不隔讲筵开。琉璃砚匣今应在，新咏何人继玉台。

送李耕石回皖中

髫年惯听石田名，佐理琴堂政独清。益斋廉访昔宰震泽时，先生在署综理庶务，迄今父老犹称道之。读画而今才一饱，萍踪快慰卅年情。

相逢忽又唱骊歌，难忘去声醇醪饮最和。先生屡呼余共饮，谈论醰二今人不倦。倘许苔岑同臭味，他年定溯皖江波。

一天风雨透新凉，秋柳吴门别意长。最是绣衣频执手，离亭花萼有余芳。廉使送至浒关。

侧闻惠政播临湖，半刺声华达帝都。此去勋阶看拾级，君家棨战旧栖乌。

胥江送客词为芝圃州司马赴西江作

此身许国任驰驱，病起昂藏戒仆夫。消夏湾头秋正早，布帆高挂好风俱。

画桡此去计行程，扬子江头一镜平。二十四桥何处玉，匆匆也合辨箫声。

捧檄遄臻章水边，翩翩公子地行仙。头衔南宿州司马，扬历功名最少年。

频年树绩在河渠，此日盐梅试手初。时往查鹾务事宜。君国官商民各便，知君能上太平书。

滕王高阁枕江流，千里逢迎纪胜游。最是良辰足心赏，月明三五桂香秋。

听得鸣钲次第催，歌骊迟我夜光杯。归期屈指黄花候，记取东篱醉一回。

花烛词为秋崖大兄作

紫云一曲奏丹霄，引出江南碧玉箫。缥缈天香香彻骨，苞含桂子趁良宵。

紫阳年少济时才，幕府声华重柏台。归娶恰乘风月夜，寄声廉访莫相催。

玉郎文貌甚清臞，对酒凌兢欠一盂。秋崖能饮，近颇樽节。请问蓝桥新得路，逡巡也似这般无。

侧闻女史擅文词，也有生花笔一枝。举案百年自今始，好凭双管画齐眉。

题胡印心瑞菊图

铃阁初开半亩园，幽香百种种朱门。争奇幻出新花样，为报三秋雨露恩。

谁移新本到淞涯，三径两开连理枝。引得樊川开口笑，题诗盈卷酒盈卮。

未获衔杯与胜游，披图犹觉晚香留。莲花并蒂芝三秀，怎似东平一段秋。

翩翩公子亲风雅，万里晨昏惬壮怀。菊有芳兮兰有秀，祥光交映在瑶阶。

题沈云巢同年莺湖课士图兼以志挽

前身本是沈休文，八咏才华世所闻。三上春官终未遇，此心早已薄青云。

日下归来耽啸歌，莺湖十里好烟波。安排文社兼诗社，从者如云待琢磨。

绛帐谈经坐马融，笔花五色迈文通。频年奋翮搏霄者，多在春风时雨中。

桃李成阴画本摹，名流题咏遍吴趋。惭余五载皋比座，东海曾无课士图。

同谱关情扺岁寒，相逢昨岁有余欢。遥山一角登楼望，握手难时别更难。

别来如雨绕离愁，子晋俄闻控鹤游。戏道先生堪祭社，嗟哉此语竟千秋。

花烛词为丁云墀作

年少翩翩擅令誉，鸡窗萤火懋三余。者番合卺礼成后，定有东莱博议书。

黉宫早奋凌云翮，阆苑应看及第花。况有君徽能佐读，不徒茗赋绚才华。

胡云渚沄添香夜读图

萤火鸡窗未惮劳，频教猊鼎贮兰膏。美人香草多风雅，似听琅琅诵楚骚。

映雪孙公凿壁匡，胸罗杜库与曹仓。文昌新入光辉远，疑有青藜夜吐芒。

鏖战词坛压鲁儒，文章声价重当途。他年荣撤金莲烛，满袖香浓惹御炉。

题瑞亭和尚照

九峰山下碧云深，况坐梧桐百尺阴。身世蒲团最知己，空花流水印禅心。

抗尘我亦叩禅关，信宿蓬台听往还。几度敲诗鞭影动，僧归月下月衔山。

题冷香皋二尹勘灾图

书生振策马嘶征，为念民艰促远程。一片婆心传万口，岂徒慈惠更精明。

奸胥巧混事如麻，纵有青眸眼亦花。不是冰壶真皎洁，谁教朗朗似披沙。

几番蒿目复回头，父老攀依乞暂留。为语前途鸿遍野，褰帷他日订郊游。

万顷陂田百步弓，划清疆理亩南东。南东枯菀纷难辨，犀照惟凭一字公。

博施于民此愿赊，袖颁清俸众无哗。团团佛饼慈云现，顶上圆光马上遮。

一鞭所指万人随，共听天言祝罄宜。清慎勤归循吏传，史官应付后人知。

官箴母训互申申，明月清风是写真。舆论两行楹帖在，千秋直道问斯民。

诗名谁得似东阳，况有廉名抵孟尝。愧我抗尘兼走俗，登堂只解醉醨浆。昨因公过娄，饱读诗文，留饮，甚欢。

年来史起论穿渠，一带淞堤免走车。安得浏河同浚畎，永沾水利梦维鱼。

犹忆斜阳古道旁，痌瘝一一奏天王。臣心圣泽交相济，叠报循声入帝乡。

祝云楼医士五十

通儒学术旧渊源，碧简丹经并诗论。肘后禁方三百卷，活人无数不言恩。

黄钟气转岁之余，皇甫先生览揆初。避俗却耽琳宇静，侵晨来叩白云居。

信宿萧斋两腐儒，欢然握手醉屠苏。天涯吴质新知己，况有浮家范大夫。谓范君梅坪。

深读此日见蘧贤，睟盎风仪半百年。他日杖朝先有约，松逢依旧耸吟肩。

侧闻裕后有赢经，兰玉森森满谢庭。昨岁芹宫初发轫，指看鹏翮奋南溟。

欲将余庆付清讴，鲁颂诸篇美尽收。一语赠君为君寿，杏林橘井共千秋。

于役偶吟十二首时戊寅秋孟

野鹤新偕鹓鹭班，趋风听鼓尚羞颜。而今宪府文章伯，尽许闲云飞出山。

十日重依旧绛帏，连番檄下命驱之。自惭头脑冬烘甚，又被春风唤弱枝。

轻移兰桨过娄东，半展私情半急公。闻说故人李供奉，怀萱读礼去匆匆。宝山明府。

翰墨犹多未了因，一经慰唁一伤神。生来朴拙无他好，离合悲愉最性真。

浚川注海赖民租，官得民心赋早输。檄查吴淞江工费。宾至如归公事毕，饱餐五日问归涂。

柏叶二觞倾醉后，桃丝一箑失秋前。李拙斋仪部小楷，杨弥之太守山水，琛此扇头久矣，濒行于勤补堂后，并终失之，殊为怏之。满腔别绪凭谁说，为谢明公独上船。

一帆风送虞山外，借道沧江达海门。司马殷勤如旧识，梁研溪先生。形骸不以宦情论。

乍拂征尘受一廛，窗明几净坐如船。下榻陈氏潇洒亭。廊腰迤左联师塾，侵晓书声到枕边。

风清讲院接芳邻，听得拈题也效颦。曾博胥徒开口笑，行人毋乃是文人。

新知旧雨迭飞觞，三日宾筵到耜庄。孙紫沧少府又号耜庄，座有耜庄图。池馆清华林木古，醉眠岂复认他乡。

师山山小地无城，遍地栽花贮玉瑛。土人皆种吉贝。父老指言利三倍，祈天额手盼秋成。

膏腴何苦久纷争，十载爰书应悔生。奉檄提崇海争产案。为语召公宣政后，闲田交让已风行。

题江后岩画扇

知君雅不爱时妆，秋圃春容各自芳。心地滋兰传画本，班班玉笋已成行。

负土图

玉髓何人泄化工，青囊赤雹旧精通。独怜窀穸谋非易，汗土辛劳自课功。

曾向金精山下寻，四围佳气白云深。前罔果有牛眠处，不负陶公荷锸心。

花烛词为王梯云赋

初阳乍动月将圆，百福屏开合卺筵。只怪红轮添一线，顿教度日永于年。

春回秀阁暗香温，仲氏新沾雨露恩。忙煞知音太师挚，吹篪未了又吹埙。

大酉初报水泉香，今夕应拼醉一场。记否春桥盈尺地，当年隔水费思量。

紫箫声里合家欢，两两鸳鸯着意看。遥指银缸斜背处，芙蓉帐暖不知寒。

题许听泉图

早负诗名丁卯桥，一身仙骨振清标。奚童亦解琴书趣，蹑足层云意也消。

倏然尘外饱烟霞，齐岫遥通处士家。山水有音听不厌，文心赋手两清华。

题汤渭川兆熊乘风破浪图

意义元龙百尺高，只凭忠信涉波涛。济川用楫相需甚，指取风云会一遭。

四十年来慨浪游，老余海角与江头。巢湖八百君家近，何日同登李郭舟。

和杨讱斋

几番星使自天来，常博鳣堂笑口开。底事衔杯今不乐，宝山只怕要空回。

高谈时事倚阑干，利器才经试错盘。兰露菊英皆可饱，相商还得做清官。

喧声鼓角突如来，节府经临六纛开。舆仆仓皇催出郭，斜阳引去戴星回。

放饮高歌例不干，斋厨剩有水精盘。闲来醉卧花间好，毕卓当年也是官。

题采菊图

为爱秋容独傲霜，东篱采摘满奚囊。此中真意非难辨，要似先生晚节香。

顿开笑口杜樊川，满插当头好句传。倘许酿成千日酒，与君同醉九秋天。

题旌德吕筑岩临池玩古图

临池染翰作云烟，怀素新居号绿天。秋水一湾春意盎，嫏嬛福地住神仙。

缥囊翠轴贮球琳，真赝分来倍赏心。不薄今人偏爱古，先生宜古又宜今。

涉山沘水惯栖迟，纠岭风光宛在斯。载得张华三十乘，胸中千古手中诗。

远祖丰溪老作家，三唐锦句笼轻纱。清芬千载风流嗣，还看盈庭宝树花。

祝杨召林

叔度今年会面难，教人鄙吝未全删。介眉喜近观莲节，飞盖相追水一湾。

周遭林壑有余清，流水高山话性情。地上行仙忘岁月，关心只听读书声。

籯经富有不言贫，玉树芝兰信有真。鸿案题诗呼道韫，一门通德四时春。

风鲊凉生椰子杯，多情房寿玳筵开。醉归婆果香盈袖，尽向蟠桃会上来。

题张天锡临池玩古图

前身明月今流水，一漾清华与目谋。丰度翩翩谁得似，当年张绪最风流。

古今人物属曹仓，隐隐花间翰墨香。三万八千明月户，许君高坐咏霓裳。

题唐小迦淮南王印子金册

银凫玉燕半沉沦，宝气长留古篆新。金石何如文字好，八公山下见精神。

毕竟唐衢嗜古深，吉光片羽古犹今。笑余六载淮南住，未见贤王印子金。

赠杨召林用唐小寅见赠韵

雅人天遣驻名园，苍老长偕松菊存。若论修文韩伯在，谁教杨意扰诗魂。

竟作今年今日生，还饶六十七华庚。主人大笑开东阁，汤饼今番又举行。

吾侪儋石每无余，累到华颠曷去诸。唐勒新诗参一悟，生平多少未成书。

竹木亭台与金石，安排妥帖是谁教？绛桃含笑多精甚，认得刘郎是旧交。

寿韦乐余明府配王孺人五十

仁风惠露忆琴堂，歌咏吴氏识不忘。春满胥江皆德水，花荣茂苑媲河阳。外庭皎洁高悬镜，内政雍和叶佩璜。当日蘋蘩勤佐绩，于今荇藻永流芳。慈云每共鱼轩至，宝婺常增翟茀光。炳耀坤仪彤管丽，焜煌巽命紫泥香。凤毛早奋三霄翮，鸿案欣开百岁觞。我亦召南黎庶也，祝釐依旧颂甘棠。

祝王阆风九十

遥胄曾闻少室仙，吾翁矍铄倍前贤。等身著述名山富，荣世文章薄海传。觑破浮名聊偃息，养成真诀到华颠。白云留住陈西华，青壁铭题宋酒泉。入社应侪元爽辈，授书已届伏生年。游纵琅琊添图帧，美荫荪枝护宝田。爱日晴和春九十，极星绵亘界三千。安舆伫待纶音至，惇史徽流翰墨鲜。

题王荔坞耳听好消息图

鹿鸣秋宴引群仙，豫逗灵机匝月先。桐荫当风三漏澈，桂林衔月一枝鲜。赏心雅胜镫花卜，快事争教画本传。阴德如公绥后禄，亢宗有子迈前贤。大冯允射江都策，小谢同挥祖逖鞭。忆自文坛瞻骥足，早因火色认鸢肩。祥光喜萃琅峰侧，好梦频通浙水边。眴息泥金添吉兆，箫声请听卖饧天。

题唐陶山师焚香扫地图

九仙丰骨振青霜，如水心期坐芾棠。识面人争呼佛子，养生术不问嵇康。为民祈福烟飘菉，缘客扫花诗满囊。座蔼春风嘘属部，镜悬仁寿晃虚堂。贻经共羡千金帚，得士频添一瓣香。官味清芬凝燕寝，淡怀秋梦绕鲈乡。冰壶那许缁尘染，云海惟容白鹤翔。我喜袂拘亲长者，传薪只愧冉曾行。

题戴瞻北篠园雅集图

淇园丰篠引名流，载月携琴记胜游。海内人师吴季重，骚坛健将戴容州。簪花太史新知己，飞鸟仙曹恰小留。江上停桡皆李郭，邺中骋骥总徐刘。诗成击钵镫频剪，句满题襟辖尚投。高会即今犹梓怿，相逢何日复兰舟。竹西烟水千层碧，渭北春云一片愁。珍重画图归剞劂，添将韵事数邗沟。

送尚厚斋总戎赴松江署任提督

幸从海上接鸿仪，五色祥云拥节麾。褒鄂名勋钦夙昔，范韩德望仰今兹。漫邀客路垂青眼，屡辱谦光逮绛帷。邢劭清风如旧识，庾公明月得新知。升华快听春莺报，远影旋看彩鹢移。早卜真除颂看诏，争传佳瑞集牙旗。吴淞江水恬波日，狼岫军民卧辙时。最是鲰生倍延伫，才经捧袂又临歧。

题樊云坪都督半亩山房图小影

气钟元岳地生申，扬历勋推柱石臣。万里金城恢壮略，九垣孤宿炳昌辰。刁池王井乡关远，麟阁燕山竹帛新。翘望片云萦客梦，偶怀半亩着吟身。赐鞍未许隆中卧，仗节全消海内尘。魏北洊叨三锡宠，江南今被一家春。公权镇狼山，公子任常州别驾。清风明月归邢劭，歌雅投壶属祭遵。底事军门环借寇，五狼峰下有诗人。

题樊云坪总戎晚凉洗马图

曩日花开及第红，曾骑天马玉花骢。大罗使本神仙侣，定远侯兼宿卫功。不历三边歌敕勒，谁从百战识英雄。云关雷动沙场靖，露布星驰蜀道通。赤汗蒸余千丈雪，黄班归逐一帆风。穿残铁甲霜添鬓，洗到银河月满弓。铜柱已铭青嶂外，锦骝宜散绿阴中。饮流几度长城窟，揽辔更番渤澥东。言戢干戈开绣幕，为佳山水挈诗筒。晚凉得句人怀杜，大树垂名史纪冯。六宇苍生依谢傅，万年治策仰苏公。将军丰格将军画，绘出丹心一寸忠。

文昌宫西园落成

奎壁腾辉接太清，文星朗聚耀光明。水月梵宫开古刹，西指名园就建营。中有楼台凌碧落，春风披拂到檐楹。眼前桃李花争发，飞来片片是琼英。一带绿荫郁青霭，一声鸣鸟听新莺。栏为点笔风雨疾，池留试墨蛟龙惊。几回俯瞰绿波起，今日方才春水平。文鸳戏沐妍毛羽，尺鲵跃之化巨鲸。芊蒿匝地及时茂，秋到将闻秋鹿鸣。观者穆然颂太守，泽溥紫琅会心倾。赐额西园昭名胜，书飞凫鹄庆观成。多士景从霈乐育，愿言此地即蓬瀛。

唐鞠溪先生七十

鞠溪先生淡如菊，生平饱受奇书读。献赋未邀国士知，制科不受天家禄。嘉庆元年公举孝廉方正，不就。独偕难弟宦江南，分忧民瘼勤披牍。九重申命予告身，头衔特晋方州牧。吴岫烟云湘水波，时与先生往而复。对床子瞻共风雨，拊背温公问寒燠。元黓涒滩岁七旬，德寿康宁畴五福。十年以长雁分行，九秋之辰桃并熟。花鄂韡韡竞容华，兰桂森森透清馥。一旬再赋南山词，我惭吉甫清风穆。记取东篱晚节香，年年敬进丹丘祝。

题夏西涯先辈十九鹤图

西涯先生品高洁，鸾凤羞与鹨鸠列。卜筑秦邮水竹居，平生著述充题棁。鸣驺不膺博士征，闲门懒迓公卿辙。当年持节李邺侯，江左论交最心折。劝公出仕公不从，勉以头衔怡耄耋。晚年杖履致清间，偶辟西堂资燕亵。陈圭置臬手日裁，举头常对云寥泬。忽然群鹤自天来，飞鸣响应三霄彻。十七八九不可数，只觉绕梁势颃颉。先生顾，一掀髯，老斫腾欢争咥咥。斯事喧传垂百年，父老言之犹击节。吾闻三鹤南飞载易林，六鹤齐飞纪仙碣。又读简文七励篇，二燕八鹤留其说。乃有薛公十一鹤，描画清奇称四绝。断章取义何足珍，羡此嘉祥集阛阓。子晋缑山去不回，羊公舞鹤终微蔑。先生已作丁令威，独留世德瓜绵瓞。不于其孙，待看风翥鸾翔光阀阅。

赠李十二耕石名奉璋

耕石先生爱奇石，仁者乐山本成癖。千岩万壑滂沛乎寸心，濡毫拂拂云气生肘腋。一官捧檄赴皖江，十年遍访秋岑碧。八公草木黄山松，不知踏穿几两谢公屐。题舆曾辟无为烝，拜石山房旧遗宅。民和岁稔讼庭闲，图书左右丹青侧。况兼北岭芙蓉西紫芝，满目崚嶒如削画。郑虔泼墨三千卷，突兀撑空不一格。兴酣绘成一卷石之多，远势排空敛就云霞窄。疑是青城峰，欲□峨眉吞剑壁。疑是昆仑图，王宰五日留真迹。又似天姥石骨惊飞来，犹带龙吟熊咆岩泉湿。不数米颠袖中皱透瘦之奇，何论到公山池一丈有六尺。展卷命作山石歌，我与退之难为役。曾记终南大石降灵雨，御史陈总祈之得甘泽。又闻越王石上云雾多，惟有廉守望去粼粼白。先生仁寿寿斯民，他年柱石勋名凭此册。

题钟进士图

古有殷民终葵氏，华胄遥遥百世支。晋宋或以氏为名，传讹后乃称钟馗。好事最称吴道子，捉鬼抉目描新奇。元夕出游复有图，嫁女移家事益岐。唐文谢赐画馗表，孙逖张说皆有之。二人总在开元前，进士之说尤可疑。我辈从宜亦从俗，何暇聚讼纷纷为。腰笏巾首鞾一足，辟恶祛邪理可推。神奸铸鼎魑魅逃，方相索室戈盾随。童律庚辰能制怪，龟山曾锁巫支祁。人心所奉鬼即灵，作无鬼论亦近痴。桃符竹爆助威武，神荼郁垒分班司。民不夭札长寿考，天心鬼力相护持。世系事迹姑弗考，容俟曹仓补阙遗。

题蔡曼受燕喜图

中郎三十三初度，周昉酒酣拂毫素。传神已在阿堵中，补图又见春光融。春光融，何彼秾，惟君磊落有奇气。何不蓬矢桑弧鸣素志，何不左麒麟右威凤，渥水丹山标岸异。中郎曰吁我生初，柔兆敦牂二月如。红杏出墙春正满，巢泥新补燕将雏。此时此景何可忘，春晖未报心浪浪。存心已倩良工谱，燕喜名题由柏府。谓君作赋如王威，谓君射覆如管辂。更何疑乎黄发同，鲁侯受祉同吉甫。君不见少皞鸟名官，司分有职随双丸。又不见瑶光散星彩，化成紫乙骖翔鸾。乙来岁岁如相识，节府高牙真示国。凤翔千仞恋德辉，鹤立群中现火色。定然玉燕是前身，文采风流迥出尘。他日凌云舒健翼，欣看上苑四时春。

题顾少愚柯岑仙峤图

故人家近蓬莱岛，登瀛有约通经早。曹仓杜库富包罗，灵枢素问兼搜讨。仲雪声名并伯霜，帜拔文坛蔚国宝。阿兄鏖战捷秋风，小就功名植芹茆。仲氏慨然长太息，良相不如良医好。夜梦桐君授异书，紫文玉字心了了。三年追逐葛仙游，肘后奇方最奥妙。归种杏林千万株，神通广大乾坤小。一卷青囊太古春，满城白发高山皓。天下岂有真神仙，海东难觅安期枣。阴阳调变活人多，便堪坐论三公道。宝山今即烂柯山，仙乎仙乎长不老。玉杯金案分刀圭，夫妇饮兹偕寿考。寿世编成石室书，据台胜视瀛州草。为问难兄是耶非，鳣堂笑把春瓶倒。

祝吴渭泉六十

天上双星辉如画，木公金母幕张绣。山川灵气萃精英，五色卿云太史奏。崧生当代有伟人，勋业烂□炳宇宙。立功立德兼立言，有猷有为亦有守。古之召杜今龚黄，口碑载道称恂寇。上宪考陟著循良，五马腾骧出天厩。福星一路照皋城，儿童竹马争先后。冬融爱日上春台，民之父母真难觏。济宽济猛任人言，总期此心无稍疚。右文养士多嘉猷，甘棠远荫宫墙右。赞助都缘阃内贤，铭咏絮推谢庭秀。情田愿作子孙耕，斸金共矢仁为富。恩承枫陛庆南陔，莱衣翩翩拂彩袖。大椿八百岁为春，跻堂竞献南山寿。梅花点点酝春胶，三爵不辞敢多又。

题杨葆卿翰墨因缘册

莺花三月长安春，软红道上车辚辚。公卿投辖不肯住，国子先生赋归去。先生少小有凤毛，文章声价龙门高。金马待诏虚前席，木鸡就试登仙曹。一官检校芸香阁，良史羞夸读邱索。叔孙绵蕝阅千秋，圣世需贤扇景铄。会典煌煌百万言，簪笔孜孜八九年。一代书成天颜喜，九重命下乔枝迁。先生本是清华选，莘莘胄子尊冠冕。请看槐市育材多，应嗤粉署承恩浅。往年抱恫北堂萱，读礼南来见故园。孔程倾盖延陵缟，公才公望争推袁。大椿有荫正苍翠，受命鲤庭偕计吏。南宫风月等闲过，东阁丝纶看游至。何为绶可解簪可投，闲云野鹤迎归舟。只见馨尔膳絜尔羞，白华朱萼补清讴。纵教文荐扬雄似，肯以斑衣换青紫。埙篪协奏引长庚，定省余闲课诸子。皋比拥处栽桃李，束脩之羊佐甘旨。回头往事随流水，寸草爱日心如此。

祝朱恕斋五十兼擢寿州刺史

淮海襟带烟云苍，扶舆清淑钟贤良。伯仲之间申及甫，南国是式民所望。君住安宜通德里，眉山家学饱五仓。文章早德江山助，韡韡花萼分辉光。先后蓬莱抛白纻，胪唱云中姓氏芳。天子抡才重民社，乔舄飞下临堂皇。潜山左右淠水侧，所至籍籍称龚黄。巫马戴星宓子琴，一身兼之治毕张。昔年皖城借前箸，农田泛滥民彷徨。王尊立水犹已溺，汲黯从事倾困箱。千里嗷鸿一日定，万家生佛众口飏。首列贤劳登剡牍，玺书褒美荣天章。头衔待晋方州牧，重来副岳旌飞扬。下车依旧兴儒教，文翁化俗不易方。馆辟云程萃翘秀，塔起文峰射斗芒。公余课士兼训俗，果然丹桂秋风香。十奇三异不胜纪，实心实德孚雉桑。封公迎养白华洁，问政加餐寿而康。家督复膺皇华使，浙中星纬占文昌。君栖枳棘五六载，忽闻前席虚寿阳。大吏交荐帝曰俞，从看骐骥驰康庄。霍邑士民惊且喜，召父杜母何可忘。一阳初动月三五，西庚南极交辉煌。借寇十年且未卜，买灯三日群趋忙。耆老跻堂偕妇孺，春酒正熟烹羔羊。愿君高位登台鼎，愿君大年齐篯彭。宝树阶庭古谢傅，仙曹伉俪今刘纲。纳民寿宇永无极，东南半壁皆甘棠。冷官旧日通兰谱，倾听一一贮诗囊。送人作郡应有作，巴词藉献昆仑觞。

题杨召林明经淠西别墅图

我忆太湖三万六千倾，坐看吴岫七十二峰青。江南剧有佳山水，鲰生福薄偏求名。求名不获复求食，红尘道上往如织。廿年游子隔乡园，晚司木铎滹河侧。滹河发源天柱山，龙湫岳井泻潺潺。奇石大书小赤壁，桃花夹岸通仙关。关关犹许问津否，高出隐居杨伯起。胸中丘壑画中诗，身如云鹤心如水。古渡斜阳西复西，茅亭花影环清溪。四壁藏书不藏酒，观书眼是通天犀。玉皇最吝山水乐，几生修到清闲福。水西果可结比邻，携琴挟剑与君约。何必陆天随钓雪归来，何必张季鹰莼鲈兴托。

题江庆堂小影

我住江南瞰江北，闻说万山环古穴。汉武登封云气多，大山衡岳小山独。梦游胜踏武夷巅，步步引人入九曲。一朝捧檄渡江来，不见崇山见平陆。掩关疑被攒峰讥，面城愈眇湘东目。吁祷山灵开我颜，诘朝顿现愚公谷。愚公者谁江庆翁，身寄城隅志幽壑。朴诚上与古人交，诗礼下授儿孙读。不求问[①]达不言贫，不骛时趋不近俗。金液良丸肘后施，灵书玉版胸中塾。活人无数道益高，劝人勿药功尤速。一片天真寿比相，六十年来淡无欲。只有高山流水间，冲远神情聊系属。探囊那得买山钱，开轩一一仙岩矗。六国诸山半在西，滹河滦抱山之麓。忽似海上引蓬莱，忽似河源献昆玉。忽似大江浮金焦，忽似神州分岳渎。风月高淡今文雅，烟峦倒影三春淑。奇云未敛雪初晴，四时异景往西复。云林画本未全摹，辋川诗境犹嫌局。问翁几生修到此，问翁何时始卜筑。翁岂终南有捷经，翁岂桃源有旧族。不然真是愚公愚，天遣夸娥徙成局。翁乃掀髯示此图，百尺高冈一茅屋。城市山林只在心，眼前皆是硕人轴。吴侬辜负山水佳，千里辞家求苜蓿。苜蓿何如山水佳，妒杀吾翁响清福。

题寿州孙爱吾庐说

元亭先生不肯仕，挂冠彭泽归南村。孙绰官至大廷尉，天台赋手司平反。二人先后晋宋开，所处之时难并论。瘦生系出兴公后，掷地金声早自负。哦松官阁古参军，第名应与鹓鸾偶。此心忽被白云留，

① “问”，疑应作“闻”。

视四百石如五斗。五斗折腰耻弗为，琴囊书槴身相随。梦游粟里柴桑境，南窗寄傲神希夷。晨来别构三间屋，不事雕文事纯朿。落成争献南山诗，开尊正绽东篱菊。群芳有谱四时开，琳琅壁上皆邹枚。惭余枯管老而秃，效颦亦上姑苏台。寿春三月韶光暮，满院莺声叫红树。酒杯邀集又更番，诗债追呼尚前度。素心晨夕惯停车，我来不复歌归与。醉中主宾浑莫辨，大书吾亦爱吾庐。

商城刘烈妇歌

戈阳之东古宋城，梅山峻绝潢水清。孝行啧啧喻子谦，忠直觥觥郭子横。巾帼亦钟灵淑气，慷慨之死剖丹诚。卯金有妇余家女，德言容功本天与。素甘藜藿伴诗书，谋佐笔赉勤机杼。舅姑即世伤哉贫，披衾窀穸殊禁禁。三载为妇众称贤，鸿案相庄约百年。夫情一朝遘危疾，手调药饵心如煎。刲臂作糜不知痛，以身代某声闻天。彼苍者天胡不应，彭殇修短三生定。地下长作修文郎，闺中早矢捐躯殉。数番遇救得回生，浓已在梁血在刃。父命谆谆未敢违，儿生不辰负春晖。阿爷勿以儿为念，婉语承顺魂先归。家人环护偶一弛，顷刻幽魂吞药死。玉颜虽死尚如生，古来英烈总如此。一死何足报所天，义不苟活情不迁。杀身共见志志，岁寒方知松柏坚。吁嗟乎，愚忠愚孝皆千古，风教彝常讵小补。山高水长姓氏馨，赐金表宅昭来许。漆室女增绰楔光，国风诗备辅轩取。

无题

廿五年立程门雪，九老图看毫添颊。今岁称觥未及期，曾怪石尤风太烈。马蹄昨踏板桥霜，寿星桥畔星煌煌。周甲重开第七图，诸公草圣兼诗狂。清凉山寺殊不恶，秋护黄华春红药。伊蒲进酒助高吟，想见赤壁之游乐。我师本是安期生，春风在坐霁月明。鲰生未至赓载歌，韶虞听罢谱韡筝。

补梫馆闲课十六事自夏徂秋效少陵体

测晷

三万六千日，都随漏转铜。稀闻报早莫，频验景西东。针直信亭午，晷长疑再中。小年度岑寂，视荫意无穷。

贮霤

眢井不可汲，天垂霖雨甘。建瓴自高屋，承霤辄盈甔。泽稼霑常膏，烹茶酌不贪。时淳同瓮露，挹注即寒潭。

移花

既补月中树，还移雨后花。夏畦勤灌溉，秋圃爱清嘉。底事觅珍种，惟期森翠芽。待霜酿红紫，雅不减春葩。

芟草

生意虽满眼，当严非种锄。良材岂易植，滋蔓合先除。陈柠倩风扫，新条和月梳。呼童剔秋绳去，阶砌罗清疏。

作字

少小学执笔，垂老犹未能。喜客穿门限，凭人吊剡藤。别裁求古拙，新样重飞腾。拨灯无参处，常挥墨数升。

整书

昔苦无书读，书多反不观。况携行箧少，可任蠹鱼残。触手若心喜，开编先兴阑。却怀楼上帙，寄语曝应干。

觇画

画史解盘礴，旁观意气豪。山分烟九点，面写颊三毫。诗意搴云出，禅心映月高。移床避尘眯，坐卧得游遨。

忆游

龙门揽胜处，午梦与之遥。题笔岱衡顶，挂帆江海潮。丁年时撰杖，丙舍远攀条。游子归犹未，如闻隐士招。

糁羹

江国足莲芡，天然风味清。粉同砻玉糁，淖深絮藜羹。芒刺剥先尽，苦心尝自明。凉生诸物老，餐菊落秋英。

丸药

所须惟药物，其奈两丸驰。树有流莺啭，庭无使婢疑。圆于脱手得，香未入喉知。难觅九还术，翻求百草滋。

涅髭

蹙蹙软红道，缁尘化素衣。髭虽加墨涴，鬓未觉星稀。蒲柳秋先悴，蒹葭露易晞。人情多侮老，聊以示衡机。

雕相

工有偃伯技，雕镂亦传神。客喜作机巧，吾甘为木人。无盐凭刻划，优孟假衣巾。曼倩敢唐突，先生同我真。

剔耳

耳垢不能洗，久之还听荧。聊聩只自觉，耵聍岂容停。哀若摘纤纩，铿疑撞寸莲。云闲呼欲出，内景诵黄庭。

搔足

曾行万里路，未濯万里流。胸腮患沉腿，爬搔思决疣。虽殊无趾兀，亦抱子春忧。赖尔任奔走，何当酬八骆。

感蛩

轻飔鼓虫羽，鸣曰叫哥哥。有汝报秋急，无兄如我何。昨同听屋壁，今独倚庭柯。回首湘山远，鹧鸪啼更多。

占鹊

鸿雁久不至，频烦端策占。忽闻乌鹊喜，霁色上风檐。门报嘉宾刺，邮传启事签。吾当佩金印，好为发封钤。

祝麟翁七十代

采采东篱菊，言开介寿樽。兰阶香正满，枌社德弥尊。爱日春常驻，仁风煦最温。筹添逾耄耋，操券证斯言。

燕翼诒谋远，貂蝉积庆长。欣兹仁者寿，俾尔炽而昌。瑞映南弧彩，恩承北极光。引年兼尚德，稠叠讶鸾章。

题马仲湘照

高咏承家学，风流有替人。清波涵素抱，明月是前身。树老秋山外，葭苍古渡滨。吟情随所寄，不尽为丝缗。

题朱春墅小影

手握扶人杖，门盈问字车。当途争拥彗，教子有传书。远迩颂生佛，乡关当客居。南陔一回首，转欲羡耕渔。

两世苔岑契，三年云树思。朗怀裴叔则，清兴陆天随。莲府衔杯日，枫江惜别时。授图迟索句，昕夕展丰仪。

抚景辄掀髯，幽人兴自添。偶来松竹下，时听雨风兼。石径多香草，波光不隔帘。园公与溪父，胞与本无嫌。

爱此清幽境，天教放放翁。吟诗高阁上，种树白云中。绿柳映春水，新荷招晚风。何当买山住，小隐与君同。

题周研芝图

瑞毓科名草，奇征翰墨场。英华胜璧水，歌咏续芝房。染柳衣曾绿，生花管亦香。省兰虚左席，珥笔奏长杨。

书冰蟾女史诗后

节励筠松劲，名争日月光。此心寿金石，余事托琳琅。泪洒千行墨，词成百炼霜。廿年勤画荻，有子擅文章。

有子擅文章，鸣机夜课忙。父书留汝读，母德待儿彰。孤雁秋声肃，雏鸾云路长。是编为左券，纶诰伫辉煌。

题文昌宫西园

东澥文澜阔，西奎景宿高。作人勤郅治，开馆接英髦。夏屋新凉净，春林化雨膏。鹿鸣秋宴启，云路引翔翱。

郊墅新开辟，宾筵迭唱酬。论文先器识，励俗训儒修。水月清华萃，椒兰臭味投。时来谭艺处，乐与郡人游。

环拥五山青，文光有聚星。图书通壁府，翰墨挟天庭。魏氏风流古，燕公藻语馨。请看风池客，太守手传经。

香火幸前因，南丰满座春。惭非千里骥，早遇九方歅。岁岁乘槎客，依依问字人。皋比余曷称，声教紫琅新。

题春林吟眺图

早握凌云笔，迎春又饯春。双柑怀胜侣，万绿寄吟身。石指三生旧，诗成一卷新。嶺山如尺咫，我欲步芳尘。

题孙镜泉年伯诗稿名方仪，通州人

分属年家子，心仪海上仙。文名压江左，友教遍崇川。迟我十年约，悭兹一面缘。瓣香尊子固，剩有箧中篇。

云海护岑岑，当年胞膝唫。渊虚无俗韵，敦厚有遗音。壮志明经老，宏章报国心。挑灯欣卒读，凉月透疏林。

题钟进士

华胄终葵氏，荣名进士科。居官唐史缺，驱魅禹功多。旧著金容武，今逢玉烛和。驰驱尽如意，宝剑不须磨。

江行守风

沧海昔曾经，洪涛夜不惊。痴儿忘坎险，随我爱江行。气撼千寻浪，神飞万里程。是何濡滞也，回首石头城。

有为须有守，善守乃英雄。世事分夷险，亨途慎始终。庾公留好月，宗悫待长风。此去心毋躁，江流万派通。

题梅故上人照

不复蕉成梦，相邀竹入林。三生归石上，一碧坐云阴。诗思茶烟动，昙光鹤影沉。愿言修到此，流水印禅心。

题邓瑞轩风雨怀人图

停云渺无际，话雨记何年。廿载京华梦，三生石上缘。夜灯知此味，形影倩谁怜。遍植相思子，长吟秋水篇。

喜得顾小瑛书

千里音邮至，函开一粲然。交章膺鹗荐，联步听莺迁。杨意真知己，陈思愧昔贤。吾侪生有用，天不负青莲。

谱儿合卺日又寄以诗

半月行程稳，今宵合卺宜。百年嘉会始，六礼告成时。赘婿身如客，良媒舌已疲。小阳天气好，酌酒慰遐思。

水陆千余里，何曾便往还。倚闾情脉脉，陟屺泪潸潸。凤卜欣言吉，龙门可易攀。从长筹去住，情理势之间。

汝兄弱不支，汝父衰如此。式谷少良谋，肯堂期令子。手足如瑟琴，家室永宜矣。莫作等闲看，大婚万福始。

冷斋杂兴

课卷不留牍，邮筒直到家。花开呼进酒，蜂暖任排衙。门子抄诗稿，厨丁洗豆芽。奚奴勤且慎，客到捧杯茶。

岁岁支全俸，人人唤老师。抗颜常自笑，握手即相知。对客芒鞋惯，升舆眼镜离。一般难免俗，手版字如丝。

患难兼贫贱，交情重两斋。到头甘苦共，举步影形偕。无计拼飞去，相商小住佳。糟糠曾不异，即此可人怀。

题周珍黄令母汤孺人节孝诗帙

未历千层劫，安知百炼刚。冰霜坚志节，巾帼表彝常。晚景滋兰茂，荣名画荻芳。旌闾辞不得，绰楔伫辉煌。

有子是倪迂，相看一椊儒。愿偕绵上隐，时绘辋川图。奉母兰羞洁，添孙竹杖扶。阃仪兼世德，□可式枌榆。

赠樊云坪总戎即和登狼山原韵

天诏宣金马，星垣动木狼。借筹龙节重，移镇虎贲忙。韬略庾开府，诗名陈子昂。凌烟曾绘像，薄海竞依光。讲事军成肃，怜才士气扬。经文兼纬武，指日授封疆。

宝山李芝圃明府堂配诗三十韵

召伯循行日，甘棠莅政时。化神弭鼠雀，恩普及兰芝。有女青闺守，无瑕白璧姿。贞操方迨吉，名节早能持。忽讶杯中影，偏生李下疑。翩幡成贝锦，谣诼怨娥眉。顿爽丝萝约，几将葑菲遗。讼庭纷牒诉，中谷叹比离。对簿花容暗，含冤絮语迟。惧难分玉石，孰与判渑淄。贤宰凫双至，纤尘麈一麾。高悬心镜朗，照澈戴盆私。狱仅片言折，聪先五听施。金夫三尺坐，铁案万民宜。披棘寻芳草，澄波出素丝。崇朝消蜃市，亘古扫墙茨。已协神明颂，犹烦退食思。良辰当此夕，传命结其褵。既信幽人吉，毋愆归妹期。云璈仙乐奏，月德长官知。宠赐合欢被，栽成连理枝。蓝桥新得路，红叶旧题词。鸾凤真嘉耦，螽麟乃化基。温言宜尔室，德意止于慈。励俗冰霜洁，班春雨露滋。仁声遍东海，谗说儆南箕。渊鉴陈良翰，仙才杜牧之。阳城劳抚字，许浑首吟诗。云间许樵芸赋诗纪事，群公和之。韵事传巾帼，欢情达幼耆。弦歌倾听处，淞水漾清漪。

挽张石兰方伯德配施夫人

众母人皆仰，兰闺顿失望。钟山云黯淡，淮浦浪凄凉。城圮夫人逝，峰摧玉女伤。子民心莫释，壬嘏理难详。忆昔崇溟秀，于归浙水长。名楣标舜显，佳妇迓余杭。在御听琴瑟，和鸿翙凤凰。吟情高咏絮，孝行美承筐。必敬如宾客，毋违最缥缃。坐帷期下董，凿壁愿偷匡。纺合书声彻，机随笔来忙。五纹萦蜀锦，四库裕曹仓。组织翻新样，文章泽古香。南宫欣报捷，东壁利观光。律判乌台冷，书悬象魏皇。贾充司寇属，裴氏定科郎。蜜赞枢庭务，衡操玉尺量。丝纶当宁出，桃李满城芳。虎节荣旌旆，羔裘厉悚惶。蓬山春正好，闽海纛方张。星使频移驷，风轮更转骧。蛮烟晴豁瘴，旱雨霁开旸。百粤资巡恤，三峨借保障。八条咸按俗，五术妙提纲。屏翰人维价，旬宣力倍强。猺花皆沃泽，犵鸟几回翔。石栈才平蜀，金陵又渡航。四郊流膏雨，万里憩甘棠。谩说贤劳独，全凭内治良。慈云蒸蔀屋，爱日煦严疆。挟纩绵装袄，周饥饭馈粮。女宗推召杜，阃德颂龚黄。挽鹿甘劳勋，丸熊助义方。苹蘩亲锜釜，荆布历星霜。中表情惟挚，帷帏拜未遑。上京才晋谒，投辖岂寻常。款洽怜羁旅，迟回别帝乡。十年勤问讯，一低遽丧□。紫诰君恩重，彤编壶范彰。五花辉有耀，二品荫弥昌。鸿案眉齐庆，鱼轩辔共扬。繁禧欣未艾，荣寿卜偕臧。水忽悲西逝，云将□北邙。新歌传薤露，遗挂痛薇堂。骑省诗三首，微□泪十行。寸笺难□读，三复更彷徨。自恨盘餐蓿，何从酒奠觞。四炊同入梦，盆致竟相当。意与庚邮远，情偕子墨将。灵兮容鉴此，翘首涕汪洋。

挽徐少鹤阁学

江左文星暗，儒林大厦倾。三秋歌采葛，一梦泣归琼。箕尾骑何速，沧桑痛忽更。金瓯□□□，玉尺冷宫黉。夙抱苔岑契，悲闻薤露声。虎头先已逝，龙节更谁迎。尚忆同年少，相□迈远程。鹿门初角艺，雉囿早蜚英。春夜香怀李，秋风借识荆。槐黄阴踏软，桂碧影含清。旧雨连床诉，新诗一榻盈。绛霄鹏翮健，紫阳马蹄轻。月色南宫好，奎光北斗横。羡君超鹭序，愧我逐鸥盟。胪听云中唱，交驰日下名。鳌头凌绝顶，凤翮快飞鸣。翔步花砖丽，分辉御烛明。韩苏知制诰，燕许竞峥嵘。禁御窥宸翰，东西赋帝京。去天曾尺五，此境即蓬瀛。衣钵金针度，珊瑚铁网莹。冰壶悬朗鉴，桃李满春城。红杏他年句，青莲此日荣。词垣径万选，宠遇感三生。内翰持星节，中台耀月卿。使车邻梓里，锁院肃钧衡。真品披沙拣，殊材援汇征。还朝趋棘右，恋阙展葵诚。巽命□三锡，师资重九闳。经筵思日赞，史笔庆云赓。□鲁收楠梓，江淮采干桢。连番驱四牡，再至拥双旌。皖水频移棹，齐山仰佩珩。芝兰通旧谱，月旦矢公评。鲤素重邮寄，鱼笺十样呈。鸾旗如望岁，凤羽待飞鸣。店作闻疑误，书迟寤寤惊。藜空燃太乙，窃忽陨长庚。半百年华茂，三千奏牍成。丰裁瞻岳岳，坐论正铿铿。伯仲偕伊吕，期颐合羡彭。□教悭面觌，顿使动心怦。久宦甘如水，携经笑满籯。债多名士负，泪洒故人情。归路……

口占赠李星槎运甲

阙里罕言命，斯理本精微。先生探其赜，娓娓能言之。两载求字交，今日瞻丰仪。贻我数行墨，惠我一卷诗。书逼颜□□，诗成庾鲍词。诵罢谢不敏，问年及干支。自惭蒲柳质，恐非松柏姿。先生频击节，毋乃阿所私。寿居五福首，矧复远大期。援笔为左券，他年奉一卮。

题愚亭兄桃源图

彭泽柳，柴桑菊，陶令风情远尘俗。归来更作出尘想，幻指桃源水一曲。桃花源，武陵船，数百步中迎群仙。仙乎不可接，云何鸡黍相周旋。周旋止数日，重游难再得。悔弗攀依此中人，来兹绝境不复出。渔人何足道，太守风流邈。南阳刘子徒高尚，山口水源今莫考。阿兄爱与古人游，饱读异书探奇幽。或劝之仕笑不应，娱亲课子情夷犹。倏然慕古处，绘出神仙谱。良田美池通往还，黄发垂髫互尔汝。村中讶问客何来，汉魏以前羲皇侣。依旧桃花笑古春，水流今日月前身。莺湖即是桃源路，元亮当年欲问津。

题采莲图

江南可采莲，采莲颇不俗。露房坠粉红，花影凌波绿。仙娥逐队来，试手已盈匊。凭栏者何人，惯受清闲福。爱兹水面花，构此池边屋。高荫百尺桐，旁列数竿竹。况有谢庭兰，何必柴桑菊。解语美人同，出尘君子独。只闻香益清，非慕颜如玉。我本江南人，请谱采莲曲。

题薛镜堂停车坐爱图

肉眼幕繁华，花事占先春。红芳容易歇，凌霜乃见真。三冬荣古柏，八千长灵椿。彼具磊落姿，岂争凡卉新。凡卉当及时，旖旎亦可人。奈教婪尾饮，冷淡迄秋晨。秋晨偏艳绝，杜牧曾此经。树排六六宫，色夺三三辰。赤心堪终古，晚节宁自矜。秋林抱此质，秋士怡我情。停车乃粗迹，坐爱有夙因。古人诗中画，先生画中身。襟怀应如许，超然谢红尘。

题《丰溪诗集》

商颂十二章，编诗亡其七。汨作与九共，古今经，久散佚，生不赓扬堂陛间，明良喜起谁流传。君不见，陶彭泽，南山歌啸裒成集。又不见，严先生，客星不借文章鸣。男儿气节迈远古，在水一方，间伴渔父。余事作诗人，名山藏故府。清风瘞钓竿，虚名视黄土。剑气沉沦一千年，吉光熠耀卌五篇。永丰桥，传婆井，先世避秦成独醒。纠峰巅，溪西村，后贤聚族多文孙。先世手泽后贤守，郁积流光久又久。闻风似与富春游，论诗岂在柴桑后。吁嗟乎，全唐诗集八百家，古偏晚出丰溪叟。

先生鸾凤姿，公余[①]耽默坐。诗集计官阶，勤比稽勋课。东南风雅林，群章七宝座。条冰是头衔，讵屑尘容涴。独赏青琅玕，选胜凡几个。平安不待报，暇即扶筇过。竹间偶微吟，风吹忘帻堕。笑指此君节，棱棱不少挫。量地辟誃堂，饱看由衜大。手植等三槐，计为百年作。绣衣忽复加，未许东山卧。片帆载图帧，江口长风破。抠谒侍春风，登龙健腰脚。新图赐一观，为言半茧柘。山斗现玉容，光霁满林薄。援简命题辞，陈义戒穿凿。开筵先劳酒，善□必盈壑。环坐洛社英，我比新篁箨。参依古相间，顿起操鼓弱。太丘能活人，刀圭分错上。洛兴公琴德，优松风鸣所。托吾师司马，公后尘满台。阁尚少独园，平泉谢恢廓。券成栖凤条，活民此秘钥。

题江晴峰

出山何以浊，在山何以清。涓涓同此流，泾渭本自呈。出处义大矣，君子守其贞。东山谢太傅，霖雨济苍生。南村陶元亮，松菊娱高情。卷舒各有当，时止而时行。此心挠不浊，秋水共澄泓。晴峰岂不仕，哦松驰令名。百二锁秦关，膂力方泾营。急流退奚速，非果亦非硁。丈夫子五六，遗经拥百城。假旋展墓讫，兰玉绕砌荣。过庭问所学，一一吐琼瑛。顾弄有喜色，顿与泉石盟。培风鹏翮远，捧檄鸿毛轻。隔帷课必读，暑寒必三更。歌咏出金石，杂和松泉鸣。松泉无俗响，说泾愈铿铿。连翩诸茂才，顷刻属里程。不以彼易此，于水监分明。玩得画中画，听兹声外声。愿质许丁卯，俚言附载赓。

---

① 衍一“比”字。

种花有述

昔我辞三吴，薄宦就古六。下车辟草莱，入门兴土木。风雨免飘摇，庭楹添小筑。青乌本有言，尔宅宜改卜。累月常鸠工，扶病犹执朴。坐縻二百缗，自忘升斗禄。完美固难几，补苴聊自足。榻为孺子留，书倩群儿读。花径未及开，初植三竿竹。忽如张老云，斯歌亦斯哭。枨触伤旅怀，扫除任厮仆。自秋忽徂春，枯坐甘幽谷。僚友屡招邀，遣情餍酒肉。往来文字交，未嫌老管秃。晨夕素心人，犄裳左右塾。好风自东来，吹动上阶绿。明月笑空庭，阑干正苜蓿。有客前致说：江南樱笋熟，何不怡心曲？生意总一般，想见周茂叔。生徒最多情，赠枝如脡束。园公亦解人，移花操畚掘。长条与短条，亭立森如玉。万物欣及时，呼僮勤灌沃。稽首启东皇，与君封汤沐。我非探花使，敢拜君之辱。闲来花下吟，醉里花间宿。君如鉴悃忱，扶疏即绕屋。

喜马甥廷棐入泮即和励志元韵

圣学基于志，志苦天最怜。不甘居牛后，闯然在卢前。吾甥年少小，头角早崭然。勤读无他好，善问如攻坚。重严诗礼训，五夜京都研。出战偶不利，急如矢上弦。埋头伏青案，人定欲胜天。一载不相见，邮筒驰寸笺。好音符鹊噪，宗工识鸢肩。掇芹同拾芥，逢年报力田。寻赋励志诗，探出琉璃咽。豪气五云上，至性千里传。俯仰溯先泽，感我泪双涟。中表诸昆弟，掘井未及泉。思乐鲁宫茅，待奋祖生鞭。腾骧君且去，先歌鹿鸣篇。

题黄松栖

叔度之苗裔，山各有替人。汪汪波千顷，就之如饮醇。好古饱异书，谈诗本性真。雕虫嗤小技，随手玗琪珣。生平笃孝友，少孤勤负薪。将母怜母节，菽水慰松筠。下视叔仲季，肩荷在一身。书数兼礼让，衣食及婚姻。苦心获天佑，如愿敦天伦。怡怡一亩宫，融融四时春。慈颜悲且喜，谓儿多艰辛。儿只劝忘忧，卖文进馐珍。儒服胜莱彩，书声抵大钧。承欢适吾志，何必馆朝绅。倏然荣利外，不染元规尘。有时战文囿，驰驱范我轮。胜败俱欣然，士待知己伸。骐骥志千里，岂无九方歅。文笔广国华，诗才充国宾。余事兼三绝，特达寿贞珉。卓卓如君辈，天肯许长贫。君不见毛义，捧檄娱其亲。

题黄松栖审影图

未观审影集，先披审影图。对月已成三，新吾即故吾。寂处无人境，形体若交警。耦俱真不欺，只恐形惭影。衾影孰我窥，清风古人期。曾氏日三省，杨公夜四知。止水夹修竹，彻底交加绿。三生石上盟，君堪对幽独。

自省回任，忆韦苏州有“昔出喜还家，今还独伤意”之句，感赋二章

少壮被饥驱，橐笔天涯走。逾年或一归，伉俪如宾友。乍合旋复离，廿年罕聚首。冰署忽团栾，薄糈邀升斗。苜蓿且劝餐，子妇将进酒。嗟哉命不辰，弦绝琴床剖。牛衣泪初干，鸿案举何有。对月影成三，镇日肠回九。今兹自远归，泉下人知否?

生还总有期，死别长已矣。生别复死别，饮恨何时止。蹉跎半百年，一官冷如此。三男学未成，谁是克家子。向平愿初毕，稚孙方见齿。笑口杂愁颜，辘轳并忧喜。作赋效江郎，恨别难缕指。载道北风寒，入门暮云紫。仿佛与妇谋，有酒多且旨。

题黄以恬青山澹虑图

古交相接后，秋菊正开时。此境凭谁赏，相看只自怡。吟怀三泖阔，心事九峰知。计脱红尘外，吴云动客思。

初次六年俸满循例验看赴省有作

久拼偃蹇坐毡寒，苜蓿年年照见盘。岂有嘉谋堪入告，别无远志更求官。飞符叠叠惊鸥梦，行李匆匆压马鞍。闻说故人今节度，迂疏报政转愁难。

看山有约肯迟徊，道人舒庸异境开。两界仙鬟生肘腋，千重云影接楼台。泉鸣浅涧桥横卧，路惹香烟佛自来。山寺以自来佛得名。明日

大观亭上望，江南应寄一枝梅。

朝朝听鼓效时趋，下吏何当礼遇殊。一卷课文凭考绩，六年本分在安愚。谫才愿比遒人铎，凡骨难飞叶令凫。勤职居然称上考，先生归也慰生徒。

题程蘅衫先生乐志图

千仞龙山一寓公，风流遥嗣仲长翁。吴兴粉本将军画，旷代知音不约同。

心裁结构好园林，却笑前贤得我心。远撇浮云千万里，孔颜乐处此间寻。

知君游屐半天涯，翰墨因缘入帝家。饱看云烟得丘壑，归装幕府有莲花。

仓籀钟王列满轩，吟笺劈罢又开樽。温公洛下如相问，此是横山独乐园。先生将有豫中之游。

皖上相逢恨见迟，旅窗风雨晦明时。冬初，因公赴省垣，始得握手。只愁倾盖匆匆甚，未读樊川壁上诗。

披图省识硕人宽，国士何当老涧盘。小草独惭无远志，冰衙株守不胜寒。

题杨舍斋孝廉湖堤玩月图

闻说郎官旧有湖，风流不与古人殊。湖边载得元亭酒，唤作杨堤是也无。

几度清风赤壁游，山高月小一扁舟。吴刚犹识东坡面，笑指前身在上头。

十年杞梓坐春风，鹿洞于今见楚中。谁与先生共千古，南湖如练月如弓。

课余随步涉芳津，鸿雪还多未了因。底事归与留不住，千条弱柳最愁人。

绛帐移来近芍陂，新装琴剑旧皋比。多情不减当头月，犹照晴川桃李枝。

题陶乐园爱菊图

吴侬一样绊微名，野鹤相逢一笑迎。人似黄花矜晚节，交如红友最多情。中山安得真千日，彭泽何当老此生。记否故园三径好，与君载酒问归程。

题沈蔚邻拈花图

少小经生老作家，养成文望最高华。闲来信手拈何物，应是春风及第花。棨戟门楣淡若忘，欢依慈竹著书忙。一庭花萼春如海，更把忘忧奉北堂。

为旌德吕节母丁太君松筠赋

丰溪在昔有诗人，唐诗人丰溪渔叟为旌德吕氏始迁之祖。靖节遗风写性真。千载云礽釐女士，卅年冰蘖见綦巾。熊丸志行辉彤史，翟茀荣华拜紫宸。博采輶轩敦雅俗，余续修《六安州志》节孝一门尤加意焉。清芬今复仰松筠。

题张玉厓少尹小影

启图共识张京兆，手不停披岂自今。二十八年携旧稿，七千余里伴行吟。改官还是江南好，知己偏宜客路寻。我愧郑虔君屈宋，捻髭共对碧云岑。

闰端午小叙率成一律

五十年来十九闰，止经四遇闰端阳。萍踪到处多神契，蒲酒今番又酌尝。漫许千杯浇溽暑，偏劳一雨送新凉。天教令序添诗料，记取琼华贮锦囊。

又次曹谷生韵

重逢胜友经年矣，两度芳辰仅见之。我辈延宾惟有酒，先生在座可无诗。檐前绿暗红初歇，亭下风来雨更宜。转悔当初少一醉，秦淮载月暮秋时。

又次程赤霞唐小寅韵

挥汗高谈四座倾，强留佳客怕无名。倘能销暑方河朔，为劝携樽伫月明。苜蓿盘陈寒俭色，琳琅句写古人情。披襟正好吟筒至，镇日清风两腋生。

松月听泉图征诗序代赵雪香明府

某生自丘樊，性耽山水。一经世守，怡神竹素之园；群季才多，分踏槐黄之路。猥以饥来驱，我壮不如人。席帽未离，厕入莲花之幕；尘缨遽缚，滥邀墨绶之荣。制锦怀惭，盘根曷利。十年鞅掌，抚字每劳保赤之心；五斗折腰，循良谬荷垂青之目。既量移乎剧任，复暂摄夫方州。追维清献家风，敢渝素守；纵似隐之酌水，何补苍生。出入戴星，早觉尘劳易倦；簿书旁午，更兼枨触多端。回思老屋数椽，常华几树。话对床之风□，寄梦草于池塘。陈迹已迁，故园无恙。兹者偶拈摩诘山居之句，属写太冲招隐之情。石上清泉，比在山而如一；松间明月，恍对影以成三。所性安焉，初服遂矣。负水湄之有约，王孙未归；问林下之何人，他日请念。质诸大雅，堪笑抗尘走俗之容；惠以名篇，定增三泖九峰之色。

题赵雪香松月听泉图

一郡歌传有脚春，通儒异绩出风尘。前身明月今流水，本为先生替写真。

时有涛声到耳边，松风浑不辨飞泉。好音若论三公兆，丁固何须十八年。

剪取吴淞江水来，一琴一鹤共追陪。冰心坐对冰壶澈，恰似虚堂宝镜开。

秋风那许忆莼鲈，韦白声华重上都。只为臣心淡如此，倏然一幅辋川图。

题枫村负米图

□□秋色霭林霏，香稻欢承玉粒肥。子舍正当慈竹健，家山遥望□□□。□□未报孟东野，华黍重赓束广微。我亦担囊计归养，垂□□□□□□。

——《三径书屋诗草》

吴兆煌

吴兆煌，字戊生，号雪荪。震泽诸生。有《听雪楼诗稿》。

渡钱塘江

清晨萧寺起束装，匆匆襆被来钱塘。青山一路好屏障，使我画里浮轻航。罗刹矶头人竞渡，急趁风力孤帆张。早潮故作掀舞势，击碎雪练娱诗狂。中流回眺越峰断，老鱼出没惊凫翔。江涛澎湃自终古，寒沙绝浦烟沧沧。吟成掷笔四山寂，不教铁弩矜锋铓。

徐烈女诗

徐女许字康家子，女年十八康郎死。夫死自誓不独生，只身岳峙心月明。大母爱惜掌上珠，阿姊防护随步趋。海枯石烂志不夺，强饮强食延斯须。青灯荧荧披帏入，悄然易服投缳急。正气长伸魂魄安，精诚上感鬼神泣。吁嗟乎，柏舟大义昭千秋，弱女立节庸夫羞。从今舜水无波浪，为有贞珉在上头。

——《松陵诗征续编》卷十一

吴 涣

吴涣，字君壮，号右岑。吴士坚孙。有《自存草》。

感怀

振衣直上凤凰台，绝顶曾经放眼来。蝴蝶当阶闲有梦，蛟龙蟠壁怒无雷。东风杨柳春如昨，流水桃花浪不回。我欲骑鲸入沧海，白云缥缈锁蓬莱。

瘗我何须万斛愁，眼前变幻等浮鸥。才殊非福三生误，骨欲成仙几劫修。昌谷无诗亦夭死，夜郎有酒可长流。蒙庄齐物超千古，身世从来不系舟。

复社老屋图为家愚甫山嘉题

三百年来养士恩，尚留正气塞乾坤。莫嫌风雨茅堂窄，不比江山有泪痕。

几闻声气半天涯，渤海延陵况一家。忍向东湖寻旧宅，孤臣骨葬乱梅花。吾姓有渤海、延陵二派，涣之先出自渤海。同时在社中者，我家有数人，而七世从祖节愍公为尤著。东湖草堂在柳胥里，为节愍故第，公殉难后即葬于其处，遍植梅花。

登太白楼放歌

长鲸吸浪如山兀，赤手翻江捉明月。月明依旧楼上头，谪仙人去余千秋。男儿忧患始文字，读书击剑原多事。不见楼头一卷诗，洒洒行间皆血泪。同是离骚哀怨心，别以风流擅绝世。而今谁是出群才，锦袍画舫安在哉。江山指点了无异，我似楼头曾见来。昨夜长星大于斗，天边隐隐光如帚。那知不再来人间，呼天欲问时仰首。问天天亦梦梦耳，生才有用竟如此。我辈只合醉千场，岂有神仙真不死。仙乎我醉我欲歌，天门荡荡开嵯峨。千古万古一刹那，人生不乐将奈何。若使长江能化酒，便拟深杯凿翠螺。

五月八日登黄鹤楼

茫茫客路三千里，点点梅花五月春。此水直过山北固，我家还在海东滨。神仙楼阁难为主，风月江天大有人。独倚危阑生远思，烟波无际渺予身。

——《松陵诗征续编》卷十二

夜饮云华吟馆同叶楚香兰生话别

冷月积如水，湿光流半栏。灯随人语淡，酒到别怀宽。草草情何限，沉沉夜已残。邻鸡殊不恶，入耳一声寒。

舅氏陈芝林先生杲留宿南溪草堂，晓步池上观荷兼怀叶楚香

错落残星几点留，模糊斜月淡横钩。一清如水花逾净，无叶不香风自幽。诗思忽随朝爽远，烦襟都为晓凉收。故人屈指遍迟约，喜鹊声声噪树头。《留爪集》《果园诗选》。

——《吴江叶氏诗录外编》

吴淑巽

吴淑巽，字君嘉，号柔卿。吴士坚孙女。

蚕词

东家女儿养蚕忙，西家女儿绮罗裳。西家绮罗裳厌旧，东家络丝愁夜长。

中秋

灯市忽已散，深闺殊未眠。万家秋梦里，明月自中天。

——《松陵诗征续编》卷十四

吴淑升

吴淑升，字君阶，号允卿。吴应铨女，淑巽妹，蔡绍熙室。著有《梦兰阁诗钞》。

夜坐怀四姊

迢迢秋夜长，皎皎明月光。斗柄指西南，蟀蟋鸣我床。拥衾不成寐，揽衣起傍徨。徘徊步庭除，哀雁唳高翔。感此伤别离，清泪沾罗裳。美人隔河汉，遥遥天一方。盈盈不得语，脉脉空相望。何当生六翮，飞飞绕君旁。

梦兰阁雨后书景

意惬新晴好，小楼纵目初。遥山青欲滴，野草碧如梳。方枕才抛梦，凉飔薄透裾。悠然忘暑著，消昼只凭书。

一桁梳帘挂，蕉窗透晚晴。雨余蛛网重，风软蝶衣轻。槐影檐前覆，棋声竹外清。不须凭北牖，自有嫩凉生。

登妙明阁

临眺豁双眸，一椽水阁幽。明波千顷阔，俗虑一时收。岫影窗前列，鸟声花外流。宜诗宜画地，不少客句留。

题魏塘黄静芝夫人莲舫观书图小影

别有清凉景，炎熇一扫空。沉酣冰雪卷，消受藕花风。慧业前生证，观心大道通。焚香乏诗婢，添我画图中。

白秋海棠用红楼梦韵

梧桐影里掩重门，佳卉分来种玉盆。耐冷替呼青女伴，窥帘疑是素娥魂。香心独抱秋无语，凉露轻弹泪有痕。倦倚莫教花睡去，为烧银烛坐黄昏。

芦花

滚滚飞花送客舟，蓼红苇白又深秋。茫茫一似风潮涌，漠漠浑同柳絮柔。灯火夜寒欺晓月，琵琶声远泣江洲。沙田应惹木棉笑，无补苍生也白头。

杨花

韶华一霎过三春，又见霏霏扑远津。红板斜阳迷客路，白门烟景暗江滨。飘来绮陌难寻迹，点入池塘已化蘋。要倩风扶上霄汉，不随桃李踏为尘。

秋暮

景色凄凄又暮秋，年华逝水去难留。浪花滚雪惊鸥梦，芦絮搀风送客舟。一片商飙催木脱，千家砧杵捣边愁。停针聊自凭栏望，翠陌红情忆昔游。

小病乍起

吹老东风病渐苏，画梁双燕已将雏。多时觅句诗偏少，有意怀人梦却无。三月孤芳怨鶗鴂，一年春恨寄蘼芜。消愁那得山中酒，荷锸埋香嘱女奴。

枕上闻雨

窗外雨声急，潇潇听夜阑。愁人浑不寐，伴影一灯残。

来帆阁晚眺时年十五岁

登楼秋色满乡村，叶缺青山见一痕。万户炊烟迷野望，夕阳明灭乱鸦喧。

芦花风定飞双鹭，古渡舟横立一僧。画出湖乡好风景，斜阳红覆罩鱼罾。

冬夜偶作

博山炉冷篆烟微，十上秦书客未归。时伯兄右岑客于沪上。阿母书来频慰问，新寒曾否着棉衣。

春日杂咏

薄罗初试日初迟，习习和风草木知。睡起小窗针线懒，紫藤花下独寻诗。

迟迟花影上窗扉，一院浓薰气力微。书枕倦支寻午梦，任他紫燕绕梁飞。

秋思次安卿姊韵

枫树初丹木叶干，斜阳淡淡暮光寒。卷帘人比黄花瘦，肠断西风独倚阑。时遭先母大故。

夜坐示外子

画楼寂寂晚妆迟，斜背银釭有所思。顾影自怜还自惜，带围宽褪比来时。

碧纱窗冷篆烟浮，击钵催诗共唱酬。却怪郎君情太重，替侬担尽十分愁。

重九

篱落斜阳淡不收，茱萸插罢满庭秋。年来尘俗堆双鬓，只恐黄花见我愁。

暑夜

闲庭如洗露华凉，璧月溶溶一镜当。宝鸭不须焚鹊脑，淡然风过芰荷香。

冰簟桃笙梦不成，碧天无际夜云轻。宵深悄倚阑干曲，忽送谁家一笛声。

对月

中宵兀坐转三更，冷逼疏窗梦未成。相对多情惟月姊，照人愁处独分明。

茉莉词

素质依稀绝点埃，清于梨蕊瘦于梅。晚凉新浴浑无事，招得风流小玉来。

淡淡偏宜白练裳，轻盈雅助美人妆。绿窗乍醒潇湘梦，鬓上抛残尚带香。

雪为肌骨玉为神，露滴梧桐月挂银。倩影珊珊呼欲出，帐中人是汝前生。

忆花图十绝和王梦楼太守元韵应右岑伯兄命

镇日萧斋昼掩门，凄风苦雨又黄昏。不闻笑语偏闻哭，杜宇声声叫断魂。

崔护重来倍惘然，夭桃如面忆当年。旧时门巷明明在，蛛网帘丝不似前。

曾剪硃旛替护持，狂风一夜损柔枝，春波春草情何限，正是江南送客时。

仙踪欲访到江津，泥絮三生感夙因。十二阑干帘六幅，镜中清影梦中神。

蓬莱飘渺隔云岩，零落当年旧舞衫。怨海情天愁不了，书成空倩鸽奴衔。

别来潘鬓渐成霜，锦瑟年华恨转长。好梦从来容易醒，温柔乡里又斜阳。

丝丝杨柳弄新晴，绿暗红稀瞥眼清。怕听帘前鹦鹉语，琵琶犹唤一声声。

阴阴新绿暗纱窗，懒向湖滨荡画艭。一自好春归去后，飞来蝴蝶不成双。

一钩纤月照疏棂，梦绕长亭又短亭。夜半酒醒春寂寂，枉抛十万护花铃。

画廊绕遍日千回，错把相思红豆栽。检点箧中肠已断，罗衣都化蝶飞来。

题湘娥夫人理弦图小影

绣线闲抛解锦囊，悄无言处布宫商。帘栊静掩人如玉，宝鸭先焚笃耨香。

桐阴满地昼愔愔，细谱梅花一曲琴。修得秦嘉好夫婿，不愁弹出少知音。

题听芗从叔舅岱顶看云图

要吐登高作赋才，直从绝顶独徘徊。俗尘扑去三千丈，江海茫茫只一杯。

浩浩天风尽荡胸，壮游不负万夫雄。名山名士真奇遇，应有星尘摘袖中。

右岑伯兄《果园遗稿》已付梓《留爪集》，读竟怆然有作

放浪词章拟谪仙，家风阮籍忆当年。一门著作有《竹林吟社集》行世。那堪人事沧桑感，往事追寻合黯然。

醉笔淋漓学楚骚，彼苍今古忌才高。一编和泪挑灯读，湖海词章气尚豪。

——《松陵女子诗征》卷八

许　珠

许珠，字孟渊，号蕊仙。吴涣妻。有《萱宧吟稿》。

晓起花下作

百舌惊人晓梦残，妆成小立曲栏干。四垂帘影日初上，一径春痕露未干。旧侣重寻无那别，新烟解禁尚余寒。翻愁九十春归后，剩粉残香怕独看。

秋日杂感

一天新霁色，相对思无穷。远水明残照，疏林挂断虹。病心惊落木，瘦骨怯西风。徙倚碧窗晚，渔歌杳霭中。

偶成

萧疏竹石水弯环，隔断红尘意自闲。向晚小楼成独倚，一溪空翠看秋山。

杭州

橹声摇曳梦初回，六扇低蓬一半开。山翠妒侬眉黛绿，奇峰飞入镜中来。

至溪山深秀书堂

挈伴探幽处，缘溪一径平。山峦浓雨气，梧竹乱秋声。石静来虫语，庭空任鹤行。回阑巡欲遍，小坐恰诗成。

——《国朝松陵诗征续编》卷十四

题岳忠武王玉印

摩挲抵昆璧，呵护有湘灵。晕蚀苔花紫，名垂汗简青。几时伴铜雀，何处觅银瓶？只合焚香拜，千秋姓氏馨。

白燕

冬冬社鼓闹城东，燕燕何来片雪同。珠闪一帘迷弱影，玉抛双剪费春工。旧时门巷杨花满，是处楼台夜月空。春晚分巢看哺子，也留清白作家风。

晓枕口占

薄寒似水晓霜天，隔帐灯摇淡可怜。病久方知身似客，愁多不耐夜如年。罗衾重叠留残梦，金鸭迷离吐细烟。倚枕推敲吟未稳，噪晴几阵鹊声连。

暮秋即事呈赘翁表叔祖

乍寒庭院暮秋天，瘦怯新寒已着棉。客里心情聊自慰，病中况味怕人怜。竹窗点滴飘残雨，萝径凄迷弄晚烟。忆否鲈香亭畔路，江枫红到钓船边。

题母夫人先莹诗后

棠梨花落雨如丝，荒冢谁浇酒半卮。寂寞夜台千载恨，凄凉客馆一身羁。愁肠已逐残篇断，痛泪还和宿墨滋。最是不堪倾听处，慈乌啼上隔墙枝。

落叶

一年一度惜摧残，风劲霜严并作寒。秋馆一灯声在树，客心千里晓凭阑。马蹄曲径黄初陨，人影斜阳绿半干。不敢卷帘新病起，模糊误认落花看。

岁暮杂吟呈郑瘦山先生

岁晚心情病后身，见花闻乐总伤神。烘窗薄日难消冻，映竹疏梅已报春。草草一年供涕泪，迢迢千里共风尘。云中鸿鹄空仓雀，偶尔追随岂是真。

偶见

随风何荡漾，贴水更圆匀。不见浮萍草，焉知聚散因。

珍浦太夫人近选《正始集》，拙作亦蒙录入，并索先母《颂琴楼遗稿》，心感赋此

南征一赋播芳誉，文选楼归彤管书。惭愧名同才思减，闺中空慕蔺相如。

劬劳母氏阅衰门，一卷遗诗半泪痕。肯采陶婴黄鹄句，人间地下各衔恩。

题桃花芍药画卷

傍柳几枝浓带雨，绕兰数朵淡笼烟。东风着意矜春色，尺幅描来分外妍。

冶叶倡条迥绝尘，如颦如笑总精神。垂帘不觉西风紧，红紫欣看烂漫春。

题三村看桃花图

开遍长亭又短亭，几枝掩映柳条青。曾陪阿母瑶池宴，酒晕红潮尚未醒。

本是仙源隐逸才，偶随流水出山来。村深尽日无车马，绝胜玄都观里开。

五月廿四夜作

去年此日事堪思，绕膝牵衣惜别时。凄绝今宵灯影畔，更无人再问归期。

秋日感怀

淅淅金风入翠帏，夜寒如水强支持。怜佗一点银釭影，犹似当年夜课时。

束装口号

光掩清辉匣镜收，十年憔悴怕梳头。还祈此后团栾影，只照欢容莫照愁。

贫病襟怀默自怜，恹恹憔悴耸吟肩。敝裘还自慈亲制，约略披来二十年。

题陈麋叔《南邻感旧图》

临水高楼绛帐开，而今师弟各泉台。垂眉白发悬河口，亲见先生拄杖来。郭麐谓麋叔《南邻感旧图》为铁门作也，同人皆有题句，孟渊一绝云云，盖夫人亦曾识铁门者。三复之余，不翅山阳之笛矣。按：夫人父为铁门弟子，故有师弟云云。

——《松陵女子诗征》卷六

吴治谟

吴治谟，号花南。震泽诸生。咸丰庚申殉难，赐恤。

殷古愚先生七十诞辰诗以祝之

一枝草后有传人，硕望清华久轶伦。十万卷藏仙室富，八千岁酿德门春。金精玉璞含元气，霁月光风想大醇。花甲筵开觞未捧，从今倍祝福天申。

独坐元亭道味腴，逍遥别具养生符。春生杖履仁宜寿，望重枌榆德不孤。彩色舒眉鸿未老，孙行绕膝凤添雏。亲朋共羡斑衣舞，谁似刘纲□庆图。

叨附葭莩慕隐名，又同令子订诗盟。十年投分知心久，数载离居入梦清。归里刚逢鹤添算，登堂喜见兕飞觥。门生接踵瑶章献，俚语惭先嚆矢鸣。

——《垂虹诗剩》卷三

仁儿乘海运船入都应试有留别诗十首，删去二首即用其韵以书我怀

乘风破浪志遨游，海上浮槎自善谋。吞石成文宜吐石，刻舟求剑笑行舟。但期心赏千人俊，不愿身封万户侯。我祖我宗承至德，百零八世尔知不。

鼻祖寻亲跃怒涛，风恬浪静月轮高，孝翁负母骨渡江，风暴，舟子惊，将骨匣投之江。翁即跃入江，风顿息。同舟亟救，见翁抱匣坐芦席上，浮巨浪中，时新月初上。启家全孝传鸿绪，先代孤忠有凤毛。少保公继老官保为刑部尚书，时国舅郭勋作乱下狱，莫敢定罪，公独拟斩决。牍上，留中不发。

太后传命，明日有赦诏。公为社稷忧，亲入狱击毙。上以公不呈开释之谳，夺职为民。公即日行，备鹤顶毒于衣带间，至利国驿闻谗言引毒自尽。此为国捐躯，人不所敢言者。后公之曾孙节愍公、子仪公、佩远公，皆有奇勋靖甲申之难。五百年来勤积累，十三世上尽贤豪。惟余德薄才难展，垂老徒怜枉自劳。

蜃楼鲛室画图开，沧海曾经六度来。学博公主讲紫琅书院，由福山渡海至南通州，六年曾绘图纪事。造士当年求传野，隐贤此日凿颜坏。名留淮北康成老，赋到江南庾信哀。思入深山迷路久，敢期方丈与蓬莱。

校文天禄莫能加，列祖科甲，均归部属，惟侍读公由翰林出身，已八十余年，尚无继起。愧煞人称积善家。在昔频闻攀月桂，于今未见茁秋笳。汉槎公后裔今亦式微。最高门第存皮貌，可有宗支露爪牙。记得谘夔传妙句，禁门深锁寂无哗。

我昔神游弱水西，蓬壶仙侣许岩栖。向有蓬莱杏花仙馆图侍玉清坛时，蒙夜郎谪仙与白易山人均题句示奖励。传言玉女心相印，引道金童手自携。无福早从来路去，有缘还望旧书稽。年来学得参禅法，时寓广润寺诵经。俯仰乾坤物我齐。

儒生能得利名轻，事业文章方可成。道在有为兼有守，功归斯迈与斯征。尚书红杏原登第，学士青莲自识荆。莫恋春明好风景，望云难慰望闾情。气短情长我亦云，三分骨肉念常殷。百年怎得能偕老，一日何堪少此君。吴市吹箫增感慨，燕台击筑更忧勤。他年策马归乡里，应说曾空冀北群。

留诗话别却翩翩，语杂牢骚总未便。删去两章归稳妥，自逢一段好机缘。人生穷达皆由命，我辈行藏悉信天。只愿心传能不负，何须名字写红笺。

己未暮春晦日紫微使者华翁草

——《松楼小品·恤赠公手泽》

吴仁杰

吴仁杰，字望云。吴治谟长子。同治四年乙丑科进士。选庶吉士，授春坊赞善，光绪二年以国子监祭酒任江西学政。

奉和犀林明府赴乡勘田原韵

独上鲈乡望水天，归帆认是孝廉船。白头见猎心犹喜，不羡登科羡少年。

芦荻萧萧忽感秋，尚欣健步足清游。桔槔只有农夫苦，今岁田禾一半收。

幸逢贤宰莅吾乡，经济优时学未荒。言出仁人其利溥，民间隔宿已无粮。

鼓动诗情仗酒功，忧时怀抱恰相同。丰工未见安澜报，怕说明年桃涨红。

再和前韵

重阳不值风雨天，散步西郊懒放船。恰幸连宵凉露重，荞成原是兆丰年。

鸣琴管领五湖秋，比户弦歌继子游。漫道莼鲈风味薄，好山好水望中收。

小饮三杯入醉乡，嗟余未耄已成荒。年来薪水资修脯，免使门人病绝粮。

敢云得句将成功，往复诗函韵总同。遥指江枫霜信近，好将余兴叶题红。

奉和犀林公祖得曾孙原韵

君家世系本睢麟，礼乐清菜不患贫。子又生孙孙有子，含饴忙煞六旬人。

名医贤宰复诗人，篇富何曾一字贫。共道万家生佛好，故应天上诞麒麟。

再步前韵书以自感

豚犬何能比凤麟，亦云有子不为贫。青灯重领儿时味，仅此凋零八岁人。

平生事事不如人，只有身经仕宦贫。忆昔龙眠山下过，诗翁亲访李公麟。

——《松陵赠言》

自感叠韵六十章

惟金能生水，五行我缺儿。初生迄今兹，四十有余齿。予小字阿金，缺金故也。

我家居笠水，门第江城儿。而今虽式微，家世挂人齿。先世自汴迁江城，至全孝翁、两宫保而族大。

我父游皖水，馆谷曾有几。勤俭赖慈亲，手梭肩铁齿。先妣王淑人织布精细，求者踵门，每夜分轧轧以给之。迁梅里后，借舅家隙地种菜蔬，终年佐食之资，不用钱买。铁齿把土，见《唐书》。

幼病肾亏水，入塾岁无几。母氏最劬劳，矜恤及发齿。予幼多病，发黄齿虫，先妣每忧不寿。

成童游泮水，戚鄗问年几。稍慰二人心，粲焉展笑齿。十六岁取古学入学，先大夫在皖寄书褒奖，王淑人三夜不成寐。

蛟龙患失水，风檐颠踬几。廪饩不能邀，旁观渐冷齿。

粤逆下江水，名城陷者几。我父赋闲归，属望在驹齿。癸丑，予年十八。

一摘砚池水，担石家储几。举室嗟嗷嗷，诟谇频启齿。

伯考亡澌水，离家路有几。措赀扶衬归，唇亡寒及齿。戊午，予年二十四。当时借赀，今日始归。

我乃浮海水，献艺秋闱几。冀谋禄养赀，饭疏以没齿。己未，年二十五。本省停科，赴北闱试不中，仍留京。

忽焉遭祸水，十死生者几。遍地豺虎群，磨牙而锯齿。庚申，年二十六，郡、邑、城皆陷。

全家没洪水，奇祸古无几。双亲未衰年，予季方孺齿。先大夫骂贼死难，王淑人悲痛随逝。幼弟年十四，护父，同时遇害。

妻骨拾从水，泪别曾未几。又有黄口儿，夭殇齐彭齿。先室夏淑人最贤淑，贼至，投湖死。生子女各一，子因渴乳殇。

讣书由汴水，辗折中途几。义不同戴天，腐心痛切齿。先人骸骨，系从父雅南收殡。越数日，仲弟恢杰自贼中出，始以书讣。遍地贼踪，适陆秋丞观察眷属赴河南，始以书达都门。四月遭难，余以十一月杪始得奉讣。

奔丧归沪水，濒危不知几。亲朋冷眼看，腼颜遂不齿。辛酉，年二十七。二月始抵上海，与仲弟相见。

贼踞虹桥水，虎穴身探几。营得首丘封，三年敢见齿。四月，入贼中营葬事。

壬癸岁属水，畏怯身余几。重作长安游，朱门复仰齿。丧亲事毕，居沪，无从得食。壬戌秋，年二十八，又至京。癸亥，年二十九，应庞文恪之招，教鸿文、鸿书读。

中州及潍水，知己生平几。吹我上青天，于时正壮齿。甲子，年三十，登顺天乡榜，座师河南李文清公。乙丑，年三十一，连捷成进士，座师山左贾文端公。

蓬山液池水，福地修来几。居然备史官，希踪习凿齿。点庶吉士。戊辰，年三十四岁，改编修。

宦况淡于水，薄俸更有几。苦守将十年，空增驽马齿。

命题曰汶水，分校得人几。英俊皆孤寒，编录同盟齿。

随班听漏水，官闲事无几。奉命迁芝坊，始见铜印齿。甲戌，年四十，升右赞善。

龙去鼎湖水，亲政犹未几。望阙入临时，悲酸徒捩齿。正月，升赞善。十二月，穆宗升遐。

圣主天潢水，昌运古来几。重开尧舜天，不才蒙收齿。乙亥，年四十一。今上御极覃恩，加一级，充文渊阁校理。

洪恩如海水，清秩岁迁几。导引亦宫僚，路马谁敢齿。二月，升洗马。四月，升侍讲。

柯亭刘井水，重到时无几。献赋殿廷前，忝与时贤齿。升侍讲后七日而大考。奉旨，着遇缺题奏，恩赏大卷袍褂料。

汤汤辟雍水，列圣亲临几。承乏官司成，贵胄同论齿。五月，署祭酒。八月，补授。

胄舍皆环水，肄业人无几。岂其英俊才，厥贡羽毛齿。

我为谋薪水，钩稽日凡几。南学广招徕，儒珍逾象齿。

两年居璧水，甄录遗才几。晨至暮不归，饥寒恒战齿。

豫章好山水，风景世间几。帝命持文衡，跪辞陛九齿。丙子，年四十二。秋八月，放江西学政。

章水复贡水，理学名儒几。风会古今殊，遗型访耆齿。

敢夸镜印水，简拔真材几。剔弊费苦心，金刚淆佛齿。江右多枪手顶替之弊。

陆程改为水，行期难算几。险矣十八滩，中流石齿齿。

饶郡鄱湖水，明代封藩几。鼻祖此寻亲，清棻犹溢齿。岁考饶州，适岁暮，因于试院祭陆淑人、全孝翁。

庐山彭蠡水，前辈登临几。供帐虑烦苛，从不携屐齿。

黄金挥若水，实惠及人几。自问无一长，贪泉不沾齿。

廉泉一勺水，夙逋须偿几。分润势难周，啧啧动人齿。

我心盟白水，嗜欲湔除几。私财为身谋，立誓当啮齿。

方食辍汤水，未眠问夜几。劳瘁伤其身，强年如暮齿。

煎熬经火水，愁肠日回几。自揣精力衰，那有遐长齿。

鼷鼠饮河水，满腹能容几。我愿本非奢，亦如鼠有齿。

岁月随流水，瓜代时无几。行将乞休归，重与乡党齿。

邑城如灌水，户口今存几。我归吊流亡，所冀繁生齿。

本源思木水，此意人知几。我归敬桑梓，故老问尊齿。

养不逮菽水，丧葬礼废几。我归补居丧，濡肉不决齿。

识陋牛涔水，闻一能知几。我归补读书，蔗浆重上齿。

当年萍泛水，享祀躬亲几。我归修祭仪，燕毛当序齿。

旧居漏雨水，毁拆存无几。我归营敝庐，闾里依唇齿。

肝木贼肾水，病妻健时几。我归或生雏，秃龄见丱齿。

或虑斗升水，坐食能支几。我归课生徒，修脯供牙齿。

或虞遭旱水，盗贼况凡几。我归少蓄储，不虑虎狼齿。

或谓鱼需水，亲旧知交几。我归有仲篪，雁行兄之齿。

或云婿乡水，路隔三千几。我归有侄行，聪颖正髫齿。一女归郡城，陈应祥随父任，在京读书。

高山与流水，匿迹奇人几。我归学隐流，漱石当厉齿。

火耕耨以水，养活生灵几。我归学村农，手持耙四齿。

滔滔具区水，计顷三万几。我归学渔翁，投钩入鱼齿。

芦苇淤塞水，兰桂丛生几。我归学樵夫，披榛登石齿。

往事成覆水，后悔能追几。忠孝两有亏，如余何足齿。

浮云偕逝水，悉数不知几。聊以写长笺，先后排年齿。

——《自感叠韵六十章》

吴恢杰

吴恢杰，号莲衣。吴治谟次子。震泽廪贡生。曾为张曜军中幕僚。

挽沈逸楼姨丈

银钩铁画重吴中，经换笼鹅事略同。余技更兼诗律细，放怀不许酒杯空。琪花瑶草千枝艳，爱花木。红粉青山一曲终。晚纳姬。笑脱尘凡骑鹤去，碑书碧落入天宫。

过灞桥

入耳秦声不觉嚣，行程渐去故乡遥。闺中那识关中路，苦雨凄风过灞桥。

——《垂虹诗剩》卷五

吴燕绍

吴燕绍（1868—1944），字寄荃，号悔迟、固围叟。光绪甲午（1894）进士。宣统时，调任理藩院主事。

无题

南极星明望气知，正逢阳转小春时。汾阳寿考承恩宠，召父居官号惠慈。丈士感恩群献颂，老人自寿只吟诗。鲰生抱恙浑无力，未克登堂捧酒卮。

山影环西水枕东，曾经两度到垂虹。花骢旧驻芦墟侧，竹马欢迎榴火中。昔任鹤沙多政绩，今来蠡水恰年丰。亦儒亦吏真风雅，合邑闾阎爱戴同。

才名诚不亚三岑，良吏谋猷用意深。宏奖风流伸士气，品评月旦称人心。间临古帖公余课，倒映清山酒底沉。他日一官编一集，诗篇端合雅人音。

报罢秋闱返故乡，病魔见扰日偏长。身孱自分医无术，来视何期公拨忙。愧我未随文会末，感君为定养生方。春回黍谷真难报，心祝惟凭一瓣香。

倒叠犀林公祖留别士民原韵

治布琴堂志可酬，垂虹钓雪恣遨游。雅人丰致尘襟净，儒吏经纶韵事修。旧地重来春燕识，新诗一卷雪鸿留。宦途自古无常迹，解组归时芦荻秋。

攀辕卧辙拥留情，为感虚堂一镜明。技试扁卢民病疗，流通沟洫岁功成。勘田秋后乘舟遍，劝稼春初信马行。临去心仍无得失，生平淡泊不营营。

盟心似水长官贫，况又风流见性真。篱下满栽陶令菊，胸中惟恋季鹰莼。奇书磅礴米中岳，丽句芊眠卢照邻。最是文章经月旦，晴窗检点手躬亲。

入门下马气如虹，成句。曾挹丰神矍铄翁。药配君臣回造化，文评甲乙仰宗工。于乎小子更生庆，岂比常人惜别同。七十二桥重九节，一船琴鹤去匆匆。

——《松陵赠言》

闰七夕月坐纳凉

天空大火尚西流，小坐园亭忆旧游。岂为增离频驾鹊，更须无睡待牵牛。半钩影挂针楼月，一味凉迎玉宇秋。三十九年方再遇，银床冰簟未应休。

又拟乘槎泝绝流，重登缑岭与乔游。临风有客思归燕，喘月何人解向牛。天上几年逢一夕，世间匝月恍三秋。玉阶夜色凉如水，罗扇今宵合少休。

熠熠飞萤耀不休，斜沟银汉似初秋。惭无险句联韩孟，愿读齐谐记女牛。小院微风醒宿睡，横塘残照梦前游。嫦娥月里疑含妒，半掩金波映水流。

师郑年前辈见惠《蝇尘酬唱集》题词用原韵奉谢

郢曲居然附骥蝇，诗中如晤旧良朋。刘伯观察、小航同年辈、剑秋前辈。贞元朝士音容接，同学少年意气腾。孟龙佛士南。身误儒冠甘淡泊，心随老衲不嗔憎。智珠惠我开云雾，一室光明五百灯。

世间万事一微尘，何事闲居文墨亲。结习难忘常技痒，苦吟入定忽眉伸。微风散热胸怀爽，久雨开晴眼界新。连日阴雨困闷，读诗集未终篇，清风徐来。淡日放晴，一时清凉散也。欲往宣南重话旧，琴音同调命严春。

二月初五因静好室主人一病经年，养疴碧云寺，用师郑前辈蝇尘韵寄兴

蚊斗如牛鸡误蝇，屡求医药访宾朋。崇山峻岭兼修竹，木弱金酸

又水腾。夜梦呓闻家室累，春寒苦被雨风憎。寄庐思静宜仁寿，宝月修身不挂灯。晏居近市隘嚣尘，移向林泉猿鸟亲。绕过玉泉纙屡濯，望余全海目为伸。得天独厚须眉老，香山闻有耆年寿百余岁，宝谛寺前晤一老者须发皓白。易地为良耳目新。默祷病躯占勿药，人随榆柳早回春。

山中即事叠前韵

为逃尘俗息喧蝇，龟卜移居锡百朋。有屋可栖容啸傲，与山同睡半瞢腾。梅妻鹤子皆禅俗，牧竖樵夫不我憎。闲适真能医养性，细吟长庆夜挑灯。与主人及儿子丰培课《白香山集》。凉风堂下夏无尘，久惯清贫琴鹤亲。求志静观流水止，折腰学得上山伸。群峦寂寂滃云起，万木森森经雨新。排闼青来迎面送，静宜先占风林春。

山中乐景三叠前叠

开窗常作负喧蝇，市隐东邻乐有朋。燕平昆季辟济云山庄，门左设肆营业，仅一墙之隔，每有所需，辄贯焉。近迓医师嗤仲景，为谈佛法访摩腾。开笼闲听鸡鸣乐，叩户何惊犬吠憎。夜静更深犹起坐，隔山万绿灿繁灯。谓香山各工厂电灯。

课儿洒扫袂拘尘，柴米油盐事事亲。暖日微烘枯树活，惊雷唤起蛰虫伸。乡村野老犹怀旧，文字佉卢已试新。一色樱桃红十里，酒帘风飐一壶春。

山中杀风景四叠前韵

麾去重来食案蝇，有时引类复呼朋。盘飧市远常饥渴，枕席师过厌沸腾。蜡屐看山游兴阻，叩门求水主人憎。蚊蛾抵死钻窗纸，搅我安眠不上灯。

清高漫说脱红尘，麈尾松枝与手亲。青鸟传书常苦滞，黑龙鼾睡不求伸。峰头禅宇门庐破，山骨层楼斧凿新。一片石前泥滑滑，无人来访武陵春。

喜璁女至自海虞五叠前韵

堂北沉疴药化蝇，来书问疾累亲朋。喜看幺凤高冈至，未得乘龙尺木腾。刺绣心精真熨贴，倚闾念切转生憎。夜间温习常侵晓，低首吟哦共一灯。

荆枝摧折久成尘，骨肉飘零汝最亲。小弟书窗[1]颜逐笑，老娘病榻指求伸。面圆如[2]浥月光满，眉妩羞随时样新。从此祥云灾疹化，太和洋溢一家春。

游碧云寺六叠前韵

口含天宪似鹰蝇，委鬼茄花结党朋。白石铭碑同智化，黄巾煽祸自曹腾。厚藏金玉千人扣[3]，遗臭衣冠万世憎。郁郁佳城开不葬，空余长夜漆台灯。

金刚宝座净无尘，华盖星辰御笔亲。甘露老人终物化，飞云宸翰尚龙伸。槐街不见琴书润，黉舍时闻弦诵新。弥勒中龛开口笑，兴亡成败阅千春。

讱庵、韦斋客冬见怀，用李申耆韵依韵追和甲子

金阊门外忆荆班，庚申春仲，与讱庵、韦斋于虎阜。乌兔催人往复环。新屋落成娱晚岁，扁舟话旧过庞山。沈鳞羁羽情偏厚，紫陌灵台事勿关。归老先庐今有约，未完婚嫁亦遄还。齐萧惠基常谓所亲曰：“须婚嫁毕，当归老旧庐。”余反其意，以答招隐之意。

叠韵申前意

李杜齐名压马班，新编远寄诵回环。气求声应交如水，文债诗雠积似山。午后随人登讲席，时随裙屐少年在清华学校充讲席，非所愿也。鸡鸣半夜出秦关。未明即起出城，行二十余里至清华园。京华憔悴真无味，倦鸟如何不早还？

---

① 窗，一作“幛”。

② 如，一作“丰”。

③ 一作“东林遗恨留今古”。

再叠前韵，书移居碧云寺近状代柬

壮志潜消定远班，暮归晨出日如环。晨由香山往清华园学校或入城，晚归碧云寺，日绕万寿山、玉泉山，须行六小时。迷蒙烟树三家店，寂寞宫花万寿山。闲看鸦群飞湜湜，静闻雀语乐关关。荆妻消渴入密林，待遇瓜时买棹还。

三月初六日梦至故里见讱庵、韦斋，醒后用前韵纪异却寄

归家欢乐胜师班，又似羊公得玉环。把臂欣联三四友，抚怀恨隔万重山。梦语谓：“彼此相访，屡不值。”芝兰玉树身披氅，梦见一童子，身披鹤氅，独立高原，颇似韦斋髫年。松菊荒园手拔关。家中房屋甚破败，拔关而出。相约重逢知不远，梦魂先我故乡还。

寿章式之六十

墨庄师弟最情真，君为先祭酒，正谊书院入室弟子。四十年来白发新。苏武归朝仍典属，宣统朝纷纷破格用人，而君由刑部奏调外务部。班彪寓蜀不能臣。侨寓津门不仕。天留耆德修三史，世羡高阳有八人。吾邑翘材钱侍讲，词林衣钵再传薪。先祭酒以鼎甲期君，竟不如愿，而吾邑钱自岩为君高足，实传木天衣钵。

双塔寺前始识荆，士衡文赋早知名。余十九岁应试吴郡，君来谒师门，此识荆之始。余惊为天人，院课前列，辄手录之。追怀大宋同游泮，如试干将乍发硎。先捷三兄与君同案，而君文才锐不可当。我愧祖鞭先一著，甲午，余幸登科而君下第。君真国器晚方成。鹤骞不屑随流俗，肯与京曹鸡鹜争。君成进士后即回籍。

青箱世德烂盈门，金太史场溯续鲲。夫婿文名钦陆顾，阿兄治债奏长元。王伟辰同年宰元和有声。鹿车偕隐性天静，鸿案齐眉气海温。白首相庄多厚福，行看余庆茁兰孙。

慈明昔日应门童，今已名驰寰海中。长公子初见时仅八龄，游美毕业，兼通中外文字，专办慈善事业。满壁图书能洗俗，佉卢文字最称雄。酒浆夜剪杜陵雨，前年置酒招饮，有怡然敬父执之意。团扇时扬安石风。棣萼连辉齐上寿，鼓箧并坐乐融融。

二月二十七日由碧云寺至清华园书所见

麦陇迤逦绿意匀，柳丝漏泄若回春。玉泉汩汩飞珠玉，红女捣衣笑语频。宫门有莠冷无人，指圆明园。正觉寺中佛露身。眷得老兵微利卜，垂竿镇日坐溪滨。大有庄前水一泓，舒凫拍拍自飞鸣。苍松翠柏森然立，曾迓君王玉辇行。

寄居碧云寺

一出皇城心意宽，九间小屋足盘桓。楼台掩映灯光闪，松柏参差盖影攒。夜月白时迷聚宝，山名。朝暾红处近长安。推窗一幅画图障，留与妻儿旦夕看。

增寿臣崇宫保六十寿

天生福寿五云中，累叶簪缨万石风。紫绶金章门第贵，三世为内务府大臣。貂裘骏马画图雄。有小像、貂裘、骏马。丁年雅负人伦鉴，为少宰时年仅四十。丙夜恩承长信宫。最得两宫宠眷。最是神仙能避劫，使星安稳耀江东。庚子之变，京师糜烂，独以织造使江苏家中亦屋庐无恙，殆天幸也。

记得藤厅僕直时，京江丰度系人思。风神濯濯圭璋器，举止堂堂鸾凤姿。结契琳瑶资臂助，介弟佩青曾与摄政王府第工程处同事。纳交群纪最心知。其子尧都护曾在蒙藏院同官。须眉漆墨犹如昨，却笑冯唐鬓有丝。

贺达挚父寿生子

闻说甘泉产瑞芝，随园得子未为迟。刚迎反马金闺婿，恰送祥麟玉琢儿。君方嫁女。吉日巧逢双十节，是日为双十节，谚谓十全十美。晚秋应毓万千枝。为夏历九月初二。辽东灵气无时尽，剥极泰来天意知。

不羡公卿不羡仙，但期世世子孙贤。楹书别向扶桑采，曾奉使考察日本政治。枕宝曾从达赖传。曾陪送达赖回藏。王谢门庭绵燕翼，金张阀阅卜蝉联。昆仲均无子，故之可喜。晚成自古瑚琏器，今见英雄出少年。

寿苏慕东军需监

卅年官迹共燕台，君似春龙蛰起雷。粉署英声推独步，金门大隐赋归来。由陆军部郎洊升军需监，五十即解组，侨寓京门。萧何勋业常输粟，刘晏功名善理财。坡老斜川相缔美，老泉嘉树手栽培。子亦擢荐任职，其父为辛卯同年，故云。

贺汪伯春子嘉孙完姻

西小桥边鸿雁书，九秋将御七香车。九月廿七日。桃潭千尺情无限，菊酒双尊乐有余。惊艳争看衣锦褧，《毛传》："夫人德盛而尊，嫁则锦衣加褧襜。"江永曰："褧衣为行道御风尘，犹士昏礼姆加景也。"按：如今之方巾，近时兜头纱，是其遗意。苗人昏礼及满洲昏礼，皆头冒红巾，身衣红氅，犹有古之遗风。催妆遥想绣衿舒。吴侬未遂登堂愿，夜草新诗月满初。

曾记而翁合卺时，经畬堂下隔帘窥。曲园居士亲题壁，天水中丞看结缡。祖砚流传昌后裔，墨庄荒废负先师。明年倘逞归田愿，汤饼筵开观朵颐。

张母陈九十寿代

黄河天上溯来源，千里流长集庆门。博浪武勋先德绍，太邱女训故家存。荀龙贾虎贤星聚，雪柏霜松寒岁尊。敬老自宜日有秩，漫夸粟帛荷隆恩。汉军旗人，家世武将。

风尘澒洞忆当时，奔走仓黄险化夷。滂母生滂崇气节，将门出将抱权奇。登堂曾肃茅容礼，入座亲瞻林下仪。日至海南明宝婺，熙朝人瑞祝期颐。

癸亥除夕

匆匆又告一年成，爆竹声中笑语生。自有书香传后代，丰儿讲"亥有二首六身"甚明晰，读书种子不绝矣。何须镜听卜前程。粟饥臣朔诙谐善，计癸亥一年，院薪不及二成，可谓近于滑稽。锦祝高年慰帖平。璁女绣耄耋图为寿，岁除寄到。收拾酒筵安好梦，嗤他守岁到天明。

甲子元旦

今始又遇岁朝春，廿年前遇岁朝春，今年元旦已初立春。三日清闲自在身。各署给假三日，新旧历均不贺年。稚子临风谈故事，老妻赏雪促诗人。老妻静好室主人谓如此酿雪天气，正好饮酒赋诗。手挥俗士何嫌傲，坐拥书城不道贫。漫说惊门前甲子，术数家谓前甲子系惊门，今甲子系开门太平。我家正宴鹿鸣宾。前甲子为先祭酒登贤书之岁，自此连捷入翰林。不十年荐升祭酒，衡文江右。丙子即解组归田。优游林下十有七年。

巢人诗新得孙诗以志喜

甲子新春特上元，果然喜庆集家门。百花生日二分色，正月初六寅时生，至二月初六正弥月。五德生金第一孙。吾曾祖云士公金字排行，今五德重周，此为金字辈第一名孙子。正是鹿鸣重启宴，先祭酒甲子登科，今岁若在，当重宴鹿鸣矣。都缘燕翼裕来昆。中年已得含饴弄，弟今年四十二，余年五十七。弟占兄先椒实繁。

徐曙岑行恭见示《蝇尘酬唱集》步韵分东孙师、郑前辈、曙岑年兄

钻研故纸笑窗蝇，小住城东谢友朋。年来以抄书、校书为乐，卜居苏州胡同，杜门谢客。人海丛中甘豹隐，天山界外息龙腾。先君子尝佐张勤果新疆戎幕，故余继承此志，研究西北地理，旁及蒙、藏、回事，随肃邸遍历东四盟各旗。自调理藩部任蒙藏院科长十有五年，有志未逮，当求息壤。国贫谁复修家礼，面语由来易背憎。却忆藤厅诸旧侣，莲花古寺借明灯。吾乡吏部诸公如戴艺郛太守、张采劭观察递寓醋章胡同，王扞郑同年寓莲花寺。今师郑前辈寓西砖胡同，更邻近法源寺，殆宣南鸿雪例与佛法有缘。

蜗庐洒扫净无尘，今雨来时意不亲。商贾家豪心日拙，楚秦路近指求伸。邻居多大腹贾，东邻则西医。屈平初度庚寅降，师郑虎儿年生，长余二岁。绛县疑年甲子新。元旦新春连日雪，山河大地庶回春。

消夏曾为附骥蝇，清谈风月集良朋。余在吏部时，曾随前辈消夏唱和。城南酬酢闲情寄，日下翱翔茂实腾。自昔皂袍华省贵，吏部无杂流，号为清贵。那知儒服汉王憎。袁项城以虚监捐中书科。中科荐保同知道员，

吏部以虚职躐级议驳。旋以特旨照准，而吏部之章坏。项城犹以为憾事。厘订官制时，议裁吏部。因瞿子玖枢相力持未果。迨袁内阁成立，改为审官局，而清社亦屋矣。怆怀旧梦成蕉鹿，醒眼惟看短焰灯。

虞山相业渺成尘，桃李门墙在昔亲。翁文端师相为甲午读卷师。冠冕南州弦已绝，庞絅堂银台、劬盦中丞皆先祭酒门下士，在京时为忘年交，皆归道山矣。板舆西府志难伸。曾鲁国子孝宽签书枢府时，鲁公迁政迎养西府，人以为荣。曾孟朴同年以阁中书未与枢廷之选，遂回籍养亲，至以知府改分浙省，非其素志也。友朋渐觉心知少，如翁弢甫廉访、又申寅甫昆季、王济之孙小川、沈北山诸同年、杨莘伯诸昆季，皆先后作故人。当日文酒少年，惟君与孟朴、黄君谦、胡夐修四人而已。子弟争翻眉妩新。何日名园虚廓集，石梅共折一枝春。

以上四律奉怀师郑

老来痴钝若寒蝇，肯逐长安广结朋。闭户不知红日落，入门忽见白虹腾。新正高轩枉顾。淤泥出水无沾染，嗜好与人别爱憎。十载郎官清似洗，书生本色味青灯。户部向称利薮，曙岑充要职而贫如故。

大罗同日下红尘，九陌扬鞭笑语亲。久困盐车灰志壮，如羁矮屋锁眉伸。违时共抱松心古，玩世常嗤花样新。笛咽山阳多感慨，逋仙鹤子已鸣春。曙岑为左泉同年子，左泉分兵部后，改邮传部，终于京奉路局。

画图妙笔点成蝇，一幅梅溪隐十朋。葛岭雾萦三竺秀，圣湖日涌五云腾。游鱼出听知人乐，野鹤来归不我憎。如愿遂初同作赋，追随皮陆伴渔灯。指曙岑西溪梦隐图。

不染脂膏净绝尘，慎司出入事躬亲。坐曹长啸帘常下，得句狂书纸疾伸。竞病尖叉争唱和，钩心斗角愈清新。梅花奚止赓三叠，妙谛拈来着手春。

以上四律柬曙岑年兄

单束笙母杨太夫人挽词

齐女门边白鹤回，卢前王后世家推。怀清致富巴台筑，训子成名泷表哀。集验有方书药饵，神仙无劫指蓬莱。大儿文举先伤逝，蝼蚁前驱除晚来。衣言先以中风不起。

凤凰飞集上林枝，古巷深居屯绢时。柬笙仕商部，迎养太夫人寓屯绢胡同。北极寿开天下养，时孝钦后方七旬万寿，受贺于排云殿，中外百官入园祝嘏。东征赋作女中师。人生难得扶舆乐，小子尤兴集蓼悲。时与胡劭介曹长、潘轶仲中翰之母同居西城，互相往还。绍甲午通籍后，乙未秋先母即见背，未逮禄，徒恸鲜民。截发留宾成往事，停云话雨渺难追。“停云话雨”，吴县馆轩名，中吴京曹人士每于此设文酒之宴，十余年不举行矣。

观奕和宗五子立韵

项梁何苦逐秦嬴，汉楚由来十载争。闭目潜修无一念，不知人世有棋枰。

无题和夔龛主人即次其韵

一年压线为人忙，上年六月十四上台，今年六月十四下堂。被逐下堂掩面伤。独寐无吪罗雉兔，万年有道笮鸳鸯。此二诗均为刺幽、桓而作。乞怜水火呼天问，仰首星河怨夜长。自诩守宫砂在臂，暮春修禊已湔裳。

余尧衢参议七秩双寿代铁韵铮

客岁春正设帨辰，左夫人曰淡泊老人，壬戌正月十一日檗叟为作《古稀偕老图》。今年衡岳庆生申。衣披一品龙章焕，笛奏双飞鹤发新。世外桃源宜寿考，吴中皋庑赁高人。月泉吟社无斯福，笑指蓬莱又起尘。

一麾出守到荆襄，洋溢恩波[1]江汉长。名重北辰登列棘，化行南国有甘棠。酒开竹叶佳宾聚，诞苑荷花索句香。劫后重逢黄歇浦，春风坐我意何忘。

陈筱白六十寿

绍兴人，清华学校古月堂教员，陈文波之胞伯。

少年黉序早蜚英，孝友传家振有声。不羡天台丹桂折，常期京兆紫荆荣。功名久薄鼯猱尹，韩文以尹鼯猱。谈笑能消雀鼠争。后起竹林多俊人，义门至乐即长生。

---

① “恩波”，一作“流芬”。

邓茂宏亲家继配高夫人哀词

徐琲旧梦折鲲弦，又见青丘不永年。闻孕玄珠圆晕月，俄悲紫玉惨生烟。念君怕对新奁影，顾我同伤破镜缘。朝露庸知非是福，蓬莱清浅倏桑田。

袁廙台邮示哭壬慈女诗即步元韵慰之

秋风夜飒飒，诵君哀悱诗。愁人易枨触，况费悼亡词。千里同一慨，无语以慰之。曩岁客鲟溪，快睹群儿嬉。酒浆罗春韭，龀发覆青丝。娇小而聪慧，辟珥依重慈。我携拙荆去，送我至水湄。冷香亭畔路，雨绽梅肥时。祝我早归隐，迹勿滞京师。唐碑与宋板，旧学相析奇。蹉跎倏三载，莼鲈屡愆期。敝庐既牵缀，病妻又负兹。命宫犯磨蝎，百事乖舛随。八月告有凶，鹏鸟噪庭枝。我妻危兀兀，我身老垂垂。求医药罔效，叩佛冥无知。魂魄忽焉逝，环佩空追思。柔情缚儿女，井臼亲支持。人生如朝露，驹驶不可维。安得普康健，疾去毋潜滋。我赋秋兴哀，君忽尺书驰。昌黎痛女挐，亡鄂失披丽。午梦哭琼章，丹旐凝寒飔。颜夭鬼神忌，盗寿雨露私。新愁勾旧恨，益使我心悲。

昔我殇我女，一月失四雏。赤斑珠累累，咻气汗濡濡。病不及药饵，殓乃无帛襦。阿兄与阿弟，追踪夜台俱。针线犹在笥，狼籍书一厨。鬼魅驱瘟疾，悔未悬茱萸。我妻强制情，幼丧礼勿踰。十年虽强笑，两目终瞿瞿。

劝君且拭泪，哀感心心通。方今战云黯，逃避城为空。死无衣衾椁，生无黍稷种。锋镝与沟壑，离别何忽忽。身命贱于土，草木皆凄风。城郭幸犹是，华鹤高飞冲。彭殇一齐观，且自塞哀衷。世乱贤失路，否臧圣固穷。茫茫悲后顾，相喻无言中。

乙丑闰浴佛节花之寺雅集

用杜工部大云寺赞公房诗分韵得鳞字呈德化师

春风坐我溯壬辰，辛卯中隽后，越明年春，始谒师于西城之广济寺。京洛长依杖履春。甲午通籍，奉讳归里，谒师于沪上。甲辰入都，寓南河沿，师门仅隔一墙。师……辛亥以后卜居苏州胡同，则望衡对宇十六年于兹矣。鲁殿灵光山斗重，梵王邃宇奂轮新。及门亦得聃莱福，奕世尤通孔李亲。闭户著书忘岁月，喧哗羞逐暴鳃鳞。

再用鳞字韵柬燕公同年

玉皇香案是前身，千佛名经证夙因。衣钵渊源欣有自，津梁世界本无垠。龙宫我亦忝随喜，鹫岭君曾契妙珍。何日澄清四大海，八功德水育潜龙。

巢人初归口占即步元韵贺之

南北鸿飞别故居，寒梅乡味近何如。山中日月原康乐，世外云烟任卷舒。玉宇琼楼寻旧史，近在清史馆任西藏列传，日作千字，仿《汉书·匈奴列传》例，即旧日方略馆地址。明窗净几读吾书。果诒当日栽松竹，未老归田赋遂初。先祭酒四十五岁乞假归田，吾弟今年为四十六岁，春梦顿醒，可谓肯堂肯构矣。

浮生只为稻粱谋，乔木新迁出谷幽。但愿养鱼兼种竹，不求肥马与轻裘。安排笔砚摹欧褚，检点图书品恽仇。何日联床同话雨，三春宴饮筑糟丘。

周公才邮示吴江新八景分题得垂虹秋色率成一律

玉破鲈鱼金破柑，成句。身羁燕北望江南。风吹水面縠纹绉，月点波心珠影含。斜日枫林都入画，秋风莼菜有余甘。他年钓雪滩边住，昔吾高祖蕙渚晚年隐居钓雪滩，因自号雪滩钓叟。松菊重寻旧径三。

松陵古刹枕江头，想像佳人倚小楼。用叶元礼韵事。估客坐航知日落，渔翁撒网趁风收。长龙卧月金波净，宿鸟穿云绿幄稠。陡忆先师嘉树植，霜红乌桕醉新秋。先师钱觉莲曾种乌桕树数百本，谓可点缀秋色，以其子作烛，即为贫民补生计，不知今尚存否？鄙意宜扩而充之，东达塔寺，对岸至钓雪滩，则可醉霜红毚于此，亦吾乡一佳话也。

题汪晋臣丈遗像

丈为余亡室汪淑人族叔，以烛业起家，有声于黎花里。晓□外舅昆季中最福寿者。余十九结缡，馆贰室，丈辄邀茗战，或与费敏农傺婿议商业，声若洪钟。余旁坐静听，颇有兴味。自甲午通籍后归甫九日，室人病殁于母家之春和堂。每望见罗汉寺辄为肠断。今忽忽四十年，重题遗像，为之怃然。

一生艰苦起行商，声若洪钟意气扬。剪烛夜谈无倦态，烹茶晨饮有余香。乍归日下肠偏断，相别春和鬓未苍。四十年来都鬼录，不堪回首话平阳。外舅昆季及妻兄无一存者。

病足

喘月吴牛气不平，更兼足蹩不良行。丁年止酒身应健，丙夜摊书眼尚明。鸭步鹅行疑富相，凫趋鹊跃羡欢情。旁人莫笑留夔一，拊石犹鸣盛世声。

不怕严寒赤脚仙，蒲团静坐默参禅。欠伸杖履呼儿进，研削诗书对客眠。试煮双弓调玉黍，时食小米粥，不吃饭。笑缠重帛学金莲。眉头今已添衰白，只合闲居养性天。

题凌芝宝小像

芝宝为亡室凌淑人侄女，雪肤花容，素垂钟爱，针神尤擅胜场。甲子仲秋，室人云亡。越明年，芝宝于归东海。乃结缡一载，兰摧玉陨，时年甫二十，生女不及百日。其翁姑嘱题遗像，为之怃然。

林下风姿似汝姑，温柔性格貌丰腴。为何弱岁嗟兰折，留得春风一画图。

夭桃秾李艳阳天，城北翩翩美少年。玉镜台圆刚一载，明珠在掌玉生烟。

负兹五日想呻吟，清肺汤煎不养阴。最是赤斑天降疠，感怀旧恨太伤心。

夫婿[1]何须痛玉埋，彭殇生死早安排。泉台倘与□姑遇，为报黔娄百事乖。

---

① “夫婿”，一作“尘世”。

挽胡海帆同年

故交寥落令人悲，犹忆天台折桂枝。一出风尘抟健翼，重来霜雪满吟髭。脂膏久处仍寒士，磬辟为容似旧时。奉倩伤神从地下，首丘何意枕京师。君伉俪极笃。方夫人欲北行，遂弃官侨寓京师。其悼亡时形容沮丧，不半载，亦病殁。

挽吴和甫佥事

陆相堂前溯旧游，少年英俊出人头。当年囊粟东方饿，今日俸钱元相优。三泖九峰怀耆老，乘风破浪遍欧洲。晴窗重阅铜旗谱，少个知音使我愁。和甫为元和相国之内侄，相国谓其先人以名孝廉而年得饴谷五百，今骤得俸钱甚优。殆天之报施寒儒不于其身，于其子孙与？

寿钱新甫学士八十并贺其六十重谐花烛代

甲子岁星一度过，双星携手渡银河。人生难得修偕老，天上曾闻奏九歌。烟雨楼台贤德聚，卿云黻黼大文多。郎君更看华颠雪，入侍金鱼笑语和。

用其八十自述韵奉祝

功名晚达享高年，花烛重谐宝炬斜。回忆眉亲京兆画，料应手理旧时弦。恩荣翟茀曾朝月，侍立螭廷惹御烟。笑指蓬莱清浅水，倏经龙汉劫三千。

韦贤相业一经留，学博甘泉种德休。君为甘泉乡人之孙。科第传家绵世泽，文章华国绍孙谋。心依北斗犹朝请，正月十三万寿节，必由津来京入朝。社结西泠且倡酬。世外桃源安乐法，欲从三径访羊求。

退食委蛇奇赏欣，宣南鸿雪往还勤。井公决博常连日，太史书祥每纪云。一曲竹枝心未老，双关荷叶耳无闻。君患耳聋故大寿。愿随鹤发开元叟，戒酒森严律四分。君素戒酒，仆亦因病止酒。

贞元朝士杳云端，烛代九阳沆瀣餐。我尚嚅呪吟驽骥，君先肥遁录骖鸾。常怀铅椠求方语，近与修《清史》。从事丹铅接古欢。暇则雠书自娱。每候南郊休咎卜，老人星见即治安。《汉书·天文志》：“老人星见，治安；不见则兵。”

孙踽叟见示丁卯四律次韵奉答

为鹤谋无二顷田，生平出处总由天。丁帘静掩消长昼，卯酒浅斟酬暮年。气养太和忘喜怒，身经百劫不忧煎。仆自甲午以来无役不目睹。欣逢铁树开花日，底事狼烽未扫烟。

忧国年丰洽雨旸，如何雨打日无光。俗有雨打春，丁卯之谚。丁兹暮运难康乐，卯是春门卜吉祥。秘阁藏书多毁弃，《隋书·经籍志》：“秘阁之书，东屋藏甲乙，西屋藏丙丁。”闻人少正太飞扬。门前长者多车辙，肥似陈平亦食糠。仆少即肥胖，近已腰围减损矣。

局外观棋久烂柯，马周文字捉刀多。仆庚子以还，屡代人上书。庖丁敢诩精治道，刚卯曾经寿大坡。穴纸蝇窗何日出，驶光驹隙六旬过。仆亦六旬矣。幸与小同联师席。文孙为小儿课英文，郑小同为康成孙，丁卯日生，暗嵌丁卯。咫尺城东唱也歌。

武林曾驶一帆过，仆于光绪年间曾游西湖。吴越波通风俗同。春梦见丁星寿考，夜吟至卯月朧胧。元龙应许拜床下，双鲤先承寄腹中。他日重赓许浑集，老人策杖步桥东。许浑居丁卯桥边，故名《丁卯集》。

寿吴炯斋学士六十代

真灵品序本无伦，君一甲及第。大好湖山寄隐身。天下奇才苏学士，月泉吟社宋遗民。莼鲈借兴归田早，梅鹤能诗举室春。斠注晋书传不朽，神仙偕老白头新。

题文衡山待诏三绝图册为王槐雨侍御拙政园作

三绝诗书画，衡山墨迹存。宝珠花已萎，冷落古名园。园后为陈相国之遴所得，吴梅村为赋《宝珠山茶歌》，哀其子女也。花木平泉易，何如粉本传。豪华轻一掷，鸿雪尚因缘。园后为侍御子一夕以摴蒲失之。吴中文史盛，水木更清华。倘遂沧浪趣，神游笔底花。

挽嘉仲泉都护源

身逐名缰远道赊，飘零丹旐返龙沙。以求仕至黑龙江。初奉檄而暴病亡。名卿谁守传家笏，恩将军泽之子。使节曾驰贯月槎。曾为日本留学监督。子敬云亡悲痛草，君弟昆叔泉先三年亡。邓攸无后剩娇花。遗腹生女。荆门灵气萧然尽，况复红巾乱似麻。荆州驻防，今式微矣。

挽钱念劬观察恂

菲史枕经礼部郎，姑苏台上拜元方。尊甫篮仙年丈以礼部郎家居于苏城。岁至湖州扫墓，必宿果诒堂。红莲幕府两湖久，使节欧洲万里扬。随使欧洲诸国，以道员为湖督张文襄所重。病榻犹谈《齐物论》，疡医究乏返魂香。余曾访病于德国医院，甚为达观。患外科，割治已愈，后以微病终。苕南一水愁烽火，丹旐何时葬故乡。

赵筱岑首唱纪雪李协丞依韵和之余因效颦

龙凤交飞放眼新，昌黎辛卯年雪诗“龙凤交横飞”。欲逢奇冷养形神。天教白帝清泥泞，人道玉妃降俗尘。重下缁帷频拨火，懒烘铁砚待书春。蔡州艳说平元济，朝治兵销用静仁。

追忆南中雪用前韵

三吴山泽腹坚新，冷暖随时造化神。余初返吴，湖港皆冻，艑不得行。后渐暖如春。二月，迨余起程，雨霰交加。虎阜留青珠有泪，龙潭积翠玉无尘。晨发吴阊，雨花落地即融，惟林木皆作珠树。至龙潭则皑皑一片玉矣。尧年与客谈长夜，汉腊何人纪早春。民间不知阳历，惟官厅悬旗而已。闻说螟虫余蘖净，夏间奇热，故多螟虫。今得奇冷，谓可淡灾。丰年预兆感天仁。

追忆津浦道中雪三叠前韵

狮子山头积雪新，渡江险欲会江神。渡江时大雾四塞，渡轮无罗盘，几撞于兵舰，后由兵舰派领港，始抵浦口。龟蒙凫绎山皆玉，电掣风驰车不尘。浩荡空迷齐鲁界，高卑平没町畦春。红旗翻冻犹强战，遥望南天太不仁。

抵都见积雪满城四叠前韵

入门父子话从新，扫地安排祭灶神。银海荧煌犹炫眼，玉街滑润不扬尘。销寒那识田原坼，负曝犹怀殿阁春。韵斗尖义追雅事，梁园授简酒杯仁。

丙寅除夕用牧翁闲字韵

人海藏身本放闲，兵农礼乐不相关。观河黑白头颅上，埋首朱黄简册间。半夜围炉聊守岁，中庭除雪累成山。却思故国梅花讯，何日归舟辉德湾。辉德湾，吾家后门泊舟之所。

丁卯元旦用牧斋元旦韵

丁卯龙飞丁卯辰，元旦与岁阳同。满窗红日岁朝新。愧无拄腹五千卷，已是平头六十人。用牧翁句。止酒半年身尚健，开门一笑物皆春。呼儿寻绎诗书乐，漫说西南是喜神。

人日梦静好室主人

新春归浣共舟登，笑语如生唤欲应。恍惚花开歌缓缓，依稀月出戒梦薨。酒消劝我守身玉，衣薄怜卿握手冰。以上均纪梦中情状。死别三年今入梦，梦醒日色早蒙腾。

题高韫甫夫妇传

故家乔木溯青丘，梅里鱼书屡付邮。愧乏音哀追贾谊，却从永夜问班彪。余未识面。寅恭律已儒林重，辛苦持家姆教修。不羡五花荣紫诰，群公珠玉即千秋。

元旦用牧斋丁卯元日韵

华人海丛中岁除，六旬犹是软红居。换符幸喜门罗雀，弹铗欣歌食有鱼。富贵不迎知墨守，吉祥如意也红书。江南梅讯平安否，鸡黍比邻约旧庐。时钱塘江上风云正紧，不知吾乡能幸免否？

书感用前韵

蔓草风生难扫除，西南漫说喜神居。已闻江夏惊飞鹊，又报富春失钓鱼。党军得武汉后，富阳江上鸡犬为之不宁，孙军不支。学画赤眉夸变法，为愚黔首欲焚书。声声爆竹疑烽火，越寇毋教入我庐。

寄怀孝先同年再叠前韵

寒冬握手应灰除，群碧楼高隐士居。稚子携孙骑竹马，高堂侍母佩金鱼。同因世乱甘藏拙，莫道家贫坐拥书。想到煨芋炉火拨，一场春梦玉堂庐。

寄怀巢人叠前韵

种菊抚松芜秽除，重开三径好安居。庄生梦醒蘧蘧蝶，管婢知歌育育鱼。尚守先人贻果食，且教儿辈凿楹书。银钉明烛上元夕，送女吴中指阖庐。

寄怀韦斋

人到中年豪气除，解元故里卜新居。抱孙已见犊如虎，觅句何妨獭祭鱼。最羡家庭怀旧德，却怜海国访奇书。长江渡过风波恶，人境他年定结庐。指女公子出洋求学。

寄怀讱庵

濒行执手立门除，小饮茶楼临水居。子弟佳材呈骥畾，家乡俊味足虾鱼。无多旧雨犹分袂，最忆童时共读书。同日华堂开玉镜，朱陈交互入青庐。

寄怀高远香

叔度重逢鄙吝除，耦耕何日卜同居。不求闻达盟鸿鹄，久要平安寄蠹鱼。石奋治家惟守礼，右军有子亦能书。凤凰街左红桥路，便是南阳诸葛庐。

寄怀沈瓞民

缁素弃弃服未除，流泉相度赋爰居。为安地下谋青乌，不致人间出玉鱼。清白传家非俗吏，玄空绝学有遗书。杏花春雨如归去，携酒听莺一造庐。

寄怀张仲仁

叩门未克上阶除，但识先生廉让居。显官依然癯似鹤，归田赢得食无鱼。富强变法翻招乱，踠弛求才枉下书。闻道南风多不竞，黄巾应拜郑公庐。

寄怀丁芝荪

陈蕃下榻隔庭除，庑赁东皋小隐居。琴水钟□如野鹤，松陵遗爱有悬鱼。堤防尘俗因随子，消遣光阴独著书。家富缥缃精鉴赏，追踪爱日筑精庐。客岁下榻，韦斋君亦赁其余屋，缘爱子情切，舍其虞山故居，随子寓苏，便于就学督课。

沈瓞民观察二十前旧雨也相遇于苏城谓有旧作见怀录示依韵奉答

闻得啼声知伟器，推开棋局识真人。詹何曾记评休咎，季主由来溷俗尘。赁庑皋桥为旅客，关心边政问藩臣。吾今止酒君豪饮，往事从头话旧新。

上元节

依然灯市丽皇城，火树银花照眼明。珠玉罗陈喧列肆，官衙休沐洽人情。东风解冻泥涂滑，南国交兵廛市惊。却忆故乡风鹤警，不知何日始升平。

十六夜为予女于归陆郎之期予以在京未与结缡

今宵明烛耀银釭，遥忆家园绿绮窗。火树初过元夕后，氍毹正立比肩双。但期夫妇团圆乐，遥想亲朋笑语哤。阿母结缡无福见，梦魂千里到吴江。

钱念劬挽词

倜傥权奇民誉扬，乘槎监学到扶桑。两湖文藻浑金重，满腹经纶改玉伤。病榻犹谈齐物论，疡医究乏返魂香。白须赤舄风神俊，山岳茫茫感意长。

文章学问溯渊源，礼部家居昼闭门。鹤市曾亲规矱接，虎贲犹见典型存。缁尘日下同超俗，烽火苕南正骇魂。旧雨飘零增枨触，世家乔木不堪论。

踽叟同年见示桑寄生六绝依韵奉答

旅食京华三十余，抛荒桑柘旧田庐。浮生一笑如萍寄，心太平庵白室虚。

此生穷达任天公，得失何须争臂虫。绝似苍松孤介性，繁华生怕受牢笼。吾家有翠尾松二百余年物，忽蔷薇牵缀而上，红花绿叶遥望骇异，不三年而松槁矣，因蔷薇伐而松不重荣。分家茅屋补牵萝，不羡珊瑚玉树柯。却笑因人余热者，攀藤附葛一何多。

接本黄花三径存，花开虽好不留根。何如迈德留遗种，八百株桑付子孙。

铺菜桑野推江浙，大利蚕桑被众生。偷得灵榆天上种，纷纷海客竞谈瀛。

上林连枝赋新辞，遥望觚棱岁已期。上年游故宫御园，连理树葱翠如故，今又一岁矣。寄我诗篇薇盥诵，胸中渭竹俗堪医。

六十影像自赞

尔发苍苍，尔视茫茫。尔貌和蔼，尔性刚方。不娴媚俗，白首为郎。归田无福，人海身藏。小草远志，心营八荒。穷年兀兀，艺圃翱翔。行年六十，尚有童狂。佣书腕脱，其乐未央。不问理乱，不知沧桑。鹤阴鸣和，尚续书香。

偶检敝簏得癸亥韦斋过铜里与讱庵夜话见怀之作步韵代柬

总角知心兄弟班，旧情新句读回环。冲容大雅谢安石，萧瑟平生庾子山。城市兴衰浑似梦，沧桑理乱不相关。故人招隐鱼书至，总被尘牵恨未还。

妄想摛毫续马班，沉迷难解玉连环。京华深悔营廛屋，俸米徒闻积债山。阴有鹤鸣和子舍，寒无虫语坐僧关。故乡父老殷勤问，待到书成鸟倦还。

寿杨芷青六秩

水部当年共夙瀛，渭春同年。八龙最小是慈明。何须节钺扬千邑，惟愿图书寄一生。大隐市朝真是福，运筹帷幄不知名。郎君弱冠施行马，却许登堂酌兕觥。

欧阳集古数家珍，周鼎商彝累累陈。猎碣交柯文字古，散盘剔藓碧朱新。吉祥富贵付儿辈，长乐未央任老人。考订愿随荷屋后，西清同幸太平民。

又代

雀环种德旧家声，贾虎荀龙一世英。房杜婚唐扶创业，机云入洛最知名。家门鼎盛琴书静，军国平章议论闳。记得象房桥畔路，登台舌战忆同行。

家声翕赫溯三鳣，开府淮南灵种迁。贾虎荀龙天下士，金公木母地行仙。筹谋帷幄密陈议，玩索诗书结古缘。更看机云同济美，彩衣莱舞自年年。

和孙踽叟咏雁

一生只为稻粱谋，结队成群芦荻秋。避弋居然高蹈去，瀛洲海国任遨游。

来从衡岳去南天，飞渡长江一字传。搅得嗷嗷中野集，扰人清梦不安眠。

腊八煮粥分赠踽叟宠锡名曰七宝五味并赐诗十六韵步韵奉和

铜仙倏已辞，饩羊存告朔。岁岁旰食忧，庶几剥而复。忆昔帝王家，煮粥绍梵俗。莼领太仓粟，雍和宫严肃。尚书朝服临，九拜青蒲伏。礼毕晨复命，斋戒夜沐浴。大官得分尝，伊蒲沾锡福。无量扎拉芬，扎拉芬，满语“寿”也。亲朋馈佛粥。纯庙曾受戒，班禅曾锡卓。齿豁老头陀，闲说故事熟。年来香火稀，三餐不果腹。堂子废烝尝，鸟来空木啄。四海强肉弱，深壑难填欲。佛法鲜无灵，炉烟断芬馥。

袈裟鹑百结，流民图一幅。蒙藏撤樊篱，饥寒谁育鞠。

前诗意未尽例叠前韵

我藏万人海，落英餐黄鞠。煮字以疗饥，吟诗读画幅。饷客闭门羹，艺圃吸清馥。大酒肥肉场，谢绝匪所欲。饘粥敬伛偻，定数安饮啄。老坡不合时，穷阮空晒腹。红豆粒已残，黄粱梦余熟。素餐护宗教，乞米苦绝卓。又届浴佛节，循礼也煮粥。讵敢邀慈云，无事便为福。妙谛信手拈，我儒自德浴。暮齿强饭难，六十换腊伏。断齑滋味长，报李礼意肃。双弓土风和，相馈旧京俗。归来拜瑶章，白圭目三复。岁阳忽更新，明日正月朔。

除夕踽叟见惠鹿肘桃果报以参茸酒参糖作诗答谢

清晨鹊语绕檐喧，喜见殊珍到小园。芾鹿吉羊铭汉瑞，投桃报李咏齐恩。旧闻酌酒专颐老，今有含饴笑弄孙。陡忆木兰亲射得，分甘宠锡抵功论。十全老人木兰秋狝，以亲射鹿赐福康安，以酬平台湾、讨安南之勋，盖异数也。今不免有杜陵樱桃之感云。

挽鹿学良文

报国文章噪一时，少年名重白云司。位尊八印巨艰任，家不余钱清白遗。眼底山河棋局改，胸中块垒酒杯知。相门重过城东路，垂老冯唐只益悲。

孙伯怡惠寒菜赋小诗以谢并呈其祖踽叟

园蔬压雪未春融，忽接冰壶助酒红。凉沁心田有味香，迎鼻观意已先通。米盐久习家人事，齑粥犹安处士风。碧色云英何所报，寿华待献紫髯翁。

和踽叟围炉仍用融字韵

一家团聚乐融融，斗室回春面映红。炽炭阴阳参燮理，煨芋事业问亨通。夜阑软语浑忘世，寒中孱躯不可风。近患小恙。绿蚁新醅天欲雪，一杯相酌唤邻翁。

祝叔屏母吴七十寿

坤元载万物，土德旺四时。古今克家子，端资女宗师。我昔设绛帐，灵莹城西陲。莘莘学负笈，童蒙作圣基。有童来吴下，头角峥嵘嵘。枕经复葄史，宣夜与周髀。时年甫十二，卓荦超诸儿。自幼秉壶教，外家传清规。巍巍延陵季，上林第一枝。为吴棣华修撰之后裔。相宅吾宗秀，毓此五色芝。廿年久不见，突弁伟须眉。问其操何业，乃亦拥皋比。清河训将校，矫矫龙虎姿。层冰出于水，老马引斑骓。今年南北阻，干戈路险巇。游子忽行迈，水陆赋载驰。有母年七十，曰归共祝厘。啮指感心痛，倚闾慰所思。入门重依膝，酌酒亲奉卮。累累三株树，一一吹埙篪。兰陔洁以养，兰孙纷葳蕤。世教日凌夷，非孝泯伦彝。耰锄已德色，遑顾慈母慈。又□豪宝者，借物舞彩嬉。堂前方舞蹈，灶下已弃遗。子独敦伦理，性不时俗漓。豹雾安以隐，乌鸟哺其私。为求竹实凤，肯慕太庙牺。虽无毛义檄，聊免曼倩饥。幸哉家有子，皞皞春台熙。即此祥廷瑞，世世其期颐。寿母康而炽，诗颂赓奚斯。

和踽叟丁卯祀灶原韵

乞米长安常不足，范甑日日欲生尘。但闻烂胃封都尉，那见金成祠灶神。俗仿梦粱欢孺子，声稀爆竹到初寅。门行五祀从周礼，我亦东厨酒醴陈。

贺兰独饱问何心，涿鹿饥民苦蘖冰。造化亦如司命醉，封才那有宝光临。关东糖果纷陈几，杭郡酒痕忆上襟。未许黄羊隆招赛，菜羹疏饮亦来歆。

和宗五子立述怀韵

天意阳回一线长，春婆梦已醒名场。叠看高岸为深谷，应戒坚冰始履霜。梅讯不来南国远，舍弟久无信。芳游共阻北风凉。游西山中止。岁寒只合盟三友，唱和诗简走笔忙。

余杭周节妇哀辞并序

节妇周徐氏修甫，茂才妻也。茂才劬学早世，氏誓以身殉。既念姑老女幼，债台山积，恐贻地下人忧，茹志事蓄。姑殁丧葬如礼，抚犹子为后。年六十九卒。未卒之前一月预知死期，启生圹以待，果无疾而逝。修甫为金粟香名宿门下，余则忠甫师辛卯所得士也。文字渊源亦有香火因缘，不可以无辞，诗曰：

在昔司空图，营圹王官谷。旷达齐彭殇，千秋发幽馥。讵意巾帼中，芳躅继清淑。贤哉谁家妇，华胄系茂叔。门临西子湖，爽浥三天竺。世泽振胶庠，龙文扛百斛。岛仙呕心肝，贾生悲赋鹏。贫无儋石储，哀哉此茕独。誓从地下游，血泪扑簌簌。上有白发姑，何以赡饘粥。下有三珠树，零丁谁鞠育。孜肩付未亡，收涕不夜哭。女红十指勤，篝灯资事畜。弱息又多愁，药炉煮云茯。三女渐长成，结缡于名族。犹子奉烝尝，抚字幸式谷。债台偿累累，一一出节缩。生平冰雪寒，不受和风燠。同砚衣锦归，赙布一尺幅。却之礼不恭，恐蒙俗尘黩。施惠诸亲姻，高洁如秋菊。既营窀穸安，同穴生死逐。慧眼灼前知，大数厄百六。言迈茅家步，大麦岭山麓。启圹告六亲，两舍结茅屋。一去不复返，昼坐夜则宿。亡何冥然辞，无疾竟瞑目。遗命宜裸葬，奚专木为椟。里人钦其贤，表闾绰楔矗。嗟今乱似麻，赤眉复青犊。发丘中郎将，所至恣鱼肉。冬青伐古陵，人鬼齐诛戮。金凫与玉雁，出土新如沐。速朽土亲肤，庶免白骨暴。吴越勺水通，淑行详百熟。况我附缁帷，后堂闻丝竹。渊源轼继洵，卅辐共一毂。旧事忽重提，吾衰发已秃。无以发幽光，笔弱自愧恧。恍作西溪游，清风松谡谡。

祝洪甦民六十寿步元韵

吐气如虹意气雄，一生常在砚田中。皋比坐拥先生馔，鸿案相庄处士风。博古通今谈娓娓，兰孙桂子乐融融。回思鏖战文场日，老去心情尚有童。

君隐江南耀少微，我羁燕北久相违。忽逢黄浦惊离合，正炽红巾混事非。西抹东涂新样变，高山流水古音稀。相期抱瓮垂垂老，怕蹈人间奸诈机。

人过中年晷影移，钻研故纸问何为。九边事业瞿昙幻，半世辛勤脉望知。邻院长槐聊托荫，土阶小草渐含滋。明窗净几无尘到，一笑天公覆照私。

重来舜水作鸿宾，机织声喧市上尘。华屋几多陶少伯，敝裘仍是旧苏秦。燕寻深巷更新主，马系名园叹奉诚。何日扁舟归故里，一杯相酌乐天真。

叠能韵和踽叟戊辰六月

笑余发短问奚能，解纽欣为退院僧。每与家人谈故事，却从书卷得良朋。林间燕幕纷辞叶，雨后瓜棚乱引藤。艳说南风声尚竞，翩翩年少意飞腾。

怀巢人弟用东坡诗迎子由韵

床头金尽敝貂裘，先我知几返故丘。屡见京华移北斗，为谋乐土向南州。书传黄耳来何滞，年逐苍颜去莫留。自愧寡闻闻道晚，甘心启疑学孙休。

挽王菊初同年

菊初，名慎本，辛卯吴县同年，以贩金倾其家。晚年为山西实业厅，非其志也。

少年艺圃早蜚英，吐气如虹四座惊。玉茗清谈怀曩昔，金刀新币话分明。儒冠悔识三千字，晚节犹谋什一营。桂榜良朋寥落甚，风云况未解刀兵。

璁女新得一女诗以宠之

开函喜得掌中珠，瑜珥瑶环锦绣襦。弥月浴儿摩顶洗，明年见我绕床扶。修容不羡美而艳，养德还须智若愚。莫重弄璋轻弄瓦，行看第二凤将雏。

挽钱强斋

当年立雪侍程师，亲见门前竹马驰。劬学申韩苏病国，主盟坛坫削肤词。筑台避债从今了，借酒浇愁不合宜。为劝脊原休抱痛，龚生夭折豹留皮。

叠鱼字韵

诗书二妙食熊鱼，况是高年亲手书。仙骨本来坚铁石，聚头何异赠瑛琚。珍崇子墨常吟诵，出入予怀任卷舒。预约古稀仍握手，耆英首席定真除。

送仲欣南行

此行吉利汉双鱼，行李无多满箧书……

秋雁和姚正甫韵

风尘澒洞水波秋，心逐江南浮玉洲。吾乡郊外长桥对岸有浮玉洲、桑树、乌桕。避弋衔芦如有待，年年作字为人谋。

踽叟兄示答袁树五方伯诗依韵奉答

京华不羡佩金鱼，柱下孜孜缉旧书。常得故人投翰墨，愧无佳句奉瑛琚。潜龙勿用希诸葛，野鹤多情和魏舒。遥想昆明经劫火，袁宏夜咏月临除。谓袁树五。

叠韵寄袁树五同年

宣南赁□食无鱼，万里云天忽□书。翰苑主人怀子墨，杜陵诗句赠卢琚。我居城市尘埃染，君隐山林意气舒。洱海无波容卧雪，梦魂直欲上阶除。

感事用踽叟韵

此中可欲锢山难，丘发中郎似建安。冬树不闻义士植，桐棺方信达人观。赤眉青犊夸廉洁，玉雁金鱼痛缺残。回向十三陵上望，移民守冢圣恩宽。戊辰五月裕陵发掘，头颅行万里。

金陵王气百年难，却取芜城作苟安。周室东迁戎狄逼，楚人南返沐猴观。出山小草何知远，上苑名花尚未残。赢得万民齐菜色，瘦腰减却十围宽。

东方索米早艰难，烽火连年枕不安。故鬼那如新鬼大，官场惯作戏场观。哀鸿遍野中心苦，落凤题坡铩羽残。安得澄清揽辔日，杜陵广厦万间宽。

王孙破帽一餐难，克王沦于乞丐，肃王之第二子，宪章买其祖密亲王茔树。巢系苇苕托庇安。万户千门都寂寞，琼楼玉宇息游观。阑前系马更新主，柱下犹龙孰守残。清史馆亦被封闭，一般名人风流云散。累累丧家均出走，驰车遥指海天宽。达官贵人均往大连避难。

雌雄有兔辨应难，髡发齐眉绿鬓安。扑朔从军消壮气，招摇过市夸奇观。只知歌舞心神荡，一任闾阎手足残。士女如云行乐去，船家花壁海波宽。

横行天下不知难，搅得尘昏梦不安。三月发丧开大酺，千金悬市任人观。无边地狱千年劫，大好河山一角残。利析秋毫诛到骨，犹闻盐铁论桓宽。

释迦说法侍阿难，象教圆通厝国安。鸠妇占居多毁损，牛魔秘戏任参观。独持威斗尊新莽，奚事煨芋问嫩残。白伞真经零落尽，传闻海岛网罗宽。察罕喇嘛庙被兵占住，开战焚去八十余间，此庙珍藏经卷早售与他人矣。

抱薪救火古今难，胜负如棋片刻安。蜗角争雄纷斗智，渔人网利乐旁观。昏黄闪电随风飐，漆黑浓云蔽日残。沈李浮瓜成往事，何时高会酒杯宽。

送宗子立南归

罢官毕竟一身轻，归里何夸昼锦荣。去国言寻红豆树，挂帆直达石头城。但期出处无厖吠，却喜居留有鹤鸣。恰好西军铙鼓奏，欢声雷动送君行。时适美军换防回国，铙鼓声喧如送君南行。

即事

作俑荆公变法强，侈言官制巧更张。猧儿乱局同归尽，狼子野心只自戕。凤阁鸾台新易字，鸡鸣狗盗肆登场。西山依旧无今古，拔帜纷纷何事忙？

立秋六月二十三日寅初三刻

淮南木落始知秋，战马骄肥踏九州。梁上燕巢空寂寂，阶前蛩语苦啾啾。炎凉屡见人心变，代谢方知天意幽。闻道四郊蝗黍祸，啼号只为稻粱谋。四郊多蝗，今秋又不秋矣。

荷花生日

昨宵风雨送秋来，今晌浓云锁不开。大暑炎蒸酷吏去，寥天萧瑟旅人哀。闾阎艰食收成歉，刀尺寒衣取次催。却忆荷花生日节，赏花荡桨出苏台。

寿八十三翁孙踽叟同年

万人如海共沉浮，唱和诗篇两白头。无碍宗风龙汉劫，已凉天气鹊桥秋。明年合许尊胡广，胡广八十四拜太傅。美寿今应问麦丘。齐桓公见麦丘人曰："叟年几何？"对曰："臣年八十三矣。"待到紫萸黄菊节，重阳竹院约朋俦。文徵明《九日诗》有"白头八十三重九，竹院浮生又一回"之句。广文连席复连枝，小宋名先大宗驰。一室春风多俊秀，万间广厦久扶持。全身只可空谈月，避俗差宜不入时。却与鲰生文字饮，城东小饮互催诗。

星纬销沈贵老成，仲谋有子振家声。艰难天步敦槃定，澄叙官方衡鉴平。弱息侍亲贞不字，文孙勖学远蜚英。京华无改书生习，万石君传谨愿名。

吴山越水性情同，迟识荆州已老翁。忝附韩欧齐榜末，更欣孔李两家通。东京好梦非前日，南国遗民有古风。唤取长星相对饮，年年上寿醉颜红。

送德人福克司还辽东

中西文学互商量，采访奇书入智囊。能汉文汉语，常入都购书。欲跨昆仑参佛典，研究佛学。直穷戈壁遍回疆。求回疆地理书。自惭老朽怀同志，却羡奇豪出异方。记取新年重握手，梅花好赠一枝香。

奉答訒庵见怀仍用韦斋甲子班字韵

抱才独与古人班，招隐书来示以环。誓墓有文盟白水，归田无计买青山。食贫讵复鱼贪饵，客有招入蒙藏委员会者，笑却之曰：“现方打倒官僚，视南来人如俘虏，奚必为人憎恶耶？”避弋终疑雁度关。待我数年成柱史，摒挡琴剑向南还。时方编《蒙藏回事长编》三百卷，并日而作，急于成书归里。

自述作书之意仍用前韵并柬孝先韦斋诸老

寄居边郡叔皮班，九转愁肠似辙环。敢诩金针长度世，但期石室閟藏山。云烟过眼梦粱录，风雪行程嘉峪关。先君子有《风雪出关图》。三年戎幕，壮志未伸，故欲垂空文以继先志。欲与诸公商榷定，破书一簏整装还。

六月晦得訒庵招隐书夜梦还家倒叠前韵

梦魂千里竟飞还，花木依然门未关。曲绕行厨方入室，直穿小径便登山。姜肱兄弟怡长被，羊祜儿童喜拾环。一觉黄粱推枕起，鸟啼屋上马声班。

送孙伯怡之东吴大学教授

昔君北学近南行，清华学校毕业后留美五年，得硕士位。绛帐荣于拥百城。霁月光风心教育，周髀宣夜术纵横。算学主任。相逢宇内多材聚，正是吴中万宝成。却忆重闱垂志别，牵衣笑说早归程。

戊辰中元

我生六十度中元，每感西风意绪烦。老母悲秋穷药石，阿兄触暑痛令原。盂兰却恨阴阳隔，麦饭空怀笑貌存。一盏莲灯应故事，白头何时返家园。

闻跻叟患病劝其节食戒诗

病魔好结暮年欢，却怨天公乍暖寒。养老本来宜祝噎，寄书翻不劝加餐。撑肠有字诗书满，饱食无心博奕观。且学子房常辟谷，苦吟又怕呕心肝。

题沈氏玄庐学

流泉度彼相阴阳，宅宅田田卜久长。狡狯纤儿撞破后，海波一霎又沧桑。

孝思惟求窀穸安，撼龙经亦向诸官。吉凶一变无凭准，风雨东陵暴骨寒。时有盗陵之变，故及之。

病起叠无字韵

病起休休一事无，故吾照镜复今吾。甘心遁世闲寻乐，多语伤时怕罹辜。魏晋之间容阮籍，山林何处着申屠。伛偻终日循墙走，健步如初不用扶。

送孙成伯参事之歇浦

北来鸿雁又南飞，身为饥驱赠当归。秋月娟娟凉客梦，海风荡荡拂征衣。登舟差喜家乡近，捧檄何嫌菽水微。一鹤相随和靖去，春申江上接清辉。

寿刘少楠签事六秩五十韵

古言寿无疆，改岁跻公堂。一双白璧白，万镒黄金黄。初非揽揆节，始可举一觞。庚寅吾以降，正则骚乃彰。千秋金鉴录，祝嘏始李唐。宗武作生日，少陵入诗章。帝王大赐酺，圣节称天长。契丹与天水，生辰贺使忙。相沿及士庶，家家有余庆。名流诗文集，汗牛充栋梁。吾友卯金子，花甲身康强。云何不欢乐，欲语先惭惶。溯吾识荆始，均为白面郎。君居盛家带，吾战翰墨场。两家怀先德，解组隐沧浪。而翁索拙著，鹤躯颀而长。两家方隆盛，日夕祝炽昌。君已识时务，位卢字左行。随使达欧海，泛槎七洲洋。荏冉二十载，宦游遇中央。铨曹与农部，衡宇近相望。达官垂青视，郎署恣翱翔。风雪忽变色，人事屡沧桑。鸿雁不南首，都为谋稻粱。同官一萍聚，并辔复龙骧。乃兄庆六秩，赋诗索枯肠。贱子相继作，循俗绮筵张。宾礼贵酬酢，何不具酒浆。君言不得意，倦将归故乡。兆民既涂炭，四海沸蜩螗。吾扇如团扇，扇弃秋风凉。如墨不黔突，如孔常绝粮。亲朋如戾至，无茶斗旗枪。荆妻葛覃赋，旅舍人海藏。同乡情意渥，醵饮聊相将。试看烂羊尉，暴贵意气扬。粱肉有余臭，俳优间笙簧。而君独憔悴，两袖风郎当。君意仍夷涣，高卧亦何妨。西伯不养老，理合饿首阳。侏儒既得饱，輖饥宜东方。古今有代谢，兴废亦靡常。我辈虽败絮，金玉其内相。浮云世事改，冷眼观其旁。陈抟方鼾睡，彭祖阅夏商。昙花彼一现，松柏乃千章。穷健抵富贵，吴谚不可忘。北阮清不俗，次公醒而狂。投诗聊举解，相视两茫茫。

和踽叟独坐书怀

蜀公静坐最延年，休管尘寰情景迁。寂寂偏宜虚白室，梦梦奚事问苍天。清心怆恍无他欲，傲骨崚嶒肯受怜。却喜机云同入洛，旨甘还奉杖头钱。

踽叟见示袁树圃同年五十七生日诗和韵却寄树圃

鲰生有家风，虽老不言寿。年年避林泉，风月好消受。林深竹师静，泉净石兄瘦。画仿北叟新，赋摹东坡旧。今秋寻海源，郭西两重岫。鞭丝走夕阳，商飙送轻辏。古寺建岩胁，六百年结构。岩巅大悲阁，佛力无上咒。三拜空山空，我佛通无漏。南寺昭正觉，北村隐邪寇。扶正邪自除，净地天宜佑。三日汗漫游，蔬笋甘而茂。茗谈坐松针，酒香饮石窦。何当山中卧，白云供黄耇。一身一蜗居，万方群龙斗。留我两人诗，放眼观宇宙。石屏有故人，瞬将六旬寿。亭林避称觞，酒醴不屑受。一别十七年，是否腰围瘦。玉宇高处寒，银轺渐西旧。君以翰林院侍讲简浙江提学使。归卧点苍山，白雪封远岫。拥书百里侯，辛亥后归云南，充图书馆馆长。言伦守德辏。贾虎与荀龙，后昆肯堂构。子六人已留美毕业。闲翻白马经，持向毒龙咒。来诗游古寺，甚适。郑公乡独安，杜老屋不漏。中原幻风云，起仆纷群寇。莱芜灶生鱼，动作道不祐。荒径忆松存，新园羡松茂。五柳居学陶，五桂堂开窦。扶杖待河清，蒲轮征遗耇。万里邮诗筒，两贤尖叉斗。指君与踽叟。遥望玉龙堆，君居名玉龙堆，甚雅。提笔窄碧宙。

贺钱卓英新婚用踽叟韵有序

钱卓英部郎，吾友章式之快婿，孙踽叟之再传弟子也。长至节将章女士彦瑜结缡，踽叟特假皋庑为结青庐赋诗八首，余亦效颦焉。

鹣鹣比翼舞天寥，一曲和声律吕调。自赁齐眉举案后，地灵从此属皋桥。

赠洪涛生德意志人

泰山孔李旧通家，文史兼通德行嘉。守礼彬彬林下度，东门笑煞赋沤麻。式之为我先祭酒之高弟，往还甚密，登其堂寓，居湫隘而无嘀嘀之声，视近来女界大有霄壤之别。

渭阳著作出承明，吴下民和颂政成。此后练裙传法派，应如大令善书楹。章女士之母舅为王蔚臣同年，由庶常散馆知县官，吴下甚有声。

同车自北向南回，玉立长身少女耒。为述两家投纻谊，少年倏忽暮年催。丁卯秋余归里，在京津车晤章女士，谈数十年往事。时则彦驯甫数龄，女士尚未降生。今式之与余皆六旬以上人矣。

世家吴越纪婆留，大学蜚英回不伴。肯逐阳鳍争上饵，韫藏美玉薄公侯。卓英以北大毕业生筮仕外交部，今不屑南行，可以觇其志趣矣。

冰清穆穆溯宾门，主客掾中夺席尊。君亦行人通四国，文辞修饰郑公孙。式之以刑部特调总署，异数也。一时衮衮诸公皆其后辈。今冰清玉润先后辉映矣。

灯红酒绿滞幽燕，小别西湖三十年。异日涌金重泛棹，泉唐应许寓坡仙。余通籍后，初欲改官浙江。后因事不果，然山水名胜曾不能忘情。

贺新郎曲语缠缪，八十三翁说白头。偕老百年成吉兆，华莲连理大于舟。

赠袁珏生学士

琼楼玉宇不胜寒，白首宗臣相对看。时遇于宝瑞臣侍郎家。南内深宫都寂寞，北池老屋且盘桓。君卜居北池子。微闻钱母飞青蝶，庶兄棘人结素冠。时服母丧鹦鹉泣，寄声为问圣躬安。

踽叟见示滇南林宗郭和鱼韵依韵即答兼呈袁树五余亦依韵和之戊辰十二月朔

故纸钻研老蠹鱼，太平经国久无书。明郑仲谦著《太平经国书》三卷，曾仕衢州府教授，书久不传，今见抄本。疗贫何计思焚砚，怀远有诗当佩琚。天末故人劫后在，滇南万里望中舒。何当五老图团扇，坐我春风忘岁除。咸丰初，陶凫乡宗伯在都与顾彦和、李朴园两太守，林鞠史观察、兴润斋参赞为五老会。后潘木君中丞以四品京秩奉命来京，张诗舲中丞入为少宰，亦与斯集。乙卯夏，朴园出七团扇绘小照各赠其一。时彦和年八十五，凫乡八十四，朴园年八十三，鞠史年七十七，润斋年七十四，诗舲年七十一，木君年六十四，见《雪桥诗话》卷十四。踽叟今岁八十三，瞬息岁除即凫乡之年矣。

微雪戊辰十二月初三

季冬春令水流澌，今日霖霖雨意滋。闻说水山一霎倒，方知炎热不同□。时杨宇霆被杀。

除夕踽叟见示两目如瞽诗以慰之

少年伏案一灯青，到明观书目不停。心自聪明如雪亮，何须丙夜尚陈经。

昏如五里雾中收，四海疮痍怕放眸。却是天公多做美，不教烦恼着心头。

明朝元旦怕书红，闭目潜修一室中。且学陈抟骑驴笑，何妨千岁睡朦胧。

南湖消夏次韵酬芥沧馆主

名园衰盛感，人物浪淘沙。水浅鱼藏叶，林幽鸟蹴花。庭除来系马，池沼自鸣蛙。亭午眠阴稳，提壶羡灌瓜。

出门西向笑，诗境与人深。梦忆十年事，途迷万柳阴。甲辰午，余与庞絅堂昆季曾携酒赋诗，倏忽已过十年，絅堂已归道山，劬龛持节贵阳，因忆之。轮归催老景，幢塔悟惮心。二俊知风雅，焚香静听琴。

荷沼马头前，回旋曲径穿。绿阴低罨水，红日卓当天。病肺犹耽酒，披衣不上船。仆夫愁况瘁，努力着归鞭。

又次韵酬余园年老前辈

分宜丞相宅，小筑夏生凉。树密嚣尘浣，花闲午梦长。雏孙□□□，贤子比元方。散值披书坐，炉焚一炷香。汪子贤寓丞相胡同，水木精华，子孙俊秀，好蓄书画，藏博山古炉尤多。

藤厅偕吏隐，昼永辄论诗。高洁纫兰佩，清虚结藕丝。寻芳苏小小，顾曲李师师。选格纷纭甚，平生励四知。

又次韵酬瞿园前辈

筝琶俗耳日相寻，知己新逢伯子琴。道貌盎然逃世久，仙心恍似入山深。辋川冲淡诗中画，靖节清高弦外音。无事闲填长短句，羡君著作早成林。

又次韵和瞿园听琴翁听琴

听君歌一曲，四壁静无哗。眠石安凫掌，调弦拨象牙。张昱诗“象牙指拨十三弦”。壮情前出塞，骚思续怀沙。声入精微处，天人两散花。

鸣凤如来舞，游鱼自跃池。拢捻惊裂帛，络绎串牟尼。年老为儒吏，时危隐乐师。广陵今绝调，我欲拜缁帷。

澄如同年邮示五十自寿诗四章

时正风云日迫，复叠韵感事，予亦有杜陵《秋兴》之感，因步原韵答之。辛亥八月。

先庚不吉后庚过，予家遭庚申之难，庚子仓皇归里。今年辛亥，又酿此巨变，不知天心何日悔祸也。其奈人心思乱何。上下欺蒙争利益，国家闲暇自蹉跎。外交乘隙连茅进，内政不修伏莽多。五鬼八王应运起，老成凋谢发皤皤。

金轮皇帝美人嫣，委鬼茄花戚畹田。一队神仙争缩地，万家稼穑不逢年。自经世变方知晚，每到山穷欲问天。鼎沸蜩螗忧未艾，如泉始达火始然。

风声鹤唳起衡兰，奔走仓皇语不欢。忧国早知多险阻，达官何以定艰难。欲排阊阖苍天醉，又骇波涛碧海宽。日暮途穷无乐土，故乡毕竟是归安。

奉天罪已下深宫，胜败全凭一线中。国是恼人真累卵，儒冠误我况雕虫。小民久积饥寒怨，上将谁收尺寸功。君去江南我塞北，相逢何日絮愁衷。

和澄如同年五十自寿元韵

生平兄事五年过，东阁官梅水部何。君长予六岁，初识荆时，君已以举人为水部郎矣。同为求名增束缚，于今将寿补蹉跎。藤厅我滞一阶进，予以中书迁吏部主事，五年未补一缺。芸史君编万卷多。君编《续通考》，已成书。京洛缁尘重聚首，霜风落帽鬓双皤。君发早白，予亦近年见见毛矣。

汉家华胄溯蝉嫣，苕霅潜居龙在田。常恐多财滋俗累，惯输余谷惠荒年。君创办慈善事业甚多，而于荒政尤力。蒹葭辟舍怀秋水，莲叶铺池乐镜天。犹忆浙西文酒宴，一杯在手已陶然。予家吴江，岁一过从，至辄开怀畅饮。君不善饮而善拇战。予时酒兴犹豪，今亦不胜杯勺矣。

宣尼同诞续猗兰，君生日为八月廿七，适宣圣诞日。壹志诗书接古欢。多寿原来关气运，生男端合字阿难。译言欢喜，君尚侧室添丁。养生有术心无竞，理乱不闻意自宽。感起秋风归去也，乘槎泛海海隅安。鄂事起，君归南，寓申江。

与君抵足梵王宫，永福西厢梨院中。闲听敲棋纷鹬蚌，静观争食笑鸡虫。乐群每欲望三益，得句浑如建大功。遥想南云留复约，菊觞上寿话离衷。近年同值崇陵工次，寓永福寺中梨花院。每与谈论古今成败，弹棋赋诗，致足乐也。迨君诞日，予自工次驱车造访，则已携琴鹤归里。予戏作书，追索菊酒。他日必当作平原十日之游，以偿酒债。特记此，以为后会左券也。

旧历八月二十九日为余四十六岁初度，世仁甫同年招饮于会芳园，同坐有孙鼎臣百斛、袁接三金铠、锡聘之钧诸君，即席呈仁甫同年

秋风摇落隐墙东，仁甫赁居东门外。翰苑文章老巨公。诗酒忆邀明月白，甲午同年旅京，向联三四人作东道，每月二集，迭为宾主，数年于

兹，近则星散矣。舢棱犹照夕阳红。会芳园在故宫之左。是日瞻仰故宫弓剑，归途即赴约，时日未西斜也。迢迢故里难餐菊，南方军事甫平，太湖时有盗警。仁甫有负郭之田数次，余则无田可耕。仆仆长途又转蓬，乙巳年曾周游东四盟各旗，今以哲里木盟令议随使节将赴长春，于此小住。今日相逢须痛饮，客中初度已衰翁。

赠锡聘之钧

梁苑当年早识荆，曩在梁素文玉书座中相见，盖君与素文甥舅同寓也。辽东重访玉堂卿。君以丁丑入庶常，旋开坊以奉使致祭蒙旗，顺道回辽东故里小作句留。被忌者摭未经覆命挂弹章，镌职为内阁中书，又以积资重升翰苑，为学士充政务处提调。伟然须发甘肥遁，呕出心肝狎主盟。时开诗钟，君最勾心斗角。桃李门墙成老宿，门墙极盛，仁甫亦其门下。近则公推为泰山北斗矣。芝兰子弟粲群英。君家小阮精英文，已毕业，犹入学不休。凤池旧梦休提起，错认前贤是后生。余以甲午到阁，计到阁先后反在君前，故云。

题可园诗抄

可园主人人中龙，文章锦绣罗心胸。十载神交未御李，沧桑劫后重相逢。相逢却在大辽水，把酒挑灯谈往事。破浪乘风郁壮怀，鬓斑须皞今如此。故家兰锜近苏堤，任侠豪华动浙西。脱帽看诗欣奉雉，挥鞭努力舞闻鸡。六桥为驻防杭州以难荫起家，为曲园弟子，郎亭少宰亦极赏之。春风吹上长安路，玉宇琼楼任去住。黑水波狂万里槎，洛阳纸贵三都赋。是年车驾正蒙尘，下殿仓皇走晋秦。杜老江头花溅泪，新蒲细柳为谁春。小春日暖回龙驭，下诏求贤兴学务。鸿宝奇翻海客篇，讲堂持赐粉侯署。一麾仍溯浙江潮，花鸟迎人银管描。苕雪泛舟寻故旧，富春问俗到渔樵。强邻觊觎北风紧，管钥北门需寇准。高唱黄云敕勒歌，寻幽青冢箜篌引。奉命为归化城副都统。青冢在归化城左近。汗山冰雪又长征，土拉河头仗策行。默化毳庐通汉俗，辟除筚簬事春耕。那知荧惑鬼为厉，大宝法王思作帝。杀戒宏开驱吏民，归来金尽貂裘敝。吾家季弟亦参军，幕府清秋夜治文。未遂封侯空入梦，同悲逐客乱飘云。世运鼎新亦革故，女中尧舜钦隆裕。官家富贵尚浮云，吾辈穷愁何足数。风饕雪虐甲他城，回聚京华话死生。南返浦江仍旅食，北羁津卫暂韬声。政府筹边思介傅，东山再起为都护。辽东城郭尚嵯峨，都付渔洋秋柳句。名王议政会鸡林，四牡皇华坛坫临。道出陪都投辖饮，往来孔道主情深。主人手赠诗千首，光怪陆离垂不朽。世事茫茫休懊侬，岁寒三友怡诗酒。

赠保莲痴前辈

名儒名相旧家风，吐属丰神迥不同。徐福求方医国弱，计然运策救民穷。间浮沈水波翻白，重上昭陵叶醉红。世味饱尝人海苦，摩挲古玉碧玲珑。

题画

丹枫、睡鸟

万木全枯枫叶红，枝栖自稳眼朦胧。忘机不管年华去，都付南柯一梦中。

凤仙、葵菊

秋影亭亭好女儿，泉明作伴隐东篱。丹心一片无人问，笔墨生涯只自知。

菊花、篱石

鹿眼参差已半欹，石兄兀傲笑人痴。秋容淡淡经霜醉，背立斜阳四五枝。

荷花、芦苇、苹花

托根清净不沾泥，摇曳生姿罨画溪。却怪飞花无定性，波冲风转又东西。

芭蕉、栀子、榴花

学书旧住绿天庵，禅友当窗晚雨酣。丹若试花红似火，徐熙画笔出于蓝。

红梅、天竹、罗汉松

董元老笔郁盘盘，三友同心订岁寒。不向软红尘里住，优昙佛理静中看。

柳、桃、蒲

细柳新蒲绿意滋，夭桃红弹两三枝。春城风景犹如昔，杜老江头有所思。

腊梅、茶花、水仙

磬口檀香设色工，宝珠踯躅吐嫣红。亭亭玉立娇无语，萼绿仙姑下绛宫。

兰石、芍药、洛阳

石骨支离王者香，丰台盛鬋御衣黄。维扬移种洛阳后，小草争妍上画堂。

梧桐、鸡冠、黄菊

石砌新裁洗手花，餐英恰称野人家。雨余亲把梧桐洗，留得浓阴绿雾斜。

柏、凌霄、黄月季

黛色参天不计年，紫葳蔓附亦嫣妍。写生添个长春影，花月春江作散仙。

题日本人画峨眉山代奎乐帅

昆仑蜿蜒自西来，神仙排拥金银台。锦绣江山举目异，光明世界画图开。画图系出名贤手，大米精神黄鹤叟。振锡饱餐富士云，乘槎直到巴江口。蛾眉对峙高极天，白水光相缔佛缘。历井扪参凌绝顶，攀星纳月扶标川。赏霞归得锦囊术，驱山走海挥彩笔。满堂空翠赤城标，瞬息峰峦螺髻出。轻舟满载蛾眉月，吹上长安游风阙。腕底惊涛喷碧泉，眼前突兀森仙窟。我览此图远会心，锦城春梦触尘襟。乘轺恐惹山灵笑，返辔聊为梁父吟。见说蚕丛行不易，棘门霸上均儿戏。洛钟东倒蜀山应，拔帜惊闻还汉帜。望帝春魂化子规，尧年鹤语寒如斯。沧桑世事浮云改，琐尾臣心明月知。安得骑羊清净土，皈依象教答君父。人间富贵如梦泡，世外烟霞无今古。我闻海上有仙山，徐福逃秦此往还。欲往从之不可即，海风浪浪水潺潺。时辛亥冬季，乐帅谢病家居，故云。

长春道中

癸丑九月，随荣竹农副总裁赴长春哲里木盟蒙古会议，由奉天乘火车北行。塞外节候较迟，时尚未收割。穲稏摇风，较我乡水田长十倍。

柳边万木醉霜红，一抹云山入画中。暖意早随梅柳渡，据三省人云，自开荒后，天气较暖，否则八月中即雨雪，不堪耕种。黄云栖亩胜江东。

赠日本驻长春领事

木部守一，其副领事名酒句秀一。

我是江南一散仙，又随使节柳条边。鸡林谁购香山集，输与东瀛结墨缘。

又代荣竹农

富士山头旧壮游，十年前曾游日本。又从长岭识荆州。梯航远戾珍琛集，杯酒交欢主客酬。领事招饮于署中，翌日设席长春道署答之。日影溶溶忘出塞，雷声隐隐不知秋。重九前一日到长春，下车奇暖，入夜雷雨。岁寒梅竹联诗社，笑指扶桑共一洲。

陆七十寿

阿侬生长五湖东，苕霅西来一水通。洛下缁尘逢陆子，吴兴素业仰宣公。禁烟旧侣犹相见，陆为禁烟公所同事。祝嘏新诗愧未工。花样翻奇文字废，羡君桥梓乐融融。

精神矍铄地行仙，八百株桑二顷田。救世群推医国手，多才小试杂家篇。长于医卜、星相及堪舆术。性天淡泊宜长寿，心地慈祥享大年。

归舞莱衣应一笑，橙黄橘绿醉宾筵。

寿孙镜轩夫妇八秩

中天日月正光华，春泽常醲处士家。正月初六生日。顾盼据鞍钦矍铄，以守备挂冠归，至今步履如飞，日能行山路五六十里。齐眉举案赋柔嘉。夫人殷氏，花烛偕老。千寻青壁真如玉，《世说》："宋纤字令艾，年八十，笃学不倦。酒泉太守马岌造焉，纤高楼重阁，拒而不见。岌铭诗于石曰：'丹崖百丈，青壁万寻。奇木蓊郁，蔚若邓林。其人如玉，为国之桢。室迩人遐，实获我心。'"万善恒河无量沙。性好设施，夫妇皆耽佛典。更喜双双雏燕语，瑶瑰瑜珥茁兰芽。孙孪生，配孙媳亦孪生。

又代梅撷芸，撷芸精内典，故以释教演成

我诵楞严篇，谓有十种仙。炼心金石固，上寿千万年。繄维孙太公，栖遁葆其天。笄珈歌偕老，鹤发被华颠。问君操何术，福慧形神全。闻君名利淡，中岁即逃禅。气海既常温，贪瞋痴解捐。相不住布施，心无微尘牵。灵运广长舌，善缔菩提缘。明心上指月，度人下澈泉。太君亦茹素，长斋绣佛前。鸿案隐皋庑，莱畚耕福田。子贤乐养志，孙谋诒灯传。蔼蔼芝兰室，炯二珠玉渊。双璋配对褓，孳生瓜瓞绵。一花开五叶，结果成自然。是真寿者相，福德无量边。我亦唪贝叶，顶礼持诵虔。泥洹坚固林，甘露伊蒲筵。同修上上乘，花月人长圆。

梅撷芸将之山东检察厅长任，孙厚庵将返房州省亲，同摄一影，各系小诗以志岁寒之谊云

君自东鲁来，又向东鲁去。宣尼不暖席，出入无定处。猿鸟畏简书，鹓鸾乐郎署。荷秋别明湖，边曹来驰誉。下走欣承流，上游密借箸。地小难回旋，轺飞何急遽。缁衣使琅琊，折狱持平心。一片菩萨心，慈航渡黔庶。因缘池上莲，聚散风中絮。瓣香祝归来，旧班鸿先翥。右赠梅撷芸。

羡君堂上地行仙，白发双亲俱大年。此去称觞莱彩舞，房中乐即寿人篇。右赠孙厚庵。

大隐金门廿载身，客中送客岁时频。悲欢离合都参透，游戏人间莫当真。右自题小影。

送陆念周归苕上乘时

风城无主柳飞花，忽忆莼鲈问水涯。布夹暂栖贝子圃，乌衣谁认相公家。老翁扶杖精神健，稚子迎门笑语哗。他日放舟苕霅上，会当把酒话桑麻。

叠韵送钮奏韶表兄还严墓

阴阴连日桂含花，先我还乡寓水涯。忌助文章怀古迹，申韩法律是专家。严墓为严夫子桥梓故里，今墓犹存。君能读律，为京师地方厅书记官有年。笑携孟案奇珍列，急趁田航争渡哗。君喜骨董，罗列甚夥。寄语贤昆并介弟，明年饭热啜胡麻。

彭斗瞻过访出示送萧八之官山右诗即步其韵送萧八

甲午以还屡变迁，萧景霞为甲午同年。艰危时局孰扶颠。松坚岁晚盟三友，柳渡江春又一年。每忆繁华空入梦，叠经患难静参禅。近读《楞严经》。太行山下尚平坦，盼取音书倩雁传。

感旧重提国子师，彭、萧皆我家祭酒门下士。交情稠叠两心知。黔南作郡何迢递，塞北驱车又别离。萧由广西移官贵州，适逢辛亥之变。今不得已，以县知事指分山右，情可悯也。隔世微尘都黯黯，出山霖雨太迟迟。循良上考寻常事，息壤同求会有时。

叠前韵送斗瞻回江右

少小文章太史迁，老来豪饮学张颠。煎茶试院谭春梦，侍膳章江忆绮年。君为饥驱悲作客，我耽睡稳废如禅。胸中块垒日浇酒，此是侬家衣钵传。

墨庄谁复问先师，独挚真情溯旧知。入洛缁尘唤薄宦，浮梁皓月照轻离。陶朱致富讵无术，孟叟去齐不道迟。归隐庐陵歌得宝，铜山金穴焕光时。

景霞之官山右邮示留别即步其韵答之

太原鸿雁衔书至，无事重寻翰墨缘。手版脚靴仍曩日，来书言官途习气较甚于曩昔。玉堂金马忆当年。指由翰苑改官事。君为毛义犹谋食，我似边韶但欲眠。塞外风云欣渐熄，孟坚大笔勒孟然。

儒冠一误老穷经，那及仙槎远乞灵。帝好少年臣已老，人皆沉醉我偏醒。曾闻银烛烧残夜，却少金钱聘小星。闻京邸无聊，曾坐花醉月，并有抱衾之意。惜为孔方所窘，不能如意。故以此谑之。暂困盐车悲骥足，官途亦尚有垂青。李播臣同年来书，谓以五马之尊暂困盐车，甚为怜惜。

怀韦斋

长房一别倏经年，南北天遥雁帛传。邓尉遨游香雪海，坡仙检点白云篇。相携梅鹤甘同隐，不为莼鲈也自贤。裴顗怕登外戚谱，挂冠神武去飘然。《南齐书·良政·裴昭明传》：“从祖弟顗，字彦齐。齐台建，世子裴妃须外戚谱，顗不与，遂分籍。”

怀讱庵

老树庭前长十围，故人高卧掩柴扉。茂萱堂北蓼诗废，疏柳桥南皋庑依。皮陆松陵新唱和，钟王笔法妙灵飞。何当浴佛庆初度，共醉霞觞尘浣衣。今年四月为讱庵五十初度，倘能于是时酌酒相庆，何幸如之。

叠韵却寄讱庵

小筑蓬庐碧四围，散衙镇日闭荆扉。老妻抑郁眉头锁，稚子娇痴膝下依。梦醒绮筵嫌履错，缘疏红友怕觥飞。苦思地下双儿女，检点涂鸦泪满衣。

病余瘦损旧腰围，忘怯春寒尚瑾扉。入世原来官是戏，翻经赖有佛堪依。鸟歌呖呖晴窗噪，蝶梦蘧蘧故里飞。何日西南棋局定，得辞微禄遂初衣。

亡儿殇逾十月矣，吾乡故事秋后必焚冥衣纸被以为地下御寒之具，今日其母亲手为之，我心碎矣

琼楼玉宇不胜寒，况复重泉掩日丸。慈母泪珠拈线续，娇儿瘦骨

怯衣单。也欲慧业升天易，欲寄家书入地难。哀问弟兄团聚否，梦魂为我报平安。

寿熙隽甫副总裁五十用梅村寿王子彦五十原韵

早岁公车京雒游，一鞭先着骋骅骝。君以己丑、壬辰通籍，均早予一科，若论吏部前后辈，则云泥分隔矣。门森列戟三州重，家富赐书万轴收。锦帐金鑪娴掌故，持螯醉酒擅风流。明年余亦知天命，雪刺相看共满头。

民富繇来重力田，白圭货殖补遗编。特颁赤管郎官贵，奋发青云国士怜。大食通商输宝玉，波斯献赆耀楼船。尚书八座开新省，持橐簪毫已十年。时特设商部，君以员外郎荐升大臣，资序为最深。

挂冠神武薄功名，闭户观书厌送迎。葛节新诗怜琐尾，觚棱旧梦想锒铛。仁风广被宜遐寿，气海常温淡俗情。解组后，公举为满族同进会会长，乐易宜寿，同人称颂之。犹忆酒楼晴雪霁，裼裘初次识先生。庆和堂未经张文襄迁入时，常开文酒之会，绍以酒豪，幸与斯会，此识荆之始。

雄才未许卧山林，中外兼赅贯古今。庾信重膺开府职，班超最得远人心。尼伦华胄诗龛集，甥舅新婚绣结深。科尔沁阿贝子为君快婿。末座趋陪闻说论，冯唐白首下僚沉。

寿刘厚之敦谨母范氏八旬代任卓人

天平山气郁葱葱，万笏朝天映日红。吴县天平山范坟相传为文正祖茔，风鉴家以为绝地。葬后风雷顿作，群峰矗立作万笏朝天征。文启盛称范氏之阀阅，并胪举范氏通显者及其亲娅之贵人。宅相成名空冀北，曹家随宦赋征东。三千折狱多阴德，八十高堂尚妇功。我附齐年同判事，奉觞上寿泳祥风。均甲辰同年，同在京师审判厅充推事，故云。

挽程甘园𩇕同年

江南八月桂花天，鏖战名场共少年。学古入官沿旧制，隔墙投白和新篇。老苏寄旅聊行乐，大阮猖狂剧可怜。今日桐棺停佛寺，元龙豪气化云烟。甘园为辛卯同年，少年英锐甚。屡上春官不第，科举停后，始以考职签分度支部。入民国，以榷运局长使张家口，来京时相遇于北里，亦无聊之极。思其侄介生以国民党之关系竟不得善终。

和泳甫韵却寄兼东切庵

廿载京华仍故我，一年一度一逢君。老妻稚子笑相迓，燕北江南怜暂分。厚禄能辞犹去浼，瘦田如愿早归耘。海波浩荡秋鸿远，怅望金阊隔白云。

莼菜鲈鱼有所思，觚棱日落黍离离。徐娘粉黛犹随俗，贫女衣裳不入时。东箭含筠珍世用，南翠匿彩怕人知。罗星洲畔隐君子，应卷珠帘待燕归。

蟋蟀刺捣乱派

何物幺么应运生，搅人清梦月三更。相公笑看扬鬐斗，野客闲听振翼鸣。每俟秋衰偏得意，若逢岁晚便韬声。玉阶瑶草藏身固，知否儿童蹑足行。

萤刺趋时派

粲粲衣裳照眼明，那知腐草是前生。乘风吸露如能舞，惹草粘花如有情。倘遇阳光终电灭，可怜爝火只宵行。轻罗小扇难承受，上苑恩宠薄命倾。

蝇刺青年

营营哄聚最生憎，逐臭心肠席上登。谋后何妨为吊客，趋炎毕竟惯呼朋。本无长技惟汗素，尚问流年讵语冰。凤阁侍郎多若辈，《朝野佥载》：“苏味道、王方庆同为凤阁侍郎。或问张元一曰：‘二子孰贤？’对曰：‘苏如九月得霜鹰，王如十月被冻蝇。’”居然附骥早飞腾。

虱刺官僚

眇小灵躯吸血新，看来贯的大于轮。温柔乡里深藏汝，罗绮丛中好闹人。距跃健儿真捷足，钻营猾吏是前身。若教清净祛尘垢，魂梦无惊任坐茵。

寿费芝灵太守德保七旬双庆即和其述怀韵

七秩遐龄福不那，光明世界佛娑婆。闲看粉署群才出，君在兵曹资望最深，陈筱石制军为其后辈。静数桑田一局过。林屋洞天萦梦想，高句骊海忆讴歌。君为洞庭山人，曾随许佑身出使高丽。耆英结社增诗兴，东阁官梅水部何。

上元甲子岁星躔，宣武城南奏聚贤。只剩灵光岿鲁殿，犹闻寒雪语尧年。甲子、乙丑先祭酒连捷后，寓居宣武门外南横街。往还者为吴柳塘侍读、张幼樵学士、张文襄辈，今无一存者，同乡中惟陆凤石太傅尚及见之。君以甲子同应考资格，当知我祭酒故事。楼台冠相起无地，日月壶公别有天。正是杨梅卢橘熟，德光偕隐醉霞泉。

寿舒质甫母七十

大江自岷峡，荆门石壁开。流长由源远，地灵出伟才。吾乡舒德舆，国士一国推。自言秉母训，字字画荻灰。追维佩觿岁，天厄椿荫摧。孤松坚多节，匪石心不回。抚此茕茕疚，勉成大厦材。篝镫夜课读，衫布晨亲裁。是时锢旧学，教辟兼物荄。母氏具卓识，绝学先启莱。扶桑捷一苇，负笈穷八垓。袖中东海石，西极天马徕。绿营新壁垒，亚夫始登台。兵法勒子弟，阵图骇风雷。出耀朱轮从，居夸华幄陪。无何玉步改，武汉纷黄埃。共和国基定，五族消雄猜。谋断赖房杜，草昧资刘裴。功成不受赏，贤哲怀琼瑰。有时运帷幄，奇策贡钧台。二惠既竞爽，白眉尤瞪瞪。显扬遂素志，孝养赋南陔。埙篪娱晚景，孙曾吐洪荄。阿母顾而乐，板舆欣然来。寿康散百福，直至耇与鲐。举觞撷秋菊，小春先岭梅。宾朋酌大斗，一饮三百杯。额手献椒颂，乐舞风喧豗。笑言寿无量，武昌江作罍。

寿关掞生七十双寿代五排二十韵

南越衣冠薮，才华冠五洲。地灵钟秀气，源远自长流。望族龙逢旧，迁居虎嶂幽。先世由闽迁南海。诗书绵世泽，体用畅高猷。绛帐安弦诵，缁帐却脯脩。广收桃李列，耻逐稻粱谋。大挑二等，得大埔训导。大埔文风甲潮郡，士喜得名师，争就教，求实学。裕后清雏凤，传家蔚贾彪。金坡先独步，琼树渺难俦。季子云间陆，骚人邺下刘。词场调翡翠，艺囿骋骅骝。颍人昆季，甲辰进士，观政兵部，近集寒山诗社诸子文酒相娱乐。自有家庭乐，何须富贵求。江湖容一老，云水洗双眸。兴至寻文友，愁来访醉侯。纵横三万里，上下几千秋。扶杖天街踏，乘槎渤海浮。儿曹资斗米，国事戏棋楸。伯仲孙曾侍，神仙道德修。灯红明灼灼，眉白竞髟髟。起舞齐承志，相庄永好述。夫人张氏，白头偕老。伏生秦博士，击壤献歌讴。

寿丁春泉七十代

房陵自古擅山水，曾住韦条护仙李。房州为庐陵王及韦妃牛衣对泣之所，丁氏为当时从臣裔。乔木故家德聚星，蟠桃结实春连理。连理吾家姊妹花，乘龙佳婿读书家。食贫梁庑齐鸿案，偕隐鲍宣挽鹿车。皖北归田甘放逸，岐黄尤擅活人术。年年着手即成春，董杏成林苏井橘。良相良医济世功，蔚为宅相尽英雄。二三豪俊应时出，数万甲兵拄腹中。江北江南声噪甚，还乡万树衣云锦。老莱献彩博亲欢，北海开樽留客饮。吾亦扶节介五更，掀髯大笑集耆英。朱陈姻娅增新乐，贫贱夫妻感旧情。惜吾季兰不及见，追怀故剑伤奉倩。未能同乐与同忧，昔咽糟糠今盛饔。终夜甘为东海鳏，身无二色发斑斑。愿将任恤资冥福，不惜精神救痌瘝。乡里善人天所佑，仁心应得南山寿。老年兄弟话艰辛，后嗣芝兰映茅臼。新春吾亦寿筵开，归省乘轺日下来。子舍尚道视膳礼，华堂共进合欢杯。君从郊坰来三祝，相看白发佥雍睦。儿曹文武竞扬镳，吾辈期颐仍舐犊。定省何须昏与晨，男儿报国即扬亲。四郊多垒需才急，小草出山远志伸。目睹诸郎能跨灶，尽容二老云山傲。仙桃手种待开花，百岁相期到老耄。

寿钱新甫学士七十双寿

一生常在五云中，年少簪缨老寿翁。绳武多材追贾虎，齐眉偕隐学梁鸿。西河持节文风变，北阙簪毫帝座通。无事闲寻诗酒会，白头红粉乐融融。

晚年高蹋乐全真，气海常温绝怒嗔。有耳怕闻人世事，无心再踏帝京春。鸳湖烟雨迟归梦，蜃市楼台稳寄身。自是君家多寿相，南园箨石继前尘。

题湖巢菊宴图

湖巢菊宴图，常熟姚筠仙大令述祖德而重绘也。筠仙之祖啸冈先生隐于医，在尚父湖畔诛茅艺菊，一时名流觞咏咸集，如翁玉斧中丞、翁叔平师相、庞宝生昆圃、舅氏杨咏春太守，不亚数十人。陆云孙太史、曾君表部郎均尚少年，筠仙昆季则皆隅坐童子。忽忽数十年，存者惟俞金门一人，良可慨也。余与筠仙幼同登青云，今皆颓然白发矣。重睹春明出图嘱题，不免有丛菊再开之感云。

海虞与松陵，相隔衣带水。世家盟竹梅，戚谊缔桃李。吾友姚大令，交密沦骨髓。相与述祖德，披图捧手指。城西尚父湖，中有隐君子。卖药以活人，读书不求仕。董杏林影深，苏橘井泉旨。水木妙清华，亭台远城市。菊花数十畦，轻风摇秋花。贞白重寒芳，碎黄累玉蕊。同郡诸名流，觞咏咸集此。红雨洗尘空，白衣送酒至。或解组归田，或轻舆戾止。或负杖行吟，或疾书伸纸。主人掀髯迎，竹林及桥梓。酬酢忘主宾，真率交汝尔。行厨烹家鸡，水窗钓尺鲤。驱儿罗酒浆，臧获执巾匜。画师吴道子，绘声凭素几。栗里即此间，兰亭差可拟。是时海寓清，伏莽祸全弭。比户课桑麻，崇墉足耘耔。搢绅涌唐虞，风俗薄溱洧。搢绅敦道义[1]，欢乐太平民，世治平如砥。忽忽五十年，盛会今已矣。真迹不翼飞，世变河清俟。三径叹就荒，半壁颓欲圮。林深惊吠尨，草长藏雏雉。当日尚垂髫，今日倏暮齿。据旧话家常，挥笔振文绮。想象见墙羹，背拟得神似。遂令鸿雪痕，重现丹青里。君来示我图，披览百爱始。德公与南丰，我家结连理。文端本师门，文恪亦舅氏。墓门木已拱，怕过高阳里。虚霩问园林，几度兰棹舣。华亭善茗战，纳交在群纪。仰止老成人，画图即诗史。回忆童冠年，同试穿杨枝。采芹入泮池，下笔赋革履。意气壮如虹，一笑拾青紫。何期沧桑余，重晤桃源士。相看各苍颜，无言饮绿蚁。羡君凤毛贤，愧我肉食鄙。我如不系舟，人海无涯涘。君归小网川，陆贾就群季。后约订石梅，招隐佩秋芷。簿采访渊明，雨开和子美。欲寻莼鲈缘，不为薜荔耻。石谷风泠泠，具区水㳽㳽。相勖诵清芬，世世守道轨。

① 此句疑衍。

岁暮用杜韵

岁暮间寻乐，强藩各拥兵。金钱流异域，金融紧迫，因银币流出外制钱消化以博微利，小民苦矣。箫管沸皇城。连日有人费金钱四千延名优作寿筵，戏院封台，拥挤不得入。薪火犹巢幕，沧浪欲濯缨。行年将半百，揽镜暗心惊。

城上

城楼本藏历朝御用武备，今不知何往矣。

碧瓦层楼耸，环城铁路长。人家烟缕缕，寒气晓茫茫。楼阁妆瀛海，衣冠忆汉皇。四郊庬吠惊，丰稔似年荒。西直门外有人被盗所杀，而作自撞于石报官。

岁暮用杜陵韵

岁暮风声紧，强藩坐拥兵。虎狼潍子国，螳雀越王城。乳臭垂朱绂，奚奴组赤缨。司空真见惯，鹤唳不心惊。

百舌用杜陵韵

鸠舌来南国，群争上苑春。高枝鸣得意，密叶稳藏身。簧巧颜何厚，澜翻样自新。啁嘈喧俗耳，和盛久无人。

正月三日简院内诸公用杜子美韵

尘海光阴速，新庐近倚城。祭筵仍汉腊，爆竹忽春声。是日为先伯生忌，仍循例祀先。家乡为祀灶之期，晚辄鸣爆竹，近改阳历且不祀灶，故云。室暖鸿炉炽，灯明雁足擎。白头郎署惯……

和巢人弟元旦韵

岁朝依旧罢趋衙，旧例元旦五日无衙期，今则改为三日，号为春假。日照觚棱感物华。是日天气清明，大有气象更新之象。五秩衰颜酡似酒，近来面色渥丹，发须渐白。廿年薄宦铗无车。昔先伯父出则雇车，时人美之，谓祭酒无车，中堂无轿。予禀此训，故从不养车。逢人酬酢强欢笑，守我诗书泯怨嗟。三径就荒归未得，金城吏隐即烟霞。

蒲柳先衰白发催，闭门生怕俗人来。临池专尚钟王笔，吟咏惭无李杜才。同学故人潜富士，一时后辈照魁台。侏儒臣朔分饥饱，垂老羞为炫鬻媒。

世事横流似决堤，萋言贝锦日萋萋。桑田变海经秦汉，薛邑营城事楚齐。爆竹岁除新气象，屠苏酒醒看婴提。东南差可强人意，浙水潮平破哑迷。

弟兄分手各西东，出处空劳刻楮功。笑傲尘寰看鬼趣，浮沉浊世听天工。莫投暮夜明珠暗，且待春风冻溜融。椒颂六回嗟久别，何时来见白头翁？

漫兴用前韵简韦斋讱庵

天街灿烂列槐衙，日映旌旗五色华。新华门阴历元旦亦悬国旗并结彩，直至南北统一日始撤。呜雉呼卢倾地宝，新年狂赌，议员陈国祥赢二十万元。风驰电掣走雷车。近日总长无人不坐汽车，闻皆有人仿效者。清明忽扑谢灵运，元旦日居然将内务次长免职，惟闻免职后犹作弊。卑贱犹逢留子嗟。《毛笺》："留子嗟贤而屈于卑贱。"走向海王村里去，红裳绣襦艳如霞。

战鼓声声海外催，风云变态逐人来。辩言惯肆苏张舌，济世难逢房杜才。校尉摸司国库□，侍郎伏猎厕钓台。少年一骑春风捷，牙慧拾人强自媒。

万事由来蚁溃堤，朝歌从此麦暄萋。北风刚劲争变触，南国轻浮学宋齐。谁复尊经多束阁，不如佞佛有支提。燕巢幕上方寻乐，末世功名更醉迷。

故人皮陆卧江来，鸡惮为牺薄事功。身隐林泉心不拙，诗经风雪句尤工。冷观世变胸怀净，课读家儿乐意融。问讯梅花开也未，会当把臂絮芝翁。

寿陆芝田母殷六十

吾乡具区薮，山川毓灵秀。源远流乃长，土厚民多寿。畴昔少宗伯，仁里濒莺脰。黼黻烂卿云，乐德教帝胄。有子继词林，弱冠噪文囿。孙男葆琼瑶，孙女裹锦绣。重闱爱掌珠，尚书亲口授。母为吾邑谱经少宗伯孙女。宗伯由翰苑起家，荐升卿贰，充上书房师傅十余年。子小谱少年入词苑，惜不永年。柯亭昆季能世其业，以部郎改道府。相攸魁文章，士龙夙契旧。侍坐光风和，大罗霓裳奏。金节持三湘，玉堂同对霤。密计陈迩英，特达跻卿副。夫婿御史台，儿辈郎官宿。秉心赋塞渊，充耳瞻莹琇。麟趾亦螽诜，承先以启后。元方与季方，梁栋皆成就。鸿宝浮槎术，雄谭议政又。钟郝林下风，孙枝春初茂。鼎盛日蒸蒸，佥曰壶德懋。吾昔捷礼闱，宣公始邂逅。醴酒出家庖，剧谈达夜漏。无何澒祆氛，天子下殿走。携孥返鲟溪，婿乡萧巷僦。庚子变起，伯葵挈家避乱南归。家无一椽，暂寓外家，在苏城萧家巷，殷少宗之故宅也。乱后重逢，尤为莫逆。于与述祖德，同日桂榜□。伯葵之曾世父子荐孝廉，与吾家先曾祖云士公为嘉庆庚午同年。杜陵晚伤时，人比黄花瘦。迨予值薇垣，斜街重相觏。下交盟笠车，贵盛埒田窦。清浅讶蓬莱，往事难回首。今看子孙贤，继起肯堂构。养志萱荫欢，娱老芳樽侑。康瓠祝寿昌，优孟嬉杂糅。帘中翟茀华，门外车辙辐。愿如午梦堂，风雅手雕镂。吾乡叶太常家一门风雅，为世所称。又如沈太君，画梅消永昼。近时沈期仲之太夫人为吾乡黎里赐福堂周氏之名媛，现时八十余，犹能手画梅花。姆教乃培根，积善得天佑。流泽太湖长，乔木世家守。

和耿伯齐六十自寿韵

一别四度春，春门斗指卯。披图□□□，掀髯欲口道。渔钓茸城西，忧乐归大造。去年扶杖行，今年冢孙抱。上年到申江被步辇颠覆，杖而后行。今春长子君标茂村始得子。

回忆粹禊初，甲科附辛卯。忽忽廿四年，卑卑不足道。新知愧望洋，旧学阻深造。幸遇采薇翁，沆瀣同怀抱。

诏予课遇迟，纳交君弟卯。揄扬公卿间，说项逢人道。工业穷般倕，小子真有造。醴酒设穆生，推襟复送抱。

重上君子堂，岁星在癸卯。沧海几桑田，往事何堪道。花样竞翻奇，土木纷制造。春梦唤不醒，秋心钦独抱。

命宫雄庚辰，诗笔许丁卯。庄谐拍掌哗，掌故衔杯道。粉署散衙迟，凤楼妙手造。有时北里游，群雌笑拥抱。

中秋正佳日，开樽酒饮卯。风云武汉来，立矣不复道。安得轶群木，乾坤只手造。共为太平氓，灌园自瓮抱。

家居乐友朋，原德星。夜谈常至卯。行厨采葵烹，脱帽露簪道。春明旧同僚，蓬门应争造。兴到振笔书，晚景聊摅抱。

遥想金谷园，寿以玉刚卯。仙仙舞宾筵，恂恂乐善道。竹林既籍咸，孙枝皆良造。何当会耆英，琴书右手抱。

答韦斋寄怀用原韵

青灯滋味渺如云，只近黄昏剩夕曛。瓮牖闲评存直谅，当涂典论任纷纭。艰难困苦常怜我，泮奂优游独羡君。日坐缁尘焚笔砚，雷门布鼓敢言文。

和韦斋乍寒仍叠文字韵

凉秋九月已同云，雪意初浓日正曛。今年早寒，口外雪深尺许。西山亦见雪，此间雪花乱飞。鸿雁万群谋饮啄，鱼龙百戏曼纷纭。京畿大水，哀鸿遍野，而助赈游艺会集众数万人于中央公园，百戏陈列。绨袍犹有怜张禄，竹杖相将专卯君[1]。闻道虞山红树醉，奚囊应贮色丝文。闻将作虞山之游。

韦斋梦见我家先伯父司成府君，诗以纪之，用原韵奉答

宦海尘昏牛马呼，腰围渐减似梅癯。人天小别精魂远，家国同忧仰面吁。太学旧居余薜荔，灵均骚思托蘅芜。老来辜负家驹誉，欲赋幽通一字无。

讱庵和韦斋梦先伯父诗，用原韵奉酬

上排阊阖九天呼，想见仙容山泽癯。子厚成神来入梦，今威题字发长吁。剧怜墓木森松柏，空忆邱园采蕨芜。三十年前同角艺，论文把酒记还无。君年十六，先兄亦年十六，余年十四。君买舟来贺新正，先伯命题课三人优劣，君以府元与先兄同入泮，余以先伯母丧未与考。回首前尘，恍如隔世。

---

① 又作“消寒急欲寻梅友，送暖何仿觅麹君”。

和韦斋酬巢人弟韵

雁序凄凉庚癸呼，命宫磨蝎貌仙癯。中年哀乐多生感，来日艰难实可吁。苏子述怀存铁石，子瞻次子由绝句有“晚岁犹存铁石心”之语。兰成长性采薇芜。庾信《枯树赋》：“采薇芜而长性。”宦途自古风波恶，但愿平心德怨无。

负辐频闻将伯呼，其如骨相太清癯。四方奔走寡人过，九载胝胼大禹吁。同是天涯桃梗泛，遍逢岁恶砚田芜。梁王旧苑多宾客，囊粟侏儒饱得无。

韦斋用黄鲁直送张沙河游齐鲁诸邦韵寄怀巢人大梁之游，即用其韵赠别

少年生绮罗，长不辨菽麦。壹志求飞黄，存心率坦白。六鹢屡退飞，十驾忽中画。走越复走胡，碌碌无所得。赤县战血殷，黄池军容墨。襆被返江南，到家翻如客。债台既积山，旧庐徒立壁。索米来长安，往事何忍责。戚戚瞻前途，匆匆又行色。推毂赖曹邱，举鼎伏乌获。勿浪掷千金，勿流涎万石。纳头拜公卿，厮养今侯伯。涸辙极鱼枯，屈□□蠖尺。信陵或好贤，夷门有潜德。数奇要平心，旅进须量力。艰难稼穑知，食饮耕凿识。彝训守先人，临歧此赠策。

东坡有生日刘景文以古画松鹤为寿且贶佳篇次韵为谢诗，余五十初度讱庵用潘次耕寿阎古之百二十韵为寿，因用东坡韵酬之

抟抟大地秋，寥寥金天廓。远书系宾鸿，佳咏飘云鹤。增我蓬壁辉，勖我学殖落。君齿长于予，延年探秘钥。早岁薄功名，壹志潜丘壑。词源三峡流，笔阵万夫却。书法入钟王，神似淳化阁。君长于予一岁，早入泮，文名噪甚。一不得志，以明经终。咨议开会，乡人推为议员，书法词章尤胜。回首青灯时，儿味殊不恶。龆龀曾几时，霜鬓相看愕。一览镜中颜，今朝已非昨。金石累世盟，南北分飞各。誓将息壤求，仍向仁里托。小友赠屏山，尊贤酌康爵。商皓是吾师，杖藜游庐霍。

寿胡卓峰七十五十韵

伏胜秦博士，九秩能授经。高密汉通德，万古钦仪型。水深澜必大，岳峙渊斯渟。矫矫安定子，潜德松柏馨。冬郎清老凤，终童早识龇。奈何天降厄，失父悲零丁。况复风鹤警，黄海吹血腥。弃儒学贸易，奉母影伶仃。日月既复旦，占毕还我形。修德室生白，校书藜燃青。黉舍冠曹偶，学海初扬舲。剬家研汉魏，敦说振聋瞑。羲爻精索象，鲁颂考歌駉。解经夺重席，议礼加一鉼。允宜掇上第，扬名贡彤庭。数奇偏刖璞，暴鳃复剪翎。刘蕡竟下第，文字疑无灵。八上始得隽，四旬乃搢綎。良田祢生刺，不入盖公厅。洁养甘素志，显贵羞红鞓。砚田耕自给，蓬户间长扃。经术更治事，光风化枯莛。传心登甲乙，教泽普歙泾。充闾有佳子，诗礼家学聆。贤书捷弱冠，奋翼翔北溟。长告呕心肝，秦缓穷参苓。幸茁孙枝秀，琼瑶光荧荧。含饴聊抱膝，散栗闻喧庭。多士誉贾虎，笃志囊车萤。职方辨物土，笔墨脱畦町。今将归洗腆，引觞颂修龄。同官附祝嘏，上寿齐尧蓂。触予春婆梦，恍如宿醒醒。追维戊子岁，白门共轮停。龙门方持节，谓李仲得侍郎。葵园尚垂程。谓长沙王葵园祭酒。是时视学江南，力以实学为主。是时食旧德，寰宇犹安宁。西方美人至，眉妩别莹娗。高阁束典策，疾风挟雷霆。马系平津馆，瓿覆子云亭。仁义为桎梏，纲常为蛭螟。师弟既陌路，天地亦晦冥。君独守残缺，经训座右铭。负淑能传砚，家诫常书屏。应门慈明幼，一堂聚德星。金石声朗朗，严泉挹泠泠。何以祝君寿，汉觞即荐醽。君应掀髯笑，俪词俯首听。灵光留绝学，岁晚无凋零。愧予混尘海，守口长如瓶。何日遂初遂，维舟红蓼汀。商量加邃密，宣城拜瞿硎。

寿王太师母谢七秩

上元新甲子，吴中盛文史。长洲与元和，声名共鹊起。同治中兴，吾吴文名著首推王襄卿、陆凤石，一则状元宰相，一则以诸生终。谚称王襄陆凤，兹借用之。元和文章魁，长洲丝纶纪。茀卿太老师由刑部考取军机，充领班，将大用而卒于京。后学开灵鹣，谓江建霞。先达接滂喜。谓潘文勤。宠命襄春闱，公门森桃李。吾师赵南丰，妙抉文章髓。科名衣钵传，趋步蓬南宫。继襄校采风，及巴俚□□。大苏出欧阳，元白谒汝士。甲午，房师赵芝珊为君所取士，释褐后，赵师率小门生行谒见礼，是为识荆之始。喜得再传薪，侍坐撰杖几。实学尊周秦，词华扫绮靡。吉金罗商彝，乐石探宛委。君长于训诂之学，兼研究金石文字。谒见时见左图右史，碑板罗列。微闻中壶贤，寝门鸾和美。室有钟离严，侧无傅玑珥。太师母治家甚严肃，故不敢置姬侍。四桂既齐芳，德聚高阳里。长为君九，前学部，其余均游学日本，以农学、算学名噪于时。归来隐金阊，大家群仰止。绛纱授宣文，宝婺耀徽姒。乌衣本名门，鹤寿介繁祉。青瞳双镜明，白发银丝似。浊世薄簪缨，孖枝列兰芷。今逢古稀年，宾筵设酒醴。上堂老莱衣，拂榻姜李被。家庭乐融融，人瑞播桑梓。我如羊公鹤，垂翼不舞耻。冉冉仍故吾，垂垂亦暮齿。学殖日荒芜，归阻吴淞水。何年拜升堂，遐耇偓佺企。

和韦斋吴江道中寄怀原韵兼示讱庵

故里飞笺诗一首，知君放棹鲇鱼口。鲇鱼口在邑北门外瓜泾港入太湖处，为吴江至苏盘门走太湖必经之路。季鹰卓识动西风，韩愈文名动北斗。神武挂冠正少年，吴门高卧去不还。一舸自得妻孥乐，老屋犹居廉让间。诗情怒发笋争长，来往邮简欣共赏。哀我力支大厦倾，羁身尘海坐愁城。残年犹逐簪裾队，浊世讵耽轩冕荣。故园冷落竟如此，辜负当年训犹子。父执朋侪时把酒，果诒堂上欣欣喜。暮年兄弟尚荆班，五十七年一指弹。果诒堂落成余年十四，忽忽已三十七年矣。东洛缁尘嚣甚上，南沙高躅杳难攀。舍弟由洛来书，谓汴省人员四百余名，蒋某趾高气扬。明春兵革如休息，富土回舟渡尹山。尹山亦吴江至苏交界之所。

韦公由吴江至同里访讱庵，疾不能见，用前韵代柬邮示，用其韵寄怀讱庵

韦公邮诗示下走，知君咳嗽不离口。秋燥暑热蕴肺腑，况复嗜酒倾一斗。身世茫茫五十年，涉足尘海中流还。家国多故心牢愁，格格欲吐郁胸间。风邪相乘病暗长，伛偻伏案诗文赏。我言药石君耳为，倾屏除参苓洗肠。伐髓开意城勿误，庸医当消渴行见。松柏凌寒桂冬荣，我病维摩常如此。知非力改乃君子，予发苍白儿转腴。人忧贫苦

心自喜，曼倩游戏混朝班。无弦之琴信手弹，二竖却走不敢至。健如猕猴枯木攀。杜诗愈疟君应笑，兄弟仁寿如南山。

雨雪竟日忆巢人弟大梁用前韵

太尉金帐斟美酒，学士烹茶夸适口。我无姬侍删绮罗，妻孥围坐室如斗。腊鼓京城二十年，故园迢递不能还。梅妆冷落南荣下，家中梅花数十株，为先兄赴秋试所购买。植诸园中及堂院中。余出门时已夭矫如龙，今则雪压霜欺，不知如何浪藉名花矣。松老杈丫危石间。余家有翠尾松一株，被月季花缠绕而死。数百年老物仅存枯株矗立庭中。对床倡和争雄长，弟来自南方，相对吟诗，互相删改，因谋食至汴，几废吟咏。自藏敝帚还自赏。家肴粗具家酿倾，停杯忽忆大梁城。黑貂已敝犹为客，孤雁啼饥讵慕荣。潦倒穷途寒至此，夷门遇否佳公子。处世横流列国争，参军吐语令公喜。脚靴手版日随班，见雀能无思炙弹。天水殷勤犹念旧，冰山煊赫莫相攀。令原急难怜同气，未雨绸缪积买山。

东坡有辛丑十一月十九日与子由别于郑州西门，西门外马上赋诗一篇寄之之诗，余弟巢人将往开封乘火车至郑州换车，适十月十九日，因用其韵寄之

眼底西山忽突兀，予心亦附征尘发。予归犹可乐妻孥，君为孤客太寞寞。飞车一瞬千里隔，惟见红日草中没。苦寒念尔衣衾薄，用苏句。况复严寒仲冬月。归途踯躅惨不乐，座客嬉笑予心恻。参商少会多离别，三月对床去忽忽。桃李夜宴视今昔，是晚送弟登车，有友兄弟二人邀饮于桃李园，座中忽忽如有所失。北风助我声瑟瑟。但期饱食稻粱谋，何羡清班文墨职。

十一月廿九日大雪竟日，忆巢人弟，用东坡微雪怀子由韵

晨起推窗飘雪片，飞花满地见天心。日轮苦被浓云蔽，风箭尖穿老屋深。念汝缁尘方扑面，嗟余白发不胜簪。中原多故披金甲，遑问波斯来献琛。近日蒙藏院新更定蒙古王公年班，惟闻南北政局不解决，尚无来京消息。杜陵雅意投严武，何幸龙门识李膺。弟来书，谓督军辞色甚和，嘱在汴候差。无米为炊穷巧妇，拔茅连汇赖良朋。须知禁体尖义限，勿

入蔡州踊跃登。有曰嵩云趋绝顶，高呼顿使众山应。

用子由渑池怀旧韵怀巢人弟

铁车闻道通秦陇，无复蹇驴辱在泥。初谢征轺瀚海北，恩咏春都护持节乌里雅苏台，欲招弟往，辞以道远。独骑瘦马郑州西。开樽欣续平原饮，击缶应留碣石题。万事等闲休怨恨，雄心伏枥勿哀嘶。

寿秦佩鹤七秩

别来七度换春风，辛亥别君于津沽，今已七载，故借用香山句。春在先生杖履中。用苏句。回忆京华随众彦，曾膺仕版视三公。玉堂金殿论思切，话雨停云笑语同。话雨停云，吴县馆题额。每年吴郡京僚于此宴会，改革后无复盛会。莼菜鲈鱼归去也，始终臣节采薇翁。

楼台重叠矗春申，别有桃源住逸民。君隐于沪渎。世外云烟都过眼，海滨日月自全真。少游昆季原珠玉，王氏子孙尽凤麟。我望金阊乡思切，百花巷里结芳邻。君旧居在苏郡西百花巷。

寿冯母徐太夫人七十代

萱荫长春映日长，轩车拥路集华堂。千钟饷客杯浮玉，万石传家笏满床。荻画熊丸慈母训，经文纬武后人昌。携将瀛海奇琛至，满眼仙桃与佛桑。

灵洲自古驻安佺，土厚水深得气先。赐物陈庭宜食报，长斋绣佛久参禅。蔚成国器三珠树，善散家财万贯钱。彩舞莱衣开画锦，五云深处醉宾筵。

寿殷楫臣大令夫妇五十有序

昔范纯仁和阎灏屯田五十岁元日感怀诗，有“同榜同僚添契分”之句。惟君与仆情况差同，结驷棘闱，联骠薇省，晓笔相依。日月未光，夜入蓬壶，共醉春秋。佳景少年，风趣乐也，何意沧海变为桑田，春明空怀梁梦旧，两千里秋风二毛。仆溷万人之海，君栽一县之花。兹值揽揆，依韵为寿。

双双鹣鲽海南飞，麟趾呈祥老凤威。元和相国七旬大拜，携眷属南旋绘鹣鲽南飞图，上绘双凤，下绘麟芝，一时题咏传为佳话。君系内阁旧僚，故以移赠。击碎唾壶余壮志，学裁美锦重民依。君元龙豪气，英英露爽，出宰浙水，颇能勤求民瘼。我羁日下马牛走，君上山阴鸿燕违。年少风怀如旧否，清谈玉屑妙非非。

不须高唱雉朝飞，却怕河东狮子威。夫人治家严明，不留官府。君宦游京师十余年，独宿萧斋，旁无姬侍，几有雉朝飞之憾。闻因年届五旬，允纳小星，先此志喜。仙枕黄粱交灼灼，章台红柳尚依依。此中故实君当记忆，此人犹在人间，依旧徐娘丰韵。天教文采偕年进，人笑功名与愿违。君以内阁侍读除制诰局局长，骎骎乎行将大用，今出宰百里，实非夙愿。遥举霞觞拼一醉，鬓毛如雪早知非。仆差长一岁，蒲柳先衰矣。

寿李木斋师六秩双寿代

盘根错节挺真才，松柏都从风雪来。人望谢公为世出，天生梁国补天回。文中弟子皆王佐，郭令裨官悉将材。未许庐山归去也，会看星斗朗三台。

记曾解议识龙门，末座时闻玉屑言。豪气如虹吞梦泽，乘槎贯月达河源。汉唐遗老诗书润，邹鲁名儒珠玉温。潞国精神中外仰，耆英结社共开樽。

钻研故纸笑儒绅，独辟町畦莩甲新。自是枕中藏宝笈，遍游海外采奇珍。万间广厦欢寒士，百岁遗谋重树人。今日公门桃李盛，东鹣西鲽会嘉宾。

木兰秋狝镇雄边，卓识匡时奏九天。小范治军勤远略，嘉州出塞富诗篇。北风多劲先鞭着，东阁储才上座延。倘使宏谋能牖纳，孟坚大笔勒燕然。

酬钱慈念招隐即用原韵

四海蜩螗万事非，不如抱瓮自忘机。林逋梅鹤成仙侣，张翰莼鲈感物非。吾辈猖狂医俗瘦，大官饕餮食言肥。尚书故里卜邻近，何日相随倦鸟归。

寿李木斋代

曾侍辎轩出七洲，红莲幕里授良谋。畅游海国万千里，惊看中朝第一流。纬武经文娴应对，采风问俗遍咨诹。蓬瀛唊过安期枣，道德神仙孰与俦。

寿黄诰之父母八秩并花烛重逢花甲代

龙鳞凤翼郁辽源，移植南天有宿根。汉军移驻广东。白羽武功延旧业，世管佐领升参领。黄细同梦忆新婚。期颐上寿娱偕老，福寿双全萃一门。记得灵槎遥贯月，勋名富贵付儿孙。黄诰以同文馆得庶常，荐升道员，放比国公使。

寿袁珏生学士母曾太夫人七秩

代，太夫人名懿，字伯渊，一字朗秋。

南丰一瓣德传馨，柳絮才高重谢庭。书法汉唐深食古，画追恽马妙通灵。家藏旧拓汉碑，暇辄临池，素精画理，合宋元人涂径。螽斯麟趾多贤俊，有樛木风，子十人。太姒硕人有典型。三见蓬莱清浅水，地行仙术引遐龄。

寿潘轶仲母王太君七十

河阳门第世簪缨，况是王恺旧有声。太君为同邑王仙根女。王为舜湖绸业起家。系出莺湖同里闬，仙根为平望殷少宗伯侄婿。荣登虎榜庆科名。郎君珥笔趋丹陛，节母扶舆上紫京。轶仲以副贡为中书，太君曾迎养之京。生长五云仍朴素，叠膺三命佩葱珩。

薇垣退值忆前尘，学士瀛洲迭主宾。同郡故人醵腊酒，一时群彦茂儒绅。清华水木真颐寿，检点琴书足养亲。惭我毫巅先压雪，南云遥望祝长春。

用初字韵却寄切庵

年来百事不如初，人海丛中渺索居。牛鬼蛇神纷结队，虬髯碧眼托比庐。乡园君屡招归隐，水驿我犹懒答书。闻说入林今更密，范迁湖畔富嘉蔬。

槐阴罨画石桥头，住个诗人玉映楼。儿女成群敦立德，渔樵互答自消愁。移家无处桃源乐，肥国何年荆玉收。匹练白云回首望，风波稍定作归谋。

病眼畏风友人约观效果寺牡丹不果

春风眯目雾花昏，愁锁双眉日闭门。食旧回思书味隽，知新转厌鸟声喧。挥金似土杯盘乱，举主如棋口舌尊。睡起推窗青帝去，姚黄魏紫莫重论。

寿钱乐村夫妇七十双寿代

蓬莱清浅变桑田，避世秦人别有天。鸿案相庄全乐趣，鹿车偕隐自延年。儿曹上应郎官宿，家训尊问阴骘篇。南极双辉题绰楔，逍遥海外即神仙。

吴越尘嚣避海涯，崇明筑室足桑麻。子孙聚德追荀爽，夫妇齐眉学孟嘉。二老风怀长浩荡，小春天气共婆娑。霞觞遥白江南祝，想见宾筵笑语哗。

庚申元旦

一轮红日照南荣，快雪时晴春意生。爆竹送将穷鬼去，辀车巧向喜神行。人逢汉腊都欢乐，室有唐花自艳明。报纸谰言齐闭口，耳根清净学潮平。

彰义门边有财神庙一座，正月初二为开庙之期。士女阗溢，香火极盛，购求一纸元宝报赛以二十，故神座后累累皆黄白物。近则达官贵人亦往膜拜同人泥。予随喜诗以谢之

世间何处有钱神，举国如狂奔走频。太府早空飞子母，债台高筑赧君臣。厚生正德方成政，益寡裒多不道贫。底事瓣香平准傅，泥沙斥用侈无伦。

初三日为先伯父冥诞感赋

江南渺渺果诒堂，松菊犹存三径荒。诗礼自垂身作则，忧愁暂托酒中狂。驹儿惭愧书千禄，骥子飘零客大梁。家祭苦无牲鼎奉，孟陬初度奠霞浆。

余十四岁，时正月四日，讱庵自同里来，先伯父命题角艺。是年讱庵与先兄遂采芹，今忽忽三十九年矣。追溯前尘无限感慨，却寄讱庵

三十九年旧梦提，两家兰玉发初齐。踏春不逐群儿戏，咏雪还将故事稽。庾子山闻高射策，晏元献请试他题。如今白首垂垂老，寄与新诗鸿印泥。

初五日新儿开学

忽忽新正四日过，光阴分寸宝羲娥。诗书不数连城璧，笔墨须严三折波。左氏奇文微亦显，少年乐趣啸而歌。焚膏继晷治生策，善米培成出性禾。焚膏继晷，士之治生。见叶石林《治生要略》。

初六巢人弟自大梁寄第二书至，附元旦二律，即用元韵奉答

九衢箫管又春声，作郡看人惯送迎。处事本多迷鹿梦，忘机始可狎鸥盟。西窗话雨诗怀切，东阁观梅逸兴生。除夕穷神能逐否，浇愁且借酒为兵。

乐岁中含笑语声，东郊犹记旧春迎。离居自叹朱颜老，合爨宜寻白首盟。君似颍滨羁薄宦，我随郎署度残生。国家无事方为福，安得银河洗甲兵。

人日大雪用前韵

栖鸟冻雀噤无声，晓起推窗冷气迎。游兴却随春信滞，本拟约陈甥游海王村，因雪中止。情心甘与岁寒盟。同人约作竹林之游，婉词却之。草堂老叟题诗在，茅屋丰年乐意生。塞外雪深埋马腹，安边慎莫侈谈兵。

李景虞思本约夔龛、卓人、星秋、景孟君健饭于浣花春即席呈同座诸君

寻春直到浣花春，车似游龙不动尘。狂饮那知侵午夜，清游端为惜芳晨。金缸衔璧明千点，玉黍堆盘粲八珍。雅兴未阑重问柳，笙歌

一曲韵圆匀。

叠声字韵

文采髫年振振声，仲宣小友下阶迎。曾驰艺圃龙头誉，久主骚坛牛耳盟。京洛驰驱豪气减，蓬莱清浅软尘生。邺城颇似黄初末，且学猖狂阮步兵。

巢人弟自赘海虞，余亦供职京华，未经同居度岁已二十六年。见元旦诗颇兴归田之思，夜间即梦至故乡，晨起叠前韵却寄

一叶扁舟款乃声，亲朋僮仆候门迎。故庐共话桑麻乐，息壤同术麋鹿盟。南北风尘何计合，东西日月两头生。梦回雪止尖义斗，白战何曾持寸兵。

初九日筵宴蒙古王公

西北群藩集汉宫，冠裳玉佩尚趋风。分班新入四盟部，喀尔喀四部落取销自治，始有自外蒙来值年班者。及岁惊看五尺童。蒙王子弟虽未及岁，亦得随其父兄入觐，今岁有外蒙札王之子二人。无复龟兹轩鼓舞，不闻蹋跤斗英雄。故事，是日曲子奏回回乐，蒙古贯跤角力，盖犹有盛礼乐之意，今则无之。如今经学束高阁，夺席谁尊戴侍中。《后汉书·戴凭传》："正旦朝贺，百僚毕会。帝令群臣能谈经者更相难诘，义有不通，辄夺其席以益通者，凭遂重坐五十余席。故京师为之语曰：'解经不穷戴侍中。'"

巢人寄示和韦斋元旦试笔询依韵寄韦斋

鹤市问居忆旧游，有书可读更何求。儿郎迥异池中物，文献都归笔底收。柏叶新铭千里共，梅花清福几生修。庚申辛酉重怀德，文运终能化九州。吾家学博公以庚申得第，为吾房科甲连绵之发祥，君家亦有辛酉举人之祥。

十一日院中筵宴台吉喇嘛颁赏物

毳帽旃裘集雁臣，磁瓶文绮粲庭陈。娱宾却用军中乐，环坐欢

尝席上珍。手印朱填钤静远，总统所颁照片均钤“静远堂”方印。头衔红映觉清新。是日有服章服而戴红顶貂帽者。年班渐渐形寥落，屈指今年七十人。

常子延贝子来谈扎赉特内附事名乌尔图那尔图杜尔伯特贝子

檐头雀噪报新晴，门外跫然识履声。旧向云中奔鹿鹿，新阁日下纳莺莺。学书惯作擘窠字，射猎归来按辔行。话到索伦山时事，郦生口舌胜于兵。

叠巢人元旦韵却寄

小山丛桂自冬荣，年少疏狂不治生。南越尉佗上座客，谓两广佥幕事。时总督系直隶人，故以真定人尉佗为比例。北门寇准比肩行。谓库伦戎幕事。身经百战锋芒敛，手定三吴壁垒明。莫作无鱼弹铗叹，叱羊今日遇初平。

再叠前韵

尘俗纷争轩冕荣，钻研文字老书生。诗情渐觉捻髭细，乐事同寻携手行。昨夜风狂双目醒，昨日归已三鼓，致终宵不寐。今朝雪霁半窗明。信天一任浮言动，安坐端由心太平。时有皖系、直系军人将启衅之谣，幸不成事实。

寿沈期仲六旬双寿

吴淞简阅自强军，萍水相逢始识君。戊戌政变后江南自强军成立，沈仲礼邀余参观，相遇于军中。科教刷新方尚武，弦歌布化又昭文。君又移刺昭文。恩威畅洽鸾呈瑞，丰度端凝鹤立群。今亦皤然成老叟，千金越橐与儿分。

君家县谱有家传，万石遗风桥梓贤①。雾隐吴中曾赁庑，星驰陇右早归田。耆英会里裒然首②，苕雪溪边望若仙。王虎齐名循吏传③，簪缨

---

① “万石遗风桥梓贤”，一作“济美连骊秩二千”。

② “裒然首”，一作“温如玉”。

③ “王虎齐名循吏传”，一作“玉树芝兰森继起”。

累世庆蝉嫣。

赐福堂间意气华，京畿开府[①]建崇牙。张融雅度推中表，韦述高名出外家。白鹤峰前收橘种，绿纱窗下画梅花。羡君六十萱常茂，莱舞重重乐事[②]加。

一别休文二十年，难将文字结因缘。诸甥白面充监酒，介弟青州复鼓弦。正寿使[③]君遥举觯，又看儿辈喜开筵。家园恰住长春巷，岁岁长留春色妍。

三叠声字韵诗以代简

皖公草木骇风声，星火都缘新尹迎。逐鹿中原谁得利，连鸡八省竞寻盟。成皋自古称形势，官渡于今决死生。两虎相争童子笑，如何同室忽操兵。

四叠声韵

居人宵济沸舟声，尽室奔逃孰送迎。南北战争方热血，弟兄急难不寒盟。弹铗无鱼穷食客，开笼放鸟活余生。庚申自古嗟多事，恐见[④]汉池又弄兵。

元宵烟火

居然粉饰太平年，灯火楼台又管弦。玉树光中新世界，银花焰里幻神仙。街衢不复金吾禁，车马纷来玉女妍。知否民生凋敝甚，如何浪掷万千钱。

十六为治鹤清都护补祝

不愿俳优奏管弦，友朋文酒笑开筵。同文旧侣人常寿，促坐清谈月上弦。十万禁军新管领，六盟王子喜班联。新春令[⑤]作摴蒲戏，湖

---

① “开府”，一作“布绩”。

② “乐事”，一作“分外”。

③ “寿使”，一作“是齐”。

④ “恐见”，一作“夏秋”。

⑤ “令”，一作“借”。

海元龙尚少年。

龙凤院有南妓凤玉，能近体诗，因用其韵赠之

名花无主堕红尘，红豆相思证夙因。诗咏玉台曾顾我，娇藏金屋问何人。清词丽句柳如是，玉儿丰肌杨太真。春雨江南归未得，烛房静掩莫伤神。

施聃生挽词

不合时宜一肚皮，少年戏谑不瑕疵。半腔热血今何有，五石大瓠却似之。岂是撑肠苏学士，端疑皤腹华于思。关公地下如相见，应说鲰生尚白痴。瀛海归来花样新，曹润田王荃士飞舞上枫宸。唯君落寞郎官末，与我清游湘水滨。君眷南妓于滨湘，情好甚笃。魏勃少文偏厚重，冯唐易老有精神。如今往事都成梦，留取功名付后人。

耿君梅挽词

黉舍当年振振声，有书可读有田耕。最羡何胤随小隐，如何贾谊不长生。云间自古多名士，海外归来压众英。竹林却少阿[①]咸至，哭倒厨头老步兵。

二月初六为静宜主人生日，诗以寿之

辛苦持家廿二春，齐眉举案敬如宾。愧无方朔常遗由，却累良妻尚荷薪。十载京华仍薄宦，百花生日是芳辰。平安竹报身常健，静看娇儿作凤麟。

宠辱算来总不惊，任他波浪自心平。清高合[②]养乔松寿，淡泊何争草木荣。却为观音茹素食，并无贺客酌瑶觥。邻家恰好莱衣舞，替祝长生笑[③]歌声。

---

① “阿”，一作“阮”。

② “合”，一作“定”。

③ “笑”，一作“弦”。

饶苾僧母吴六十寿代

宁馨手笔[①]出明光，手起疮痍登寿康。鸾阁文章知有□[②]，凤雏毛骨属诸郎。荀龙贾虎钦名下，欧荻柳丸教义方。富贵无忘挽鹿□，兰陔洁白报萱堂。苾僧充黄陂秘书长，文字动人。

又代孙厚庵

两湖肄业萃群英，襄校孝昌初识荆。文举大儿称特杰，范滂有母始成名。结交胜已义方训，教劝从师稽古荣。重过江陵垂绛幔，起居八座尽公卿。厚庵与苾僧先后为两湖高才生，孝感县试同为梁文忠所荐，襄校文字。

荀龙贾虎炳江灵，缟纻联欢袭德馨。共羡机灵方竞爽，都缘曹孟早垂型。高明懿范光家道，报施善人锡耄龄。陵母知兴遗厚福，议围解处隔屏听。

又

盘盘徂徕松，郁郁渭城柏。根作千年苓，石化□尺璧。琅玕不世生，瑶瑾由道积。吾友天人才，腹拄乾坤策。两湖冠群英，扶桑远作客。释褐拥皋比，解经夺重席。是时韫匮藏，初隶金闱藉。一飞[③]忽冲天，长揖九州伯。子房参帷幄，握筹密布画。宣公知制诰，强藩悚心魄。片纸定蜩螗，秕政胥鼎革。功成不自居，诗书永朝夕。归来奉板舆，南陔兰洁白。垂钓武昌鱼，俯漱丹砂液。吾初识荆州，笑咏卷鹿帻。载读治安篇，同抱文字癖。京洛嚣缁尘，寇盗纷充斥。鸱鸱[④]竞集林，鸾凤乃敛翮。誓欲从之游，枕流复漱石。今君遂显扬，彤管炜悦怿。珠玉既罗陈，纤微亦钩摭。何以娱萱堂，功名垂竹帛。何以酌霞觞，膏雨泪苍赤。李杜光万丈，神仙蠹一尺。试看武陵源，手掷蟠桃核。

---

① “宁馨手笔”，一作“宣公奏议”。

② “□”，一作“本”。

③ “飞”，一作“鸿”。

④ “鸱”，疑作“鸮”。

陆母吴太夫人八秩

木天独步到宣麻，岳降微闻半月差。半夏生初娱日永，五云深处护年华。丰亨尚诫如龙马，贵盛无忘挽鹿车。比翼南飞怀往事，《比翼南飞图》为相国夫妇七旬南归而作，名人题咏甚多。金阊犹指相公家。元和太傅夫妇同年同月生，太傅五月初四，太夫人五月二十。太夫人兄吴佩生孝廉终身馆谷，所入年得三百元，已为盛馆。其侄吴和甫以西文篮仕外交部，月薪三百元，常述旧事以为戒。回忆抠衣锦什坊，每逢五月叠称觞。酒肴犹自操中馈，丝竹何曾奏后堂。韦母高年为楷范，少君笃老尚康强。白华洁白承先志，长看朱霞焕九光。

送汪荃台南归

长洲草长雨霏霏，目送南天一鹤飞。笑我年衰犹旅进，羡君风起便思归。冷香阁畔闲停棹，拙政园边静掩扉。卜吉吴山先有约，他年同着芰荷衣。君家坟墓在吴山头，与余生圹甚近。

陆母吴太夫寿代

本来明月是前身，同月同年岳降辰。生长五云名宰相，起居八座太夫人。园亭胜迹金阊旧，粟帛恩光玉杖新。笑看蓬莱清浅水，仙宫咫尺近崇真。陆相国世居阊门崇真宫桥。崇真宫为元代仙观，地居形胜，故有祖孙状元之瑞。

又代

亲见簪花宴状元，又看黄阁佐丝纶。容功言德三吴冠，富贵康强八座尊。衣钵[1]累承元裕学，药笼尤感华佗恩。八旬上寿三公妇，我邑文康所轻轩[2]。

又

云间望族最绵长，移植吴趋桂杏芳。有子容颜同叔玠，助夫气节

① “衣钵”，一作“私淑”。

② “我邑父康所轻轩”，一作“百岁期颐献玉樽”。

励天祥。金阊华贵乌衣巷，青岛神仙绿野堂。宰相状元老命妇，后先佳话顾文康[①]。

饶母吴七秩代

江汉天空白鹤翔，中宵宝婺起光芒。相夫苦志为孙晷，教子成名似范滂。贵盛犹闻持朴素，劬劳自是永康强。云间二陆连骊起，福寿无量积德昌。

暮春即事

春阴琼岛望中迷，北海波痕玉蛛齐。紫燕试身随意舞，黄鹂弄舌尽情啼。扑天柳絮揉人眼，满地榆钱衬马蹄。傍晚香风歌曲□，一钩斜月挂墙西。

庞敦敏送莼菜

十年久不返鲈乡，乡味醰醰今始尝。稚子惊呼苹叶化，老妻陡忆菜根长。金丝牵引随风漾，玉镜空明映月凉。张翰西风归未得，中宵魂梦到横塘。

河柳

开封省公署本辛丑回銮时行宫，墙外满植河柳。王月波首唱，邀集耆老赋此，巢人作排律十二韵为改正之。

河洛英华土脉滋，何年试向柳星移。辋川浪起诗中画，汉苑春归别后思。得地原来崇政殿，排衙那减曲江池。金丝袅袅多情种，玉骨珊珊绝世姿。莺燕同心妆锦绣，凤鸾比翼舞参差。溯洄董泽仙根植，点缀明堂细缕垂。缘荫浓添嘉树樾，红云密护上林枝。轻笼月影人初醒，暗罩烟痕鸟不知。留守清游张羽盖，将军小仗衬旌旗。自嗟弱质梁园寄，久逐浮萍陌上遗。近水楼台先密茂，养花雨露待扶持。谁逢九烈衣袍染，却恨三眠信息迟。造化生材终大用，灵和濯濯立丹墀。

---

① “后先佳话顾文康”，一作“年年重五永称觞”。

四月十八日立夏

芍药敷荣梅子黄，赤璋迎夏日初长。神仙剑履瞻刘塑，三月初三以后东岳庙开庙，其中天宫神像皆元刘兰所塑。优孟衣冠拜李郎。是日，优人祭老郎神停演。飞谷空传占气候，浣花且待到沧浪。叠云吐岭炎威逼，上奏东皇雨送凉。

徐菊人总统叔母陈七秩代

两家宦迹寄嵩阳，一朵红云捧日祥。孝穆文名传久远，太丘明德最馨香。养花早注长生箓，种竹新开庆老堂。七十古稀膺贵寿，贤郎彩舞晋霞觞。

亲看乘龙月桂香，晚随五马到南康。万家生佛歌江夏，一路福星照豫章。天与善人添海屋，卫多君子占珂乡。年来唤醒春婆梦，红女犹勤学课桑。

士安感训博群书，千里家驹信不虚。手造共和周召后，躬膺明命夏虞初。乌衣子弟谈文义，羊祜平生奉起居。昔日青灯今白发，少年同学判龙猪。

束发受书忆少时，墨庄荒落负良师。后堂曾记闻丝竹，诗社今惭仆鼓旗。亲拜高年垂绛幔，追怀化雨坐缁帷。六旬忝作门生长，仙诞明朝献紫芝。

汪子健母陈七十寿

介弟文章著木天，龙门晋接忆当年。太夫人介弟陈杏孙太史为妻兄凌陛卿舍人亲家，故在申在京常相把晤。儿曹棘寺谈新律，我辈桃潭订宿缘。杨恽由来迁史出，柳郢尤赖女宗贤。南冥奋翼扶摇上，灯影机声苦节坚。

深闺慧眼抱先忧，罢足榑桑万里流。训字画灰资姆教，归乡衣锦羡婆留。侨居鹤市扶舆健，迎养燕台策杖游。八座起居赓苏什，蓬莱清浅海添筹。

金籛孙母钱七旬晋九寿

吾乡溯名宦，连翩出嘉禾。休文丁兵燹，诗书化干戈。沈问梅太年丈宦吴江最久，至今有靴悬诸松陵书院。太丘值饥馑，身殁名不磨。陈绶甫太令值己丑水灾，尽瘁任所，立碑奉祀。学士介鼎足，期年惠泽多。茗人初令我邑以武健称，尝抶一孝廉，孝廉愤入京师成进士，因之被议去官。国侨初为政，郑人欲杀歌。刚茹柔亦吐，政成民乃和。得罪于巨室，一官微蹉跎。强台力再上，高冠终峨峨。河润及千里，畿辅假斧柯。微闻中馈贤，退食丝五紽。鹿车偕隐逸，玉台互吟哦。南园继世泽，象服宜山河。有子肯堂构，年少登甲科。五湖便迎养，五马鸣玉珂。板舆乘兴至，鸠杖扶婆娑。万石仰严母，一梦醒春婆。昔我交陈纪，簪毫共鸾坡。散衙宴文酒，谐谑醉颜酡。浮云世事改，日月如飞梭。春明重相见，相见发皤皤。君为阮记室，我作郭橐驼。持筹榷出入，挥笔芟烦苛。摴蒲兴不浅，宾筵侧弁俄。羡君有寿母，康强安乐窝。诸孙誉骥足，老人坐鸡窠。此是国家瑞，融融乐不颇。我思驰笠泽，苕霅通清波。登堂重拜母，洪醉一叵罗。

饶苾僧母吴六十代

人生百行孝为先，贫事翁姑苦志坚。糠核自苦亲井臼，容颜内顺化韦弦。鹿车鸿案成夫志，欧荻柳丸教子贤。八座起居瞻象服，德高载福永延年。

武进唐子融七十

少年任侠走天涯，帕首从戎守戟牙。足迹遍九州，历秦、陇、晋、豫、辽东、燕、齐、皖南暨两粤，尝侍其从父溥渊观察守凤翔，遇回乱围城，帕首执戈追随防守。寒夜干城歼巨擘，清秋幕府听鸣笳。锡龄有梦[①]尝仙药，觅句无愁莳杂花。顾盼自雄余矍铄，荆川文武尚传家。

吉林宋友梅军使以六十生日自述一百韵见示，用原韵为寿代毕桂芳

青龙在庚申，合璧瞻日月。五星如珠联，九福受井冽。鸿运转三元，青阳煦万物。孙曾食旧德，尊卑守天秩。王道永荡平，治述至纤

① “锡龄有梦”，一作“精神上达”。

悉。朝纲重老成，草野钦先哲。五尺耻桓文，五教张夔契。银河洗甲兵，不叹垂老别。鱼米足租税，萑蒲扫巢穴。共登仁寿天，净漱太始雪。吾友宋广平，有志挽陒鼿。鹏翼上扶摇，骥足逸嬰蹶。边方久立勋，穷走日出没。考工亲矿人，鼓鞴气磬裂。漠河乘樏探，危磴攀云绝。富国铸铜山，不贪甘贫拙。教稼化旃裘，募耕给刍秣。松花土脉腴，乌苏田畴辟。河润及千里，滨江持旌节。商战却强邻，利析锥刀末。运筹帷幄中，不数汉三杰。口占授书史，十吏手腕脱。坛坫折狡谋，杯酒消齮龁。安边韩富贤，秘策羊杜决。屏藩荐旬宣，圭璋受特达。莱公镇北门，名勒金佛刹。和战喻契丹，才气迈华轶。武汉风云生，边隅危一发。群情拥旌旄，开府扬武烈。龙沙环万山，虎帐森千列。鞨鞢混华夷，畛域化胡越。封圻焕巍巍，光范瞵揭揭。新猷启獉狉，旧政扫苛切。鄂伦暨大贺，风土革饮血。呼兰与黑河，草昧治典阙。北极性好武，牺牷牲攘窃。善政雉将雏，渡河虎不咥。亲民搴襜帷，世族泯阀阅。渤海知卖刀，富锦居聚族。惟公能用奇，克继天门豁。那知罗刹强，突兀险云谲。掀波岸为摧，拔戟门欲抉。重耳畏得臣，誓将朝食灭。越疆竞屯师，蕴利实生孽。难明口舌争，辨士噤无说。公乃解组归，心与白云洁。吟诗精选理，读易审偏揲。闲看宦海波，隆隆终蹎跌。不如五亩园，山水自怡悦。长白灵气存，三江源头活。筑室营菟裘，匹夫志不夺。何意蒲轮征，弓旌下孑孑。博议为国谋，庶几拯火热。军兴帑藏虚，箕敛精华竭。党锢有同膺，将相无平勃。尉佗犹崛强，回鹘犹诇刺。鹬蚌愚相争，雀蝉巧相杀。藩镇诩自雄，刀俎任人割。国事献奕棋，成败寻覆辙。何如静参禅，煨竽寒灰拨。始我识荆州，豪遒气莫遏。鲍叔知夷吾，羊舌浅畷蔑。日俄初斗争，心攻乃谋伐。辽河波留腥，驰道车一瞥。毛公歃血从，凤羽实初刷。辽东危而安，旋转乾坤斡。吐气长虹豪，入门狐裘亵。我辈虽平流，才地高门阀。樽俎与折冲，幕府参密勿。连骥驰皇都，那怕才人嫉。我领海参崴，侨商竞什一。君为交涉使，先事祸根拔。牖户善绸缪，使民道以佚。不屑积黄金，贪鼎铸饕餮。有时杞忧天，驭朽心慄慄。有时折空谈，海岱词锋截。卧榻人鼾睡，无计中心啜。君腾骏武姿，我忘驽骀劣。捧日同抱心，谈天空扪舌。垂戒雉雊彤，先机鹳鸣垤。胡服终沦胡，优孟衣冠肖。忆昔强邻来，欲试营阵诀。公适当其冲，眼钉最痛疾。兵威既吓雏，蜚语复污蔑。炮石骇攻城，戈矛狂入室。中央命余来，困亨终占吉。萧曹幸接踪，房杜复相正。片言定鸱张，微计缚鼠黠。四月席未暖，我亦龙江别。先后归春明，酬酢宾主迭。平生意趣同，罢官系肩歇。傲骨怕逢迎，清心甘隐逸。骂座舌犹存，雅量油任拨。不作醉乡侯，不踏烟花窟。惟与素心人，澜翻泉汩汩。曾披一品衣，同抱九仙骨。森森松柏心，韬晦岁寒日。功名付儿孙，奚羡执铁钺。百年上寿征，百衲僧衣缀。伏枥尚雄心，休笑老夫悖。

清故奉恩将军爱新觉罗·德宽妻他塔拉夫人挽词有序

昔钱牧翁纪吾邑沈节母事，谓其夫亡，茹荼饮泣四十七年。戊戌季冬，自知时至，坚坐念佛，泊然而逝。自心取自心，如灯取影。虽未尝喃喃念佛，已了了见佛身。临行自应见佛接引，以坚贞因得清净果。今观于爱新觉罗母他塔拉夫人可以风矣。夫人为嘉庆朝户部尚书秀堃之曾孙女，咸丰初年江西巡抚毓科之孙女，候补同知灵浚之女，奉恩将军德宽（有容先生讳，有容先生为清初开国摄政王之裔）之室。结缡甫二月，即病亡，无嗣。而母家昆季亦相继沦亡，抚其遗孤成立。晚年依从侄伯英学士孙文斌以居。临终自云："前身为苦行僧，不幸谪人间。"膺家国惨祸，谈因果循环，理极明澈。展转床蓐一载有余，病革时饮水二十余日，弥留之际喃喃呓语，皆禅机也。以视今之结社度人，拾道释牙慧而沉迷于功名富贵者，其相去何啻霄壤。伯英为十年前旧雨，素不妄语，为余道其逸事如此，诗以挽之。

夕年生长[①]五云中，冰雪梅花便不同。饮水自生虚室白，谭天早悟佛灯红。岁华冉冉经尘劫，帝座梦梦返太空。补屋牵萝依北[②]阮，王孙玉玦泣途穷。

斧扆森严宫扇开，红云捧出属车来。申丹刑白垂苗裔，玉叶金枝擅妙才。方羡天潢连棣萼，何期噩梦赠琼瑰。盛年自厉冰霜操，白发犹闻黄鹄哀。

豎闾世族彩珠圆，整嫁黄姑十万钱。开府豪华门有戟，尚书文学

① "少年生长"，一作"一生常在"。

② "补屋牵萝依北"，一作"叹息王孙哀泣"。

笔如椽。几经兵劫榷高第，为抚孤儿守墓田。病榻怕看王谢燕，前尘影事且参禅。

湘血苍梧麦秀歌，鲁宋溱室泪痕多。金人辞汉潸然下，璧马朝周没奈何。莒妇鲁姬中夜啸，风轮火劫暮年过。从今幻作辽东鹤，净土西归拜释迦。

沈吉甫母沈七十寿

甬东宝婺现祥光，萱草长春茂北堂。孤雁稻粱深积福，双乌绰楔早流芳。黄金世界书平准，白玉精神永寿康。有子能贤绳祖武，老莱彩舞奏霞觞。

又

春光明媚正花朝，诗咏八楼乐九韶。绰楔阙前贞节励，怀清台上姓名标。芝兰得气森前列，松柏经寒表后凋。七十年华犹健饭，青阳永寿献芳椒。

寿吴调卿七十

一生简练计然篇，府库标封亿万钱。齿革羽毛资利用，睦姻任恤勒成编。陈仓暗渡南横海，卜式输财北济边。碧眼紫髯齐额手，相将介嘏擘云笺。

饶苾僧母吴六十寿

辛苦艰难昔备尝，天教蔗境寿无量。相夫学问两湖冠，有子文章万丈光。能散金钱知任恤，不餐丹液自康强。北堂岁岁萱常茂，恰好南荣夏日长。

挽绍兴车汝臣妻郦代

水经纂注世家长，生长浣纱西子乡。屏雀难逢坦腹婿，囊萤巧合读书郎。天生仁爱弟昆护，人羡姻缘才貌当。那料于归椿荫没，强含涕雨换新妆。

蕙兰体质掌中轻，弱不禁风苦拄撑。裙布荆钗盟素志，药炉茶灶度余生。病容可掬心茹蘖，食性难谙手作羹。如此温柔遍短折，琼瑶那不泣怀盈。

扶病持家十七年，个中滋味剧可怜。丈夫久遂桑弧志，思妇空吟芣苢篇。妙选姬姜谋燕翼，叠遭丧乱妥牛眠。玉容已换枯珠泪，面肿目瞽。犹报平安劝着鞭。

望夫日日隔蓬山，黄鹤楼头去不还。行贾久羁流浪洑，延医未达镜湖湾。空悬蕙帐神何在，怕启珠奁泪自潸。赢得亲朋齐惋惜，八哀词就恨难删。

寿黄陂陈瀓七十代

杖国高年齿德尊，襄阳耆旧太丘存。家传耄耋情天厚，其母王亦年九十。室富诗书气海温。文子文孙娱晚景，惭卿惭长聚名门。纳交群纪钦山斗，回首江楼晋一樽。

贺喀喇沁贝子之弟完姻

北地名巫桀戟鲜，二乔次第缔良缔。弟兄连萼门庭盛，姊妹开花娣姒贤。封末本来同气茁，邢姨合赋硕人篇。冰清共订金兰谱，铜马门边看比肩。

金宜卿六十寿

江陵种橘富千奴，金子矶头娘子湖。安用毛锥研翰墨，且持筹算学陶朱。白裘杜厦三生愿，夏雨春风万物苏。他日南飞来一鹤，邻翁能饮一杯无。

桑麻泄泄喜铺菜，举火千家甘苦分。不屑指困遗故友，何妨燔契学参军。须眉八尺长身立，腰腹十围乐善闻。揽辔烂泥湾畔路，石桥题柱感斯文。

问蝉

前身马粪旧王家，飞占高枝意气哗。自诩清心餐夕露，那知捷足趁朝霞。残声别曳林中径，轻翼妆成冠上纱。知否螳螂将捕汝，西风劲处静无哗。

宗子立五旬寿代

破浪乘风宗少文，读书台接海东云。侨寓常熟。郄超久入桓温幕，曾入张文襄幕府。韩厥曾参却克军。湖北第八镇执法官。招集襟裙霏隽语，折冲俎樽奏奇勋。百花生日逢生日，帘外仙桃暖日薰。二月初四诞日。

又代外交部友

济济群才主客寮，惟君朱鹤下云霄。上宾久重诸侯座，远志行乘使者轺。自有词锋争国是，要将舌战息天骄。他年文相耆英会，海外奇琛献织绡。

题松文清相国手书寿字用牧斋赠稼轩五十初度韵为宗子立参事寿

去年茱萸插满头，玳瑁双栖慰莫愁。去年九月八日，为其相君夫人作三十。今年燕喜春载阳，文昌会后春日长。秀才人情薄如此，君子之交淡如水。唯将文字结因缘，那有珍琛耀邻里。吴歈堂下奏笙竽，堂上簪裾丝竹俱。朝士琳琅张四壁，纷纷右史而左图。君不见，松相生逢全盛年，回藏归轺车砚田。铁画银钩龙蛇走，木兰秋狝独几先。往事成尘莫回顾，国家早被纤儿误。卧榻酣睡日逼处，朝纲不定似棋举。与君吏隐过从促，阅尽沧桑换棋局。富贵浮云何足荣，白头[①]郎署未为辱。劝君进酒二三巡，起看参旗欲动尘。曼倩仙桃同饱食，年年讨酒作闲人。

寿孙世伟母张七十代

蕺山人谱戒豪奢，况出留候旧世家。礼肃蘋蘩斋季女，词修兰茝和秦嘉。辛勤织纫贞无咎，屏却珠玑气自华。伊古修齐绵德泽，天教纯嘏福无涯。

市征唐诏监池阳，《宋景文集》有《送唐诏监簿池阳市征》。鹈凤双飞

① “白头”，一作“浮沉”。

乐未央。扬子江头陶却鲊，会稽山下禹余粮。疗贫久蓄三年艾，明志先栽八百桑。生子仲谋皆俊杰，淮南草木尚留芳。

班昭随子赋东征，少驻斑舆负弩迎。柽护春衙笼夕照，蔗留晚境折朝酲。坐陪蓬幕翚宜服，趋问萱闱凤奏笙。梁苑争看八座母，青袍玉骨侍群英。

官迹嵩阳不计年，愧无桑雉口碑传。锦堂饱嗜穆生醴，铃阁叨陪潘岳筵。正听莺喉歌爱日，但期鹤寿颂增川。石龙宝幰如行部，小草犹思圣铸贤。

严墓朱母黄七秩寿

朱名宗海，江苏省议员，与余素昧平生，其母又羌无故实，故以严墓为兴，辛酉三月赋。

吾乡摽胜迹，庄助擅文章。严墓以庄助墓得名，“庄”避汉帝讳改“严”。水国留清赏，人家食古香。地灵仁者寿，江夏泽犹长。杏雨思归梦，莼鲈何日尝。

蚕妇挑桑月，朱郎学老莱。草心春一寸，兰膳夕三杯。姻娅提壶至，儿孙绕膝来。愧无苏李句，洁养佐南陔。四月二日诞。

缺斋遗稿题词

番禺傅维森，字君宝，号志丹。年二十，府试第一进邑庠，穷研经史，为学海堂专课生。总督张文襄公之洞阅其文，嘉赏之，选入广雅书院。光绪十七年乡试第一，考官称为南国之琛。二十一年会试成进士，授翰林院庶吉士。假归省亲，父殁，哀毁骨立。总督谭文勤公钟麟聘延主讲端溪书院，成才甚众。节存院款，校先哲遗著为《端溪丛书》，又纂修《端溪书院志》七卷。壬寅病疫卒，年三十有九。其子澂钧以予为辛卯同年，邮书征题。时壬戌饯春，直奉闻有开战琉璃河之说，闭户读书，心无恐怖。

广寒同梦杳如烟，盥诵遗编意怆然。海国奇材文树咏，遗稿中咏文章树有“留得奇材表海邦”之句，殆以自识。帝都首荐荔支篇。先生《荔支赋·序》云：“剪摘盈篚达于帝都，虽膺首荐，已失本性。士有推选得禄，斫其太璞，煊赫焜耀，而形神不全者，亦知名之累。”可想见其风骨。五年以长宜兄事，先生甲子生，予戊辰生，长予五岁。一脉相延有子贤。花样翻新嗟厄运，挽澜何日障东川。

暮春即事

三月晦，直奉军事已接触，调人奔走道路亦无效果，琉璃河左右已启冲突，民不聊生矣。

糁天柳絮难为暖，满地榆钱不疗贫。底事年年两虎斗，黄金虚牝又劳民。

四月初三日书事

晨起闻炮声，未几，天亦助以雷雨。邹芬遇地雷丧，千余人退至芦沟桥，张景惠以马队压之，转败为胜。

西南郊外隐闻雷，炮火声声继续来。闻道辽东勇健甚[①]，琉璃河畔起尘埃。

宗五子立出示泛舟昆明湖诗四绝及张远伯丈雅什索和，即用其韵杂咏故事呈改

梵香高阁矗云层，帝率群臣玉陛升。记得孟冬开寿宇，满湖灯火灿龙兴。佛香阁旧名梵香阁，高宗御题，孝钦后葺而易今名，下为排云殿。某岁宫殿落成，于此受贺，德宗拜于殿内，王公则丹陛上，群臣则门内，仆亦随班舞蹈于门外。时湖中轮船高飏龙旗，沿堤点灯明于昼，并恩许百官游览，遇后妃由长廊至乐善堂，皆鹄立以俟。

四月妙峰拜世尊，秧歌歌舞傍宫门。如何大雪行冬令，绿女红男尽断魂。每岁妙峰山开山，倾城士女均往参禅，日有秧歌等杂剧，孝钦御后山临观。庚子四月初九日，绍适值班，下午忽大雪盈尺，男女冻死坠崖者踵相接。未几，拳匪祸作，殆上天示警与？

街号苏州迹已湮，苍松双立似慈仁。玉皇案吏今头白，曾见垂帘勤政亲。后山有小苏州街，乾隆时杂设内肆，未及修葺，仅存老松数株，前殿榜曰“勤政”，院有松柏，不啻慈仁寺双松。吏部带引见官，辄于此临御。绍随曹长押班，肃穆之容如仰九天，今日真儿戏耳。

---

① “辽东勇健甚”，一作“朔方生手健”。

伏奏青蒲戒豫游，小民似水覆君舟。洛阳流涕神峰敛，小筑涧于近莫愁。幼樵中丞为先祭酒莫逆，未通籍时，常有载酒问字之雅。故道出津门，辄往节署晋谒，侨寓金陵，犹留作竟日之谈。上年闻仲炤学部所有书籍亦遭兵劫，为之黯然。

却暑年年炎火终，长堤垂柳雾微濛。黄头郎立苍龙尾，恩许趋朝坐镜中。绍于吏部傔直时辄沿堤趋走，见枢臣等横绝刺舟而来，盖非有特许，不得乘船，今则游人如蚁矣。

元相连昌致乱谁，燕巢幕上不知危。楼船上将能横海，秋兴何来杜老悲。闻颐和园建筑均移海军经费而成。甲午春，三奏报海军成立，醇邸与李文忠、张勤果乘海晏出大沽阅兵。绍在津门，犹见王大臣三人并坐相片。未几，有中日之战，国事不支矣。

四面琉璃静掩门，觚棱依旧挂朝暾。九莲菩萨庄严坐，白发郎潜往事论。排云殿所供孝钦遗像为美女士所绘。时庆宽持孝钦七旬以后照像，以油画临摹，原本两鬓均白，而谕勿露苍老态，故画图逼肖，惟白发较少。明年十月，即上宾矣。

阅尽兴亡月子弯，西山爽气露云鬟。草间偷活梅村恨，何日江南许买山？

立秋前一日怀巢人弟，用程鱼门韵壬戌六月十五日

劳薪怜阿弟，奔走奈贫何。酷吏谁驱暑，微官乍渡河。动爻占吉少，静语畏谗多。贡邸去职，塔邸尽用旗人，颇有媒孽，予短讽辞职者。渴忆连床话，西窗啸也歌。

老骥无人识，申江困若何。璧谁盟白水，胶不济黄河。客至知心少，书来索债多。连朝蘋藻荐，明发永怀歌。六月十六日为先嗣考生辰，十七日为先本生考生辰。

沈忆梅挽词

名锡勋，为吾邑禄卿户部之嗣子，困于场屋，以诸生终于家。

秀才康了溯当时，躁释矜平无怨词。甲午应秋试，榜发被屈，夷然出京。薄醉陶潜生趣少，通幽管辂死期知。无家久作京华客，垂老犹为童子师。闰厄黄杨逢六六，故乡乔木有余悲。沈与吴家皆前明以来望族，

今皆寥落。君自辛亥以后，常在会馆以课读度日，今年决计南旋。自占星命不能过六十六，果于闰五月病故。

孙沄廞七十寿

二十年前往事提，兰陔洁白寄城西。鲈乡风景犹斜日，鸿雪因缘有印泥。生子仲谋为世重，羡君伟节早名齐。春明谱曲红牙按，散录云仙细品题。孙沄廞有四子，长子涵，曾为我江震小校教员，现结春明社，演昆曲自娱。

宗五患胃疾养疗于日华同仁院，诗以问之

闻说秋宵梦不安，乞归汤休减朝餐。讴关饕餮贪秾厚，端为雉原痛折残。闻病因兄丧而起。抱膝苦将诗句索，捧心错认画图看。我非和缓知医国，赠与奇方独睡丸。君姬桐君、少君廿岁，故以此谑之。

周母潘太君挽词

三松甲第重吴阊，作嫔汝南门户当。绝技家传工设色，沈期仲之母太君之小姑也，年逾八旬，犹工设色花鸟。怀清台筑善经商。杨顾甫太令为太君快婿，归道山后，杨表嫂能守其业，经营钱肆甚利。尚书余泽云仍衍，太母高年岁月长。王谢世家寥落甚，乌衣无复认华堂。赐福堂毁于洪杨之乱。

舒觉罗母庐太君挽词

梁格山庄旧事论，梨花小院闭黄昏。宣统初元，余与延鸿同襄崇陵工作，寓于梁格庄福佑寺西厢梨花院落。勋臣今已同黎庶，廉吏方能长子孙。其夫宰直隶保阳。门户深谋惟络秀，閟宫有洫袍姜嫄。哀词八米传文采，便是醴源芝草根。

玉山草堂限肴韵

元季庚申朱紫淆，尚客巢父得安巢。吴中诗社黄金赠，《艺苑卮言》：“胜国时法网宽大，人不必仕宦。浙中岁有诗社，聘名宿如杨廉夫辈主之，宴赏最厚。饶介之分守吴中，自号醉樵，延文士作歌，张仲简擅场居首坐，赠黄

金一饼；高秀迪白金三斤；杨孟载一镒。后承平久，张洪修撰为人作一文，得五百钱。”夜乐春闺翠凤炮。谢肃《和杨铁崖分题顾仲英春夜乐》诗“翠凤才炮白鹿烹”。铁史七寮供赏玩，《铁崖文集·七客者志》：铁笛曰洞庭。青邱十友共推敲。临濠徙去风流歇，不许遗民隐草茅。

金粟道人此[①]系匏，高阳名士句[②]推敲。高筑拜石藏花里，钓月临矶倚竹梢。梅隐半亭忘主客，花游一曲醉娥媌。疏財好士笙歌乐，何意园林付幻泡。

寿朱小汀前辈七十

红药翻阶忆旧尘，贞元耆宿二三人。分宜翰苑登高第，公登甲科，宜得木天以呈请。本班同人咸为惋惜。晚幸枢桓礼上宾。为铁相所器重。朗朗玉山名进士，番番黄发老遗民。莫嫌四壁贫如洗，著作传家早等身。

小筑城东近卜居　摩挲货布读经畬。弟兄偕隐方其义，礼制编诗王仲初。明季王仲初有或问四十九首。公在礼制馆有年故以为此。延寿自来癯似鹤，留宾不碍食无鱼。平安讵作龙钟竹，步履康强便当车。

太液荷花

荀班曾记侍昂邦，星斗熹微月映窗。黄发晨朝乘画舫，黄头水宿刺轻艭。如船太乙长三丈，立水蓬壶鹭一双。何意铜盘仙泣露，花香不渡牡丹江。

春波乍暖水淙淙，杨荣《赐游万岁诗》：“太液春波暖，承恩泛彩舟。”丹禁莲花得得蹝。仙掌承恩珠湿袖，晓镫倒映水影壁。衔红素根新种出，兰田玉翠绿绮窗。一自瀛台春去也，游人随意足音跫。

徐母李七十寿代

伯珍四皓共知名，《齐书·徐伯珍传》：“兄弟四人皆白首相对，时人呼为四皓。”庆杉兄弟五人，此李夫人为其伯兄孝丰妻。孺子南州下榻迎。冠带礼恭严事嫂，襟裾情挚永怀兄。《颜氏家训》：“兄弟者，分形连气之人也。

---

① “金粟道人此”，一作“梅隐亭高得”。

② “高阳名士句”，一作“诗人结社细”。

方其幼也，父母左提右挈，前襟后裾，食则同案，衣则传服，学则连业，游则共方，虽有悖乱之人，不能不相爱也。”词媛著录推金石，伊世珍《琅嬛记》：“赵明诚幼时，其父将为择妇。明诚昼寝，梦诵一书，觉来惟忆三句，云‘言与司合，安上已脱，芝芙草拔’。以告其父，其父为解曰：汝殆得能文词妇也。‘言与司合’是‘词’字，‘安上已脱’是‘女’字，‘芝芙草脱’是‘之夫’二字。非谓汝为词女之夫乎？后李翁以女女之，即易安也，果有文章。”按：易安居士有《金石录》。命妇荣归尚布荆。欣看儿孙莱彩舞，月长添线祝长生。冬月正寿。

夫婿西曹滞客心，宣南偕隐玉台吟。闺中赖有孟光臼，囊底初无陆贾金。卌载辛勤偿蔗境，一家温饱庇萱阴。凤雏骥子森然立，贤聚晨风咏北林。孝丰乙未通籍，签仕刑部。辛亥后以知县分发河南，出宰上蔡、陈留。家事赖李氏力。生子三，长应涛以县丞官陕省，次应藻参谋部，三应沅法政学校毕业，湖北公署科员。

周玉山挽词

通侯解组大江东，富贵功名矍铄翁。老寄丁沽寻石隐，问看子舍惠民穷。玉山尚书自江督致仕后，即侨寓津沽。子缉之总长，以实业为事。倾城冠盖通家后，故国江山幻梦中。会葬三千门下吏，愧无絮酒渍西风。

春寒

玉人重复御狐裘，帘幕重重暝色收。晓起不知轻雪积，绿苞堆出水晶毬。

闻子规啼

凤城春晓蔚蓝天，枕上声声叫杜鹃。愧我名缰未摆脱，何时真个许归田。

寿张今颇上将八十

名遂功成解组回，津沽小隐且衔杯。汉江南北留鸿印[①]，辽沈东西

① “印”，一作“爪”。

逞骥才。人羡荣华登耄耋，天教豪俊作舆台。将军健饭犹思赵，何日重看拜将来。

忆从辽左识荆州，北地名王盟会修。瞋目千军皆辟易，攻心万里入谋猷。倦辞政柄归衣锦，梦锡遐龄美绍裘。自笑郎曹犹故我，白头杜老一浮鸥。长春会议蒙古王公曾路出奉天，一度识荆。

又代

关山匹马疾[1]如风，八秩扬鞭矍铄翁。发轫功名留夏使，车□雨露满辽东。蕲王垂钓清波外，潞园行吟绿野中。最是箕裘多寿相，老莱舞彩亦英雄。今颇善驰马，有快马张三之称。

寿张母杜太夫人六十

花朝乍过布和辰，二月十六日为设帨之辰。宝婺腾辉丽万春。仙语蓬莱更浅水，叠经庚子、辛亥之变。佛从冰雪练真身。疗贫不惜鸳针度，创办女报及立缕花女工厂、女学传习所。茹苦方征鸿节纯。画荻丸熊成令子，荣看绰楔沛丘伦。

寿马筱岩夫妇七十

聿闻春秋季，扁卢洞垣方。灵献灭炎井，华陀湔胃肠。六朝纷南北，抱朴陶华阳。天水既南渡，白沙乃流芳。世乱艺术出，道否贤人藏。吾乡隐君子，灵枢抱寺兹。活人登仁寿，天祐以康强。当君佩觿日，红巾已猖狂。吴趋春游鹿，苏台夜啼螀。曾李虽复旦，终属爝火光。君具烛先几，超超名利缰。栽杏学董奉，理脑师太仓。析微根血脉，子母配阴阳。求治穿铁限，日昃犹不遑。同时营与贝，燕羽相颉颃。协济普万姓，报施以嘉祥。灵鹣永比翼，和凤鸣归昌。子弟郁兰茝，孙曾钧珩璜。足谷玉峰麓，移居金史场。名誉既鹊起，神仙称雁行。予弟昔消渴，拯之以青囊。扁舟维笠泽，春草梦池塘。十年宦日下，白云迷吴阊。世事如棋奕，海国又沧桑。边曹逅旧族，同僚接诸郎。闻君犹矍铄，扶筇水云乡。延年由美意，期颐祝无疆。他日归故

① “疾”，一作“快”。

里，为我醉百觞。

寿铁韵铮四十有九

冰霜雷电化祥云，韫玉怀珠静见闻。小住金门真吏隐，横磨宝剑故将军。连床共笃李姜被，闭户聊[1]临苏蔡文。霖雨苍生延颈望，岷江千里正纷纭。韵铮曾为湖北参谋长，革命时全家被戕，后侨寓京城不问世事，日作擘窠书，笃于友，于兄弟、子侄均待以举火。

和从弟巢人棱字韵

胸中雪亮不模棱，处世临渊更履冰。乐事空花倏过眼，清心槁木久如僧。夜行昼伏齐人鼠，饱去饥依臂上鹰。骨肉今为千里别，怀人独酌醉兰陵。

东直门外下关有铁塔一座，高约八尺，砌于砖城之上，下有坐化和尚遗蜕，相传为建文君。以予观之，是四十许僧人耳。与文伯英、任卓人同游，伯英谓宜有诗，因作此以贻伯英

艳说金刚不坏身，蒲团趺坐竟成神。逃余浊世毘卢劫，留得荒郊香火因。正果居然修菩萨，謏闻犹自认君亲。佛牙佛骨夸灵异，等是人间陈死人。

和黄娄生陶然亭小集韵却寄

江亭几度会群贤，城市山林草木妍。余寓庞缃堂家，屡承招饮。自庚子后，不复涉足矣。高阁崇楼惊处处，新蒲细柳自年年。京师向不许建筑楼台，盖寓崇俭之意。今则气象一变，新世界及各酒肆茶楼如十里洋场矣。佛幢委地无人问，香冢迷烟有客怜。羁旅莫愁春日去，忘机鸥鸟最夷然。

清明日偕友小集陶然亭归途有作

世变端留尔我贤，江亭无恙入春妍。漫烹苦茗酬芳节，却办微吟遣壮年。满地残阳窥客散，数行官柳倚人怜。回车惘惘成追忆，独向

① “聊”，一作“闲”。

灯前一喟然。

近拟忏除文字障，诗尤不愿多作，清明日偶得一章，录呈寄丈老方家哂政，仍多凄苦之音，不知其所以然也。又及。

寿陆仲骞祖母徐六旬

机云文采世蝉嫣，钟郝风规乡里传。海角桃源多寿考，江南花国即神仙。六姻久食女宗德，九族咸钦王母贤。绕膝孙曾蔗境乐，蓬莱清浅变桑田。

题徐贯恂佐游草

君从劫后揽神京[①]，笔底风云即景生。文武衣冠今日异，辽金宫阙夕阳明。指北海、颐和园、文华、武英诸作。少年深得江山趣，逸气微含燕赵声。我似兰成羁北土，蓦逢考穆动乡情。

朱峻夫六十寿代

宝应朱耀东之父，曾以赈捐道员需次直隶，晚年逃禅。以《楞伽》一经东坡叹为幽渺简古者，自明憨山大师《观楞伽记》出，沟通三译，涣然无复滞阂。憨山此记尚有《补遗》一卷，人罕见之，特为刊行，以饷当世。

甓湖珠彩韫渊渟，豪杰由来地有灵。中岁杨枝润千里，晚年贝叶一灯荧。先忧后乐范文正，物胞民与张二铭。自是金刚身不坏，五云深处老人星。

题张邻予夫妇行实代

齐鲁英灵萃物华，岱宗肤寸起云霞。书生自古能安国，壶范由来重克家。才富刘蕡悭一策，名高诸葛定三巴。邻予艰于一第，以诸生从戎，管带马边镇边营，上《筹边三十二策》，设伏生擒木基、木萨蛮酋。大吏上其功未下，以终养归，授徒。天教后福森珠树，文拥皋比武建牙。子玉庚众议员、朔元湖北县知县、济元参战军第六旅旅长。

---

① “揽神京”，一作“话全城”。

张勋臣上将四十寿代那王

天孙吉悟降云軿，福寿汾阳诞自天。以闰七月生辰。手靖江波洪业永，胸罗海国异书传。癸丑之役，转战南浔，湘、粤之乱，克复岳长，遂督三湘兼省长。中兴方伯推荀羡，晋荀羡为徐州刺史，时年四十。中兴方伯未有如羡之少者。见《山堂嗣考》。后辈英雄属谢玄。谢玄为桓温掾，温曰："谢年四十，必拥旄仗节。"见《艺文类聚》。三楚安危关大局，屹然砥柱负仔肩。湖南谢文祥赠陈献章诗："白沙先生年四十，屹然砥柱中流立。"见《白沙子文集》。

寿朱至贵母张八十

郎君粉署忆同班，曾拜叔堂咫尺颜。锦繖夫人经世变，绛纱宋母本文娴。冯宝妻冼氏，战则锦繖宝幰，至老未败，年八十而终，历齐、梁、陈。韦逞母宋氏年八十，视听无阙，隔绛纱幔，授《周官》。承欢森列三珠树，显志荣登片玉山。优诏给扶宣上殿[①]，归来绕膝彩衣斑。

七襄云锦灿遥天，羞耈宏开寿母筵。艰苦咸[②]尝真玉女，容颜益少似琼仙。颜真卿《麻姑坛记》："黎琼仙年八十而容色益少。"德仪人仰三从楙，报施天教五福全。他日郎君亦黄发，捧觞直欲迈彭篯。王梅溪诗《孙先觉母年八十》："他日奇母亦黄发，捧觞犹得寿慈亲。"

闰七月廿三夜与静宜室主人谈及参儿事，五鼓时忽见参儿嬉笑如常，呈诗有"俯观天象丽，五色见祥云"，醒后续成二首

闻汝投生去，如何入梦来。阴阳原不隔，金石若为开。死后魂寻乐，醒余泪满腮。小诗吟五字，精意澈重台。

颜色依稀似，相逢正夜分。阴间多乐趣，地下尚修文。兄姊知何在，耶嬢唤不闻。俯观天象丽，五色灿祥云。诗句有"俯观天象丽"，抑真在三十三天耶？

---

① "优诏给扶宣上殿"，一作"八秩高年膺粟帛"。

② "咸"，一作"备"。

庄纫秋同年由临海移宰富阳，见示临海留别诗并拜常州木梳之赐，次元韵奉答己未

飞来尺素答偏迟，白露蒹葭秋水湄。临海岩疆重出宰，富阳山色称吟诗。中书君亦已残笔，薄宦我同无当卮。忽忆卢乡碑载道，清官犹恐畏人知。君由中书出宰山东，颇有政声，著有《卢乡公牍》，为杨文敬所器重。

酒醒理发月中凉，东坡有《月中梳头》诗。新孝廉船系道旁。常州木梳阛阓襟带，秋试自秣陵归，必于此泊舟购物，以贻亲朋。雪色于今双鬓染，天心不使二毛伤。仆寓京师，屡遭兵火，幸未遭锋镝，殆天心仁爱，不伤二毛与。贫家有女为衣嫁，吴国如臣合斗量。搔首踟蹰贻彼美，老彭同是跨周商。

寿陆稼孙母任四十

钓台望族世婚姻，任畹芗阁学本为秋丞观察婿，秋丞自号鸭栏旧主。斗鸭栏边旧主人。少小长干同里闬，本来姑表结朱陈。合欢忆奏房中乐，平视曾为座上宾。二十年前怀韵事，苏程戚谊倍相亲。

得男汤饼喜开筵，年少孤鸾剧可怜。桃李旧容膏沐谢，冰霜贞操节心坚。熊丸勉继宣公业，鹤市曾闻女戒篇。台筑怀清家巨万，佳儿佳妇福臻骈。

寿应馨友夫妇七十代

随宦当年到浙东，括苍山色满胸中。仙都自古多奇士，山国由来出寿翁。只手成家兴业易，一生乐善与人同。画堂昼锦开莱舞，想见扶筇醉面红。

又代

吏隐山边回出尘，耕田凿井葛天民。九姻戴德分金帛，五子齐芳誉凤麟。处士存心求利济，老人克己即成仁。大椿岁月精神健，云海逍遥寄此身。

又

天气阳和草木春，兰陔孝养乐天伦。士谦遗惠曾燔契，公瑾醇交为指囷。不惜金钱贻后嗣，亲捐玉带济行人。缙云自古多奇逸，幸列同官识凤麟。

又代

三乐首拜父母存，况闻齿德达三尊。能将啬境回天地，多积阴功待子孙。燔契深知寒士味，修桥咸荷善人恩。同官边院交群纪，想见亲朋聚德门。

袁小村妻金恭人挽词

旧梦藤厅倏十年，南湖消夏忆初筵。小村为吏部同曹，曾结诗社南湖泊。琴书尚有升平乐，酒食微闻中馈贤。忽读黄门秋兴赋，应添白傅悼亡篇。劝君且作蒙庄婕，静看儿曹着祖鞭。

寿桂林陈绍修同年六秩双寿六十韵

卓茂学长安，经明辟府史。宰密吏不欺，优诏逮诸子。鲁恭待公车，申牟桑驯雉。父子列朝廷，八旬老致仕。学古始入官，经术饰吏治。修德必获报，福寿良有以。幸闻有妫后，十世簪缨素。昔由楚迁桂，山水擅清美。粤西有桃源，避世河清俟。继由桂迁楚，采撷湘浓芷。宦游即吾庐，朱邑桐乡祀。文恭历卿相，门庭森兰锜。吾友食旧德，瑀琈出陆郎。小冯继大冯，子安随福畤。既步桂宫蟾，旋跃龙门鲤。观政翔户曹，郎官列宿比。迎养压嚣尘，行役赋陟屺。白华循南陔，菽水求百里。摧课法不苛，裕国政除[①]秕。琰之霹雳手，积案扫填委。石门与宁乡，下车声鹊起。抑强一本薤，厉清一盂水。畏德化禽虫，劝业富鸡豕。开舍亲诏生，公门多丰芑。不贪夜识气，地宝贡石髓。量移渡荆襄，竹马儿童喜。通城复潜邑，报最降书玺。方知读书人，政平兼讼理。通经乃致用，俗吏讵可企。政玉闭门居，靖节差

① “除”，一作“少”。

堪拟。愿食武昌鱼，不愿入城市。妙手擅岐黄，活人出余技。良相即良医，疮痍庶有豸。功名付儿曹，鄂渚聊栖止。种树郭橐驼，灌园赤脚婢。鸿案敬齐眉，鹿车隐同轨。济美誉凤毛，亢宗振麟趾。五桂既齐芳，一枝尤吐蕊。连步青云梯，对策黄金戺。青紫抚龙孙，高卧森凤岐。道德真神仙，不数彭与李。言开绿野堂，载奉告父匜。仙舞宾初筵，雅颂醉淋纸。昼锦羡还乡，二老门闾倚。共着老莱衣，共敦姜李被。至乐叙天伦，延庆良未已。惭予蒲柳姿，未秋先已萎。青龙在辛卯，窃比魁垒士。炎饼曾红菱，伏枥诩绿耳。藤厅佐衡平，薇省侍笔珥。老马反为驹，逐队随鞭弭。白首尚为郎，壮志今已矣。逐队少年场，藏身人海里。何期典属国，同官交群纪。珠玉在前头，巴曲采下俚。愿与挽狂澜，文章追正始。四皓伟衣冠，后进瞻剑履。竞爽贤弟昆，家瑞名桥梓。褒德宜封侯，达尊首尚齿。五世庆同堂，三灵欣蕃祉。

寿冯康升五十用元韵

侬亦行年五十过，欢娱事少苦愁多。翻拟珂里为传舍，且隐金门作寄窝。老去小康欣有豸，归来相见问无他。《说文》："它，蛇也。上古草居患它，故相问得无它乎。"诗篇细读珠玑字，不数扬州水部何。

廉吏子孙贫可怜，东莱作宰仰前贤。禊湖食德先庐守，黉序蜚声故纸研。陶铸英才追洛下，优赡词辩似昙延。焚香煮茗清闲福，今雨频来祝寿篇。

婿乡旧梦忆齐眉，多病多愁瘦骨支。秋兴悲吟潘骑省，春怀锐减杜分司。悲欢离合黄金榜，慷慨淋漓白玉卮。重向春和堂里问，不知荼苦与甘饴。

懒残禅趣拨竽灰，独坐萧斋眼倦开。闲课几味书味隽，谓汝益谦昆季。怕逢权贵酒尊陪。谓凌冠伯僚婿。河东柳子多文癖，谓柳安如。江夏黄童抱隽才。归里重寻杯酒乐，与君击钵将诗催。宋凌汉章父子均精医，故以之比冠百。

哭黄希坡

书画犹存浪籍多，入门不见病维摩。方知消渴难延命，那信潜修易入魔。佞佛时在家放焰口圆光。二竖已先三日去，足肿甚剧，弥留前三日，梦中见二孺子自足中出，谓可以去矣，醒则肿全消。孤儿其奈七龄何。子女四人，长仅七龄。中年以后滋哀感，况听同僚蒿里歌。

奈曼王新拜遐威将军，诗以贺之名苏珠尔巴图，号协涛

紫塞贤王四海闻，阳春恩命九天分。鱼游海泊唇吞月，雕落寒原箭在云。竹里连宵弹黑子，花丛一笑醉红裙。轻车简从城西驶，玉立亭亭此冠军。奈曼旗有火泊，疑即鸳鸯泺。王善骑射。

陈绍修封翁六秩双庆代任卓人

桂林山水素灵奇，千里来龙到九疑。其先避明乱，由湖广迁临桂。文恭公开府湘中，世宦于湘。君以进士知县历权、石门、宁乡等县。故吏子孙延世泽，传家政学守遗规。文恭公有五种遗规。颍川自古称名德，楚国于今载口碑。南北两湖车辙遍，江头草木大名知。

归田侨寄武昌城，黄鹤楼边策杖行。陆贽集方仍济世，韩康卖药为逃名。辛亥侨寓武昌，以医术行世。灵鹣永比双飞翼，雏凤和鸣六吕声。子六人，敉功、枚功皆盛名。愿附齐年扬觯祝，升堂何日拜耆英。

夔盦邸主有事回旗，倏已半月，诗以代简并简冯九衡五马一

骆驼高岭路漫漫，过骆驼岭即距建牙之所不远。雪压遥天春意阑。幕下匀排新棨戟，道旁争拜旧衣冠。有无异物分鱼石，旗东境出鱼儿石，数千年前古物也，取为屏风，颇可珍玩。已否阳光到牡丹。园中有牡丹，塞外仅见之，恐惟春到较迟。翘望属车诸俊彦，心随雁北问平安。

茅金大坝郁嵯峨，茅金坝为旗境最高之岭。喀喇木伦骑马过。春涨未至，可绝流而渡。牛酪新经织女手，每晨挤新鲜牛乳为饮，皆少年妇女司之。途间可索饮。骡铃遥和醉人歌。完颜公子颜如玉，衡五美少年，完颜世家。负腹将军腹太皤。马君健皤其腹。冯妇近来攘臂否，阳池酩酊面微酡。

凌甘伯明经少年旧雨也，兼有畏之，义山之谊，乃于寿友人诗中误引逋仙故事贻诗见诮，作此解嘲

看朱成碧眼蒙眬，小事糊涂自古同。褒姐误归夏揆狱，杜诗“不闻

夏殷衰，中自诛褒妲”。褒妲与夏殷无涉。骠姚竞让卫青功。右丞诗卫青不败，由以未尝困绝为天幸，乃霍去病也。佛时删句周诗外，贞观编年汉纪中。佛时等误，见《两般秋雨庵笔记》。信笔直书随口唱，年来头脑太冬烘。

题凌仲莘琼岛独立小影

独立苍茫有所思，琼花岛千树参差。三希法帖无人拓，清浅尘飞太液池。

一年一度过吾庐，旧学商量味道腴。箪食自寻颜子乐，长身玉立鹤清癯。

秀骨崚嶒有父风，临池墨妙术同工。仔肩重任为家督，全在春风和煦中。

海上经营忆曩年，持家尤赖北堂贤。饥驱负米来新郑，好续白华孝养篇。

九月十六日梦中得句“人生何事非朝露，天宇于今有昰风”醒足成之

蚁旋驹驶太匆匆，日在红尘扰攘中。读易假年求过寡，编书入夜偶心通。人生何事非朝露，天宇于今有煞风。差幸稚郎能领悟，诗谈自乐隐城东。时新郎读《毛诗》。

荆州铁韵铮忠得穆威将军书赠

十年苔卧绿沈枪，蓦地酬庸出上方。汉寿封侯心淡泊，岳家报国气昂藏。隐用关壮穆、岳武穆以况。庸中佼佼真威凤，余子纷纷半烂羊。近年勋爵如雨。那得登檀新壁垒，天河洗甲日重光。十年来，武人专制甚于唐之藩镇，可叹。

癸亥元旦试笔

连宵爆竹岁朝晴，艳说家家贺太平。渐觉和风春有脚，天暖异常，大有江南正月杪景象。但求瑞雪润无声。久无雪。群流莫逐鸡虫利，四海宜休鹬蚌争。爱国年丰杜老志，骥儿头角露峥嵘。

挽崔鼎丞侍读师范

不堪回首凤凰池，制诰空留燕许词。君以中书兼管诰敕房事，袁内阁改组，君为制诰局。竟夕摊书兼画腹，有时噤语只攒眉。君卧榻之旁诗书满几，临摹欧、赵尤得神似。辛亥以后，仍供职内廷。盱衡时世，辄攒眉不语。贞元朝士零星落，坡老诗心明月知。为问西邻舒内翰，安南重过泪如丝。君家大营南老营，与云南舒内翰比屋而居，久不见其人，闻亦西邻笛咽矣。

挽翁弢夫廉访斌孙

贞元朝士本无多，欲问苍天唤奈何。文字近来增价值，文端相国书法价值连城，君得其家法。今年访海王村荒摊，君之所书联语，亦较上年三倍矣。功名毕竟是蹉跎。君以讲官出守，终于提法使。视后进掌军机者，瞠乎后矣。中年出守辞丹阙，晚节完贞隐白沙。君之出守，盖有排之出外者。君夷然就道，毫无得失心。天同卓异，入觐犹过吾庐。辛亥后，项城强之出山，君不为屈，侨寓津门。上年春元，相遇于海王村，谓诗酒消愁，待死而已。岂料一别遂隔人天。介弟重泉如握手，为言吴质发皤皤。介弟寅臣、又申两观察，皆先后归道山。

状元宰相旧门楣，党锢波澜斥帝师。君家三世状元，两世入相，文端以康梁之祸几为萧望之亡入狱。君为小状元曾源之子，少年入词林而不得志，盖被宵小所侧目，故戊戌深自韬晦。翰苑文章谋国是，君为讲官时不轻入奏，而代人上封奏，皆百年至计。海虞灵秀失时宜。岐崔宅里宾鸿印，王谢堂前客燕知。最是西河同抱痛，子遗幼子已含饴。君之子植之、敬之先后作古，仅遗幼子之焘，在南横街宅相见，尚垂髫。今幸连举四男，可谓皇天有眼。余癸丑冬连殇三男一女，今惟一子孑存耳。

早春

东风料峭不生寒，榆柳迎春渐改观。兽炭微温抽柮榾，风林得气久盘桓。儿童晨起推窗乐，宾客晚归入室安。卖剑何时真买犊，归耕愿遂海天宽。

和李惺园思敬重游泮水元韵壬戌

年来花样竞翻新，无复陈经庚子辰。汉重师儒德有土，明停科举国无人。明崇祯诏停科举，遂兆甲申之祸。秀才滋味清于水，大令慈祥霭若春。辕固诸生登耄耋，蒲轮征召不能臣。

郎君高第捷南宫，寿宇宏开喜气充。子家驹为甲午十本前列进士，时为孝钦皇太后六旬万寿。使节双星驰浙右，灵槎八月泛瀛东。早闻诗礼传言立，克绍箕裘出冶工。更有酒仙绵世德，锦袍纱帽醉春风。

苏台麋鹿归林日，铁网珊瑚入彀年。同治纪元，苏城克复岁科并试，先君莲衣府君于岁案入庠，科案即补廪。先伯望云祭酒甲子乙丑联捷，持衡西江，即归隐，时年方四十四也。祭酒四旬辞膴仕，书香十世绍心传。我家自明成化以来科名不绝，兄弟四人三人入学，惟季弟以病不入彀，遂弃举子业，习法文于沪上。童颜趋步同希圣，先兄入泮时有同邑王君重游泮水，亲至泮宫偕新生行礼拜跪如常，绍亲见之。师道尊严乐聚贤。绍受业师施子瑾明经重游泮水及门都，贵显为之醵金悬匾焉。又见少微明海角，西南乐事得天全。王庭珪诗："身堕西南海角边，是中乐事得天全。"

大罗天上附同科，绍与柳溪侍郎甲午同年，惟柳溪翔步木天，绍则以三甲用中书。巧笔薇垣校字讹。记得廿年征茂异，恰逢四月尚清和。绍十九岁始入学，入泮为四月廿四日。朋簪平步春云少，酒座惊看白发多。同案在京者仅六人，皆浮沉郎署，惟袁观涛一为学部次长，皆年逾五旬，发须苍然。二首六身□甲转，鹿鸣萍野起笙歌。年伯乙亥登贤书，转瞬之间又歌鹿鸣矣。

绍兴王太守百岁生日征词

百岁驹光易，终身孝子悲。胡为陈死迹，追颂诞生时。盗贼今犹炽，循良世不知。青箱家学绍，芬茹荐江蓠。

赠李馥堂上公芳，代

鱼石双屏笔一枝，毡庐风气已潜移。蒙古东土默特旗人。胸藏兵甲多韬略，腹有诗书便岐嶷。政轴手持苏民困，诏作管旗章京事。议围舌战救国危。充众议院议员。贤良寺里间汤沐，促席明朝拟献辞。

正月二十日喜雨

三冬无雪麦无成，忽听檐头滴沥声。苍天云黯寒威敛，紫陌阳回淑气生。不恨归途泥滑滑，渐看解冻水清清。何事中宵风又起，明朝沙石扑头迎。

贺沈蘧士新婚

隐侯家世御儿乡，累叶簪缨中外扬。鹏翼垂天九万里，飞车横渡九洲洋。蘧士为仲复制府之孙，幼随乃翁砚裔出使奥国，学航空术。

瓯香法派得真传，愿写鸳鸯不羡仙。移作画眉深浅色，新图一幅并头莲。新人为毘陵恽氏。

元旦书事

觚棱日色八砖红，元旦临朝近不同。只爱新婚双陆戏，却疏旧礼大明宫。闻与皇后竟夕作叶子戏，致临朝甚迟。珠缨宝络天颜喜，燕语莺声乐意融。是日，衮衣忘挂朝珠，御屏后，皇后潜窥。闻说深宫精绝技，电车亲御疾于风。皇后曾在天津女校读书，亲驾电车逍遥市上。

十三日万寿

天宁圣节小朝廷，白发遗臣稀若星。未见鸡鸣歌昧旦，时闻莺语彻中庭。百官肃穆趋丹陛，双鬟参差露玉屏。却忆排云高拱坐，昆明灯火夜荧荧。甲辰十月，排云殿受贺，曾随班祝嘏。半夜入颐和园，任人游览。昆明湖边，沿河皆有电灯照耀如白昼。未明行礼，犹是太平景象。

和宗五子立观弈元韵

烂柯山顶看输赢，笑煞鸿沟一着争。旁有猖儿狙伏壁，无分黑白又何枰。

和宗子立纸鸢

不餐禅谷足行空，佛说数万劫前，天生禅谷，人食之，足不履地。不吸卢茶两腋风。机械日精步日拙，海洲缩地近庭中。近日航空技精，欧洲将与我国天空通商。闻报载，柏林飞机由英之伦敦至俄之莫斯科，五月朔实行。

题三秋图桂、菊、雁来红

旧是天各桂一枝，年来秋兴寄东篱。闲凭五尺阑干立，一丈嫣红骨相奇。

题岁朝图松、柏、梅、柿、香椽、牡丹

神仙富贵占春风，三友连盟色味同。撷实摘华凭妙笔，年年人巧夺天工。

青玉案·巢民北来，见饷《笠泽词征》，用钮玉樵谢徐虹亭惠《词苑丛谈》调

凤城久别江南梦，蓦地软尘中遇。十载搜罗长短句，松陵文献，故乡耆旧，多入延资库。

西湖作客闲居赋，却向玉台著新咏。绛帐金针亲手度，何年归隐，论文把酒，共作神仙蠹。

惜分钗代友人悼姬陈兰香

镜台折，珠蕾裂，挑灯独宿中心结。忆春游，啭歌喉，十斛明珠，飞上朱楼，悠悠。

花难寿，檀郎瘦，凄凉生怕黄昏候。且消忧，付东流。等视彭殇，莫锁眉愁，休休。

百字令·范节母万太君题词

霜风寒剪，看素车，白马麻衣如雪。日落丰荷山影寂，绝妙牛眠佳穴。韩愈志锥，蔡邕神诰，墓版题清节。泷冈华表，煌煌新树绰楔。

道是薇阁簪毫，蓬瀛负笈，显志扬名切。迎到板舆刚汉上，讵料人天永诀。窀穸未安，沧桑又变，七载中心结。重吟薤露，恋亲无限呜咽。

寿星明·金宜乡六十生朝

星次庚申，冬月初旬，开六十春。溯弧辰悬户，金田扬沸，汉皋结肆，蓬壁重新。马氏五常，白眉驰誉，负荷艰难继析薪。工握算，桑麻铺野，岁入千缗。

弟昆双佩联髌。纵各爨、分居意更亲。看推梨让枣，门庭无间，春风夏雨，乡党依仁。八百孤寒，万千广厦，普覆祥云乐最真。传家庆，又乌衣子弟，行绶拖绅。

勤俭持躬，自奉清寒，不费一钱。独睦邻任恤，指困赠米，博施济众，计口授田。湾号烂泥，地危峻阪，化险为夷补恨天。歌载路，春台攘攘，王道平平。

武昌烽火连年。分仓粟、府金老益坚。叹士族糟糠，何心独饱，世途荆棘，我见犹怜。鬻业拯孀，倾资縻粥，燔契参军了宿缘。修仁寿，如耳鸣阴德，深怕人传。

室有佃君，解珥脱簪，富寿宜家。是玄英世裔，蓝田片玉，广文弱妹，芝盖九葩。台镜圆情，稿砧安梦，好合积年敬礼加。搔背垢，百年偕老，半百年华。

佳儿学富五车。妙鹤立、长身兰茁芽。曾粉署簪毫，官应列宿，皖公拄笏，门设崇牙。属国初来，强台重上，上客侯门试种瓜。心切将，莱衣起舞，江汉归槎。

我辈同僚，上寿登堂，合祝期颐。正融风送暖，梅花破萼，微阳动□，竹叶摇枝。桂子称觞，稻孙洗腆，桦烛铜荷照绣帷。延寿诀，神明食气，乐易忘疲。

阿侬皓白须眉。仍逐队、少年意兴痴。笑冯唐已老，倒拖手版，杜陵作客，捻断吟髭。何计抽簪，遂吾初服，楚尾吴头任所之。待他日奏，南飞一鹤，同挹灵芝。

洞仙歌·叶誉虎四十生朝

小春天气，人比黄花瘦。珠海章江毓灵秀。吐雄谈，驱巨笔，多艺多才。车同轨，方逞青云步骤。

强台新再上。八座尚书，绿发双瞳印如斗。偏长斋拜佛，煊烂都归平淡。却宾客颐神养寿，掷百万金钱救穷黎。看华祝三多，黄童白首。

水调歌头 · 杨荫孙生朝

江南小春节，早秀一枝梅。客中寿酒，蒲桃红映夜光杯。玉儿锦花如画，携手娇妻稚女，飞下玉妆台。烽火灿千树，一笑酒肠开。

泛灵槎，游万里，载奇回。陶朱试技，子母蚨入掌中来。吓倒紫髯碧眼，道是中原人物，毕竟妙英才。为订年之约，乐圣永相陪。

寿星明 · 绍越千宫保六十赐寿

长山山云，锡拉木伦，灵秀常钟。溯尚书继美，衣冠华选，吐蕃出使，俎豆折冲。星聚高阳，慈明最幼，渤海蜚声冠八龙。初释褐，郎官列宿，名达九重。

少年文史三冬。早陶冶、群伦一气镕。犹访道扶桑，枕藏鸿秘，曳裾太学，术化辟雍。通商兴艺，搜严采干，为国储才作尔庸。掌玉府，正司农仰屋，布置从容。

万里长征，满拟乘槎，向日月边。忽一声平地，雷轰电掣，三山仙使，车折马旋。军国度支，正须内相，荀爽司空日九迁。言利害，东西二库，主计多年。

清廉本是家传。仍编竹、为屏坐乏毡。偏嘉惠女红，鸳针巧度，庇寒儒素，鹤俸亲指。武汉惊秋，山河变色，耿耿朝廷志不骞。扶残局，仰贞元朝士，雪压华巅。

帝有恩言，六秩耆臣，例赐高年。谓孔先师保，杖颁灵寿，瀛洲禁近，望若神仙。宸翰亲挥，寿萱余庆，九十慈闱寿相传。长生诀，抉私手录，梦迹图编。

霓裳往事如烟。想宫殿、排云在日边。忆菩陀闭峪，只余玉碗，麻姑降宝，又变桑田。杜宇春深，雪鸿泥印，今夕何心奏管弦。修家乐，召亲朋故旧，设席肆筵。

我辈同僚，群纪联欢，共聚一堂。忆冬官补记，曾参末席，春明赁庑，小隐东墙。剪烛谈心，辨棋絮语，话雨梨花满院香。钦山斗，不扬人短，不炫己长。

有时旧学商量。早知足、留余法老庄。看治家严肃，门庭雍睦，奉公勤慎，步履安详。万石通侯，四知柱石，山甫清风孝友张。仁宜寿，是殷周乔木，窃比老彭。

扁舟泛太湖

久[①]坐余皇闷，那知水景幽。鸟从人面掠，鱼逐浪头浮。绿幄萑蒲战，黄云穲稏秋。昂头天地窄，乐也此扁舟。

无题

水部风流溯当旨，八龙最少是荀慈。吉金乐石图书拥，鸿案鹿车出处宜。性淡簪缨[②]遗世立，谋深帷幄怕人知。藏身京洛垂垂老，重看郎君行马施。

咏雁

一生只为稻粱谋，结队成群芦荻秋。避弋居然高蹈去，瀛洲海国任遨游。

来从衡岳去南天，飞渡长江一字传。搅[③]得嗷嗷中野集，扰人秋梦不安眠。

沈瓞民观察二十年前旧雨也，客冬相晤苏城，录示见怀旧作依韵奉答

闻得啼声知伟器，推开棋局识真人。詹何曾问占休咎，季主由来混俗尘。赁庑吴中为隐士，关心边外讯藩臣。吾今止酒君豪饮，往事从头话旧新。

用牧斋丁卯元日韵却寄

缁素栾栾服未除，流泉相度赋爰居。为安地下商青鸟，不致人间

① “久”，一作“闲”。

② “性淡簪缨”，一作“性薄簪缨”。

③ “搅”，一作“赢”。

出玉鱼。清白传家非俗吏，玄虚绝学有遗书。杏花春雨如归去，载酒听鹂一造庐。

俚诗二章邮呈郢政

龙汉万千劫已除，苏台无恙尚安居。预知国步[①]啼闻鹧，毋虑城门殃及鱼。□□□□□□□，子房圯中得奇书。天津老者逢裴相，哀我黎民返故庐。

四十初度偕今颀携稚子往汤山

吴城胜事太匆匆，白发居头渐欲翁。生与椒山同月日，人如笠泽忆秋风。萧慵已惯群僚底，忧患徒纷百岁中。但觅眼前云物丽，散怀未敢强人同。

浣葛湔裳到水湄，逢辰出郭聊为嬉。转丸循野飙车疾，恋影观河席帽攲。辞谢弧尊思母难，提携文褓玩儿痴。汤山泉石知人意，衹树娟娟月上迟。

——《忍饥诵经斋诗稿》

和孙和叔庚午元旦原韵

授时最重羲和职，祈谷元辰总为民。闻说侍郎讹伏腊，顿教司监失昏晨。邻喧爆竹知新岁，酒醉屠苏作瑞人。五代时见醉人为瑞。宝马骈阗无阻碍，满园桃李待逢春。除夕，至荒摊购得旧抄本占筮书，不知其名，偶尔披阅，得福利卦，其次为福祥卦。福利卦曰："几年桃李树，春发满园花。"福祥卦曰："貔貅宝马自骈阗，惊起湖山白昼眠。千里悠然无阻碍，碧波芳草正连天。"

和踽叟祀灶元韵

绿章上奏九重宣，马甲灵符猛着鞭。为告中朝删吉礼，民间私祀礼修虔。

南墙花发雨兼风，只见金光不有躬。墨突不黔多菜色，欲排阊阖

---

① "步"，一作"事"。

问图穹。

蜗庐寒日独相羊，诗债如山积不偿。读罢唐书三百卷，书城坐拥傲侯王。余十月起读《唐书》二百二十五卷，至祀灶日始毕，一切酬应皆废。

穷居韬晦学藏弓，砚亦田荒岁不供。粗粝儒餐菲薄甚，明神鉴我罔时恫。

寿戴绥之先生六十和原韵

一窗晴日喜轩过，示我新诗水部何。设帐南河宏教育，分符西蜀起讴歌。名扬扊扅冬烘主，学士久醒春梦婆。但愿儿曹衣钵受，共登仁寿息干戈。

和瑞景苏洵原韵

隐居净业绝亲交，惟有田家饷绿筲。宦海升沉鸿爪幕，禅房静定鸽来巢。尊闻养素心长往，圣德神功手补钞。时补钞《亲征平定朔漠方略》。吾辈早抛名利锁，不教如雉离于罿。

贺踽叟得曾孙女用元韵

八旬有五见曾孙，想见婴孩白玉温。洗象期过汤饼设，啼乌夜半寺钟昏。丑时生。自来作圣童蒙养，漫说平权妇道尊。转瞬百龄天锡嘏，汾阳颔首众云昆。

水晶宫主旧王孙，其孙媳为吴兴赵。门阀清华礼教存。花要先开方结子，酒当送嫁始开尊。五吴自昔盛文史，何福能消结媾婚[①]。肇锡嘉名同物意，符君长寿吉祥言。

刘澂如征题陆文端公移赠宣统御笔，恭赋二律

天纵聪明迈二王，七龄亲手洒宸章。凄凉海角春无主，珍重人间夜有光。相国鞠躬今墓木，劳山遁迹亦沧桑。宫花寂寞年年恨，毓庆犹沾御墨香。

曾记周公负扆初，小臣逐队仰丹除。天颜惨惔疑先兆，国祚沦亡

① “五吴自昔盛文史，何福能消结媾婚”，一作“初占一索欣为巽，诗咏三星忆结婚”。

痛载胥。当御极时，摄政王抱上升座，上大哭不止，摄政王哄曰“快完了”，促百官行礼，匆匆而罢。岂意竟成语谶。隆准无聊娱翰墨，闲情不幸寄诗书。剧怜破帽迎风雪，平则门边庑下居。

贺踽叟文孙汇文毕业用原韵

老祖文雄宿将坛，阿翁樽俎万人看。高阳才子德星聚，又见髫年竞二难。四方来学不论年，舞象名经冠佛千。谁是五常眉最白，谷尤丰下面如田。汇文学校人才莘莘，有年逾壮室者，而二文孙均弱冠。

挽王逸海

忆我采芹初，吴趋盛文史。祭酒拥皋比，门墙森桃李。或长班马才，或精许郑义。或专词章家，或熟文选理。入海多明珠，奉璋皆髦士。就中觥觥者，太原有公子。说诗妙解颐，司盟推执耳。惊座声洪钟，拍案狂抵几。侧座嗤小冠，周旋执鞭弭。辛卯忝齐年，阳春杂下俚。附骥上计偕，津沽同车驶。辄生幸登科，刘蕡乃下第。从此习陶朱，不屑纡青紫。荏苒十二年，岁星阳在癸。介弟勃然兴，联捷本天咫。是时变法新，负笈扶桑市。枕中鸿宝藏，判狱古事比。方登百尺梯，何意六爻否。沧海变桑田，万乘尚敝屣。踉跄出国门，迢递归故里。韫玉山自辉，强为苍生起。直道父母邦，得情矜勿喜。陈皋太行山，肺石平如砥。以此忤上官，水荡玉难止。初服遂芰荷，谤书息薏苡。两袖满清风，廉泉归饮勺。水旋痛鹡鸰，原又寒翡翠。被痼疾内丛，身衰老暮嗟。抚髀誓除膏，盲竖[①]拼试刀圭技。良医无缓和，元气终萎靡。半年屡负兹，一饭三遗失。鹏鸟集中庭，孀鹊嘶哀征。嗟嗟风尘昏，河清寿难俟。却火战龙蛇，旷野多虎兕。万千绝粮啼，危国危卵累。何如步太虚，一瞑不复视。二女幸乘龙，孤子方奉雉。谅泯黄泉憾，庶尽金仙旨。乐子子无生，处乱何如死。地下遇故人，为告吾衰矣。

---

① 疑“盲竖”系衍文。

用过字韵寄怀钱慈念学士

辟地海滨得过过，苍生霖雨望如何。酒余依旧狂言发，笔下惊新豪气多。闻尚能饮酒，近书法日进，醉后仍诙谐，颇豪放似苏。笑我不知残岁月，与君同整破山河。千金付与儿孙后，车剑轮流客醉歌。

五叠韵寄怀钮东山表兄

一别匆匆十载过，凉风天末意如何。苕溪渔隐髫年识，余九岁识君家覲唐兄于江西学署。松水诗明鬓雪多。佣笔犹闻劳白首，闻尚以笔墨为生涯。思乡浑似隔银河。何时得返城南屋，煮茗清谈共放歌。

六叠过字韵寄怀金仲芬

黄垆腹痛怕重过，谓君之父兄。巷口乌衣近若何。君为王氏婿，与余家有旧。诗笔清新玄圃妙，童年荏苒白头多。故园远隔千山路，浊世难游五老河。寄与同人相问讯，田夫击壤作讴歌。

七叠前韵寄怀彭心如教授

苍松翠柏兄曾过，七叶簪缨美若何。余及兄芍亭中丞于江西藩司任。乔木世家留泽少，指潘、吴、顾、陆诸家。二林居士象贤多。新知负笈先浮海，日本毕业。旧学焚舟勇济河。旧学有根柢，力为其难，有济河焚舟之概。斗角钩心新颖句，神仙觅对岁朝歌。

刘翰臣同直出示其先德西浦图属题，因用汤蘧浦先生韵

天镜楼高眺远山，柴门临水昼常关。生逢改主功名淡，时庆销兵耕凿闲。地有[1]白珪腾瑞采，人如黄鸟上缗蛮。披图无限沧桑感，手泽流传合浦还。

辋川诗画树藏莺，缅想桃源风景清。累代书香真达孝，故家经学最先鸣。幸逃六甲神灵护，堪叹五同主藏更。甓社珠光真福地，玉楼不羡起歌笙。

---

① “地有”，一作“湖底”。

翰臣又示和人才豪藁城四律，韵险难押，已四叠韵矣，不禁技痒，依韵和之

君本胸藏干济才，蔽贤谁乐北山莱。壮年珥笔趋丹陛，暮岁重复会金台。

寿唐闰生六十庚辰除夕

诗友高轩岁暮过，清辞丽句似阴何。犹闻先德蓝衫早，尊翁莲舫茂才恍惚辛巳岁试，入邑庠。及见重堂白发多。君之曾祖母为先祭酒长亲，延来余家，照料幼弟。老幼人生驰月电，艰难世事下江河。明春酌彼兕觥献，酒脯携来共款歌。

百岁光阴容易过，生平著述未成何。遥思梓里友朋少，总角至交惟有东山、砚君二人尚存，近闻砚君患病，深为忧虑。屡变桑田感慨多。刺绣渐添长白昼，阿胶难救浊黄河。愿君晚节香如菊，重睹升平喜起歌。

寿张致和夫妇六十辛巳元旦

清河画舫旧名家，鉴别精微眼不花。巧看髫龄戏作凤，祥开弥月梦维蛇。先得孙，后得孙女，孙女诞生正逢腊八，弥月正是正月八日。瑟琴在御齐眉老，案牍劳形文债赊。人日题诗应自寿，年年唱和句笼纱。

泰西钻石重婚姻，白首同庚分外亲。户嘒小星恩浃洽，园森十笏骨嶙峋。春秋长乐诗书画，伏腊无愆枣栗榛。传与子孙多寿种，堂前双立比肩人。

辛巳元旦

犹忆垂髫辛巳年，吾家祭酒甫归田。文章鏖战笔耕早，是年元旦，金砚君来贺岁，留之会友，与余捷三兄及表兄费聿修。余年十四，亦与焉。秋试，兄拔府入学，砚君以府元入泮，兄之力也。时世盱衡烛照先。祭酒之视学江西，恭邸本以枢要付畀，祭酒见几而作。及是年慈安太后上宾，朝政日非，人服其先见。堕地一蛇人笑语，亡弟斯千于是夏生。入林五凤客连翩。正月，张安圃江督尚未开坊，庞劬盦桂抚及杨莘伯太守方点庶常，与其弟二人方以拔贡优贡得知县，皆来贺。果诒老屋今无恙，剥复循环欲问天。果诒堂联：“果

不食剥而始复，诒厥谋子以及孙。”自辛巳以后，死亡相继，当时孑遗者惟余一人。余亦连遭颠沛，年已七十有四年矣，意者复其见天地之心乎。

又用过字韵

潜龙又是一年过，伏骥雄心奈老何。回忆故人知会少，上年亡友甚多，今闻砚君抱病，深为忧之。欲清文债怕来多。安居不患蛇横泽，知足常思鼠饮河。笑看儿孙能继志，读书乐道莫愁歌。

罗恭敏公贞松先生哀辞

委质一为臣，理当致其身。如何今俊杰，暮楚而朝秦。自诩识时务，素餐仍因循。邦家本将拨，必先斁彝伦。惟公触触志，无愧读书人。灵秀东南美，会稽竹箭筠。经畬年兀兀，黉序声振振。馆谷远负米，割臂以疗亲。拄腹五千卷，旁及古贞珉。唐陶与夏鼎，斑斓几席陈。甲骨安阳现，殷人尚鬼神。金鱼及玉雁，秘器俑偶真。六朝唐五彩，罗列席上珍。竹简杂蝌斗，漆书亦萃鳞。敦煌写经典，硬黄焕如新。伏案勤丹铅，焚膏夜达晨。穷年不释卷，多文安道贫。蔚为后雕柏，岁寒郁轮囷。

我华农立国，固本重民食。自封不求精，收获未丰殖。大利辑农桑，己饥同禹稷。雨化五教多，风动天下式。名重公卿间，英蜚江南北。交章荐彤廷，搜粟都尉职。教育革嚣张，匡翼使自得。文化渐沟通，鸿宝求异域。校士登菁莪，学径辟荆棘。方期转乾坤，何意逢日昃。

陈桥忽变兵，一木难支倾。伊川见披发，丹穴竟遐征。海石精卫恨，津桥鹧鸪声。闲关出缗窦，痛哭向秦廷。建国别有意，守府徒虚荣。过江多俗士，弹冠享盛名。君独拂袖去，明夷箕子贞。介推不言禄，归向辽海耕。龙蛇高隐遁，猿鹤相寻盟。甘盘思旧学，强起列五更。召长侍御史，一鸣四座惊。吾谋终不用，众浊仍独清。守残与抱缺，叹息金波令。深恐遗草莽，尘涴皇史晟。苦心付梨枣，未死观厥成。庶免谰言羼，聊尽眷恋诚。风尘尚澒洞，引首望河清。

我年已迟暮，同心托豪素。偶作渤海游，一见乃如故。讵学攀鳞龙，甘作食字蠹。皋比拥三年，毕竟儒冠误。乞骸生入关，话别临歧路。方盼令威归，看花同翔步。闻君不可风，狂喘抱深痼。炎夏噩耗传，衰颜难久驻。老来友朋稀，寥落晨星数。今又弱一个，人生如朝露。所幸后嗣贤，楹书可委付。庄叟死生齐，一梦南柯寤。世事两茫茫，全归亦际遇。正气还山河，留得纲常住。

和朱小汀前辈重游泮水纪事八绝即用其韵

昔梦重寻泮水游，苍鹅今已出东周。同怀试艺题交让，棣萼相辉尽白头。

委裘幼主正当阳，负扆元公思虑详。壬癸之间，恭邸当国，众正盈朝。玉尺量才多健者，清流草薙祸潜藏。

江浙相通文字缘，家家辉蕴玉温然。识荆幸附紫薇省，张绪当年望若仙。夙有美人之称。

才华郁抑重儒林，晚遇尚书好士心。平步青云莲幕下，晚晴天气易西沈。晚为铁尚书良所赏，拔荐升三品卿，惜不久革命。

寰海风波几度更，坐看神州大厦倾。槁饿首阳周粟耻，明夷真不愧书生。

名山著作压前贤，考古钱刀历有年。同隐城东咫尺近，七旬曾记祝华筵。

萧瑟年来庾子山，债台高筑度时难。空怀跳出龙门日，当作黄农虞夏看。

百龄日月去堂堂，有味青灯永不忘。最是胒金初报捷，成人犹说少年郎。

代王念劬

才华应向木天驰，底事辞尊守凤池。退直不言温树密，用人敢道积薪迟。诗书诵读数升斗，钱布摩挲重鼎彝。最是人生三乐事，同白量有奏埙篪。

辟雍钟鼓久销沉，寰海干戈痛日寻。乔木未闻迁鸩舌，泮林那见集鸮音。深秋晚节菊长寿，孤露余生椿失阴。转瞬八旬纯嘏祝，鹿鸣重宴乐宾心。

祝溥雪斋五十寿代冯公度

国朝画马溯成皇，四代蝉嫣艺圃扬。玉叶金枝娱翰墨，残山剩水感沧桑。葭莩幸托光依日，松菊不芳性傲霜。花萼楼头恩赐宴，归来犹惹御炉香。

又

曾记朝还侍酒楼，纳交群纪列珍羞。鸳鸯殿里催年老，鸡犬淮南动客愁。应仿山人题八大，即论水绘足千秋。长春为告贤昆玉，努力加鞭解主忧。

寿夏蔚如七十

金陵自昔帝王州，文史吴中逊一筹。扬子门前多问字，放翁枕上惯闲讴。著书便作千秋想，止酒同消万古愁。韵事江东推独步，南飞鹣鲽几生修。陆文端公七十赐寿，乞假还乡，作鹣鲽南飞图，君亦花烛偕老，故引以为比。

犹忆春秋鼎盛年，萱堂明镜雪华颠。垂鱼拥笏趋阶下，白皙青瞳坐膝前。辱在泥途今绛老，敏求岁月古商贤。予生事事落人后，衰迈龙钟却占先。

又代

往年游戏演传奇，七秩又逢佛诞时。顾曲商量谐律吕，著书容易变须眉。蓬莱浅水麻姑话，杨柳晓风柳叟词。曾学子平推寿算，康强定卜到期颐。

挽金朴厂

旧雨曾从大父游，兼葭书屋屡句留。小莲庄亦池塘涸，少监铭词泪欲流。

驰誉丹青笔砚安，边曹内务忆同官。缘何世济无长寿，四十五年一指弹。

扶桑异种植东篱，五色斑斓独立枝。为劝令原休抱痛，试吟苌楚乐无知。

班伯中年患中风，外强内竭眼双矇。我衰怕见晨星落，况复家园劫火红。

题沈画

禹穴钟灵多俊人，性轻轩冕薄红尘。申韩律法传家学，早作诸侯上座宾。

少年随侍寓姑苏，寄兴丹青聊自娱。想见红莲垂幕静，无声诗句石田摹。

五月神仙会，餐于王硕甫书斋，主人首唱，余步元韵奉酬

历法精于汉相苍，登台书物日南长。骈花斗草新辞萃，挂腹撑腹旧学商。讲席传心师诏弟，穷檐待哺女呼娘。黄金虚抛掷轻资，其奈民生绌又支。嚣市近因知踊贵，敝庐小亦爱家宜。

寿王寅庐夫妇七十 壬午九月代沈

仿宋史编重十行，青箱世德最绵长。上应列宿郎官贵，特赐奎章御墨香。故国山河扶鞢鞨，新朝郊社薄樽桑。太丘忝附葭莩末，未克登堂奉一觞。

洞庭双岫郁峥嵘，早识尚书旧履声。昆仲棣华欣竞爽，子孙兰桂迭蜚英。行看花烛周重甲，好听箫韶奏九成。同隐城西斑白叟，相期指日庆河清。

闻宝文穆公薨于长春，冯公度约于长椿寺为位而哭，是日到者为溥西园将军、冯叔寅世丈及余四人而已，诗以哭之

噩耗惊闻粟末传，魂乘箕尾遽朝天。公前年中风已愈，今逢霜降复发。身心殉国难归旐，公老坟在冀东，道路荆棘，恐难归葬矣。笔墨遗家不道钱。铨署相从依宇下，公任吏部左侍郎及禁烟大臣，余皆在属吏之列。余杯呼取隔篱边。余在宫廷侍读时，公比邻仅一墙之隔。碑文后死敦誓监，公与余皆同治戊辰生，七十相别时约以墓志互嘱，皆[①]料竟成谶语。回首前尘一惘然。

---

① “皆”，疑为“岂”字。

千龄宴创设于朱小汀前辈，成立于冯公度京卿之小寄轩，约十有三人，积成一千龄。因今年壬午，适逢圣祖、高宗千叟宴之岁，恭用元韵。公度首唱，余皆即席步韵。公度既吟柏梁体，纪各人小传，并出示所藏洛社耆英图真迹，洵奇观也。时富相弼年差长温公，后再起东山，故诗及之

舆台桃李争笑妍，晚节黄花伴盛筵。各执一经商旧学，追维千叟集高年。物当剥极天心转，世有耆英国脉延。伊吕逢时当大用，何人社稷负仔肩。当洛社开真率会时，荆公盛行新法。后温公再起，稍稍纠正，若能如伊吕之享大年，何至泥马渡江，偷安半辟乎。

岁朝春七点三十分日偏食，闻哈尔滨得见之，若京师则不克见。如在謟谀之朝，当以日食不食申贺矣。天气异常愁惨，大有酿雪之意，补录垫园会课岁朝春二律

新春恰好遇新正，万象回春岁籥更。笑看文孙粘蜡凤，静听深巷卖胶饧。何心懒和椒花颂，有耳稀闻爆竹声。贾岛祭诗除夕后，屠苏且喜一杯倾。

白发婆娑老凤城，来京已五十年。扶筇日日望河清。百年难遇桃符换，四次欣□蓂叶生。北阙衣冠朝礼肃，闻万寿适值元旦翊日。东郊旌旆瑞光迎。依稀记□儿童事，镜听佳祥入上黉。丙戌岁朝春，吉兆。

补录黄河入九曲灯棚

星宿探源到海西，年丰民乐惠群黎。三三径辟添波折，一一珠穿耀火齐。照见胥门横阪路，九曲胥门之路见《越纪书》。恍寻故国旧青溪。王安石《青溪泛舟》诗："九曲难寻故国溪。"繁华回首前朝事，水部门前手共携。工部观灯，犹及见之。

上元沛泽振沉泥，锡福雁臣金日磾。上元例赐蒙古年班及王公大臣观烟火。十二阑干明火树，九重阊阖照琉璃。荣光刻玉龙池绕，龙池九曲。御路穿珠蚁线迷。收得文成汤沐邑，外藩献书远山逆。杜诗："九曲非外藩。"

寿章唐容七十用原韵

寿诗先和诸乾一，诸乾一名嗣郢，《精华录训纂》："诸公辛未进士，未殿试，遇粮案起，遭锢废，隐居九峰山中。"吴梅村诗《九峰草堂歌序》："每峰皆有卜筑，而神山为最。"盖家有多田，故流连诗酒。此借用指诸季儒。是日携来寿诗一律。同祝先生杖履春。我辈杖乡甘汲古，人间花样竞翻新。神仙安乐超千劫，富贵纷纭渺一尘。行见天心不远复，太仓米粟积陈陈。

又谢王硕甫招饮

宾主青箱得四人，无分吴越一家春。谈龙博士山经熟，癯鹤秘书时事新。洗手入厨调色味，登台书物折微尘。桃花潭水情尤重，冰上殷勤朱与陈。

硕甫又以苍韵见答，再叠前韵和之

修德温如玉水苍，天元绝技算经长。相逢旧雨宜歌雅，倘肃秋风勿奏商。实业绸缪多骥子，群生衣被课蚕娘。君子女均有学问，近集资办女工厂。扶筇静待乾坤转，良士瞿瞿毋太康。

硕甫哀饿莩载道，诗以和之

望中道殣惨凄风，少壮流亡草野空。谁爱兼人师墨翟，只闻五噫发梁鸿。神仙辟谷虚留说，陈蔡绝粮怨孔穷。依旧朱门酒肉臭，梦之天醉问玄穹。

饥火中焚贫病加，难寻把酒话桑麻。雀罗已竭犹探彀，庞吠无惊尽丧家。苌楚不如归去乐，黔敖空谢食来嗟。九衢暴□何人问，谁作埋胔敝席遮。

癸未三月，神仙聚餐于诸季兄寓庐，时海棠盛开，为屋主人任卓人手植，已不及见矣。怆然有感，并送谢杭白公使往日本，道路荆棘，遗大投艰，强作欢容以壮其行。季迟用东坡定慧院海棠诗韵首唱，余亦倚韵和之

哀翁宅心如槁木，厌弃繁华喜幽独。荏苒京华五十春，身藏人海

和雅俗。同辈少年倏沧海，惟有幽人在空谷。积薪笑看西海尘，拔剑偷割东方肉。有时随喜熙春台，把酒赏花日不足。今年海棠花盛开，叆叇浓阴护景淑。自惭老朽江淹才，不合时宜髯苏腹。蟠桃宴会不吾招，深恐伤心泪挥竹。种花主人久同僚，未及花开已瞑目。予季生前患难交，兄如吴虎弟龙蜀。失群萧瑟剩孤鸿，遗骨飘零杳黄鹄。谢公诗俊人尤豪，行将折冲判直曲。安危全仗济时才，毋使羝羊樊篱触。

寿冯伯玗七十步元韵

吾侪生悔读书迟，生不逢辰感黍离。随俗浮沉鸥鸟似，问心甘苦蠹鱼知。师今宪古十年木，本固邦宁百世枝。扶□同看仁寿宇，愧无嘉颂效奚斯。

燕市前尘觅醉乡，宾朋星散太凄凉。诗翁合座尊邠老，酒伯中筵失杜康。咸籍游林曾接席，机云入洛共流芳。年来养到从心欲，便是神仙不老方。

挽王述勤夫人金

溯纪群旧谊，钦钟郝遗型，余技犹闻精绘事。久静养负兹，终修成正果，归真慎莫痛伤神。

挽张献廷上公

泰宁卫初识，英年车笠近相逢，老夫那堪先我逝。典属国追维，旧雨沧桑嗟屡变，劫余又痛故人亡。

挽李符侍郎

婚礼正涓期，将贺乃更以吊。时为其子成婚卜有日矣，乃患中风，计预定吉期，适为其接三之日。帝师宜裕后，惟公无愧完人。公为李高阳师次子。

题国医会月刊

政令不良，厥民夭殇。目满疮痍，病深膏肓。孰乞司命，俾尔炽昌。三圣虽杳，千金有方。缅怀金匮，紬绎青囊。疾疢不作，国臻富强。由晦而明，造福无疆。登民衽席，寿宇宏张。

豹房限冬韵

南巡江海北居庸，威武将军无夏冬。狗监儿郎称义子，虎城厮养速侯封。斗鸡走马夸豪侠，绛帻绯袍满市冲。不愿深宫拘礼从，又开别殿号芙蓉。

靺鞈戎装夜半逢，微行不许从臣从。熊罴入贡尘千丈，鹰犬车司禄万钟。擎鹘校雄亲射猎，戏卢坊起笑寻橦。太师新缚宸濠至，三月离宫已降龙。正德十五年，帝自将击宸濠，越明年，崩于豹房。

盆松限萧韵

森森本性欲干霄，却伴陶渔守寂寥。偃蹇那堪供世用，支离毕竟见风标。磊砢多节有贞干，瓦釜方鸣知后凋。何日穹苍蟠惨淡，免教大运任飘摇。杜甫。

离离山上采良苗，错落褷褷傍绮寮。耐得秋霜苍不老，倾来大雨翠如浇。土阶渐见龙鳞出，瓮牖相于麈尾摇。欲忆故园松菊萎，高枝无复粲陵苕。家中罗汉松一株，数百年物也，惜为蔷薇所纠缠而枯。

镜清斋修禊分得天字

昔修禊事永和年，今亦因时欣暮天。列坐文人娱一室，乐随盛会集群贤。俯临曲水有觞咏，静听清流无管弦。放浪形骸观品类，兴怀陈迹慨情迁。

贺王洗凡生子步元韵

未叨汤饼酒醅新，速唤郇厨蜡作薪。鬓雪渐侵方得子，彩云相送必畸人。雄心垂老犹称骥，好梦初圆竟育麟。从此厌兵天意识，行看召虎命来旬。

倒叠前韵

边曹款曲动兼旬，近听英声送玉麟。门有悬弧足万事，室皆缓带喜三人。若非西圃晚香菊，定是南山不烬薪。异日含饴孙早弄，卯君珠蚌作诗新。东坡贺子由生孙，有老蚌生明珠之语。子由丁卯生故称卯君，今己卯生故以为说。

又代王念劬

同僚额手晋阶新，又报生儿荷析薪。得子休嫌黄发老，添丁定作赤墀人。三珠竞耀皆龙虎，大器晚成必凤麟。屈指充闾佳气日，刚逢季夏涉初旬。

王念劬言元韵难步因再贾余勇

螽斯衍庆命周新，文武多男棫朴薪。文王百男必有暮年之子，成王幼践阼，其为武王八十以后无□，讨"芃芃棫朴，薪之槱之"，言贤才众多也。闻道中郎先有子，深知太姒最容人。《诗序》："《螽斯》，后妃不妒忌而子孙众多。"盖指太姒。婴儿聪颖珠成凤，老子功名阁画麟。谅向班禅求慧种，降来我佛说由旬。

甲申上巳镜清斋修禊拈得何字

修禊连年集雅歌，良辰美景最温和。群贤序齿昔今感，合座赏心少长多。老健犹胜登石洞，兵氛行见洗银河。扁舟南北风平静，预兆镜清海不波。

镜清斋禊饮拈得乐字

三三天气新，及时须行乐。北海集群贤，临水晋三爵。灵石垒峰峦，古藤垂缨络。池鱼绿波潜，社燕轻风掠。微寒犹袭人，羊裘未抛却。时有御灰鼠裘者二人。晴光射窗疏，解衣狂磅礴。座中皆耆英，闲云与野鹤。朝士溯贞元，冠裳萃京洛。瓯北老骚坛，誉重石渠阁。谓赵剑秋前辈。惠山贤昆季，薇省联花萼。谓杨前辈及其从弟味云同年。藏园邺架豪，九流复七略。终宵手校雠，五车腹渊博。傅沅叔同年家富藏书，手校秘本终夜不彻。塾园乔木家，今之有道郭。三绝诗书画，谷音振木铎。郭啸麓社长。或工耆卿词，或擅元和脚。作词者、善书者不一而足。或妙术岐黄，谓萧龙友。或游戏蒲簙。或速如枚乘，挥毫最先作。谓张。或儿如冠玉，年少才不弱。杨君武年最少，诗社中常冠群。春梦话沧桑，秋心寄丘壑。簪裾盛雅集，觥筹纷交错。辟咡垂髫□，饭后始雀跃。画图留酒阑，列坐环略约。主人携牙筹酒令，百余年前古物，并携幼孙至，饭后共摄一影。环小桥及亭中，共卅余人。而吾厕其间，飞蝇骥尾托。臣壮不如人，疑年差相若。罚甘金谷依，名早孙山落。构思断髭拈，催逋枯肠□。弄斧班输门，好订明年约。

赠郭琴石

宾筵何幸遇耆英，须发皤然重五更。自古汾阳多寿考，先秦博士诏诸生。吟风弄月甘瓢饮，薪桂米珠苦笔耕。话到忘年儿辈伍，悲伤老大有同情。君数年不见，须发皓然，仍以授徒为生，并云在辅大晤丰儿，见其负剑辟咡诏之。今与同充讲师，不免自顾衰老，余为之慨然。

寿商云亭七十

先生端合住长春，公随扈至长春，因卜居焉，不归粤。小筑园亭自在身。才抱扶危甘吏隐，早抱揽辔澄清之志，乃位不过内务司司长，并以停年乞骸骨，终以仁十字会长自隐。心存济众广皇仁。东方朝野尊耆宿，南极星辰应老人。待到回銮重把臂，呼翁对饮酒醅新。

又代其弟子大学校毕业生

老人南极世文宗，钟苑齐飞矫二龙。绛场当年多雪立，丹心蒙难久云从。大才自是武侯柏，乔木今为处士松。愧煞春风虚坐我，医巫闾外万山重。

闻沈砚裔议长乞休即用其霜字寄怀

从龙东去阅星霜，家世青箱江左王。宫府何人同一体，云山非我隐于乡。经邦论道都尘迹，解组归田亦帝恩。叹息贞元朝士少，明春盍共赏花香。

挽宗子立

吏隐城东阅十年，蓦闻噩耗泪涟涟。青灯有味怀同派，白首频搔寄一廛。先后同出于钮巽溪师门。开国谋猷空赠策，颜俊人当国时嘱为起草，余知其吾谋不用责以怀宝迷邦，始勉强应命。过江人物自多贤。君南行时曾劝勿为冯妇。白门旧雨凋零尽，遥望南云烽火连。

贺顾子通新婚

昆山望族重吾乡，安定门风礼教彰。作室肯堂相济美，冰清玉洁共传芳。坤宅胡少春亦弹冠满洲。重闱白发精神健，祖母甚健。并蒂红榴翰墨香。曾在长春见覃溪为嫁孙女绘并蒂石榴图，题咏皆名流。异日添丁家庆积，行看绕膝又扶床。

陈年嫂谭夫人哀词

江南使节掌文衡，东塾书香佐有成。重举齐眉花烛宴，相扶折臂笋舆行。七旬嘉偶比鹣翼，八座夫人清风声。笃老忽闻悲落叶，鳏鳏振触不胜情。

陈剑秋哀词

太丘世德重岷阳，省识元方与季方。乳虎伸威摧巨室，春鸽急难老他乡。曾随二陆京曹隐，又痛大苏朋友丧。蜀道艰难归不得，香山窀穸永流芳。

题蕉窗双课图

浙东山水擅清奇，紫笋红棉物土宜。领取乡园风味隽，绿天深处对吟诗。

双修艳福二南和，绿罨芸窗恣啸歌。敦劝诗人休远出，春闺柳色怨思多。

萍水相逢琢句工，寒家皋庑赁梁鸿。闭门谢客守梅鹤，春在吟风弄月中。

京华吏隐忆名场，散值余间翰墨香。三径就荒松菊萎，卅年家国感沧桑。

题胡绥之同年雪夜校书图

吾吴儒林传，首推顾玉篇。李花十八叶，元方与象先。天水分道学，哲理中参禅。亭林闻衣绍，鼎革尤着鞭。红豆贤乔梓，九经悉疏笺。滂喜丛书富，太丘学海浴。尔与师承守，兀兀以穷年。吾友安定裔，两手不释编。过目即成诵，腹笥歌便便。训诂勤考订，秦汉苦钻研。万言振笔下，一字无颇编。自少至耄耋，长髯美且卷。吾家老祭酒，江右归林泉。正谊为掌教，君屡冠茅前。我时甫弱冠，望之若神仙。秋闱桂枝折，何意得比肩。野航抵足卧，同坐孝廉船。夜将腹稿写，昼则亲供填。宏农独宏奖，尊作石渠贤。明春试京兆，文酒常联翩。龙门暴鳃下，同归守青毡。强台勇再上，仕途别蹇连。我幸池集凤，君乃堂飞鳣。校官作潘乾，弟子有彭宣。玉韬昆冈璞，笛歌高迁椽。南皮席珍聘，幕府入红莲。坐啸江汉上，乘槎日月边。郎官列宿应，内用京曹迁。十年慰久别，一旦喜班联。同榜同里客，斑毛入华筵。是时士庞杂，夷昧纷喧阗。春秋束高阁，仁义为杯棬。变诈竞机械，勇猛持戈铤。欲挽狂澜倒，庶几埴在埏。著书独闭户，故纸勤丹铅。从公不辍学，理文细意镌。无何罡风起，金贱以范砖。□星孛荧惑，津桥闻杜鹃。君子化猿鹤，美人乘辎軿。君乃浩然叹，城西置一廛。士夫不悦学，周乱兴伊瀍。侍郎书伏猎，陇道断滇零。匹夫员有责，我以道为筌。德明释经典，子才日思愆。晷影台火继，天禄青藜然。焦团辄卧雪，黑突不生烟。甘为食字蠹，冷作缩项鳊。落落固寡合，独收老服虔。乘兴无踯躅，无事间跰跹。酒楼偶醵饮，豪气乃吸川。夜归明月踏，晨起浮云褰。忽感莼鲈味，载书竟南旋。陡起风波恶，十室无一全。微闻郑公乡，黄巾望庐还。天将遗一老，留结归来缘。嗟予玉不琢，术学惭肤孱。愿入芝兰室，甘从弟子员。偷光获余绪，俭腹充暮饘。盘铭解诘曲，语病免诞谈。今亦垂垂老，霜雪侵华颠。史辑蒙回藏，三十阅星躔。书多手腕脱，坐久藜杖穿[1]。邃密商旧学，流光继彭篯。

木棉庵限阳韵

《宋史》："德祐元年，江上师溃，谪似道团练使，循州安置，遣使监押之

① "史辑蒙回藏，三十阅星躔。书多手腕脱，坐久藜杖穿"，一作"相与守残缺，经训庶瓜绵。何时得把臂，具区涉沦涟"。

贬所。会稽县尉郑虎臣父尝为似道所配，欲报之，欣然请行。至漳州木棉庵，郑曰：‘吾为天下除似道，虽死无憾。’拉其胸杀之。丞相陈宜中至福州捕虎臣，毙于狱。”庵在漳州城南五里。

相公斗蟀半闲堂，白雁飞来葛岭荒。黯淡滩清非末日，迦罗婆劫是坟场。负暄黄袄皆涂炭，野寺青磷一梦粱。入破家山天水碧，尚留柴市振纲常。

半壁江山映夕阳，居然卌载扼荆襄。庸才偏任栋梁久，败絮何堪金玉相。努目低眉都惨淡，桐棺萧寺太凄凉。当年士璧遭羁管，碧血含冤亦送漳。向士璧为似道劾罢，送漳州居住，坐是死。

腊梅限麻韵

腊尽春回冷放花，与梅同品正而葩。护寒恰受中央土，照影雅宜禅悦家。玉蕊檀心别有味，朱郎青琐不须夸。如今黄种凋零甚，犹有宫纱老眼遮。

谁剪鹅儿缃样花，数枝疏影水横斜。偶经苏老儿嬉作，长使逋仙佳句夸。山麝似曾薰艳体。野蜂未许采灵芽。故乡梅讯无消息，苦怨春风又自嗟。

车声限东韵

车如流水马游龙，踵事增华振八冲。催客奔波惊子夜，搅人清梦警丁冬。长途万里劳行役，小满三车念老农。我乡有“小满发三车”之谚。门外泥涂犹滑滑，静居甘绝市朝踪。

中原蜗斗起临冲，坦道纵横夜有烽。不雨而雷语未达，风驰电掣去无踪。倚衡讵听和銮美，当阙谁知执辔□。一笑劳薪名利客，何如薄笨乐从容。

重修文丞相祠限东韵

蟋蟀连年斗相公，那知白雁下江东。芳留柴市涂丹矱，桧老丛祠郁翠葱。俎豆千秋天水碧，湖山一角夕阳红。忠肝铁石文章事，人物多生科第中。

题汪鹤龄同年幼年画册用章式之韵

少小聪明到，无声早有诗。铁蕉精笔法，珠树茁家儿。骥子今三绝，鸿名已四驰。更看绳祖武，八岁亦临池。

虾翠亭

水心亭子俗尘无，净业湖中城北隅。卷起须帘迎飒爽，助消肉食觉清腴。莼羹鲈脍思乡味，画粥断齑守素儒。想见西涯休沐日，洞庭风景足欢娱。

诗龛祭酒隐皇都，重订京华十二图。渔父卜居压郑谷，秀才隽味入郇厨。山珍海错非吾愿，春韭秋菘足自娱。陡忆平波莺脰里，叠遭烽火又荒芜。

酒旗

歌板场中旧事提，三星有耀日平西。酒旗三星。杏花村里群童指，杨柳门前一色齐。红友闻香当户立，青帘飘影压檐低。试看大纛龙蛇动，何似东风醉似泥。

题板桥杂记

一枝妙笔写歌台，桃叶桃根打桨回。流水落花无限恨，美人芳草有余哀。飘零金粉留泥印，美艳红颜化劫灰。自是新亭名士泪，青楼韵语莫相猜。

寒雁

天降严威气不温，稻粱栖亩只空村。谁消泽水安居乐，那奏平沙雅曲翻。迢递传书来大漠，哀嗷待哺遍中原。高飞远举防矰的，盼切春归稳梦魂。

严子陵钓台

白水真人火井兴，攀龙附凤竞云蒸。那知凌阁终黄土，不及清滩映碧层。七里湖山□□□，一生事业寄渔灯。追踪巢许安天乐，何用星侵御座征。

少年同学访良朋，应着羊裘唤不应。清濑坐消红日落，浅滩笑见绿波增。久甘吴郡莼鲈美，何羡虞门鸳鹭登。昔忆泉唐江上月，避居稳否挂渔罾。

唐花

仙李蟠根阳气覃，缥青瓶插杏花憨。天寒却摘黄台蔓，帝赐新尝紫殿柑。琴奏南薰催日暖，角吹北陆作春酣。小园除雪新蔬得，好艺红炉酌酒耽。

霜朽金天冰脱髯，居然妙法现优昙。玉真观里花常好，绿野园中春已酣。仙术幻开殷七七，丽人错认月三三。围炉且共煨芋坐，室有芝兰香气含。

莫愁湖江天阁祀湘乡曾文正处

名臣遗像肃清□，手启中兴此建旄。少妇金堂曾合祀，小孤水战看群豪。江南勋业兄兼弟，天下英雄备与操。叹息石头城畔北，□湖谁荐涧溪毛。

九洑洲边百战高，胜棋楼合让人豪。青田扫净推棠棣，黔首来苏感木桃。吴越山川膏雨润，沅湘子弟顺风翱。荷花万顷馨香德，何日登临白首搔。

春草[①]

野火平原烧不尽，又看茅塞满天街。乘机勃起从风偃，得气争光既雨佳。随处芊绵迷舞翩，任人践踏衬弓鞋。惠连梦断池塘句，一望江南泪满怀。时舍弟病殁。

青入疏帘绿上阶，孤芳不屑与时谐。寸心难答三春荫，远志犹藏千里怀。肯受风斜平似剪，最宜雨过净指楷。杜蘅纫佩秋心抱，自咏

① 手稿天头注有《怀麓堂诗话》："杨孟载《春草》诗最传，其曰'六朝旧恨斜阳外，南浦新愁细雨中'，曰'平川十里人归晚，无数牛羊一笛风'，诚佳，然绿迷歌扇，红衬舞裙，已不能脱元诗气习。至'帘为看山尽卷西'，更过纤巧；'春来帘幕怕朝东'，乃艳词耳。"

新诗愁绪排。

吴山立马图

榆林龙斗尚迁燕，欲并中原大定年。虎视眈眈毕牧马，鸟鸣咄咄兆蹄鱲。舆图易色金瓯缺，障子题诗宝帐悬。转瞬完颜归铁木，笑他黄雀枉吞蝉。

宣和鹰隼兆机先，南渡偷安竟息肩。为恋湖山贪驻跸，那知胡羯怒投鞭。君王畏院本消日，丞相宸题德格天。采石矶头能一战，瓜洲枉运鹘鸦船。

废园

韬晦西山岁月消，夜寒有鹤话神尧。燕巢泥落乌衣巷，马迹霜封红板桥。茅锦园在红板桥北。沁水楼台非旧主，平泉木石是前朝。碧琉璃瓦凄凉甚，丹旐孤魂又度辽。嗣恭王避世于大连湾，路人犹指山麓石楼为恭王府，上年秋犹及见之，未几，薨于长春。

十王第宅溯层霄，朗润清华风景饶。新主迭更伤水木，老奴闲坐溷刍荛。王孙帽破沧桑感，帝子楼空花萼凋。读到洛阳衰盛记，起居谁奏紫绫标。《摭异记》："宁王记闰行用雕檀轴紫龙凤绫标。"

重修文丞相祠

丞相祠堂坊教忠，田家戚里铁狮东。英灵如在云霄上，正气长留宇宙中。生祭有文千里吊，勤王无术亦更终。砚台玉带归何处，桧柏森森不染风。

黄节母沈挽词

四十年前棋烂柯，采芹犹记小登科。儒家[①]菇苦青年励，晚境回甘白发皤。梨里昔逃世外境，桑田今见[②]海生[③]波。终天抱恨嗟游子，

---

① "儒家"，一作"贞心"。

② "今见"，一作"忽起"。

③ "生"，一作"中"。

应诵诗篇废蓼莪。

题王颂山双影

坊道蛾眉剑术谙，空空色色镜中函。若非泥雪留双印，定是神灵共一龛。坡老临波图散百，谪仙对月影成三。化身合证前身事，香火因缘禅悦参。

杨味云同年妻顾夫人挽词

婚姻礼庆易仳离[①]，花落色衰蔓草滋。画笔虎头传世德，芳型鸾耀久齐眉。苦无长驻朱颜术，尚有源炜彤管贻。回首家园烽火急[②]，劝君莫费断肠词。

四月南风啸白杨，招魂那有返魂香。起居八座天恩旧，勤俭终身坤德芳。尚愿庄生先梦醒，休如荀令太神伤。须知此恨人人有，况是年高两鬓霜。

王琴希部郎六十

衣钵真传薪水红，青箱旧业内廷崇。墨庄一梦余垂老，珠树三株子得中。更喜超宗清谢凤，微闻通德伴梁鸿。何时得遂归田乐，好绘新诗续五同。

桃园小筑傍青龙，榆柳扶苏高士踪。醅酒遥师陶靖节，折巾共仰郭林宗。郎官列宿年前弃，辽海归云劫后逢。照影恒河同面皱，贞心共励岁寒松。

广寒殿

三十六宫尽卷帘，上书谏猎渐疏嫌。回心院曲重愁锢，亲手香词蜚语添。闭久金铺深寂寂，谶符白练起纤纤。凤靴合缝真抛却，《十香词》:“凤靴抛合缝。”簿命难长比翼鹣。

芳仪曾此倚疏帘，对镜梳妆眉妩添。云隔南天迷匹练，云飞北地

---

① “婚姻礼庆易仳离”，一作“年来阴教叹陵夷”。

② “回首家园烽火急”，一作“锡山峰火家何在”。

撒空盐。玉泉寥阔珠千琲，琼岛清虚月一奁。自化梵王宫殿后，更无霓羽舞纤纤。

夕阳

日驭西迴万象多，微明半映旧山河。杂花烘暖犹生树，落叶飘秋倏改柯。无地投林夸父杖，何人退舍鲁阳戈。东方残月黄昏上，鲸鬣翻腾起海波。

莫恨居诸疾似梭，晚晴犹觉转微和。读书老去足文史，沽酒归来指谷柯。薄暮池蛙杈鼓吹，受风海燕起笙歌。阴阳消长寻常事，不断生生尽日磨。

题任仲虎感事百咏

禅理精通心不碍，尘嚣怕睹眼慵开。文章华国终无用，空啖红绫饼餤来。

清流结党各称豪，藩镇乘机将士骄。披发新妆矜左衽，袒肩皓腕罩轻绡。利搜虫臂争毫末，律细牛毛设事条。瑢玉非珍寒澈骨，不芳本是贱申椒。

忧时相对目空蒿，旧雨晨星影寂寥。止酒尘谈忘乱世，烹茶猿啸永终朝。旅居缅想田园美，浮翳常期烟雾消。西浦题词诗债急，枯肠何以报齐瑶。

愁云黯黯销愁城，穷巷何来车盖倾。吏部紫藤怀宝络，宸垣红药忆阶盈。吟诗苦恨身为役，读易深求心太平。吾辈衰颓何足数，昌黎寄兴短灯檠。

赠田町教授回日本

长身玉立冠东洋，坐拥臯比共一堂。讲学同尊阙里孔，赠诗窃慕辋川王。蟹行文字舟中译，鸿宝书篇枕底藏。若晤羽田老博士，为言著述白头忙。

寿恩咏春都护七十

和林贵族北方雄，移植江南便不同。列宿上应铨九品，使星远耀护诸戎。公以进士用，分发吏部后为乌里雅苏台都护。典司属国黍苗雨，论说经邦稷下风。纵起二龙看竞爽，象鞮淹贯泰西东。

新辟荒原作帝乡，过江名士尽登场。龙蛇甘向山中老，鸿鹄高骞海角翔。公与于大同之建国。迨成立后，隐于旅顺之学校。赁庑皋桥偕隐遁，德配孙夫人为子涌秘监之妹，王胜之太史甥女。奎章宝阁富收藏。收藏历圣宸翰，甚富有。八旗文献搜罗尽，寿世允争日月光。

为蛰园主人题后茶隐图

阮文达生平每遇生日从不举觞，恒于禅寺煮茗避客，因绘《茶隐图》。蛰园主人生于台州试院之四照楼，为文达督浙学时所建。当蛰园三十生日时方提学浙中，其尊人文安公于家书中举文达茶隐故事勖之。今岁值六十生日，痛干荫之阮雕，伤身世之不齐，是日亦拟避客禅寺，因浼人为《后茶隐图》以寄慨焉。

闽瓯灵气毓芬芳，更得天台桂子香。甘味评量分蜀越，新词倡和仿苏黄。研经室内多名士，文选楼头富墨庄。益寿延年清福享，何须歌舞举千觞。清泉又沸白瓷瓯，谢客年年尘俗收。试院煎茶赓玉局，僧寮沦茗梦红楼。东坡蟹眼诗情续，北苑龙团韵事修。万寿效珍天柱贡，奇功破睡合封侯。

重修国花堂纪事

国花堂在西直门外极乐寺，寺为明嘉靖间中官所创，万历时文宴已盛，其时已有国花堂，以牡丹得名，至明末残毁。乾隆间重修，花事甚盛，如牡丹、芍药、梨花、鸾枝、玉兰、海棠、桂、菊、荷、梅，均见名家篇咏。法梧门有《赏荷图卷》。廿年前，主僧不得其人，殿拆松薪，海棠亦仅存枿蘖。蛰园主人与太夷、释堪诸君倡议补花，历年补种海棠至数十株，夹道成林。牡丹亦二百余株，花时之盛，过于往年。去春，手摹张水屋为梧门所绘《赏荷分韵图卷》，乘海棠花时，招同人共赏，别为《补花》《赏花》两图，俱付寺僧藏。近又倡议重修斯堂，月内落成，并以北江越缦序文墨迹勒石于堂，洵一时盛事，不可无诗以张之。

西郊古寺几沧桑，轮奂重新启佛堂。小筑园林成胜地，深藏花木护禅房。出游引起诗书画，随喜新参色味香。莫道樱花开灿烂，品题毕竟让花王。乾嘉诸老世承平，百卉乘时木向荣。酒不常空今北海，枝谱应重访[①]西京。丹葩绿叶携诗赏，魏紫姚黄入眼明。为告山僧勤灌溉，年年树下共飞觥。

许鲁山重游泮水，见示四律，依韵奉和

重提旧事瑞安师，吾愧髫年未受知。瑞安师为先兄辛巳科试受知师，予应是年县府试而未应院试，兄之师例称师也。祭酒感莼解组日，阿兄探杏冠群时。皋鱼旋抱三年痛，秋雁又生五夜悲。岁月蹉跎先训负，春闱幸捷亦何为？

十年曝直趋薇省，千里风尘走四方。大隐与君郎署近，穷儒笑我砚田荒[②]。黄瓦辟雍存首礼，青衿乡校谤中央。乾坤整顿河清梦，无复上□[③]倒衣裳。

北出榆关渡柳河，新朝肇造近沙坡。尊经枉说诗书味，推毂惭充师表科。回忆青灯呼负负，互看白发如抄抄。世人侮圣轻耆老，谁考遗文商颂那？

李故将军醉尉诃，世无道揆莫如何。得还旧物容安枕，愿效诸生赋止戈。歇浦栖迟消永昼，高文传诵制颓波。相期重赴琼林宴，何日霓裳奏大罗？

谢

杖头三百挂青钱，绿蚁新醅逾十千。愧受兼金呼员员，敢言束帛贲戋戋。风尘何计能归里[④]，雨露无私等感天。玉宇琼楼寒彻骨[⑤]，年年冰炭尚学贤。

寿傅沅淑同年七十

人生天地间，立志三不朽。我生逢不辰，世运厄阳九。无计转乾

---

① “谱应重访”，一作“犹堪折小”。

② 天头注“十年曝直趋薇省，千里风尘走四方。大隐与君郎署近，穷儒笑我砚田荒”，一作“桂子飘香同白丁，荆州幸识古朱方。邻翁对饮樊篱酒，吏事劳形翰墨荒”。

③ “无复上□”，一作“天吴紫凤”。

④ “何计能归里”，一作“难觅欢虞地”。

⑤ “玉宇琼楼寒彻骨”，一作“为念京曹清苦甚”。

坤，汲古以待后。我友商霖雨，管乐自抱负。早岁掇巍科，畿辅纡紫绶。揽辔思澄清，府主私恩厚。使契为司徒，教律百政首。调和新旧争，甘受尘埃垢。日下嗟江河，乐道耕畎亩。犹虞弋者慕，朝市隐无咎。所居惠夷间，古籍敦素守。不争鸡鹜微，一任牛马走。书城聊自怡，翰墨不离手。读书何义门，题记黄荛叟。妇孺列门墙，中外钦山斗。人竞羡墨缘，天特留黄考。

平生本嗜古，暮齿夙好敦。积黍缥缃富，挟书商客奔。相台与公库，百宋又千元。监本周易义，孤秘举世尊。敦煌辟石室，实语北魏存。金光明经卷，宇文翰墨魂。收藏诸姓氏，历数舌澜翻。硬黄辨纸色，钤记识朱痕。虹月鸥波舫，连簃何足论。□父墨林辈，尚未得入门。辟如宫悬设，钟虡杂钲錞。又如侯鲭笑，党尉羊羔焙。君独精鉴审，考订落野言。刺肤乃存液，造极必登古。昆人未寓目，眼福推藏图。嫏嬛真福地，楼阁此海源。

伏案久萧斋，忽发登临意。望气其犹龙，雄心存老骥。泠然御风轮，壮哉摩天翅。太华险登梯，塞垣驰绝辔。访古华清池，参禅灵觉寺。乌苏刳木舟，龙门魏碑字。玉杖不须持，五岳观其四。橐笔画中诗，题名崖颠志。山林好鸟迎，风月福人记。谪仙好谈瀛，柳州善作记。腰脚健如飞，艰险不知避。归卧瓮山隅，偃息烟霞志。谢绝红尘人，谁识玉皇吏。

杜门喜茶隐，重理旧时琴。讹字纠风叶，精义采书林。朱墨永在握，顾黄尤醉心。龙城著札记，蠡舟疑书谣[①]。英华一千卷，校书无向歆。忘寝兼宵分，手披复口吟。挥汗日卓午，继晷宵寒深。课功未两载，一字值千金。投笔书佣怨，传录通人任。解题陈振孙，通典马端临。摹诸自桧下，数帙未足钦。如此发愤勇，不知耄将侵。穷年食蠹字，笃志度鸳针。

两川盛文史，岷峨多著述。天水三百年，三苏尤杰出。二吴奋武功，奏疏日捧心。怀铅握宝人，寺光均遗佚。公惟桑梓恭，阐幽网散失。中途偶停滞，奋笔尤奋疾。掇拾到畸零，时代分甲乙。录文二千余，集腋一百帙。每人撰小传，论世庶征实。忘年忽下交，小子曰汝

---

① “龙城著札记，蠡舟疑书谣”，一作“昔人焚香枝，坠简零星寻”。

弼。附骥幸光荣，续貂倍惴栗。诱掖刍荛言，趋侍芝兰室。小冠陪坐隅，悬榻幸造膝。倘得付枣梨，岂徒增蛾术。

迢迢归化城，文献无足凭。创局修志乘，非君莫能胜。武臣附风雅，束帛特聘征。案牍既繁冗，筚蓝开狉獉。世系考藩部，度牒问番僧。编纂限年月，商榷召友朋。小儿亦滥竽，会列等郏滕。吾闻明中叶，边衅起版升。又闻墨败者，牟利白简登。夺我祁连色，冰炭不相能。此地富水草，其人驰犬鹰。土宜在畜产，奚事开鳞塍。采茶以植桑，何如旧贯仍。书成分六志，庶以昭劝惩。

扶筇望河清，四海罢战斗。偃武斯修文，知新勿弃旧。百废期再兴，蒇功得速售。清儒有学案，剞劂手民奏。词林续掌故，玉堂如对溜。同文馆故事，银槎应预购。旸台大觉志，呵护我佛佑。燕京名胜诗，丛钞亦成就。著作百年身，积稿五车富。瞥录所见闻，群书之领袖。次第观厥成，均不为瓿覆。藏园勤丛书，辉煌群玉囿。尔时恣壮游，足迹遍宇宙。喜马拉亚峰，踏雪扪星宿。笑命诸孙从，又命侍姬篷。车剑付家园，泉石容枕漱。归来整图经，纸贵不胫走。江湖万古流，此是无量寿。

君家兄弟行，桂榜忝齐年。藤厅同铨叙，曝直实后先。识荆陶氏校，笑语纷喧阗。童乌方舞勺，前列雀跃前。身披衣一品，望若骨九仙。何期家国痛，沧海变桑田。欲归昔不得，同隐凤城边。泛舟昆明湖，修禊暮春天。亦抱佞宋癖，惜负杖头钱。永乐大典本，过眼如云烟。四库藏手稿，琅嬛拾残编。偶起校雠兴，借瓻难终篇。岁月倏虚度，霜雪侵华颠。师丹夙健忘，炳烛患失眠。誓将焚笔砚，并欲废丹铅。闻君耄好学，敢不奋加鞭。相期崇明德，同寿比商贤。

——《忍饥诵经斋文薮》

吴燕厦

吴燕厦，字斯千，吴子实子，吴燕绍弟。娶曾朴二妹（曾葰）为妻，曾任库伦大臣帮办，有一子吴琴一。抗战时，常熟沦陷后，避难途中逝于海安。

和杜老秋兴八首原韵

净扫搀枪肃羽林，帝居高拱众星森。风翻碧浪连天霭，月照红墙夹道阴。击筑未除屠徇气，垂纶聊寄钓鳌心。颇闻佛土新回向，供养须颁七宝砧。

淡云轻雨自横斜，独向江城玩物华。祖逖中流频击楫，张骞西去亦浮槎。披裘五月闻羌笛，策马三边听塞笳。犹喜故人麟阁重，不应空对紫薇花。

羲和叱驭不停晖，五色光芒傥太微。皓月当空群动息，碧天无际众灵飞。虚名到处逢人说，素愿端因作吏违。似此星尘似此夜，不须惆怅恋鲈肥。

万事乘除一局棋，休因荣悴作欢悲。策勋风月疗愁日，索句江山得助时。功业夔龙千古重，声名鸾鹤九霄驰。棠阴一卧归嫌晚，父老应留去后思。

拳曲微材也出山，为思作用降人官。鹓鸾翔集来双阙，虎豹狰狞护九关。愿仗赤心输爱力，好凭金液驻頳颜。明时自昔须匡弼，知诰曾侪谏议班。

当让斯人出一头，艰危正是立功秋。玩时敢作贤乎想，间日能令智者愁。处世深盖立仗马，乘流不羡狎波鸥。大家共尽扶轮力，呼护茫茫禹画州。

白圭不废琢磨功，执戟东方侍殿中。立行精严群小化，坐言翊赞太平风。草莱曲径芊芊绿，桃李公门树树红。他日家江归隐去，相从款段两孱翁。

连天碧浪悬迤迤，好风吹君上锦陂。吟咏未删名士草，飞翔应入大夫枝。旧栽芍药当春放，新种琅玕待雨移。寄语东皇须着意，江边一树已垂垂。

——《忍饥诵经斋文薮》

倒叠前韵书感

汴堤隋柳已无多，午夜心渐沸若波。起陆龙蛇争大壑，逐流鱼鳖入长河。风轮正值开初劫，危届犹难认末那。新旧一丘同是貉，不堪卒雅道旁歌。

——《吴燕厦致吴燕绍函》

附　录

增辑爱吾庐诗集序

壬辰、癸巳以来，兵革稍定，三吴之士复起而言文社。而吾邑吴江则弘人吴先生为之领袖，时尊人中丞。公弃官杜门，以经史诗文教督诸子。先生与弟闻夏、汉槎文藻挺拔，翩翩兢爽。海内知与不知，以获交吴氏兄弟为快。而同时之负才不相下者，又复分为两社，争奇角胜、金樽画舫之会，日填咽于虎阜、虹桥之间。已而社中诸公联翩登籍，洊位通显，先生独濡滞诸生中。酉戌之交，汉槎罹谤遣戍，先生以逋赋除名，不得就试有司。中丞没而家益落，乃担囊蹑屩，客游于诸故人之门，不得已怀挟铅椠，馆宾幕以自给。于是浮湖湘，走燕赵，徘徊于禹穴、舜陵之下，放怀击节，以发其侘傺不平之气。中所不自得，往往见之于诗。余自为儿时受经于先生，先生兄弟与吾父兄以世交相善，往来无间。余时趋走坐隅，犹以小字呼之。稍长，学为诗文，先生必叹赏欣喜，挟以示当代之巨公宿儒，或复介余往谒之。其通怀乐善，弘奖后进，出于天性者固然也。先生于庚申即世，少作之诗，忧患以后已散轶不复存。岁乙丑，季子大冯为令四会，乃就所携箧中者刻之于岭南。未几，擢尹汉州。蜀道险远，行李不能辇致者悉置之大庾岭。己卯冬，余采药假道南雄，得诗板于逆旅主人，乃携之以归。散缺者什之二三，为较旧刻补之，复刻补遗诗数首，并《客游诗抄旧序》一篇。集于是乎粗备。盖先生之为人，自其少盛拥名，阀挟利器，谓勋业可以坐致，人将比之韩子华、孔经甫兄弟，其诗亦宜艳逸而俊迈。所谓三河少年，风流自赏者，已无所复传。迨乎时移事去，潦倒摧颓。昔之尔汝肩随者，老而就宾僚之列，顾影自吊，亦将如浣花老之遇阳城，玉溪子之游桂管，叹息年徂，悲伤物化，则集中所存之诗是也。余也服先生之教，先生之生平，童而习之。补刻既竣，以邮寄大冯于潼川，不知其辞之不能已已云。

庚辰孟秋，门人张尚瑗谨序

爱吾庐遗稿述言

我生罔极悲痛之情抱疚终天者，固不可一端尽也。而手泽所遗，艰危歌哭所至，尤泣血椎心而莫可告，何也？先君子一生读书谭道，赍志穷泉，学无愧俯仰，而志不酬一日，才不为世用，道罕究于时也。不肖树臣尚忍从残编蠹简之余，追述幽忧壮志哉？虽然，父有书而不忍读，焄蒿所遗恫也。生有怀而殁不得传，终埋照乎山辉川媚之际。虽精诚相感，古道之在人心者，卒不可泯，而明发滋大戚矣。又安能茹泣吞声，不一赘陈，以乞哀于当世大仁人衮章之赍乎？先君子蚤岁聪颖夙成，读书日数行下，不屑屑俗下文字。凡千古微言秘义前人所不及发，与数十代礼乐刑政理明治幽之大经大法，靡不纤究而贯通之。以故抒写性情，发为声歌，往往自适己意，无胶滞于循迹者之为，而揆之准绳，仍不爽累黍。时海内交游，或借之声光，引为知己，谓生平表著当在。于是而不知先君子之宅心制行，所以尽伦尽性。而孜孜无已者，初不止乎是也。我先君子甫十龄即失恃，哀毁骨立。逾成人礼舞象时，补博士弟子，即受知于东林继起诸君子。当是时，阳九运厄，家难内讧。先大父于殷忧困备中淬励自奋，高第春官，旋复驰驱荆楚，蹇蹇匪躬，卒能善保明哲，始终一致。其间困心横虑，殚精措思，内有以谋完卵，外又有以为御侮计。真有知者，不及图勇者不敢行，而能潜移默相，以绸缪于未雨。非先君子之竭力尽瘁而立诚百折不回，不至此。于是以其绪余而矢音于陟岵，则不匮之深仁也。永叹于令原，则孔怀之天显也；饮食于杕杜，则中心之应求也。推而鹿鸣天保负其蕴，崇丘华黍公其量，何莫非一本焉？致之也。岂徒啸歌伤怀，聊附诗人末哉？树臣不幸，不获久承庭教，晓畅四始六义微旨，又流离多故，篇什散轶，自戊戌以前皆弗能考。后此者，亦仅存什一于千百之余。又痛我两仲父相继即世，不克订定讹舛，补辑所已亡缺然，遗憾然。仰惟我先君子性情咏叹，无往非孝弟笃怀，即一二指陈，而其中之纯然莫解者，固自有在。当使善观者，因偏端以悟其全，自托兴所已及，以求详乎其所未及。是又惟昭代大人先生知之有素者赐之序言，振幽响于无穷也。岂惟不肖树臣终身以之，将九原其尚有赖也。

不肖男树臣百拜谨述

爱吾庐诗集序

士以声气相引，激扬风流，俗辄谓之好名。然一时文章忠孝，鲜不出于其中。若东汉诸名士共持清议，亦阴维持天下之风俗。君子谓明章以来敦尚儒术有以致之。名士何可得也？余未弱冠，稍有意结客之场，则闻吴弘人名，尝一遇，见之被服纤华，意气甚逸。后数年，弘人既困诸生，以宿学长词坛间。会余久伏田野，见人辄引匿，故一切无所通。又其后与弘人定交，则弘人已历多难，发种种矣。窃视其人，诗书之气既深又雅，足以砭俗正，足以励风尚。粹然温厚，非犹夫人之所为而为之者。弘人亦不以固陋弃予。相得之欢，虽兄弟弗若也。亡何，余比年滞京师，而弘人遂溘，先朝露念，相失之速，命实为之。顾瞻天下，岂乏交游，至如斯人可复得邪？今年夏，余来岭表，则弘人嗣君大冯以明经出宰四会。政成既三年矣。当事者以卓异荐于朝，擢守蜀之汉州。将行，访我于肇庆邸舍，晨夕过从，游复甚暱。既出其先人遗集示我索序，视之刻既成矣。读其前后诗，历历皆可按，复又萧然闲雅。虽不相识，可遂想其为人。余因益叹如弘人，斯真可谓名士者也。自其为佳公子至于老且贫，未尝有所诡随于世，徒以不得志，无能展其所有以殁。今大冯能于吏道浊乱中治行，最于南国奋起，功名振其门绪，且簿领之暇，奉先集镂板以传，唯恐或后此非文章忠孝闻于其耳目积习之间者。渊源有素，殆不能若是。弘人固益远矣，若其诗久为世所传赏者，世已知之，可不具论。

无锡同学弟严绳孙拜题

客游诗抄旧序

弘人以命世之才，依人久客。壬子之岁，由江入楚。阅历山川之奇胜，俯仰今昔，胸怀郁积之气，发而为诗，真得少陵神骨。至其一章一意，诗中有序有史，或伤往事，或述先德，或忆脊令，或怀交友，忧时吊古而一本乎忠孝。斯染翰之妙，不独风骚，登览之兴，不在陈迹。使人因人以想其游，因游以想其胸中之所负。庶几其立言者欤？弘人著作甚富，兹出其一斑，亦可窥见大概矣。

山阳何源濬昆峄题

——《爱吾庐诗稿》

吴汉槎诗集序

汉槎吴季子，今之贾生、终童也。出其余技为歌诗，才名籍甚吴、楚间。与予遇于虎阜，抵掌莫逆，遂出诗编，属余弁语。予结发诵诗，自成童时，常与兄弟朋好，跌宕江湖，有唱有答，然终不能名一家。十余年间，洊被倾覆，群从凋丧。向者雕虫末技，兵燹散亡。而予益颓然废放，渐夺声华，如沟断散栎，以不才求全矣。虽然，风雅之原，声情之本，酒酣狂来，尚能为季子言之。夫诗之为用者，声也。声之所以用者，情也。豳风、二南、二雅、三颂，或出于妇人小夫冲口率志之作；或出于元臣硕老讽谕赋述之言。泳泆休明，抒写道德，情盛而声自叶焉。遂登乐章，歌荐朝庙，此天下之真声也。若夫情曼者，其声啴；情伉者，其声厉；情危者，其声烈；情豫者，其声扬。是数者，虽诡于和，而情之所激，皆足以铿锵律吕，感动鬼神。相鼠之诗，其声率；山枢之诗，其声迫。迫且率，而仲尼不删者，为其情真也。真，故不讳其激，有激极而和之势焉，此亦声亚也。六季三唐，刻镂组绘；南北二宋，披猖率野。声情交叶，什无二三。何大复常谓“唐初四子，音节可歌，子美调失流转”。予初韪之，然究其所撰《明月篇》，声浮于情，学者从是矫宋元之过。相与规步音响，趋摹格调，而天下之情隐者，亦大复为之戎首也。数十年以来，声盛者情伪；情真者声俗。两家之说，戛然不入，而其不谐真乐则同，终亦成其两伪而已矣。予虽稍有窥见，自愧能知而不作。悠悠尘磕，莫可为尽也，窃愿为季子尽之。季子以其髫龀之岁，岖江、楚，吊沅、湘，指衡、霍，剑槊相摩，虎龙争搏，华年盛气，掉臂出没乎其间。故其为人，英朗俊健，忠孝激发。凡感时恨别，吊古怀贤，流连物色之制，莫不寄趣哀凉，遗音婉丽，情盛而声叶，非季子其孰能及之。而予回首昔时，与兄弟上浔阳，经庐岳，分曹课句，睥睨争雄，衔林一啸，江波振起。今日独与季子谈河山之变迁，数风云之灭没，灯炧酒阑，骚屑偃蹇，其能无乐极而哀来，婆娑而吊影乎！虽然，季子伯兄弘人，以其文章器识，领袖群彦；仲子闻夏，撰述英多，一时屈耆。与予兄弟交十余年，犹兄弟也。季子出而玉振之，予不孤矣。遂书之，为其诗序。

练水盟弟侯玄泓研德撰

杂体诗序

杂体诗之拟，始于谢康乐，盛于江文通。其言谓“楚骚汉风，既非一骨；魏制晋造，固亦二体”。然蛾眉不同美，而俱动于魄；芳草不同馨，而悉悦于魂。非性情使然欤？予友吴子汉槎，卫子冰清，谢家玉润，翩翩隽逸，望者疑神仙中人。及读其诗，则又气体高妙，波澜独老。卢、骆、王、杨之藻采，李、杜、高、岑之风则，无不兼备，盖拟议之迹化，天然之致胜也。使与北地信阳，并驰中原，尚当退避三舍，矧历下长兴诸公哉！今秋予过松陵，汉槎出后杂体诗示予，声情慷慨，格调悲凉，大有山河离别、风月美人之感焉。仲宣流连于汉南，子山羁旅于江北，带甲满天，笳歌动地，文人遘会其时，性情实有相符者。胡霜金柝之章，蕙草兰十之句，信可以铄谢凌江矣。岂云团扇秋风，芙蓉绿竹，取古人之眉黛，代一己之萱苏已也。酒酣耳热，凉星三五，戏语汉槎：岁月不居，风流易散。后有作者，于弘人、研德、甫草、茗文、俊三、武功诸子，未知当作何拟？汉槎其操不律以豁我愁乎。

吴门同学盟弟宋实颖既庭拜题

杂体诗序

原夫河梁赠答，实肇风徽；邺下歌谣，渐多辩丽；五言之盛，可得而言。然如子荆以零雨见珍，康乐以春草特妙。以至司空儿女之玼，延年雕缋之累，莫不性取独适，家罕兼善。譬之观魏阙者，兰锜之第横陈；入越都者，绎绝之荣不惬。此言殊轨者易为工，而通方者难为巧也。乃若醴陵创调，杂体名诗。笆簧匏管，九吹之变悉和；橘柚楂梨，一啜之鲜不御。庶几力同贲获，才甚驿骑，真天姿之备美，人外之绝智矣。然世风代降，拟作为繁。薛君采驰骋嗣音，王弇州条列群品，颇多虎贲之形，不失黎丘之貌。而今时如吴子汉槎者，辞为南国之宗，名在延陵之季。远随羁宦，遇阁题铭；近同伤乱，当筵流涕。身赍油素，无不推其籀文；容比珊瑚，俱欲为之作架。斯固三虎之称伟节，八龙之有慈明矣。乃复以销暑放愁，幽居缀藻，踵江生之后，综诸氏之长，循其时次，亦拟作三十首。上自宣城，下迄司隶，景物兴会，仰溯囊符，神韵格调，取高前式。所谓雕组之文，本异杼而均炫于目；芳香之草，不同岑而皆袭于裾也。至若太元、天监，既不一揆；河右、江左，亦又二致。居南服者，未识伧面；产北方者，不晓吴语。斯固物理之自然，实非品类之难协。而吴子形容着胜，阿堵之蕴悉传；刻画中规，纵横之态已极。状如胡宽营新丰，而鸡犬竞识；仲谋扪屏上，而苍蝇欲飞。斯已奇矣。后有作者，先河后海，则吴逊文通；祀近祧远，则吴盛王薛。岂非记室之后劲，好事之深忧也哉！

西陵同学弟陆圻拜撰

——《吴汉槎诗集》

咏怀集

康熙己亥四月，被命修词谱者八人：吴阁学襄、王编修时鸿、储编修在文、杨检讨潜、杨编修祖楫、杜吉士诏，其二则吴明府景杲与俨也。六君子先后成进士，各有馆舍。惟俨与明府同寓莲花湾书局。明府耽吟咏，篇什独多。俨则间一为之，愧不成章。尝以其格调娴雅，风光细腻，可追踪前贤《松陵集》。未几，明府令怀柔，俨亦出宰灵川。蛮烟瘴雨中，视畿辅犹在天上，不独玉堂诸君子如神仙中人也。荏苒十五年，两鬓如雪。雍正庚戌九月，道出吴江，泊舟垂虹亭下。明府之长公善长来晤，出《咏怀集》见示，乃其温阳公廨作也，骨力苍老，又似宗仰少陵。读《四柏歌》《屋漏行》诸诗，几几乎升浣花之堂而入其室矣。且知明府没已两年，尚未营葬，为之怆然者久之。因叹曩时同馆，惟吴阁学、王编修、杜吉士暨续拨钱明府元台与俨在耳。同征者亦落落如晨星，麦舟之助，知在何日？序其诗并以告诸君子。

雍正八年九月，寓云间，同学弟楼俨书于垂虹亭舟中

——《半淞诗存》卷下

治谟既集曾祖诗文十卷后，复搜罗得高祖半淞先生诗二卷：一为《西山游草》，少时从潘稼堂太史游林屋洞，经石公山登李氏万涵楼，下临龙渚，上涉缥缈峰至三山，一路纪游之说作；一为《咏怀集》，任怀柔后，与太史之子朗君明经唱和及登临诸诗。楼大令序云：“骨力苍老，似宗仰少陵。读《四柏歌》《屋漏行》诸诗，几几乎升浣花之堂而入其室矣。”曾祖《见山楼记》云：“先君子以风雅进身，虽藜阁优长，不改山水之乐。时跃马边城，凭眺塞外诸山，及分符温阳，入山之窟，顾而乐之。”尝作诗云：“未敢称俗吏，境内有名山。为爱双峰好，来偷半日闲。”不以服官废吟咏，已见乎词矣。《震泽县志》载，康熙中圣祖幸苏杭，先生以诸生献诗赋，召试行在，钦取第三名。入都分纂《历代诗余》及《子史精华》等书。书成，议叙授怀柔知县。其为治，务以教化为本。每朔望，必令耆老率其属环立，与言孝悌忠敬。邑人初不学，童子应试不满取额，诸生从无中式者。乃捐修学宫，创建书院，察诸生能文者，晨夕教诲，给资乡试，得售即聘为院长。以经籍倡导而文风顿兴。著有《赐书堂集》《怀柔县志》，惜皆未见，不知何时遗失。计先生捐馆舍至今甫百三十年书香。

一脉代有传人而遗稿已不可得，后此安可问耶？今此二卷，虽吉光片羽，而先生一生风雅，不以穷达稍异，亦约略可见。其人神与古

会，动合天机，非胸无一点尘气者不能。真如商彝周鼎，世所罕有。愿我子孙其永宝之。时咸丰四年岁星次甲寅十二月朔。

五世孙治谟谨跋

——《半淞诗存》

梦兰阁诗钞跋

允卿吴氏，余元配孺人也。吴为莺湖望族。允卿少聪颖，父兄教以诗史，过目成诵。而尤耽吟咏，与女兄安卿闺中唱和，未尝不如埙篪之迭奏也。年二十三来归余，时道光辛丑十月也。余困于一衿，频以功名有迟速为慰，每于灯前月下，吟诗以佐读诵。而家道中替，恒撤簪珥助其匮乏。体既弱，上事舅姑，下逮臧获，劳瘁不形于色。仅育两女，屡劝余蓄小星，亦终无所得，以故欢容日鲜。惟于春秋佳日，喜临《灵飞经》两三页，或拈小词聊以适性。作诗不多，不甚工，亦不求工。迨庚申后，兵燹仓皇，诗多遗亡，兴益萧索。既悲伯道之凄凉，复痛娇女之夭折，每讳疾而不言，绌资而少药，病根乃胶固，而不可解矣。时丁丑九月，送女至莺湖，笑谈自若。日间每以叶子戏消遣，昏黄神稍倦怠。甥方进以建曲、普洱等饮，曰："我体尚寒，困惫已甚，毋扰我眠。"急延医治，脉已伏，而不起，时余方馆邑署。鸡鸣时，执女手而言曰："余病已不起，不及见汝父面矣。"遂唏嘘而长逝。呜呼！惜哉！余不能效庄生作达，亦不敢为荀令过伤。卅余年伉俪之情，千百种茹荼之苦，终宵开眼，莫报攒眉，思得一桑梓安土，旦晚为卿谋窀穸之区，聊慰卿于九泉耳。今年春，自遗箧中检得律诗二卷，词一卷。在当时，自以为闺阁效颦，不敢出而问世。今则人已云亡，即就正于韭溪秦紫清前辈诗翁，蒙加选择，删其十之二三，并赐弁言，题词于卷端。即命外孙善熙钞录，以备家藏，或俟他日修邑乘者采入闺阁一门，聊存风雅姓氏。其亦可哀也夫，其亦可愧也夫。光绪十二年丙戌季春月，蔡绍熙谨跋于《梦兰阁遗编》之卷尾。

——薛凤昌《女士集汇存·梦兰阁诗钞》

资德大夫正治上卿南京刑部尚书致仕赠太子少保立斋吴公墓志铭

赐进士出身、资善大夫、掌詹事府事、礼部尚书兼翰林院学士、专管诰敕、侍经筵、国史副总裁、前南京国子祭酒延陵吴一鹏撰。

前翰林院待诏、将仕佐郎兼修国史长洲文征明书。

南京刑部尚书立斋吴公，以嘉靖四年乙酉二月十有九日卒于家。其孤浙江布政使司左参政山，遣人持其乡友沈给事宗海状，抵京乞余铭，余未有以应也。已而余以展墓还，山复衰绖踵门，拜泣以请。则有不忍辞者，况余于公父子素厚者乎。按状：公姓吴，讳洪，字禹畴，立斋其别号也。世为吴江人。始祖千一，居邑城六子桥，至公八世不迁。公少颖异，不类凡儿，年十二充县学生。稍长试艺，辄在高等，尝与同舍生奉诏使属司。先是富人为司邻者，辄延归宴赠以为常，至是公恶其人语不逊，竟谢不往，乡老亟为称赏。校官江某待诸生过严，诸生持牒讼御史台，请逐之。公曰："弟子叛师，犹子叛父也，而可乎？"卒不署名，事遂得已。年二十四，举成化辛卯应天乡试。二十八举乙未进士，授南京刑部主事。究心法律，诸司凡有疑狱，多移委者。公裁决如流，了无德色。性复仁恕，间遇病囚，恒煮粥疗之。中有为有司者，他日道经其地，多盛设酒馔迎候，公笑谢而已。丁未，升贵州按察司副使。冢宰李公在南台时，稔知公，故特超擢。公单车赴任，至则奉表入贺，便道归省间。俄值施淑人、太仆公两丧，汤药棺衾，咸得尽其心，人虽哀公，而实为公贺焉。弘治癸丑，服阕，改广东，职专巡海。往时海滨人视为利穴，苞苴公行。公至，以廉律己御下，不少假贷，宿弊顿革。已而兼摄盐政，则分择属吏典之，令严且速，吏不敢肆，商人称便。广中武廨多弊坏，御史檄有司葺之，众问计于公。公曰："其在盐法乎。"时盐法旧符纳官钱若干，获利数倍，顾为权豪所据。公请均之于商，使得纳直，则举是易矣。后果得银若干，凡葺兵卫者六，其余公馆、神祠，亦皆一新，遂为海南伟观。广州四水驿，各以一舟役于内臣，久乃输金代之，后复征舟如故，民甚不堪。汪御史宗器移文于公议处。公请自今始当绝其金与舟，而无追既往，则善矣。御史、内臣两从之。岭商有叔侄同行异宿者，厥明，侄呼叔行，同宿者讹应之去。侄行尽日不得，返就馆人觅之，俄有尸浮池面，视之乃叔也。于是讼馆人及沿池数家，械系殆死，公疑焉。会有郡属考满诣公者，公曰："若为我访是狱，当署尔最。"郡属乃潜访于狱。时坐他事者三人，闻一少年与二长者争曰："汝等独不有杀人罪乎？"即复于公。公出少年给而讯之，于是吐实。盖叔利前邸直差少，故舍侄以往，而途次遇二渔者杀投之池。公乃以二长抵罪，悉释诸所尝系者，一方称为神明。初，瑶人数为边患，有与之互杀者，其末渐炽，往征官军多滥杀邀赏。朝廷乃遣廷臣往按，专委于公。公悉心推访，尽得其状，遂诛其为恶者，而慰抚其人，州境遂安。尤好奖拔士类，所至进诸生试之，鉴别甚精，凡登高科者，皆其奖拔者也。己未，升福建按察使。濒行，有阃帅赠以文犀美珠，峻却不受，然亦秘之不言。后阃帅所亲言于京师，人始知之。宁、平二郡大水，民不聊生，至相劫掠。公先发仓廪赈贷，后乃奏闻，其敢于任事如此。汀漳间官军缺食，俄盗起。公于官饷外，赈以商货之羡，而盗始息。已而土猺援例来索，守臣咨于三司。公曰："不与则致叛，与之则为例。不若以贷为名而姑与之，可也。"众皆叹服。闽有富人，为典财者匿资不得，将辱之，典财者怒欲杀之。未发一日，瞰富者逾岭稍远，潜杀于道。主家不知也，以从行佣奴讼于官，莫知所坐。公曰："此岂佣奴罪哉？"使人遍访之，乃知典财者所杀，竟置于法，闽人至比之包孝肃云。城北有虎患，公为文祷告，虎遂去。辛酉，太仆寺缺长，有僚佐求为之者。冢宰倪公曰："此官可以求而得耶？"遂擢授公。时值多事，公乃修理马政，诸郡悉遣马至，边塞有赖。乙丑，进工部右侍郎，督理易州山厂。公以厂多积弊，所宜痛革。即喻各郡委官，毋取薪炭、岁羡及以廨外公圃余息，悉归于公，自处泊如也。丙寅，迁左侍郎，入视部事，综理周悉，凡百不劳而集。方是时，逆瑾用事，大司马刘公大夏诬罪重谴，诏下廷臣议。公赞大中丞屠公，力为之辨，于是获免。己巳，工部缺尚书，当道劝公宜善图之，意在贿瑾。公笑曰："吾岂事此哉！"未几，乃有南京司寇之命，实外之也。公惧祸，即上疏乞归，不允，有"清谨素著"之褒。既莅任，适值武顺邓公愈之后，有讼田宅者，倚瑾为援。事下法司，公执法不挠，遂忤瑾意，乃勒公致仕。公曰："吾素志也。"飘然竟归，惟杜门课子孙，耕读而已。辛未，以山官于刑部恩例，进封资政大夫，制诰且有“忠勤备著”“舆论翕归”等语，盖无愧云。今上登极，复进公资德大夫、正治上卿。公益感奋，每作书示诸子竭忠图报，言甚恳恳。家居十五年，庙堂之忧，日往来于怀。凡遇圣节，必鸡鸣具衣冠，望阙而拜。复修族谱，使族人益相敦睦，乡人传以为法。嘉靖甲申，得仲子参政岩之讣，郁郁不乐，久之乃至不起，距生正统戊辰正月八日，享年七十有八。葬以卒之明年丙戌十二月二十五日，墓在邑西梅里村虚字圩之原。大父昂，父璋，俱赠中大夫、太仆寺卿。祖妣陆氏，妣施氏，俱赠淑人。先配王氏，累赠夫人；继夏氏，无赠淑人；再继邱氏，封夫人。子男四人：长即山，娶毛氏，副都御史珵之女，累赠宜人；继刘氏，汤溪知县桐之女，累封宜人。次即岩，娶徐氏，金华府推官章之女；继沈氏，俱封孺人。次峤，萧山县丞，娶王氏；继叶氏，长史缜之女。次昆，县学生，娶陈氏，副都御史天祥之女。女二人：长适副都御史徐源之子棨；次适毛锡畴，即珵之子也。孙男十一人：邦栋、邦宷、邦模、邦桢、邦本、邦杰、邦棐、邦荣、邦栻、邦材、邦枢。女八人。山自陕西赴任浙江过家，得视公疾，至于卒殓，乃复上疏告哀于朝。于是赠公太子少保，并命有司祭葬如例。呜呼！公位跻八座，年望八旬，而复子孙贵盛，恤典加荣，其福之备如此，要有功德为之本也。若公者求之一时，夫岂易得也哉？是宜为铭，以昭久远。铭曰：

松陵故家曰吴氏，六子桥旁旧居第。笃生伟人瑚琏器，弱冠高科超士类。授官刑曹老法吏，剖狱严明罔凝滞。简擢宪台越常例，公出宰衡协群议。旋因王事惬私计，获视亲终殆天意。甫终读礼出揽辔，慨然澄清范公志。宦辙所至称即治，惠在生民我何利！中多发伏政尤异，名腾荐剡良不愧。入司马政政弗坠，入理山厂厂弗弊。扬历中外著劳勚，擢佐冬卿剸部事。向老何曾惮劳瘁，司寇留都去何易。山水清嘉旧游地，执法无心恋名位。归卧松陵遂高致，遐龄崇爵诸子贵。恤典再膺君上赐，始终遭际福云备。佳城峨峨宠光被，勒铭贞石垂百世。

——吴江博物馆藏拓片，参《吴江吴氏族谱》

禹畴吴公神道碑铭

公讳洪，字禹畴，姓吴氏，居吴江之六子桥已八世矣。曾祖绍宗，妣汤氏、陈氏。祖昂，父璋，俱以公贵赠中大夫、太仆寺卿。祖妣陆氏，妣施氏，俱赠淑人。公少颖拔，年十二，补县学弟子员，动必循礼。尝与同舍生奉诏下属司开读，旁近富人，欲招致宴饮，而其词涉倨，同舍生以贫故弗校。公曰："此非所谓呼尔之食耶！"谢弗往。学官有过严者，诸生致诉于御史，欲逐之。公曰："师与父同，可叛乎？"卒不署名。于是识者已卜公为远器矣。年二十四，举成化辛卯应天乡试。又四年，登乙未进士。初授南京刑部主事，历员外郎、郎中。诸所听断，都人无不屈伏。有疑狱，大司寇必属之公。公恒存钦恤，囚病，辄捐俸为糜啖之。丁未，升贵州按察司副使，南都郎属有此迁，实自公始，盖冢宰李公裕在南台知公故也。未几，以内外艰，居丧五年。癸丑服阕，改广东巡视海道。海滨素称利穴，或摄盐政，则亦有利其羡利，而商以迟留反受飓风之患者至，公秋毫无犯，弊革具尽，越人歌之。御史王公哲欲葺诸公署，而费无从出，筹之公。公曰："盐司有旧引若干，旧为权豪所专，不及于商。今请以给商，可得钱数十万，而其事济矣。"如其言，而费遂给。中官守两广者，令四驿各以一舟听役，舟敝又令输金，已而两征之，民益不堪。御史汪公宗器将革之，且欲追所得之金。公曰："往者不可追，追之已甚，况未必能追乎。第自今厘正，勿病吾民足矣。"如其言，而中官帖然。有叔侄同行异宿，其叔宿树下，为渔人所杀，投池中。侄意其宿于别馆也，讼馆人及池旁居者数家，械系且死，众莫能辩。公以计廉得其情，乃以渔人偿死，尽破械脱诸冤者，人以为神。官军滥杀邀赏，诸死者之家以冤闻，遣廷臣按验。公与焉，悉心推访，尽正滥杀者之罪。尤尚儒术，所至进诸生试之，凡经公赏识，多中高第。己未，升福建按察司按察使。濒行，有阃帅以犀珠走间道为馈，公谢之。帅曰："公去矣，某无所干，且人无知者，何损公名？"公曰："若意善矣，然非知我者也。"卒不受。闽俗嚚讼，公听之必以其情，民率悦服。明年，建宁、延平大水，民贫且互劫。公辄以便宜，发粟赈之。汀漳军饷缺，盗贼蜂起。公取征商之羡赈之，而民始安。土猺戍者，又多所索，守臣集三司议焉。公曰：“不与则致叛，与之则为例。不若以贷为名，而姑与之。”群僚叹服。富家之主，尝乘竹兜他出，以一奴随。中道忽弃兜，与奴步归，则为典财者所害，主家讼奴与二佣之舁者于官。奴曰：“佣见吾归，而杀我主。”佣曰：“奴引主去而杀之耳。”吏莫知所坐。公曰：“三人者同发主家，顾不畏其家属，而中道杀主乎？”访其里妪，知典财者有手血溅衣之迹，捕其人，置于法。布政司之吏有微罪，镇守中官衔其使，欲公重吏，以为使累。公厉声曰：“杀人以媚人，吾不为也。”其遇事大类如此。辛酉，入为太仆寺卿。时方多事，公正群仆，修马政，边陲倚之。乙丑，进工部右侍郎，督理易州山厂，于薪炭、羡余及公圃、邸舍之息一无所取。正德丙寅，迁左侍郎，入视部事。会有党逆瑾怨司马刘公大夏而诬以重罪者，武宗下大臣议，公力辩之。人多公勇于附善，不避权幸。己巳冬，部长缺，资望及公。而瑾方纳赂，为有力者所得，公弗意动，未几，遂有留都司寇之命。宁河王邓愈之后，有兄弟争所赐田宅者，诏南京三法司核之。其兄以瑾为援，而求胜焉。公不从，遂忤瑾，令公致仕，公曰：“是吾志也。”飘然归吴江。杜门谢事，惟日课子孙读书，奴婢耕织，暇则啸歌自乐。里之后生考德问业，及郡邑大夫从而咨政者，公酬应无倦。缙绅道于其境，必求公之庐而礼焉。辛未，公之子山以刑部主事遇恩，例封公资政大夫。公益自感激，每贻书，戒子以竭忠图报为务。今上入正大统，又进公资德大夫、正治上卿。家居十五年，庙堂之忧，无日不往来于怀。遇贺万寿，必夙兴恐后。吴中族寖盛，公惧其久而渐疏如途人也，作谱以明其宗。嘉靖甲申，得末疾，继闻仲子岩之讣，遂不复省事。乙酉二月十有九日，溘焉而逝，距其生正统戊辰正月八日，享年七十有八。公为人和而不移，庄而不倨，始仕即以立斋自号。故其所立，卓然有可观者。然行之以恕，辄因人而体其心，不徒取快于一己也，评者谓公庶几能与人为善。公之去，易属吏，有以金遗公之奴者，奴却之。君子又知公之道行于家，而其教孚于下也。公初配邑城王氏，赠夫人；继以夏忠靖公之孙女，赠淑人；又继以邑之邱氏，封夫人。子男四：长即山，今为浙江布政司左参政；次岩，与山同登戊辰进士，官亦如之，先公卒；峤，以荫补国子生，授南京光禄寺典簿，谪萧山县丞；次昆，县学生。女二：长嫁副都御史徐源之子棨，次嫁副都御史毛理之子锡畴。孙男十一人：邦栋、邦案、邦模、邦桢、邦本、邦杰、邦棐、邦荣、邦栻、邦材、邦枢。女八人。公讣上闻，诏礼部赐二祭，工部为营葬事，复赠其官为太子少保，锡诰命以宠嘉之。山卜以明年十二月二十五日，葬公于邑西梅里村虚字圩祖茔之次，而属同邑给事中沈君汉状公之行，来问予铭，将刻之墓道焉。余伯父少参公讳瑄，与公同年进士，盖有世讲之谊。而余昔贰礼部，又同朝，素辱公爱，于铭安可辞？铭曰：

古有不朽，在于所立。曰德功言，各居其一。惟大司寇，以立自期。由童而白，其志弗移。贫吾难侮，师不可叛。卓然斯言，盖方羁贯。郎曹筮仕，迄于为卿。惟清惟慎，耻利之征。德则多有，其功可数。历广历闽，威行惠布。狱以情断，人服其明。事以权济，人服其能。叙迁及我，宁远毋近。法守在我，宁忤毋徇。奉身以退，其乐也全。继志以子，祐我者天。高朗令终，恤恩既渥。虚字之圩，有碑崿崿。叙述终始，吾铭是镌。公所自立，百世其传。

赐进士及第、光禄大夫、柱国少师兼太子太师、吏部尚书、谨身殿大学士、知制诰、经筵官、国史总裁铅山费宏撰

——《吴江吴氏族谱》卷十

吴尚书传

吴氏者，吴江世家也。自始祖千一公，数世有隐德，而发于少保公洪。少保公历官南京刑部尚书，正德间以忤逆奄瑾，勒致仕。少保公生四子，长讳山，字静之，号讱庵。公生而英异，十岁丧其母夫人王氏，即戚戚知哀，不逐儿童群戏。十二岁能属文，时少保公筮官南都，公从居南都。郎中万某者善相人，见公甚奇之，曰："即南都诸公卿儿，无若此者。是父子并官上卿，兄弟嗣显。"公闻之，笑曰："如郎中言，万石君将复见哉。"年十六，补邑弟子员。弘治乙卯，举应天乡荐。正德戊辰，与弟岩同登进士第，除刑部主事。历升员外、郎中，廉隅抗直，不挠强御。有富人坐法当死，夜持金潜遗公，公斥还与之。旦白其事，竟置之法。于是豪猾悚慑，靡敢犯者。然亦不能逐事俯仰，奉权贵人，故九载秩不迁。正德丙子，奉命录囚江右。先

有兄弟共杀人者，咸论死。公意惨焉怜之，欲出其一，夜祷于神，乃忽悟曰：“杀人者罪死，协谋者同坐。”遂俱决之。其他疑狱平反者几百余人，民称无冤。武庙南巡，谏者多忤旨抵罪，公亦谏，诏廷跪五日。庚辰，擢山东副使，理驿传，清军务，厘革宿弊，区画中理。大户有侵盗官粮者，罪及余民，公竞直之。时暑月，诸司多所逮系，公轻重量出之，狱无滞囚。乃有塞井复渫，民感其惠，为之谣。谣曰：“彼泥者，泉弗浚；而复锡，我则福。”居无何，擢陕西右参政。嘉靖甲申，改浙江，假道归省，才逾月，而少保公病卒，得视含敛无遗悔。丁亥服阕，授福建按察使，听断公明，吏民怀畏，谓少保公尝居是官也。民之语曰：“凤之栖兮，其雏来仪，民具是依。”己丑，擢江西左布政使，旬宣有方，综理周密，禁豪登羡，清节不渝。辛卯，有巡抚河南之命。时水旱洊剧，公条陈赒恤，民赖更生。初，河南运额兑在小滩，久之民弗便。武庙时移之临清，民又弗便，乃移兑回隆，民稍稍便矣。而运官受临清重赂，呈御史奏劾，公指挥便宜，御史终听置之。公以河南惟河患为甚，一堤弛防，千里垫溺。遂根极利害，著《治河通考》十卷行于世。成化间，亲王居河南者才五府锡封。既益天允日繁，自郡王将军而下几数千人，岁入不足以需常禄。公疏请以岁运之余暂补不给，一时赖焉。伊王素柔懦，怵宦官保金、指挥钱龙等，虐及无辜。公疏请正保金等罪，而责王俾之自新。临漳王府将军祐椋者，招纳亡命，奸法不轨，时侵掠民间，民咸苦之。闻祐椋至，无不慑慑恐，罢市肆，闭户窜逸。前后诸臣至者，莫敢问也。公闻其状，疏免为庶人。乃又遁匿京师，巧诋恩贷，奏诬公等抚按诸臣。主上方事敦睦，而元宰永嘉公与公素有隙，遂左迁浙江参议。时同黜者，都御史毛公伯温、御史王公仪也。于是直声顾益起，公亦厚自砥砺，不以谪故窘其才。乙未，擢江西参政，务戢豪右，便穷困，其为政如其为左使时也。寻擢南京府丞。丁酉，以佥都御史巡抚四川，遂论罢诸武臣不职者，戢其豪猾。举都督何卿、参将李爵等，使守松潘、叙泸，今并称名将，人以公为知人。又疏改广元县以为州治，问疾苦，举废坠，省徭役，务农桑，惠流全蜀，声播万里。明年，晋右副都御史，提督南赣军务。夫虔州者，四蕃之冲，山之面背，贼之丛薮也，啸聚剽掠，俘虐为甚。公乃申号令，修器械，严警逻，节候望。不半岁，歼其渠魁，威德遍溢，人以为善继阳明王公之后云。先是公自蜀抵赣，中道擢刑部右侍郎。既得命，人以为宜亟趋朝便。公谓曰："前巡抚王公浚，守余代者将期矣，予弗往，复守代余者。是余处其逸，而王公恒劳也。"乃竟抵赣，人称公为长者。既又晋左侍郎。居侍郎越二年。辛丑，遂拜尚书。明罚恤刑，庶狱详允，威棱截然，无所顾避。时翊国公郭勋矫虔怙势，窃攘威福，志在莫测，谏官举其罪上之。始天子震怒，下廷臣议。后稍解，议者故多睽言，轻重靡决。公自奋曰："夫人臣有直节，无遂姤。以勋之权，及今诛之，殊尚善也。而但萎腇咋口，叉手雷同，岂称法吏意哉！"乃陈其不轨，论弃市。坐党附者，咸有等具狱。上闻，久不报。会秋当报囚，勋竟死狱中。上怒公输谳后期，诏免官去朝，士咸窃窃焉惜之。公叹曰："臣起家布衣，非有尺寸之效，而父子累世被恩，生死之年，永惧不报。乃今顾以失职，赐骸骨还故里，非老耄之幸哉，又何异焉？"又顾其子寀曰："尔知先朝尚书刘大夏乎？被罪戍边，乃即日荷戈就道，顾不健欤？"于是市车陆走，不役公骑，角巾私服，犹恐人之觇知之也。行未至彭城七十里，公体惫，欲假息。民间无可居者，乃休舍利国监驿。忽语子寀曰："予病矣，夫其殆也。丈夫盖棺事乃定，吾乃今死无恨矣。"遂逝，时壬寅仲冬七日也，公寿盖七十有三年矣。先是公之就宦也，必以棺自随，曰："仓卒中宁有备者。"乃今终于僻野，而子寀竟治所携棺奉襄事，人固谓之谶云。公俶傥魁梧，声洪若钟，为人峭直，不与物比，有接其谈笑者，充充然若重获也。然乡人以穷乏故求者，必剧为周旋，至有以私事谒者，则严拒弗纳。性又孝友，大参岩先卒，公抚其孤，无异己子。少保之荫，宜及长孙，义让之弟峤。督诲少弟昆，登嘉靖戊戌进士。少保初官京师，命公析诸弟，则自取敝庐朽物，斯非其敦爱由衷靡假者哉！家居更廉饬，其宅西有隙地，人或劝取之以营室，公曰："此官亭址也，不可。"仍甃井其上，以便汲者。邑令张君明道，今之木强吏也，闻其事善之，即构亭其上，名"怀德井"，仍作记表焉。吴中岁尝饥，蠲逋负者万石，折其券，至今言者犹呜呜感公德也。公有丈夫子五人：长邦栋，元配毛淑人出，娶徐氏；邦寀，侧室张氏出，娶王氏，继沈氏；邦桢，娶史氏；邦杰，娶顾氏；邦棐，娶予仲女，俱继室刘淑人出。女四人，孙男九人。邦栋等以甲辰春二月十五日，葬公于邑城外梅里村虚字圩。

屠应埈曰：国家准周建治，庶政掌于六官。尚书总喉舌之司，酌台衡之运，非宏德硕望推贤朝宁及上意所殊眷者，莫之得任也，况父子世登斯位也哉！明兴百八十年来，父子官尚书者凡十有四家，海内侈谈以为章逢之殊遇。然就今而观，其奋庸熙载、垂休扬烈、铭勒金石者，非无其人。至于拱默于睢、无所可否、外席隆宠而中惭尸素者，盖亦有焉。望崇者易隳，任重者多仆，岂不难哉？公父子世典邦刑，循三尺法，平衡天下。少保丞弼三朝，以直节去位，著称当世。公早岁登庸，扬历中外，蹶而复起，遂膺简锡之命。蹇蹇侃侃，条振彝章，使巨奸伏气慑息，瘐死不敢他望。虽被罪褫职，身毙名立，终始靡疚。辟诸璠瑜之性，宁毁不渝，麟凤在廷，驯而不狎。庶几哉匪躬之节，鼎画之臣矣，可不谓世济其美者哉！予故详其行告诸来兹，俾言世家者有考云耳。

嘉靖二十三年岁次甲辰仲秋吉旦，

赐进士阶奉政大夫、春坊右谕德兼翰林院侍读、

经筵讲官、校累朝训录、同修宋史、平湖屠应埈撰

——《吴江吴氏族谱》卷六

资政大夫刑部尚书讱庵吴公墓志铭

公讳山，字静之，别号讱庵，吴江人。曾祖讳昂，赠中大夫、太仆寺卿；妣陆氏，赠淑人。祖讳璋，封承德郎、南京刑部主事，赠中大夫、太仆寺卿；妣施氏，封安人，加赠淑人。公以上世积醇厚，发于少保、南京刑部尚书公洪，是为公考，母王夫人。公十岁丧母，知哀慕。十二岁，能属文，善相者许其大贵。十六岁，补县弟子员。弘治乙卯，中应天乡举。正德戊辰，与弟岩同登进士第，除刑部主事，历升员外、郎中，抗直不求合。有富人坐法当死，密投金求免，公白发其事，抵于罪。以不能俯仰权贵，至九载不迁官。正德丙子，录囚江右，宥过白疑，平反甚众。谏止武庙南巡，廷跪五日，杖三十，几毙。庚辰，擢山东按察副使，驿传军政，凡经区画者，宿弊一清。善理滞狱，释连逮恤，瘐系多被其惠。时有湮井

自渫，民歌之曰："彼泥者，泉弗浚；而复锡，我则福。"擢陕西右参政。嘉靖甲申，改浙江，假道归省。会少保公卒，获尽丧礼。丁亥服阕，升福建按察使，振其宪度，克绍少保旧烈，民间有"凤雏来仪，民具是依"之谣。己丑，擢江右左布政使，廉干著声。辛卯，推拜都察院右副都御史，巡抚河南。时水旱交害，公加意赒恤，民不知灾。河南事莫重于河患与粮运，究极河之利害，著《治河通考》十卷，为政式。主回隆兑运之议，免民运赴临清，于今赖之。地多亲王府，禄饩每每不给。公请以岁运余米暂补，稍纾其乏。伊府有内竖及武官虐众，临漳府有宗室招纳无藉、掠民财，公咸置之法，且疏免宗室为庶人。庶人乃潜入京师，诬公等。时永嘉公秉政，遂左迁为浙江参议，直声顾益起。无何，历转江右参政、应天府丞。丙申，复拜佥都御史，巡抚四川。至则论罢武臣不职者，举都督何卿、参将李爵守边，今并称名将。改广元州治，及诸施措务，广惠及民。戊戌，晋右副都御史，提督南赣军务。治尚清简，惟设备练兵，捕杀山谷贼魁而已，不务多事。历刑部左右侍郎，越二年，辛丑，拜尚书。为国执法，略无顾避。时有权臣郭勋，怙势将变。谏官上之天子，下廷臣议，众瞻望，持两端。公奋然曰："人臣有直节，无私党。以勋之肆，及今不诛，将为国家忧。若复唯唯自全，岂称法吏意哉！"乃数其不道，论弃市，诸党附者，坐罪有差。狱成具上，久不报。属秋报囚，勋遂死狱中，上怒公输谳后期，诏免官去。公叹曰："臣家起布衣，父子累官至八座，惧无以报。今以失职，赐骸骨归故乡，岂非幸哉！"顾子寀曰："先朝刘司马被罪戍边，即日荷戈就道，何其健也。"于是僦车陆走，角巾野服，不令人识之。驰驱致惫，未至彭城七十里，卒于利国监驿，实壬寅十一月七日也，寿七十有三。公倜傥魁梧，声若巨钟，不屑屑瓦合，接其谈笑者，罔不获愿。笃孝友弟，大参岩先卒，抚其孤，与子同。少保之荫，宜及长孙，让于弟峤。勤教少弟昆，竟登甲科。初，少保命与诸弟析居，自取敝庐朽物而已，此其友爱性至然尔。宅西有官亭地，或劝取以广宅，公拒之。仍甃井以济众汲，邑令张君明道作怀德亭，为文表其义。岁饥，尝折逋券万石以为赈，乡人德焉。公初配毛氏，都御史理女，累赠淑人。继室刘氏，汤溪知县桐之女，累封淑人。子男五：长邦栋，娶徐氏，毛淑人出；邦寀，娶王氏，继娶沈氏，副室张氏出，俱太学生。邦桢，娶史氏，邑庠生；邦杰，娶顾氏，宪副棠之女；邦棐，娶屠氏，春坊谕德应埈之女。俱太学生，刘淑人出。女四人：长适太学生陈述，祭酒霁之侄；次适益府引礼舍人郁觐；次适正术叶观，尚宝卿绅之孙；次许配王有霖，大理寺副延喆子，少傅文恪公之孙。孙男九人：长承熙，以公荫补太学生；次承焘，邑庠生；次吉甫、承照、承谦、承默、承廉、承抚、承辉。邦栋等以甲辰春二月十五日甲申，葬公于邑西梅里村虚字圩祖茔之旁。谓璘与公同乡举，相知深，持宫谕屠公应埈所述行状，谒璘乞铭其墓，夫安能辞？铭曰：

明兴六曹官至重，父子成家十四姓。后先同轨德乃光，吴江吴氏称最盛。两司寇公名不殊，疾恶戮奸缘所性。罢归退斥甘如饴，国论因之协于正。墓门永闭德愈明，望而拜者咸肃敬。子孙绳绳思象贤，万岁千秋鸿厥庆。

赐同进士出身、资善大夫、南京刑部尚书同郡顾璘撰

——《吴江吴氏族谱》卷十

刑部尚书、赠太子少保、资政大夫讱庵吴公暨配赠夫人刘氏合葬墓志铭

大司寇吴公山者，吴江人。父少保公，以功名显，弘治、正德间忤逆瑾罢。而公相继起，始举进士，由刑部郎历按察布政使司，三为巡抚都御史，转刑部左、右侍郎，晋大司寇，数著直节。其为郎，谏武皇帝南巡，震怒，命廷跪五日，复廷杖三十，几绝，而公不悔。其抚河南也，伊藩竖挟王为奸利，矫虔恣虐，民被其害者不可胜数。而临漳强宗附肺腑犄角，招亡命，掠民财，人尤患苦之。前后当事者莫敢问，公独疏竖罪状，因请薄责王使，改而论强宗，免为庶人。于是伊藩不胜愤激，庶人等走京师奏诋公。执政者亦衔公素伉，入巧诋落，都御史左迁，而公不悔。及为大司寇，竟坐郭勋事。勋以国公随辇侍上左右，借贵怙宠，擅威福，窃政权，咸汹汹惧有异志。用言者众，下廷臣议，而议者劫积威，窥密指，多持两端，不能决。公独奋

曰："夫人臣有抗命，无求容。以勋权雄及今，剪之所以折逆萌，弭衅渐，为国大计。而萎腇咋舌如噬脐，何岂人臣砥节，不顾身之义哉？"乃穷究，论勋弃市。谳上，久不报，勋竟死狱中。肃皇帝怒公，夺公官归，而公不悔，因曰："臣家起布衣，世承厚恩，愧无尺寸称塞。今得诛贼臣，除祸首，获奉骸骨归，恩愈渥矣。即旦夕蒙雾露，填沟壑，何恨？"命其子曰："昔刘公大夏以罪戍边，即日荷戈去，何健也！"乃僦民车，陆走不辍，抵利国监驿，病作，遂卒。公既卒，而伊藩竟以蓄不轨削灭。向使早从公言，稍去其党，芟其蘖，牿牛豮豕，豫销害本，岂忧其后哉？向使勋不穷论，或因缘得出，借薪寝虎，祸起肘腋间，又宁伊藩比哉？公生平谨厚，言若不出口，号称长者。及其临大议謇谔，人讷我奋，执法不挠，为社稷虑深远，君子以为不可及也。公字静之，号讱庵。始配毛氏，赠淑人。继配刘氏，封淑人。公卒且二十年，而子桢奏郎署绩，例宜有貤典，扼时禁弗得请。值今皇帝临御，闵正直臣谴斥者，生有殊擢，没有加恤。抚按臣皆以吴公闻，乃还公司寇官，赠太子少保。会孙焘以参政恩，加赠公资政大夫，毛氏、刘氏皆加赠夫人。先是毛夫人已别葬，葬久不可改。而刘夫人新卒，诸子奉其柩与公合焉。公葬亦久矣，有志传甚悉。而诸子以适当启封，幸再蒙赠阶，遣使赐祭营葬，至难遘也。宜易题重纪，并告父母，以昭旷恩示来世，乃相与涕泣请余铭。而公始终履历、诸善政美行，具载志传中，余不著，著其大者。而刘夫人未有述，余特详云。刘夫人者，长洲世家。有贤德，识大体，性庄，寡言笑。至事舅姑则愉婉，夙夜洁滫髓，供馈饲，起居承颜色，务先意，得舅姑欢。前姑王早世，尤哀恻。每王族属至，必厚礼以寓思王，行之至诚，见者莫不感动。其笃孝类如此。吴俗侈，刘夫人两家皆贵，顾朴素，服粗布，数澣濯。诸嫁时锦绮，至老藏箧笥若新。身务力勤，内程女红而外综家事。操奇赢，审废著，考计籍，豪发不爽。至其散财周急救疾苦，即不赀又弗计也。知时趋舍，临事剸裁明决，闳规远图，有丈夫之志焉。当是时，吴公出入践更，驰驱齐鲁、江浙、河洛、闽蜀之郊，积功劳以至大位，不遑其私，而家以日拓，刘夫人之力也。刘夫人足不越闺阈，纲纪肃然，家人奉令莫敢违，业成而乡里不扰，吴公由是益喜。初刘夫人归，而子栋方少，三女未嫁，鞠育顾复如己出。诸子长，各与治地一区，棋布鼎列，望之较若画一。自分财授田至器具皆均，嫁诸女亦然，诸子女不知其殊母也，即《鸤鸠》之咏何加焉！然其家范，严训有法，奖善惩惰，又未尝少假借也。以是吴人至今言贤母者，必首称刘夫人。余女嫁桢之子抚，既熟闻夫人贤，而桢备状其事益信。盖吴公专心许国，而无内顾忧，以成其名，其亦有自哉。嗟乎！明兴以来，父子为六曹尚书者，天下仅十七家，而吴公其一也。然吴公父子为司寇同，卒而赠少保同，尤难。父少保以瑾去，子少保以勋去，父子以正直见忤同，尤难。子少保与弟参政岩同举进士，而弟知府昆亦嗣举进士；少保子副使桢与孙参政焘同举进士，而诸孙熙、廉等数人，亦相次举乡进士，方彬彬起，尤难。诸子孙仕宦者以洁修显，后来者以文学进，皆谨饬有汉石氏风，其兴且未艾，尤益难也。故天下称吴公独盛，而余并著之云。铭曰：

吴公立朝秉志直，夫人鞠子其心壹。始则相成终合璧，吴江之水汇震泽。洞庭诸山当前出，天帝閟之地灵谧。积精钟粹延世德，后来方兴永无斁。

吴公生成化庚寅九月二十五日，卒嘉靖壬寅冬十一月七日，寿七十有三。曾祖讳昂，赠中大夫、太仆寺卿；妣陆氏，赠淑人。祖讳璋，封承德郎、南京刑部主事，赠中大夫、太仆寺卿；妣施氏，赠淑人。父讳洪，资德大夫、正治上卿、南京刑部尚书，赠太子少保；妣王氏，累赠夫人；继夏氏，忠靖公原吉之孙女，赠淑人；再继丘氏，封夫人。刘夫人生成化丁未二月十六日，卒嘉靖丙寅九月念有七日，寿八十。曾祖讳铉，詹事府少詹事，赠礼部右侍郎。祖讳浒，承事郎。父讳桐，汤溪知县，以孙畿贵赠通议大夫、南京兵部右侍郎兼都察院右佥都御史。子男五：长邦栋，毛夫人出，以子承焘贵累封山东布政使司左参政，娶徐氏，加赠淑人。次邦案，侧室张出，鸿胪寺署丞，娶王氏，继沈氏。次邦桢，湖广按察司副使，转甘肃行太仆寺卿，娶史氏，封宜人；次邦杰，举人，先刘夫人卒，娶顾氏，按察使棠之女，继陈氏；次邦棐，国子生，娶屠氏，春坊谕德应埈之女。俱刘夫人出。女四：长适国子生陈述，次适王府引礼舍人郁觐，次适阴阳正术叶观，俱毛夫人出。次适王有霖，侧室彭出。孙男十有五：承熙，举人；承焘，吏部文选司郎中，转太常寺少卿，今山东布政使司左参政；吉甫，国子生；承照，郡庠生；承谦，国子生；承廉，举人；承默、承抚，国子生；承烈，邑庠生；承鲁、承显、承恩、承炅、承芳、承裕。孙女十：适周京、卜曰克、赵焕、周基、黄元吉、魏大雅、屠颐。京、焕，皆举人；曰克、基、大雅，皆庠生；元吉，国子生；余皆幼。曾孙男十有三：士端、士彦、士龙、士竑、士毅、廷坊、廷升、汝阶、汝城、汝恒、汝址、汝台、汝基。士龙，官生，承熙之子。熙举于乡，补公荫也。余尚幼。曾孙女十有七，俱幼。刘夫人之葬以隆庆戊辰十一月念有七日，地在吴江西郭梅里村虚字圩之祖茔。

赐进士出身、前资善大夫、礼部尚书兼学士、
工部尚书管吏部左侍郎事兼掌詹事府翰林院事、
纂修承天大志、国史副总裁、奉诏内直吴兴董份撰
——《吴江吴氏族谱》卷十

大中大夫四川布政司右参政维石吴公墓志铭

正德二年，吴公瞻之领应天乡荐。三年，与兄静之同举进士，拜行人。六年，升工科给事中。十二年，升户科右给事中，凡两月，复升刑科左阶。十五年，升掌工科。十六年，升四川布政司右参政。嘉靖三年，奉表入贺，便道归家，卒于姑苏舟中，实五月九日也，享年四十有九。公名岩，瞻之其字，别号维石。先世居淮扬间，九世祖千一始迁吴江。曾祖伯昂，祖廷用，俱赠大中大夫、太仆寺卿。廷用以孝闻。父禹畴，累官至南京刑部尚书。母王氏，累赠至夫人；继夏氏，赠淑人；邱氏，封夫人。妻徐氏，同邑金华府推官章之女，先卒；继德清沈氏。俱封孺人。子男三：邦模，娶王氏；邦楷、邦材，俱幼。女二：一嫁县学生史璧，一许聘庞杰。司寇公命邦模以卒之明年乙酉三月十一日，葬公于邑西文奎字圩之原。先是以状属陈君明，而以铭属予。余二人重伤公之不幸，辄书辄止。及葬，余始参状而次第之曰：公性通悟，为文明决可诵，初试宪台，即获首选。历数科不售，司寇公将使从荫，又念公继母弟峤失恃，意向之，未决。会提学御史陈公玉畴来京师，称公有进士才，不可使从荫，遂以峤袭之。未几，公果

第，人以是益服陈公之知人。其居家孝弟，事兄如父，事姊如母，抚弟如子。遇继母忌辰，如母仪。司寇公总宪闽时，公间往省，朝夕奉命惟谨，邱夫人爱之加于所生。母族不给者，极力生植之，能自立者，亦曲护焉，使保其业。其仕为行人，使于楚府，为礼不苟委而中则，诸凡馈遗，悉却不受，一时号为良使。其在工科，指陈时弊，以直谏称。壬申，辽夷入境，守臣误杀之。既而夷人称冤阙下，守臣亦奏之，事久不解，诏公往核其事。公劳悴白发，面为冻腐，不敢少懈，卒得其情，刑恤各当，夷夏两服焉。乾清宫灾，下诏求言。群臣劝上，早朝晏罢，日御经筵，建储嗣而斥义子，接儒臣而出番僧，遣边兵而罢中市，言者不一。公上言："此皆臣所欲言，而群臣先言之。伏愿陛下列群臣言于座右，次第施行之，庶不负求言之意。"君子谓公不恃一己之见，博采众人之言，分疏而条解之，可谓善谏者矣。其在刑科，乞恩归省，时朝廷方遣使征逋，祸及无辜。公目睹之，入朝上言："东南民力已竭，不胜残敝，乞还使者以罢征求。"上特允之。又言："东南财赋之区，地苦下湿，太湖之水由吴淞、白茆以达于海。今吴淞淤浅，白茆成陆，一遇水漫，则入海之道塞，而民受害矣。乞命大臣开浚之。"上可其奏。小民无知，疑公此举，识者谓为久长之利系焉。其他极论权嬖之奸回，请毁阉人之祠院，前后章奏不下数十，悉为人称赏。其在四川，奉命理赋，不专征求，而无逋负于公，又能经纪羡余以行赈贷。蜀人方仰之，而公不起矣。公平生疏爽宽裕，不为琐屑，及居辅导，明习旧章，老成莫及。交游好自克，无责怨于人，先公举者不嫉，后之者不慢视焉。呜呼！始公自工科拜命于蜀，予适以是日领擢刑垣，予作诗纪异以送公行，孰谓是行遽成永别耶？可哀也已！铭曰：

于惟吴氏，我知其先。有美大中，一孝格天。笃生秋卿，完名而去。公之兄弟，颉颃以继。皇皇使者，谔谔谏臣。公于所事，亦云委身。天不憖遗，公实可哀。蜀道不难，而难苏台。城西之原，具区之左。有碑峨峨，岘山横浦。

赐进士出身、征仕郎、刑科给事中邑人沈汉撰

——《吴江吴氏族谱》卷十

中大夫四川布政司右参政吴君神道碑铭

嘉靖三年，今南京刑部尚书致仕吴公之子岩，以四川布政司参政奉表入贺万寿节，及安庆遇疾，乃命趋京口进舟而南，未至家四十里以卒，实是年五月九日，年四十九。明年三月十一日，其子邦模以尚书公命，葬于县之范隅上乡文奎字圩，复伐石树之墓左，其友人周用则序而为之铭。君字瞻之，其先有讳千一者，自维扬迁居于吴，遂世为吴江人。千一而下五世为赠大中大夫、太仆寺卿讳昂。大中生封承德郎、南京刑部主事讳璋，有孝行，赠官如其父。承德生尚书，君即尚书之仲子也。母王氏赠夫人，继母夏氏赠淑人，邱氏今封夫人。君起家县学生，正德二年，中应天府乡试，明年第进士，拜行人。楚王薨，礼部举君治其丧，只肃将事，楚人以为能重其国。六年，以选为工科给事中。七年，辽东夷人走阙下，愬所在杀其使来告边事者，诏君核其事。君驰至辽东，廉得其实，曰："是边吏利单弱，冀以窃杀为首功者。今兹法不信，其将不免启边隙。"遂上狱抵以罪，诸夷人顿首，以朝廷不外远人，愿岁修朝贡于我不绝。九年正月，乾清宫灾，诏求直言。君上疏，乞视朝、讲学、建储、斥养子、出番僧、遣边兵、罢中市，凡数十事，言甚剀切。十三年，部使者持牒四出督民逋，或因以为功，遂并与所尝蠲除一切取盈，烦苛无艺，民不堪命，君奏乞征还。又乞遣大臣治东南水利，宜垦白茆故道，引太湖之水而注之海。天子每从其言。十六年，今天子即位。八月，君由工科都给事中拜四川之命，专领粮储。既至，则问岁所出入，躬蚤夜，治文书，尽得其调度，与诸守令约不得以赢耗病民。时时出行部，偏州下邑，无不有君之迹。居一年，奸利衰止，公私以饶。君娶徐氏先卒，继娶沈氏，俱封孺人。子男三：长即邦模，治举业；次邦楷、邦材，尚幼。女二：长适县学生史壁，次许庞杰。始，君生三岁而失恃于王夫人，稍长知哀痛感激，服尚书之教惟谨。尚书久仕于南方，君从其兄山，能以恭顺见亲爱，家庭唯诺，义兼师友。久之志益坚，业益修，考行观艺，恒裒然居人先。由是入朝为诤臣，低昂公议，出佐方伯，牧其西人，莫不卓有所树立，盖其得于父兄者为多。抑君能用其厚于人伦，其所获宜如是，君之不幸也。复以共天子之事，来归于数千里之外，尚书率君之弟若子，视君阖棺。会君之兄自陕西赴浙江参政，哭君于殡，俟君掩圹而后去。呜呼！是岂皆遭其适哉？于是益知君之平生于君臣父子兄弟之相与，盖有所不可诬者已。呜呼！人亦孰不欲为善，而君之食其报其近如此，是重可哀也。铭曰：

淮海之邦，伊浚其源。暨来于吴，其支实蕃。五世以还，允有孝德。载厚其施，寒泉弗食。至于大夫，克受丕祉。乃父乃兄，爰世其美。顾瞻四国，明命是将。厥绩告成，置诸帝旁。我谋我猷，是用风议。济于多难，务大捐细。野有虎兕，拆其齿角。三江之东，孰为之蹙。帝眷西顾，于昔之蜀。俾予近臣，值尔伯谷。维梁之山，有岷有峨。德不在兹，农饱而歌。君朝京师，君胡东归。君归不来，蜀人孔悲。功不以时，志不以年。孰使则然，人耶其天。维吴之良，维民之望。墓门有碑，以永不忘。

邑人周用撰

——《吴江吴氏族谱》卷十

中大夫陕西行太仆寺卿前湖广按察使司副使兼管流民仰峰吴公传

曩余仕楚，繇藩参为督学使者，首尾五年，往来荆襄鄂岳之郊，因得询父老，阅掌故，听闻数十年吏治民瘼，历历若目前事。其大者则黄中之变，纠合亡命，雄据边卫，远近狼顾。全楚驿骚，群议汹汹，剿抚未有所决。时荆南副使吴君受檄往讨，兵既压境，乃遣人缓颊，谕以祸福。中果面缚，诣军门降，兵不血刃，省县官出师之费无算。事平，吴君口不言功。当事者故与吴君有隙，亦抑不以闻，吴君仅蒙金币之赏，且以左迁去。至今楚人无不为吴君怏怏称不平者。呜呼！功成不受赏，长揖归田园，古人所希觏也，孰意今日乃有斯人。吴君既坎壈赍志以没，而其子承抚、承显乞余一言，以图不朽。及观行状中载施州事颇详核，则知余所闻之楚人者不虚哉。矧其生平大节荦荦可书，诚不宜使之泯泯也，乃为之传，俾撰述三吴人物者，将于是乎有征焉。传曰：太仆公讳邦桢，字子宁，号仰峰，姓吴氏，苏之吴江人也。曾祖讳璋，赠中大夫、太仆寺卿。祖洪，南京刑部尚书，赠太子少保。父讱庵公山，刑部尚书，以执法忤肃皇帝旨免官。庄皇帝因其子太仆君讼，复其官，赠太子少保。生五丈夫子，太仆君其季也。幼岐嶷，风度不凡。长喜读书，痛括磨豪习，委已于学，遂以太学登癸丑进士第。廉静自持，足不履权门，选授刑部江西司主事。初视事，有诉其子不孝者。君曰："据词，子当死，死不复活，若忍之乎？"其人色动。君召其子，谕以天性，愓以王法。子悔恨求改，乃遣归。不一年所，其父来谢曰："吾子果悔过。微君，几轻杀吾子。"其录囚江北也，一重囚当决，讯之故医者。有商被盗，死其奴，幼儿遗于道，医收养之。商之子识奴，以为医杀其父也，讼之官。医不胜考掠，自诬服。君疑之，呼儿密问，得商舟中死盗手。乃潜访舟人，召至庭，令儿审视，识其中二人。二人者，果错愕自首，立出医，众称神明。升郎中，恤刑福建，多所平反。升湖广按察司副使，驻节荆州。荆州分封为辽藩，颇逾制，缓则骄恣，急则恐伤国恩。君不事苛细，惟责大体，宗藩稍戢，不甚为民害。郡城外沙市百货所聚，他使者遣人适市取物，往往十不酬一，民病之。君命驵侩居间，视所值相当乃售，即不当，不强使售也。民倚君若父母，而君往往以其故失僚友欢。荆襄大水堤坏，君拘刷渔船二百余拯溺，所活万计。岁饥，亟檄有司出所贮谷赈之，县乡无赘聚，民获全而不扰。沿江筑堤，自监利抵夷陵，绵亘七百余里，工费不资。君设处，竭心力，民乐趋事，堤成，不动公币一钱。黄中之据施州卫也，当楚蜀之交，众方懔懔。公曰："此难与角力，谕以恩信，可不烦兵下也。"会檄到，即率师往，枞金伐鼓，军声大振。一巡官请间语，与君意合，即遣之告贼曰："大军已至，汝知殄灭在旦夕乎？我所以来，为汝开生路耳。汝即降，即更生，不则速死，徒膏斧钺无为也。"贼大惧，遣其子诣壁谢，实觇我军。君召见，谕以朝廷威德，辞严貌温。贼归，谓其父曰："吴公仁人也，天赐公活吾侪。"中亦曰："吾素闻吴公长者，吾乃今知所托命矣。"遂降。至今荆州人道贼降状，余所闻于父老者为甚详。施州土酋覃宁，恃险远公，肆暴虐，至掠人子女，君廉知之。百姓怨诉，君乃请诸抚台，躬帅师徒，一鼓破擒之，追所视篆，出被掠子女还其家，荆人忭舞。时蜀中用兵久，所费以巨万计，竟未有一捷闻者。乃荆州兵不数月获其巨魁，公私财无巨费。而土酋又数十年根株莫拔之，祸一旦芟夷之，功尽归于君，媢忌遂生。而当事者适其旧僚，挟故怨乃没其功，反以出师后期尤君。铨曹未之察也，乃擢君甘肃，行太仆寺卿，实左迁云。君怡然就道，以得归为幸。至则母刘夫人已搆疾，公侍汤药，弗效，卒。视含殓，无遗憾，谓非孝感不可也。方君之居丧也，会有追论施州事者，下所司覆勘。勘者重违前旨，功竟不白，仅蒙白金彩币之赐，君迄无一言，人以为难。服阕，除陕西，行太仆寺卿，责专马政。往时种马死，责养户偿，至鬻子女，而子马则多为奸人所欺隐，莫之觉。君搜剔宿蠹，得所匿驹马万余匹。因操其奇赢，令马物故验，非瘦死者勿偿，民大以为便。已而奉敕兼按察司佥事，权益重，乃益以兴利除害自任，冀行己志。而当道者谓为侵权，顾擿其不责偿马于民，以为旷职废事。君曰："可归矣。"遂乞致仕归。君素清谨，所至有司供廪饩，苟足则已，余悉屏去。其在荆州也，有某州守以垦田常例银若干献。君曰："此物奚为至哉！"峻却之，且收其银置官库，守大惭去。及是有余银若干，终不以去位故有所染指。比归，不市一物，不增一箧。人称君居官，自始至终皭然如秋水，秦中人至比赵清献云。既归之几年，为岁癸酉，秋哭其兄葵阳，冬又哭其弟容亭，并哀痛。有慰之者，君曰："我岂不知修短有数，徒悲无益。顾手足零落，欲无悲得乎？"遂病脾，竟弗起。君坦夷爽朗，言行若一，性孝友，勇于为义。至利欲，处之淡然，退怯如懦夫。闻人之善，景行弗及。有弗轨于道者，则顰蹙不愿闻，若将浼焉。虽世家子，不骄不侈，无一切膏粱态。遇人恂恂，不设城府，至当官莅事，则毅然不回，人亦不敢干以私，固知其中非浑浑无町畦者也。君以万历甲戌二月八日卒，享年六十有四。元配史宜人，贰室袁孺人，先君若干年卒。袁孺人有贤行，宜附太仆君，以永其传。袁孺人父袁翁，居苏之长洲。其诞孺人也，梦新月坠庭中，奇之，以为贵征也。日者曰："月坠庭，贵无疑。第新月，非当夕之象。"袁翁艴然。比长，议婚者皆不谐，将及笄矣。吴君年二十有六，史宜人未举子。母刘夫人曰："曷择良家子以佐吾妇。"史宜人闻袁翁女奇，命媒媪为介求之，不许。里母曰："翁不忆日者之言乎？"袁翁悟，乃许。比归，事刘夫人、史宜人婉顺。授以家政，巨细悉达，役使嬙媛，各当其才。己亥举一子，史宜人子之，一日抱管籥嘱之曰："吾病，不耐烦剧。知汝能，汝代吾劳，吾字汝子。"孺人始知家政，时称井井。吴君以其故，一志经史，旋取科第，孺人之助居多。比入京师，吴君方在刑曹，则窃诫吴君曰："士君子处家宜宽，居官宜慎。况法曹为国家持三尺，齐万民，非兢惕何以称明允？"副任使君异之。盖君素仁厚，故有此规，此其识不加人一等哉！久之举二子，犹谓允嗣未广，劝君及壮，兼采宜子者，以自副。吴君尤异之。亡何，搆疾。既病，与吴君诀，惟以不得终事刘夫人、史宜人为恨。时子女于邑绕榻，孺人泣慰之，语皆侃侃归正，无乱命。比卒，吴君哀恸，谓失一良佐。史宜人亦大恸，曰："继自今，谁可代吾劳者？吾欲如曩时，习静可复得耶？"即孺人克相吴君，善事史宜人，可知已。既殡，吴君籍其所遗妆橐，惟君所置衣饰，更无他物。嗟夫！古今儿女子稍得志，多树私藏，黩货无厌。或骄妒不奉法，抑绝与妾，使无所容足。孺人久执家政，财货由己出，乃寸丝尺帛，不以自私。至其克修妇道，推毂后进，可不谓乐只贤妇人者哉？於戏！是可传也已。

太史氏曰：近世海内贤豪世家，父子祖孙相继登朝者，不数数见。而赫赫在人耳目者，在闽则林氏，中州则灵宝许氏，江南则吴江吴氏。二世为尚书，赠宫保。子若孙又举进士，为刑部郎，出副外台。并以执法活人，有名于时。彼林氏世为翰林，陆沉金马，徒以议论献替结人主知。许氏为御史或史官，有至冢宰大学士者。顾不若世为法官隐德之入人深也。以余所闻招黄中事，则太仆君活楚人不胜道矣。如于公高门之理不诬，则吴氏之后未艾哉。又彼二氏者，独生豪杰丈夫子，未闻内子有贤声炳烺于时也。矧小星乎，由袁孺人观之，吴氏之内助何如也？然则袁翁新月之梦，其吴氏之祥也欤，夫岂可谓非天哉！

赐进士出身、朝列大夫、国子监祭酒、
前翰林院国史编修、奉敕提督学校、
湖广按察司副使、年生檇姚宏谟撰
——《吴江吴氏族谱》卷六

中大夫陕西行太仆寺卿兼按察司佥事仰峰吴公墓志铭

仰峰吴公以万历甲戌二月八日卒，卜以戊子十二月六日葬，其孤承抚等以公之婿赵君延炯状请铭。余既雅重公，而公之子承抚余婿也，遂不辞。公讳邦桢，字子宁，别号仰峰，姓吴氏。宋端平中有千一公者迁于吴，世为苏之吴江人。曾祖全孝翁讳璋，封南京刑部主事，赠中大夫、太仆寺卿。曾祖母施氏，封安人，赠淑人。祖立斋公讳洪，官资德大夫、正治上卿、南京刑部尚书，赠太子少保。祖母王氏，赠夫人。父讱庵公讳山，资政大夫、刑部尚书，赠太子少保。前母毛氏，赠夫人。母刘氏，封淑人，赠夫人。讱庵公生五丈夫子，公其季也。少岐嶷，美风度。长折节读书，孳孳讲习，未尝以游戏废业，父母钟爱之。以诸生援例入太学，太学之士无不乐与之游。讱庵公卒于途，公不获视含敛，哀痛终其身，每言及辄泪下不止。嘉靖己酉，举应天乡试，客皆贺，公愀然悲讱庵公不及见，谢弗受。癸丑，成进士，授刑部江西司主事。初视事，有诉其子不孝者，公召谕之甚恳，子悔而改。行后一年，其父谢曰："吾有恶子，赖公而孝。吾欲杀子，赖公而生。"遂击颡于门而去。丁巳，奉敕虑江北囚。囚有医工者，见遗儿道上，收养之，不虞其主人商，而见杀于舟人也。异时，主人子获儿，讼医杀其父，狱既成，当抵死。公召儿问状，密语有司，悉置舟人庭中，俾儿认。儿前指二人呼曰："是杀吾主人中流者也。"盗惊伏，乃释医，众咸服为神。又有临刑而父子争死者，公义之，为缓其死。是冬，进贵州司员外郎。己未，进浙江司郎中。辛酉，奉敕恤刑闽中。有郭某坐法当绞，行万金求免，公叱去之，曰："夫三尺之谓，何而可以曲贷汝耶？"福安中倭，令李尚德以城陷罪死。公谓："令，书生，不习战阵。婴空城，被重创，妻子尽死，犹能保印绶、不委贼手，斯可矣。"为特请，得从末减。壬戌，升湖广按察司副使，驻节荆州。荆有沙市之饶，百货殷凑，官府市物者十不偿一，公令驵侩平准其直，无所假借。荆襄大水溃堤，民几鱼。公亟拘千艘济之，出仓粟赈饥，民赖全而不扰。堤溃者，自监利至夷陵逾七百里，悉取赎锾筑之，畚锸云集，而不费公私一钱。龙潭蛮黄中，大猾也，以事跳之施州，据支罗山为乱。支罗当楚蜀之交，两省受害二十年，剿抚未有所决。公受檄往讨，谓贼未可卒平，不若降之。便乃遣人告贼曰：“大军已至，汝知殄灭在旦夕乎？汝即降可更生，不则速死，毋徒膏斧钺也。”贼惧，遣其子诣公输款。公召见，复谕以朝廷威德，布以诚信。贼归，谓其父曰：“吴公，仁人也，天赐公活吾侪。”中亦曰：“吾素闻吴公长者，吾乃今知所托命矣。”遂降。施又有土酋覃宁者，自恃绝远，王师不能至，掠子女货财，残虐不可胜计。百姓列上其恶，公一鼓破擒之，褫其职，不使复为民害，民皆忭舞，立祠祀公。中与宁当蜀楚巨憝，一旦荡平，功归一人，诸僚侧目。适僚有转官当道者，挟故怨，没其功。丙寅，升甘肃，行太仆寺卿，实左迁也。公无几微不平意，趣归，省刘夫人。夫人已病，公日侍汤药，衣不解带，而夫人竟不起。时有追论施州事者，公功终不大白，仅蒙白金文绮之赐。居恒痛切庵公以忠获罪，思伏阙上书，未有间。而会庄皇帝登极，公具疏陈情，政府为请于上，复原官，赐祭葬，赠太子少保。己巳，服除，改陕西，行太仆寺卿，敕兼按察司佥事。秦人种马死，则鬻子女偿官，马生驹，顾匿不报。公搜其驹万匹，补死马，但羸死者责偿耳。秦人甚便之，茶使者独弗善也，劾其旷官。公不辩，乞致政归。公清谨廉直，居官不取一镪。为楚臬时，泮州守饷垦田，银不资，公叹曰：“吾滥竽风纪，不能取信下僚，不愧隐之孟博乎？”籍而贮之公帑。去秦之日，不受羡余，行李图书，宛然故箧。素性谦冲不伐，最能缓急人。笃行孝弟，忠信诚怛。解官之后，生产旁落，同气五人，先后物故者大半，公哀痛摧剥，病脾不起。公生正德六年辛未七月六日，得年六十四。位未酬贤，寿未满德。呜呼哀哉！公配史氏，封宜人。子男六：承抚，娶余女；承显，娶嘉定沈氏，御史扬女。俱国子生。承芳，娶叶氏，南工部主事可成女；承裕，娶嘉兴王氏，太守俸女；承庆；承绪。女五，适上海赵廷炯、无锡安元吉、嘉兴屠颐、同郡陈大猷、常熟严泽。抚、显，暨归赵、安、屠者，贰室袁氏出。芳、裕、绪，暨归陈者，贰室叶氏出。庆，暨归严者，贰室顾氏出。孙男八，孙女九，曾孙男一，曾孙女一。墓在长洲县上张字圩。铭曰：

厚而谦，直而廉。司寇平，民不冤。楚戎功，遏弗宣。进太仆，遂归田。忠臣孝子，克绍其先。吁嗟乎！丰其德，而啬其年。斯其为，不可问者天。

赐进士出身、前资政大夫、礼部尚书兼学士、
工部尚书管吏部左侍郎事兼掌詹事府翰林院事、
纂修承天大志、国史副总裁、奉诏内直、吴兴董份撰
——《吴江吴氏族谱》卷十

中奉大夫广西布政使司右布政使少泉吴公墓志铭

万历甲戌七月二十八日，广西右布政使少泉吴公卒于家，年仅四十七尔。讣闻，予以姻友往哭之。哀后二年某月日，葬于邑西郊裳字圩新阡。其子士端、士彦泣拜请铭于予。嗟乎！予忍为公铭哉？按公兄贡士君所为状，公讳承焘，字仁甫，少泉其别号也。生而警慧，童年探句能应声出奇语，祖少保公大异之。十四补邑弟子员，试辄高等。弱冠举应天乡试，庚戌会试中式，以父封君参政公命归，卒业。癸丑，应廷试，第进士，除寿宁知县。邑岩险，民犷悍好争。前令政多玩弛，公绳之法，百度具举。旁邑有冤抑者，率求直公。期年以治闻，按部者疏，改崇安。崇安孔道，徭赋困民。公力崇节约，清驿传，裁冗费，抑豪强，禁渔夺。邑有宦，非科第，挟巨资为京朝官者多结纳，滥乞当路，檄为树坊。公曰："不可！以是病民。"卒寝其役。彼衔之，莫克为言，于是邑民乐有生业。部使者委查盐课，稽掣精核，无隐弊，曲当上意。在崇二年，俸入外不以纤毫自污。丙辰觐归，出视箧笥，无长物。参政公喜曰："儿清白若此，无忝先人家声矣。"是岁，以旌举，被征台谏，格于年例，升礼部仪制司主事。丁巳，改吏部验封司主事、历员外郎、郎中。郎中考功时，柄臣父子擅权贿部，事多龃龉。公赞太宰力持其间，一时臧否去留，多协公议。壬戌，分考会试，衡文多称得人。执选时，抑竞拔淹，多所精鉴。自历铨司六年，门严扃钥，寡交接，不徇请谒，人亦鲜以请谒至者，封诰有"介洁奉公"之褒。升太常寺少卿，提督四夷馆。癸亥，京察，仇公者为公搆谗，南台疏劾，公调江西按察副使。归，箧萧然如闽时，参政公又曰："儿清白无渝，益光先人矣。"丁母淑人忧。丙寅，复除山东按察副使。丁卯，监乡试，录文二三，出其手笔。是年，升左参政。先

是，逋税者淹系数百人于狱，老稚累累。公至，即释其囚系，征督有方。公输完，贼南台，复有私憾于公者，乘考察辄又诬劾公。公闻，即日解绶行，部使者会疏留之，追及公于道。公俟邸，报还任，奉职益虔。时青齐比岁凶荒，公躬行属郡，力请当道发廪赈贷，益之赎锾易粟，处画周详，全活甚众。庚午，升湖广按察使，转广西右布政使。时辅臣高拱兼绾铨篆，于公夙有嫌，辛未，考察辄罢，公归。公昔在铨司，强干不为阿徇，憎口日哆，乃乘挤之固然。嗟乎！公方强年，砥节自奋，树立功名之会，而遘逢厄塞，莫究其施，舆论实多惜之。归三载，日惟屏迹，奉亲教子，弈棋赋诗，一不请托于公府。竟以脾疾不起，嗟嗟悲乎！公性孝友，参政公晚年目眚，左右就养，朝夕承志惟谨。居母淑人丧，哀毁执礼，苫次无违。兄弟怡，无间言。周恤寡妹，携育其孤甥，教之若子。平生伉直信义，与人重然诺，不为匿怨，亦无足恭，家居一无杂宾。仕籍二十年，尝官华要，至卒之日，家无余资，于参政公先所受分外，产不加殖，足征其守矣。余观公，穹首隆背，目光炯然，而恢廓爽朗，毅然自负。当期大畀，显施崇勋，寿祉乃奄焉，赍志长毕。夫人者难必，而天者足恃，嗟嗟少泉，胡天亦忌之耶？悲乎！公先世汴人，十一世祖千一公，从宋南渡，居吴江。高祖璋，称全孝翁，封主事，赠太仆寺卿。曾祖洪，南京刑部尚书，赠太子少保。祖山，刑部尚书，赠太子少保。父邦栋，以公贵封山东布政司左参政。母徐氏，赠淑人。配金氏，封淑人。生二子：士端，邑庠生，娶周氏，继聘郭氏；士彦，郡庠生，娶余女。俱博文，世其家学。女二：长适大理寺卿五台陆公光祖子基忠，国子生；次尚幼。孙男三，俱幼。乃为志而铭之。铭曰：

隆隆者陨，岳岳者刊。伊彼镆铘，腾虹倏藏。胡然而官，次极藩垣。不跻揆端，胡然而年。甫阅强仕，不遐寿康。厥有孝廉，承家允臧。祖孙绳绳，休有烈光。川原朊朊，考君子藏。我铭斯石，后其永昌。

赐进士出身、资德大夫、正治上卿、

南京刑部尚书、都察院掌院事右都御史、平湖孙植撰

——《吴江吴氏族谱》卷十一

明故湖广永州推官燕勒吴公墓志铭

公讳晋锡，字兹受，号燕勒，姓吴氏，苏之吴江人也。六世祖赠太仆寺卿讳璋，以孝行著闻。子讳洪，孙讳山，皆仕至刑部尚书，吴中人称为大小尚书。小尚书生赠布政司左参政，讳邦栋，于公为曾祖。参政生乡进士、赠左军都督府经历讳承熙，于公为祖。进士生顺宁府知府讳士龙，公之先考也。公微时，见天下已乱，即讲习象纬、韬钤、骑射之学。崇正己卯举于乡，庚辰成进士。殿试时，上亲临策问，试新进士骑射。公三发三中，天颜大喜，赐酒，授湖广永州推官。呜呼！公之时明事不可为矣。流贼蔓延，屡蹶复张，而守土无兵，震喝遁避，未见一贼，城邑已为丘墟矣。公至永，即首倡团练之议，作保甲以募乡勇。清谳之暇，教以坐作进退之节，当事倚以为重。张献忠连陷荆襄、承德，且及长沙、祁阳。土贼冯异借其声势，遥相叫应，竟破祁围永。公提剑登陴，督团兵鏖战三昼夜，贼宵遁去。公密设方略，大出师，倾其巢穴，遂降其精锐，公威大振。长沙既陷，巡抚王聚奎来奔，公谓："今虽陷败，而永新胜势锐，可以一战。请严辑部伍，分守要害，庶兵民相安。"王不能用，肆行剽掠，禁抑不止，而永始不可为。公乃突围北上，将泣血面陈楚事，而新抚何腾蛟移檄追之，且为题守永功，晋团练监军，因留佐之。是时，北都沦没，福王监国，南京左良玉镇楚，骄蹇不奉命，何甚患之。公屡正其所为，左不敢横。我大清破闯，自成窜于湖北，至蒲圻，为乡兵所诛，其余党悉降于何。公因赞其乘势恢复。何不能用，乃题公为郴桂道，用以控御南楚。时郴有砂夫之乱，人惮不往，公单骑赴之。郴人闻公至，皆踊跃曰："我公至，吾属生矣。"砂夫亦释甲听令。公乃狝其骁悍，用其材良，郴人悦服。南京复亡，唐王在福，公疏请临楚东征，唐王以疏宣示群臣，终不能用。擢广西布政使司，辞以郴乱不行，乃加公大理寺卿、仍管道事。时郴地已危，公誓以死守，而何腾蛟督师长沙，檄公督饷。郴民号泣请留，公去而郴果复乱。全楚既失，督师奔滇。衡永郴桂长宝巡抚之命复下，公于是痛哭拜辞，入九疑山，匿迹为头陀。及大清定楚，以书币招公，且荐为广西提学道。公坚不可，遂听公南归。终身闭户，蔬食以卒，时康熙元年七月初八日也。卒之日，语其子曰：“某生不能死国难，死当表我墓曰‘前进士某人之墓’足矣。”呜呼！可哀也已！夫明之亡也，由于流贼之乱，守令不得其人，不能先事防遏，使其势日炽，畏葸退缩，不可复治。诚得公辈数人，亦未必乱，即乱亦即时扑灭，又何至猖狂溃坏，不可收拾若此哉！前夫人沈氏，生兆宽、兆宫，早卒，葬于吴县之竹坞。后夫人杜氏，于菼祖母为侄，生兆宜，先公一年卒。侧室李氏，生兆骞、兆宸、兆穹。婚皆名族。女适杨维斗先生子焯。康熙十三年正月二十一日，宽等奉公暨我表姑杜夫人，葬于吴县之宝华山采字圩祖茔之右。其葬也，未有铭志。后数年，兆宜以公所为《半生自纪》来，请菼为之次第其说，使志于墓。宽、宫、骞皆知名人，称为“延陵三凤”。宜齿弱于诸兄，而名亦相埒，或又号为“吴四君”，以比唐之窦氏、明之皇甫焉。宽以子树臣贵赠奉直大夫、四川汉州知州。兆宫，崇正壬午副榜。兆骞，顺治丁酉举人，被诬遣戍，献《长白山赋》赦归。诸孙十有六人，曾孙十人，俱能世其业。铭曰：

延陵之胄，以孝起家。司寇相继，蔚为国华。奕叶佩绶，有名南土。公丁其艰，捍蔽全楚。谋之不用，抑有天命。崎岖危疑，率完其正。子孙纯纯，报公之忠。勒兹贞石，永列幽宫。

赐进士第、礼部尚书兼翰林院掌院学士教习庶吉士、
长洲韩菼顿首拜撰

——《吴江吴氏族谱》卷十一

长兴伯吴易传

公讳易，字日生，号惕斋，亦号惕庵，姓吴氏，吴江之二十九都人也。其先有千一者，自河南来迁，数传至璋，以寻亲显，而族始大，号全孝翁。生子洪，孙山，皆掌刑部，号“世尚书”。山生太仆卿邦桢。邦桢生承绪，诸生，即公父也。母沈氏，贤惠精女工，乡里号“针神”。以梦日坠怀生公，故名易，而字日生。公少负膂力，跅驰不羁，好兵家言，务任侠，不屑以经生自见。甫弱冠，有声复社，为文文肃公门人。其文长议论，而诗词特工，士林诵之，然非其好

也。以崇祯癸未成进士。时流寇横，边烽日告警，而士犹希幸进，务奔竞，公心耻之，遂不谒选归。读书东湖之上，与其友史弱翁玄、赵少文涣，朝夕过从相倡和，号“东湖三子”。所居里名柳胥，当太湖下流，溪水澄碧，地极幽旷。筑室西向，则洞庭两峰，如屏耸蔽，楞伽、尧峰、陆墓诸山，横带其右，而松陵城郭，斜负于左，若可欹枕，盖天然一水云乡也。故先代吴、沈大姓皆居之。而公复于其间搜讨治军、经国、牧民、佐世诸策画，辑为书曰《富强要览》。又揭其衷之所耿耿者，作《客问》十三篇，以示己意，盖俨然以经世自命矣。明年，京师陷，帝崩，满洲兵入。而弘光帝在南都，淫昏无所为，公窃感愤，大书其誓于门，以讨贼复仇为己任。复作《恢复中兴末议》四篇，以谒史阁部于扬州。史大奇之，立奏授兵部职方主事，为己监军。随征至彭城，抚定高杰军，劳绩特著。复奉檄征饷江南，未还而扬陷。公乃与同邑周耀始谋守吴江。六月，清兵徇吴江，知县林嵋走归闽，县丞朱国佐以册籍献，城遂陷。耀始走死，独公从子鉴，欲起兵诛之。闻黄蜚兵在无锡，大喜，乃徒手入县廷，骂国佐。国佐执送苏州，州守以党与询，鉴抗声谓：“张睢阳、颜平原、岳武穆、方正学皆是也。”问头目为谁，曰：“孔子、孟子。”遂杀于胥门之学士街。公闻之大悲，即夕攘臂呼于市，得三十人，擒国佐，授其父汝延，令杀之以祭鉴。遂据吴江城起兵，一日得三百人，三日而集三千。举人孙兆奎，诸生华京、吴旦、徐鑛等，皆以兵来会。而兆奎尤长谋计，勒兵严，公资以重焉，号“孙吴军”。而公所部兵悉着白抹额以标异，故别号曰“白头军”云。当是时，东南义师若云霞蔚起，顾皆诸生，不习军旅，其兵卒多乌合。独公与兆奎素讨论兵略，长于部勒训练，故其师威严有节，翘然为诸军冠。而沈氏有恢奇士曰自征，知天下将乱，预造渔艘千，匿湖中，事未集而殁。及吴公军兴，其弟自炳、自駧，亦自史公幕归，因以其艘佐公。又袭击松江群盗沈、潘等，降之，并其军得千四百人，益船七十，屯长白荡。而自炳复别造舟五百，号“箭艘”，屯澜溪，并出没五湖三泖间，与公军相犄角，多所杀伤。时北骑初至，俱不习水战。而箭艘顾窄小，多利便，往来施两桨，则捷如飞，人不可测度。于是公遍拜军中，曰：“得镇江谍报，某日有北军二千过此，愿击之。”皆许曰：“诺！”乃佯以舟杂农民，散处湖荡间。北兵至，争掠舟济，劫人操之。而前散处者即来操舟，计共棹至中流，则猝起凿沉之，兵溺死者无数。而某贝勒之自浙江还者，方振旅过八测，公又使兆奎等以神枪邀击之塘上。塘高渠长，更番拦截，咸相应，而北兵所持皆短兵，斫斩不及。又塘窄难旋焉，则大发矢。众以平基御之，矢皆着其上，无所伤。公又益缚草人邀箭，箭集则弯弓反射，且以火器夹击，北军大败，死者殊众。乃益约诸义旅及吴志葵、鲁之玙等，进攻苏州，而之玙死。遂还，攻旁郡县，克之，江浙之道以阂。隆武帝闻，立擢公兵部左侍郎、右佥都御史，总督江南诸军事。鲁王亦遥授公尚书。说者谓公于一日之间同拜二命，东南莫不荣之。时部郎王期昇、吴景亶等，方奉通城王朱盛微起兵西山，克长兴居之。武进吴福之，宜兴卢象观、葛麟、任源邃等，亦起兵湖西，声势甚集。然其兵弱，咸倚公为援。独黄蜚兵数万，在湖中稍强，前却观变，兆奎乃劝公致书与联。而李九成骄暴为民害，又相与谋歼之，众益效命。李九成者，浙东人也，假建义名，率其艘千，四出劫掠，故公欲诛之。或以临敌自戕为虑，兆奎曰："不然。今日之事，正如寸刃剸鲸，空拳搏虎，所恃以号令人众者，独此区区信义而已。倘纵焚掠，则所在之民，谁非寇仇？是敌未至而先自败矣。"因佯与结好，约期合营，而别遣骁将许某讨之。先有黑气如长堤，直扑李营而陨。北风继起，飞尘涨天，未几复大雾，咫尺不相睹。李营之众以为吴军来合营也，不之备。忽炮声起，兵戈四集，李大惊溃。九成走北麻未及，被俘，斩之澜溪。以其所俘掠妇女，各遣令还其家，时八月七日事也。顾其初所遗黄蜚书，不得达。蜚径由吴淞屯泖湖，合沈犹龙军，中伏，为李成栋、李延龄等所擒。公因自伤，益弛斥堠，日纵酒高会。自驷数谏不从，乃仰天大恸，谓"祸败且立至"，而北师吴胜兆军果至矣。初，胜兆既破象观军，乃引军而东。总兵李遇春率五十四艘先至，自平望北抵白龙桥，列阵三十里，公与兆奎合沈氏军破走之。胜兆继进，公又设伏芦苇中，袭杀甚众，获其舟二十。胜兆大沮，忿城中民不救，屠之。已率四郡兵复至，屯石桩桥，断港汊。会天大雨，兼旬未休，发炮不震，弓弦皆解胶。而公军无见粮，诸营内赧，遂为北军所袭。当是时，北帅土国宝患公甚，预遣苏人入公军伪降，公以诚待之，未加备也。及是猝起，公知中计，急易舟南走，而舟皆连系，不得解。遂登小舟，舟重，公及所携三十人俱没，军竟大败。父承绪，妻沈氏及女，皆投水死。自驷、自炳及华京、吴旦、赵汝珪等，亦力战死之，一军尽歼。兆奎将走，虑公妻女被辱，视其死而后行，遂被获。至南京，见洪承畴，大言曰：“先帝时有一洪承畴，督师败绩，自死封疆，先帝亲祭哭之。今又一洪承畴，为一人耶？为二人耶？”承畴曰：“咄！汝自为一人事可耳。”驱出斩之。公既沉泅半里许，其犹子某见有朱履扬水面者，谓公已死，以追急不得挈，急系以遁。又半里，舁出抚视，则气息属焉，力救之得苏。众喜，将拥之行。公命且止，索酒饮数大觥，张目问曰：“敌既退，吾军尚有几何？”众曰：“百人耳。”公急奋起曰：“然则速追之，必有获。”乃复还军返战，果大捷，夺还所劫掠甚众，军以稍集，时八月二十二日也。公有将曰茹文略者，余姚人也，字振光，骁勇善战，能以长矛陷阵。公优礼之，为奏授总兵。八月之败，文略手刃数十人，身亦被创十余，血尽而仆。敌疑其诈，数刃之去。久之复苏，捧其头，走南浔，休野庙中。庙祝识之，敷以药，十旬始愈。间行至长兴，访母妻子，皆遇害，则复走归公。隆武帝之二年丙戌正月，再与北兵战于麻湖，所杀伤过当，援绝死之。会浙东兵起，公乃收拾溃散，复有军一旅。遂于元夕遣其将陈继，入吴江城，擒新令孔允祖及新举，皆杀之。而别将周瑞、朱斌、张贵等，亦聚众长白荡，争迎公入其营，军声复振，与浙军相应。三月二十三日，北帅土国宝遣其将汪茂功来攻，公檄瑞御之。瑞善鸟铳，二十六日与战于分湖，败之，追杀之梅墩，歼其军二千，苏州戒严。杨文骢奏公斩获多，进兵部尚书，爵忠义伯。陈子龙亦为奏捷至浙，监国因封公长兴伯。于是公以为天下事未可知，将东联西浙以图大举，而武林吴思、沈纶锡、士鑛、蒋翊文等，亦愿以三千人来附。于是即驰书叶绍袁定计，密约总兵黄斌卿自海上至，督师熊汝霖自江上至，而躬率大军于苏、淞间策应，以复留都。监国乃益封公清河伯、宝应伯、娄东伯、武康伯。赐佩印者八，曰奋扬将军、平朔将军、复宇将军、度辽将军、仪汉将军、兴原将军、灭虏将军、破虏将军，以策励之，声威益壮。会其别将张飞远等，屯四保汇，于五日泛蒲酣饮，为北军所袭，丧师数百，失大将罗腾蛟。明日，飞远出不意取金山卫，又不克，死者无算，而绍兴亦陷，事愈左。公乃至嘉善，与职方倪抚合，而会饮孙璋家，为其家仇人所侦，以告总兵张国勋。北军猝至，公遂被获于丁家坟。械至杭州，总督张存仁甚重公，馆之署中，劝以官不可，劝以剃发不可，曰："然则髡首缁衣乎？"乃听之。然卒不屈，以某月某日殉节于杭州之草桥门，年三十有五。临刑赋《浪淘沙》词两阕，复北面从容再拜曰："今日臣之志事毕矣。"遂死之，无子。友人包捷收其尸，武林僧敬然为葬之菜园。捷字惊幾，亦吴江人。当兆奎之死，尝哭之内桥。及公之亡，竟去为僧，终老于西山，别号磴庵，识者高之。而公有宠姬香孃，亦同被俘。公既薨，有艳其色欲夺其志者。香矢死自守，泣曰："我相公每饭不忘故君，妾宁忍负之？若必相迫，有死而已！"诸帅闻之，咸为肃然，莫不敬礼，遂听其所之。香归，乃择族子为公嗣，而己入一草庵，洁身削发终焉。初，公以舟师起义，五湖三泖皆公军令之所及。独陈湖一隅，为长洲诸生陆世钥所萃。其艑艄特大，旁缚巨篠，形式与公制殊，号曰"快船"，操纵亦自由。八月之败，世钥散军去为僧。而快船与箭艘，独至今存。

陈去病曰：吾乡多箭艘，亦曰"枪船"，环邑中五百里，断港绝潢，罔不有之。儿童至八九龄，类能操桨以从。其来盖三百余年矣，世莫知其所自始。独村氓于农隙，辄驾快船驰骋湖荡间，习拳勇竞胜以为常。虽其语多不经，然犹知其为陆兆鱼故事云。《语》曰："君子之泽，五世而斩。"又曰："礼失则求诸野。"今历世且不啻七八矣，孙吴军之余威，其泯没榛莽宜已。而在野之匹夫，顾若可贾其余勇焉，则谁谓遗泽之果将斩耶？抑吾闻之，道咸朝，吴江征漕为害特甚，于是有所谓白腰党者，缠布腰间以起事。及洪杨之役，孙沈余胤，犹有搴旗以卫桑梓者。考其时所凭藉，大抵惟箭艘是资，而今则江浙水师且利赖焉。乌呼！箭艘之效，不其远哉！顾在吴公用之，独致败衂，彼岂习之非耶？亦天不祚明而已。余故既为公传，而复征其遗迹如此。庶后之论者，当不以成败为准则欤。

附跋案：公起义虽一年余，而情事繁复，传闻异词，世多憾之。予生公之乡，识公之裔，且得公之像，获读公之遗书，凡公之生平行事，知之特详，故博综群籍，草为此篇。诸凡荦荦大者，粗备于是，间有遗轶，要于大节无关，兹故阙焉。间尝窃叹吴公当日，膺专阃之重寄，统水犀之雄军，辕门鼓角，水寨楼船，意必堂堂正正，灿然与日星争光。今其盛况，虽不复睹，而余威遗烈，犹得于烟波万顷中仿佛遇之，则谁谓孙吴军之草草，逐劫灰而吹散耶？若夫运筹帷幄，决战千里，群策群力，利赖尤夥。综厥人材，可别为四：一曰心腹之寄，则统筹军食，商量机密者也，若孙兆奎，沈自炳、自駉是；一曰参佐之才，则飞书驰檄，料量军务者也，若华京、吴旦、文乘、夏复、周耀始、赵汝珪、史玄、包捷、徐鑛、叶绍袁是；一曰偏稗之将，则冲锋陷阵，游击者也，若茹文略、周瑞、陈继、朱斌、张贵、周志韬、周汤四、许某是；一曰响附之众，则左右犄角，遥为策应者也，若吴福之、陆世钥、钱棅、张飞远、罗腾蛟、周毓祥、张世凤、倪抚、孙璋、吴思、沈纶锡、士鑛、蒋翊文是。凡此四类，人不必仅此数，而其大要略可睹矣。故书之传后，蕲方闻君子，资以考焉。丁未四月，去病自记。

往撰此文，颇觉草草，今二十余年矣，考据较详，因复改定之如此，去病又记。

——《陈去病诗文集·巢南文集》

孝廉汉槎吴君墓志铭

余读《史记》，邹阳《上梁孝王书》曰：“女无美恶，入宫见妒；士无贤不肖，入朝见嫉。”不禁掩卷叹息，以为千古若出一辙也。及观有明卢柟之为人，以跅弛使酒，至罹重法，械系黎阳，著《幽鞠放招赋》，以自广东郡谢榛见长安诸贵人，絮而泣曰：“生有一卢柟，视其死而不救，乃从往古哀湘而吊沅乎！”诸贵人怜之，卒出柟于狱。而柟终无所遇，益落魄，纵酒以殁，未尝不深悲之。若余友汉槎吴君者，岂非其人哉！汉槎姓吴氏，讳兆骞，字汉槎，世为吴江人。明刑部尚书立斋公七世孙也。父燕勒公讳晋锡，举庚辰进士，授永州府推官。汉槎垂髫随至任所，过浔阳、大别，由洞庭泛衡、湘，揽其山川形胜、景物气象，为诗赋惊其长老。未几，流寇张献忠蹂躏楚地，汉槎奉母归，燕勒公亦解组旋里。值我国朝平江南，汉槎年方英妙，相随诸兄，为鸡坛牛耳之盟，驰骛声誉。与今长洲相国文恪宋公、家司寇、司农玉峰两徐公暨诸名贤，角逐艺苑，谈论风生，酒阑烛跋，挥毫落纸如云烟，世咸以才子目之。丁酉，登贤书，会科场事起，下刑部狱，羁囚请室，慷慨赋诗，随蒙世祖章皇帝宽宥，戍宁古塔。太仓吴祭酒梅村为《悲歌行》以赠之，有“山非山兮水非水，生非生兮死非死”之句。送吏无不呜咽，而汉槎独赁牛车，载所携书，挥手以去。在宁古塔垂二十余年，白草黄沙，冰天雪窖，较之李陵、苏武，尤觉颠连困厄也。无锡顾梁汾舍人，与汉槎为髫龀交，时在东阁，日诵汉槎平日所著诗赋于纳腊侍卫性君所，如谢榛之于卢柟者。性君固心异之，思有以谋归汉槎矣。会今上御极二十有一载，诏遣侍臣致祭长白山。长白山者，东方之乔岳也，与宁古塔相连。汉槎为《长白山赋》数千言，词极瑰丽，藉侍臣归献，天子动容咨询。而纳腊侍卫因与司农、司寇暨文恪相国，醵金以输少府佐匠作，遂得循例放归，然在绝域已二十三年矣。时余方官京师，亦曾与汉槎一效奔走。其归也，抱头执手，为悲喜交集者久之。其母固无恙，而其兄已相继云亡，遂为经师，馆于东阁者期年，归而与太夫人上觞称寿，宗党戚里咸聚，以为相见如梦寐也。乃未及一年，复至都门，竟卒于旅舍。嗟嗟，岂非其命之穷也哉！初，汉槎为人性简傲，不谐于俗，以故乡里嫉之者众。及漂流困厄于绝塞者垂二十余年，一旦受朋友脱骖之赠，头白还乡，其感恩流涕固无待言，而投身侧足之所，犹甚潦倒，不自修饰。君子于是叹其遇之穷，而益痛其志之可悲也已。余为吴氏婿，余亡妻与汉槎为兄妹行，且幼同学也，余故知之独深。汉槎以前辛未十一月某日生，其卒以康熙二十三年十月某日，年五十四。配葛氏，前庚午举人葛端调讳鼒之女。子男一人，振臣，太学生。女四人，俱葛氏出。振臣以康熙二十七年十一月十五日，举柩葬于吴县宝华山之麓，即燕勒公墓傍也。以状涕泣而请余铭。余固不忍辞，遂为之铭曰：

吁嗟乎！吴季子。幼而学经并学史，万里投荒几至死。绝域生还岂易耳，胡为泯泯止于此？吁嗟乎！吴季子。

荐举博学鸿词、翰林院检讨、

充《明史》纂修官、同学弟徐釚顿首拜撰

——《吴江吴氏族谱》卷十一

刑部郎中鹤亭公传

公讳树臣，字大冯，号鹤亭，赠奉直大夫、四川汉州知州宏人公第三子也。少颖悟，能文章。当宏人公举慎交社，尝集四方名士千人，公追随其间，籍籍有声。后以季父汉槎公丁酉之变，赘乌程王氏，因冒其姓，入湖州乌程县籍。累踬场屋，益攻苦，肆力于诗古文词。康熙壬子拔贡，入成均，教习正白旗第一，出知广东肇庆府四会县。四会始虐于西寇，继又经尚逆之乱，有司率不事抚辑，催科无艺，民困益甚。公始至悯焉，力请于上官，蠲除逋负数万，及额外征税十余项。而县中地形卑洼，岁苦潦决，乃筑复大兴、仓丰二围，以备水旱。又以土著流寓杂处，多相猜忌，为之均力役，绝诡飞，杜侵欺，严告讦，清窝党，革伙房，勤课业，凡利民者无不举行。三年，督抚交章上荐，行取入都，将用为科道。会满大臣意有所属，遏抑其奏，列卓异中以荐，出知四川成都府汉州。汉州当川蜀四达之地，其驿有新旧二道。旧道稍回远而平坦，新道当军兴时所开，虽捷，然峻险多，栈道易坏，上官日移文修葺，冀事成以为功。前守虽知其病民，顾阿上官意，无敢为民请者。公至即躬度险易，上下山阪者累月，深悉其害，遂为书极言新驿不便，请复旧道。上官大怒，竟劾公阻挠，降级罢归，百姓遮道请留不得。朝廷知其诬，寻复官，知潼川州。潼川亦经献忠残毁之后，民甚困，公治之一如四会、汉州时，于是流亡胥归，盗贼衰息。然上官犹以前论驿路故嫉公，虽其后卒如公议，而嫉益甚。遂以他郡赃案责公追治，十三年不调，然公泊如也。癸未，稍迁顺天府治中。乙酉，转刑部河南司员外，公曰："刑部吾世职也，当以祖考为法。"时有金眼王五者，京中巨猾也，淫凶阴贼，为偷盗酋长，以家资雄于里。与人不合，即密刺杀之，前后告发无虑数十。然所往来皆王公贵人，多为之地官长，莫能擒治，故事刑部十六司督捕。三司有专职，其十三司事稍省，则分辖京城之九门及要害地。公既为河南司员外，素知王五所为，而适在所辖地内。即遣人捕致之，下于狱，推鞫得实，录供呈堂。而满尚书以下皆受其赂，将为奏，出其罪，要公署名。公坚不肯，白于王尚书掞乃已。上仁明，亦素知王五所为诸不法事。时方以河南司捕之为善，而满尚书乃以免罪疏上，遂大怒，切责满尚书立诛杀金眼王五。而凡受赂为奏请，自郎中以下有名者，皆斥逐徙边。王尚书益推服公，虽他司事必咨焉，平反冤狱甚众，人以为有二宫保之风云。丙戌，升本部湖广司郎中。越明年，年六十有一，以积劳卒于官。卒之日，橐无余资，几不能敛。同官闻于朝，天子给勘合赐归葬焉。公廉明慈惠，虽处繁剧，不以僚幕随。语人曰："知人难，一不慎，朋比为奸，百姓必受其害。吾何敢自逸，以误国与民。"尝终夜秉烛以程决案牍，忧民疾苦而浩叹不寐，故年未五十，而须发皓白，亦以此所至有声。为人笃于孝友。每春秋祭祀，思慕如孺子。兄弟子侄之贫者，竭俸入以赡之。祖父所遗膏腴田，悉推以与幼弟。尝有亲戚劝公置田产者，以为公年暮子多，当为身后计。公辄笑曰："始我以寒微起家，曷尝有田产哉？要不以子孙故，坏吾清白名。"因书"希文天下为己任""君实可对人言"二语于壁以见志，公之自信如此。诗文以韩苏为宗，而泛滥于诸家。书法得二王之奥，粤蜀中碑记，公之手迹为多。有《一砚斋文集》《古香堂近艺》《涉江草》行世。

子琰曰：先君少时以家难故，出赘于外，发愤读书，常至闷绝。后又遭韩山剧盗劫去，倾资产赎归，家日益落。艰苦备尝，民情纤悉尽知，非天欲成其材故耶？琰少侍先君在潼川，遇岁时令节，虽编户齐民，相率以果蔬微物称寿，若家人父子者。非先君久任政成，乌能相得若此！

——《吴江吴氏族谱》卷六

吴玉川先生合葬墓碣

吴玉川先生讳锵，字闻玮，大司寇立斋公五世孙，我邑知名士也。淑配庞硕人，讳蕙纕，字小畹，亦我邑巨族明经生一公女，进士霦之妹。先生少负才望，随其世父吏部公与海内巨公游，声称籍甚。迨娶庞硕人，适当鼎革之际，乃韬光匿采，不求仕进。庞硕人贤而有才，务去华崇朴，与夫子有偕隐之志，由是伉俪间日以吟咏唱酬为乐。先生诗既高古，取法唐贤。而硕人之诗风雅温柔，迥出香奁之外。而书法苍秀，亦不似闺阁中人，故踵门求者无虚日。所居绕云馆，与敝庐止隔一垣。庭中碧梧、翠竹、红椒、紫藤绕列，交映四方，骚人词客往来无间。广陵宗海岑作《偕隐歌》，留题草堂而去，盖实录也。康熙乙丑岁，庞硕人谢世，年五十有六。所著有《唱随集》《唾香阁集》若干卷。硕人殁后，先生游广陵至如皋，冒辟疆先生客之。辟疆之门，名流云集，要以先生为骚坛祭酒焉。岁庚午，玉川年六十有二，病卒于辟疆家。嗣君奔丧，扶柩归里，凡属亲朋，靡不浩叹。子一启汾，字唐令。女一启湘，许字潘检讨耒，未嫁而卒。唐令为人醇朴而温文，以课徒为业。晚迫于贫，抑郁而卒，年七十有五。娶顾氏玉符公女。子一大树，字景冯，早卒。女四：长适吴庠张匡，次、三先后适石湖河南监察御史卢雍五世孙、国学生勋，四适蠡墅张圣文。唐令三世未葬，今其外孙卢君尊光裒馆谷，合葬玉川先生三世于吴山仁字圩之阳，诚盛德也，人皆以为难。并欲揭其表于阡，以不没其生平，益为难得。予尝读昌黎《子厚墓志》，云子厚卒柳州，赖舅弟卢遵得以归葬先陇。卢君此举，真不愧古人矣，乃为之铭。铭曰：

彼苍之生才兮，闺房得偶。诗工而益穷兮，子孙不有。非贤者之高谊兮，孰埋高阜。封而志之兮，千百世下指为诗人之某某。

雍正十二年岁次甲寅五月六日，世侄朱范拜纂

——《吴江吴氏族谱》卷十一

吴闻玮先生德配小畹庞夫人传

夫人姓庞氏，名蕙纕，字小畹，吴江人。明经生一公次女，适同里诸生吴锵，即闻玮先生也。闻玮负才望，少时即随其世父吏部公，与海内巨卿老师游，声称籍甚。当结缡时，虽家国变迁，然世泽未艾也。而庞氏本巨族，夫人之兄霦又以进士显。夫人来归，去华崇朴，家人望之，宛若一寒门女子云。于归后数日，舅翁隆之公迫于官税，将鬻田以输。夫人知之，叹曰：“岂有新妇方入门，而弃先人之恒产乎？”出簪珥上之舅翁，曰：“是不可以为食。土，财之本也；粟，民之天也。请以无用易有用，毋鬻田。”亡何，盗入室，夫人奁中物有玉马镇纸，镘鬃镂鬣，高盈足许，汉玉也，其值不下千金，至是为盗掠去。厥后闻玮见之于戚友家，心疑之。归语夫人，将诘之。夫人

曰："安知其非得于他所者，诘之，将加人以盗。我爱我璧，而使人有盗名，失德不如失玉也。且丧乱未已，外物岂能长保，不见李易安《金石录后序》乎？"遂已之。吏部公有子曰钼，国变后出亡，遗其子女幼，俱训育之长成。女嫁时为之摒挡奁具，不遗余力，女感泣曰："叔母在，我无母而有母矣。"夫人生而明慧，父母爱之。八岁，延塾师授之《诗》《书》《礼》《易》。稍长习为时艺，恂恂一应举儒生也。尤善书法。方十二岁，随父母游西湖董家庵，尼僧制巨扁索书，乃大书"拈花微笑"四字，一字大可二三尺，见者惊以为神人。为人端闲静穆，知大体。针纫之暇好读书，即以训其子女。以幼时未读《春秋》，中岁复读《左氏》，以补五经之缺。资性敏捷，阅一二过，终其身不忘。诵佛氏书尤勤，旦夕不辍。长斋三十年，如空山老衲，不知户外有何底事。人求书法题咏，应之弗懈，寿之金，弗顾也。所居"复复堂"，有红椒、紫藤、碧梧、翠竹，环列交荫，日与夫子哦诗相悦，如宾友焉。广陵宗海岑作《偕隐诗》，题留草堂而去。所著《唱随集》一卷、《唾香阁集》若干卷。康熙乙丑，年五十有六谢世。吴进士聽诔词略云："当今诗家，雅郑杂糅。有讲师承戟手而诟嫫母为美，夷光曰丑习为固，然不复知谬。实惟夫人下笔独否，多师古人。"其言可寿。进士素与程孟阳、钱虞山、黄陶庵讲求诗派，确有师承，于吴夫人有深契焉，故只论其诗如此。夫人有子一人，名启汾。女一人，名启湘，能诗，许字潘检讨耒，未嫁而卒，诗亦清婉。昆山朱谨撰。

昆山朱谨《庞硕人传》曰：硕人归吴玉川先生后数日，舅隆之公迫于官税，将鬻田以偿，即脱簪珥上之。奁中物有玉马镇纸，汉玉也，价不下千金，为盗掠去。后玉川翁见之于戚友家，归语硕人，将诘之。硕人不可，遂已。吏部公有子曰钼，国变后出亡，遗其子女幼，俱训育成长，女嫁时为摒挡奁具不遗余力。是硕人不独有其才，而兼有其德矣。唐翁号敬涵，工诗，克承家学，为人敦厚有古风。而毕生坎壈，竟夭其嗣，岂造物忌才耶？何报施善人若是也。表舅卢尊光少抚于外祖，尝以暴露为忧。越岁卜地于吴山之右，曰宅幽，而势阻，诚高人栖隐之所。且生平酷好山水，居此足慰先志矣，遂举三世五棺合葬焉。嗟呼！青莲放浪当涂，仅有女孙子美贫穷，易世方谋窀穸。

古来文人类皆丰于才而啬于命，可慨已。再甥婿顾鸣杼谨识于碑后。

——《吴江吴氏族谱》卷六

吴靖誉先生墓志铭

康熙四十八年秋八月庚申，松陵处士吴君靖誉先生卒。君讳兆宜，字显令，苏州吴江人也。其始祖赠太仆寺卿讳璋，以孝德闻世，所称吴孝子者是也。孝子生洪，官宫保刑部尚书。尚书有四子，长讳山，官与父同，人谓之世司寇。两尚书皆以进士起家，有功烈。诏予孝子特祠，两尚书配飨，而吴氏遂为东南右族。世司寇之子讳邦栋，于君为高祖，以次子承焘贵封山东布政司左参政。曾祖讳承熙，登乡荐，赠奉直大夫。祖讳士龙，以门荫仕至顺宁知府。考讳晋锡，文行茂著，为士林模楷。明季以进士调永州推官，时方多事，诏授郧阳巡抚，寻弃官而归。君昆弟六人，宏人、闻夏、汉槎，久已知名海内。君齿弱于诸昆，而名亦相埒，时有“延陵四君子”之称。门第清华，资产素饶。及顺治丁酉，江南有科场之狱，而兆骞与其祸。时父子共财，所有田宅皆被籍，而君始萧然无以自给矣。然义命自安，虽久处穷约，未尝有几微怨尤之色见于颜面也。少学为诗，有中唐风格。已而谢华就实，益肆力于古书，尤爱六朝骈俪之文，乃取徐、庾二集，句疏而字栉之，为笺注。齐梁之世去今已远，当时所用之书今多散亡，君旁搜广辑，征事释意，必毫发无憾而后已。余向亦有事于此，见君之作，俛昂首叹绝，遂辍笔焉。君雅志淡泊，不暱声利。尝一至京都，权门援为塾师，未几即掉头去。而一遇士大夫修学好古之家，辄徘徊经岁不忍别。近与余旅食花溪，为同舍客，凡五载。一旦遘腹疾，仓卒告归，甫浃旬而凶问至矣。临终神气自若，无乱命，享年七十有三。既卒哭，族之长幼群请其宗老榷，谋所以易其名者。宗老曰：“按谥法，宽乐令终曰‘靖’，述古状今曰‘誉’。君席富而贫，布衣草履，善乎自宽，生同逆旅。虽入朱门，如游蓬户。安时处顺，哀乐两去，可不谓‘靖’乎？嗜奇耽僻，博览群书，大而法象，细及虫鱼。一物不知，中心阙如，疏通证明，随事补苴，可不谓‘誉’乎？请谥之以‘靖誉’。”众皆曰：“善！”退而无异词，邑中遂称为靖誉先生。先生母杜夫人，中丞之继室也。娶于陈，有嗣音之美。男二：秩臣、秬臣，皆夙慧，补郡县学弟子员，不幸相继而夭。秩臣有一子曰然，为君适孙，恂恂孝谨，有文采，能世其家学。曾孙二：至诚、至慎，尚幼。君女二，孙女、曾孙女各二，婚嫁皆高门旧德。昔王无功有诗自诩其事云："三男婚令族，二女嫁贤夫。"君之姻亚，足以当之矣。君有西河之戚，久而不能忘。年七十，复举一子，名之曰根臣。汤饼之会，适与君初度同日，喜而赋诗，命善画者写己像为《枯杨生梯图》。盖至是而四世同堂，其心始慰也。及卒，根臣才四龄，不胜衰绖，适孙承重为丧，主含襚之事，必诚必敬，观者称有礼焉。后二岁，将以□月□日卜葬于尧峰山之麓，先期来乞铭。余泫然曰："吾尚忍铭吾友乎？且吾之言讵足以扬尔祖潜德乎？"虽然二十年之素交，言虽无文，不可已也，乃为之。铭曰：

黔娄之贫兮，展禽之和。先生有道兮，往世同科。生虽无爵，死则有谥。靖誉之名，加彼康惠。卜兹宅兆，既安且利。用介繁祉，以昌其后嗣。

同学弟德沽胡渭撰

——《吴江吴氏族谱》卷十一

吴景果传

吴景果，字旭初。五世祖邦桢，见名臣传。康熙中，圣祖幸苏杭，景果以诸生献《南巡赋》颂圣诗召试行在，钦取第三名，遂入都，分纂历代诗余及子史精华等书。书成，议叙授怀柔知县。怀柔土瘠民顽，而銮舆岁经其地，景果善为谋供帐具，而民不扰。其为治，务以教化。每朔望，必令耆老率其属环立，与言孝悌忠敬。有讼者，阅其牍，即分别曲直，谕而遣之。岁旱而雩，霖雨立注，蝗入境即尽死，民称异焉。初，邑人不知学，童子应院试，不满岁取额，诸生亦无中科者。景果捐俸新学宫，复创温阳书院。而察诸生中之能文者杜复一，给资乡试，得隽，遂聘为书院长，俾以经籍倡导其邑人，而怀柔文风由此兴。任满当迁，上官从民请，令留任。旋丁内艰归，服除，又遭父丧。以雍正五年卒，年五十五。景果少颖，发其诗赋，为邑潘耒、徐钒辈所推许。后虽服官，学未尝辍。著有《赐书堂集》及《怀柔县志》。从子觐文，字觐伯。有学行，诗赋与景果齐名。雍正五年，诏州县保举诸生之孝友端方者，吴江知县徐永祐以觐文名上，觐文以疾辞。及上官题允，而觐文又以疾辞，遂终老于家。著有《竹轩诗稿》。

——清［乾隆］《震泽县志》

文林郎知灵山县事吴公墓志铭

公吴氏，讳至慎，字永修，号林塘，世居吴江。始祖璋，赠太仆寺卿，以孝行著闻，赐专祠，春秋戊祭。九世祖洪，八世祖山，并以进士起家，历官刑部尚书。四传至公高祖晋锡，中崇祯庚辰进士，历官郧阳巡抚。终前明朝，累世通显。入本朝来，曰兆宜，公曾祖也，邑庠生。曰秩臣，公祖也，敕封文林郎，太学生，候选州同知。曰然，公考也。公性沉静，寡嗜欲，不履邪径。自少有声黉序，以乾隆元年丙辰恩科举于乡，逾年考补教习，期满，铨注福建霞浦县令。县在万山中，见闻僻陋。有乡人藉持斋聚众，公轻装前往，谕以祸福，咸悔悟，庆更生。适同郡福安县有狱亦如之，令长某以左道定谳，上官檄公推鞫。实贫，无藉之徒计赚财食而已，悉与末减，出诸狱，廉明之声著于上下。旋调会城闽县，讼狱纷繁，素称难治。公以廉律己，以勤听事。有门生某者，年少士也，爱其才，尝以文艺进署。一日，忽袖金来谒，曰："所知有讼事将行，贿以求直。"公咈然曰："子非吾徒也。"其人惭悚而去。在闽四年，所平反疑狱不胜计，上官交倚为重。寻以事忤制府意被劾，公处之泰然。罢官后，橐中萧然，旅费不给，诸绅士争醵金饮之，曰："此吾贤父母，可坐视乎？"明年，桂林陈榕门先生节钺闽南，公以前事听勘。陈公一见，即曰："是读书人，不为突梯闪榆以媚上者。"为申理奏闻，得旨仍以原官起用，授广东灵山县。不一年，大吏谓此小邑，不足以展其才，即奏调潮州之揭阳。未及赴任，而公遽婴寒疾，遂不起，时乾隆二十二年十月十五日也，春秋五十有一。呜呼！以公之学问文章，练达时务，使得尽展其蕴，所表见当不止是此。当世名公巨卿获交于公者，无不叹息惋悼于年命之不永也。公所著有《林塘诗稿》。尝品闽产寿山石、素心兰、荔支为三妙，绘图题咏。在都门，文酒之会，殆无虚日，同邑诸后进侨寓者，咸招礼焉。尤有知人之鉴，初识家兄听涛，握手甚欢，谓曰："君邑中井眉，他日其以功名显乎。"其莅粤也，道经里门，诗往谒，辄蒙奖挹有宋氏郊、祁之目，心窃愧之，不意此会遂成永诀也。以某年月日，葬于吴县宝华山之麓。配庞孺人，后公二十七年卒。子男子四人：长钟侃，国学生；次钟伊；次钟侨，丙子举人，四川营山县知县；次钟俊，邑庠生。女二人：一适候选县丞戴文默；一适庠生袁冕。孙男二人：汝端、清寿。孙女三人：一字庠生史善长；一字朱琪；一幼，未字。系之铭曰：

谁谓书生迂，理繁拨剧绰有余。谁谓长吏俗，品石哦诗淡无欲。如烹小鲜，未竟厥施。蛮烟瘴雨，所去民思。循良之宰，仁孝之胄。郁郁佳城，保艾尔后。

金字诗撰

——《播琴堂集》

吴鸣镛家传

君讳鸣镛，字侣旋，又字云士，行三。世吴江人，与余同祖尚书公，为族兄弟。而余之先为长房，君先房次弟三祖太仆公邦桢。五传至康熙间怀柔知县景果，君之曾祖也。祖三辰，父载厚，隐德弗耀。父以覃恩貤赠修职郎，母张氏赠孺人，继母王封太孺人。君少孤，洁己自爱，笃志力学，以底于成。陕西布政唐公仲冕，时为邑令，特赏叹之，补弟子员。中式嘉庆庚申恩科乡试，屡赴礼闱不第，拣选知县。丁丑大挑二等，以教谕衔管六安直隶州学训导。敦行以制身，饬躬以范士，治经以稽古，课艺以知时。日有课，月有考，凡在学官弟子，无不磨砻淬厉，成就其器。暇则莳花艺竹，与二三知好瀹茗清谈，觞咏相属而已。至于世俗一切卑陋之习，摈斥不与，故士绅子弟，父劝其教，子宗其行焉。呜呼！天下学官，得如君者数人，相率其间，则士习何患不端，学术何患不正耶！其性孝友。少时应县试归，王孺人已寝，每兀坐寝门外，俟天明而后入。张孺人父母历久未葬，君为葬之。兄承之及侄定安俱早卒，养寡嫂暨侄媳，终身无间言，而以长孙嗣之。次兄永之嗣于叔，早殇，以长子嗣之。余年十六七，学为五七言诗，与陆杜香、艺香、陈德华、珊竹、唐冠山、赵巽甫、周祝圃、沈蒨香、赵渔槎及君，互相酬唱，靡间风雨，以为友朋之乐，若可终身焉者。乃不及三四年，杜香兄弟从宦六合，余亦奔走四方。君教读于里中，旋主讲席于崇州，辑图经于紫琅。余人亦各分散，而余又侨居常州。迄今三十余年，故友凋零，磨灭几尽。余一过江城，漠然无所与语。独艺香、蒨香年六十余，尚健在，亦不获如曩日之聚矣。伤往念来，能无悼痛哉！诸君仅一补学官弟子，默默无所表见，杜香有诗数卷而已。君为校官十年，虽所施不广，然文行卓卓为可传矣。既没之后，州人咸歌其德，刊教思碑以属余，乞为之传。余诺之，三年未就。今其子将奉主以入宗祠，来请益力，乃泚笔叙之如此。君娶沈孺人，先卒。子三：治安、治谱、治谟。孙三。

道光十一年岁次辛卯秋七月族兄育拜撰

——《吴江吴氏族谱》

吴鸣镛传

州训导吴公云士，名鸣镛，吴江县人。天性淳笃，髫龄失恃即哀毁尽礼，后事继母能委曲以得欢心，吴中以孝友称。少颖异，长博雅，弱冠登贤书，官六安训导。学署倾圮，捐俸修葺。诸生来谒不计贽，惟淳淳以敦伦饬行为教。逢三八日，洁肴馔以课士，士益感奋，近年掇巍科入词馆者多及门。续辑州乘，精心秉笔，于节孝尤加慎焉。成书后，复于穷乡僻壤苦难上达者，博采而补载之，捐资续刊，并刻所校士文，亦自给工费。或遇寒畯无依、穷途羁旅，辄解囊以赠，由是宦橐萧然。先生浇花种竹，觞咏自如也。遗句有云："架有残书，一握砚田留祖业；家无长物，半弓心地望儿耕。"可以知其概矣。莅任十年，卒于官，州人士咸涕泣，立教思碑以志不忘云。

——《吴江吴氏族谱》

吴君花南传赞

自粤匪窜扰东南，设立团防，责成地方绅士保卫乡里，法至善也。顾绅士能助牧令，守御而已。若牧令委而去之，则绅士亦无能为役。以故悉索敝赋，更张空拳，以身家殉者，相属也。若花南吴君殉节事，可纪也。君讳治谟，字花南。震泽县附贡生，候选从九品。咸丰十年三月，金陵大营兵溃，制府统重兵驻常州，弃而不守，州县望风星散。四月，贼陷常州，旋陷苏州，分窜吴江。君在籍奉檄办乡团，布置已有次第而众溃。君慷慨言曰："不死非夫也。"率次子才杰，骂贼死之。长子仁杰，以应试留京。其妻夏，投水死。事闻，得旨分别旌恤有差。昔望溪方氏有言曰："使天下忠臣义士、孝子悌弟、贞妇烈女，无罪而并命于水火盗贼之间，身死而名传者，千百无十一焉，岂非造物之不能无憾哉。"君见危授命，子媳从焉。仰荷恩纶，褒旌锡荫，名垂竹帛，可以无憾。独怪膺守土之责者，不能左提右挈，共济时艰，而置身事外，不克收众心成城之效，为可叹也。令子仁杰，联捷入翰林，雪涕属为一言。余忝列谏垣，数年来采访本籍殉难绅民妇女，不下五千人，先后奉请旌恤，均蒙俞允，而于君殉节一事，早经耳熟，尤深钦仰焉。爰不辞而为之赞曰：

岳岳吴君，系出忠襄。仍世载德，蜚英胶庠。弹冠佐幕，嘉谋允臧。抗节致身，无忝网常。宜其浡兴，阡表泷冈。

赐进士出身诰授中宪大夫户科掌印给事中加三级常熟王宪成拜撰

殉难吴君传

咸丰十年四月十三日，贼窜苏州，属邑尽陷，震泽县附贡生、候选从九品吴君治谟暨其子才杰骂贼死。君庠序士，未有禄位于朝。奉檄练乡兵，未有天子之命令，义可无死。且其时江南糜碎，而上海弹丸地独得全，为东南逋亡所托命，君率妻孥从容治具去，其智力尤可不死，而君竟死。或曰，咸丰癸丑春，贼初得金陵，锐意南下，时君客舒城，四郊盗起，官吏望风遁，君在孤城中擘画守御，志决死，预书姓氏衣带间以为识。会贼犯桐城，得无死。至是竟以骂贼死，可不谓志之素定者欤？潘祖荫曰：粤逆倡乱一隅，毒流天下，江浙被祸尤烈，伏尸数百万。事平，台谏疏姓名于朝，动辄数千百人，疆吏之入告者章相属，朝廷崇奖忠义，概予旌恤。若君者，世亦多有。虽然，君一诸生耳，不难为自全计，而乃植志畴曩，终以不坠，既洁其身，以及其子。呜呼！非烈丈夫，孰能当此而无愧者乎。予与君同里，闻君内行笃修多可纪，兹特举其大者，以见夫不降不辱，视若猝饮刃者尤难云。

同郡潘祖荫撰

——《松楼小品·殉难传题辞》

参考文献

1.《爱吾庐诗稿》不分卷，（清）吴兆宽撰，（清）吴焘、（清）吴树臣校辑，清康熙三十九年（1700）刻本

2.《国朝松陵诗征》二十卷，（清）袁景辂辑，清乾隆三十二年（1767）吴江袁氏爱吟斋刻本

3.《吴氏族谱》三十五卷，（清）吴安国续辑，清乾隆四十一年（1776）吴江吴氏刻本

4.《播琴堂集》六卷，（清）金学诗撰，清乾隆刻本

5.《松陵诗征前编》十二卷，（清）殷增编，清嘉庆二十一年（1816）刻本

6.《江苏诗征》一百八十三卷，（清）王豫编，清道光元年（1821）江苏焦山海西庵诗征阁刻本

7.《松陵诗征续编》十四卷，（清）陆日爱编，清咸丰七年（1857）梦逋草堂刻本

8.《松陵赠言》一卷，（清）任道镕等撰，清光绪十六年（1890）金粟山房刻本

9. [乾隆]《震泽县志》三十八卷首一卷，（清）陈和志修，（清）沈彤、（清）倪师孟纂，清光绪十九年（1893）徐元圃重刻本

10.《吴长兴伯集》五卷，（清）吴易著，陈去病编校，清光绪三十三年（1907）铅印《国粹丛书》本

11.《笠泽词征》二十卷，陈去病辑，民国三年（1914）铅印《百尺楼丛书》本

12.《垂虹诗剩》十卷，（清）周之桢辑，民国四年（1915）吴江费氏华萼堂刻本

13.《松陵女子诗征》十卷，费善庆、薛凤昌辑，民国七年（1918）吴江费氏华萼堂铅印本

14.《众香词》六卷，（清）徐树敏、（清）钱岳撰，民国二十二年（1933）董氏诵芬室影印本

15.《半淞诗存》二卷，（清）吴景果撰，稿本

16.《三径书屋诗草》不分卷，（清）吴鸣镛撰，稿本

17.《松楼小品》不分卷，稿本

18.《自感叠韵六十章》不分卷，（清）吴仁杰撰，稿本

19.《忍饥诵经斋诗稿》不分卷，（清）吴燕绍撰，稿本

20.《忍饥诵经斋文薮》不分卷，（清）吴燕绍辑，稿本

21.《吴汉槎诗集》不分卷，（清）吴兆骞撰，清抄本

22.《吴江叶氏诗录外编》十卷，（清）叶钟英集录，清抄本

23.《梦兰阁诗钞》二卷附词一卷，（清）吴淑升撰，清抄本

24.《陈去病诗文集·巢南文集》，殷安如著，社会科学文献出版社2009年版